许心影

研究及作品选

刘文菊　李坚诚◎编著

暨南大学出版社

JINAN UNIVERSITY PRESS

中国·广州

图书在版编目（CIP）数据

许心影研究及作品选/刘文菊，李坚诚编著．—广州：暨南大学出版社，2017.12
（区域文化教育丛书）
ISBN 978 – 7 – 5668 – 2068 – 6

Ⅰ．①许…　Ⅱ．①刘…②李…　Ⅲ．①许心影（1908—1958）—文学研究　Ⅳ．①I206.6

中国版本图书馆 CIP 数据核字（2017）第 033242 号

许心影研究及作品选
XUXINYING YANJIU JI ZUOPINXUAN
编著者：刘文菊　李坚诚

出 版 人：徐义雄
策划编辑：张仲玲
责任编辑：王雅琪　黄　球
责任校对：徐晓越
责任印制：汤慧君　周一丹

出版发行：暨南大学出版社（510630）
电　　话：总编室（8620）85221601
　　　　　营销部（8620）85225284　85228291　85228292（邮购）
传　　真：（8620）85221583（办公室）　85223774（营销部）
网　　址：http：//www.jnupress.com
排　　版：广州市天河星辰文化发展部照排中心
印　　刷：深圳市新联美术印刷有限公司
开　　本：787mm×1092mm　1/16
印　　张：22.25
彩　　插：2
字　　数：550 千
版　　次：2017 年 12 月第 1 版
印　　次：2017 年 12 月第 1 次
定　　价：68.00 元

（暨大版图书如有印装质量问题，请与出版社总编室联系调换）

许心影（摄于 1936 年）

许在镕提供

许心影与子女（摄于 1941 年）

许在镕提供

《脱了牢狱的新囚》封面

刘文菊提供

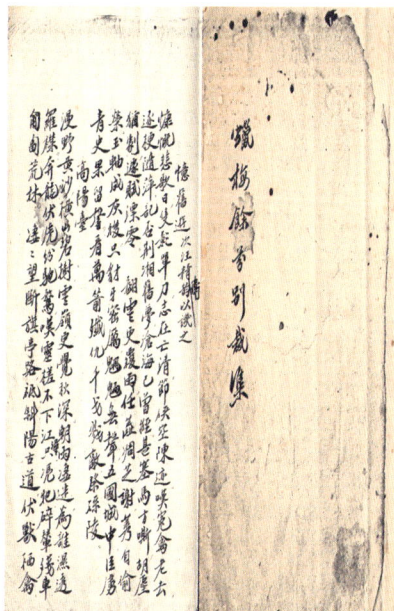

《蜡梅余芬别裁集》手稿

李坚诚提供

郑餐霞《蜡梅图》(2014)
刘文菊提供

李劲农《蜡梅图》(2011)
李坚诚提供

前　言

　　2009 年我在华南师范大学文学院做访问学者的时候，我的导师陈少华教授建议我做潮汕女性文学研究。我当时颇有些疑虑：潮汕是一个传统儒家文化非常主流化的地区，女性的地位并没有得到彰显，潮汕女性能创造出载入文学史的文学成就吗？这可以成为一个独立的研究专题吗？我带着种种疑惑和试试看的心态开始查阅相关文献资料，果真发现了一个潮汕女性文学研究的学术空间。恰逢时任韩山师范学院副校长的庄东红教授也在省委党校学习，在一次造访中，她告诉我学校即将成立广东省重点人文研究基地潮学研究院，借着这个大好的发展契机开展潮汕历史文化研究是不错的选择，在她的鼓励下，我坚定了信心，并且拿到了潮学研究院的第一批立项——"潮汕女性文学研究"。隔年又在林伦伦校长的鼓励下，申请到了省级项目"潮州歌册与潮汕女性文化研究"，从此便一发不可收地开始了潮汕女性文学和女性文化的研究。如今，七八个年头过去了，一路走来，付出了艰辛和努力，也收获了成功和喜悦，《许心影研究及作品选》便是这其中的一项研究成果。

　　许心影进入我的研究视野之后，我去寻访了《潮籍女诗人许心影》这篇文章（载于《鲁迅研究月刊》2008 年第 1 期）的作者——汕头大学的李魁庆教授，她给我提供了一些研究线索，她告诉我，许心影的外甥女李坚诚老师就在我工作的单位。于是我找到了李坚诚老师，并开始了我们的合作。经过两年的艰苦查找与寻访，基本确定了许心影的年谱。《潮籍女诗人许心影传略》一文在 2012 年刊发于《湖南人文科技学院学报》，又经过三年的苦心钻研和搜索，基本确定许心影的文学作品和创作概貌，《潮籍女作家许心影著作考略》一文在 2015 年刊发于《汕头大学学报（人文社会科学版）》。至此，我们一边深入研究和解读许心影的文学作品，一边明确制订了出版计划。

　　本书分为三个部分，第一部分"回忆与纪念许心影"，收入了 15 篇诗词文章，有许心影的师友相赠的诗词，包括饶宗颐先生（百子、固庵居士）、陈朴庵（朴庵居士）、蔡起贤等，有许心影学生陈兆熊的缅怀文章，还有许心影的后人许荧子、许在镕、李坚诚的怀念文章，最珍贵的是 3 篇口述访谈的文章，即许心影的故交陈华武先生和郑餐霞先生的回忆访谈以及李春鍏的女儿李魁庆教授的口述访谈。我们希望能够通过许心影亲朋好友的叙述，努力还原一个真实的许心影形象，也为我们的文学研究增加一些真实的文献史料。第二部分"许心影研究"，收入了 13 篇学术研究论文，有 4 篇是这儿年陆续刊发在学术刊物上的论文，有 3 篇是许荧子的同学林猷垂、翁佳猷、杨世录专此写的文学评论，其余都是我们与韩山师范学院的同事和学生合写的研究论文，这些学术文章从不同的角度、不同的层面，解读和阐释了许心影的文学创作和文学地位，拓展了潮汕文史研究和中国现代文学研究的领域和视野，具有一定的文学研究价值。第三部分"许心影作品选"，收入了许心影的主要文学作品，包括约 60 首古典诗词、4 首现代诗歌、6 篇散文、13 部中短篇小说和 1 部长篇小说。这部分内容之所以占了本书的一半以上的篇幅，是因为每一篇作品都来之不易，我们从浩如烟海的纸本文献资料库和电子资源库中像寻宝一样艰难觅得，又逐字逐句录入电子文档，是非常珍贵的文学研究资料，汇聚在这里整体呈现出来，一是为了尽量完整、清晰地展现许心影的文学创作全貌；二是为了丰富和补充中国现代文学研究的文献史料。限于篇幅，我们不得不忍痛删掉了许心影改编的戏剧作品《假老爷》和翻译作品《富美子的脚》。需要在此说明的是，文章照录之后，我们发现舛误较多，然为显现原著风貌，遂个别疏失一仍其旧。

对于许心影的研究我们只是刚刚起步，做了一些史料的发掘、搜集和整理工作，汇集了她的大部分文学作品，运用社会历史批评方法和文学地理学方法进行了简单的分析和解读。对于许心影的古典诗词、现代诗歌、散文、小说等文学作品的细读还有待深入挖掘，对于她的文学成就、文学地位和文学影响的研究都还有很大的拓展空间，尤其是对于她昙花一现、稍纵即逝的文学史命运的深刻反思，具有很大的启示意义。了解这位在二十世纪二三十年代颇有影响的"潮汕作家群"中与冯铿齐名的"潮籍女诗人"，与庐隐、凌淑华、冰心相提并论的"海上颇负盛名的女作家"，与丁玲交好至五十年代的卓然才女，为何在归隐潮汕之后旋即边缘化而被文学史湮没，是一个非常值得深思的文学研究课题。希望借助本书的出版，既能为现代文学研究界提供新的研究史料，开辟新的研究空间，也能为许心影的文学成就"重见天日"，浮出文学史地表提供一种可能性。

刘文菊

2017 年 4 月 8 日于韩山师范学院东丽水岚园

目录
Contents

回忆与纪念许心影

赠心影兼简郑三①

百 子②

镂肝滋味付微醒，辜负东南竹箭名。
犹有精思污故楮，休将悲愤说平生。
金貌香冷词人意，翠袖天寒日暮情。
爱听歌喉声宛转，不堪一曲想遐征。

赠心影③

固庵居士④

白鸥居士性真挚，胸怀磊落无俗气。　　纵情豪饮醉赋诗，落笔修然有逸致。
自标一帜傲词坛，才名久为人所企。　　忆及同客鹭水边，已结神交识君先。
天南地北各流落，倏历沧桑二十年。　　廿岁飘零少晤面，君日著述我未见。
今日相逢古榕西，佳作始得读之迟。　　我夙爱君天分高，渊源家学得熏陶。
宜乎致力事韵事，居然果以诗词豪。　　愧我碌碌负孚生，学剑学书无一成。
到处登临伤旧我，读罢君诗感慨并。　　君今作诗成老手，我今学力渐衰朽。
诗思滞涩日荒疏，整年不做诗一首。　　承君饮我一杯酒，嘱我题诗送老友。
话旧不禁动诗肠，信笔为君赋一章。　　芜词未足献大雅，聊博故人一笑也。

次韵白鸥　葵阳　漫兴兼简蓝秋⑤

朴庵居士⑥

倾挹才名廿载余，海壖岁晚喜邻居。
倚声有乐传清照，琢句无华嗣晓疏。
鸥波赵管闲斟酒，鸿案孟梁岂羡鱼。
我如退院老庞蕴，遮眼由来不读书。

---

① 原载于 1945 年 5 月 13 日《光华日报·岭海诗流》。
② 百子：饶宗颐的笔名。
③ 原载于 1946 年 12 月 12 日《光华日报·岭海诗流》。
④ 固庵居士：饶宗颐的笔名。
⑤ 原载于 1946 年 11 月 3 日《光华日报·岭海诗流》。
⑥ 朴庵居士：陈朴庵（1897—1962），广东揭阳人，粤东著名诗人、书法家。

赠许心影先生并用其韵①

蔡起贤②

昔日扬鞭意气豪，胸中绮思常滔滔。
伤春不学樊川杜，嗜酒真成彭泽陶。
偶为怀乡书恨别，时缘感愤读离骚。
明年倘得云程便，准拟因风作远翱。

减字木兰花
春雨凄其旅怀萧索率成短韵十章分呈诸师友③

蔡起贤

轻烟接浪，白羽如银飞浩荡。醉墨方浓，知道琼楼雨是风？星移斗换，转眼繁华馀可恋。摺叠骚心，谱入梅芬彻夜吟。

缅怀许心影先生④

陈兆熊⑤

潮汕杰诗人，才情捷复真。行吟惊李杜，下笔叹苏辛。
为学羞泥古，释疑详问津。士林姬韫辈，重教乐传薪。

---

① 蔡起贤：《缶庵诗词钞》，汕头市政协岭海诗社选编：《岭海诗词选》，北京：中国文联出版社 1999 年版，第 15 页。

② 蔡起贤（1917—2004），号缶庵，潮安彩塘人。潮汕著名诗人、学者，著有《缶庵论潮文集》《缶庵诗词钞》《缶庵诗文续集》等，系许心影挚友。

③ 蔡起贤：《缶庵诗词钞》，汕头市政协岭海诗社选编：《岭海诗词选》，北京：中国文联出版社 1999 年版，第 21 页。

④ 陈兆熊：《竹庐诗草》，载自 2008 年潮阳第一中学校友会《校友通讯》专辑，第 31 页。

⑤ 陈兆熊：许心影的学生，广东楹联学会会员、广州诗社社员、潮阳中学高中教师。

回忆与纪念许心影

许心影的家庭

李坚诚

许心影是我的大姨，这个概念大概在我懂事之后就有了，但是大姨也仅仅停留在妈妈向我诉说的有限的印象中。因为大姨在我出生之前就去世了，而且在 2011 年之前，我从未给大姨扫过墓。

在不少介绍许心影的文章中，一定会提到许心影的父亲许伟余先生，父女二人都因为其文学之才情而闻名潮汕。许伟余是我的外公，我与外公曾经有三四年的时间住在一起，我们一家陪伴他度过了人生最后的几年，所以我所认识的外公是暮年的许伟余老师。在我们家里，"老师"成了外公的专称，连我妈妈和爸爸都称呼他为老师，只有我们孙辈才称他为外公、阿公。这在别人看来似乎是很奇怪的事，在我们家却已经习惯成自然了。在我少女时期眼中的外公，就是一位老式的老师，他身穿长衫，长衫里面是白色的唐式布衫、黑色的宽腰布裤；在家脚着木屐，偶尔出门，则穿着黑布鞋，拄着手杖⋯⋯在家里常常躺在帆布躺椅上，不是看报纸就是养神，偶尔会翻翻身边的字典。他每天上午和下午都会喝一泡工夫茶，用小泥炉和木炭烹水，一般都只喝头三冲就够了。那时外公和我们住的房子位于大华路的锡乾里，是一座五套联排的三层小洋楼，这处房子是大姨在世的时候就一直租住的侨产，我们只是租了一套中的一层。从既没有享受作为广东省文史馆馆员、广东省人民代表、广东省政协委员、潮汕名士应得的公产房屋待遇，也没有购置私产房屋这两点，足见外公对身外之物的超然态度。1956 年，外公从澄海中学退休后到汕头市区时，汕头市统战部曾经就房子分配一事征求过他的意见，他表示不需要，与女儿许心影一起住就可以了。

外公的墓碑上写有三位夫人的名字。其实外公并非同时拥有三位夫人，而是在第一任妻子去世后才再娶了第二任妻子，第二任妻子去世才又娶了第三任妻子。第一位夫人没有生育儿女，第二位夫人蔡氏娘生育了一女三男（心影、子由、芷荪、仲廉），第三位夫人柯氏生育了一男一女（守介和石桢）。

许心影原名许兰荪（1908—1958），是许伟余老师的大女儿，从她发表在上海《女青年月刊》1935 年第 14 卷第 4 期的散文《女儿经验谈》中，可以看出父亲对大女儿的钟爱以及父亲的教育观念对她成长的影响。许心影继承了父亲的文学才情，是潮汕具有一定影响力的女作家。蔡起贤先生在《三个女诗人》一文（《岭海诗词》2001 年第 13 期）中将她与陈凤兮、张荃并称为"潮汕三位著名女诗人"，并做了高度评价："心影回汕后即被海滨师范聘为教师，并从她的父亲许伟余先生治古典诗词，一时声名藉藉，文教界少有不知白鸥女士其人者。""心影为人，既聪明又大胆，朋友们说她兼有巴黎女人的浪漫又有纽约女人的豪放两种性格，诗词也是这样。"同时，许心影还兼工书法，"效黄山谷松风阁帖，不拘不放，妙造自然"。许心影边教书边写作，也是潮汕教育界很有影响力的名师。《红棉礼赞》① 收录了学生回忆她的文章：《从五十年前一篇作文想起的》（方世攀）和《音容宛在 风范长存——怀念张华云、许心影、卓冠英老师》（方大光、方英松），从中

---

① 汕头市惠来一中校友会编："惠来一中建校八十周年纪念文集"《红棉礼赞（自刊本）》，1999 年。

可以大致领略到当年她的教书风采。

抗战时期，韩师搬迁至揭阳古沟，外公许伟余老师曾在此任教，《偶书寄诸子》这首诗作于这一时期，诗中写到："女儿居近县，负累重难胜。群雏饥欲哺，独鹤久无声。堆案丛生笋，照眼短檠灯。清愁若为遣，往往以诗鸣。大儿客韶石，贫病亦交攻。犹幸中有诗，留得气如虹。近报入章贡，将归省乃翁。四年期一面，小驻莫匆匆。艰难我季子，孑身寄滇池。端为营为饱，成此万里霸。"在这首诗里，除了提到我大姨许心影，还有许心影的大弟许子由、三弟许仲廉。这里为什么没有提到他的小女儿杜如雅呢？我妈妈杜如雅本名许石桢，是外公第三位夫人所生，妈妈出生不久生母就去世了，自婴儿时就由姑母养育，改名杜如雅，一直到读高中才离开姑母回到父亲身边，这也是我妈妈一直称呼自己的父亲为"老师"的缘由。与我妈妈同胞的还有我的四舅许守介。

许子由（1912—1996）曾与许心影同赴上海大学读书，抗战时期在韶关曲江，后长期在香港，一生主要从事报业工作，二十世纪三十年代曾翻译欧·亨利小说《最后底一叶》和《奥亨利传》、霍桑《回春法底实验》，五十年代在香港出版散文《泰国游记》《东游散记》，晚年回到番禺养病，在番禺去世。许芷荪青年时期参军之后与家庭失去联系。许仲廉（1918—1991），出生于澄海，原名许德荃，字荃荪，就读于桂林邮电学校，毕业后先在云南大理，后回到广东，在广州和新会邮电局任职，在新会去世。许守介（1930—1984），又名幼石，出生于澄海，毕业于澄海中学，新中国成立前夕上凤凰山参加革命斗争，新中国成立后曾在汕头《团结报》当记者，直到去世前一直在金山中学任语文教师，是金中名师。杜如雅（1938—2010），本名许石桢，出生于澄海，中学毕业后在汕头园林处、中山公园工作，在汕头去世。

许心影与李春镛生育了大女儿许秋子，与黄正言生育了二女儿许荧子和儿子许在镕。许秋子（1928—1974），18岁就开始了教书生涯，先后在潮阳、澄海、汕头等地教书，从1952年起直至去世都在汕头第一中学任语文教师。许秋子的女儿郭平阳也是一名优秀的语文教师。蔡起贤老师有一首诗《赠秋子》（见《缶庵诗词钞》）概括和赞誉了许心影、许秋子母女：

赠秋子

我昔作诗苦无俦，我年二十识白鸥。白鸥有女名秋子，风神可与敌素秋。
与人言语但妩媚，文辞快活清水流。更能下笔云烟起，溪藤茧纸挂银钩。
长日熏风来户牖，鸣蝉吟树声啾啾。清歌丽唱东栏畔，响遏行云出珠喉。
故知秋子乐天者，乐天知命应无忧。眼看世人勤营钻，胶胶扰扰且交缪。
少年正莫干此事，文章之外复何求。乃祖今日文章伯，汝宜勉旃期与仇。

许荧子，生于1938年，1956年考入广西师范学院中文系，毕业后在广西百色、南宁任语文教师，1993年在南宁市第十三中学退休。她也继承了母亲许心影的文学才华，热爱文学创作，出版电视剧剧本《和谐乐章——校园的故事》、文集《涟漪集》等。许在镕1941年出生，毕业于金山中学，曾任汕头保险粉厂厂长。其青少年时期跟随外公许伟余老师生活，深得学养。

许心影的家庭是教师之家，与世无争，家风平实耿介。

题亡姐旧照①

许仲廉

飞龙舞凤卷狂澜，行云流雨寰宇间。
豪唱江东黄鹤杳，低吟宛在子平安。
叁斤陈绍醒心影，一阕新词夜未阑。
芳草风烟犹薜荔，白鸥浩荡碧波寒。

《题亡姐遗照》跋②

许守介

聪慧挺拔眉宇间，笑对人生名利场。
黄鹤豪唱江东去，白鹭低吟子平安。
三斤高粱舞心影，一阕新词歌汀兰。
烟雨芳草成萧艾，白鸥万里没浩荡。

《题亡姐遗照》写于先父忌年。事隔二年，检点旧物，重睹为亡姐遗作小照复制底片，心事浩茫，往昔萦怀如缕如丝，循而理之，为诗作跋。

偶而重睹亡姐英年小照，慷慨豪爽，俏丽慧聪。然时居士亡故已十六年矣。某儿时慈亲见弃，姐氏是依，辗转潮普惠揭。姐虽惓怀国难，备尝艰辛，而吟咏未减其情，高粱愈壮其气。后于乔林旅居之暇得睹未问世巨著手稿《爱的屠场》，于河东书舍复读问世若干中短篇。韩渚之滨，甘棠亭畔，手抄小诗一卷，爱不释手，叹为人间尤物。今遗稿不幸皆失于水火，不可复得矣。某由是知姐氏遭际坎坷逮非史书婕妤辈可比拟。其为人也，沧海波涛阔壮而诚挚，好抱不平，欲救人危厄，虽入息微薄，生生之资艰而又艰，周济朋辈，或散金如土，或罄瓶而无难色。其行事讲忠信而诺千金，曾受托香江说项，笃信而归。其为情也，大江奔腾，汹涌无羁，鄙势弃利，"合则来不合则去"，从未略一低眉折腰。其为才也，巨幅雄篇倚马可就，尤喜长短句，与易安相伯仲，而学稍瞻不足。然而世事桀谬。情挚则惹是非，忠信反易见疑，无羁则骇俗，才富则妒生，由是无立足地者数，依孟尝岂令弹铗之叹，托子女曾兴独鹤之哀。于是每夜阑更静辄振袂放声长啸为《山鬼》之歌，奋笔挥翰为《金缕》之曲，取㱇裴换杜康，泰然自得，醉罢唱大江东去，旁若无人。忽明月当空，时则揽衣推枕，研墨挥洒词曲立就。其才迅捷，于华词绝句中镂铸无限苍凉心事，今幸存仅自选《蜡梅余芬别裁集》一卷。某童稚侍于左右，华年相随奔走，故窃以为知姐

---

① 原载于许伟余：《庶筑秋轩文稿（自刊本）》，1998 年。
② 原载于许伟余：《庶筑秋轩文稿（自刊本）》，1998 年。

心境如火而寂寥，曲高和寡，愤世嫉俗者独某耳，故力排众诽，欲为传心迹于人间。

姐氏幼聪于字画女红，不幸蔡氏娘夭早，失其所护，祖母严酷，严亲非意，锦弦难续，姐未及笄已去家泛舟鹭岛，就学于集美，既而为亡友宜玉申正义，滚舍监折栏杆；几遭构陷，奔亡棉城，遂执教鞭。不安所位，求道乘槎至于黄浦滩头，就道于"上大"。于时海内英杰荟萃于兹，横眉与当衢大阀抗衡。溯溯江而上，翱翔于三镇，流涟于黄鹤。其时风云人物，悲歌慷慨之士，济济者众。不幸误信填海之说，刀剑丛生，血海浪涌，漂泊至沪，悲愤何极。觑朋辈或登"龙门"，或成鬼蜮，几不信斯为人间世，愤然而归故里。然斯时也，罾网四布，魑魅魍魉，云雨覆手，何地而不皆然。姐氏有三镇之隙，何乃得安？严亲遂携女子东走龙溪，姐氏时年始迫双十。然沧海已曾经，云雨思巫山，浮生瞬息似梦之慨油然生矣。旋复赴沪卖文，蒋党网密，岂获宁遏，东洋兵起，安无祸灾，遂复归来觅食，度粉笔生涯而已矣。于时兵戈未已，稽迟边海之陲，南山之麓，生计甚艰，所恃者吞长鲸之气与乎诗酒耳。

世俗但责于其不羁于礼，殊不知败礼坏俗者窃国卖国大盗蒋汪之流也，陷姐氏于斯境者蒋汪之流也，又殊不知其方寸刀痕已不胜，适正数于豪唱诗酒之间而已，岂为他哉！叛逆之心，不阿之性匿于数易其偶之间，适正返璞还真耳，岂可诽哉，岂可谤哉！倘世知其曾援餐霞而笑署木；佯醉酒而耻三宰，必当莞尔而笑，企凤不及而惶悚矣。

沧海桑田，卖国求爵者荣，卖友求官者显，趋权贵而折腰，倚豪门而卖俏，淫人妻女而自得，口为礼义之教，身为狗盗之行，皆未为耻，则可见姐氏奔放不羁之翘楚也，弃安危不顾而助友，居陋巷而不馁之翘楚也。嗟夫，后代时在襁褓，未知其实，恐有所失，某以为不必且夫足以自慰。迩近病在肝膈，华年已逝，遂手抄遗翰，嘘唏太息掩卷者数，音容历历尚犹在望，故为诗作跋。

幼石手书岁在寅

母亲杜如雅记忆中的姐姐许心影

李坚诚

我的母亲杜如雅，是许心影的妹妹。母亲没有与她的姐姐和哥哥一样姓许，因为她出生不久其生母就离世，自幼跟着姑母生活。在乡下，为了读书方便，不受外姓欺负，便跟了姑丈的姓。母亲原名许石桢，我的外公就一直叫我母亲阿桢。

母亲病重期间，嘱咐我做两件事，一是把《脱了牢狱的新囚》的复印本转录为电子版，打印好送到韩山师范学院图书馆和澄海文化馆；二是清明节要去给大姨许心影扫墓。可见母亲十分敬重其姐许心影。或许，母亲对姐姐许心影的感情更多的是深埋于心中，留存文字里提及她的并不多，正因为如此，点滴的记录弥足珍贵。

母亲十二岁才第一次见到自己的亲姐姐。

直到我读初中一年级时，秋子来苏中教书。有一天，她带我们到汕头姐家。这是我第一次来汕头，也是姐第一次见我。她很激动，又好像很生气，看到我是一个十足的乡巴小姐的样子。又骂姑母又骂秋子，大概是说姑母只会爱惜我而不会调教的意思，这怎么能怪姑母，这是环境使然……姐很内疚，自言自语说，当时（指母亲的生母去世时，坚诚注）她自顾不暇，荧子只有三个月，无法照顾我，才把我送到乡下由姑母抚养……

谈及我母亲的生母与大姨许心影的关系及大姨的聪慧手巧：

母亲只比大姐大五岁，她们成了朋友，一起绣花，学做女红。姐绣得一手很漂亮的潮绣，一九五六年甥女荧子要上桂林读大学，我就亲眼见到姐在一幅白布上信手几拨，便勾勒出一丛很洒脱的兰花，然后拿出针线很快就绣好一个既简单又漂亮的枕套。

母亲对大姨许心影的另一次深刻的记忆反映在她写给荧子的一封信中：

荧子，我这里有段文字对你可能会有启发的价值，不知道你是否记得这回事，那还是住在荣秀里的时候……四十多年前那时我读初二，暑假到汕头姐家度假。有一天下午来了一位不速之客——一位三十岁上下的女人，说是姐十六年前的学生——听到"十六年前"，我和姐姐的儿女们还有阿铃一群小么都瞪大眼睛觉得不可思议，太遥远了，我们这群小么不都尚未出生么。是的，这又是怎样的十六年呵，国家社会经历翻天覆地的变化，而个人也经历了风风雨雨，师生俩一见面就抱头痛哭，好激动好伤心，我也跟着下泪。记得我和荧子还偷偷逃下楼，跑到图书馆直呆到天晚才回家。那晚姐喝了好多酒，姐平时也喝点酒，但是我从不见她醉，可是那晚她喝得特多，喝醉了。险些跌到从三楼一直通楼下的楼梯上去，我们一群小么害怕极了，不敢出声，噤若寒蝉。晚上这位姐当年的学生就和我们一群小么睡在地板上，半夜醒来，我还听到她们师生俩在谈话。那时我不大懂但印象特深。可惜我一直不知道她的名字。（摘自杜如雅1995年写给许荧子的信）

四舅在我外公去世那年写下《题亡姐遗照》诗一首和《〈题亡姐遗照〉跋》，后来三舅也写了《题亡姐旧照》。于是，我的母亲虽然才情不及三舅和四舅，出于真情怀念，也写了《亦题亡姐旧照》：

　　　　抚腮沉思忧匡国，击节犹念杜宇魂。豪唱黄鹤知何去，低吟白鸥子平安。
　　　　三杯佳酿属心影，一阕新词有酒香。兰慧芷荃相额庆，庶筑蜡梅众人传。

　　从诗的最后一句，可以推测母亲写诗的时间应该是在《庶筑秋轩文稿》刊印之后，即在 1995 年到 1997 年。

往事不会如烟——怀念我的外公和母亲①

许荧子

前年（1995），当我第一次读章含之的《风雨情：忆父亲、忆主席、忆冠华》时，就有过为先外公和先母写一点回忆文字的冲动。可提起笔的时候，脑子里那东一鳞西一爪的印象总是显得那么零碎那么模糊，最后只好慨叹：唉，我实在知道得太少了。去年8月有机会回故乡，并分别跟随我细姨如雅、表嫂静芸去过潮州、澄城、兰苑，拜望过蔡起贤先生、李益扬老师和澄中的几位老校友，翻阅过澄中旧校刊，又在汕头市图书馆查阅过抗战时期出版的《光华日报》，找到一页先母书题编辑的副刊《岭海诗流》，于是乎不期然地，"往事不会如烟"的声音便由远而近、由微而著不断地在心底里敲响起来。

一

一帧翻拍的署有"庆贺许老师荣选优秀教师留念，澄中高中第十六班全体同学合摄，1954年1月11日"的集体照摆在案头。照片上，外公手捧鲜花与李缵华校长并肩坐在第二排的中央。他头戴浅色羊毛帽，身着深色对襟棉衫，神态庄重谦和。不错，这就是我心中敬爱的、熟悉而又知之不多的外公许伟余先生。前排那面由两位学生用手拉开的书有"循循善诱"字样的锦旗，似乎在向我昭示着许多许多。

去年8月5日下午。澄城罩在雨幕之中，表嫂领着我去拜望澄中的李益扬老师。李老师住澄中教师宿舍，室内布置朴素清雅，透着淡淡的书卷气。伴着窗外的雨声，听李老师叙述外公在澄中工作时的往事，真可谓点点滴滴在心头。

关于外公精心批改作文的故事尤其使我动容。那年外公已届六十九岁高龄了，可他老人家一如既往全身心投入教学。一天夜里，为批改学生袁君的作文，他足足用了三个小时。当学生们问他改文为什么这样认真时，他回答说："因为不能让一个高中生写出不通的文章来。"后来他了解到袁君生活有困难，还帮助了她，这件事使袁君念念不忘。40多年后的今天，当她得知我们要为外公出版遗著《庶筑秋轩文稿》时，一定要捐助400元，而她的生活并不宽裕。不少澄中老校友也像袁君一样表达了对自己老师的敬意。据高中第九届学生陈东书君回忆，一次，外公出作文题《观球赛》，外公在陈君作文上批有"文章描述很细致，闻说作者是沙场老将？"等语。由此可见，外公批改作文时心中总是装着学生。唯有这种"既见文又见人"的批改法，才会使学生永远铭记在心头。

李老师又说起一件趣事：我四舅守介读高一时（大约是1948年），一次，外公给他的作文打了100分，并将它贴堂，这件事在澄中校园一时被传为佳话。这使我不由得想起《吕氏春秋》记载的祁黄羊"外举不避仇，内举不避亲"的故事来。我在汕头见了四舅当年的同学佘延年老师，他也说确有此事且至今仍记忆犹新。我体会到为人师者"公正"是

---

① 原文载于郭先安、许荧子：《涟漪集》，香港：新风出版社2001年版。

第一重要的素质，外公批改作文的态度正反映出他这方面的高尚师德，难怪当年陈德桂校长在校刊上亲自著文加以总结推广。其文题为《学习许伟余老师批改作文的态度和方法》，文中总结出四点经验：第一是认真和细心；第二是批语具体、中肯，有启发性；第三是注意学生的思想感情和实际写作能力；第四是除指出文章中的缺点外，始终没忘记给学生每一点滴的进步以鼓励。对上述每一点，陈校长都举实例做出中肯的分析。依我之见，这些经验就是放在今天仍然是行之有效的。说心里话，在听了李老师的介绍又读了陈校长的文章之后，我真想大声喊道：现时我们的教育是多么需要这样的老师和这样的校长啊！

据李老师说，1955年外公退休即将迁居汕头时，还特地嘱咐澄中的语文老师，如果文言文教学遇到问题就去请教他的好朋友林鹤皋老先生。林先生是清朝最后一期科举的澄海县拔贡生，也是澄海中学的第一届教师。这件事虽小，却让我又一次深深感受到外公对教育事业的一片忠心和赤诚。

外公一生勤奋读书，尽心尽责教书育人，并终生辛勤笔耕。在教学中，他不断探索新的教学方法，并随时加以总结。他曾在校刊上发表文章《我在教学中怎样运用系统性原则》，谈自己对每册教材的总体理解和处理，我现在读了这篇文章觉得外公对教材之间的内在联系把握得非常准确，对教材的思想内涵和艺术特点理解得极深刻精当，确有独到之见，故在运用处理时分寸感特强，不愧为高明的"驭手"。可惜我从未有亲耳聆听外公讲课的好福气，别人说他讲课言简意赅，深入浅出，诙谐流畅，深受学生欢迎。这我绝对相信，因为外公平日的言谈就具备这些特点。外公的教学语言和平时的语言都有自己惯用的一些独特的语汇和句式，听起来很有味道。可以毫不夸张地说，外公的语言已形成自己独特的风格。表嫂有幸做外公的学生，她曾学说一些外公的课堂用语给我听，非常风趣动听，遗憾的是我不会用潮州话来表达，若用普通话则有失其原汁原味，不能同大家共享了。在此试举一例，他老人家要找眼镜时会这样说："阿奴呵，快快替阿公找找那讨厌的目镜，看他去蹲在地球的哪个角落头了。"一副眼镜变成一个有血有肉的捣蛋鬼了，真绝！

我的同学林猷垂君现任汕头市政协副主席，二十世纪六十年代初任教于汕头职工业余大学时，曾慕名聘请外公为学生讲先秦文学。他告诉我，外公讲《离骚》，全文背诵如流（那时外公80岁），边背诵边讲解，着实令人叹服。本来《离骚》韵脚复杂，外公创造性地用潮州话将古音韵读得朗朗上口，极为动听，有时更与英语、普通话、潮州话相比较，对音韵加以阐发。我打心底里羡慕林君，那时他常为接送外公进出大华路锡乾里2号。那里曾是孕育我青少年时代梦想的地方，那里有馨香的书卷气息，那里有深深浓浓的父女祖孙情。我也常常惋惜和懊悔，当年竟然没想到拜外公为师，真是个身在宝山不识宝的天字号"大傻瓜"，而这损失可是无法估量和弥补的啊。

外公学识渊博，擅长诗文。他年轻时当过记者，壮年时刊印有《慧观道人诗集》，惜已不存，无法读到。《澄海县教育志》的"人物志"有关外公生平的介绍中说香港大学教授饶宗颐先生和已故中山大学教授詹安泰先生对这本诗集评价很高。我手头有的是三舅仲廉整理、表弟岗生刻印的《澄海许挹芬先生遗稿拾零》，其中有39首诗和一篇赋。请教过蔡先生之后，才知道是抗战时期外公在古沟、乔林、灰寨、潮安所作。1986年7月，我曾用刚练习的八分书逐首抄录于一个笔记本上，算是只有自己懂得的对敬爱的外公的一种纪念。

我读外公这些诗，能深深感受到一个平民知识分子在国难当头、世事维艰之际忧国忧民、忧时忧世的丰富的感情世界。这些五言诗、七言诗，或长或短，语言都质朴无华而又别具一格，初读似觉平淡，越读味越甘。我自愧没有足够的功力去完全读懂并深入领会所包含的深刻思想和哲理，单是诗中的典故就够我反复解读了。

> 烽火无端照旧林，他乡遥听最关心。故人三径幸无恙，小友一篇犹在吟。
> 地上纷纷天狗堕，余怀浩浩河鲤沉。洗兵何日通东道，杖策相从力尚任。
>
> ——《莲南兵讯有怀》

读这样的诗句，总是令我联想起那位"僵卧孤村不自哀"的陆放翁，"杖策相从"就是外公彼时的情怀。在《山居杂诗》中"安得沧海缩，沃土尽娑婆"和"万年兵不用，四海水无波"所表达的对和平生活的企盼是那么真诚迫切！

即使是在战争环境下，外公也总不忘育人教子的神圣职责。他在《偶书示诸生》中谆谆教导自己的学生，其良苦用心真叫人感动，字字句句饱含深情。他希望学子们走正确的成才道路，努力去实现自己理想的"胜妙国"；他更希望优秀人才带动社会面貌的改观，让老百姓享受太平盛世的好生活，当代青年亦能从这些诗句中获得启迪和教益。我不顾多占篇幅之嫌，特抄录24句于下：

> 欲现胜妙国，当知其艰难。人人澡厥行，耳目皆改观。
> 芙蕖拔出泥，灼灼放奇丽。直须此境界，太平乃可致。
> 我作此论调，或且笑其愚。兹事理实然，正道是坦途。
> 考工亦有言，绘事后于素。不有洁白质，五色将焉布。
> 勉旃复勉旃，吾社诸少年。各持白净法，葆此在山泉。
> 人才由风气，一倡百和起。此义苟养成，足下即千里。

此时，我母亲、大舅、三舅均不在外公身边，他用《偶寄诸子》《寄三男大理》等诗寄托对儿女的思念和勉励，真真是"怜子如何不丈夫"！"顾念境之寡，能助智之丰。干将须砥砺，和璧贵磨砻"，当三舅读到这些诗句，怎会不在异乡"且乐且读书""珍重持其躬"呢？外公不愧是位好老师、好父亲！

从外公身上我看到了中国优秀知识分子的高尚品格，他们总是穷而弥坚，以自己的操守言传身教，给后人留下无价的精神财富。我想，新中国成立前夕外公鼓励澄海县立中学学生和幼子许守介上山参加革命，新中国建立后又送长孙——我的表哥许大云参加解放军，这是他的思想与性格合乎逻辑的发展，是非常自然的事。二十世纪六十年代初和七十年代初我曾两次流露返回家乡工作的想法，当时外公在复信中以"好男儿志在四方"来慰勉我。于是，我便留在他乡，一直到1984年国家有照顾支边人员的政策下达，才又动了回家乡的念头，但终于还是没有回来。

外公晚年仍辛勤笔耕不辍，遂成二十多万字的《庶筑秋轩文稿》。蔡起贤老师有诗《题许伟余先生〈庶筑秋轩文稿〉》为志：

若问先生孰可传？独遵大畜绍前贤。春风桃李三千树，笔海声华七十年。
诗自江金追韩愈，学从许段到孟坚。悬知来日新方志，更为儒林续一篇。

蔡先生确是外公的老相知，外公在《谒韩庙有会而作》中首句就云"少爱读公文，老而喜公诗"，又云"恨不生并世，籍諟或庶几"。全诗55行，对韩愈的为人为诗为政多所颂评，读来酣畅淋漓。去年我同表嫂一行六人过韩江湘子桥谒韩庙，想当年外公就在一旁的韩山师范从教，他的足迹亦常涉此圣地，一阵沧桑之感不禁涌上心头。

二

我学前期曾在外公身边生活过，那是一段我不可多得的童年幸福时光。长大后，家里人最爱拿我写"白水字"的故事与我逗笑。我用粉笔在厅堂红砖地上学字，写了大白字，大人见了说："阿荧写白水字。"那时还不懂得什么是别字的我，洋洋得意地顶嘴说："我拿粉笔写的就是白字。"说到字，记得我在汕头一中念初二时，暑期去澄城探望外公，他在小厅地上写了"颠顶"两个大大的粉笔字考我，我读不出，羞得脸红心跳。那次以后，每遇到生字，我便特别在意了。

1953年夏天，我初中毕业，参加汕头地区会考，当时放榜是登在报上。后来我听说外公在澄海戴上眼镜找我的名字，在汕头一中录取名单栏里好不容易找到中间才发现。我那时偏科很严重，对数理化不感兴趣，上课偷读小说。初一算术、初二代数一团糟，到了初三学平面几何才开始用心，所以会考成绩中不溜秋。外公的关切，使我一上高中就有迎头赶上的想法。虽然仍爱读大部头，但能做到认真听课，课后也匀出时间来多解题，所以颇有长进。1956年毕业时四舅看了我的毕业成绩曾建议我报理工科，但我深知自己缺少这方面的天赋，还是报了文科。由于妈妈说广州是个花花世界，读文科最好是到杭州或桂林，那年杭州没在汕头招生，于是我进了桂林的广西师范学院中文系。入学不久，妈妈于10月15日寄来的信上说："姐言一中评你为优秀生。"这证明外公的无声教育非常起作用。不过那时好像并没有发什么荣誉证书，不然，这会儿多一件中学时代的纪念品也挺有意思。

还有一件事。我告别家乡远行之前，有一天下午，我靠门边站着，阿公看着我说："看阿荧吃了外乡水，明年回来会不会长高一点。"四舅接口说："不长高又怎么样，拿破仑就没有多高。"虽说这只是闲谈，我却一直没有忘记。后来事实上我没有再长高，不过牢记着外公殷切的目光和四舅激励的话，常常暗暗告诉自己：你可不能样样都矮人一截！

外公搬到锡乾里，我就成了内宿生，只在周日回家，和外公接触的机会还是不多，但外公手不释卷的学习精神还是给我留下了极其深刻的印象。他老人家那时年过古稀，但仍时时忙着，不是读书就是写作。记得我在家时，外公清早起来，就去烧好小炭炉，坐上小铁锅烧水冲茶，然后躺在帆布椅上开始读书。当年自己好傻，也没看外公读什么书，更没去问头问尾，否则也不会落到如今根底这么浅的地步了。倒是弟弟许在镕（因为他小时候格外调皮，外公给他起了这个名字），什么书拿起来就乱读一气，虽然因此得了不少可笑的绰号，如"锅殃"（把"祸"误读为"锅"）什么的，却比我强。他不是什么科班出身而根底并不浅。外公爱读书，带动了他的子孙都有读书的兴趣和习惯，许多人也是终生一以贯之。

许美勋先生于二十世纪八十年代初在《汕头文艺》发表的一篇回忆文章里曾描述外公和妈妈在礐石海边散步的形象。说外公着长袍马褂，妈妈却剪男式发型，西装革履，父女二人走在一起俨然是两个时代的缩影。

外公穿长袍马褂我没见过。1950年夏到1951年夏，我在澄海苏南中学念初一，姐姐秋子是我的老师，细姨如雅是我的同班同学。外公在澄中任教，住在澄城公婆树的一座小院落里。每逢周日一早，我便同细姨从兰苑步行去澄城看望外公，下午四时左右返回。记得烈日把河沙滩晒得滚烫，我们是打赤脚的，只好拼命快跑。外公常穿的是中式白色对襟布衫和长裤，穿布鞋。阿公的伙食较简单；有两样菜最常吃，一样是芥蓝炒猪肉，一样是花生煲猪脚。阿公叫我们吃那猪蹄尖，说长大了走路厉害，也许外公预知我日后要在山区工作吧。当然，有时也请我们吃猪头粽和黄油抹面包片。每次阿公都会给我们一点零用钱，数目记不得了。那时妈妈正在广州的南方大学学习，弟弟跟外公住。外公养有一只很可爱的大白猫，会坐在高凳上守着饭菜，阿公深夜读书改作文，它会伴在身旁。外公对儿孙的爱和教育很含蓄，如果不细心体会也许就会感受不到。

西装革履的妈妈，在峡山六都中学时我见过。大约是1945年，学生照毕业照，妈妈穿的就是一套白西装，发型的确是男式。这年暑期过后，妈妈应聘到惠来中学任教，也有女生学她的发型。其中一位学生姐姐大个头、大眼睛就剪男装头，那年寒假我就住在她家，她家信基督教，吃饭前得祈祷，所以记得特别清楚。我相信学生模仿妈妈的穿着与发型一定是出于对老师的才华和气质的崇拜。在六都中学的时候，有一天上午放学早，我到那座两层高的教学楼前玩，一位男教师对我说："你妈妈正在教室里讲文天祥的《正气歌》，学生都感动得哭了。"妈妈讲课有激情有感染力，她的学生欢迎她爱她，这是事实。去年，我去广州探望陈文大舅妈，当我们谈到妈妈的词集时，大舅妈说："你妈妈绝顶聪明，写东西来得快。当年她每写成一首词，我就跟着背诵一首。就因为崇拜她才成了你的舅妈。"舅妈和她一位同学跟我妈妈的合影，在我身边珍藏着，看照片上的妈妈确是气度不凡。妈妈的词集《蜡梅余芬别裁集》是三舅1985年给我的，从集名到每首词都是她用毛笔手书，看那娟秀活泼的笔迹，仿佛能读出一个高傲不屈、自由奔放的灵魂，词中极其强烈的爱国爱乡感情和杀敌复仇气概可以说呼之欲出。

记得我小时候，每年春节，都会有不少人来请妈妈写春联。有的很大幅，我要用小椅子垫脚，站上去在一个大墨碗里研墨，然后帮妈妈拉纸，那情景到如今还历历在目。可我的字却很丑，在1956年10月5日妈妈给我的信里还特别说到此事："字应写开展，不可拘形拘体，有如蜘蛛蟹，令人看之心烦也。"从那以后我练了一段，可效果不佳，以致成了我的几大遗憾之一。

妈妈要求我学写作。她在信中写到：

"功课不繁，更须择好者为转精之技，不可敷衍了事。时间较多，宜学写作，自散文小说诗歌均可学写，非特望能发表，有所裨益，且于人生精神之安慰大有所助也。"妈妈是对的，学文而不学写作是不合格的；她的写作观也远离名利二字。但不久看到不少同学被扣上右派帽子，加上当时认为自己灵魂深处确有"一个小资产阶级独立王国"，谁知道什么时候才能改造得好呢？于是除了坚持写日记以外没听妈妈的话去扎扎实实地练笔。后来"文革"抄家风最盛时，就把从初二开始写的日记本、读书札记本和中学时的作文、成绩单统统付之一炬。人说性格就是命运，我的胆小软弱决定了我经不起什么大风浪因而少有出息，妈妈九泉之下一定会"怒其女之不争"了。

妈妈自幼聪明颖慧，心灵手巧，会绘画，画花篮，做手工，会绣花。妈妈个性独立刚强，1924年在礐石中学读书因不满校长的守旧而愤然离开。后到厦门集美学校读书，因一同学病故而学校毫不关心，她一气之下把舍监推下楼梯，最后只好回潮阳教小学，此时年仅十六岁。后来又到上海进上海大学，接受进步思想，随同学赴武汉，在当时的武汉革命政府妇女部做文书。1927年大屠杀对她刺激很大，尤其是汪、蒋这样的两面派让她产生强烈的反感。她从武汉逃回汕头。翻开妈妈的词集，第一首是《忆旧游·次汪精卫韵以讥之》：

慷慨悲歌日，只影单刀，志在亡清。节侠空陈迹，叹冤禽老去，逐梗随萍。记否荆湘旧梦，沧海已曾经。甚塞马方嘶，胡尘犹剧，遽赋飘零。

翻云更覆雨，任蕊凋芝谢，莠自偷荣。玉轴成灰后，只豺牙密厉，魑魅无声。五国城中臣虏，青史果留馨？看万箭歼仇，千戈戮敌，祭孙陵。

据说母亲原来著有诗词集稿本名"蜡梅余芬集"，已佚，而《蜡梅余芬别裁集》是别人将其存稿编辑传抄的。这三十六阕词是抗日战争时期的部分作品。

此后妈妈又曾到福建，三度在上海卖文为生。她写过不少短篇小说、白话诗，曾在上海湖风书店（湖风书局）出版长篇小说《脱了牢狱的新囚》，柳丝作序（柳丝其人未详，仅在其序文中知为心影友人）。丁玲在其主编的《北斗》杂志为该书写了广告。现国家图书馆、上海图书馆和华东师范大学、安徽大学图书馆均藏有1931年的版本。四舅读过那些短篇小说和诗，说诗像宋词小令，很优美，小说的技巧也相当高。只是这些也都散失了，我更无缘读到。妈妈这些经历是四舅在1983年写信告知我的，我原来几乎一无所知。

过去，我在好长一段时间内不能理解妈妈，不仅是我，就是姐姐秋子、四舅也不是很理解。1983年4月4日，四舅给我一封信，在谈了教学问题后接着写到：

其次谈点你妈妈的问题，我以为直到今年春节，我才对她的认识产生了一个飞跃，较为理解她了。旧社会是用封建的道德观衡量她，对她颇有流言蜚语，其实，就这点，她也是按资产阶级个性解放的观点行事的。处于旧社会，她不参与反动派的政治活动，同情左派，营救过他们。只是个人生活上不愿去做达官贵人的装饰，不愿当附庸，不受夫权的束缚而不容于当时。我以为责难者本身是"三从四德"的崇拜者和卫道士。作为子女不必有所遗憾，可以理直气壮，不必矮人一等。从1927年到1949年，她一直不愿与反动当局同流合污，否则凭她的地位、社交，她哪里只是当一个中学教员？

四舅还把他为妈妈于1936年一帧旧照的所题之诗抄录给我：

聪明挺拔眉宇间，笑对人生名利场。黄鹤豪唱江东去，白鹭低吟子平安。
三斤高粱舞心影，一阕新词歌汀兰。烟雨芳草成萧艾，白鸥万里没浩荡。

四舅对这首诗作了些诠释：第三句指武汉的经历，唱苏轼"大江东去"；第四句"白鹭"系厦门，此时大革命后不少亲故在屠刀下逝去，妈妈诵读顾贞观的"季子平安否"一词；"烟雨"句中"烟雨楼"为上海地名，妈妈也曾用以自喻；结句借用杜诗"白鸥没浩荡。万里谁能驯？"（见《奉赠韦左丞丈二十二韵》）我记得我们家的大箩筐上写的就是"烟雨楼"三个大墨字，当时我自然不知何意。妈妈自号"白鸥居士"这是我知道的。我想，妈妈应该还有不少故事，为我所全然不知的，四舅生前也说过他知之不多。今天我要说：妈妈，你在年轻时候是你那个时代的新女性，你有理想有追求，你有才华有作为，你敢脱俗敢反叛，你绝对没有为了适应别人而失去自己，不管别人怎么说怎么看，你就是你。从前我少不更事，当你对亲朋说你爱我的时候，我内心里还怕爱你。现在我要理直气壮地说："妈妈，我爱你！"我想，爱是永远也不会嫌迟的。

现在反思，当年我不理解妈妈，除了认识水平所限，还有一份私心在作怪。我念高中时申请入团，两次讨论都因为我对妈妈的社会关系说不清楚，认识不深。是的，我从妈妈口里多次听过岭梅、半农的名字，也听过王显诏、方卓然等许多人的名字，对他们我都茫茫然。那时妈妈心情不好、身体不好，我不能拿这种问题去给她添烦。而我那不成熟的心难免罩着些阴影，似乎前进路上有障碍，它就来自于妈妈。于是潜意识里有"矮人一等"的压抑感。不过我一直没有试图亲口去问妈妈的经历，要她来回答"为什么"，我以为那样会使她不快活。我后来终于没有入团也不申请入党。到二十世纪八十年代学校党组织找我谈话，我觉得自己的觉悟达不到那种高度，只承诺做个好群众。

三

外公的子孙许多人许多时候都不在他的身边，有的还距离相当遥远，但外公似乎有能耐穿越时空营造一种家风，我感觉到这种家风的存在。试用四个短语来概括，这就是：狷介耿直、不尚奢华、不慕虚荣、清静有为。我想了很久，才悟出原来外公是用他一生的实践营造了它。外公一生两袖清风，却赠给我们这珍贵的传家宝，那是抢不去、骗不走、假不了的无价之宝啊。

外公离开我们已经23年了，自1885年降生以来有112年了，但他并没有远逝。我似乎觉得，到了大年初四，我们还会如从前一样，从四面八方浩浩荡荡地去给他老人家祝寿拜年。他也会高高兴兴地招待我们，讲"豆腐是我的命"的故事给我们听；再自做庄家，让我们"补糜"，输一点儿小钱给我们权当压岁钱，给难得的团聚添加一点儿小小的刺激和喜剧效果。至今那种其乐融融的气氛，什么时候想起来都会叫我心醉。外公，您给我们的一切就是我们最珍贵的拥有，这一切将伴随着我们直至永远。往事不会如烟，不会的。外公，您亲书的"诗人许心影之墓"的石碑立在高高的礜石山上。写到此，我的心中才豁然开朗，原来在这世界上最爱妈妈、最理解妈妈的是您——她的亲爱的父亲，我的敬爱的外公。我要深深地谢谢您。

外公和妈妈日夜听着海涛不停地歌唱，他们热爱的、终其一生竭诚为之服务的家乡日日新月月新的消息会使他们真心快乐，他们宽阔的胸襟能容纳消化曾经有过的一切磨难，他们也一定会原谅他们那个不懂事的外孙女，并给在异乡的她赐福。

让我怀着无限的敬意抄录我已故的校长张华云先生的《踏莎行》作为我这平生第一篇长文的结语吧。

踏莎行

许伟余老师，余受业师也。其女心影，余砚姐。心影女秋子，余汕头一中同事。许老于1974年逝世，同年，秋子也病故。心影则于1958年谢世矣。

二代交亲，一门师友，情殷张许由来久。南天客岁陨文星，西风昨夜凋蒲柳。士子班头，文章泰斗，春风桃李千枝秀。雕梁画栋燕归来，华堂人物全非旧。

1998年10月，外公的《庶筑秋轩文稿》终于出版了。作为儿孙辈，我们做了一件该做的事，并为此感到欣慰。但遗憾的是，由于种种原因，该书质量太成问题，几乎页页有错。后请在南宁的同学余君和林君帮助重新校订，惜无力重印，对不起先人和热心的支持者，惭愧之至。在通读经校订的书后，1999年5月6日曾记下几点初步体会。一是感到阿公学问到家。书中凡论及的诗文、其出处、他人的评价、有关资料外公全都一一了然于心，的的确确是饱学之士，除用"渊博"二字来概括其学识，一时找不到更好的词句。二是外公评诗论文有真知灼见，皆中肯綮，见解独到，不人云亦云。三是外公为文质朴，文似不艰深，但极耐人寻味。总之，我以为外公就活在他的诗文中，当然也活在后辈的心中。

1998年10月细姨如雅寄"许伟余先生剪报"给我。这是她从汕头大学图书馆所藏之《图画新报》合订本中复印的宝贵资料。是外公发表于清宣统元年（1909）农历七月至十二月，即1909年8月至1910年2月汕头出版的《图画新报》的部分论说文和诗词。当时外公任该报副刊的主笔，笔名"慧观"。论说文部分约14篇，有的篇幅较长则逐日连续刊发，如《近事慨言》《张之洞论》等。所有论题都切中时弊，如《监国破除情面谈之广义》《阅广西警报愤笔》《论各御史拟请实行监察事》等。当时外公年仅二十四五岁，血气方刚，正义在胸，文笔犀利，篇篇读来无不痛快淋漓。如《论京师官界之发起爱国捐》，开篇即说："官之一字，在今日几为不道德不名誉之名词。官之人格，至今日已等于盗贼猛兽之贪恶。其独揽政权者，专制方面者，责任重大，衣冠煌煌，皆知有身有家，而不知有国有民也。即其地位微者，责任轻者，亦莫不如是。舍敲骨剥髓，择以肥己外，问曾有一毫为公之思想乎？无有也。"结末曰："或曰：虽有恶人，斋戒沐浴，足以祀上帝，官之发起此会，名正言顺也，子何疑之甚？余曰，善丁验者，推既往以知将来。官之平日殃民辱国，种种不可缕举。今而突有此美举，例之人事，盖反常也。且非常之原，黎民惧焉。余黎民也，睹此非常之举动，安能无所疑惧乎？"外公以黎民之心肠、黎民之角度议事议人无不一针见血。善哉！

因写以上拙文时尚未有此资料，故补记之，以见外公年轻时为人为文之风采于一斑。

（此文1997年1月24日写于南宁，发表于《潮声》1997年第4期，原题为《潮汕文坛名士许伟余、许心影》，2001年4月4日修改）

回忆与纪念许心影

在时光的激流里——杂忆母亲许心影

许荧子

在韩山师范学院刘文菊老师和我表妹李坚诚的坚持努力下，终于有《潮籍女诗人许心影传略》的研究成果刊发于《湖南人文科技学院学报》2012 年第 3 期。于是，作为儿女的我们，第一次有机缘能比较全面和清晰地了解母亲的生平及创作。之后，刘老师她们继续寻找线索资料，挖掘出母亲当年在上海发表的、曾被认为抗战时期已经散失的若干篇短篇小说，加上长篇小说《脱了牢狱的新囚》和幸存的诗词集《蜡梅余芬别裁集》，准备对这些资料进行深入研究评论，然后结集出版。对于老师们的钻研精神、工作态度和显著成效，我们深深感佩，总在心里反复念赞"真是后生可畏，后生可畏啊"。

2013 年 10 月，我的老同学林猷垂君、杨世录君和翁佳猷君应我的要求和刘老师她们的盛情邀约，分别为《脱了牢狱的新囚》和《蜡梅余芬别裁集》作分析评论。他们秉持自己的学识、功力，对作品作了客观、公正、中肯的评说。在此请接受许心影的女儿——老同学许荧子的诚挚谢忱，我们许家人会把感激之情永远留在心头。

母亲既禀赋特立独行、不羁礼教的天性，又身处第一次国内革命战争的大动荡和抗战烽火连天的时代，其命运之坎坷、生活之艰难、心灵之挣扎，真是难以尽述。我们今天若能静心深读她的作品，尤其是那些直抒胸臆的词章，就一定能走进她那独特的、属于她自己的、丰盈的内在世界。可是，当年她曾经被社会误读，甚至于受到不公对待，连我们作为儿女的也不理解她，有时还产生思想隔膜，当然，因为那时我们还是懵懂少年，加上社会一定程度的误导，而今想来，心里的痛真的是难以言表。

好在这世上总存在公平，总存在天道。斗转星移，时代变迁，现在、今天、当下，终于来到可以再说母亲的生平和创作的时候。所以，作为后人，我们欣喜，我们满足，我们感恩。和母亲在一起的时光很短暂，留在我们记忆里的只有零星的片断，就像一片片杂色羽毛，它们亦轻亦重，但始终存在。

1941 年 9 月到 1942 年 7 月，母亲和外公同在揭阳古沟韩山师范学校任教，刘老师她们从韩师档案馆搜寻到当年外公填写的工资条。那时我三四岁的样子，不知道为什么，脑子里总浮现一件灰色的织着扭辫花纹的羊毛外套，也许小小的人儿认为它好看吧，就记了这么久。1943 年 9 月，母亲到普宁南径中学任教。我和弟弟依稀记得，南径中学的建筑，是二层楼房，四面围成，有大大的天井。弟弟还小，母亲去上课，他想找妈妈，就不停地哭，我就陪他坐在楼梯上等着，也一起哭。有位厨房的大姐姐总是挎一个大篮子去买牛腩，她回来会关照我们。1944 年 3 月，母亲第二次到潮阳峡山六都中学任教，我开始上学，记得学校是一间祠堂，我坐一张四方板凳，弟弟就跟我坐，有时候他会溜出去。有一次，跌进学校前面的鱼塘里，好心人把他救起来，他湿漉漉的，我带他回六都中学教学楼，那楼是两层的，黄色的墙面。母亲正在上课，有位男老师说：你妈妈正在教室里讲文天祥的《正气歌》，学生都感动得哭了。1945 年 9 月，母亲到潮阳达濠中学任教，我记得我上学时，因为天气热，就带个空瓶子，装一粒酸梅，口渴时就和同学一起打井水冲着喝。达濠中学有位工人姐姐叫阿娥，弟弟记得她的脚踩中图钉受感染化脓，是母亲及时让她去看医生；我记得有一次，这位姐姐洗头，口中流血，说是经血倒流，也是母亲请医生开药治疗。1948 年 9 月，母亲到惠来中学任教，我上小学四年级上学期。记得惠来中学校园里有个荷花池，中间有座小石桥架过。课余我会到校门外的海边看人用网捞小鱼虾。有一次，我在街上没注意，没有给我的老师立定鞠躬，第二天被老师叫班长打了我十下手板，手辣辣地痛，这是我唯一一次挨打，就记得很深。1949 年 3 月母亲第二次到达濠中学任教，我在达濠中学附属高小跳级读五年级下学期。一次，中学和附小一起混编做作文比赛，我交卷比较快，监考老师讲给母亲听，她说我不该抢着交卷。想起来，除了学前教我们背古诗词，这是母亲对我学习上少有的直接指点。母亲导演话剧《升官图》，我记得开幕时是一位仆人用鸡毛掸子边扫沙发上的灰尘边念叨：灰沙、灰沙，总是扫不尽的灰沙……1950 年 9 月，母亲在聿怀中学任教时，租住在汕头公园路 59 号三楼。我和弟弟在潮阳河浦，同住的还有郑定威校长的女儿和小儿子及他们的母亲。我读小学六年级，几乎每个周日，我都会步行到磊口乘渡船到汕头，母亲准备好墨鱼丸，让我带回河浦。记得我和同学在那里扭秧歌迎接解放。我个子矮排最前头，最怕那些炸响的鞭炮。姐姐秋子在那里加入了土改工作队。当母亲 1951 年到广州南方大学（现华南师范大学）学习的时候，我随姐姐在澄海苏南中学读初一。细姨如雅是我同班同学，我们住老姑家，老姑的先生年轻时"过番"（到南洋谋生），没回家乡，外公就把小女儿送给了她，所以细姨姓杜不姓许。老姑给我们每人一只下蛋鸡，谁的鸡下蛋，就可以跟货郎担换零食或文具。这是我们开始有私有财产的最早记忆，很好玩的。细姨和我同年，我们是姨甥、同学、朋友，几十年一直保持亲密关系。姐姐是我们的语文老师。她曾经和我们的男同学刘希武、女同学马雪筠一起演小歌剧《王秀鸾》，很成功。这时弟弟跟外公在澄海城，住在公婆树的一个小院落，我和细姨每个周日会步行经一片河沙滩去见外公。1952 年 9 月，母亲从广州回汕头，成了汕头第二小学的教师，我跟随姐姐在汕头一中读初二，还住公园路 59 号，每天步行往返。那时，母亲把她教的小学生作文让我改。在四舅的引领下，我读课外书比较多，也许语感还可以吧。用红色蘸水笔，把句子里多余的字划去，添上以为该有的字，认为"通了"便算数。1953 年初，我们搬家到大华路锡乾里 2 号，住一楼和二楼。有一天，在母亲卧室的一个简易木书架底层，我看到一本薄薄的书，随意翻开，"相逢恨晚"的句子跳入我眼帘，我心跳跳地赶快放下，从此再也没摸过。它应该就是《脱了牢狱的新囚》。当年，我读的几乎全是苏联卫国战争时期的小说，格调相去实在太远。同年 9 月我考上汕头一中高中部，弟弟读四中。那时经济拮据，母亲让我去找蔡起贤先生，请他给我买一个圆规，我心里忐忐忑忑的，几十年一直没有忘记。1955 年外公从澄海中学退休来同我们一起住，我就成了内宿生，只有周日才回家。母亲平日以茶送酒，饭菜吃得很少，总是熬夜，正如四舅说的："她在夜里吟诵屈原的《山鬼》，内心是多么寂寞痛苦……"

可能因为我们年纪小，母亲很少和我们直接交流，我们是在听大人们的讲话中得到许多无形的教益的，比如"不能暴殄天物""不可以嘲笑别人"等。我们在日常生活中也会隐隐约约感觉到母亲不快乐。曾听姐姐和母亲对话："你那个时候为什么要回来？""我如果不回来，也就没有你。"我念高中时，两次申请入团，都说母亲社会关系复杂，但自己从来不敢问母亲的经历，知道触碰这些问题，母亲心里一定会备受煎熬。我们住公园路 59 号时，二楼有位"番妈"，她有好多儿女，我们叫到十二姑、十三叔去，他们姓陈。她认识我们的父亲，她告诉我他的为人，还有一些生活细节。她说"早晨是你父亲叠被子"。大约在 1950 年，父亲从新加坡寄信回来询问我和弟弟，当时姐姐秋子经手，我们姐弟俩照一张合影，我穿一件黑底白碎花的唐装，弟弟围一条方格围巾，戴一顶帽子，好像寄有一点儿钱来。我的最大收获是得到父亲一张两寸照片，后面写有他的地址，这为我后来寻父提供了线索。母亲在世时，我们从来没有提起父亲，怕她难受伤心。有一件趣事，在苏南中学念书时，一回几个同学在学校天井聊天，讲到"当红小鬼"，我说：我有条件，我爸在新加坡。有个同学说：你敢去？听说那里若有人喊你名字，你不小心，一回头就被招魂了。看来，那时"革命输出"的观点相当普及，十一二岁的孩子又是那样天真。

1956 年我高中毕业，母亲说学文科不到杭州就得去桂林，不去广州，那是花花世界。当时华东不在家乡（汕头）招生，我就第一、第二、第三志愿都填广西师范学院，直奔桂林而去。在外地求学的日子，母亲除了关心我的冷暖，还曾经叫我练字，说我写的字像蜘蛛蟹，令人看着心烦；又教导我课余要练笔，什么体裁都可以练，非为发表，乃人生精神寄托也。后来反右等政治运动连续袭来，除了坚持从初二开始记日记的习惯，什么都没学成。更遗憾的是，还没等我毕业，母亲就于 1958 年永远离去了……1960 年毕业时，我和几位同学向学院领导申请自愿分配百色，心知自己无才无学，个矮，胆子又小，待磨炼几年才敢回家乡。也许因为远离家乡亲人，孤独感特别强烈吧，1961 年我写信给父亲，他搬家了，但好心邻居转送给了他。听新加坡的沈妈说，父亲读信时哭了。同年，沈妈回汕头，寄 200 元给我作路费，我回家乡见她，她是一位贤淑的好妈妈。从此，我和父亲书信不断。1985 年，弟弟同弟媳到新加坡看望父亲。1984 年，中央有文件让支边的人调回家乡或交通方便的地方，我动了离开百色的念头，父亲大力支持，为此专门写信给地委书记。我便带着自己写的《百色地区为什么留不住人才》的油印文章和父亲的信，拜访市和地区两级有关领导，送文章，给他们看父亲的信。前后历经 3 年，1986 年 10 月我调往南宁，总算离家乡近了。记得父亲曾于信中教我，说他积一生经验，为人处世就是"中庸"二字，还说以后再细说。可能老人家忘了，后来再没有讲有关这一话题的内容，我自然没去追问，那就认认真真在生活中去领悟吧。种种原因，直到 1995 年 11 月 22 日父亲去世以前，我都无缘和他面对面一叙父女情。但他当年离开家乡时，我已经是三四岁幼儿，沈妈说父亲常会深情回忆起，这难道不是缘吗？父亲去新加坡时，弟弟还在母亲腹中，他们能见面，是老天爷的眷顾。2009 年 10 月 30 日至 11 月 2 日我和先生去新加坡，探望弟妹们，短短几天亦亲情融融。2010 年我们兄弟姐妹们，从汕头、新加坡、南宁三地出发到海口聚首。相信父亲母亲在天之灵，一定倍感欣慰。

大约在 1982 年或 1983 年，四舅曾在信中写到，"你外公有公论，他说你母亲的才情超过我们诸兄弟，但也还是有才无学"。当时我只是觉得外公对子女也太严格了，标准设得这么高，现在才深深懂得，外公是爱得深，所以望得切。况且外公自己才学那么高，自然就这样啦。我们作为外公的后人得努力学习，学习，再学习，用这点点心气来报答先人们的殷殷冀望。

母亲在时光的激流里艰难勇敢地穿行，五十年真的太短太短，对她自己和亲朋，这又是多么的残酷无奈，可是当我们细细体悟她那种忧国忧民、忧时忧亲的宽广胸怀，当我们深深感受她那疾恶如仇、渴望奋飞的澎湃情感，当我们真切领会她爱学生、爱他人的朴素行止，当我们慢慢品味她小说语言的无限诗意，当我们设身处地地包容她、理解她、接纳她，就会承认她确确实实活出自己所能达到的生命高度和宽度。我们会为自己的家乡养育过像她一样的众多才俊而自豪。我们现时是多么需要这样有责任感、使命感，有作为、敢担当的"报国书生"啊！衷心祈愿后来人奋发图强，为我潮汕的进步发热发光。

我和弟弟可以告慰母亲的是：我们姐弟平安，孙辈们能自立自爱，曾孙们正在求学成长。

回忆我的父亲李春鎽与许心影——李魁庆口述访谈

李魁庆　刘文菊

访谈对象：李魁庆
采访者：刘文菊
访谈整理：刘文菊
访谈时间：2010 年 9 月 6 日；2010 年 9 月 13 日
访谈地点：汕头，李魁庆家

李魁庆（1947—），女，汕头大学工学院计算机中心教师，现已退休，是李春鎽的女儿。近年来致力于父亲及其家族中革命烈士的文史资料的收集整理工作，发表了《李春鎽事略》《春色来天地，涛声壮山河》《李春霖烈士事略》《李伍事略》《潮籍女诗人许心影》等文章。为了寻找许心影的相关史料，我对李老师进行过两次访谈。

刘文菊（以下简称刘）：看到您在《鲁迅研究月刊》上发表的文章《潮籍女诗人许心影》，想请您谈谈李春鎽与许心影之间的事情。

李魁庆（以下简称李）：详细的情况也谈不出来，上次左联会议的时候，有些老师在研究被遗忘的诗人，这个启发了我。因为许心影和我的父亲有过一段婚姻关系，虽然时间很短，但还是值得研究，我就开始整理资料，但是起步太晚了。我于 1985 年从兰州到汕头大学，1998 年儿子大学毕业之后我才开始做研究。我爸很胆小谨慎，不敢提起历史。特别想回老家，但是老胃出血，年年如此，回不来了。我父亲用笔名李一它进行写作、翻译，我都不知道，还是杜教授帮我找到的。我先把史料收集整理出来，如《李春鎽研究》《李春鎽文集》，但是找不到发表之处。《潮汕文萃》中没有收集我父亲的东西，说是革命的，跟文学无关。

1926 年许心影在上海大学国文系毕业，李春鎽在社会学系毕业，上海大学的毕业生名单也只有网上下载的电子版，没有纸质文本。李春鎽的哥哥李春涛和施存统是最好的朋友，我爸爸和许心影到上海读书是施存统介绍的，1925 年插班到三年级，1926 年毕业。大学毕业后我爸爸在上海工作，许心影也应该在上海，两个人应该在一起。蒋介石大屠杀的时候，罗克典骑自行车去救他们，他们一起到武汉。但他自己的材料从没提起许心影。两人分手应该是在 1928 年秋天，我父亲坚决要去参加八一南昌起义，许心影不同意，她不会冒险，我父亲比较冲动，执意参加革命，但是后期得了肺病，大出血，住院了。许心影就回到汕头，大姐许秋子是 1928 年 12 月在汕头出生的。

刘：您父亲和许心影当时在上海的生活状况是什么样子的呢？

李：我父亲在上海的生活是有保障的，他是英文副教授和总务长，那时候他们在一起，我父亲负责"我们社"的编辑、印刷，有一份稳定的工作，生活很富足。

刘：有没有他们两人的合影？

李：没有，父亲在1938年从上海逃到四川途中，所有东西都在南京的时候丢失了。南京大屠杀的前夕，两个大铁箱全部丢掉了。

刘："我们社"的期刊有没有原件？

李：没有能力找。杜运通教授和杜兴梅教授写的《我们社研究及精品选读》这本书我有，其中我写的一篇文章中有些细节不对，我到泰安找到父亲的简历，准确的时间有了，我又修改了。入党介绍人是蒋光慈和施存统，修改好了，专门跑到潮州把修改的文章给了杜教授的女儿，结果书出来才知道不对，我父亲的简历《李春鏏事略》发在《潮州文史》第27辑。因为"藏人"的一首诗，"我们社"被封查。杜教授问我"藏人"是杨邨人吗？我没有问父亲，永远是个谜了。

刘：上海的潮汕女作家在干什么？她们的文学活动呢？

李：我推测许心影应该是在"我们社"，复旦大学的校长陈望道就是她的老师。许心影应该还有笔名，写纯文学的作品应该用白鸥这个笔名。为了革命，写一些政治性很强的文章，他们是为了给李春涛复仇，我猜想她会用别的笔名。其中的罗澜是谁？杜教授也不知道，"藏人"会不会是许心影，杜教授推测是杨邨人。"藏人"的诗写到了在武汉，汪精卫也举起了屠刀，我父亲和许心影都在武汉，都感受到了，很愤怒。许心影除了古典诗词、新诗、小说，还翻译、编辑文集。许心影当时还翻译《富美子的脚》，主编过《苏青与张爱玲》，身份是一个记者。吴其敏在《园边集》中也提到许心影被称为"潮汕地区的苏青"，白鸥、白鸥女士和白鸥居士都是她的笔名，《中国现代作家笔名索引》中可以查到。

刘：《脱了牢狱的新囚》的序言是柳丝写的，柳丝是谁？是丁玲吗？她自己没有确认用过（这一笔名），很可能是杨邨人。

李：我是在许其武的文章里看到的。许美勋是同时代的人，他怎么会把杨邨人写成是丁玲呢？也许是许美勋记错了。我在《汕头电视周报》发表《许心影和她的父亲》这篇文章的时候，有个编辑跟我说，应该不是丁玲写的，是杨邨人写的序言，我也没有考证，就省略掉了这句话，你们可以重新考证。

刘：有没有材料证明杨邨人当时跟您父亲还有许心影有密切交往？

李：我是在父亲写给杜国庠的书信，还有其他的文章中看到，父亲不太喜欢杨邨人。他在写给李春涛的儿子的信里也说到过，比较反感杨邨人，说他攻击鲁迅，所以交往比较少。

刘：除了您在《潮籍女诗人许心影》中提到的线索，您还有哪些关于许心影的文字资料？

李：我主要是根据父亲的回忆，还有他在《回忆杜国庠》文中提到的一些细节整理而出的。父亲在淞沪战争爆发，从上海逃亡重庆的时候，行李全部扔掉，当时有两个箱子，往来的书信还有相关文字资料亦在内。我也找过许峨（许美勋）的儿子许其武，有些也是引用他们的文章。

刘：您的父亲后来怎么认识您现在的母亲的呢？

李：我母亲是四川长寿人，是个农村姑娘。她当时在万金油大王胡文虎家里当保姆，胡的女婿是个广东人，大家都叫他旷所长，我父亲逃难到重庆跟随我叔叔李伍，寄居在旷所长家里，算是个门客吧。柯柏年和我的叔叔后来去了延安，看我父亲体弱，再一个是李家兄弟损伤很多，为了给李家留住血脉，就不让我父亲去延安，觉得留在后方更安全。我父亲和我母亲同病相怜，就结合在一起了，后来也打听了许心影的下落，知道她生了女儿，但是也没有办法。旷所长得病死了之后所有的门客也就疏散了，父亲就办了中英文学习班谋生。

刘：如果想做一个许心影的年谱出来，有没有资料可以提供？

李：给你们提供一个人，许心影的大女婿、我大姐许秋子的丈夫，他叫郭马风，曾在地方志办工作，也做过潮汕历史文化研究，也许他了解更详细的情况。许秋子去世了，她的女儿郭平阳可以联系到。许秋子的妹妹许荧子是广西师大毕业的，留在广西工作。韩山师范学院也有一个人跟许心影有关系，李坚诚老师，她母亲杜如雅是许心影最小的妹妹。

豪放独行　蜡梅飘香——怀念许心影

郑餐霞[1]　刘文菊

在查找许心影研究资料的过程中，得知著名艺术家郑餐霞是许心影的老朋友，笔者写信去问候，郑先生不仅详细回复了书信，而且为祝贺该书出版特意作画一幅。题款为：

烽火路上宁折不弯情寄诗酒　稼轩尚气高豪放独行蜡梅飘香。

二〇一四年十月贺心影研究出版。

餐霞写并句。

2016年9月惊闻郑老仙逝，心情十分哀痛，《许心影研究》书稿尚未出版，甚是愧疚，时间无情地带走一个又一个历史的见证人，这信和画也成了珍贵的遗物了。现将与许心影有关的内容摘抄如下：

尊敬的郑老师：

您好！

我是韩山师范学院中文系的刘文菊，我跟许心影的外甥女李坚诚（杜如雅的女儿）做许心影研究的课题已经快五年了，计划要出一本《许心影研究》，目前差不多可以定稿了。不过，还有一些散佚的诗作没有找到。《蜡梅余芬别裁集》中有一首赠予您的词：

满江红
秋日登层台闻歌感赋，即赠餐霞

烟敛琼楼，飞星动，悔来人世。挥艺腕，琳琅珠玉，一番新丽。歌遏行云尘虑绝，弦惊塞雁诗魂至。请为渠、再唱大江东，铜琶碎。

狡兔尽，良弓弃。荆璞获，卞和死。慨兴亡，千古熬煎如例。饮我半瓯醍酪酒，谢他无数狐狸视。对清秋、依旧祝芳华，凭谁谇？

故而，想请教您几个问题：

（1）是否还有许心影的诗作保存？

（2）能否讲述当年与许心影交往的一些情况？

（3）能否为我们即将出版的这本书写点什么？

（4）能否大致告诉我们《蜡梅余芬别裁集》中相互唱酬诗词的人？包括西林、惠柏、六云、绿蕊、陈国梁、少华、林贻盛、六都诸子、伯图、定高、溥霖、李木英、玉霞、孙

---

① 郑餐霞（1917—2016），广东潮阳人。著名艺术家，广州美术学院原副院长。

德英、中持、王藩。

　　如果您能回复，万分感谢！

　　祝您身体健康，寿比南山！

刘文菊敬上

2014 年 10 月 15 日

文菊教授：

　　十九日收到您的信和心影兄的有关资料。谢谢你们为她生平的研究做了大量工作。上世纪我和她有过二次同事经历，一是在潮阳六都中学，一是在揭阳礐光中学（在您寄来的资料中缺礐光一段）。她是位大诗人，古文学家。讲课很精彩，为人豪放、正直，有正义感，勇于助人。

　　当时正处于革命低潮时期。1941 年发生皖南事变，在六都中学时，曾有学生家长要其子通知老师郑餐霞："要注意，县里的党工汇报处正在讨论他，怀疑他。"于是，我找心影兄商量，由她找当时六都校长刘世坤。刘是两广监察使刘侯武（属于佑任系）的大女儿。刘也自告奋勇，由她亲赴县里表明她聘任的老师可靠，不要怀疑。这事就这样过去了。

　　1942 年发生"粤北事件"，党内出叛徒。在紧急状态下党组织传达了党中央长期"隐蔽"的十六字方针，和周恩来的"三勤"指示，宣布南方部分地下党停止组织活动。这年的下半年，汕头礐光中学在揭阳郊区兰香楼开始复办，高薪聘请名师以吸引内地学生。当时，原六都中学教务主任丁立恒、教师许心影和我一同到礐光去（许伟吾老先生也从韩山师范转过来），也有不少学生跟着老师转学过去。

　　开学一个月后，又有消息说，揭阳官方在讨论"郑餐霞到揭阳来了"。特探那么灵？看来可能就是六都中学驻地，贵屿乡的一家破落户子弟，依靠三青团搞敲诈。在六都时大家曾都是朋友往来。于是由许心影这位大名人出面，请他吃饭，我作陪，这事儿也暂时过去了。

　　你在资料中有说许兄曾在揭阳县长陈署木宴席上从容解救郑餐霞的事，这材料属讹传。潮阳县教师与揭阳县长拉不上线，管不到。大概还是六都时那回事。

　　在礐光中学时，因那是刚复办的教会学校，是英国人办的，较自由。教师中有以许伟吾为首，和丁立恒、许心影等成立一个叫"淡无味斋"的诗社相唱和。我当时只和各方名流学者交往，无心赋诗。学生中有个叫"绿波诗社"，是由许兄和一位年轻的语文教师郑仁声指导的。定高可能回泰国，伯图早去北方下海了，二十世纪八十年代初曾因公安事来找过我。

　　1949 年底，潮汕刚解放时，我曾因到潮阳看望驻海港部队，顺便到达濠中学拜访心影兄，此后没有再见面。她曾赠我的《满江红》词，情真意切，不知何时写的，这次才拜读了。

　　后来一直没有在潮汕工作，只是到八十年代后期才利用假期回潮汕做客。心影兄早走了，旧友也多走了。

　　1997 年春节曾写过一首《破阵子》答复昔年礐光中学的一位老学生（他后来到东江纵队去了）。

练水榕江游艺，歌声画笔气吞，任他鬼魅追踪紧，跋涉桂川存墨痕，军旅更精神。
多少风雷翻覆，炼成铁骨丹心，键笔凌云初志，再造晚年奇气伸，匆匆六十春。

在改革开放的大潮下，我有幸调回广州美术学院工作，从此专业归队，搞回诗书画印，自己的爱好，人生又一大转折，也已三十多年了，回到原点，倒也算成个画家，活到现在已九十八岁。可惜心影兄早已作古，无尽怀念！

风雪无情，一代诗人遭虐杀；蜡梅香远，苏辛遗韵传三江。

祝《蜡梅余芬别裁集》早日出版。
祝《许心影研究》早日出版。

郑餐霞

2014 年 10 月 26 日

回忆许心影老师二三事——陈华武口述访谈

陈华武　李坚诚

访谈对象：陈华武①
采访者：李坚诚、林立②
访谈整理：李坚诚
访谈时间：2016 年 8 月 23 日
访谈地点：汕头，陈华武家

一、我和许心影老师的师生缘

我和许心影老师有一段师生缘分。

我在联合中学（同济中学、时中中学、大中中学三所学校联合，现址为"汕头市第四中学"）读书，心影老师并不是联合中学的老师，她是聿怀中学的老师。因为我的国文老师生病，心影老师来代课，从而开始了我与心影老师的一段师生缘。心影老师有趣味，学生都喜欢她，我跟她关系更好。第一堂课来，心影老师穿着旗袍，全班同学感到奇怪，那时已经解放，1950 年，女同志一般都不穿旗袍了。所以许老师刚入门就吸引了我们的注意，她戴金丝眼镜，最大特点是抽熟烟，就是那种烟丝，吸的时候要用纸把烟卷起来的。一般老师来上课都是学生起立喊"老师好！"心影老师第一句话说："奴啊③，坐落去。"然后就把熟烟放在讲台上，卷起烟，侃侃而谈。我个子小，坐在前面，看着这老师觉得非常奇怪。上课的时候老师腿痒，就把脚跷起来踏在书桌上挠痒，不拘小节。学生们都笑起来，她就说："奴唉，老师挠痒有什么好笑？"过了一段时间后，学生对她印象很好，心影老师就如母亲一般。学生被她骂反而喜欢她，我调皮，喜欢问这问那，她就特别喜欢我，她喜欢活泼的学生，不喜欢那些呆板的学生。有一天放学刚好下雨，我本来是要骑单车回家的，那时候有单车的学生也不多，我的单车是父亲买给我的"克家路"④。心影老师则专门雇一辆三轮车来接送她。中午下雨了，刚好老师看见我，就叫我把单车放起来，坐老师的三轮车一起回家。老师把我送到家门口，并约好时间叫三轮车下午来载我去学校。这样的老师真是让人感激。老师讲课的声音很轻柔，无拘无束，讲半截就卷烟。她用潮州话讲课，代了一个学期的课。讲课的内容不记得了，有古文也有白话文。但是我和老师走得比较近，时常到老师家里，心影老师常有自己的见解，讲话不怕得罪人，即使是名言，她若不认同便直接讲出来。我印象深刻的是她对"青出于蓝而胜于蓝"这句话的看法。许老师说应该是"青出于蓝而近于蓝"。高中我就考到华侨中学⑤去读书了。

---

① 陈华武（1934—　），笔名"一天"，男，广东普宁人。广东潮剧院编剧。
② 林立（1967—　），中山大学历史人类学博士，主要从事潮汕历史文化研究。
③ 潮汕话，指"孩子""小孩"，表示亲切之意。
④ "克家路"是一种进口自行车的牌子。
⑤ 华侨中学，即新中国成立前的海滨中学。

二、我和许心影老师合作整理剧本《假老爷》

1956 年国务院下达文件，号召抢救地方戏曲，发掘、整理传统剧目，掀起了一个高潮。"粤东戏改会"① 特邀许心影等汕头文学界知名人士参加"戏改"工作，对潮汕各潮剧团发掘的传统剧目进行整理。"戏改"工作主要包括将老剧本转抄，对念白、唱词等文字进行校正，对剧本进行文学修饰，以及编写剧情、故事梗概等。那时我在汕头源正潮剧团②，是发掘、整理传统剧目的组长。有一天，"戏改会"召开六个剧团骨干开大会，我无意间遇到心影老师，而且是她先看见我叫我的："奴啊，你来这里什么事？"得知我在源正潮剧团当文化教员时，她高兴地说："呵，奴啊，俺师生来合作，你有戏曲经验，老师哩二个字乞人考唔倒。"并戏谑地说："你来招呼老师赚。"老师这么一说，我高兴极了，因为这正是我学习的一个机会。

不久，机会来了。终于有一个机会真的实现了我们师生的合作。剧团准备排教大戏《玉面狼》的计划落空，剧本（编剧与作曲）"难产"，每日业务时间（整个上午）无戏可教，该编剧先生为追求剧本质量，表示短时间内肯定无法完成该任务。这样一来，可把团长胡昭③急坏了。戏班有句行话：做戏人应该"拳不离手，曲不离口"，如果长期不开展业务学习，不但有损演出质量，也影响日常的生活管理。因此，他当机立断，召开团委会，选了一个旧剧本（《牵猴》），对我下了一道"死命令"，不管如何，一定要我在最短的时间内把剧本整理出来，越快越好。当时我吓了一跳，惶恐地说："团长大人，按我这点水平，如何完成得了？我给你刬算啦！"他一听笑个不停，叫我勿惊，然后加以解释：团委会的意思是要你对老剧本进行"去芜存菁"的处理，理顺"戏路"，剧本粗一些也没关系，其目的是为了应付众人（演员和音乐组）的业务学习，如果整理改编得好，便拿出来公演，编不好也没关系。有了团长这颗"定心丸"，我便欣然受命。

我接了任务，就想起心影老师，于是写了封信请人送给"戏改会"的许老师，问是否有时间帮我改剧本。许老师接到信非常高兴，当时我们源正潮剧团正在澄海莲阳，许老师在汕头市区，她接信后什么东西都没带就直奔莲阳找我。那日黄昏，心影老师从汕头市商业街"粤东戏改会"雇乘单车风尘仆仆地来到了剧团（澄海莲阳戏院），一见面二话没说，便索要剧本动笔整理。我问她："晚饭吃了吗？"这时她扑哧一笑，才觉得好些饥饿，便说："还没有，快，带先生到食堂去！"我告诉她："剧团没有食堂，大家也早已吃过，上台准备演出去了，不过没关系，戏院前后饭店有的是，跟我走！"就这样，我俩走进一颇为雅致的饭店，我问她要吃什么？她说随便。因此我点了一小盘莲阳名菜"卤鹅"、一小盘"白斩鸡"和一碗"杂烩汤"，然后我喊店员盛饭，不料却被制止。她问我："你要

---

① 1953 年 4 月，广东省戏曲改革委员会成立，在潮剧改进会的基础上又成立了广东省戏曲改革委员会粤东分会，简称"粤东戏改会"。

② 源正潮剧团，原名"老源正兴班"，创立于清光绪末。新中国成立后改称"源正潮剧团"，是汕头潮剧六大戏班之一；1956 年改为国营剧团，是潮剧开展戏改的重点剧团之一；1958 年并入广东潮剧院。

③ 胡昭（1913—1990），源正潮剧团团长，广东潮剧院二团团长，汕头戏曲学校副校长，潮剧著名领奏，戏剧家、音乐家。

吃饭?""晚饭我吃过了，饭是要给你的。"她听后笑着说："奴呀，先生不用吃饭，要的是酒!"我怀疑地问她："你不是饿了吗，怎么不吃饭?"她说："对呀，就是饿了才要酒，酒便是饭。"我呆住了，可老师还笑我没见识，便补充说："奴呀，酒是粮食酿造的，当然就可以充饥，加上这么多的菜色，不饱才怪哩!"经她这么解释，我如梦初醒，立即喊酒，让老师"饱餐一顿"。餐后，离开饭店之时，老师问我："你跟店铺熟悉吗? 借个酒樽沽一樽酒带到剧团去喝。"我说："没问题。"于是沽了一壶高粱酒带回剧团当作"夜餐"。而这一情节就成了以后的"梨园佳话"。

当我俩回到剧团宿舍区的时候，戏院的戏已经开锣了，团长特地派来青年演员为老师烹茶，款待上宾。整理改编剧本的工作也紧张地跟着开锣了：首先我给老师讲述剧情，点明主题，分析人物性格，提出整理改编方案。经过一番研讨，便进行分场"动笔"。老师才思敏捷，写起唱词如龙戏水，速度之快，令人惊叹。但她问我："这样写好不好?"我直言不讳地说："不好，太深奥。"同时告诉她："周总理曾经说过，观众是不会带着词典进场看戏的。"要求她把唱词通俗化，让观众容易接受理解，她听后点头称对，并表示从头重写。她说到做到，一开始便聚精会神，一丝不苟地埋头创作；为了增添潮味，她把优秀的潮州方言、俗语融于词句之中，旨在俗中求雅，力争达到"雅俗共赏"的境界。师生就这样争分夺秒工作着，在不知不觉中团长招呼我俩停笔。原来此时已是午夜了，戏院演出早已结束，演职人员正在用餐准备休息，团长招呼老师吃完夜宵后休息，谁知老师不领情，她说："我是来写戏的，不是来休息的。"团长问："不休息，身体顶得住吗?"老师说："我自有把握。"后经协商，她吃了一小碗稀饭，然后"饮酒佐茶"，继续写戏，直至隔天下午，她才对我说："奴呀，先生果真顶不住了，我要睡觉，怎么办?"那时刚好演员们上台演戏，我便带她到员工宿舍，指着诸多床位说："老师，这里是女演员休息的地方，床位任你选，先睡下，今晚再作安排。"那时我的话还没有说完，她已昏昏入睡了。

老剧本《牵猴》，说的是牵猴艺人姜同美，行侠仗义，假冒"神明"（潮人称"老爷"），深夜潜入土豪宋其达府中救人的故事。经过整理改编，许心影老师将剧名改为《假老爷》。新剧本历经两日两夜通宵达旦的连续奋战（中间老师仅休息了3个小时），终于通过剧团"剧目研究组"的验收，顺利完成这次任务。后经导演余钱先生加班加点进行"谱曲"，边谱边教，使剧团的业务学习立即恢复正常。后来该剧排练完成，通过"彩排"，团委会及"剧目研究组"一致认为剧本还不错，"有戏可看"，便决定大胆推出公演，进行实践考验，没想到演出效果甚佳，得到观众的欢迎，全团上下皆大欢喜，胡团长更是眉开眼笑，连连赞叹："没想到这位女老师有此本领! 后来通过打听，才知道这位女老师青年时期，不但是远近闻名的'大美人'，而且还是一位闻名遐迩的女诗人哩!"

但是，这次整理剧本因为改得太快，后来还被作为典型批评："有一个剧团二夜二日写了一个戏，创造了历史奇迹。但是! 这是粗制滥造不负责任的态度"云云。这是个意想不到的评价，其实胡昭团长心中有数，本来这个剧目就是作为"练兵"用的。老剧目为什么要改呢? 因为老剧目语言比较粗俗，有些脏话、情节不符合新社会的观念，所以剧改的原则是去芜存菁，将老剧目改为适合时代的要求来演出。

我至今还保存着《假老爷》剧本的油印本，封面写着"传统剧目"《假老爷》，整理：源正剧目研究组；执笔：白鸥、一天；汕头专区国营源正潮剧团印刷组翻印。也保存着刻钢板油印的许心影老师亲自写的剧情简介：

　　豪富宋其达，以放债与猎艳为生，曾过书生左良芳之家，见其妻美，乃抢之以抵欠款，时良芳已赴试，恐其得中报仇，乃命爪牙追杀之。良芳被迫之际，适有武举人卜太昌相救，不死，皆卜往京，爪牙等归报左死，宋然之。

　　宋为惧内之徒，其妻知此事，不许宋与左妻金氏有染，然释金归，恐难逃宋之再害，故暂留金氏于家。

　　左之表兄姜同美，素义侠，为探金之消息，借友之猴，卖艺宋家，知金氏尚未遇祸，心殊慰，然无计以救之。

　　一日，姜疲累，憩于神庙，宋往求神，姜乃假神言以吓之，宋惊走，姜又借神之袍帽，往救金氏，适宋迫奸金氏姜再将其吓退。然姜之假神，终为恶仆所识，宋怒，宋妻来阻，为宋不意所杀，宋乃加罪于姜，拿送县衙。

　　当县官受贿而判姜等之罪时，幸良芳已得中回家报仇，杀宋及恶仆而团圆云。

许心影研究

兰心慧剑——潮籍女诗人许心影传略

许在镕　许荧子　李坚诚　刘文菊

现代潮籍女作家许心影（1908—1958），又名兰荪，号白鸥居士，在二十世纪二十年代是与冯铿齐名的潮汕女作家，其主要文学创作是古典诗词、白话诗歌和白话小说、潮剧。诗作大多不幸散失，仅存自书定稿《蜡梅余芬别裁集》词一册，另有白话小说《脱了牢狱的新囚》传世。许心影被誉为"现代潮籍女诗人"。

一

许心影，1908年4月12日生于广东澄海一个书香之家。父亲许伟余[①]是潮汕地区知名的教师、学者、诗人，与诗人侯节、东北大学吴贯因教授被誉为"澄海三才子"。许心影秉承了父亲的才情与先进思想。二十世纪二十年代初到汕头礐石正光女校读书，与冯铿、许玉馨（后来的彭湃夫人）同班。1924年只身赴厦门集美女校就读，其后曾返潮在潮阳棉城执教。时革命潮流汹涌澎湃，受进步思想的影响，许心影经李春鋽[②]介绍，于1926年偕大弟许子由到沪进上海大学学习，姐姐读中文系，弟弟读社会学系。时陈望道任教务长兼中文系主任，瞿秋白、杨之华是许心影的老师。就学期间许心影加入共青团，于1926年毕业[③]。1927年蒋介石发动"4·12"反革命政变，许心影离沪溯江西上武汉，在武汉革命政府妇女部任文书。谁知两面派汪精卫步蒋之后尘，于同年"7·15"也发动政变，许心影遂又买舟登沪。然其时上海已腥风血雨，侪辈或星散或易节，许心影已难立足，不得已奔返潮汕，不久随父东走福建龙溪教书。许心影时虽仅20岁出头，然已曾经沧海，觉龙溪非其施展之地，复又三上上海，写小说、诗歌，同丁玲等人交往，活跃于左翼文化圈。迨至1932年初，"1·28"事变起，许心影亲眼看见日寇轰炸商务印书馆，旋又纵火焚毁张元济苦心经营之东方图书馆（许心影时居北四川路，距宝山路之商务印书馆、东方图书馆不远）。战火纷飞，国既遭难，又生计维艰，于是自此返潮从教。至1950年，先后在汕头海滨中学、潮阳峡山六都中学、惠来中学、达濠中学以及汕头聿怀中学等学校任国文教员。从1944年到抗战胜利，于教书之余尚主编汕头《光华日报》之"岭海诗流"专栏，刊登潮汕文坛耆宿及青年才俊所作旧体诗词。今汕头图书馆馆藏之《光华日报》民国三十三年（1944）5月14日报纸残页，刊有"岭海诗流"。刊头为心影手书及签名，其下有"第三期许心影编"字样，可见到的篇目有庶筑秋轩《追悼杨光祖》、沈达才

---

① 许伟余（1885—1974），广东澄海莲下许厝人。原名许挹芬，笔名庶筑秋轩。1927年任惠来中学首席国文教员时，提倡白话文写作，为潮汕地区倡导白话文之第一人。许伟余古典文学及诗文皆深有造诣，壮年有《慧观道人诗集》问世，后有《庶筑秋轩诗集》稿本，晚年之《庶筑秋轩文稿》辑有在香港《文汇报》上发表的古典诗词名作诠释文章及其各个时期的诗作。

② 李春鋽（1905—2004），潮州人，国民党左派、大革命时代的烈士李春涛之胞弟。1926年上海大学社会科学院社会学系毕业，任上大学生会主席。曾参加上海第三次工人武装暴动和南昌起义，后加入文学社团"我们社"和左联，从事翻译工作并发表了诸多文学作品。

③ 《上海大学毕业生姓名录》，《党史资料丛刊》第3辑，上海：上海人民出版社1985年版，第9页。

《四十自寿》、王显诏《古沟吟草》、杨光祖遗作《赠饶宗颐》等许多诗作。

许心影自幼聪慧颖脱，少女时期已显现特立独行、不为礼教所羁之个性。在汕头礐石正光女校读书时，曾因不满校长的守旧而离校。在厦门集美女校曾为亡友宜玉伸张正义，愤而将校方舍监推下楼梯，险遭构陷。及至进上海大学，并以后的武汉三镇、黄浦滩头时期，经受大时代的熏陶和历练，更是疾恶如仇、蔑视权贵，且好打抱不平、慷慨仗义，曾填词《忆旧游·次汪精卫韵以讥之》，字字句句表达了对汪伪政权的切齿痛恨：

慷慨悲歌日，只影单刀，志在亡清。节侠空陈迹，叹冤禽老去，逐梗随萍。记否荆湘旧梦，沧海已曾经。甚塞马方嘶，胡尘犹剧，遽赋飘零。

翻云更覆雨，任蕊凋芝谢，莠自偷荣。玉轴成灰后，只豺牙密厉，魍魉无声。五国城中臣虏，青史果留馨？看万箭歼仇，千戈戮敌，祭孙陵。

《红棉礼赞》[1] 中载有许心影在惠来一中教书时的学生方世攀的《从五十年前一篇作文想起的》一文：

1948 年秋天，革命洪流席卷全国，一批批青年学生投奔解放区，我也整装待发。当时我们高二班语文老师许心影，是一位浪漫女诗人，她对旧社会既有幻想，又有反感；对革命既同情，又害怕。眼看着学生们一个个离校出走，她感叹之余，给我们出了一道作文题"别了，我的良朋"。这一题目恰好击中我的思想深处，因为当时我本来就憋着满肚子的话想倾诉、想发泄、想咆哮！于是，在课室内，浑身热血沸腾，我不顾一切，无所畏惧，挥笔疾书，滔滔不绝写下数千字，义正词严痛斥国民党的腐败，慷慨激昂抒发革命情怀，并表示愿意投身火热的斗争，殷切期望同学们、朋友们要自重自爱，辨明方向，认清潮流，选择自己应走的路。此文交上后的第二天，许老师找我谈话，问我："你作文的本意何在？"我说："我憎恨国民党的腐败，实在呆不下去了，想到一个没有人剥削人的地方去。"她说："你年纪这么轻，你敢去吗？要杀头的啊！"我说："我敢，我不怕。"她说："你敢走，我就敢把作文张贴出来。"第二天清早，我便毅然离开母校，奔向游击队去了。

我入伍后三个月，刚满十七岁。组织派我到华湖独立连任副政治指导员。有一次，我们队伍开进东区靖海镇，在街上遇到一位同学，他告诉我："你没走几天，那篇《别了，我的良朋》的作文就贴出来了，还给你 90 分呢！"我听后觉得许老师果真是个守信用的人，说到做到（我敢走，她敢贴）。可是，当 1950 年我回惠来到母校找她时，再也没见到她的踪影了。

这是多么富于戏剧性的对话，而且必须是革命激情澎湃的热血青年和敢担当有勇气的老师之间才可能创造出来的"情节"。对于处于困境中的友人或学生，许心影都尽力相助。1998 年潮阳一中特级教师陈兆熊老师曾给许心影的后人写信，信中说他在峡山六都中学读书的时候，曾经面临失学的困境，是许心影老师帮助他渡过难关，因此对老师念念不忘。

---

① 汕头市惠来一中校友会编："惠来一中建校八十周年纪念文集"《红棉礼赞（自刊本）》，1999 年，第134 页。

凡此种种，即使在时代优秀女性中也并不多见。

但中华人民共和国成立后，许心影却遭遇不公平对待。1950 年她被送往广州南方大学学习，期满后受组织委派，赴香港动员其大弟许子由归国，虽未果，但本人仍信守承诺，没有借机留港。回汕头市后，竟被分配到市第二小学教低年级班。以高级知识分子之学识而委教稚童，其抑郁不得志可想而知。故于一年多后去职，在家中开古文补习班，继而执教于私办补习学校，学校停办便赋闲，靠大女儿教薪维持一家生计。当年许心影决意回汕时，陈望道力劝其留居上海发展而不听，今寥落若此，悔之已晚。自年轻时即亲酒的许心影，未免常以樽酒浇胸中块垒。许心影的四弟许守介（1930—1984）于 1983 年在给外甥女许荧子的信中曾说："然而酒，于她全是麻醉剂，酒后的清醒于她是痛苦。"就由于这侵入灵魂深处的无法排遣和摆脱的巨大痛苦，加上酒精的伤害，种下病根。约半年后（1955），方被吸收进汕头市剧改会（时称"粤东戏改会"），从事潮剧旧剧本的整理工作，又一度随潮剧团下乡体验生活并创作。正当各方面略有起色时，她已被癌症缠身，1957 年到广州治疗无效，回汕头不久便卧床，延至 1958 年 6 月 5 日去世，刚刚年满 50 岁。死后葬于礐石松仔山，许伟余为其爱女铭碑"诗人许心影之墓"。

二

许心影去世至今已半个多世纪，但时空穿梭之中她并未被人们遗忘，时有提起其人其事的文章见于潮汕报端杂志，她的学生更常忆及许师风采。她多才多艺，既娴于潮绣又略通音乐，能敲扬琴与人合奏：未着意学书而字体自成一格，潇洒飘逸。她喜着旗袍、高跟鞋，配上金丝眼镜，素雅洁净，一派海上风韵。她的国文教学在潮汕文教界卓有声誉，其学识渊博，讲论汪洋恣肆，引人入胜。《红棉礼赞》中载有惠来一中学生方大光、方英松《音容宛在　风范长存——怀念张华云、许心影、卓冠英老师》[①] 一文，其中这样回忆到：

许心影老师当年是新潮女性。她男装发型，金丝眼镜，素色旗袍，高跟皮鞋，潇洒飘逸，很具个性。她学识渊博，才华横溢，吟诗作对，堪称才女。她教国文课，讲解生动，富有感情，引人入胜，效果很好。在讲杜甫的《茅屋为秋风所破歌》时，全班同学凝神静听，受她生动逼真、感情丰富的语言感染，对文中主人公贫穷无奈怜己忧民的境况深表同情，听到激动处，眼睛潮湿，泪欲出眶。她讲课时，教室窗前、门口常有外班同学驻足旁听，有时里外三层，路过教室的师生见到这种场景，便知是许老师在上课，其教学效果，可想而知。

故此，潮汕各中学常竞相聘任，一些家境殷实的学生为亲沐教泽更不惜随其转校。她昔年在上海时曾偕友人往联华影业公司影棚观摩影片《故都春梦》（导演孙瑜，主演王瑞

---

① 汕头市惠来一中校友会编："惠来一中建校八十周年纪念文集"《红棉礼赞（自刊本）》，1999 年，第 163 页。

麟、阮玲玉、林楚楚）的拍摄，对导戏颇有兴趣，故于教学之余，在惠来中学和达濠中学组织教师和学生排演由其执导的话剧《升官图》（陈白尘作）和《野蔷薇》（据茅盾短篇小说改编），并成功演出。

她秉承家学，古典文学颇有素养，犹擅诗词文赋。1934 年登载于汕头海滨师范校刊《海滨》的《莺啼序》（白鸥落拓江湖）一词，时人争相传诵抄阅，一时潮汕文教界鲜有不知白鸥女士其人者。此后更同潮汕时彦杜国梁、王显诏、吴双玉、饶宗颐、蔡起贤、郑餐霞等常有唱酬。她有诗集稿《听雨楼诗稿》，后与其词作合编为《蜡梅余芬集》两册，辑有诗词近 300 首。可惜该诗词集于 1961 年由侨居新加坡的许家亲属带去新加坡谋求出版，事未成，集子竟散失无踪。仅幸存由她自己编定并手抄的《蜡梅余芬别裁集》一卷，辑词 45 首，1998 年收入其父文集《庶筑秋轩文稿》刊行。潮汕地方历史文化研究学者蔡起贤先生曾作《临江仙》记其事：

白鸥词人蜡梅余芬词稿本，1942 年余曾为题词一首。十年动乱，稿本已佚。近其妹如雅于废箧中，捡得其自书定稿《蜡梅余芬别裁集》一册，存词仅四十余阕。然易安生平，苏辛风味，一脔之尝，盖亦足矣。为补题一阕。

曾是归来堂上客，不闻漱玉声声。磬沟片月尚分明，依稀环佩响，犹有暗香生。
卢橘上林开次第，漫赢记梦龙城。伤心无地觅鸥盟，同看新岁月，灼灼少微星。

蔡先生又曾写到：

心影为人，既聪明又大胆，朋友们说她兼有巴黎女人的浪漫又有纽约女人的奔放两种性格，诗词也是这样，可惜现在已不能见其全貌。[①]

《澄海报》1998 年 11 月 18 日第 4 版刊有原澄海市文化局长、澄海市文联主席陈文忠先生《许心影的一首佚诗》一文，其诗题为《除夕》，乃《听雨楼诗稿》中的一首：

误来人世忽三纪，一事无成足叹嗟。起蛰长蛇垂尽岁，燎原烈火盛春花。
征夫海外舵难返，稚子窗前鼓大挝。除夕挑灯斟闷酒，愁看屋角雨如麻。

许心影原有未问世长篇小说手稿《爱的屠场》及若干短篇，都在抗战时期散失。长篇小说则有《脱了牢狱的新囚》一部，1931 年由上海湖风书局出版，1934 年上海春光书店再版。该书署名白鸥女士，柳丝（杨邨人）作序，丁玲在其主编的《北斗》杂志上为该书写了广告，现国家图书馆、上海图书馆和华东师范大学、安徽大学图书馆均藏有 1931年版本。2009 年 9 月 18 日《汕头特区晚报》刊有王汉武先生《潮汕现代文学星空一颗耀眼的星星——许心影与〈脱了牢狱的新囚〉》一文，王先生对小说的女主人公曼罗生活的

---

① 蔡起贤：《三个女诗人》，汕头市政协岭海诗社编：《岭海诗词》2001 年第 13 期，第 161 页。

特定时代及其角色定位有极其客观中肯的分析，也肯定了作品的表达形式和语言所取得的成就。原作上柳丝的序，以同代人的眼光对作品人物的生存状态、生活理想及可预见的命运前途的评说非常到位，柳丝还以"那是一首散文诗"称誉其语言，并称之为"生命力活跃的新著"①。

<h1 style="text-align:center">三</h1>

生活在那个不平常的大动荡年代，许心影既不幸又有幸，她的经历、她的思想、她的情感无不被打上时代的烙印。她有过几段婚姻感情经历，在民风相对保守的潮汕地区，曾遭某些人的非议。但她既不是居家妇女，她的婚姻自然也不会是传统模式，只要不存偏见，只要客观善意，完全能够理解她，甚至同情她，而不应该戴上有色眼镜看待她，更不应该滥用想象力将她的婚姻感情世界妖魔化。1928年，她从血雨腥风中逃脱，随父许伟余执教于福建龙溪高中，在那里生下在上海与李春锦同居时所孕之女许秋子。1935年到1938年在海丰水产专科学校任教，期间与同为教员的黄正言②结婚。他们曾经是集美的同学，一个读女师，一个读水产。1938年二女儿许荧子出生。1940年黄正言赴新加坡谋生，时许心影有孕在身。1941年2月，儿子许在镕在潮阳神仙里出生。许心影去世后，许荧子写信给外公许伟余问自己的身世。许伟余复信如下：

孙儿：

你的来信收到（时许荧子正在广西师范学院求学），一切知悉。

我们因为怕你太悲伤，在紧张学习工作中，会有妨碍。因此，决定待放假才告诉你。

她患着那样痛苦的病，真是惨痛万分。但幸而到临终前几天，已失知觉，不知痛苦，像老人善终一样，安详的逝世，还觉稍慰。她葬在碧石峰上，形势尚好，希望她安稳长眠。

你问你的父亲，他叫黄正言，普宁人，是一个水产的专门人才。他是你母亲的集美同学。你母亲读女师，他读水产。在日寇尚未发动南太平洋战争的时候，他应新加坡水产学校之聘到新加坡去。本来是计划到新加坡后，为你母亲谋得职业后，寄款来接你们母子前去。可是不久即发生战事，从此便无消息。那时在我们这里，日寇已侵入内地，你母亲和你们，奔走于潮阳普宁之间，在兵荒马乱之中，多得定威的照顾支持，而南洋群岛方面，日寇正在大量屠杀，你父亲的生死实难预测，你母因与定威结合。

日寇投降后，你父亲忽然来信，才知道他还健在，但事已那样，你母只好坦率告诉他，不能再合了。这就是全部的经过。

你母之死，你的悲伤是必然的。但人既已死，悲伤也无用。最要紧的是把悲伤化为力量，积极学习，积极工作，积极劳动，把自己锻炼成为一个新式知识青年，将来能为社会

---

① 白鸥女士：《脱了牢狱的新囚》，上海：湖风书局1931年版，第2页。
② 黄正言（1905—1995），广东普宁流沙花寨人。1927年1月毕业于厦门集美高级水产航海学校，抗战前曾执教于母校。1940年底赴新加坡，任远洋渔轮大副、船长。约1948年起任新加坡中华女子中学教员至退休。1995年逝于新加坡。

主义贡献出力量，这才是纪念母亲的好办法。

就此打住，以后有便再谈。

祝你健康，祝你努力！

你的祖父
1958 年 7 月 26 日晚

这就是许心影的婚姻生活，她以个人之力不能主宰自己的命运，在这里有何对错可言呢？怨时代吗？怨战争吗？本来这世上有多少人，就会有多少条生活之路。

附：许心影年谱

1908 年 4 月 12 日：生于澄海莲下村。

1923 年之前：澄海读私塾。

1923 年—1924 年：汕头礐石正光女校读书。

1924 年—1925 年：福建厦门集美女校读书。

1926 年：毕业于上海大学文艺院中国文学系。

1927 年 4 月—1927 年 7 月：武汉革命政府妇女部任文书。

1927 年 7 月—1927 年底：短暂留居上海。

1928 年—1929 年：随父执教于福建龙溪高中。

1928 年 12 月：在汕头生下在上海与李春镈所孕之女许秋子。

1930 年—1932 年初：在上海从事小说、诗歌的创作，活跃于左翼文化圈。

1931 年 9 月：《脱了牢狱的新囚》由湖风书局出版。

1932 年 9 月—1933 年 7 月：汕头海滨中学任国文教员。

1933 年 9 月—1935 年 7 月：汕头聿怀中学任国文教员。

1935 年 9 月—1938 年 7 月：海丰水产专科学校任教，期间与黄正言结婚。

1938 年 8 月：生下二女儿许荧子。

1938 年 9 月—1941 年 7 月：潮阳峡山六都中学任教。

1941 年 2 月：生下儿子许在镕。

1941 年 9 月—1942 年 7 月：揭阳古沟韩山师范学校任教。

1942 年 9 月—1943 年 7 月：揭阳乔林礐光中学任教。

1943 年 9 月—1944 年 2 月：普宁南径中学任教。

1944 年 3 月—1945 年 7 月：潮阳峡山六都中学任教。

1945 年 9 月—1946 年 7 月：潮阳达濠中学任教。

1948 年 9 月—1949 年 2 月：惠来县惠来中学任教。

1949 年 3 月—1950 年 7 月：潮阳达濠中学任教。

1950 年 9 月—1951 年 2 月：汕头聿怀中学任教。

1951 年 3 月—1952 年初：广州南方大学学习。

1952 年 9 月—1953 年 7 月：汕头第二小学任教。

1953 年 8 月—1955 年初：离职办家庭古文补习班，并曾执教于由其学生赵步周之弟赵步云所办之"步云补习学校"，校址在汕头市商平路。

1955 年中—1958 年 6 月：汕头专区戏剧改革委员会从事潮剧旧剧本的整理工作，曾与人合作整理传统古装戏《假老爷》，并由源正潮剧团演出。

1958 年 6 月 5 日：病逝于汕头市。

1998 年 8 月：诗词稿《蜡梅余芬别裁集》收入其父文集《庶筑秋轩文稿》刊行。

（原文发表于《湖南人文科技学院学报》2012 年第 3 期，有修改）

潮籍女作家许心影著作考略

刘文菊　李坚诚

现代潮籍女作家许心影（1908—1958），澄海人，原名许兰荪，笔名白鸥，自号白鸥居士。她一方面秉承"澄海三才子"之一的父亲许伟余的国学修养，擅长旧体诗词文赋，创作了大量旧体诗词，被其父称为"潮籍女诗人"；另一方面继承了父亲在潮汕首开白话文创作的先锋思想，创作了文笔优美的白话抒情诗、散文和小说。许心影才华过人，青年时代即闻名潮汕文坛，与冯铿齐名。许心影于 1926—1934 年曾在上海就读并以文为生，在《微音》《新垒》《妇女杂志》《女青年月刊》《黄钟》《中国公论》等刊物上发表了大量新诗、散文、小说等，署名"白鸥""白鸥女士"，是二十世纪三十年代上海文坛的知名女作家。大约在 1934 年底，许心影离开上海回到家乡汕头，此后辗转于潮汕各地教书为生，业余创作，在《海滨》《海滨文艺》《光华日报》等报刊继续发表诗文，并辑有诗词手稿《听雨楼诗稿》《蜡梅余芬集》《蜡梅余芬别裁集》，署名"白鸥""心影""许心影"。后因种种原因抑郁不得志，身患癌症，盛年早逝。许心影一生虽创作丰富，作品却大量散失，几乎被文学史遗忘。她的家人手中仅存潮风书局版影印本《脱了牢狱的新囚》以及许心影手稿《蜡梅余芬别裁集》一卷，并不知晓她的创作详情。笔者近几年来通过走访许心影的亲朋好友，查阅地方档案，查询国家图书馆、上海图书馆、厦门图书馆等，结合网络数据库的文献，收集整理出她的大部分散失作品。经查找确证，许心影存有旧体诗词、新诗、散文、小说、译著、潮剧剧本等作品，包括《蜡梅余芬别裁集》一卷、《海滨》月刊上发表的诗词若干首、散失的诗词若干首；新诗《无题》等四首；长篇小说《脱了牢狱的新囚》一部；中短篇小说《狂舞后》《绢子姑娘》《蔷薇之夜》《绿的午后》《十三》《玛利亚》《香花前的偶像》等；散文《醒来吧》《故国清秋》《昨夜月》等；翻译小说《富美子的脚》一部；原创潮剧《绿牡丹》一部（仅存目录），改编潮剧《假老爷》一部。需要说明的是，在档案不全、文献杂芜的考证工作中，我们首先采信已经得到学界认可的史料，其次是根据作家的人生历程和时空轨迹去考察，再就是根据作品中特有的潮汕文化元素去判定，诸如，潮汕方言词汇和语法、潮汕风情、潮汕民俗、南国海滨风情等，尽可能提高考证的可信度。许心影的创作按照其个人生平的时空轨迹来划分，以1934 年底离开上海回到汕头为界，大致分为上海时期和潮汕时期。上海时期的文学创作以新诗、小说、散文、翻译为主，潮汕时期以旧体诗词、潮剧剧本等为主。

一、上海时期的文学创作

根据许心影 1934 年 3 月刊发在《女青年月刊（妇女与文艺专号）》"我的创作经验"专栏中的一篇创作谈《我的创作经验》① 可以得知她的创作经历和在上海期间的创作情形：

---

① 白鸥：《我的创作经验》，《女青年月刊（妇女与文艺专号）》1934 年第 13 卷第 3 期。

1922—1923 年，中学读书，发表第一篇诗文，悼念亡母。

1924 年暮春，发表 5 000 字左右的散文，悼念亡友逸君。1924 年秋天，组织文学社，创办周刊，进行大量的创作。

1925 年元月，创作诗文悼念亡师杨震。1925 年秋天，创作诗文悼亡好友寄尘。

1926 年，于上海大学就读，做宣言、写标语。

1927 年暮春，于武汉参加革命，大量创作诗文。

1927 年 5 月，创作诗文悼念亡友质芳。1927—1928 年，匿居福建漳州，教书度日，暂停创作。

1929 年，创作诗词三百余首、小说三部及数万字的短篇。

1931 年 2 月，因好友冯铿被杀，愤然弃家，到上海以文为生。1931 年 9 月，长篇小说《脱了牢狱的新囚》由上海湖风书局出版。

1934 年 7 月，《脱了牢狱的新囚》由上海春光书店再版。同年，回到汕头教书，在《海滨》月刊上发表《莺啼序》（西窗又吹玉笛）及《莺啼序》（白鸥落拓江湖）。

由此可知，1931—1934 年，许心影在上海期间创作和发表了大量白话文学作品，并成为上海文坛知名的女作家。《女青年月刊》"妇女与文艺专号"开辟的"我的创作经验"专栏刊登了庐隐、凌淑华、王莹、赛珍珠、白鸥、欧查、冰心七位女作家的文章，她们都是当时知名的女作家，许心影与她们相提并论，可见她当时的知名度。《惊世之书　文学书评》[1] 一书中的记录也可佐证：

> 白鸥听说是姓林，江苏人，曾留学日本。她的创作集有《脱了牢狱的新囚》，译品有《富美子的脚》（谷崎润一郎原著），其笔力均非常动人。她最近常在《微音》《新垒》《女声》等月刊发表文字。她现年二十余岁，尚未有丈夫，闻近与茅盾交往颇密。

关于许心影的身世和经历，该书的作者是讹传了，她未曾留学日本，是她的弟弟许子由曾留学日本，此传闻也许源于她翻译了日本作家谷崎润一郎的小说。"闻近与茅盾交往颇密"类似于小报上的绯闻。茅盾曾在上海大学任教，1933 年《子夜》发表后成为左联文坛瞩目的作家，这一时期，许心影与左联作家有着密切的往来，故而有此传闻。至于其他相关信息还是有可信度的。

据许心影家人讲述，因为抗日战争和生活颠沛，她的大多数作品已散失，亲友们并没有留下藏本。许心影之子许在镕回忆四舅许守介曾对他说：

> 许心影原有未问世长篇小说手稿《爱的屠场》及若干短篇，还有白话诗，都在抗战时期散失。他曾读过那些短篇小说和诗，说诗像宋词的小令，很优美，小说的技巧也相当高。

---

[1] 周伟主编，秋枫、白沙编著：《惊世之书　文学书评》，北京：光明日报出版社 2002 年版。

许心影的二女儿许荧子回忆：

（妈妈）三度在上海卖文为生。她写过不少短篇小说、白话诗，曾在上海湖风书店（湖风书局）出版长篇小说《脱了牢狱的新囚》，柳丝作序（柳丝其人未详，仅在其序文中知为心影友人）。……只是这些也都散失了，我更无缘读到。妈妈这些经历是四舅在1983年写信告知我的，我原来几乎一无所知。

许心影子女因为年幼，对母亲当年的文学创作情况并不曾详细了解，有些说法也是采信母亲同时代人的回忆。丁玲写序之说是许心影的好友冯铿的丈夫许美勋提出的，他在《瑰丽的海滩贝壳——二、三十年代潮汕文学界情况片段》一文中回忆："心影后到上海就读于上海大学。曾在上海湖风书店（湖风书局）出版中篇小说《脱了牢狱的新囚》，丁玲作序。丁玲还在其主编的杂志《北斗》上为该书写了广告。"① 可能是因为许心影与丁玲是好友，十九世纪五十年代二人还在通信，故而有此推测。我们考证，序的作者署名柳丝，丁玲并未用过柳丝这个笔名。杨邨人不仅用过柳丝的笔名，与许心影还是潮汕老乡，而且是熟知的老朋友，从序文的风格来看，颇合杨邨人笔法，故而可以推断序文可能为杨邨人所作，而非丁玲。

（一）长篇小说《脱了牢狱的新囚》

有以下几种文献资料可以确证《脱了牢狱的新囚》系许心影作品。

（1）《潮汕文献书目》收录。A1324《脱了牢狱的新囚》。白鸥著，上海：湖风书局。本书《生活全国总书目》② 著录。白鸥，或署白鸥女士，原名许心影，又名兰荪，澄海人。潮汕名士许伟余女，早年加入汕头新文艺团体火焰社。后赴上海，就读于上海大学。③

（2）《中国现代文学总书目》收录。《脱了牢狱的新囚》。白鸥著。文艺创作丛书。上海湖风书局1931年9月初版。长篇小说。④

（3）吴其敏《园边叶》中《冯铿在潮汕》一文中记录。（冯铿）与另一潮籍女作家许心影齐名。心影别署白鸥居士，于上海湖风书局出版《脱了牢狱的新囚》长篇小说集。⑤

（4）倪墨炎《现代文学丛书散记（续二）》记录。湖风书局从开办到被封的1931年至1933年的两年多时间里，出版了《文艺创作丛书》……兹按出版时间先后为序，对这套丛书中的各本作简要介绍于后……白鸥女士著《脱了牢狱的新囚》，1931年9月出版。是日记体长篇小说，柳丝作序。湖风书局被封后，该书转由春光书店于1934年7月再版。

① 汕头市政协文史资料研究委员会编：《汕头地方文化艺术史资料汇编》，汕头：汕头市政协文史资料研究委员会1982年版。

② 平心编：《生活全国总书目》，上海：生活书店1935年版。

③ 广东省中山图书馆、汕头图书馆学会编：《潮汕文献书目》，广州：广东人民出版社1994年版，第93页。

④ 甘振虎等编：《中国现代文学总书目·小说卷》，北京：知识产权出版社2010年版。

⑤ 吴其敏：《园边叶》，香港：三联书店香港分店1986年版，第242页。

后又由大方书局改书名为《恋爱日记》，于 1948 年 7 月用原纸型重印。[①]

（5）《中国现代文学作品书名大辞典（2）》收录。《脱了牢狱的新囚》。白鸥女士的长篇小说，1931 年上海湖风书局初版。故事叙说时代青年摆脱了封建社会旧式家庭的束缚，却又陷入了自由恋爱的爱情牢狱。这一个长篇的内容是：（一）相逢恨晚，（二）享受到消魂的欢爱，（三）好梦总是残短，（四）一样的月亮下却是两地相思，（五）人海茫茫无处寻觅，（六）决心不再深情。[②]

（6）《春光》月刊 1934 年第 1 卷第 1 期第 27 页有《脱了牢狱的新囚》新书介绍：《脱了牢狱的新囚》，白鸥女士著，实价五角五分。"本书是一部在时代底大轮下滚过的少爷小姐们底人生的写真。作者以婉妙的深含诗意底笔调，很细腻绵密的来描绘一个多情少妇底矛盾心情，和她种种的恋爱经过。全书自始至终都非常紧张，其热情奔放处，直可使你兴奋，使你感怀，使你的心也将为他跳动。更加以辞藻的美丽，描写底大胆，生动和活泼，真是处处都足以引人入胜。这部书，在新进女作家中，的确要算是一部最不可多得底作品了。书前有柳丝先生的序，柳丝先生说底好：'……与其花钱买那些千篇一律的照恋爱公式写的糜烂到有如嚼蜡的'大作品'，何不读一读这篇生命力活跃的新著？'"全书的内容包括：（一）我们相逢已是太迟，（二）我才知道那种欢爱是怎样消魂，（三）好梦总是那般残短哟，（四）一样月亮两地相思，（五）天海茫茫何处问津，（六）我将毁弃一切的深情。[③]

（7）台湾《民国小说丛刊》[④] 收录。该丛刊第一编第 94 册收录了白鸥女士《脱了牢狱的新囚》，是 1931 年上海湖风书局版的影印本，共 164 页。

从以上文献来看，《脱了牢狱的新囚》共有三个不同的版本：1931 年 9 月湖风书局初版（简称"湖风版"）、1934 年 7 月春光书店再版（简称"春光版"）、1948 年 7 月大方书局重印版《恋爱日记》（简称"大方版"）。从全国几个图书馆的馆藏情况来看，国家图书馆藏有"湖风版"缩微文献 1 盘（4 米 106 拍）；上海图书馆藏有"湖风版"和"春光版"；安徽大学图书馆藏有"春光版"；厦门大学图书馆藏有"湖风版"；超星数字图书馆和大成故纸堆全文数据库上传的都是"春光版"，没有封面、目录，从版权页开始，接着就是正文。从上海图书馆的两个藏本来看，"湖风版"和"春光版"只是版权页不同，封面、目录、页码都相同，共 164 页，"春光版"在书后加印了 3 页图书广告，包括《青年文学自修读本》、高健尼《前夜》、魏金枝《七封信的自传》、白薇女士《打出幽灵塔》及"春光文艺创作丛刊"13 部著作的书目。不过，封面或扉页留下的藏书划痕和记号不同，不是同一本书的影印版。国家图书馆"湖风版"是黑白复印本，封面上有"公安局存查"和"原版藏本"字样。上海图书馆"湖风版"扉页上有"苏沁邨"字样。从上海图书馆"春光版"的彩色封面来看，小说的封面设计风格与浪漫的爱情婚恋主题相吻合，左上角是一轮圆月，右上角是高大的椰子树，画面中间是一对青年男女在月下的南国海滨相依偎

---

① 倪墨炎：《现代文学丛书散记（续二）》，《新文学史料》1994 年第 1 期，第 210 页。

② 《〈脱了牢狱的新囚〉新书简介》，《春光》1934 年第 1 卷第 1 期，第 27 页。

③ 周锦编著：《中国现代文学作品书名大辞典（2）》，旧金山：加州州立大学中国现代文学研究中心 1986 年版，第 1143 页。

④ 吴福助主编：《民国小说丛刊·第一编》，台中：文听阁图书有限公司 2010 年版。

的剪影。目前未能查找到《中国现代文学作品书名大辞典》中提及的版本和倪墨炎提及的"大方版"《恋爱日记》。

（二）其他白话文学作品

表 1　白鸥（女士）作品统计表（1930—1949）

序号	题名	文体	署名	刊名	年卷期	备注
1	《香花前的偶像》	小说	白鸥女士	《妇女杂志》	1930 年第 17 卷第 12 号	
2	《狂舞后》	小说	白鸥	《微音》	1931 年第 1 卷第 7 期	
3	《绢子姑娘》	小说	白鸥	《微音》	1932 年第 2 卷第 7 - 8 期	
4	《绢子姑娘》（续）	小说	白鸥女士	《微音》	1933 年第 2 卷第 10 期	
5	《蔷薇之夜》	小说	白鸥	《微音》	1932 年第 2 卷第 3 期	
6	《绿的午后》	小说	白鸥	《新垒》	1933 年第 2 卷第 6 期	
7	《十三》	小说	白鸥女士	《新垒》	1933 年第 1 卷第 1 期	
8	《残秋夜话》	散文	白鸥	《新垒》	1933 年第 1 卷第 4 期	
9	《玛利亚》	小说	白鸥女士	《新垒》	1933 年第 2 卷第 4 期	
10	《两代的命运》	小说	白鸥	《女青年》	1932 年第 11 卷第 2 期	
11	《我的创作经验》	散文	白鸥	《女青年》	1934 年第 13 卷第 3 期	
12	《女儿经验谈》	散文	白鸥	《女青年》	1935 年第 14 卷第 4 期	
13	《凤仪亭畔》	小说	白鸥	《黄钟》	1932 年第 1 卷第 4 期	
14	《碧玉笙与赤玉箫》	小说	白鸥	《黄钟》	1932 年第 1 卷第 7 期	
15	《雪耻》（上）	小说	白鸥	《黄钟》	1933 年第 1 卷第 14 期	
16	《雪耻》（续）	小说	白鸥	《黄钟》	1933 年第 1 卷第 15 期	
17	《桃花源的破碎》	小说	白鸥	《黄钟》	1933 年第 1 卷第 20 期	
18	《淘汰》	小说	白鸥	《黄钟》	1933 年第 37 期	仅目录
19	《挽歌》	新诗	白鸥	《晨钟汇刊》	1929 年第 215 期	
20	《美妮与睡莲》	新诗	白鸥	《晨钟汇刊》	1929 年第 2 卷第 6 期	
21	《牡丹姑娘》	新诗	心影	《晨风》	1934 年第 6 期	

　　在二十世纪三四十年代，文坛上同时期用"白鸥"这一笔名的还有周玑璋和白光正二人。周玑璋（1902—1981），男，河北省海兴县人，剧作家、戏剧教育家，笔名周小星、白鸥。[①] 白光正，1922 年生，吉林省梨树县人，笔名白鸥。[②] 不过他们的创作主题和风格与许心影迥然不同，细读文本很容易辨识。在大成故纸堆全文数据库中可以查找到他们的

① 何英才主编：《河北近现代历史人物词典》，香港：亚洲出版社 1992 年版，第 456 页。
② 苗士心编：《中国现代作家笔名索引》，济南：山东大学出版社 1986 年版，第 195 页。

部分作品，周玑璋这一时期发表的主要是政经类文章，他用原名发表《东北农业与日本移民政策》（《中国经济月刊》1934 年第 2 卷第 1 期）、《九一八事变后日本在东北之经济势力》（《中国经济月刊》1934 年第 2 卷第 5 期）、《日本铁蹄下之间岛》（《边铎半月刊》1934 年第 2 卷第 1 期）。用"白鸥"发表《黄河古道今释》（《玉屏周刊》1935 年第 32 - 33 期）、《论宪政运动》（《中山公论》1939 年第 1 卷第 4 期）、《苏倭停战协定的本质》（《中山公论》1939 年第 1 卷第 2 期）、《欧洲西线无战事》（《中山公论》1939 年第 1 卷第 5 期）。白光正因参加 1942 年"一二·三〇"东北爱国青年反满抗日事件被捕入狱，曾协办《今日东北》[①] 杂志，用"白鸥"这一笔名发表的一组文章记录了这段铁窗生活，如《长春"留置场"铁窗生活纪实（上）》（《今日东北》1944 年第 1 卷第 1 期）、《长春"留置场"铁窗生活纪实（中）》（《今日东北》1944 年第 1 卷第 2 期）、《长春"留置场"铁窗生活纪实（下）》（《今日东北》1944 年第 1 卷第 3 期）、《从一二·三〇事件想起来的》（《今日东北》1944 年第 1 卷第 5 - 6 期），还用原名发表《青木关寄宿舍内归青年生活》（《东青通迅》1944 年第 2 期）。大成故纸堆全文数据库中其余署名"白鸥""白鸥女士"的作品在主题、风格、情节、结构方面与《脱了牢狱的新囚》近似，多数是书写时代女性的爱情婚姻、时代理想的困惑与思考，故事发生的地点多在上海和汕头之间，创作风格有自叙传性质，语言风格具有鲜明的潮汕方言特点，由此可以判断就是许心影的作品。尤其是以《我的创作经验》和《女儿经验谈》两篇自传散文来佐证，证据非常确凿，详见表 1《白鸥（女士）作品统计表（1930—1949）》。

（三）翻译日本小说《富美子的脚》

许心影翻译了日本作家谷崎润一郎的小说《富美子的脚》，署名白鸥，由希美印刷所于民国十八年双十节（1929 年 10 月 10 日）出版，上海晓星书店 1931 年再版。谷崎润一郎是日本唯美主义文学流派的代表作家。此书 1918 年由周作人译介到中国。最早是沈端先（夏衍）翻译了《富美子的脚》，其译著于 1928 年 3 月刊登在《小说月报》。1929 年，上海开明书店出版了由章克标翻译的《谷崎润一郎集》，其中收录了沈端先的译本。这是一个关于"恋脚癖"的畸恋故事，江户时代的隐居先生一生曾三次离异，在花甲之年又娶了一个 16 岁的妓女富美子做妾，他迷恋她的一双脚，崇拜得几乎走火入魔，甚至在临终前一定要富美子用脚踩着他的头才肯离世。谷崎润一郎笔下的女性大多是唯美的女神形象，表面上是被男人崇拜，实际上却是依附男性而存在，是男性欲望的俘虏，这种耽美思想体现在对女性的崇拜和对女性的虐恋上，表现了在男权社会下女性丧失了独立尊严的生存状态。许心影翻译《富美子的脚》的初衷也许是为了揭示日本传统文化中男尊女卑的思想观念，表达对女性寻求自我解放的思考。

许心影对日本文学的译介可能源于 1926 年在上海大学就读时受到左翼思潮的影响，尤其是深受她敬仰的老师陈望道的影响。她在《我的创作经验》中写到："一九二六我到上海××大学来，情绪为之一变，以写悲歌之思易而为作宣言，以写小说之时间，易而为

---

① 郑新衡：《一二·三〇事件始末：东北青年反满抗日地下斗争史事纪（增订版）》，沈阳：辽宁大学出版社 2010 年版，第 275、498 页。

书标语。"不仅改变了她中学时代那种感伤哀悼、落寞凄清的创作风格，而且还促使她走上了革命的道路。1927年，她在武汉革命政府妇女部任文书，积极参加妇女解放运动。革命时代中的上海大学虽然只有短短五年的办学历史（1922—1927），却为国民革命培养了大批人才，赢得了"文有上大，武有黄埔"[①]的赞誉。一大批共产党的理论家和社会活动家曾在这里任教，如李大钊、瞿秋白、邓中夏、蔡和森、任弼时、茅盾、恽代英等，他们传播马克思主义思想，鼓励学生参加革命实践，将教室与街头联系起来，成为传播激进社会思想的中心[②]，被国民党斥为"赤色大本营"。陈望道时任"上大"中文系主任，他从日本留学回国，是《共产党宣言》第一个译本的翻译者[③]，积极参加新文化运动，在《民国日报》的副刊《觉悟》《妇女评论》等发表大量文章，倡导男女平等思想，还翻译了大量日本文学作品和社会时评。[④] 许心影是他赏识的优秀学生之一，当年陈曾力劝她不要返回潮汕而留居上海发展。许心影深受陈望道的影响，在创作主题上以反映女性生活、塑造新女性形象、倡导女性独立为主，而且在行文风格上也受其影响，选择相同的某些个性化的词语，如用"立地"表示立刻、马上等的意思。

查看上海大学中文系当时的课表，开设有英文和日文课程[⑤]，许心影在中学时已开始学习英文，也许是在这期间又学习了日语，并达到了一定的熟练程度，从她创作中穿插的外文单词即可看出。许心影这时期可能对日本文学产生了一定的兴趣，不仅是她，还有她的弟弟许子由也深受日本文化的影响。1926年，许子由跟她一起进入上海大学，就读于社会学系，后前往日本留学，回到上海后主要从事文学创作和翻译工作，有不少作品发表在《新垒》《微音》《时代动向》等刊物，如《落叶杂记》（《微音》1932年第2卷第5期）、《中国新文学的动向》（《时代动向》1937年第1卷第5期）。《春光》杂志1934年第1卷第1期第27页刊有许心影《脱了牢狱的新囚》的新书介绍，第39页是许子由翻译作品集《最后底一叶》的新书介绍。朱联保编撰的《近现代上海出版业印象记》[⑥] 收录有词条："《最后底一叶》，许子由辑译，上海湖风书局，1932.6初版，230页，0.75元。"然而社编《世界短篇小名作选》[⑦] 辑录许子由翻译的《霍桑传》《回春法底实验》《奥亨利传》全文。可见，这一时期，许心影和许子由姐弟俩一起在上海以文为生，创作和翻译了不少作品，相继在彼此都熟悉的刊物和出版社发表。

①　王家贵、蔡锡瑶编：《上海大学（1922—1927）》，上海：上海社会科学院出版社1986年版，第1页。国共合作创建的上海大学于1927年被国民党当局强行关闭。
②　叶文心：《民国时期大学校园文化（1919—1937）》，北京：中国人民大学出版社2012年版，第100页。
③　叶文心：《民国时期大学校园文化（1919—1937）》，北京：中国人民大学出版社2012年版，第147页。
④　陈望道：《恋爱　婚姻　女权　陈望道妇女问题论集》，上海：复旦大学出版社2010年版。
⑤　黄美真等编：《上海大学史料》，上海：复旦大学出版社1984年版。
⑥　朱联保编撰：《近现代上海出版业印象记》，上海：学林出版社1993年版。
⑦　然而社编：《世界短篇小名作选》，上海：然而出版社1935年版。

许心影研究

二、潮汕时期的文学创作

（一）已发表的诗文

许心影大约于1934年底回到汕头，在《海滨》《海滨文艺》等发表了一批作品，署名有"白鸥""白鸥女士""心影""许心影"，以诗词、散文居多，很少再写小说，详见表2。

表2　白鸥（女士）作品统计表（1934—1949）

序号	题名	文体	署名	刊名	年卷期	备注
1	《莺啼序》（西窗又吹玉笛）	诗词	许心影	《海滨》	1934年第5期	
2	《莺啼序》（白鸥落拓江湖）	诗词	许心影	《海滨》	1934年第5期	
3	《薄幸》	诗词	许心影	《海滨》	1934年第5期	
4	《洞仙歌·辛未之春夜过江湾草庐》	诗词	许心影	《海滨》	1934年第5期	
5	《故国清秋》	散文	白鸥	《海滨》	1934年第5期	
6	《无题》	新诗	白鸥	《海滨》	1934年第5期	
7	《庆春泽》	诗词	许心影	《海滨》	1935年第6期	
8	《金缕曲·用稼轩原韵》	诗词	许心影	《海滨》	1935年第6期	
9	《声声慢·拟易安》	诗词	许心影	《海滨》	1935年第7期	
10	《寒灰》	散文	白鸥女士	《海滨》	1935年第8期	仅目录
11	《满路花》	诗词	许心影	《海滨》	1935年第8期	
12	《琐窗寒·乙亥秋分》	诗词	许心影	《海滨》	1935年第8期	
13	《满庭芳·乙亥中秋》	诗词	许心影	《海滨》	1935年第8期	
14	《摸鱼儿·九月十七夜思玲子》	诗词	心影	《海滨》	1936年第9-10期	
15	《离亭燕》	诗词	心影	《海滨》	1936年第9-10期	
16	《昨夜月》	散文	心影	《海滨》	1936年第9-10期	
17	《赠别孟瑜时孟将返星洲》	诗词	许心影	《海滨》	1936年第11期	
18	《沁园春》	诗词	心影	《海滨》	1937年第12期	
19	《高阳台》	诗词	心影	《海滨》	1937年第12期	
20	《醒来吧》	散文	白鸥	《海滨文艺》	1936年第2期	
21	《金缕曲·用稼轩原韵》	诗词	白鸥女士	《西北风》	1936年第8期	重发
22	《庆春泽》	诗词	白鸥女士	《西北风》	1936年第8期	重发
23	《淡淡的春色》	小说	白鸥	《中国公论》	1939年第1卷第3期	
24	《淡淡的春色》（续）	小说	白鸥	《中国公论》	1939年第1卷第6期	

许心影在 1934 年第 5 期《海滨》一共刊发了 1 篇散文《故国清秋》，1 首新诗《无题》，4 阕词《莺啼序》（西窗又吹玉笛）、《莺啼序》（白鸥落拓江湖）、《薄幸》和《洞仙歌·辛未之春夜过江湾草庐》），这应该算是比较全面地向家乡人展示了她的文学才华。本期的编者在编后记中介绍："白鸥女士是海上颇负盛名的女作家，她最拿手的是写小说，这一篇《故国清秋》虽然是副产品，但也凝着作者真实的生命的情调。"据传，《莺啼序》（白鸥落拓江湖）一词刊发后广为传抄，一时声名鹊起，潮汕文教界鲜有不知白鸥女士其人者。在此后的三年间，许心影持续在《海滨》刊发诗文，成为文界知名女诗人，即使在病中也坚持写作。1935 年第 8 期刊有散文《寒灰》，可惜仅见目录，编者在编后中介绍："白鸥女士在半病的状态中，为本刊写了一篇富于感伤性的《寒灰》。"在 1936 年第 2 期《海滨文艺》预告中刊发散文《迟暮》，正式刊出时换成了散文《醒来吧》，《迟暮》现已散失。她常与潮汕诗词界才俊杜国梁、王显诏、吴双玉、饶宗颐、蔡起贤等唱酬，境界开阔，风格朗健，广受好评。一直到 1936 年，许心影的旧作《金缕曲·用稼轩原韵》和《庆春泽》重发在《西北风》杂志上，可见她在全国文坛上的影响力。从 1944 年开始，她主编汕头《光华日报》的"岭海诗流"专栏，刊登旧体诗词，汕头图书馆藏有《光华日报》民国三十三年（1944）五月十四日的报纸残页，刊头"岭海诗流"为许心影手书并附有签名。

（二）《蜡梅余芬别裁集》词稿

现存许心影《蜡梅余芬别裁集》词稿一卷，辑词 45 首，附录于其父自刊本《庶筑秋轩文稿》。目前所见许心影亲友收藏的《蜡梅余芬别裁集》复印本有几个版本：

第一种是许心影亲人收藏的版本。大开本 27.96cm×17.96cm，封面的印章模糊不清，只有许心影的 45 首词，没有序、前记、跋，这个是最早的复印本。许心影的外甥女李坚诚查清了手稿复印本的来历：

我舅舅许仲廉在 1983 年 10 月 16 日的一封信中记录："《蜡梅余芬别裁集》这本小册子，是细妹（杜如雅）今年初带来的……为了保持原貌，其中有明显笔误等，也不予改动即交影印，印的份数也不多，已分发给诸亲。"我表哥回忆："大姑的手稿复印是在 1982—1983 年，印象中当时国内影印机不多，也贵，老爸（许仲廉）让我带去澳门复印。第一次印了 10 份，装订时弄不好，又印了 10 份，最后像样的大约在 45 份，印象中原稿不是很差，只是纸有些发黄但不脆。其装辑、尺寸与手稿同一版本。原稿现已不知去向。"[1]

第二种是王永龙[2]收藏的版本。小 16 开，扉页有蔡起贤的题词，封底是王永龙写的跋，加盖有"王永龙"印章，时间是 1990 年元旦。

---

① 采访者：李坚诚。访谈时间：2013 年 9 月 4 日。地点：汕头。访谈对象：刘文菊。
② 王永龙（1919—2005），男，潮安庵埠人，原龙溪中学语文教师，著有诗集《愚庐吟草》。

临江仙

蔡起贤

白鸥词人《蜡梅余芬词稿》本，一九四二年余曾为题词一首。十年动乱，稿本已佚。近其妹如雅于废麓中，捡得其自书定稿《蜡梅余芬别裁集》一册，存词仅四十余阕。然易安生平，苏辛风味，一脔之尝，盖亦足矣。为补题一阕。

曾是归来堂上客，不闻漱玉声声。磐沟片月尚分明，依稀环佩响，犹有暗香生。
卢橘上林开次第，漫赢记梦龙城。伤心无地觅鸥盟，同看新岁月，灼灼少微星。

跋

《蜡梅余芬别裁集》作者许心影，原名兰荪，号白鸥女士，澄海莲阳人，生于一九〇八年，出身名门，世代书香，兰心蕙质，才情横溢，系三十年代岭东文教界知名人物。惜乎漱玉才高，不获永年，一九五七年逝世，时年方五十，闻者叹惋。兹从友人徐君锡堃[1]借得影印手稿本一册，予以复印，以表敬仰而留纪念。

潮州龙溪王永龙谨跋　一九九〇年元旦

第三种是岭海诗社收藏的版本。小 16 开，封面加盖有"岭海诗社"红色印章，扉页只有蔡起贤的题词，封底是王永龙的跋，加盖有"王永龙"印章，时间是 1990 年元旦。

第四种是郭马风[2]和李魁庆收藏的版本。大 32 开，A4 纸复印，封面加盖有"马风藏书"的印章，扉页有蔡起贤毛笔字书写的《临江仙》题词和郭马风钢笔书写的前记，时间是 1993 年 12 月。

《蜡梅余芬别裁集》是先岳母许心影白鸥居士词稿之《蜡梅余芬词稿》的一册。昔岁尚有《白鸥词》刊行，惜均与其他诗文、小说、潮剧本俱佚。起贤老再为题词影印以存。诸亲为收，若发现有其存稿者，望告。

汕头市地方志办公室　郭马风　一九九三年十二月

第五种是潮汕历史文化中心收藏的版本。大 32 开，A4 纸复印，封面有"马风藏书"红色印章，扉页有蔡起贤的题词和郭马风 1993 年 12 月写的前记，加盖了"历史文化中心藏书"红色印章，封底有郭马风钢笔抄录的王永龙 1990 年元旦写的跋。

从蔡起贤的题词看，这册词稿是许心影的妹妹杜如雅在废麓里拣出，是许心影毛笔手书稿，并请蔡起贤题词，没有时间落款，估计是在 1983 年之后。据许心影二女儿许荧子《往事不会如烟——怀念我的外公和母亲》一文回忆，她是 1985 年从三舅许仲廉那里拿到复印本的。王永龙的跋写于 1990 年元旦，是从好友徐锡堃那里借得，并将 16 开复印本送给岭海诗社收藏。郭马风 1993 年 12 月得到大 32 开复印本，并将加盖有个人藏书印章和

---

① 徐锡堃（1921—1999），男，潮安庵埠人，原庵埠某小学校长，著有诗集《学诗吟草》。

② 郭马风（1928—2016），男，原名郭乐异，笔名马风，揭阳人，汕头市志办副研究员。

抄录了王永龙跋的复印本送给汕头历史文化中心收藏。由此得知，《蜡梅余芬别裁集》词稿虽没有公开刊行，但曾以复印本的形式在潮汕文界广泛流传。

《蜡梅余芬别裁集》原稿有 28 页，是许心影亲手用毛笔字抄写的，字迹清晰、整洁，字体潇洒飘逸、别具一格。用繁体字竖行写成，没有标点，只是断开每首词的上下阕。词稿共有 45 首词，大概写于 1939—1945 年抗日战争期间，大致按照时间顺序收录，第一首《忆旧游·次汪精卫韵以讥之》是讽刺汪精卫 1938 年 12 月从重庆到越南河内不久作词《忆旧游·落叶》，可以推测出写作时间大致是在 1939 年。第三十一首《高阳台·甲申双十，为民报复刊作》是 1944 年 10 月 10 日为纪念《民报》复刊而作。第三十五首《庆春泽·并序》在序中交代"时旃蒙作噩之年，应钟之月，朔日，澄海白鸥序于洪阳旅次"，是 1945 年 10 月农历初一，即 1945 年 11 月 5 日诗人暂住普宁洪阳时，为棉城友人王藩的医学专著所题之词。45 首词中有 10 首是自抒情怀，26 首是赠予词，赠予的亲朋好友及学生有：西林、惠柏、六云、绿蕊、陈国梁、少华、林贻盛、六都诸子、子由、仲廉、伯图、定高、溥霖、餐霞、启贤、李木英、玉霞、孙德英、王显诏、中持、王藩。45 首词共用了 15 个词牌名，其中 10 首《满江红》、4 首《高阳台》、4 首《金缕曲》、3 首《满庭芳》、3 首《庆春泽》、2 首《贺新凉》、2 首《江城子》，另外，《忆旧游》《沁园春》《汉宫春》《鹧鸪天》《醉花阴》《点绛唇》《一剪梅》《浣溪沙》各 1 首。这 45 首词的主题大致有三个方面：第一，抒发祖国沦陷敌手的悲愤。如第一首《忆旧游·次汪精卫韵以讥之》、第八首《浣溪沙·次太康韵，并报绿蕊》、第三十三首《庆春泽·元旦为民报作》。第二，表达鸿鹄之志无法实现的慨叹。如第二首《高阳台》、第五首《高阳台·西林有八桂之行，用其韵赠之》。第三，抒发了对凄凉身世的悲鸣。如第三首《沁园春·用太康韵》、第十二首《醉花阴·用易安韵》。这三方面的主题和内容在多数篇章里是交融在一起的，诗人将因国家遭到侵略后山河破碎的忧患、心怀壮志却无法施展的苦闷与个人身世飘零的凄凉熔为一炉，满腔悲愤化作清泪，借酒浇愁，赋诗遣怀，呕尽心血，成就这一首首流着血泪的篇章。

（三）其他散失诗作

许心影原有诗集稿《听雨楼诗稿》《蜡梅余芬集》词稿两册，以及《白鸥词》一册。她的诗友蔡起贤、王显诏、邱汝滨等都曾阅读过，可惜后来都散失无踪。据许心影之子许在镕回忆：

《蜡梅余芬》词集，我一向只是听说，无由得见。1961 年 10 月，沈妈（沈观贤，又名惠楚，潮安华美人，是我父亲在新加坡娶的第三位夫人，1997 年去世）自新加坡来汕探望我们姐弟。1962 年 1 月，沈妈返新前数天整备行李时，秋子姐取出用布包着的二册《蜡梅余芬》词集，请沈妈带去交父亲设法出版。直到此时，方得睹芳容。而此前无人知其藏于何处。词集为 16 开本，每册有 7~8 毫米厚，封面有竖书"蜡梅余芬"四字，为毛笔字。内页也是毛笔书写，字体比今存《蜡梅余芬别裁集》小而较为工整。至于是否为母亲手书则不能确定。那数天中我曾不时翻阅，只见词，不见有诗。集词是三百余首，只多不少。由此看来，《听雨楼诗稿》与词合编成《蜡梅余芬别裁集》之说恐不确。《蜡梅余芬别裁集》中只收词不收诗作，庶也可证。词集被沈妈带去后，20余年中父亲来信都未见提及。1986年5月我和妻子去新加坡探亲，向沈妈询及词集，她说早已被父亲烧掉。《蜡梅余芬》已不存世可成定案，所可自责者，先慈之孤本遗珍，儿女们不知宝爱，致事变而化为灰烬，情何以堪？当年姐弟动手抄一份，又能费时几何？今次忆及，吁嗟顿足而已。①

据许心影大女婿郭马风回忆：

1952—1953年，我在潮州著名画家王显诏家中见到一册白鸥居士赠给他的铅印小册子《白鸥词》，对"白鸥居士"这个署名印象特别深。1955年元旦，我跟秋子结婚后，曾见她保存有一包她母亲的书稿，多是一些未结集的诗文稿，还有一些研究《易经》的、画有许多卦爻的文字，似乎没有见到那本《白鸥词》。1955年9月在"反胡风运动"中，我被审查，我在广州街的住房被公安局搜查，这包东西被抄去。1985年，我到韩山师专②图书馆查资料，王显诏的女儿在那里工作，我问她是否曾见过《白鸥词》，她说家里的东西都在"文革"中被毁掉了。③

许心影还有一些诗作散见于诗友的文集中，目前能查找到的诗作有以下几首：

除　夕

误来人世忽三纪，一事无成足叹嗟。赴壑长蛇垂尽岁，燎原烈火盛春花。
征夫海外舵难返，稚子窗前鼓大挝。除夕挑灯斟闷酒，愁看屋角雨如麻。

此诗为《瞩云楼诗存（六种）》之《蕉窗随笔》所录。邱汝滨（1898—1971），别名宗华，潮州府城人。有诗集《瞩云楼吟草》《适己集》《一叶集》《归里集》《村居集》和文集《蕉窗随笔》。《蕉窗随笔》第235条为"许心影《除夕》诗"：

与白鸥女士许心影别十余年，忽于汕岛相见，邀余饮其家。短发蓬蓬，诗酒豪情已非往日。出示《听雨楼诗稿》，有《除夕》一律云："误来人世忽三纪，一事无成足叹嗟。赴壑长蛇垂尽岁，燎原烈火盛春花。征夫海外舵难返，稚子窗前鼓大挝。除夕挑灯斟闷酒，愁看屋角雨如麻。"④

在海门即席所赋

莲峰高矗海之门，宛似芙蓉出水芬。把露情深花有泪，擎天梦渺石生痕。
惊涛难撼孤臣志，胜地空留杜宇魂。匡国壮怀今犹昔，誓将热血洗妖氛。

1943年

---

① 据许在镕于2014年9月19日的笔谈。
② 1978年，经国务院批准，复办师专，韩师校名更改为"韩山师范专科学校"。
③ 据郭马风于2004年11月的书面回忆材料。
④ 邱汝滨：《瞩云楼诗存（六种）》，潮州：潮州诗社1998年版，第198页。

此诗收录于许心影父亲许伟余的《庶筑秋轩文稿》①。

江城子

一年飘泊各西东，怕相逢，恰相逢。露水稀稀，何处转征帆？传语故人休惆怅，薄幸事，古今同。

前情流水云无踪，会匆匆，别匆匆。暮霭飘飘，斜日映秋风。泡影昙花春梦过，回首看，万般空！

这首词收录于许其武《二十世纪二、三十年代：潮汕文人——一个粗略的扫描》一文中。②

（四）改编和创作潮剧剧本

1955 年，许心影进入汕头专区戏剧改革委员会，从事潮剧旧剧本的整理工作，曾随潮剧团下乡体验生活并创作剧本。据郭马风回忆：

1956 年许心影被聘到粤东剧改会时，写过一个潮剧本《绿牡丹》，我略看过，文词美，但恐怕难以排演。剧本后来下落不明，若干年后，普宁剧团演出陈竞飞编剧的《绿牡丹》。③

《潮剧研究　潮剧人物传略专辑》一书中，"陈华武"词条介绍了他曾与许心影合作改编《假老爷》：

1956 年兼任剧目研究组组长和发掘整理传统剧目小组组长。整理传统古装潮剧《刘璋下山》，演出后得到好评。同年与许心影合作整理古装戏《假老爷》。④

综上所述，许心影著作丰富，有古典诗词、新诗、散文、小说、译注、潮剧剧本等作品，在二十世纪的现代文坛上产生了不小的影响，但因时代的原因和个人身世的坎坷多舛，渐渐远离文学主潮，被文学史淡忘。她的著作散失较多，笔者学力微小，尚有不少作品留待学界同人继续查找，本篇考略还存在不少疏漏，期待进一步得到补证。整理和出版许心影作品，还原她在文学史上曾有的地位和影响，是极有意义的一件事。

[原文发表于《汕头大学学报（人文社会科学版）》2015 年第 3 期，有修改]

---

① 许伟余：《庶筑秋轩文稿（自刊本）》，1998 年。
② 许其武：《二十世纪二、三十年代：潮汕文人——一个粗略的扫描》，《潮声》2001 年第 3 期。
③ 来自郭马风 2004 年 11 月书面回忆材料。
④ 汕头市艺术研究室编：《潮剧研究　潮剧人物传略专辑》，北京：中国戏剧出版社 1998 年版。

饶宗颐先生与许伟余、许心影父女交游考略

刘文菊　李坚诚　陈　伟①

饶宗颐先生在青少年时期即博览群书，深习书画，广学诗文，不仅在学术研究上初步形成规模，由早年的乡邦文献目录学扩大到词学、考古学、历史地理学等研究。而且在诗歌创作上也开始发力，1945 年印行的《瑶山集》被视为他登上诗坛的第一声"狮子吼"，显示了深厚的学养和超卓的功力。② 与此同时，饶宗颐广结潮汕文界诗杰，切磋诗艺，相互酬唱，留下不少诗词佳话，与知名诗人许伟余、许心影父女的交游便是其中之一。笔者近年来在许心影课题研究的过程中，旁及饶学，也查阅到些文献资料，可以对相关研究提供一点新的史料，但因学力粗浅，无法展开论证，只在这里逐一呈现，以供方家深研。

一、饶宗颐与许伟余《庶筑秋轩文稿》

许伟余（1885—1974），广东澄海莲下许厝人。原名许挹芬，笔名庶筑秋轩。潮汕地区著名教师、学者、诗人，"澄海三才子"之一。曾在两广游学预备科馆和上海中国公学肄业。1908 年起先后任教于潮汕地区及福建省近 10 所学校。曾任《大岭东报》《汕头时报》《星报》编辑、主笔。古典文学及诗文皆深有造诣，诗文有《慧观道人诗集》《庶筑秋轩诗集》《庶筑秋轩文稿》。

许伟余《庶筑秋轩文稿》1998 年印行，书名为饶先生亲笔"拜题"，足见他对许先生的崇敬之情。蔡起贤③在《庶筑秋轩诗集·序》中提及，许先生当年为了读懂章太炎《齐物论释》，曾向饶先生借到不少经论，而他的《庶筑秋轩诗集》诗稿多为笔力雄健之作，深为詹安泰和饶宗颐两位教授赞赏。蔡先生认为许先生的诗，以叙事说理为多，因为他都是借事抒怀，但能以唱叹出之，言尽而意不尽，故意境深远，神韵独远，与泛泛论古论事，俚而成死句者全不相同。这篇序写于 1995 年，序中讲明，因与许先生累世通家，应许先生小女如雅之请而作。④ 杜如雅在《庶筑秋轩文稿·后记》中写到："蔡起贤先生是关注、力促和支持这一工作第一人，先生不单在准备阶段给了我们很多指点，提出宝贵的意见，并且亲自动笔作序；协助延请香港大学知名教授饶宗颐先生题写书名，更使本文稿增色不浅。"⑤ 这篇后记写于 1996 年 8 月，未曾刊发，由此可知饶先生为此文稿题名的缘由。

---

① 陈伟（1982— ），广东潮州人，韩山师范学院饶学研究所馆员，主要从事古典诗词、饶学、潮学等教学和研究。

② 赵松元：《灵境独造，雅声远姚——选堂六十以前的诗歌创作略述》，见赵松元、刘梦芙、陈伟：《选堂诗词论稿》，合肥：黄山书社 2009 年版，第 25 - 26 页。

③ 蔡起贤（1917—2004），男，潮安彩塘人，知名学者、诗人，号缶庵，为詹安泰入室弟子。有诗词集《缶庵诗词钞》。

④ 许伟余：《庶筑秋轩文稿（自刊本）》，1998 年。

⑤ 杜如雅：《庶筑秋轩文稿（自刊本）·后记》，李坚诚提供。

《庶筑秋轩文稿》中有一首《偶书示诸生》[①]，是 1944 年揭阳花寨时期的诗作，为勉励韩山师范学校 1941 年成立的"诗巢"诗社的诸位少年而作。这首诗的风格硬朗向上，雄健豪迈，开头至第 8 句为一层，以先净其心乃能见卢舍那佛起兴，戒诸生先要净心息其贪念。第 9 至第 16 句为第二层，写建国五千年之繁重积习，养成今日之人物欲横流。第 17 句至结束为第三层，勉励诸生要摆脱俗念，改观耳目，澡雪精神，要学"芙蕖拔出泥，灼灼放奇丽"。只有坚守出淤泥而不染的高洁品质，人生才能焕发出熠熠光辉。要永葆此心如在山之泉，清澈明净。苟能养成此义，必可行致千里。殷殷之教，足见先生辟俗立人之高尚情怀。

偶书示诸生
许伟余

欲见卢舍那，当先净其心。心苟有污垢，舍那何处寻？
佛事既如是，人事岂独异！贪风苟不息，至治无由至。
建国五千年，尘垢累如山。熏习成种性，随地即业愆。
况今生卤繁，举世习于侈。地产有分剂，人却无穷已。
欲观胜录国，当知其艰难。人人澡厥行，耳目皆改观。
芙蕖拔出泥，灼灼放奇丽。直须此境界，太平乃可敌。
我作此论调，或且笑其愚。滋事理实然，正道定坦途。
考工亦有言，绘事后于素。不有洁白质，五色将马市！
勉称复勉称，吾社诸少年。各持白净法，葆此在山泉。
人才由风气，一倡百和起。此义苟养成，足下即千里。

　　无独有偶，饶先生也有一首同题诗作《偶作示诸生》[②]，为勉励港大学生而作。不知是受到许先生启发，还是二人相通的生命感悟所致。

偶作示诸生（其二）
饶宗颐

更试为君唱，云山韶濩音。芳洲搴杜若，幽涧浴胎禽。
万古不磨意，中流自在心。天风吹海雨，欲鼓伯牙琴。

　　这首诗是饶先生 1956 年（四十岁）任教于香港大学中文系时所作，用以寄托他的文化追求和对学生的殷殷期望。首联高唱而出，气势不凡。"韶濩"分别是舜乐和汤乐，泛指古雅乐。此句是剪裁元好问《欸乃曲》："停桡静听曲中意，好是云山韶濩音。"前二句也暗指传授诸生古典文化知识。颔联"杜若"指芳草，出自屈原《九歌·湘夫人》："搴

---

① 许伟余：《庶筑秋轩文稿（自刊本）》，1998 年，第 422 页。
② 《饶宗颐二十世纪学术文集》编辑委员会主编：《选堂诗词集·羁旅集》，《饶宗颐二十世纪学术文集（卷 14）》，台北：新文丰出版股份有限公司 2003 年版，第 418 页。

汀洲兮杜若，将以遗兮远者。""胎禽"是鹤的别称（南朝梁陶弘景《瘗鹤铭》"相此胎禽"）。此联是借杜若和鹤来渲染一种幽然高洁的境界。"万古不磨意，中流自在心"气象极大，意——历万古之久亦不磨不灭；心——如中流之水般自由自在。此联是选堂诗词中公认的名句，这是饶先生自信、自由、自足的治学境界的夫子自道。末联的"伯牙"是春秋时人，以精于琴艺著名。他和知音钟子期的故事广为流传，家喻户晓。饶先生欲于"天风吹海雨"之中鼓伯牙琴，也有欲待知音之感，此即《选堂晚兴》中"浩歌送北风，俍焉俟来者"之意。饶先生常说学问要接着做，不能照着做。这里也是希望诸生能够将学问"接着做"，薪火相传，发扬光大。

许、饶二首同题之诗，放在一起读，可见其情怀之似，可谓相互辉映，堪称佳话。

二、饶宗颐与许心影主编的《光华日报》之"岭海诗流"

许心影（1908—1958），澄海人，原名许兰苏，笔名白鸥，自号白鸥居士。许伟余的长女。她一方面秉承父亲的国学修养，擅长古典诗词文赋，创作了大量古典诗词，父亲称她为"潮籍女诗人"；另一方面她继承了父亲在潮汕首开白话文创作的先锋思想，创作有文笔优美的现代抒情诗、散文和小说。许心影才华过人，青年时代即闻名潮汕文坛，冯铿是与之齐名的女作家。1926—1934年，曾在上海就读和以文为生，在《微音》《新垒》等刊物发表了大量新诗、散文、小说等，是二十世纪三十年代上海文坛的知名女作家。1934年底离开上海回到家乡汕头，辗转潮汕各地教书为生，业余创作，在《海滨》《海滨文艺》《光华日报》等报刊发表诗文，辑有诗词稿本《听雨楼诗稿》《蜡梅余芬别裁集》，后因种种原因抑郁不得志，身患癌症，盛年早逝。许心影一生虽创作丰富，作品却大量散佚，几乎被文学史遗忘。现仅存湖风书局影印本《脱了牢狱的新囚》以及《蜡梅余芬别裁集》词稿一册。[①]许伟余、许心影父女曾于1941—1942年同在韩山师范学校任教，此时学校由于战乱迁往揭阳县智勇乡古沟村，许伟余、许心影父女当年亲笔填写的《广东省立各学校教职员家庭人口及经济概况调查表》尚保存完好，许伟余为专职教员、导师、班主任，许心影担任国文课教员、班主任。[②]父女二人在此共同加入由王显诏倡导成立的"诗巢"诗社，与蔡起贤等青年才俊诗人一起写下诸多诗篇。许心影1942年底离开韩山师范学校之后，辗转在汕头海滨师范、普宁南径中学、潮阳峡山六都中学、惠来中学、达濠中学及汕头聿怀中学等学校任教。

许心影在1944—1946年，于教书之余主编《光华日报》之"岭海诗流"专栏，刊登潮汕文坛耆宿及青年才俊所作旧体诗词。温丹铭之子温原先生在《汕头〈光华日报〉杂忆》[③]一文中提及此事：报社由陈亦修自任社长，吴双玉为主编，报头题字还是吴双玉写的。开始他们也想把报纸办活，在报纸副刊上每日辟一专栏，如"岭海诗流"就请许心影主编，刊登古典诗词。

---

① 刘文菊、李坚诚：《潮籍女作家许心影著作考略》，《汕头大学学报（人文社会科学版）》2015年第3期。
② 《广东省立各学校教职员家庭人口及经济概况调查表》等资料为韩山师范学院档案室提供。
③ 温原：《汕头〈光华日报〉杂忆》，《潮阳文史丛拾》，第131页。

目前，只能找到五期刊有"岭海诗流"专栏的《光华日报》，分别是 1944 年 5 月 13 日、1946 年 9 月 8 日、1946 年 9 月 22 日、1946 年 11 月 3 日、1946 年 12 月 12 日。从刊头信息来看，截至 1946 年 12 月 12 日"岭海诗流"已经主编了十六期。虽然找到的这五期很少，不过，也能管中窥豹，这五期上都刊有饶宗颐的诗词，足见饶先生这一时期与许心影的深厚友谊。今汕头图书馆馆藏之《光华日报》民国三十三年（1944）5 月 13 日报纸残页，①刊有"岭海诗流"专栏，刊头为心影手书及签名，其下有"第三期　许心影编"字样。可见到的篇目有庶筑秋轩（许伟余）《追悼杨光祖》《偶念身世感慨成诗》、沈达才《四十自寿》、王显诏《古沟吟草》、杨光祖遗作《赠饶宗颐》、蔡起贤《定风波》《虞美人》、固庵居士《赠玉清教授》和百子《赠心影兼简郑三》。

其中，固庵居士、百子皆为饶先生笔名。这首《赠心影兼简郑三》便是饶先生赠予许心影和郑定威之作，表达了乱世之中深沉的忧国之情及深切的念友之情。"镂肝"写其运思之苦。"东南竹箭"本是才人的美誉。首联是自谦，言自身以苦吟寄饮，有负虚名。额联既是自我写照，也是与友人的共勉，希望诗词之中不再是满腔孤愤。后半则是对友人的赞美，特别是颈联，化用杜甫《佳人》："天寒翠袖薄，日暮倚修竹"的诗意，情深意切，尤为动人。

赠心影兼简郑三
百　子

镂肝滋味付微酲，辜负东南竹箭名。
犹有精思污故楮，休将悲愤说平生。
金貌香冷词人意，翠袖天寒日暮情。
爱听歌喉声宛转，不堪一曲想遐征。

查阅广东中山图书馆缩微文献，发现 1946 年 9 月 8 日、1946 年 9 月 22 日、1946 年 11 月 3 日、1946 年 12 月 12 日《光华日报》"岭海诗流"专栏都刊有饶宗颐先生的诗词，分别是：固庵居士《千仞集诗序》、饶宗颐《简石铭吾》、饶宗颐《宿下尾滩　用杜韵》、宗颐《上埔夜宿　用山谷韵》、宗颐《飞龙径　用老杜木皮岭韵》、百子《西林》、固庵居士《赠心影》。

刊登在 1946 年 12 月 12 日《光华日报》"岭海诗流"上的《赠心影》一诗是继 1944 年《赠心影兼简郑三》之后的又一首赠予诗。这首诗称赞了许心影真挚的性情、磊落的胸怀、渊源的家学、过人的诗才，高度评价了她在诗词上的造诣和成就："自标一帜傲词坛，才名久为人所企。"虽然二人相识已久却因战乱各自漂泊，如今相逢在揭阳，特为老友赋诗一首，表达了对友人的钦慕之情。

---

① 汕头图书馆馆藏，曾旭波先生提供。

赠心影
固庵居士

白鸥居士性真挚，胸怀磊落无俗气。纵情豪饮醉赋诗，落笔修然有逸致。
自标一帜傲词坛，才名久为人所企。忆及同客鹭水边，已结神交识君先。
天南地北各流落，倏历沧桑二十年。廿岁飘零少晤面，君日著述我未见。
今日相逢古榕西，佳作始得读之迟。我夙爱君天分高，渊源家学得熏陶。
宜乎致力事韵事，居然果以诗词豪。愧我碌碌负浮生，学剑学书无一成。
到处登临伤旧我，读罢君诗感慨并。君今作诗成老手，我今学力渐衰朽。
诗思滞涩日荒疏，整年不做诗一首。承君饮我一杯酒，嘱我题诗送老友。
话旧不禁动诗肠，信笔为君赋一章。芜词未足献大雅，聊博故人一笑也。

刊登在 1946 年 9 月 8 日《光华日报》"岭海诗流"专栏上的这首《千仞集诗序》，应该就是饶先生当年遗失的诗集《千仞集》的序文。如今，能重读这篇序文亦是弥足珍贵。陈韩曦先生在《饶宗颐学艺记》[①] 中写到：

1943 年初，饶宗颐到迁校于饶平凤凰山的金山中学任国文教员。从事教学工作，同时创作诗歌。在校任教一年，他写了一本诗集。用贾谊《吊屈原赋》中"凤凰翔于千仞兮，览德辉而下之。见细德之险征兮，遥曾击而去之"的词语，将所作诗取名为《千仞集》，后来又换名《凤顶集》。他自 12 岁起学写诗，早岁之诗词集除《凤顶集》外，还有《弱冠集》，早期的诗歌皆因战乱而丢失了。

千仞集诗序
固庵居士

驾言远乡，忽焉一岁。始者浮瓜沉李，税鞍榕城。今乃历井扪参，幽栖凤髻。离忧满纸，停云弥襟，凡所嗟叹，得如干首，都为一帙。记左太冲诗云："振衣千仞冈"，又贾长沙赋："凤凰翔于千仞兮，览德辉而下之。"漂漂自引之众，致足慕焉。予所居曰凤凰虚，在万峰之上，因取二家语名吾集曰《千仞》，并序以诗，以见我志云，固庵记。

千仞之上凤凰翔，我居正在凤凰乡。贾生相约分天章，更招太冲陟岛冈。
眙我万兀千摇肠，□试与世扫秕糠。□偃溟渤倒扶桑，以洗野战血玄黄。
便常宏道揖虞唐，禹汤姬孔□轲□。千秋一脉遥相望，进以大同讫小康。
吾拜昌言不敢忘，仰睇天造正茫茫。俯窥野日但荒荒，且缓忧心急羽觞。
盘胸尚有百炼钢，徒托空言应帝王。如彼庄周肆洸洋，私笑蚍蜉不思量。
妄欲纸上见郢藏，等诸自邻苦吃姜。冥搜捕逐无事忙，短叹长吁意则伤。
欲持肝肺叩苍苍，哀哉语诳其心长。

---

① 陈韩曦：《饶宗颐学艺记（修订本）》，广州：花城出版社 2014 年版，第 22 页。

同时期，饶先生用百子这个笔名也曾在其他报刊上发表诗作，《岭东民国日报》（揭阳版）民国三十二年（1943）10月20日的文艺专栏"笔垒"刊有百子《寿秋园丈》和《癸未重九陪君懿铭吾购杖登黄岐山侣云寺》，专为姚秋园先生祝寿而作。同期还刊有石铭吾《七十三吟　贺姚秋园生辰作》、邱汝滨《九日》，也同为祝寿贺诗。①

寿秋园丈
百　子

七十之年古所□，况过其己岂易见。姜坞旧是文章伯，一日声名满九县。
幻玄提要聊载□，鹍鹏凤鸣神色变。寥寥寿世数十篇，能于桐城开一面。
早收汗马侣鱼虾，欲使故乡似永嘉。植□遗仗疏盘手，濂西意味兹良有。
我也远路踵门迟，预为春酒介眉寿。

三、饶宗颐、许心影与《海滨》

许心影大约于1934年底回到汕头，曾在海滨中学任教，在《海滨》《海滨文艺》发表了一批作品，以诗词、散文居多。饶宗颐也曾在《海滨》杂志上发表过不少诗文。民国三十七年（1948）6月1日由汕头私立海滨中学编辑委员会出版的《海滨》复刊号第1期刊有：饶宗颐《秦时佛教传入中国说驳议》（"论著"）、饶百子《瑶山咏》（"诗录"）。民国三十七年（1948）12月31日出版的《海滨》复刊第2期刊有：饶宗颐《宋室播迁潮惠纪略》（"论著"）、饶宗颐《黄际遇教授略传》（"专载"）、饶宗颐《日月潭杂诗》（"诗录"）。②

1943—1944年，因日寇侵华，饶宗颐曾二度进入广西大瑶山，在荒村野岭颠沛流离，历经千辛万苦，写下不少反映战乱时代飘零生活的诗作，表达了深沉的忧患意识和爱国情怀，风格上多近似杜甫的史诗。1945年9月抗战胜利后，饶宗颐整理出版了瑶山时期的诗作《瑶山集》，共有六十四首诗。这首《瑶山咏》就是这一时期的诗作，也收入《瑶山集》中。

瑶山咏
饶百子

薄薄瑶山酒，日日不离口。瑶女未解愁，楚客空搔首。
村村闻鴂舌，家家尽瑾牗。老松八千尺，日傍北风吼。
山花乍吐妍，山石渐变丑。五里沉雾迷，公超挟我走。
本性侣麋鹿，何意跨苍狗。世乱隐伴狂，捉襟时见肘。
赤足拖狐裘，此趣笑谁有。万方声一慨，到此忘阳九。
所欠花猪肉，无食使人瘦。行歌笮驴肩，归路逐牛后。
长啸叫孙登，客梦落林薮。

---

① 《岭东民国日报》缩微文献，中国国家数字图书馆馆藏。
② 《海滨》缩微文献，上海图书馆馆藏。

1948 年冬，为充实《韩江流域史前遗址及其文化》中的材料，饶宗颐专程赴台湾考察交流，回来后，写下《日月潭杂诗》刊发在《海滨》杂志第 2 期（1948 年 12 月 31 日）上，这是一首记游诗，描写了台湾日月潭的风光。这组诗格式上与众不同，诗注相杂，有六处插入解说，类似于史地考证，不仅描绘了日月潭的景色，而且呈现了日月潭的人文历史演变。这组诗后经修改收入《鲲岛欸乃》诗集中。

日月潭杂诗
饶宗颐

水木山山即复离，澄潭百丈窟蛟螭。飘然独木舟来去，（看往来必驾艋舺，刳独木为之双桨，以济大者可容数十人。）始见洪荒一段奇。

波清不着一浮萍，万籁无声舟自横。（《台湾史·疆域志》云："潭中多菱藕，番取以食。"今则水清，即萍藻亦无之。）日月居然互出没，此身彷徨置洞庭。

处处山云分不清，山中失笑见蓬瀛。（蓝鼎元曾赞日月潭云："古称蓬瀛，不是过也。"）山环百匝无归路，只有孤云与目成。

终朝不见只禽飞，地窄天遥未许归。忽起玉龙三百丈，喧豗雷瀑水深围。（潭进水口处水涌起，澎湃有声。）

孤屿中川似玉浮，相看侧柏不知愁。光华只有月同赏，万古明珠不暗投。（潭中小岛旧名珠屿，今称光华岛，中植侧柏树。）

岸上乍闻捣杵声，九州除此孰清平。成相已等广陵散，赖此侏离移我情。（归化番时举杵作歌，与水相和答。）

1945—1949 年，饶先生的诗词文章创作并未停止，而是因"旋作旋弃"，故丢失较多，由于这几处文献的浮出，便可以找回一些散佚的诗作。中国国家数字图书馆和上海图书馆馆藏的《岭东民国日报》和《海滨》也只有极少的一部分，如果有更多史料可查询，也许还能找回饶先生其他丢失的诗文。

四、饶宗颐与许心影《蜡梅余芬别裁集》

许心影有《蜡梅余芬别裁集》词稿一卷，附录于其父《庶筑秋轩文稿》。其中，许心影的《高阳台·步饶宗颐寄叶丈韵》与《满庭芳·次宗颐韵》是与饶词相和之作。这两首词体现了《蜡梅余芬别裁集》的词风，有"易安"风味，抒发了山河破碎、民不聊生的忧患情怀以及个人漂泊无依、思乡思亲的凄凉感情。这两首词皆寄托深远，善于用典而情韵深厚。化用了前人众多去国怀乡的典故，借以寄托自己的深沉感慨，以及其遭逢国家危难之时既痛心又无能为力的心情。一腔愁绪愤慨无从化解。"忧难任。鮀水韩山，何日登临"及"正星河雁过，情对残棋。彩笔空题恨句"均表明了词人的愁绪无法化解，但能从词中感受到其深切的爱国之情。并且，在许心影的笔下，即使是这样浓烈的情感也不会喷薄而出，而是百转千回，更让人觉得愁绪难遣，最后只能看着"摇红烛影，酸泪湿缃衣"。

高阳台

步饶宗颐寄叶丈韵

烽火迷空，哀鸿漫野，啼鹃叫碎春心。已过端阳，轻寒犹袭锦衾。客怀无奈欢难续，握芳卮、月掷墙阴。夜沉沉，敢学楼东，试作高吟。

金笺彩笔怜才尽，况乡关梦远，庾信愁深。濩落生涯，那堪长托疏林？惊他奇句翩飞处，似游龙，轹古凌今。忧难任。鮀水韩山，何日登临。

满庭芳

次宗颐韵

薄醉愁深，浮生梦短，天涯客子何归？余酲一枕，银月早斜西。惆怅年时旧事，蓦回首、烟物都非。疏帘卷，炉香袅袅，谁与诉心期。

风尘漂泊际，春蚕濒死，犹结柔丝。正星河雁过，惰对残棋。彩笔空题恨句，甚闲绪、絮逐花飞。凝望久，摇红烛影，酸泪湿缁衣。

饶宗颐的《高阳台》《满庭芳》这两首词也许当年也曾在《光华日报》上刊登过，现在尚未查找到。饶先生《满庭芳》一词也许已经遗失。饶先生《高阳台》一词收入《选堂诗词集·聊复集》①：

高阳台

雨湿芜城，鸦翻遥浦，倦游远客惊心。千里兵尘，野风腥入罗衾。玉箫难续繁华梦，倚危亭、迢递层阴。雁讯沉。叶警征魂，风起骚吟。　　江山如此故交渺，又楼高天迥，节往秋深。平楚寒烟，尽多乡思枫林。铜驼荆棘知何世，舞吴钩、岂独伤今。意难任。霜落萧晨，休去登临。

此弱冠抗战时羁旅念乱之篇，友人录示，聊存少作之一斑云，选堂识。

刘梦芙释读此词，认为：上片触景生情，下片思乡怀旧，较宋季周草窗《一萼红·寄越中诸友》二章，尤为沉痛，可与《瑶山集》并读。他认为《选堂乐府》文集中诸多篇章，效西台之哭啼，悲故国之腥膻，悼百姓之震惢，祭英灵于山水，莫不深融忧国丹忱，气吐虹霓，声铿金石。而这些词，情思多在比兴寄托中，击节微吟，抽丝细绎，尤令人低徊感怆。②

许心影这首唱和的《高阳台》注明"步饶宗颐寄叶丈韵"，指出饶词是写给一位姓叶的年长友人。据查，这位姓叶的长者，是叶照晬老先生。叶照晬，潮安人，清朝秀才，生

---

① 《饶宗颐二十世纪学术文集》编辑委员会主编：《选堂诗词集·聊复集》，《饶宗颐二十世纪学术文集（卷14)》，台北：新文丰出版股份有限公司 2003 年版，第 752 页。

② 刘梦芙：《选堂乐府》，见赵松元、刘梦芙、陈伟：《选堂诗词论稿》，合肥：黄山书社 2009 年版，第 126 页。

卒年不详。不过，从叶老先生与亲友们相互唱酬的诗作可以大致知晓他生于 1878 年之前，与潮汕文界诸位诗友有着深厚的情谊，如石维岩、许伟余、邱汝滨等。石维岩（1878—1961）有诗作《寄叶照晼翁》[1]，既然称为"翁"，至少应该比他年长。邱汝滨（1898—1971）有诗作《呈照晼舅氏时避乱溪园》《寇退送叶石二老归里时余尚滞汤坑》《秋日偕寿枏星阁宗颐德侯陪叶石二老游湖山作》等，[2] 从中可以知晓，叶照晼为其舅舅，而且与石维岩、许伟余、林德侯、孙星阁、饶宗颐往来密切。

综上所述，本文只是通过许伟余、许心影父女的诗词文稿寻找到饶先生与他们交游的蛛丝马迹，证据还不是很充分和全面，还需更深入多维地考据。不过，仅此一瞥，亦可窥见饶先生与许氏父女之间的深情厚谊。

（本文发表于《饶学研究》，暨南大学出版社 2016 年版，第 82－94 页，有修改）

---

[1] 赵松元、杨树彬点注：《慵石室诗钞》，北京：线装书局 2007 年版。

[2] 邱汝滨：《瞩云楼诗存（六种）》，潮州：潮州诗社 1998 年版。

许伟余、许心影父女之韩师古沟往事钩沉

李坚诚

许心影的父亲许伟余有一首诗《偶书寄诸子》① 收录于《庶筑秋轩文稿》"诗之部"，写于古沟时期，全诗如下：

太岁行在酉，我生倏一周。栽胸无梨枣，举目少朋俦。
已为当去客，聊同不系舟。风雨吹打惯，身世两悠悠。
五年此淹泊，生事足笑人。诗书时充食，国语或代薪。
藜怅坐成穴，坏衲稳着身。艰难度国难，人云我亦云。
女儿居近县，负累重难胜。群雏饥欲哺，独鹤久无声。
堆案丛生笋，照眼短檠灯。清愁若为遣，往往以诗鸣。
大儿客韶石，贫病亦交攻。犹幸中有诗，留得气如虹。
近报入章贡，将归省乃翁。四年期一面，小驻莫匆匆。
艰难我季子，孑身寄滇池。端为营为饱，成此万里霸。
经岁几鱼雁，四方多鼓击。但祈人长健，想见敢言迟！

由第一句"太岁行在酉，我生倏一周"，可知此诗写于 1945 年许伟余先生 60 岁。古沟时期是广东省立韩山师范学校由于抗日战争潮汕沦陷而迁往揭阳县智勇乡古沟村坚持办学的特殊时期（1939—1944 年在古沟村，1945 年迁揭西灰寨）。在韩师档案室的档案中，我们查到这一时期许伟余、许心影父女亲笔填写的（备查第 576 卷）《广东省立韩山师范学校应领平价米员役及其家属人数调查表》（民国三十一年七月三十一日止）显示，许伟余是专任教员兼导师；《广东省立各学校教职员家庭人口及经济概况调查表》（许伟余）中登记了长男子由在曲江工作、三男在桂林工作、长女许心影为本校教员。《广东省立各学校教职员家庭人口及经济概况调查表》（许心影）中登记了许心影担任国文课教员。档案室中手抄单页文件 1941—1944 年教职员名单中，"1941 年 33 人"序号八为许心影。（备查 577 卷）《广东省立各学校教职员家庭人口及经济概况调查表》（民国三十一年十一月）之《广东省立韩山师范学校编造民国三十一年一月份薪俸附属表》内第十位记载：班主任许心影，实支数国币——五。第二十七位记载：导师许伟余，实支数国币一二五。《广东省立韩山师范学校民国三十一年七月份补足折薪差额支出计算书附属表》内第十位记载：班主任许伟余　薪额一八五，折薪差额七〇（这个表没有出现许心影的名字）。以上两个表说明许心影在民国三十一年的上半年还在韩师而下半年即离开韩师，与我们之前编辑的"许心影年谱"一致。

《韩山师范学院校史简编》② 中提到潮汕沦陷时期，潮汕各地停办中学增多，澄海县

① 许伟余：《庶筑秋轩文稿（自刊本）》，1998 年，第 400–401 页。
② 韩山师范学院校史编委会：《韩山师范学院校史简编》，广州：暨南大学出版社 2013 年版，第 49–50 页。

立中学也因澄海沦陷而停办，韩师拟定了《省立韩师收容澄海中学学生办法草案》，草案要求由澄中开列失业教职员名单送韩师于二十八年第二学期在可能范围内尽先聘用。称"此次韩师收容的澄中师生中，最著名者是有'澄海三才子'之誉的许伟余"。在《韩师情　学子心：韩山师范学院老校友口述历史》[①] 中老校友陈仲豪老师深情回忆起古沟岁月的好老师：

再谈谈良师对我的熏陶教育。在大中有冯印月、蔡敬翔等好老师，在韩师有许伟余、翟肇庄、丁立恒、黄家泽（是我的班主任）、林英和林韬等好老师，其中对我最关爱、给我影响和教育最大的是许伟余老师。许老师那时年过半百，穿一袭长衫，戴一顶瓜皮小帽，拿着一根手杖，还留着胡须，胡子和头发都白了，清瘦的脸上呈现着一种慈祥庄重的神情。他学识渊博，治学严谨，精通古典文学，特别是唐诗宋词。他讲授中国古典文学，从《诗经》《楚辞》到唐诗宋词，讲得深入浅出，诙谐流畅，十分精辟、生动、感人。他讲课时语调和节拍较为缓慢、低沉，一字一句十分精炼、明白易懂。至今我仍记得他讲《离骚》时全文背诵如流，边朗读边讲解的动听语言和真挚情感，表达了诗人屈原一颗爱祖国爱人民之心和对当时政治现实抒忧发愤的思想感情。"岂余身之惮殃兮，恐皇舆之败绩"，"路漫漫其修远兮，吾将上下而求索"，这些富于文采的不朽诗句，我久久萦念不忘。许老师爱生如爱子，对我因材施教，给予我特殊的熏陶培养。我住的宿舍就在许老师的住处的旁边，我常在晚饭后去请教他，也为他拭桌扫地煮水冲茶，感到十分亲切。还有一位蔡起贤老师也常去找许老师。蔡老师在韩师毕业后留在学校教书。那时候我十六岁，蔡老师也就二十来岁。许老师也十分爱惜他。我们三个人就一起饮茶聊天。我跟许老师有个约定，他在国文课堂上布置的作文我可以不写不缴，允许我随送随改并为我个别辅导。他为我每篇作文眉批总评，非常认真细心。他既教书又育人，通过口头和文字交流，达到教人做人的高尚师德。我参加全校的作文比赛，用小说体裁写了二万多字的《我的家》。这个小说获得了二等奖，后来还刊登在校刊上，这里面也有许老师指点的功劳。毕业后，我把三年中经他批改的作文卷装订成册，没有五十篇至少也有三十篇，十多万字。十分遗憾的是，这笔被我作为珍藏的属于精神也属于物质的财富，在兵荒马乱的战争年代遗失了。如果能留到现在将是十分珍贵的资料，是我的资料也是韩师的资料，可惜没有了。记得许老师在我的相集扉页上，用墨笔端端正正题写了一首长达四五十句的七言古诗。诗意应我所问而作，主要是教我凡事要胸襟阔达，登得高望得远，不要愁闷忧郁，自寻苦恼。许老师还以旷达和近乎虚无的人生哲理指点我不要被私人感情羁绊。润物无声，循循善诱，像许老师这样的良师是真正能显示出他的人格和师德的力量的。

抗战时期，潮汕许多名校被迫停办，韩师转移到古沟和灰寨坚持办学。这一特殊时期，许伟余和许心影父女同时执教于韩师，被传为佳话。

---

① 陈俊华等：《韩师情　学子心：韩山师范学院老校友口述历史》，广州：暨南大学出版社 2013 年版，第 60 - 61 页。

许心影笔下的女性形象分析

刘文菊　郑玉娥①

现代潮籍女作家许心影（1908—1958），又名兰荪，号白鸥女士，在二十世纪二十年代是与冯铿齐名的潮汕女作家，其主要文学创作是古典诗词、白话诗歌和白话小说、潮剧等。许心影将她的人生经历投射于作品中，其小说创作带有自叙传色彩。她的长篇小说《脱了牢狱的新囚》就是以日记体中第一人称的"我"所思所想所感所发而创作的，充满了作者痛快酣畅的表述。她的中短篇小说虽然在形式上采用了第三人称，却有着隐含的作者形象，作者与女主人公的视角常常合为一体，包含了作者对现代社会某些情感的体认。许心影笔下的女性形象在某些方面和作者融为一体，作者独特的体验反映在小说中女性的身上，使其作品带有浓郁的主观色彩。在小说中，作者更多地关注于自己经历过的真实生活和内心的真实感受，颇具有自传体的特点。许心影注重感情抒发，尤其擅长心理描写，笔触细腻，在作品主人公身上倾注浓厚的情感，女主人公往往有一些内心独白，其实是作者的主观情感的真实流露。此外，小说中的女性大都有着过人的天赋，擅长写诗，这其实正是作者本人的真实写照。许心影塑造了许多个性鲜明的女性形象，书写了时代女性对爱情婚姻理想的困惑和思考，一般都是以青年女子为主人公，描述她们的苦难、她们的觉醒与追求、她们的命运与和环境的抗争。其小说《狂舞后》《绢子姑娘》《蔷薇之夜》《玛丽亚》《香花前的偶像》《脱了牢狱的新囚》塑造了一批个性鲜明的女性形象，她们分别是凌霄、绢子、萤萤、碧纹、慧珊、曼罗，这些女性都是新时代的知识女性，她们都是追求自由爱情的时代女性，她们都是陷入情爱与母爱矛盾之中的女性，她们都是陷入传统与现代困境中的女性，有着个性解放的思想，她们带着强烈时代感的新思想走上了人生之路。许心影塑造的这一批女性形象，丰富了潮汕女性文学的内涵，也是中国现代文学史人物画廊中独特的女性群像，有着较高的艺术价值和美学价值。就思想性来说，其对于今天已经获得解放的现代女性仍具有相当深刻的警醒作用。

一、她们都是新时代的知识女性

许心影小说中的这些女性形象，都是新时代的知识女性，打破了传统的"女子无才便是德"的观念，这些女性都接受过教育，并且接受的是中国新式的女子教育，受到了五四运动中所提倡的自由平等、个性解放等新思想的影响。

《狂舞后》中的主人公凌霄，虽然出身于一个普通贫寒的家庭，但在小说的第一章中，作者就写到了凌霄的聪明和姿色。从高小到初中，每次测验她的成绩都名列前茅。而凌霄自己也是自命不凡。在小说的后面，作者还写到凌霄过人的才华。《蔷薇之夜》中的萤萤，则更是被描述为一个美丽、聪慧、敏感，在舞蹈、音乐方面很有天赋的少女。特别是在文

---

① 郑玉娥（1990—　），女，汕头人，汕头市碧华中学语文教师，2014 年毕业于韩山师范学院中文系，主要从事中学语文教学与研究。

学方面也是很有造诣的。在学校的国文比赛中，她的一首爱情诗获得了一等奖，展现了过人的文学才华。《香花前的偶像》中的女主人公慧珊，作者虽然用很少的笔墨交代了其结婚前接受教育的程度，但是仍然通过慧珊的口吻表达了她对新文学的崇拜，并且是新文学刺醒了她，使她在成为寡妇之后仍然走出家门，接受教育，最终也顺利毕业，成为一名小学教师。慧珊擅长绘画作诗，吸引了男主人公志鸿："在学校她的聪明使她成就惊人的成绩，因为她的画图的象征着绝望与凄丽，诗句表现着哀楚与怨嗟，使到县督学志鸿受了感动。"① 《玛利亚》中的碧纹十五岁时跟随哥哥到南洋，进了专修学校，接受了较好的新式教育。《脱了牢狱的新囚》中的女主人公曼罗深受五四运动的影响，追求自由平等、个性解放等新思想，也是十九世纪二三十年代知识女性的代表。

另外，近代教育的兴起，关于女学生的刻板教育以及存在的种种问题，在小说中也有体现。《绢子姑娘》的故事就发生在绢子所读的女子师范学校。绢子是一个有主见的姑娘，十六岁的时候，因不满学校的黑暗制度愤而退学，后来到女子师范学校遭受诬陷，也因为好友玉晖打抱不平而与胡娇等人结下仇恨。作者对女子师范学校的领导进行了无情的鞭笞，用大量笔墨刻画了蠢透了的当局极其愚蠢的行为。许心影在少女时期已显现特立独行、不为礼教所羁、敢于反抗之个性："在汕头礐石正光女校读书时，曾因不满校长的守旧而离校。在厦门集美女师曾为亡友宜玉伸张正义，愤而将校方舍监推下楼梯，险遭构陷。"② 绢子的经历，有许心影本人的影子，而对于绢子的不幸遭遇，作者也是寄予了深深的同情并表达了强烈的愤慨。

这几位女性或多或少都接受了教育，并且接受的是新式的女子教育。在晚清之际我国的近代女子教育开始出现并兴起，其表现就是有些女子率先走出家门，走入社会和学校接受教育。女子接受教育出现了社会化、普及化的趋势，许心影本人也是在这一背景下，走出家门，接受教育。文学来源于生活，一个作家的创作不可能完全脱离其所处的环境，新式教育为作家提供了阅读和写作的空间。许心影笔下的这些女性，在某些方面跟她一样，是那个时代率先接受教育的，并有着开阔的视野和较深厚的文字底蕴。这些女性像男子一样可接受同等的教育，也获得了部分的自由与平等。她们可以和男性一样探讨人生的意义，接受新的思想，并且在年轻时代就纷纷展露才华，尝试创作与发表作品，她们带着具有强烈时代感的新思想走上了人生之路。她们率先接受现代文明思想并且关注和探索女性人生。她们是当时知识女性的代表。

二、她们都是追求自由爱情的时代女性

许心影小说中的女性都是追求自由爱情的时代女性。爱情是文学作品中经久不衰的主题。爱，也是五四时期女作家们不约而同涉及的一个主题，更是一种执着的信念。五四运动与新文化运动曾唤醒了一大批知识女性，她们抱着个性解放的思想，勇敢地与封建礼教

---

① 白鸥女士：《香花前的偶像》，《妇女杂志》1930 年第 17 卷第 12 号。
② 许在镕、许荧子、李坚诚、刘文菊：《潮籍女诗人许心影传略》，《湖南人文科技学院学报》2012 年第 3 期，第 56－60 页。

作斗争，追求着自由的爱情和美好的生活，这是女性追求个性解放的重要表现之一，她们借此打破了封建传统婚姻的束缚，追求着自己理想的人生。

《狂舞后》中的凌霄，虽然也是奉父母之命、媒妁之言与表哥结婚，但凌霄认为二人之间是存在爱情的。凌霄曾抱怨丈夫已经不再爱她了，但丈夫并没有挽救岌岌可危的感情，而是无视她的精神痛苦，从而加剧了矛盾，导致情感破裂。面对宗光的追求，凌霄曾说："宗光说他爱她，疼她，这就够了。"可见爱情对于凌霄具有举足轻重的意义。后来遭遇宗光的背叛，才促使凌霄觉得："爱只不过是一个口头的术语了，它的本身正是无所凭借。"① 看清了男人的面目之后，她才彻底清醒过来，不想再依靠这些无所凭借的东西了。这时爱情对于凌霄来说，好像不具有任何意义。《蔷薇之夜》的题目则揭示了爱情这个主题，蔷薇的花语就代表了美好的爱情。女主人公莹莹是一个敢于热烈追求自由爱情的少女，她出生于富贵人家，在文学和艺术上很有天赋，当遇到年轻且有才华的石子，就对他一见钟情。虽然也碍于少女的害羞和含蓄，但为了追求石子，她改变自己的爱好，把精力转移到石子所教的文学上，并且在学校的国文比赛上，写了一首爱情诗，勇敢地向石子表达自己的爱情。"而今我已决心举起爱情的苦觞，我不愿独自地永远地日夜泪涟！来吧！让爱神在我俩身上加鞭！……"其感情是真挚而热烈的。当石子拒绝莹莹的时候，她发出了"没有他我没有艺术啊！只有他才是我的生涯，我的艺术"② 的感叹！莹莹义无反顾地追求爱情，虽然也被爱神戏弄，无法和石子在一起，但在这些女性中，莹莹对于爱情的追求是最勇敢也是最热烈的。《香花前的偶像》中的慧珊，是一个年轻的寡妇，她十分勇敢地冲破世俗的道德束缚，与志鸿相恋。小说中写到："爱的甘露使她的心花重新开放……她被阳光照拂了便想永远地向着光前进……"当志鸿想介绍K君和慧珊恋爱的时候，慧珊义正词严地说："恋爱不是货品"，因此不接受志鸿的建议。"爱并不是可交易的货品，我绝不是急于要追寻肉的对象。"③ 这既是慧珊的爱情宣言，也是作家借女主人公之口所表达的自己的爱情原则。《绢子姑娘》中，作者虽然没有用大量的笔墨来写绢子姑娘对于爱情的向往，她和经理先生两人的婚姻也是建立在金钱交易上，但绢子姑娘婚后不幸的婚姻生活反映了作者的爱情态度："夫妻的名义，是爱情的墓碑，咒骂儿子的叨絮，是爱情的碑文。"④《玛利亚》中的碧纹虽然遭受爱情的欺骗，成了丈夫的私人"御用品"，坠入万劫不复的深渊，但是在俊卿的热烈追求下，两人还是确立了恋爱的关系。他们的感情是建立在自由恋爱的基础上，碧纹最后也勇敢地向俊卿表达了自己的感情。《脱了牢狱的新囚》中的曼罗更是敢于追求爱情的时代女性，跟L自由恋爱后结婚，但其婚姻生活是不幸的，她大胆叛逆地逃出了婚姻的牢笼，与碧纹一样，遭受了爱情欺骗的曼罗从厦门回到了家中，依然相信爱情，并开始了新的自由爱情追求。她爱上了S，但S是一个有妇之夫，故而曼罗陷入了极度的苦闷中。

这些女性都敢于追求自己的爱情，爱是她们生活的雨露与阳光，是她们为之奋斗的动力。在许心影笔下，爱情是灵魂的共鸣，是心灵的相通。虽然寻爱的道路上也是布满荆

① 白鸥：《狂舞后》，《微音》1931 年第 1 卷第 7 期。
② 白鸥：《蔷薇之夜》，《微音》1932 年第 2 卷第 3 期。
③ 白鸥女士：《香花前的偶像》，《妇女杂志》1930 年第 17 卷第 12 号。
④ 白鸥女士：《绢子姑娘》，《微音》1932 年第 2 卷第 7 - 8 期。

许心影研究

棘，这些女主人公最后都没有获得爱情胜利的果实，有的甚至遭受爱情的背叛坠入万劫不复的深渊。《蔷薇之夜》中的萤萤，最后就因为爱情的幻灭而自暴自弃一直生活在痛苦当中。《香花前的偶像》中的慧珊，处境更加凄惨，为爱自杀，其爱人志鸿却在她死后马上有了新欢。但从这些女主人公身上，可以看到她们对于自由爱情的热烈追求，也可以看到作者的爱情观是崇尚自由恋爱，批判没有爱情的婚姻。这些女性在爱情面前，不再处于被动的地位，也有主动追求爱情的权力。许心影笔下关于爱情的描写，反映了五四时代的现代爱情观："五四新文学中的爱情描写深受五四新文化运动的影响，它的价值追求主要表现在个性解放和反传统两方面。"① 小说以对包办婚姻不幸福的充分揭露和展示，来表现这些女性通过对自由爱情的追求，以打破封建传统婚姻的束缚，所展现出的反封、叛逆、抗争的姿态。

三、她们都是陷入情爱与母爱矛盾之中的女性

许心影小说中的女性都是陷入情爱与母爱矛盾的女性，最能体现这一点的是《香花前的偶像》中慧珊与她的母亲以及《玛利亚》中碧纹与她的母亲。对母女情感关系的反映是"五四"女性文学的主题之一："'五四'是不孝不肖的时代，女作家们是叛逆的女性，但她们讴歌的主题之一却是母亲。在她们笔下，你可以找到一种历史没有、后来也罕见的母女纽带。"② 许心影的小说虽然没有讴歌母亲这一形象，但是母亲对于小说中的女主人公却有举足轻重的影响。她笔下的女性，不止一个为了母亲而未敢毅然追求自由爱情。母亲的身份往往是多重的，时而是父权意志的象征，时而又是对女儿怀着无限无条件的爱的亲人。

《香花前的偶像》中的慧珊和志鸿恋爱之后，希望两人的关系能够得到公认，慧珊首先希望获得的就是母亲的支持，所以想把自己的计划告诉母亲，并认为"母亲是上帝般把握着她的运命"。慧珊想到母亲可能不会支持自己，但是还是想获得母亲的支持，从中不仅可以看出慧珊对于母亲的依恋，也可以看出母亲在慧珊的心中有着很高的地位。母亲是她的精神支柱，因而她希望通过母亲可以助长勇气。但慧珊的母亲并没有增加她的勇气。"谁料她的心情被母亲忽略了，母亲竟使她完全绝望下去……"作者用了大量的笔墨写母亲与慧珊的对话："我的儿，一切都是命中注定……做母亲的只是希望女儿能得到幸福，但是，我的儿，你已经不幸地被陷落在痛苦的深渊，现在无论怎样做，都免不了拖泥带水……若果再不幸在痛上加痛，儿哟！母亲是怕你跳不出那个苦坑的哟！儿哟！忍受着吧！等到不得已时才……唉！看开一些吧！人生的久暂是不能自主的哟……"母亲没有义正词严地责骂慧珊，而是站在替女儿着想的立场上分析了她所面临的处境。母亲从各个方面否定了慧珊的选择以及暗示其可能会受到社会的责骂。母亲苦口婆心地劝说，实际上却是从根本上摧毁了慧珊的希望。母亲的训斥像暴雨狂风摧残花朵般揉碎了慧珊的心。"慧

---

① 沈敦忠：《自由爱情的价值追求——20世纪文学中爱情描写的文化研究》，长沙：湖南人民出版社2006年版，第38页。

② 沈敦忠：《自由爱情的价值追求——20世纪文学中爱情描写的文化研究》，长沙：湖南人民出版社2006年版，第51页。

珊是完全绝望了！母亲的话是句句有理！……母亲是了然于以后的一切问题的不简单……她是不能和母亲声辩，她只是淌着眼泪的听着，她是必要遵从母命的。只是她不能支配她的心也安静下来遵从母命罢了。"母亲最爱她，母亲也是第一个推她入陷阱的人：不让她继续读书，"迫令"她出嫁……

《玛利亚》中，作者虽然没有用大量的笔墨来描写母女之间的矛盾，但是当俊卿问碧纹为什么不离婚跟自己在一起时，碧纹回答说："母亲太固执了！说是我的命运，离婚她认为最大的耻辱！……拂逆了母亲是不忍呵！……我叛逆了母亲她会寻短见的。"① 从中可以看出母亲对于碧纹的影响力，并且她是心甘情愿地接受母亲的观念，认为如果听从母亲的安排，也许就不会是目前这种生活状态。碧纹把自己的不幸生活归结为没有顺从母亲的安排。碧纹对于母亲的这种态度，再一次表明了当情人之爱和母亲之爱发生冲突时，碧纹是偏向于母爱的。慧珊和碧纹对母亲的态度在本质上是一致的，当慈爱的母亲的意志与恋爱自由相冲突时，跟男性笔下女主人公的怨愤和反抗不同，女作家笔下的女主人公往往是顺从的，在隐忍和哀怨中咀嚼痛苦。

许心影以女性的敏感和对生活的深切体验，将这种母女之间的矛盾形象而细腻地表现了出来。这类女性形象与冯沅君的《隔绝》、苏雪林的《棘心》有异曲同工之处，母亲是历史中的弱者，她们在情人之爱与母亲之爱之间徘徊，这是时代的弑父精神给女性造成的时代症结，在这种二难选择中她们只剩下一条死路。②

许心影笔下的女主人公除了无法忤逆母亲的意愿，对于情人的妻子也存在这种愧疚不安的心理。《香花前的偶像》中，让慧珊痛苦的是，她觉得自己和志鸿在一起，是很自私的，她对志鸿说"我太对不住了尊夫人……"，她甚至愿意牺牲她的荣华富贵和名誉节操跟志鸿在一起，"可是现在使她难以自处地是她绝对不能牺牲了她唯一的爱儿……而另一方面她亦不愿在担负着十字架之后再背上了沉重的石头'寡人妻，孤人子！'未亡人的生活的凄凉自己是深深的尝透了，使到人家去受比这种生活还要十倍悲凉的'生媌'，这在她是死都不忍为的事"。慧珊认为她的幸福是建立在志鸿妻子的痛苦之上的，因此觉得良心不安，备受折磨。《玛丽亚》中的碧纹也有同样的愧疚心理，当俊卿向她表明坚定的态度，为了二人的幸福生活，他可以马上离婚："我虽然有妻，但是姊姊愿意接受我的帮助时，我立地可以舍弃，把备了案的离婚手据给你！"碧纹却退缩了："我不愿再害人呵！"……"年纪轻轻地亦有了……"反映了这种理智与情感交锋的矛盾心理。当自由爱情的胜利不是以冲破封建礼教的束缚为代价，而是以牺牲弱者为代价时，女主人公陷入了两难境地。在这里，作品中矛盾的结构形式已突破单纯的情与礼的冲突，进入了女主人公内心更深层的文化伦理层面，从而显得更加深切。许心影笔下的女主人公，处于两难境地，一方面想要追求自己的幸福，另一方面又同情旧式婚姻中有着悲惨命运的女性。

---

① 白鸥女士：《玛利亚》，《新垒》1933 年第 2 卷第 4 期。
② 孟悦、戴锦华：《浮出历史地表——现代妇女文学研究》，郑州：河南人民出版社 1989 年版，第 57 页。

四、她们都是陷入传统与现代困境中的女性

许心影小说中的女性都是陷入传统与现代困境中的女性。传统女性的活动范围只有家庭，不是在父亲家里，就是在丈夫或儿子的家里，她们没有自己的独立空间，她们的职责基本上也只有伺候公婆和相夫教子。但许心影笔下的这些女主人公都不是传统的贤妻良母，因此，她笔下的这些女主人公无论是何种年龄，有着怎样的人生境遇，总是生活在困惑和矛盾之中，找不到生活的出路，陷入传统与现代的困境中。

《狂舞后》中的凌霄，在离开家庭之后，也只能投入宗光与学成的怀抱，当她遭受了宗光的背叛，看清男人的真面目之后，自己却无法摆脱这种生活："她仍不得不在那使她伤心的旧环境里讨生活"，备受觉醒后无路可走的痛苦折磨，徘徊在十字街头："在酒消人散的时候，她的心会空虚得要倒塌下去，无聊得差不多想要自杀的样子。"她只能借酒浇愁："是酒呵，引她入迷朦底彩色的世界，是酒呵，使她躺在宗光的怀中，亦是酒呵，把她流入另一个男人的臂弯里；酒是多危险的毒物呵！可是，凌霄便厌恶酒吗？不的，她是醒了还想再醉，——她难堪醒时的清明，喜爱醉时的飘渺——她是竭力吞着酒，而再向酒中去寻生活的了。"凌霄对于酒的痴迷跟作者许心影一样。她们在遭受苦闷时都试图通过酒麻醉自己，但酒醒之后，只会更加痛苦不已。许其武曾说："心影是奋斗过的，但个人的奋斗屡屡碰壁，连婚姻也多不如意，从此她更耽于烟酒，玩世不恭。然而表面上放荡不羁的反抗，并不能真正排遣内心深处的寂寞苦楚。"[1]《蔷薇之夜》中的莹莹，遭受恋爱之梦的幻灭之后，也只能听从家里的安排，与"门当户对"的楚生结婚，小说中写到："她深深地陷落在退化的深渊中，也不愿自救。"在婚礼上，莹莹还发出了哀叹："我什么都完了。"莹莹把爱情当作人生的奋斗目标，幻灭之后就听天由命，随波逐流。她们就是时代的"迷羊"，迷失了前进的方向，在痛苦与彷徨中哀怨并消亡。

《香花前的偶像》中的慧珊在困境中也曾深刻地剖析和追问自己，企图找到解决问题的途径："她愿从这满布荆棘的环境中，努力辟开一条上乘的路，——她不愿永远被幽囚于那个无光的房间，长没于烦恼之波，苦闷之河。"但是身处那样迷惘的时代之中，她无力自拔，也寻找不到救赎的力量，最终只能选择自杀来解除痛苦，反抗命运。《绢子姑娘》中的绢子，在遭受两次陷害之后，欠下经理很多的债务，本想通过自己的努力偿还债务，但最终还是只能跟经理同居。绢子的婚姻生活是痛苦的："我还是死了更痛快哟，人间应有的刑罚都受够了！"幸好在好友玉晖的鼓励下，绢子才重拾生的意志，鼓起生的勇气，投入战争中去，找到了生活的方向。《玛利亚》中的碧纹，也陷入了极度的痛苦与彷徨中，发出了绝望的哀号："啊！真的，我的生命完全成了僵局了！"她最后也只能"独自向前去，再度接受人世的咒恨，如玛丽亚般翼护我的唯一的爱儿"。

许心影笔下的这些女主人公都陷入了传统与现代的困境中，作者在小说中也没有明确地为她们指出一条出路，这些女性都陷入了极度迷茫之中，成了"迷羊"，从她们的人生历程来看，其中不乏有人试图要打破困境，像慧珊，但最后均以失败告终，她们的处境正

---

[1] 许其武：《二十世纪二、三十年代：潮汕文人——一个粗略的扫描》，《潮声》2001年第3期，第11页。

是当时一部分知识女性的生存境况。通过这几位女主人公悲惨的生活经历，我们可以了解那个时代的女知识分子的苦闷情绪，而这也是其作品的价值所在。这些小说展现了一代知识女性寻找自我解放之路的坎坷，反映了当时女性知识分子的生存困境及精神面貌，表现了女性在追求自身解放过程中的遭遇，痛诉了她们心中的苦闷之情。

综上所述，许心影小说中塑造了一批形象鲜明的女性，这些女性都是新时代的知识女性，都是追求爱情的时代女性，都是陷入情爱与母爱矛盾之中的女性，都是陷入传统与现代困境中的女性。此外，她从女性对生活的深切体察和感悟出发，对自由爱情的描写走向深刻化、复杂化，用大量的笔墨刻画了女主人公对爱情的诉说、歌唱、痛苦、疑惑，带有浓郁的自叙色彩。潮汕作家群的创作有着鲜明的五四运动及新文化运动的烙印："潮汕作家在五四新文化的激发下，带着自己的切肤之痛，开始反思这片土地令人窒息的空气和种种罪行，反抗封建礼教，表达个性解放的要求，成为潮汕作家早期创作的另一重要取向。"① 许心影笔下的女性都敢于追求个性解放与平等自由，敢于冲破传统文化对女性的种种束缚，她们是那个时代最敏锐的感知者，敢于反叛却又无力回天，甚至为此付出了生命。她们是二十世纪二三十年代最具代表性的知识女性形象。

① 刘文菊、翁叶娜：《论现代潮汕作家笔下的女性形象》，《湖北师范学院学报（哲学社会科学版）》2011 年第 4 期，第 41 页。

许心影《脱了牢狱的新囚》的"柳序"笔名"柳丝"考略

刘文菊　许再佳①

潮籍女作家许心影的长篇白话小说《脱了牢狱的新囚》（以下简称《新囚》）由湖风书局于 1931 年 9 月出版。小说用日记体的形式讲述了现代知识女性曼罗像"失了路途的迷羊"似的，虽脱离了旧式婚姻家庭的"牢狱"，旋即又沦为男权社会和性别藩篱中的"新囚"。小说的"序言"题为"柳序"，署名"柳丝"。关于序言作者"柳丝"是何人的问题，学界存在不同的说法，有人认为是丁玲，有人认为是杨邨人，有人认为是许钦文。目前大多采信许美勋的说法，认为"柳序"的作者"柳丝"是丁玲。许美勋回忆："心影后到上海就读于上海大学。曾在上海湖风书店（湖风书局）出版中篇小说《脱了牢狱的新囚》，丁玲作序。丁玲还在其主编的杂志《北斗》上为该书写了广告。"② 许心影第一任丈夫李春镶的女儿李魁庆撰文时转引了许美勋的说法。因而，丁玲写序之说更是广为流传。这种说法之所以被采信，有两个原因，一则因许美勋是同时代人，且与许心影乃同乡好友；二则因许美勋是左联早期成员，与丁玲也很熟悉。李魁庆的说法代表了大多数人的认同心理："许美勋是同时代的人，他怎么会把杨邨人写的算成是丁玲的呢？也许许美勋不会记错。"③ 但如果对此进一步考证，可以发现这一时期使用"柳丝"笔名的作家有杨邨人和许钦文，丁玲并未使用过该笔名。通过对相关史料的钩沉、爬梳和比对，我们认为《新囚》序文作者"柳丝"是现代潮州籍作家杨邨人，而非丁玲或许钦文。

一、"柳序"作者"柳丝"不是丁玲

1926—1934 年，许心影三度赴沪以文学创作为生，发表了大量文学作品，被称为"海上颇负盛名的女作家"④。许心影当时跟丁玲是很要好的朋友，据《潮籍女诗人许心影传略》一文记录，丁许二人的友谊一直持续到 19 世纪 50 年代，丁玲还曾为许心影的工作写信请友人关照。不过，丁玲是否为其新书写序尚无确凿证据。

1. 丁玲无"柳丝"笔名

叶孝慎《丁玲的笔名》⑤ 一文考证了 1928—1932 年丁玲使用笔名的情况，其中并无使用"柳丝"之名的记录。敬宝在《关于〈丁玲的名、别名、笔名辑录〉的补正》⑥ 一

---

① 许再佳（1987—　），女，潮州人，韩山师范学院教师，硕士，研究方向为潮汕文学。
② 许美勋：《瑰丽的海滩贝壳——二、三十年代潮汕文学界情况片段》，《汕头地方文化艺术史资料汇编（第一辑）》，汕头图书馆藏书，1982 年。
③ 口述史料：李魁庆（1947—　），女，汕头大学退休教师，李春镶的女儿。访谈时间：2010 年 9 月 6 日、9 月 13 日。
④ 《海滨·编后记》1935 年第 5 期，出自大成故纸堆全文数据库。
⑤ 叶孝慎：《丁玲的笔名》，《甘肃师大学报（哲学社会科学版）》1981 年第 1 期，第 56 – 58 页。
⑥ 敬宝：《关于〈丁玲的名、别名、笔名辑录〉的补正》，《社会科学战线》1981 年第 2 期，第 146 页。

文中补充了 1928—1932 年丁玲使用过的其他笔名，仍无"柳丝"一名的记录。查《中国现代文坛笔名录》一书的记录："笔名柳丝，本名杨邨人。"① 基本可以判断这一时期丁玲未曾使用"柳丝"笔名。

2. 创作时间不吻合

"柳序"发表的时间与丁玲主编《北斗》的时间不一致。《新囚》于 1931 年 9 月出版，丁玲是 1931 年 10 月左右才开始主编《北斗》。仔细查找 1931—1932 年共 8 期《北斗》杂志，并没有发现许美勋所讲的丁玲为许心影《新囚》所撰写的广告。在《春光》1934 年第 1 卷第 1 期第 27 页查到《新囚》的新书介绍。1934 年，丁玲被囚禁在南京，撰写这一新书广告的可能性还需考证。

3. 文风及身份不吻合

"柳序"不仅在行文上与丁玲的创作风格和文学价值观不一致，也不符合丁玲当时的身份和处境。丁玲 1927 年发表的《梦珂》《莎菲女士的日记》反映了大革命低落时期以梦珂为代表的知识女性的苦闷与迷惘。1928 年发表的《暑假中》《阿毛姑娘》等作品，也对新女性的困惑和迷茫抱持一贯的同情和理解的态度："她眼睛里看到的尽是黑暗，她对旧社会不喜欢，连同生活在这个社会中的人她也不喜欢、不满意。"② 丁玲深感精神上的苦闷，这些作品几乎是自我形象和心理困囷的投射："我的小说就不得不充满了对社会的卑视和个人的孤独的灵魂的倔强。"③ 正如茅盾所说，她们是"心灵上负着时代苦闷的创伤的青年女性的叛逆的绝叫者。"④《新囚》在题材、主题、文体、风格上与丁玲这一时期的创作有相似之处，对社会现实和女性命运的感受与思考是同一层级的。柳丝比她们的涉世经验和感悟要老到成熟，而且文中并不彰显女性立场和女性意识："时代底大轮，把小资产阶级的少爷小姐们滚到地球以外，——悬在半天空，好像钟摆一样地在那里摇摆……光明是永与他们和她们隔绝的。……"⑤ 以曼罗为代表的知识女性被做了一种性别上的统合，被称为"小资产阶级的少爷小姐们"，作者以一种走出了迷惘期的澄明的境界，号召这些"迷羊"去追求光明。丁玲当时并不具备这种清醒和自觉，她坦言自己无力消解这种感伤与低落："因为我只预备来分析，所以社会的一面是写出了，却看不到应有的出路。"⑥ 而柳丝却能够做到理智和清醒："迷羊哟，我还是不哀怜你们，我希望你们切莫给歧路的两旁那堂哉皇哉的广告牌所迷惑，快点回头，走上你们渴求光明的正途。"旗帜鲜明地批判了大革命失败后社会现实的黑暗，召唤小资产阶级走上革命的道路，这一点与丁玲当时在文坛上的身份和所处的工作环境也不符。

基于以上分析，可以推断"柳序"的作者柳丝并不是丁玲。许美勋的说法有可能是"误记"，也有可能是顾忌到杨邨人"变节"后的不良声誉，出于保护许心影的动机，更有可能是借重丁玲在文坛上和政治上的显赫地位来扩大《新囚》的影响。

---

① 曾健戎、刘耀华编：《中国现代文坛笔名录》，重庆：重庆出版社 1986 年版，第 10 页。
② 冬晓：《走访丁玲》，袁良骏编：《丁玲研究资料》，天津：天津人民出版社 1982 年版，第 189 页。
③ 丁玲：《丁玲文集·第五卷》，长沙：湖南人民出版社 1984 年版，第 150 页。
④ 中国现代文学馆编：《茅盾文集·下》，北京：华夏出版社 2000 年版，第 344 页。
⑤ 白鸥女士：《脱了牢狱的新囚》，上海：湖风书局 1931 年版，第 1 页。
⑥ 丁玲：《丁玲文集·第五卷》，长沙：湖南人民出版社 1984 年版，第 381 页。

许心影研究

二、"柳序"作者"柳丝"不是许钦文

1. 许钦文曾用"柳丝"笔名

1931年前后,文坛上使用"柳丝"笔名的作家还有许钦文。许钦文的笔名有湖山客、许钦文、蜀宾、田耳、钦文等。《许钦文年谱简编(初稿)》做了补充:"1937年作《莫怕臭》,载6月1日《东南日报·沙发》,署名柳丝。"①《中国现代文学作者笔名录》里记录:"柳丝,首见于《稀有的春景》②,载1937年3月28日杭州《东南日报》副刊《沙发》。"③ 1932—1937年,许钦文在杭州任教期间经常向《黄钟》投稿。据钱振纲考证:"《黄钟》上常见的作者有陈大慈、白桦、陈心纯……白鸥……许钦文(笔名柳丝)……理论方面的文章也相当多……柳丝的《关于民族主义文学》(第1卷第38期)……都有一定的代表性。"④ 查阅《黄钟》第一至八卷共计112期,发现署名"许钦文""钦文""柳丝"的文章为数不少。陈梦熊还补充:"1936年,他(杨邨人)以柳丝署名,发表《关于民族主义的文学》一文,后编入《民族主义文学讨论集》。"⑤《关于民族主义文学》和《关于民族主义的文学》两文实乃同一篇,最初是以"柳丝"为笔名发表在1933年《黄钟》第1卷第38期,后收入吴原编的《民族文艺论文集》,1934年由杭州正中书局出版。《黄钟》上署名为"柳丝",且以"民族主义文学"为主要内容的文章还有以下两篇:1934年第5卷第8期《大众文学与民族主义文学》、1934年第5卷第9期《小说在民族主义文学中的地位》。这三篇文章无论在主题的内核指向或文笔的精神气韵上,都是一脉相承的,文中所阐释的观点,都可以在1934年第6卷第1期署名"许钦文"的《民族主义文学与教育》一文中找到对应。《黄钟》上署名为"柳丝",且关涉"民族主义文学"论述的文章,均为许钦文所作。

2. "柳序"文风与许钦文不符

许钦文是乡土文学的作家代表,多以江浙一带的风土、人情、世态为描写对象,笔致平白隽永,细腻含蓄中夹带一丝哀婉,代表作有《鼻涕阿二》《故乡》《一坛酒》等。许钦文的诸多文学评论见于《黄钟》,大多与"民族主义文学"的论述有关,其辩证也是层层铺陈、循序渐进式的,少有笔锋上的陡起直落。细读"柳序",其文风抑扬顿挫,起承转合间张弛有度,炙热外放的情感力透纸背,迥然有别于许钦文一贯含蓄蕴藉、娓娓道之的笔调和内敛守持、冲和恬淡的情致。

3. 许钦文不是许心影的"老友"

许心影曾在1932—1933年用"白鸥"笔名在《黄钟》发表了《凤仪亭畔》《碧玉笙与赤玉箫》《雪耻》(上、续)、《桃花源的破碎》《淘汰》等作品,和许钦文同为《黄钟》

---

① 钱英才:《许钦文年谱简编(初稿)》,《杭州师范学院学报(社会科学版)》1985年第3期,第84–100页。

② 此处有误,许钦文首次使用"柳丝"笔名的时间更早。早在1933年《黄钟》第1卷第38期,许钦文就发表了署名"柳丝"的文章《关于民族主义文学》。

③ 徐遒翔、钦鸿编:《中国现代文学作者笔名录》,长沙:湖南文艺出版社1988年版,第188页。

④ 钱振纲:《民族主义文艺运动社团与报刊考辨》,《新文学史料》2003年第2期,第189–200页。

⑤ 陈梦熊:《杨村人其人其事》,《汕头大学学报(人文科学版)》1988年第3期,第119–126页。

撰稿人，但并无史料查证两人是"老友"。许心影没有前往杭州的记载，也没有与许钦文交往的记录。许钦文自 1927 年 4 月离开北京到杭州后，一直担任教职，直到 1934 年夏才结束在杭州高级中学的任教，期间虽然有过几次往返上海的经历，但都是直接与鲁迅往来。从时空上看与许心影并不存在交集，更谈不上是"老友"的关系。因此，许钦文虽然使用过"柳丝"的笔名，《新囚》"柳序"的文风异于他一贯的评论笔调，而且也没有与许心影交往的印证，故而"柳序"作者乃许钦文的假设，也无从得到确证。

三、"柳序"作者"柳丝"是杨邨人

1. 曾用"柳丝"笔名

陈梦熊考证杨邨人使用过的笔名主要有"柳丝、文坛小卒、巴人、曼之"①。同时期，杨邨人还有笔名"柳风""杨柳风"等，这些笔名的使用频率和时期是很清晰的。

（1）"太阳社"时期用"杨邨人"本名。

1928 年 1 月，《太阳月刊》创刊号上用"杨邨人"发表小说《女俘虏》《田子明之死》；同年 2 月在《太阳月刊》上用"杨邨人"发表《三妹》《藤鞭下》等作品；3 月用本名"杨邨人"由春野书店出版短篇小说集《战线上》；5 月用"杨邨人"由亚东图书馆出版自传体小说《失踪》。

（2）左联时期用"文坛小卒""柳丝"笔名。

1930 年用"文坛小卒"笔名在自己主编的《白话小报》上发表了《鲁迅大开汤饼会》一文攻击鲁迅。用"杨柳丝"笔名在 1932 年 2 月 4 日《文艺新闻》战时特刊《烽火》上登载的《上海文化界告世界书》上签名。同年，用"柳丝"笔名在湖滨书局出版《读书方法论》一书。1933 年 6 月 17 日用"柳丝"笔名在《大美晚报》副刊《火炬》上发表《新儒林外史》一文。

（3）1932—1933 年集中使用"柳风""杨柳风"笔名。

1932—1934 年，在《新垒》上刊发了不少笔名为"柳风"的文章：1933 年 8 月第 2 卷第 2 期《与鲁迅论第三种人》《民族文学之作用》；第 2 卷第 3 期的《所谓民族文学》《所谓左翼文学》；同年 10 月第 2 卷第 4 期《第三种人的路》《写小说作小说与编小说》；同年 12 月第 2 卷第 6 期，刊登笔名为"杨柳风"的《关于〈鲁迅之罪及其他〉答〈涛声〉》。

（4）1934—1935 年后曾用"杨柳""巴人"笔名。

杨邨人 1933 年从苏区归来后，用"杨邨人"本名发表了《离开政党生活的战壕》，随后又在 1933 年 2 月的《现代》第 2 卷第 4 期上发表了《揭起小资产阶级革命文学之旗》等文章。1934 年用"杨柳"笔名在《新垒》上发表《国民文学的防御战（论文）》《再论国民文学》《又论民族文艺》等。1935 年 8 月用"巴人"笔名在《星火》第 1 卷第 4 期上发表《文坛三家》，回应鲁迅的《文坛三户》。

由此可见，1930—1933 年是杨邨人频繁使用"柳丝"笔名的时期，这一笔名也为同

---

① 陈梦熊：《杨村人其人其事》，《汕头大学学报（人文科学版）》1988 年第 3 期，第 119 – 126 页。

辈作家所熟知。据季楚书回忆："'一·二八'战事发生后……成立了以朱镜我为首，包括'左联'楼适夷、'剧联'柳丝和我四人的编委会……就在二月间，柳丝在一次'文总'会上谈起郁达夫近况……"① 从时间上看，1931 年出版的《新囚》与杨邨人这一时期频繁使用"柳丝"笔名是相吻合的。同时，1933—1934 年，许心影也在《新垒》上频繁发表作品，如《绿的午后》《十三》《玛利亚》等小说，二人同为《新垒》撰稿人。

2. 与许心影是同乡"老友"

二十世纪二三十年代，左翼文坛上活跃着潮汕作家群，有杨邨人、洪灵菲、戴平万、冯铿、许美勋、许心影等，他们大多于 1927—1929 年赴沪，并先后加入左联。杨邨人在潮汕作家群中可算资历颇深，他既是早期党员，太阳社发起人之一，也是左联早期成员。杜国庠、洪灵菲、戴平万等均由其推荐加入太阳社，这批潮籍作家后来又成立了"我们社"，并创办《我们月刊》，许心影的第一任丈夫李春蕚负责出版印刷工作。"我们社"开办的晓山书店设在北四川路，斜对门就是太阳社办的春野书店，这里离创造社也不远。这两家书店和创造社本是同根生，地理位置又都接近，便于随时互通消息和互相扶掖。杨邨人、蒋光慈、孟超等经常去"我们社"交流，社员之间彼此相识。据此可以推断，潮汕作家群因同乡关系和共同的文学理想而相互交游，过从甚密，这其中也包括杨邨人和许心影的交往。从"柳序"行文的措辞上也可以看出二人之间的老友关系，他称许心影"是新进女作家"，因为他不仅年长，还早于许心影开始文学创作。他说《新囚》是"一首散文诗"，称赞她"只是一个诗人"，是因为他知道许心影早在中学时代就已经是潮汕闻名的女诗人了，正因为知根知底，所以就说得真诚中肯，言辞之间溢满对后进的奖掖和提携之情。

3. 文风及创作主张相吻合

"柳序"行文风格和文学评论观点与杨邨人有诸多相似之处。杨邨人早期推崇革命罗曼蒂克的文艺，但不过多地涉及革命加恋爱的主题，他认同的是用浪漫主义的外观包装革命的内涵与实质，而不是纯粹的情感。其作品中的罗曼蒂克体现在对暗杀和无政府主义的革命理想主义式的描写上，并带有浓厚的空想色彩。短篇小说集《苦闷》带有感伤和自传色彩，描写了时代青年的苦闷与彷徨，但他并没有因此迷失、消沉，仍富有乐观精神和罗曼蒂克情怀。这一点跟《新囚》"柳序"中的观点比较接近，他不仅断言了沉迷于旧时代渊薮的青年无法看到"光明之来临"，而且还醍醐灌顶、言辞恳切地呼唤知识青年投身革命、靠近理想之光："我希望你们切莫给歧路的两旁那堂哉皇哉的广告牌所迷惑，快点回头，走上你们渴求光明的正途。"杨邨人虽然是小资产阶级知识青年，但从他提倡无产阶级革命文学创作以及投身革命等实际行动都可以看出，他是反对小资产阶级悲观、颓废和厌世情绪的，他不止一次宣称："还我自由，将我流剩了的热血，灌溉在革命的文学之花！"② 许心影的《新囚》书写了时代巨轮碾压下少爷小姐们"脱了牢狱又成了新囚，既成了新囚又是在渴求光明"的悲剧命运，反映了迷途青年在现实与追求之间深切和痛彻的

---

① 中国社会科学院文学研究所《左联回忆录》编写组：《左联回忆录》，北京：中国社会科学出版社 1982 年版，第 206 页。

② 杨邨人：《离开政党生活的战壕》，《读书杂志》1933 年第 1 期，第 1–10 页。

挣扎，感情真挚、热烈，极富感染力，跳脱了一般闺秀文学的自吟自唱，孤芳独赏，显示了在江河日下的时代背景下仍坚持追求革命之光的价值立场，使得读者能够从中受到精神砥砺，进而奋起投身革命。《新囚》的题材、立意明显符合了杨邨人所高扬的革命文学之旗，因而受到了他的赞赏。

四、结语

综上所述，丁玲未曾用过"柳丝"这一笔名，而她给许心影《新囚》写序的说法虽有许美勋的回忆相佐，但"柳序"在文风、措辞上均与丁玲的观点、身份不符，因而此种说法无法得到确证。说丁玲在《北斗》为《新囚》做新书广告，也并无证据，实际上《新囚》的新书广告发布在《春光》1934年第1卷第1期第27页。许钦文虽有"柳丝"笔名，却无从印证"老友"一说，且"柳序"文风异于许钦文一贯的评论笔调。杨邨人有"柳丝"笔名，且与许心影乃乡党好友，彼此熟稔，深谙许心影的才华和性情，与"柳序"中的"老友"一说相映衬。加之"柳序"扬厉外放的行文和杨邨人一贯铿锵顿挫的文风同出一辙，因此，可以进一步确定，"柳序"作者"柳丝"乃现代潮籍作家杨邨人，而非丁玲或许钦文。

[原文发表于《温州大学学报（社会科学版）》2016年第1期，有修改]

许心影研究

许心影《脱了牢狱的新囚》的时空建构与景物意境分析

李坚诚

《脱了牢狱的新囚》是潮籍女诗人许心影发表于 1931 年的长篇小说，是许心影现存作品中篇幅最长的，以日记体写成的小说。柳丝在该小说的序中写到：

> 书中的女主人翁曼罗，热爱人生，渴求光明，可是脱了牢狱又成了新囚，既成了新囚又是在渴求光明，光明会有一天光临到她的地方来吗？不会的，绝不会的！她是在圈圈打转，冲不破那四面碰壁的殿堂！可是，她还是："去，去，去寻求未来的光明与新生。"——这便是时代底大轮滚过下的少爷小姐们底人生！①

小说的创作与作者的生命历程关系密切，笔者尝试运用时间地理学方法、生命历程理论观点与文学地理学思路，分析小说《脱了牢狱的新囚》的时空建构与景物意境。

一、《脱了牢狱的新囚》的地理时空

瑞典学者哈格斯特朗（Hagerstrand，1973）提出了"时间地理学"。他将一个二维空间作为底图，将时间作为空间维，通过三维图追踪个人执行每天的任务时向上和横向的时空路径。图形可以十分直观地反映个人短期活动时空特点，例如，待在家里的时间与外出的去向和所花的时间等。②

同时，长期行为一直是时间地理学框架中的重要组成部分。哈格斯特朗认为，将各种生命事件单独分析是存在缺陷的，需要将个人看作一生中受到同步性或者序列性的制约的生命时间整体，用情景的视角在时空间中研究人与周围环境中的其他人、物体、材料、领地之间相互作用的过程。在长期行为中，领地作为一种用来保证秩序和人类行为可预测性的社会建构具有重要意义，它既包括实体空间单元，也包括由权利和义务关系通过契约衍生出来的生活地位。吉登斯（B. Giddens）也认为，只有特定的时空间结合才能更深刻地理解人类空间行为的制约因素。③

柴彦威等提出综合时间地理学与生命历程理论，在时空间框架内，基于"时空间"情景性和时间社会性视角，重视能动性与制约性的互动关系，综合考虑社会文化过程和空间过程，以生命历程访谈作为数据收集方法，以时间地理学作为表现手段，统合时间地理学

---

① 白鸥女士：《脱了牢狱的新囚》，上海：湖风书局 1931 年版，第 1 页。
② 萨拉·L. 霍洛韦等编，黄润华等译：《当代地理学要义：概念、思维与方法》，北京：商务印书馆 2008 年版，第 123 页。
③ 萨拉·L. 霍洛韦等编，黄润华等译：《当代地理学要义：概念、思维与方法》，北京：商务印书馆 2008 年版，第 123 页。

和生命历程理论对个体生命的理解。① 图 1、图 2 表达了许心影的生命路径和《脱了牢狱的新囚》中主人公曼罗的时空路径。

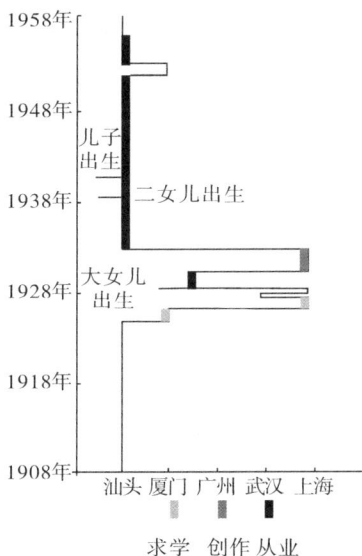

图 1　许心影生命路径示意图

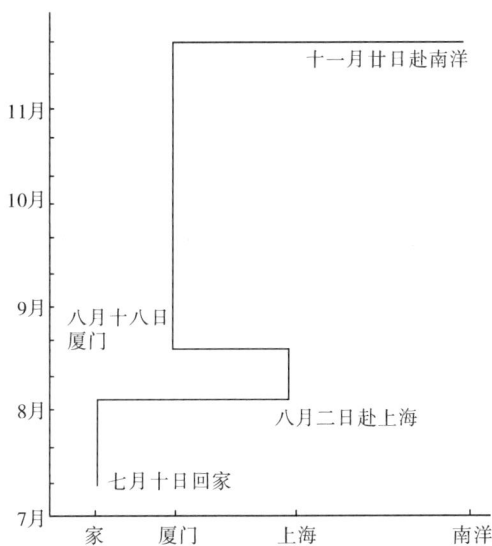

图 2　曼罗"时空间"示意图

许心影生命路径如图 1 所示：家乡潮汕是许心影居留时间最长的地方。在上海虽然居留时间不算长，却在那儿度过了最美好的青春年华（1925—1932 年，即 17～24 岁），是最具有接受新思想、青春活力和向往自由的生命阶段。许心影在上海一共度过了三段时期，第一段是 1926—1927 年在上海大学中文系读书，第二段是 1927 年在武汉革命政府妇女部任文书三个月之后返回上海，第三段是于福建龙溪教书并生下第一个女儿之后再返上海。1930—1932 年是她在上海居留的最后一段时间，这段时间其在上海从事小说、诗歌的创作，活跃于左翼文化圈，出版长篇小说《脱了牢狱的新囚》。许心影从家乡潮汕走出去的第一站是厦门，十五六岁到厦门求学，从厦门再到上海读大学，毕业之后短暂停留于福建龙溪教书，并再度赴上海追求进步和自由。许心影的青春时期恰逢中国五四革命之后，几千年的封建传统尤其是封建思想对妇女的压迫和束缚受到了极大的冲击，她在中学阶段即具有了前卫的思想与行为，在她用"白鸥"的笔名发表于《女青年月刊》（1935）的《女儿经验谈》中写到：

我七岁进了学校，亦因为常听了父亲在学校讲书的明晰，所以我很小就反对女学里的女先生们才学的单薄，不肯读下去。在高级小学时，我就独自破天荒地到舅父办的学校开始男女同学了，虽然同时有两位表妹跟我进去，但如果我不做了先锋，在黑暗气氛所浓罩下的岭东，她们绝无力量去冲破这重围。……直至十五岁那年我又独自先剪了发，这可不

---

① 柴彦威、塔娜、张艳：《融入生命历程理论、面向长期空间行为的时间地理学再思考》，《人文地理》2013 年第 2 期，第 1-6 页。

得了了，不但我受人讥笑，甚至于祖母都被人抨击得很厉害；幸而有了一位十分明白的父亲在上顶住，还不至于怎样受人欺凌。①

她上大学，在上海接受新思想的洗礼，但是根深蒂固的封建社会影响仍然使人难以冲破牢笼。她身处那个动荡的时代，希望、彷徨、失望……个人向往自由与进步，现实却是困难重重，她的恋人的哥哥李春涛惨遭国民党杀害。正如《脱了牢狱的新囚》自序中所说：

像狂风暴雨过后般沉静而郁闷，花是残了，叶是落了，一切的景象是荒凉，枯涩而又荒凉！

在她用白鸥笔名发表于《女青年月刊（妇女与文艺专号）》（1934）的《我的创作经验》中她写到：

一九二六我到上海××大学来，情绪为之一变，以写悲歌之思易而为作宣言，以写小说之时间，易而为书标语。直至越年暮春，革命势力分裂，仓猝他去，逃亡大江南北，仆仆风尘，颓废之情绪重新萦系我怀。汉水之边，不乏人生欢哀，黄鹤楼头，多少世间苦乐，于是又不自禁地作了不少悲歌。……

一九二九，我又重新展开笔纸，试写数万字的短篇，成小说三部，诗词凡三百余首，这可算是我在南方最有收获的时期。每思欲弃去鸡筋似的粉笔生涯，专致力于创作，终因生活铁鞭所策励，未能竟志。

一九三一年春，十年知交的岭梅，因某种罪名，在沪为人公然暗杀，到了这个时候，悲凉的情怀，终变成搏斗的烈火，终竟奋然弃家，到万恶薮泽的上海滩头，正式地开展我文字的生涯。②

小说中主人公曼罗的个人时空轨迹如图2所示。曼罗七月十日从厦门回到家乡，八月二日到上海度过了"销魂的欢爱"，八月十八日从上海回到厦门，十一月廿日乘船下南洋。对比作者生活的地理空间与小说主人公的活动空间，可以看到，作品的空间建构来源于作者现实的生活空间：故乡、上海、鼓浪屿。

华中师范大学文学院邹建军教授在"文学作品中的地理空间问题"研讨会上指出：

我们现在要做的和准备做的主要有两个方向：第一，从具体的作家作品入手来探讨和分析作品中构建的地理空间问题。这是最实在也是最有创见的。因为每一部作品中的地理空间的建构都是不一样的，特别是长篇作品肯定离不开地理空间问题，主题的表达、人物的塑造和审美的创造都必须纳入地理空间这样一种因素中，离开了地理空间的建构是无法

① 白鸥：《女儿经验谈》，《女青年月刊》1935年第14卷第4期，第15-16页。
② 白鸥：《我的创作经验》，《女青年月刊（妇女与文艺专号）》1934年第13卷第3期。

得到表达的。第二，作家所受的自然环境的影响，即地理环境对作家的个性、气质、艺术风格、审美意识等方面的影响。①

《脱了牢狱的新囚》中的最后一首诗，概括了曼罗的时空路径：

我离去家园来这岛屿，是为了生活长鞭的鞭笞。……我旅居在鹭江五载……抛却我青春的年华在鼓屿之麓，掩埋我秋花之败絮在鹭江之波，曾领略夜莺清红之血与凄楚之歌，曾遭受恶魔毒液所染的沉疴！到而今，烟消云散，独自南来漂泊，……

二、《脱了牢狱的新囚》的心理时空间

文学作品中除了描写具象的或者现实世界的时空与景物之外，同时也隐含了一个抽象的或者想象世界的时空间。《脱了牢狱的新囚》除了对于物质时空体现了与作者所生活的、熟悉的地理环境相互对应之外，同时也构建了一个心理时空。小说在时间上以日记的形式叙述了夏天到秋天的故事，以物理时间建构一个有内容的社会时间与主人公曼罗的心理时间，从"脱了牢狱"到成为"新囚"。正如小说自序中所述，曼罗"像一只自由翱翔的小鸟，她飞，飞，又飞，可是她的枝栖何处呢？"寻觅了一个夏天，最后却是：

故里于她是不堪留恋的了，故迹于她是不堪凭予的了，祖国的地平，只好让它沉在水平后面了！除了她，"去到一个没有烦扰没有朋亲"的地方，她更不能有所挣扎了！一切的"迫夹"于她是无可如何的了，她只好去了！她是在孤舟之中，她面前是茫茫的大海，这茫茫的那边大概该不会再有"迫夹"与"烦扰"吧！

夏时，曼罗脱了牢狱，它是曼罗的希望，是曼罗短暂的欢爱，而随着秋越来越深，曼罗的心也越来越冷了，心理的空间越来越"迫夹"与烦扰，终于身心支离破碎，漂着一叶扁舟，登上南去的轮船。然而，即使逃离这"迫夹"也望不到开阔的彼岸，这就是那个时代的悲哀。如小说结尾中的诗句所写的：

我还未望见空阔中的彼岸，
我只听见怒涛大声的在奔。
天上没有星星没有月亮，
浪高舱窗哀漫心胸。

人文主义地理学家段义孚在他的《逃避主义》导言开篇就问："谁不曾有过逃避的想

法？但逃避何物，逃往何处？……一个人受到压迫的时候，或者是无法把握不确定的现实的时候，肯定会非常迫切地希望迁往他处。"① 人类生存在地球上，无时无刻不在逃避，逃避自然环境中那些难以忍受的严酷，逃避寒冷，逃避黑暗；逃避人类自己创造的文化，逃避宗教的禁锢，逃避不幸的婚姻；逃避人类自身的动物性与兽性；逃避混沌，逃避困惑的状态……逃避主义指出了人类思想与行为的本质。而"逃避"促使人类产生了文化、创造了文明。"想象是我们逃避的唯一方式。逃到哪里去？逃到所谓的'美好'当中去……"《脱了牢狱的新囚》的题目就以"牢狱"作为想象的心理空间，这个心理空间是抑郁的，压迫的，不自由的，可恨的，恐惧的，是要挣脱的，抑或说是要逃避的。"牢狱"是主人翁曼罗的心理空间，摆脱它需要勇气，要克服困难，曼罗勇敢地从牢狱中走了出来。想要逃到自由的、清新的"美好"中去。然而，这个世界并没有给走出牢狱的囚徒一个自由的天空。曼罗的爱人S没有勇气摆脱他的"牢狱"，摇摆不定。曼罗好不容易摆脱了旧婚姻的牢狱却成为新囚，"牢狱"外的S们没有一刻不忧烦她，对她虎视眈眈。由此，曼罗对宇宙、对天河发出追问：

> 蓝色的天宇，挂着这个圆得如盘，亮得如银的月。几朵白云在飞驰之外，远远地还有几点疏星。我问爸爸说："天河在那里？"爸说："关于星星的事，我不懂的呵！"我忽然念着："试问夜如何，夜已三更，金波淡，玉绳低转！……"心中总是想着S。……有几粒疏星远远地，今夜的天河，更无处觅着了。唉，一切的奴隶哟，休来扰乱你的主人！

小说的最后，成为"新囚"的曼罗再一次地为了逃避困境，走向离家乡更远的地方。当然，正如柳丝在序中所写的："她是在圈圈打转，冲不破那四面碰壁的殿堂！"这也正是时代的写照，主人翁所代表的那个时代的有所觉悟的女性，在现实的时空中可以一次次地逃避、离开，在心理的时空中只有依靠一次次的想象、一次次的希望，才不至于沉沦下去。段义孚说："人类为之自豪的想像也是焦虑与痛苦的根源，尽管现实残酷，人们惧怕现实，但与现实相比，人类更加害怕的事物常常存在于思想中。"② 抑或说，人类因为有想象中的希望，才能够一次次地冲破"牢狱"，不断寻求新的自由。小说的心理空间由迫夹而走向开阔，这既是人类共通的本能也表明了其积极的意义。

三、《脱了牢狱的新囚》的景物意境

许心影是一个诗人，她的小说也充满着诗意。王昌龄的《诗格》提出"诗有三境"："一曰物境……二曰情境……三曰意境。……意境，亦张之于意而思之于心。则得其真矣。"③ 意境，即情与景交融的艺术境界。王夫之《姜斋诗话》说："情、景名为二，而实不可离。神于诗者，妙合无垠。巧者则有情中景，景中情。"④ 可以说《脱了牢狱的新囚》

---

① 段义孚著，周尚意等译：《逃避主义》，石家庄：河北教育出版社2005年版，第45页。
② 段义孚著，周尚意等译：《逃避主义》，石家庄：河北教育出版社2005年版，第47页。
③ 张伯伟编著：《全唐五代诗格汇考》，南京：江苏古籍出版社2002年版，第172–173页。
④ 王夫之著，戴鸿森笺注：《姜斋诗话笺注》，北京：人民文学出版社1981年版，第72页。

日记体小说中没有无"情"之"景"。其描写的景物虽不复杂，然在最为日常的景物中由于主人翁的处境、心境不同而折射出了不同的意境，即"景由心生""境由心造"。这是该小说在景物描写上的艺术特色，或者说在小说中达到了诗的审美意境。试以太阳、月亮和雨为例说明。

文中几处描写"夕阳""阳光"，却有不同的意境：

在中庭的花荫下，是黄昏的时候，天上一抹斜阳正在逆出将死的残光，大地是幽静得听见各人心中的脉搏。S 的闪闪有光的眼睛，满含着浓情的望着我："你要读书哪，不读书你的前途总会危险的！"是一句很平淡的话，但在 S 口中说来，是变得如何亲贴的哟！（七月十三）

在荷池之畔，有轻凉的风丝，有薄虹的夕照，我们在心中各拍下一个影了，在人们的眼中也拍下一个影了。（七月廿六）

黄昏的斜阳正要发出醉人的红光，秋风轻轻地吹着沟畔的垂柳，沟里的绿水随着风丝闪出五彩的细纹。在那株柳树下，青草衰弱的地上，我坐下了，在那里望着这媚人的晚霞。大概我的酒也喝够了，我偷偷地出来让秋风荡去我心中无名的哀楚。（九月一日）

到学校去，美丽的树木晒着灰色的军衣，整个校园在阳光下发出腥秽的气味。（九月三日）

秋的寒街，又好似还有夕阳的残照，路上又是雨后的泥泞……

心头郁着万绪，总不忍说出。

万石泪涛也不忍向他倾一滴！（九月四日）

以上几段文字可见同样的夕阳在许心影笔下的不同意蕴，伴随曼罗复杂起伏的思绪时，"将死的残光"与 S 的"闪闪有光的眼睛"形成对比；时而"薄虹的夕照"拍下一个温馨的影，时而"发出醉人的红光""媚人的晚霞"伴随秋风"荡去我心中无名的哀楚"。但是，曼罗对牢狱极其厌惧，因而看到校园里晒着灰色的军衣，反感得嗅出"整个校园在阳光下发出腥秽的气味"。"夕阳的残照""雨后的泥泞"正如心头郁着万绪不忍说出，万石泪涛不忍向他倾一滴！同样的"夕照"，别样的心境！

小说中对自然景象描写得最多的是月和雨。全文 55 篇日记有 9 篇描写了月，且专有一节题为"一样月亮两地相思"；9 篇描写雨。月与雨都是衬托主人公曼罗情思的景物。月的清幽与朦胧、月的圆缺与多变、月的彻夜不眠映衬着曼罗的情思，时而可爱时而凄清，对月怀思，一样嫦娥两地相思。作者对月相的描述十分细致，由此也隐喻了时光的流逝和世情的无常。七月十三日与 S 相见，"月光正斜照着车窗的玻璃"，"我愣望着蓝色的太空，觉得这景象太可爱了"。八月十八日恋人分栖两地，"淡淡的月光，照着床头"，"望着淡月和疏影，心中更加凄楚了。甜蜜的往事，不是在月光下吗？但是，唉，而今只能对月怀思，临风洒泪，纵使 S 肯来看我时，那时恐怕月也残缺了吧！"八月廿二日收到了恋人的来信，"想是月亮肯出来的吧！我的心正像这不可多得的太空一样清幽！"八月廿三日思念令曼罗失眠，"我哀哀地向月亮自语，'你知否伊人何处？怎样老是似理不理？……'""晨鸡在报黎明将到，但是太阳我不喜欢，我恋慕这银色的清净的宇宙。月哟，你尽是不走，还流连于中天的树梢。你不忍拉回你的银幕时，我是不忍睡着被你窥见的。"八月廿五日思念令人空寂，"今夜的月，已经完全残缺了，中天无瑕，我独在这荒园的篱畔，在嘘出我心中的空漠。露珠正滴着我的瘦脸"。八月廿八日月已残，相恋的人却无望相见。"今宵午后还有个半圆的残月，一定要等到那时凭吊她，她正像自己的命运与青春。""残月是残缺了，却还是明亮。这广大的荒园，只有自己和残缺的影子。对月问一问：你知我的苦杯几时饮尽呢？"九月六日，一个多月的苦苦相思不能自持。"呀！蓝色的天空，又出现了一钩银痕了，惊觉时光的飞驰哟！""弦月似是笑我无端自寻烦扰，像她能圆能缺是把住了自己的心。"月就是曼罗的心影，曼罗赏月、问月、凭吊月；月照、月窥、月笑曼罗，人月相映相怜；月也是曼罗心里的 S，可望而不可即。

作者生活于多雨的南方，对于雨的描写同样细致生动，"缠绵不绝的阴雨""下着微雨""细雨忽然霏霏地飘洒着""雨是如注地下着""雨又霏霏地下着""在风雨飘洒的夜里，让你去洒泪，在心坎上追忆那洗刷不净的残痕"。雨也正是曼罗苦闷、孤寂、等待、彷徨、凄楚无望的映衬。但是，雨有时也是留住人的借口。S 盼着雨认真地下，因为"细雨忽然霏霏地飘洒着，我立刻惊觉似的欢喜起来，只要雨肯认真的下起来，妹妹就不会回去了"。

小说在笔墨不多的景物描写中，并不像一些作品那样要让人读懂一个地方的景象，而是随着主人翁的思绪赋予景物以人的灵魂，夕阳、残光，残月、淡光，"只要雨肯认真的下起来"！"心""景"交融，景就是我心，景是心的映照。

四、结语

小说是虚构的，然而人们又似乎在小说中看到了作者的影子，且由于日记体小说的创作方式使作品中的主人翁与作者贴得更近了。该小说首次出版于 1931 年，许心影时年 23岁，已经历了离开故乡前往厦门、上海求学、武汉工作的坎坷生活。通过比较作者的生命时空路径与作品中主人公曼罗活动的"时空间"，可理解作者对作品的时空建构，理解在动荡时代大背景下小人物的心理时空，尤其是女性心理空间的限制。小说中的日记时间由夏天到秋天，主人翁的活动轨迹由故乡到鼓浪屿到上海再到南洋；在心理空间上则经历了脱了牢狱又成新囚的转变。此外，许心影文笔优美流畅，诗一般的文笔写小说是其小说的写作特点之一，本文仅通过小说中的主要景物描写来分析其意境，即"景由心生""境由心造"，可见作者驾驭景物变幻与心理交融的文字能力相当高。

（原文发表于《韩山师范学院学报》2016 年第 4 期，有修改）

许心影《脱了牢狱的新囚》中的曼罗形象分析

刘文菊　陈佩珊[①]

在二十世纪二三十年代的上海文坛上出现了一个潮汕作家群,他们都积极地投入主流文学的创作中,其中包括杜国庠、洪灵菲、戴平万、许美勋、冯铿、许心影等,他们大多受到了学界的关注,但许心影并没有受到研究者的重视。许心影原名许兰荪,笔名白鸥女士,澄海人,曾与冯铿一并被誉为潮汕地区的两大才女。许心影就读于上海大学,是瞿秋白、杨之华的学生,毕业后曾去武汉参加妇女工作,去过福建教书,又曾三度在上海卖文为生。后来许心影决心要回故乡汕头,陈望道曾劝她留居上海,并认为她在上海更有发展前途。回汕后,她长期在潮汕地区的各个地方执教,业余仍坚持文学创作,并曾主编《光华日报》之“岭海诗流”专栏。在当时潮汕地区的文教界,白鸥女士是家喻户晓的名字。

长篇小说《脱了牢狱的新囚》于1931年9月在湖风书局出版,倪墨炎介绍说:“湖风书局被封后,该书转由春光书店于1934年7月再版。后又由大方书局改书名为《恋爱日记》,于1948年7月用原纸型重印。”[②]《脱了牢狱的新囚》是一部日记体小说,柳丝作序,由女主人公曼罗在1929年7月至11月的55篇日记构成,记写了曼罗从脱了婚姻牢狱的旧徒,到苦闷时代的新囚,再到漂泊者的故事。曼罗是五四时期的知识女性,她深受五四运动中所提倡的自由平等、个性解放等新思想的影响,跟L自由恋爱后结婚。在与L三年的婚姻生活中,曼罗不但受繁重家务的劳累而且经常被丈夫打骂,肉体和精神俱伤,于是她决心要逃出这个传统婚姻的牢笼。曼罗从厦门回到了家中,开始了自由爱情的新追求,但她爱上的S却是一个“不自由”之人。S是有妻之人,并且他的妻子即将临盆,曼罗一方面觉得对不起S之妻,经不起社会的谴责,另一方面又无法割舍与S的缠绵之情,陷入了极度的苦闷中。曼罗与S两人在上海度过了三天“销魂”的日子,不久后,曼罗又回到了厦门追求自己的事业,但即将获得自由的曼罗却又成为男性捕获的对象。惠龄、桐弟、芝如哥、桂生、B中校长等人在都市文化的影响下,个个都来向曼罗求爱,企图让曼罗成为自己的猎物。曼罗像被囚禁在一个新的牢笼里,她彷徨了,找不到出路,只有借烟、酒消磨自我,任自己的肺病恶化,以求速死,最后她决心要摆脱这一切的“迫夹”,选择了舍弃爱情、亲情,一个人孤独地漂泊到南洋去。有研究者评说:“这部小说采用第一人称的日记形式书写,心理描写细腻逼真,作者是诗人,因而采用的白话文具有诗的风韵,流畅、优美,如泣如诉,充分体现与反映了那个特定年代人物的风貌与本质。”[③] 的确,该故事虽没有波澜起伏、惊心动魄的情节,但细致的心理描述却充分地展现了大革命失败后知识青年苦闷和彷徨的心理。这部小说采用第一人称的日记形式写作,许心影笔下的曼罗的某些性格气质、教育背景、婚姻遭遇等都与现实中的作者有着诸多的相似之处,连曼罗的活动地点也是作者所熟悉的:上海和厦门。所以有论者认为:“许心影的日记体

---

① 陈佩珊(1989—),女,普宁人。普宁英才华侨中学语文教师。2012年毕业于韩山师范学院中文系,主要从事中学语文教学与研究。

② 倪墨炎:《现代文学丛书散记(续二)》,《新文学史料》1994年第1期,第210页。

③ 郑明标编著:《近现代潮汕文学·国内篇》,北京:中国戏剧出版社2010年版,第15页。

小说《脱了牢狱的新囚》带有自叙传色彩"①，但必须强调的一点是，许心影笔下的曼罗形象并不等同于她本人，曼罗形象表现出来的特征在某种程度上讲是时势所造成的。

由于湖风书局被封、作品流失以及许心影过早离世等诸多原因，至今为止，学界对许心影的相关研究还是比较少的，当然，在潮汕地区也有少数学者开始关注她，学者们有的着手收集关于她的资料；有的研究她的诗词；还有的对她现仅存的《脱了牢狱的新囚》这部小说的内容、艺术特色、形象等进行简略的介绍，而并未对该小说进行深入的分析、研究。许心影在《脱了牢狱的新囚》这部小说中塑造的女性形象大致可以分为三类：第一类是跟着上流社会走的女性，如N小姐、马女士；第二类是回归传统家庭的女性，如B夫人、S妻、芝如；第三类是既不愿与上流社会同流合污又不愿回到传统家庭的女性，如曼罗。许心影是在"五四"中成长起来的知识女性，具有较强的时代感，她在这部小说里着重塑造的是第三类女性——曼罗这一人物形象，这自然有她的用意。许心影在《脱了牢狱的新囚》的自序里说："'文学是时代的产物'，但'文学要抓住时代指导时代'。"大革命的失败使新文化运动陷入了低潮，大多数知识分子对革命失望了，他们苦闷、彷徨，特别是受五四新思想影响的知识女性，她们大部分在这个新旧杂烩的社会里找不到自己的出路。许心影塑造的曼罗形象可以说是时代的产物，是这一时期找不到出路的知识女性的代表，曼罗形象很好地反映了二十世纪二三十年代知识女性的生存境况，对当时知识女性的出路有一定的思考意义。

一、出走：脱了牢狱的旧徒

在五四运动的影响下，文坛上出现了一批呼唤女性解放的创作群体，他们塑造了一个个像子君那样敢于自由恋爱，并走进婚姻生活的女性形象。许心影笔下的曼罗就是这类女性形象的一员，但曼罗并不满意如牢狱般的婚姻生活，她勇敢地出走，逃离了传统婚姻的牢狱，继续追求自由的爱情。

1. 逃出传统婚姻的牢狱

生活在潮汕地区的人们受儒家传统文化的影响深重，特别是潮汕女性被认为是传统女性的典范，她们有着浓厚的家庭观念，有着"贤妻良母"的称誉。作为潮汕女性，许心影跟传统的潮汕女性不同，虽然她生于潮汕这片传统文化深厚的土地，但她接受过新式教育，是被五四运动唤醒的女性。她急切地想冲出传统对女性规定的狭小圈子，她敢于追求自由、平等，敢于冲破传统文化对女性的种种束缚，有着个性解放的思想，她带着具有强烈时代感的新思想走上了人生之路。潮汕学者、诗人蔡起贤曾介绍说："心影为人，既聪明又大胆，朋友们说她兼有巴黎女人的浪漫又有纽约女人的奔放两种性格。"② 许其武也评说："许心影是一位特立独行、惊世骇俗、才高八斗的浪漫女性。"③

许心影笔下的曼罗有着她本人的影子。曼罗出生于旧式家庭，受过新式教育，自由恋

① 刘文菊、翁叶娜：《论现代潮汕作家笔下的女性形象》，《湖北师范学院学报（哲学社会科学版）》2011年第4期，第41页。

② 蔡起贤：《三个女诗人》，汕头市政协岭海诗社编：《岭海诗词》2001年第13期，第161页。

③ 许其武：《二十世纪二、三十年代：潮汕文人——一个粗略的扫描》，《潮声》2001年第3期，第11页。

爱，从父亲的家走到了丈夫的家，但经过了三年的婚姻生活，曼罗始终没有摆脱被禁闭的命运。本具有狂狷不羁性格的曼罗在婚姻家庭的牢笼里整整待了三年，在这三年里她受尽了折磨，不敢反抗，坚守着传统文化给女性规定的角色。她既要跟其他新女性一样有一份自己的事业，争取经济上的独立，还要跟传统女性一样忙家务，尽相夫教子的职责。世俗的家庭生活依旧束缚着女性的心灵，男权文化依旧阻碍着女性自我解放精神的发展。在这三年里，她连写日记都不敢，女性的话语又重新被隐藏在历史地表之下。她在日记的开头一段说："在威吓，叱骂，殴打之下，越记起了远处的朋友们，这感情在纸上着迹，给看见，不更糟么？"① 她就这样，几乎成了男人的奴隶。当曼罗被繁重的事务累得振作不起来时，她的丈夫便大声叫骂："这是猪！要做猪吗？不要摆太太的架子！……"；当她无奈之下跟丈夫要钱时，丈夫又狠狠地骂道："要钱吗！我介绍你去×师长做姨太吧！……"就这样，她的肉体因家务所累，同时精神更是受尽了丈夫的侮辱、糟蹋，这是"非人的生活"，连"为人"的基本权利都散失，更不用说"为女"了。原应有果敢不屈精神的曼罗对自己奇迹般地忍受了三年的非人生活做出了回答："大概是自己对于生已经厌倦了，幸福的希求也早幻灭了，只好让人蹂躏，虽然有时也想勉力来跳出这个死亡的深渊，但另一个漩涡也未必会好。唉，世上哪有一个真的爱护女性的男人？要蹧踏就蹧踏下去吧！……"悲观的思想左右着曼罗，让她三年在夫权的幽灵塔里默默地忍受着这一切。但曼罗毕竟是五四时代里成长出来的新女性，她终究没有在夫权统治的家庭里失去自己应有的女性意识，她勇敢地再次维护自己生存的权利，痛快地骂出了"像他一样的残暴，是人类的耻辱"，清楚地意识到了"过去的生活，那是一个虎狼的巨口，一个幽暗的牢囚！"所以她冒着叛逆之名，无论如何都要跟丈夫决裂，就算做寡妇也无所谓，态度非常坚决。她的出走便意味着她逃出了传统婚姻的牢狱，是脱了牢狱的旧徒。"出走——迈出封建铁槛的一瞬，便被历史永恒地凝固起来，五四的话语中的新女性便在凝固的历史瞬间中化为一尊美丽、勇敢、决绝的塑像，被供奉在时代的圣坛之上。"② 同样，心影笔下的曼罗，从传统的婚姻牢狱里走了出来，展现了像"娜拉"出走这一历史性的美丽瞬间，这说明这位脱了牢狱的旧徒具有"五四"青年们敢于追求平等、自由和个性解放的时代精神。

2. 追求自由的爱情

在五四运动的影响下，"爱"成为当时女作家创作的主题，一个充满爱的世界，是她们共同追求的理想世界。她们所追求的爱包括了亲人之爱、朋友之爱、情人之爱等各种爱。其中，情人间的爱，即爱情，是女性文学中最为关注的主题，追求自由的爱情成为女性追求个性解放的重要表现之一。自由的爱情成为"五四"女性追求人性解放的一个目标，她们借此打破了封建传统婚姻的束缚，追求着自己理想的人生。

经过了思想的斗争，曼罗勇敢地从婚姻的牢狱冲了出来，她仍保持着"五四"青年的个性解放精神，怀着满腔的热情，再次投入对自由爱情的追求当中。S已是有妻之夫，他跟曼罗曾经相恋过，但没能勇敢地在一起。刚脱了婚姻牢狱的曼罗与S再次相见，两人便深深地相互吸引，所谓的爱情便再次产生，决定了要在一起，但S已是有妻之人，他们的

---

① 白鸥女士：《脱了牢狱的新囚》，上海：湖风书局1931年版，第1页。
② 孟悦、戴锦华：《浮出历史地表——现代妇女文学研究》，郑州：河南人民出版社1989年版，第38页。

相爱是社会所不允许的，而且 S 为了名利到处奔波，与曼罗长期难得一见。S 和曼罗是正在热恋的情人，虽然精神上他们可以通过书信交流，但是肉体上却难逃寂寞。曼罗作为觉醒了的"五四"女性知识分子，她所追求的爱情永远是灵与肉的结合体，两者缺一不可。所以她在爱情里表现得更为主动，她无法忍受距离对人性的煎熬，她说："我的心已经颤动了，我的火亦在爆发了，难道我能够遏住自己的心潮的狂奔么？我拨开了孩子，拨开一切亲爱的人们，投奔到情人的怀里去。"曼罗一人直奔上海，与 S 在酒店里度过了三天销魂的欢爱时光。长期以来，对于受封建传统观念影响深重的人们来说，"性"是他们难以启齿的话题，他们甚至"谈性色变"，而许心影在描绘曼罗的欢爱生活时却细致且大胆，她是如此描写曼罗与 S 的性爱的："我无言的跑到床前，手足是悸动得无力了。第一次感到被爱者的幸福，强有力地热火压着奔驰的胸膛。——我们吻着，比着前次是那样自然得多了。"许心影也大胆地对男性的身体进行了描述："一看 S 那样天真无邪的神气，和那可掬的笑容，他的特别有媚力的声音，火一般燃烧着的眼睛，铁一般的手腕，我是死心塌地的完全被征服了。"这些描写都大胆地显现了女性真实的性爱体验，充满了对封建旧道德的挑衅，打破了男权社会对女性一向规定的"洁身自好""纯洁""忠贞"等狭小圈子。因此，有论者认为："女性丧失自我正是首先从失去对自我身体欲望的感觉开始的，她的觉醒也就要从身体的觉醒开始。女性找回了性别意识，就意味着找到撼动男性中心论的杠杆支点。"[1] 曼罗追求着爱与性的意义，挑战了封建男权的各种禁忌，勇敢地成为情欲的主体，按照自己的理想追求着爱情，有着像"莎菲"那样的叛逆精神。

二、遭遇：苦闷时代的新囚

五四运动曾唤醒了一大批知识女性，她们抱着个性解放的思想，勇敢地与封建礼教作斗争，追求自由的爱情。二十世纪二十年代末，蒋介石叛变革命，社会处于一片白色恐怖中，黑暗势力席卷着整个中国，觉醒的女性知识分子发现社会环境并没有之前想象中的那般美好，她们的爱情在现实中屡遭破灭，一边是觉醒的灵魂，另一边是黑暗的现实，她们陷入了如鲁迅所说的"梦醒以后无处可走"的绝境，产生了无边的苦闷。苦闷是这个时代的一大特征，曼罗也染上了这苦闷的"时代病"，她的苦闷具体表现在个人与社会、理想与现实、情感与理智这三组矛盾当中，这三组矛盾致使曼罗成了苦闷时代的新囚。

1. 个人与社会的矛盾

曼罗虽逃脱了那个暴力的夫权之家，但社会并没有给她提供很好的生存土壤，她在社会上挣扎着，与社会有着不可调和的矛盾。曼罗是一个极具坦率个性的人，而社会总是戴着一副假面具，这让曼罗看不清楚事实，率真的曼罗在这样一个光怪陆离的社会里只会到处碰壁。如曼罗与丈夫 L 关系断裂后，丈夫在家人面前还假装一副若无其事的样子，要曼罗帮他改诗，"仍欲以豪爽熟悉自居了"，极其虚伪，而曼罗只有干生气着；又如曼罗最好的朋友马女士，二人有十年的交情了，平时曼罗对马女士十分信任，"一受到痛苦便到她面前去痛哭"，但最后马女士却在背后诋毁曼罗："曼罗是一个淫荡的女人，曼罗和所有的

---

① 王喜绒：《20 世纪中国女性文学批评》，北京：中国社会科学出版社 2006 年版，第 17 页。

男人都发生过关系。曼罗被人虐待正是我乐意的事。"一个表面上极其要好的朋友，却藏着一颗虚伪、狠毒的心，这出乎曼罗的意料。曼罗的朋友孤鸿评价曼罗："唯其你太宽大，坦白，率真，所以你不适应于生存，尤其在女人之中不适应于生存。"社会并没有为曼罗的个性提供生存的土壤，曼罗也明白自己的失败源于自己的坦白，但她说"我愿为坦白而死，不愿虚伪以生"。曼罗一个人在这虚伪的社会跌跌撞撞地生存着，这个社会让她感到痛心和失望，她追求的理想爱情没有实现，而社会上的男性（如 B 中校长、桂生、桐弟等）却一个个想利用爱情来将曼罗捕获。虚伪的社会风气皆是，就连革命也成为他人谋取利益的工具而已。"哦，金钱，女人，现在他们的'革命'便也成功了！只几百块钱，便有了女人，只要做了××长便有了钱！只要'革命'便有了××长！"曼罗讽刺着这个虚伪的社会，对这个社会倍感失望。在新旧思想交织的社会里，一方面，旧道德继续虚伪地提倡着纲常礼教；另一方面，"革命"也是道貌岸然，成为他人谋利的工具。曼罗找不到反抗这个黑暗社会的有力武器，她坚持着自己的坦率个性，采取不合作的态度，时时与虚伪的社会处于一种不可调和的矛盾状态。

2. 理想与现实的矛盾

觉醒的曼罗怀着对生活的理想，不断地在现实中寻找着所谓的"光明"，但现实是残酷的，她的理想被无情的现实践踏着，她要的光明迟迟没有到来，这使她产生了极大的痛苦。曼罗的理想与现实的矛盾最主要体现在爱情方面。曼罗追求那种"让我们同看新栽下的绿秧，让我们同望着蓝天的白霞，让我们同看着树梢的野鸟，让我们同听池畔的水声……"的美好爱情生活，她可以摒弃一切的名利，她可以跟 S 到乡村过着朴素的生活，她甚至在设想着他们的新生活："我们未来的光明的长途，正在开展，便希望将来我们一同去流浪，我们以绝顶聪明的两个心，开起花来，我们要有一个绝顶聪明的孩子才好呢！"但这一切只是曼罗个人的理想，残酷的现实摆在她面前："S 为了他的荣名，就不愿伴我。"S 是"自私""残酷"的，留下曼罗一个人孤寂地生活在这片黑暗的土地上，让她一个人在险恶的环境里受尽折磨。新文化运动与五四运动唤醒了一批知识分子，他们奋起打破旧传统，张扬自己的个性，急于摆脱社会的黑暗，曼罗也是其中的一员，她对生活有着美好理想，但"五四"启蒙者所宣传的美好生活到曼罗这里却没有实现。在残酷的现实面前，曼罗的理想不堪一击，就像柳丝在《脱了牢狱的新囚》的序里所说的："少爷小姐们连恋爱的追求，都受到幻灭的悲伤。"曼罗的理想与现实的矛盾冲突，已经不是个人的事，而是代表着二十世纪二三十年代青年们的理想与黑暗的社会现实之间的矛盾冲突。

3. 情感与理智的矛盾

新文化运动并没有彻底地扫除人们心中的旧思想，社会没有给曼罗提供一个新的环境，曼罗自己也并未完全摆脱旧思想的束缚，她生存在新思想和旧道德的冲突当中，所以曼罗在爱情路上总是充满着情感与理智的矛盾。曼罗深爱着 S，一个人跑去上海见 S，当她与 S 正狂欢时，理智却提醒她那是"私奔""情妇"，曼罗抱怨着："既然来了，为什么又不放胆的欢狂起来呢！实在人这东西，总是无处不矛盾的！"曼罗在与 S 相恋的日子里，理智又常让她想起 S 即将临盆的妻子，她对 S 的爱会伤害到一个无辜的女人，她觉得对不起 S 的妻子，她说："我不忍，不愿，不愿把一个女人陷入墓中！"理智又告诉她，她对 S 的爱是社会所不允许的，曼罗说："呵，不啊！我担不尽社会的咒诅，我受不了社会的冷

许心影研究

眼呀!"但她又难以拒绝对 S 的情感;当曼罗为了 S 的前途,忍受着别离时,情感上的寂寞出现了,转恋上了同事惠龄,理智告诉她不能背叛 S,她想努力扼住自己心中的情感,避免与惠龄见面,但新的情感又在产生,曼罗痛苦地为自己辩解:"我是一个十足情感的女人,我不能使我的心无所凭借。一天失却了爱力,便一天不能过活,所以我失却了一个,我又必须再寻一个,这是我的弱点,我所深知。但这有什么办法呢?"理智与情感的矛盾让她陷入了苦闷当中。有学者认为:"所谓的理智显然是那个基本上缺席的父的呈现;是父的名、父的法的内在化,是已然完型的新的象征秩序中隐抑了女性欲望与自由的编码。"① 同样,在《脱了牢狱的新囚》中,曼罗极力地克制着自己奔放的情感,与其说是一种理智的选择,是曼罗的自我修养,不如说是曼罗在某种程度上向那个父权社会的屈服。她扼住的是自己的欲望与对自由的追求。从这可看见罪恶的社会对人的纯真情感的摧毁,可感到青年们找不到出路的苦闷。

个人与社会的矛盾、理想与现实的矛盾、情感与理智的矛盾,这三组矛盾相互交错在曼罗的生活当中,让曼罗深陷苦闷。遭遇苦闷的曼罗只是那个时代的一个代表,苦闷是当时广大知识分子表现出来的共同特征,它成为一种时代通病,曼罗由脱了婚姻牢狱的旧徒又变成了这苦闷时代的新囚。

三、彷徨:迷途的人

在大革命失败后,有的知识分子紧跟时代潮流,迅速地跟工农阶级结合起来,投入革命大流中去。有的知识分子虽然不满于现实的压迫,却在路口彷徨了,找不到自己真正的出路。许心影曾经积极地到武汉革命政府妇女部工作,但汪精卫的叛变让她对革命失望了,她苦闷、彷徨,找不到自己的方向。许其武说:"心影是奋斗过的,但个人的奋斗屡屡碰壁,连婚姻也多不如意,从此她更耽于烟酒,玩世不恭。然而表面上放荡不羁的反抗,并不能真正排遣内心深处的寂寞苦楚。"② 许心影在《脱了牢狱的新囚》中塑造了女主人公曼罗这一形象,曼罗的遭遇有着作者的影子。曼罗曾自由恋爱,进入了婚姻生活,但婚姻却让曼罗失望了,于是她逃出了婚姻的牢狱,重新追求自由的爱情,在追求爱情的过程中却成了苦闷时代的新囚。所以她努力寻找一条新的出路。已对革命失望的她并没有投入革命潮流中去,而是试图在非革命道路上寻找女性的出路,最终她只能在夹缝中彷徨,借着烟酒损耗自我,成为一位迷了路途的人。

1. 不愿回去又看不到未来

曼罗在三年的婚姻生活里受尽了折磨,她宁可冒着叛逆之名脱离婚姻的牢笼,也不愿继续让繁重的家务折磨自己的肉体,让丈夫侮辱自己;她也清楚地看到 B 夫人是如何由一个"漫谈阔论"的女性转变为一个"幽暗多愁的少妇"的,是繁重又充满着礼教的家庭摧毁了女性,所以她坚决要逃出婚姻的囚笼。可是出走后的曼罗会怎样呢?鲁迅在《娜拉走后怎样》的演讲中提到,娜拉走后有时免不了"回来"或"堕落",最主要的原因是妇

---

① 孟悦、戴锦华:《浮出历史地表——现代妇女文学研究》,郑州:河南人民出版社 1989 年版,第 42 页。
② 许其武:《二十世纪二、三十年代:潮汕文人——一个粗略的扫描》,《潮声》2001 年第 3 期,第 11 页。

女没有经济基础。作为知识女性的曼罗，她有独立的经济基础，她有条件不回去，也根本就不愿再回去了。回去，就意味着向旧传统屈服，意味着重新失去自由。但在社会现实面前，曼罗看不到一个希望的未来，首先她的出走就不被旧社会赞同，受到社会的冷嘲热讽，许心影的家人曾评许心影："只是个人生活上不愿去做达官贵人的装饰，不愿当附庸，不受夫权的束缚而不容于当时。"① 曼罗在追求爱情的过程中，自私的S也并没有让她看到一个光明的未来，她对前途失去了信心，所以曼罗在写给L的妹妹的信里说："今后我将飘着一叶孤舟，向像这样的人海挣扎着，妹，我怎敢料定不触着暗礁的呢？"新文化运动的思想启蒙者鼓励女性从封建家庭走出，"出走"成为他们称赞的瞬间，但走出父权家庭的"娜拉"们大都抱着希望进入丈夫的家。曼罗不同于子君这样的第一代"娜拉"，她敢于再次从丈夫的家走出，但她发现社会上旧的思想并未被彻底扫除，这让她难以看到一个美好的未来，她在丈夫的门和社会的门之间的夹缝中艰难地生存着，她没有一个前进的目标，在人海中迷失了方向。

2. 不甘寂寞又不愿沉沦

曼罗所爱的S是"行踪东飘西荡"，"天涯地角无从问津"的男子，曼罗的身心受尽寂寞的煎熬。她把对情人的思念带进了梦中，在梦里与情人欢爱，发泄心中的压抑，但梦醒了还是发现无路可走。长期的寂寞咬噬着曼罗，同时，被打上男性欲望痕迹的都市文化也在影响着曼罗的思想。曼罗尝试着抚弄男性，就像男性抚弄女性那样，她说："S抚弄着许多女人；我想抚弄了男人也不见有罪吧！曼罗是给男人抚弄得够了！……"曼罗抚弄着她不爱的桐弟，这不是真正的女性欲望，正如论者评莎菲："莎菲的欲望与其说是她一己的，不如说是男性中心的都市意识形态所制造并施予所有女人的。"② 曼罗想通过抚弄男性以摆脱一个人寂寞的苦痛，但最后却成为桐弟的猎物，身心再一次受男性的糟蹋。曼罗像郁达夫笔下的"迷羊"，希望获得世人的救赎。

曼罗离婚后虽然逃出了传统婚姻的牢笼，但是旋即又成了男性捕获的对象。惠龄、桐弟、芝如哥、桂生、B中校长等，他们像患上世纪末病的"迷羊"般，都来向曼罗索求所谓的爱情，他们对曼罗的爱情就像在围猎，把曼罗围困住，想让曼罗成为自己的猎物。与其说他们爱着曼罗，不如说是想让曼罗成为他们的泄欲工具。曼罗刚刚打出了夫权的幽灵塔，又成了男权欲望钳制之下的新囚。虽然曼罗不甘寂寞，但她也不愿沉沦，她追求的永远是灵与肉相结合的爱情，她有着女性的独立意识，绝不让人随便侮辱了自己的尊严，最后曼罗生气地责骂："同情！同情！你们的同情都在背后带着小刀！哦，你们的心是怎样惨毒呀！你们都想把曼罗拉到墓地去！" "曼罗不是一块肉，才惹得这许多狗想把我吞噬。"出走的曼罗是孤独寂寞的，她没有得到理想的爱情，她努力地寻找寂寞的出口，社会却给她提供了"堕落"的陷阱，但她并不愿沉沦下去，而是在世上茫然地漂浮着。

3. 不肯向命运低头又无力抗争

曼罗受过新式教育，是一位觉醒的女性，勇敢地逃离了婚姻的牢狱，但旧思想普遍存

---

① 许荧子：《往事不会如烟——怀念我的外公和母亲》，郭先安、许荧子：《涟漪集》，香港：新风出版社2001年版，第11页。

② 孟悦、戴锦华：《浮出历史地表——现代妇女文学研究》，郑州：河南人民出版社1989年版，第120页。

在的社会对她冷嘲热讽，给她套上重重的十字架，她不甘屈服，继续追求着她理想的爱情。在婚姻上同样遭受到不如意的芝如劝曼罗说："像我们，'恋'也'恋'过了……在之一日便且安息一日吧，而今该是安息的时候了！"但曼罗并没有安息，她有她的人生追求，不肯轻易向命运低头。曼罗意识到了时代所提倡的自由、个性解放在现实生活中已"变质"，她叹息说："唉，我们都是可怜虫，现社会的牺牲！我们有过人的聪明，但聪明都用来做蹂躏自己的工具。我们有潇洒不俗的风度，但都是惹人宰割的礼品。"曼罗接受过新思想的教育，懂的知识越多，她渴望自由的心就越迫切，但现实的不理想让她感到痛苦，所以说曼罗的聪明成为蹂躏自己的工具。在男性欲望横流的都市生活里，曼罗追求的个性解放却更易于惹来男性的围猎，所以说曼罗潇洒不俗的风度成为惹人宰割的礼品。曼罗消极地说："想来不如当初不懂世故，懵懵然的好呢！"从这我们可以感受到曼罗那种不肯向命运低头又无力抗争的悲哀之情。曼罗个人的力量扭转不了社会强大的黑暗势力，更改变不了几千年的旧传统。曼罗曾发出要跟命运决斗的口号，但又发现自己的力量太单薄，她说："我的命运也看得很明白；不过，我单薄的力量，抵抗不过坚强的命运。"曼罗一个人在跟命运搏斗着，社会的阻碍力量是那么强大，自己的力量又是多么薄弱，致使她寸步难行。

曼罗虽是脱了婚姻牢狱的旧徒，但她没有放弃对理想生活的追求，她在对新生活的追求当中遭遇了各种矛盾，成了苦闷时代的新囚，她也曾试图寻找出路，但发现自己既不愿回去又看不到未来，既不甘寂寞又不愿沉沦，既不肯向命运低头又无力抗争，她彷徨了，这一切都把她逼迫得无奈，她犹如郁达夫笔下的"迷羊"般茫茫然地生活着，成了迷途的人。正如柳丝在序言中所描述的那样："热爱人生，渴求光明，可是脱了牢狱又成了新囚，既成了新囚又是在渴求光明……她们竟是失了路途的迷羊！"

四、逃逸：消极的反抗者

《脱了牢狱的新囚》中的曼罗爱好文学阅读，她读过屠格涅夫的《罗亭》和《贵族之家》，这两部作品中都出现了"多余人"的形象，曼罗读后深有感慨，从中看到了自己的影子。这些"多余人"看到了社会的黑暗，不愿与上流社会同流合污，于是试图改变社会现状，但又找不到切实可行的措施，没能跟下层民众联合抗争，所以他们自暴自弃、愤世嫉俗、苦闷、堕落，成为社会的"多余人"。曼罗像"娜拉"那样勇敢逃出婚姻的牢笼后，发现社会的黑暗无处不在，她遭遇到前所未有的苦闷，于是她试图改变一切，寻找女性的出路，却又发现自己的力量微薄，无法改变现状，在黑暗的社会面前迷茫了。她诅咒着社会，有时消沉、堕落，甚至肆意吸烟、喝酒，任自己的肺病恶化，以求速死，这是用一种消极的方式反抗着这个黑暗的社会，以达到逃离社会给她的一切"迫夹"。

在爱情方面，曼罗从婚姻的牢笼中逃了出来，继续追求着理想的爱情。但曼罗与S的恋爱却遭到社会的嘲讽，曼罗骂道："怕你们在生不能亲切地携手，就是死时，死时也各自寻找墓地哟！你们，你们向社会'挂号'了就算堂皇冠冕么？"曼罗与S的爱情得不到社会的认可，社会没有给她颁发"名分"，所以她的爱情"名不正，言不顺"。曼罗诅咒这个社会，她个人的力量是拗不过整个社会的传统力量的。曼罗无法舍弃对S的感情，但

S 为了他自己的名誉，不愿伴着曼罗，让曼罗一个人挣扎于这个黑暗的社会，受尽了感情的折磨。曼罗的美好爱情理想在这个男权社会得不到实现，她想反抗这个社会，但自己一个人的力量又单薄，于是她采取一种消极的方式反抗，以摆脱自己情感上的苦痛。有一次，桐弟因为自己的爱被曼罗拒绝而哭，曼罗不但没安慰他，反而心想着："我最恨男人流泪，男人而至于流泪那真是丑到万端的呀！但是，不把男人迫至流泪，那才不痛快的事呢！"这是一种变态的反抗，也是一种消极的反抗，因为在反抗的同时曼罗已经严重地扭曲了自己的正常心理，丧失了自己的本性，但这一切都是这个病态社会逼出来的；曼罗明明就不爱桐弟，却想玩弄他，她说："我的抓住他，使他屈服也不过为了好奇的心境，我要看看飞蛾投火时是怎样可哀怜！我要使他痛苦，作对于一切的报复！"曼罗在对这个社会的男性进行报复，这是她反抗这个黑暗的男权社会的一种方式，但这种反抗方式是消极的，它只会让曼罗更加消沉、堕落，曼罗想玩弄桐弟，最后反而成为桐弟的猎物，她就像一只迷失的羔羊更易于任人宰割。

在生存方面，曼罗在这个黑暗的社会生存着，她把一切都看得很清楚。"总之，矛盾的社会，万恶的社会，害了一切的女性！"她痛骂着这个罪恶的社会，她说："我要寻出热力和命运相决斗"，但她又马上叹息道，"唉，怎耐热力单薄命运尽那样强坚！"既然知道自己薄弱的力量斗不过强坚的命运，那她宁可自己糟蹋自己也不愿让别人来糟蹋，她曾说："自己摧残会比给人摧残更坏么？"所以她借酒麻醉自己，任自己的肺病恶化下去，她说："酒是慢性自杀，所以我狂饮"，而这是一种消极的反抗方式。芝如的哥哥因为得不到曼罗的爱情而出家了，这件事在报纸上宣传得沸沸扬扬，气得曼罗疾笔为自己辩护，她表明自己是一个不能再爱的人，她说："我不堪一切纠缠，我愿咒诅一切，摈弃一切！"最后曼罗决定远走他乡，以摆脱男性们对自己的一切纠缠。S 曾劝曼罗："南洋一带是金钱的魔力发展到极端的地方，妹妹到那里去，意志力薄弱点则不免于堕落，意志力刚强点，则一定住不下去。"但曼罗宁可一个人在南洋漂泊，也不愿意做男性们的猎物。她的逃逸是对那个男权社会的拒绝和反抗，正如论者所说："挑战性的叛逃，是对男权话语场的逸出，是对他律的生命轨迹的叛逆，是对男性意识形态的直接抗辩或交锋。"[1] 曼罗的逃逸是需要付出代价的，即远离亲人、情人，一个人孤单地生活，成为漂泊者。她通过舍弃自我的爱情追求来换取一个自由之身，以致男性得不了逞，这是一种消极的反抗方式，她对社会的反抗是以自己的利益作为代价的，但这也恰恰表现了她的不屈精神。

无论是在爱情方面，还是在生存方面，曼罗都在这个黑暗的社会里遭受过挫折，她想要反抗这个黑暗的社会，有着一种不屈的精神，但一个人的力量是有限的，最终只能采取一种消极的反抗方法，多是先伤害自己以达到逃逸这个目的，即成为一名消极的反抗者。

综上所述，二十世纪二三十年代，中国的社会经历了新文化运动和五四运动及大革命的失败，在时代背景的影响下，敏锐的许心影在《脱了牢狱的新囚》中塑造了曼罗这位具有时代代表性的女性知识分子形象。曼罗是一位叛逆的知识女性，她曾被"五四"唤醒，大革命失败后，她找不到出路，成为时代里的苦闷、彷徨者。曼罗勇敢地从一个暴力家庭走出来，是脱离了婚姻牢狱的旧徒；出走后的曼罗遭遇了各种矛盾，成为苦闷时代里的新

---

① 王侃：《"女性文学"的内涵和视野》，《文学评论》1998 年第 6 期，第 91 页。

因；于是曼罗努力地寻找出路，却找不到自己的方向，只能在夹缝中彷徨，成了一个迷途的人；最后，无论是在爱情方面还是在生存方面，曼罗都选择了逃逸，只身漂泊他乡，成为一个消极的反抗者。曼罗记写了自己由脱了婚姻牢狱的旧徒，到苦闷时代的新囚，再到漂泊者的经历，展现了一代知识女性寻找自我解放之路，反映了当时女性知识分子的生存困境及其精神面貌。许心影笔下的曼罗大胆地暴露自我，表现了女性在追求自身解放过程中的遭遇，痛诉了心中的苦闷之情，从而引起了人们对女性自我解放的关注。与冯铿（左联五烈士之一）笔下的女性（冯铿把女性最后的唯一出路指向了革命）相比，许心影笔下的曼罗仍找不到出路，处于苦闷、彷徨的状态，这就促使人们对那个时代作进一步的了解并对女性出路问题作进一步的思考，所以曼罗形象具有一定的时代意义。

试谈《脱了牢狱的新囚》

林猷垂[1]

　　《脱了牢狱的新囚》（以下简称《新囚》）是闻名遐迩的潮汕才女许心影以白鸥女士的笔名，于1931年在上海出版的一部以恋爱为题材的日记体长篇小说。今天，我们重读82年前出版的《新囚》，要以纪念的角度，回到当年的时代背景中去审视，才能给出公允客观的评价。"牢狱""新囚"也该从精神的层面来解读。

　　就在《新囚》出版之前，以上海为中心的左翼文学运动已相当活跃，许心影也投入左翼文学运动的洪流中，并因此认识了丁玲。在《新囚》发表的前一年，中国左翼作家联盟在上海宣告成立，鲁迅在成立大会上发表了重要讲话，对当时的无产阶级文艺运动的形势做出客观理性的分析，语重心长地向左翼文艺同仁提出了几点中肯的意见。鲁迅的"理性""语重心长"说明他对当时的形势有透彻的认识。《新囚》反映的时代背景与鲁迅讲话的内容有一定的联系。"五四"退潮之后，中国革命也正处于低落时期，但左翼文艺运动的发展趋势并不因此而有所减弱。社会动荡的年代也正是大浪淘沙之时，在文学艺术界，有的从左翼变成右翼，有的成为革命的同路人，有的则永远沉沦下去。

　　《新囚》中的女主人公曼罗是一位很出众的女教师，颇受周围朋友的瞩目，她与朋友们一起读"罗亭"、读"歌德"，但他们常常在"十字路口彷徨无主"。曼罗想前进却缺乏勇气，又不愿意永远沉沦下去，于是，她只能徘徊于十字路口，做革命的同路人。她的朋友中也有继续前进的勇敢者，"孤鸿被捕了，春弟也死了。两天来学校又被搜查了几次，唉，可怜的朋友，可怜的现代青年人！"春弟、孤鸿就是继续前进的勇敢者。曼罗思绪复杂，痛苦万分，她始终在挣扎，她彷徨无主，只好坠入爱情的迷网，借此抚慰自己脆弱的心灵，并试图在情爱的追求中寻找自己的光明。

　　她能如愿以偿吗？难！作为同时代人的柳丝所写的序评价得甚为中肯："书中的女主人翁曼罗，热爱人生，渴求光明，可是脱了牢狱又成了新囚，既成了新囚又是在渴求光明，光明会有一天光临到她的地方来吗？不会的，绝不会的！……这便是时代底大轮滚过下的少爷小姐们底人生！"可怜的曼罗正是那个大时代中站在十字路口彷徨无助的迷途羔羊。幻灭、彷徨、苦闷、挣扎……这是当时"曼罗式"的人生写照。《新囚》这部日记体小说或浓或淡地流露出曼罗这种复杂的思想情绪。像曼罗这种类型的小资产阶级女性，在当年应不在少数，她可以算是这个群体的代表。这里要指出的是，曼罗的形象还不够丰满，因而谈不上有多么大的典型意义。即使如此，曼罗形象亦曲折地反映了这种类型的知识分子对当时社会的不满，对当时社会的控诉，在这个意义上，我们要肯定《新囚》有一定的社会价值。

　　曼罗的形象让我联想到丁玲的成名作《莎菲女士的日记》中的女主人公莎菲，该作品发表于1927年，比《新囚》早几年问世。据许心影女儿许荧子回忆，当年她母亲在上海

　　① 林猷垂（1935—　　），男，广东汕头人，副教授。1960年毕业于广西师范大学中文系，从教、从政至1995年退休。主要从事中国现代文学的教学和研究，出版文学评论著作《未名文集》《星空求索》。

许心影研究

时就与丁玲有过交往，我设想许心影应该读过《莎菲女士的日记》，从而得到了启发，自然《新囚》的构思也受其影响。在形式上，两部作品都是日记体，主人公曼罗与莎菲都具有浪漫与奔放的性格，其他人物的安排也有某些相近之处，如曼罗与S、惠龄和桐弟的三角或四角恋爱关系就很像莎菲与凌吉士和苇弟的三角恋爱关系，甚至两部作品的结尾也殊途同归。曼罗和莎菲均是幻灭、苦闷、彷徨、矛盾之极，在什么都无法排遣她们心中的块垒时，她们决计要逃离那丑恶的现实，到无人认识的地方去度过她们剩余的岁月。不过，两部作品所反映的时代背景有差别，《新囚》展现的是大革命低潮时期的社会状态；《莎菲女士的日记》反映的是"五四"退潮时人们的思想风貌。丁玲笔下的莎菲是作为一个追求个性解放的形象来塑造的，她希望在"灵"与"肉"两方面都能得到满足，而在"肉"的要求上表现得更加大胆，颇有肉欲感。曼罗则生活在大革命低落的年代，在"灵"的追求上显得层次更高，更为纯粹，相对而言，在"肉"的层面上，或者说在两性关系的描写上则比较含蓄、收敛，更不作自然主义的描写。曼罗的苦闷和彷徨，不仅来自情场的失意，更来自当时社会的压迫和丑恶的现实，她内心不断追求光明，已远远超越了莎菲对个性解放的追求。

在艺术表现上，许心影在《新囚》中充分显示了她的风流才情，具有很强的语言驾驭能力，细腻的心理刻画更有独到之处。风花雪月被用来表现作品中那群红男绿女的内心情绪；庭前柳下可以抒写他们的缠绵悱恻；客厅、床上抽烟喝酒也能宣泄情场失意、内心苦闷；借海轮遥诉衷情，茫茫大海使她深味人生的艰辛。我认为"柳序"的评价十分贴切，与其说《新囚》是一部小说，不如说它是一首优美的散文诗。

关于二十世纪二三十年代中国现代文学史上出现的恋爱题材作品，这里我想多说几句。左翼文坛潮籍作家洪灵菲就是颇有影响力的一位，他参加过第一次国内革命战争，有着丰富的革命实践经验，又深受郁达夫浪漫主义气息创作的影响，他的长篇力作《流亡》三部曲被认为是"革命＋恋爱"模式的代表作，虽有模式化的毛病，却曾影响过一代知识青年走上革命的道路。这类作品在当年颇为流行，巴金《爱情三部曲》中的《雨》以及蒋光慈的一些作品都可以归入此类。假如许心影能经历更多的革命历练，以她厚实的文学功底，应能写出更多超越《新囚》水平的作品，这也许是她个人的历史局限性所致，当然，对于此是不可苛求的。

今天再谈《新囚》，只为让读者了解素有"海滨邹鲁"之称的潮汕大地的文坛上曾经出现过像许心影这样的一批有作为、有创造能力的作家，对于发展与繁荣当代潮汕文学是有所裨益，有所借鉴的。

2013 年 10 月于汕头

品味《蜡梅余芬别裁集》

翁佳猷①

翻开《蜡梅余芬别裁集》，仿佛有一股清香之气，扑面而来，精神为之一爽。其文辞之华雅，气质之柔婉，令人赏心悦目，觉得韵味悠长。我认为，许心影女士的词风，较好地继承了唐宋词的优良传统，以写实为基础，用优美的文笔，表达出自己的思想感情。其基调较接近宋词中的婉约派，这可能是受李清照的影响较深的缘故。无论从内容、风格、情感，甚至是文字的表达上，许词中多有李词的影子，词风同样清新隽逸。但许词少有凄咽悲楚之辞，在家国情怀的抒发方面也要比李词更为丰富一些。她对祖国的热爱，对日寇的痛恨，感情是非常强烈的，所用的语言也铿锵有力，淋漓酣畅，又颇有苏东坡、辛弃疾等豪放派的气概。许心影于二十世纪初生于书香世家，其父亲许伟余是潮汕地区知名的教师、学者、诗人。她幼承庭训，饱读诗书，加之辛勤耕耘，遂吟成几百首诗词歌赋。可惜如今原作已大多散失，仅剩下其自己选编并手书的《蜡梅余芬别裁集》一卷。但从这幸存的45首词中，亦可管中窥豹，看到其丰厚的学养及激越而又细腻的思想感情。我拟从三个方面加以赏析和品味。

一、家国情怀，爱憎分明

许心影青年时期，生活于动乱的中国。日寇侵华，国土沦丧，生灵涂炭，亲人离散。国仇家恨，令她无比愤慨，遂写下了许多爱国主义的词章，其中尤以《忆旧游·次汪精卫韵以讥之》一词最为突出。词的开头，追述汪精卫年轻时所写的一首脍炙人口的诗："慷慨歌燕市，从容作楚囚。引刀成一快，不负少年头。"那时的汪氏，为了推翻帝制，建立共和，连杀头都不怕，的确是个热血青年。可惜的是这种精神并没有坚持下去，而是"节侠空陈迹，叹冤禽老去，逐梗随萍"；"甚塞马方嘶，胡尘犹剧，邃赋飘零"。词的上半阕，是对汪氏的谴责，但还带着丝丝惋惜之意，只是恨铁不成钢，用词尚不激烈，拿捏得极有分寸。当日寇的铁蹄蹂躏了大半个中国，连首都南京都沦陷了，汪氏不但不与全国人民一道共同抗敌，还冒天下之大不韪，认贼作父，向日本帝国主义投降，在南京成立汪伪政权，为虎作伥，迫害同胞，当起头号汉奸、卖国贼。这时，已不再是个人的品德问题，而是大是大非的敌我矛盾了，于是作者笔锋一转，采用严厉的语言对其进行无情的鞭挞，在"翻云覆雨""蕊凋芝谢""莠自偷荣""豺牙密厉""魍魉无声"等锋利词语的连续炮轰下，直指汉奸卖国贼的行径比五代南唐后主李煜更为可耻。李后主荒淫无道，降宋亡国，事后尚有悔恨之心，写下了"一旦归为臣虏，沈腰潘鬓消磨。最是仓皇辞庙日，教坊犹奏别离歌，垂泪对宫娥"；"小楼昨夜又东风，故国不堪回首月明中"；"故国梦重归，觉来双泪垂"等词句。而汪精卫却恬不知耻地妄谈什么"曲线救国"等谬论，至死不悔

---

① 翁佳猷（1937— ），广东汕头人。1956年在广西师范大学中文系就读，1960年后在汕头各中学任教，1997年退休。业余从事古典诗词的创作与研究，出版个人诗词专集《旅路鸿爪》和《三寒诗词选》。

097

许心影研究

悟，终于落得如此下场。许心影振笔直书："五国城中臣虏，青史果留馨?"做出了强烈的反诘。像他这种叛国投敌的汉奸，还想青史流芳，简直是痴心妄想！词的结尾，作者迸发出疾恶如仇的最强音："看万箭歼仇，千戈戮敌，祭孙陵。"痛斥汪精卫彻底背叛孙中山先生的革命理想，委身事敌，沦为汉奸，令我中华民族四万万同胞蒙羞。所以，只有将他千刀万剐以祭孙先生在天之灵了！我认为，许心影作为区区一介弱女子而发出如此愤慨的言辞来表达内心的痛恨，堪比岳飞《满江红》词中"壮志饥餐胡虏肉，笑谈渴饮匈奴血"的豪情壮志，确实难能可贵，巾帼不让须眉！所以说，《忆旧游》是一篇具有代表性的佳作，应该给予充分的肯定。

眼看国破家亡，腥风血雨，作者胸中的怒火，通过其他词作也被屡屡宣泄出来。如在《浣溪沙·次太康韵，并报绿蕊》中写到："纸上谈兵空自慰，可怜胡骑遍中州，何时拔剑报斯仇"；"浩劫沉沉压岭南，徒吟恨赋忆江淹，颓垣断井情何堪"；"一叶扁舟如泛萍，恨无只手拯苍生"。在《江城子·有赠》中写到："极目乡关何处是？哀故国，已支离。"以上都体现出作者那种忧国忧民的思想感情。

经过艰苦卓绝的抗日战争，中国人民终于取得辉煌的胜利，日本帝国主义无条件投降了。作者那种欣喜、激动的心情，也在词章中充分流露出来："照野旌旗，横川金鼓，人间万户欣腾。四荒八极，此朝共庆升平"，"铦枪利剑输银管，挽惊风骇浪，掷地金声"（《高阳台·甲申双十，为民报复刊作》）；"初绽梅花，新凝杏蕊，一声春到人寰。淡荡东风，依依恋我江山"，"受降幡，勒石燕然，万庶同欢"（《庆春泽·元旦为民报作》）等。

我认为，家国情怀，爱恨分明，是许词的一大亮点。尽管作者在其他词章中也有儿女情长，英雄气短，心绪低沉，消极情绪的流露，但瑕不掩瑜，故应予以正面的评价。

二、亲情友情，真挚感人

在《蜡梅余芬别裁集》中，有许多词章是作者对亲情友情的记叙与怀念，占了词集相当大的分量。作者的生活道路既是丰富多彩的，又是坎坷曲折的。为了谋生，她不得不颠沛流离，辗转各地，从事教学与文化工作，与亲人聚少离多，与朋友也多是互通鱼雁而已。作者以其生花的妙笔表达出对亲人的无比眷恋与怀念，对朋友的尊重与勉励。语言优雅畅达，感情淋漓尽致，写得十分真挚感人。如《汉宫春》一词，抒写了对亲人远去的担忧和眷恋，表达出深切的思念之情："此去迢迢异域，愿惊涛骇浪，莫湿征衣。深情岂在旦夕？何限心期。胡尘未断，诉幽衷、且借灵犀。因谱就、新声数韵，今夜共讯芳卮。"做到了以词传情，心思细腻。她的弟弟子由，远赴曲江，一别三载，未能相晤。她们姐弟情深，只能填词以寄："秋色横空，雁声紧，催来佳节。榕江畔，征帆斜挂，几番伤别？棠棣挺芳香未减，胡尘不断忧难灭。叹姮娥、圆缺已三秋，犹弹铗。"最后勉励弟弟："瞬息浮生胡足计，诗书世业休抛撇。"（《满江红·寄怀子由曲江》）

许心影生性率真，交游广泛，在上海大学读中文系时，师承陈望道、瞿秋白、杨之华等名师，又与杜国庠、丁玲、刘半农等人交往，活跃于左翼文化圈。回到潮汕工作，又与本地俊彦饶宗颐、王显诏、张华云、蔡启贤等交游唱酬。总的来说，家学渊源、师承名流、交游时彦等，都为她构筑了一个良好的文学氛围。从现存的词作中可以看出，她对友谊是非常珍惜的，为之倾注了丰沛的感情。许心影肯定别人的成就，吸取别人的长处，与他人互相砥砺，共同进步，如《金缕曲·赠王显诏先生》一词："伟哉王夫子，立人寰，冰清玉洁，皎然尘外。神笔挥时风云动，何况青山碧水"；"墨海淋漓惊恣纵，似醍醐灌醒蓬心矣。歌一曲，致钦企。"

说到与朋友唱酬的诗词，我认为最有代表性的当推她与蔡启贤的互题诗词，许心影为蔡启贤《沙溪词集》题写了《满江红·题启贤君沙溪词集》，称赞他："豆蔻词工春色好，池塘语隽秋魂断……南浦情生丝万丈，新亭泪陨词成卷。"蔡启贤也为许心影《蜡梅余芬别裁集》题写了《临江仙》，怀念昔日二人同在诗坛驰骋，如今却为难以找到这样的诗朋词友而伤心难过："曾是归来堂上客，不闻漱玉声声……卢橘上林开次第，漫赢记梦龙城。伤心无地觅鸥盟……"从这几首词中可以看出，他们都赞赏对方的才情，惺惺相惜，借诗词发出由衷的赞美之声。

三、感慨身世，借酒浇愁

诗与酒，像一对孪生兄弟，总是形影不离。历代诗人中许多都与酒结下了不解之缘，"何以解忧？唯有杜康"的曹操，"引壶觞以自酌，眄庭柯以怡颜"的陶渊明，"李白斗酒诗百篇，长安市上酒家眠"的李白，"白日放歌须纵酒，青春作伴好还乡"的杜甫，"明月几时有，把酒问青天"的苏轼，"衣上征尘杂酒痕，远游无处不消魂"的陆游，"三杯两盏淡酒，怎敌他、晚来风急"的李清照等，不胜枚举。酒能助兴，酒能解愁肠，酒可抒慷慨激昂之情，酒也可以诉凄清哀婉之苦。许心影也一样好酒，在其《蜡梅余芬别裁集》中，有20多首写到了酒，其中也不乏抒发豪情之句，但大多数是感慨身世，诉说壮志未酬的苦闷，颇有怀才不遇而借酒浇愁的心态，情调比较低沉。但她以一个女词人的细腻感情，用优美流畅的文笔，把这种情感表达得淋漓尽致，哀婉凄绝。在她的词中，渲染出秋风秋雨，残阳夕照、荒村古渡、颓垣断井等灰色情调，再加上愁酒一浇，那就更显得格外凄美。如《沁园春·用太康韵》："醉墨题忧，狂笔吟愁，销尽秋魂。喜今宵客里，举杯邀雨。金徽飞调，酒浥罗裙。乱世哀多，劳生任重，转瞬芳年沉夕氛。低徊久，听轻风带叶，玉绢留痕。"《满庭芳·步韵报少华》："寒宵眠未稳，搴帘挹月，玉露沾裳。叹迩来、病酒销尽诗肠。"《满江红·寄怀仲廉昆明》："尊酒漂零今已惯，毕生功业何时足？向中秋、人月应双清，遥遥祝。"《满庭芳·次宗颐韵》："薄醉愁深，浮生梦短，天涯客子何归？余醒一枕，银月早斜西。"像这些借酒浇愁之句，随处可见，写得多么缠绵，多么哀婉啊！

另外，我认为，许心影受李清照的影响较大，可以把她们的《醉花阴》做个比较：许心影《醉花阴·用易安韵》与李清照《醉花阴·薄雾浓云愁永昼》两词的上阕都是写景，李词写重阳，节气为深秋，故只是"半夜凉初透"；许词写元宵佳节，节气已是隆冬，天气更冷了，但作者不写气候而写气氛，写节日的喧闹"帘外箫声透"，避免了雷同，却在词的结句"魂共冰肌瘦"中点出一个"冰"字，与"凉"字遥相呼应，这正是作者的聪明之处。两词的下阕都是抒情，李词是暗写，虽没写亲人分离之苦，但从"莫道不消魂，帘卷西风，人比黄花瘦"中可感觉出她是孤零零的一个人，这是李词的高妙之处。而许词却是明写，"自从那日分襟后，啼痕满秋袖"，诉说与亲人分开后的悲苦。结尾三句，在意境和韵味上比李词虽稍显不逮，但"强说不伤情，顾影无俦，魂共冰肌瘦"也可圈可点。

　　纵观《蜡梅余芬别裁集》全卷，我认为，此集在思想性方面还是比较好的，正面词章占了主要篇幅。作者有一颗为国为民的正直之心，正如她在《江城子》中所表达："炉锤冶炼群英收。挽狂流，辟荒丘。报国书生，今古慨同仇。"这种位卑不敢忘忧国的精神是非常可贵的。在艺术性方面，许心影功底深厚，才华横溢，文辞优雅，流水行云，写国事则慷慨激昂，热情奔放；写情感却缠绵悱恻，如怨如诉；论事理多联古系今，善用典故。许心影书法飘逸娟秀，自成一格，故而一卷在手，令人觉得韵味悠长，值得仔细欣赏，用心品味。

2013 年 10 月

蜡梅芬芳，可歌可泣——读《蜡梅余芬别裁集》有感

杨世录①

读罢许心影的《蜡梅余芬别裁集》，掩卷而思，甚觉可歌可泣。

老同学许荽子要我为其母许心影留下的 45 首词作校点工作，我已应命完成了。纵观集子中的诗词，应该说是女诗人多彩而苦难的人生和如幻如痴的心路历程的真实写照。她出身书香门第，生于清末，长于民国，逝于新中国成立后的 1958 年。她受过良好的教育，具有骄人的才情，在素有"海滨邹鲁"的潮汕颇有文名。我对女诗人的了解，仅是来自于她遗存的诗词，所以只能就这些诗词谈些个人读后感想。

一、爱国之情如火如荼，却似梦似幻

许心影在她的诗词中，直接抒发爱国情怀的词章占了一半以上。在《忆旧游·次汪精卫韵以讥之》一词中，诗人辛辣地揭露大汉奸汪精卫"翻云更覆雨""莠自偷荣"的卖国投敌的丑恶行径，直呼"看万箭歼仇，千戈戮敌，祭孙陵"，表现出她疾恶如仇的爱国之情。1940 年诗人所填的《浣溪沙》词，集中抒发她因日寇入侵，国家危殆而生的悲愤情感。她在《汉宫春》一词中写到："烽烟万里，神州路、鹤唳鹃啼……胡尘未断，诉幽衷、且借灵犀。"她在《沁园春·用太康韵》中痛呼："乱世哀多，劳生任重，转瞬芳年沉夕氛。低徊久，听轻风带叶，玉绢留痕。"这是她因家国沦陷而遭受颠沛流离生活境遇的形象描写。1940 年是抗日战争最艰苦的时期，许心影此时正拖儿带女辗转于潮阳、普宁一带的中学任教，自然要为国家和个人的命运忧心。《浣溪沙》词无不借历史上诗人名士的爱国诗篇和历史故事，抒发自己积郁的爱国情怀和悲愤。她痛呼自己"纸上谈兵空自慰，可怜胡骑遍中州，何时拔剑报斯仇？"虽为一介女书生，眼看"九州沦陷夜迢迢"，"浩劫沉沉压岭南"，却顿生"浮生瞬息思如潮"。祖国山河破碎，"极目乡园成劫烬，从今忍见月华明，江头落雁声凄泠"，诗人的悲愤之情注于笔端，可歌可泣。

许心影在上海大学读书时曾受到老师陈望道、瞿秋白、杨之华等人的影响，也经历了1927 年蒋介石发动的"四一二"反革命政变和后来成为大汉奸的汪精卫在武汉发动的"七一五"反革命政变的腥风血雨，在前途茫茫之中回到故乡潮汕当教师，这对她来说无疑是人生旅程的重大转折。她离开了弥漫着腥风血雨的政治漩涡，没有走出"琉璃之塔"到烽火战场上经受火与血的洗礼，只在"冷落山村谱小词"，悲叹"风雨潇潇夜黯黯，残灯寂寂愁丝丝，奋飞碧落待何时"。此景此情真悲，令人为之心酸！这恰是那个时代普通知识分子的特殊经历和个人心路的真实写照。二十世纪二十到四十年代的中国正处在火与

---

① 杨世录（1935—2016），广东汕头人。1960 年毕业于广西师范大学中文系，毕业后从教至 1995 年退休。业余从事古典诗词的创作与研究，1994 年出版个人诗词专集《杨风柳韵》。

许心影研究

血洗礼的动荡年代，当时的知识女性，要么面向刀丛，在火与血的考验中勇敢奋行，或流血牺牲，或成就一番事业，在历史上留下辉煌的印记，像同是潮汕人的冯铿烈士那样；要么以自己的灵和肉为代价，去攀附权贵，换取纸醉金迷的生活，成为社会的寄生虫；要么避开凶险的时代激流，在自己营造的亦甘亦苦亦酸的生活小圈子中呼唤、挣扎。许心影的生活道路就是这样，她在《浣溪沙》中写到："歧路彷徨意自酸，寰球扰扰起争端，于今何处得夷安？遗老呼号因世乱，杜鹃泣血缘春残，苍天何日解危艰。"许心影有才情、有抱负，在她生活的那个年代，诗词中的豪言壮语并不鲜见。《江城子·赠林贻盛先生》一词的下阕是这样写的："炉锤冶炼群英收，挽狂流，辟荒丘。报国书生，今古慨同仇。藐矣扶桑胡足虑，歌一阕，送行舟。"女诗人的这种豪放气概，真是巾帼不让须眉。但让人感到不足的是，诗人因自己缺乏面向刀丛的勇气和行动，虽有"壮气欲吞牛"的呐喊，却只能是"乾坤偌大醉里休"了，这是时代和她个人性格、命运的悲哀。我们除了感叹其生不逢时之外又能说些什么呢？诗人在其诗词中抒发的爱国豪情确实如火如荼，可歌可泣，但细细品味起来，却嫌似梦似幻。

二、亲友情谊至诚至切，却嫌若痴若醉

《蜡梅余芬别裁集》中，有关酬酢、寄赠的词章不少。读了这些缠绵婉转的诗词，仿佛看到一位卓立独行、不羁于流俗的浪漫诗人的身影。你看她身处"江头烽火正凄迷"而"避地练江，仙间借栖迟"，还有"无限豪情，青眼到征儿"，"先将意，托小诗"。"青眼"意为圆睁之眼，"征儿"是远赴征途的朋友。友人远去，诗人心里记挂着他，其情也真，其情也切，令人感慨不已。她交往的朋友中有不少是学生，经常诗酒唱和，因此，在其诗词中自然抒发了她心中的柔情和块垒："新亭泪，何须滴？尘世事，知胡极。……作赋难销今古恨，吟骚更惹身世戚。念故人、且喜此青山，今犹昔。"（《满江红·赠陈国梁先生》）"寒宵眠未稳，搴帏挹月，玉露沾裳。叹迩来、病酒销尽诗肠。极目胡尘滚滚，那堪问、许史金张。"（《满庭芳·步韵报少华》）应该说，许心影的诗朋酒友甚多，但能够让她交心托身的人又在何方？难怪她在诗词中洒了许多辛酸泪。你看她"蛮笺写尽凄凉句"，却"怕飞鸿"息翼，"不传新语"，只好"凭妙曲，止离绪"。其情率真，其心酸苦，实在是无可奈何之笔！友人离去，柔情依依，身心瘦损，若痴若醉，故使女诗人常借诗酒来宣泄自己伤春悲秋的情感，我们可隐约看到南宋女词人李清照的影子。不过她比李清照更大胆些，更无助些，且看许心影《醉花阴·用易安韵》一词的下阕："自从那日分襟后，啼痕满秋袖。强说不伤情，顾影无俦，魂共冰肌瘦。"

诗人许心影是够浪漫、够大胆的。她不囿于世俗的束缚，敢与诗朋酒友共享"秋光无限好"，共品"黄花紫蟹"，共趁"绿酒华筵"。在酒阑高歌之后，却叹"寂寞门墙桃李，盼时雨、此意堪怜"。这些诗，除了流露出身为教师的她对学生的关爱，还隐隐约约抒发了哀婉、愤懑之情！你看她"尊酒漂零今已惯，毕生功业何时足？""悔把芳龄填恨海，忍将壮岁沉红袖"。在两首无标题的《金缕曲》中，诗人慨叹人间那些尔虞我诈的小人如何角力争利，也感慨自己"缺月凄凄风浩浩，慷慨悲歌以逝"之无奈，但犹记着那"雨湿茜窗宵初静，展芳唇、腻露杯杯试"的销魂往事。在"几番落叶伤飘坠。况兼他，更残

夜永，旧欢难继"之后，只好"杯中绿，且沉醉"。她心中因"帝子魂归人已倦，那禁寒蛩泣血。试屈指、芳心愁绝。往昔豪华何足道，到而今、苦酒杯杯喝"。往昔不可再，来者孰能获？在《满庭芳·次宗颐韵》中，诗人又这样疾呼："薄醉愁深，浮生梦短，天涯客子何归？……惆怅年时旧事，蓦回首、烟物都非……风尘漂泊际，春蚕濒死，犹结柔丝。"读了这些绮词艳句，我真惊叹女诗人的横溢才情，傲世人格，也哀怜其生不逢时。因为在封建礼教、传统文化浸渍几千年的中国，女性在感情、婚姻、家庭中的羁绊多多，要做一个浪漫的"巴黎女人"和奔放的"纽约女人"（蔡启贤语）谈何容易？更别说在动乱年代的中国知识女性，拖儿带女在教坛上拼搏，如何养家糊口？如何痴梦成真？因此，可以这么说，女诗人的情意殷殷，换来的是若痴若醉的梦幻。这是老天的不公，命运的调侃，也是女诗人性格使然。

三、诗词声律谐协，风格豪放婉约兼显

据老同学许荧子回忆，其母许心影一生写过近三百首诗词，大多散失。《蜡梅余芬别裁集》是许心影辑录手书的佳作，从这仅存的 45 首诗词中，也足以闻到袅袅之蜡梅余香了。

我历来认为，作文不易，写诗也难，而填词更难。因为词有定调，调要定格，即要定句、定字、定声和定韵。唐宋以来，词有受制于如何配乐而歌的特点，故填词自然要受到这些特点的限制。有人说填词的人就像戴着镣铐的舞者，这样的比喻是没有错的。基于这样的原因，我在校点《蜡梅余芬别裁集》之后，甚觉许心影的诗词声律谐协，风格豪放婉约兼显，可称是上乘之作。集子中的词，娴熟地驾驭了唐宋词的常见声律。在诗人所填词牌中，《高阳台》与《庆春泽》是同调异名、《贺新凉》与《金缕曲》也是同调异名。就其风格看，既受到苏东坡、辛弃疾豪放派词风的熏陶，也受到李清照、周邦彦婉约派词风的影响，所以说许心影的词风兼显豪放婉约的韵味。特别是《醉花阴·用易安韵》一词，说句不客气的话，几乎是翻版了李清照的《醉花阴·薄雾浓云愁永昼》，李清照的影子叠印在许词的字里行间，只是许词写得更大胆暴露些，两首词所写的时令虽不同，但那种"怨妇"情结是一样的，都为伤春悲秋而自受煎熬，李清照于"佳节又重阳"的日子里因为"薄雾浓云愁永昼"，在"东篱把酒黄昏后"，虽"有暗香盈袖"，却孤伴"玉枕纱厨"，独望"帘卷西风"，自感"人比黄花瘦"了。她悲的是秋的萧索、凄凉，国破家亡，亲人离散，南渡客居，孤苦度日。许心影写的是"佳节又元宵，叠鼓喧阗，帘外箫声透"。好一派热闹气氛！但她因为"自从那日分襟后，啼痕满秋袖"，"顾影无俦，魂共冰肌瘦"。人群为元宵佳节欢声同庆，而她顾影自怜，思春伤春，与易安词何其相似乃尔！

读许心影的词，有一个最突出的感觉是声律和谐。许词多为中调，三字句、四字句较多。三字句的平仄格式大多是截取五言律句的后三字，即"平平仄""仄平平""平仄仄""仄仄平"等。许词中的"低徊久""挑灯起""珠方阻，秋波皴"等都用"平平仄"式；"雁纷飞""困于稽""纵豪情""对清秋"等用的是"仄平平"式。其他的"平仄仄""仄仄平"式和拗句格式还有不少，限于篇幅，这里不再赘述。这些三字句，或对仗，或单独使用，都用得恰到好处，使句式、语境流畅自然。四字句多截取七言律句的前四字，

格式如"平平仄仄""仄仄平平",而少数"平仄平仄"的拗句较少用。集子中有不少四字句用得很好。像"绣枕轻凉，罗衿薄冷"，"漫野黄沙，横山碧树"，"乱世哀多，劳生任重"。这些句子都为"仄仄平平""平平仄仄"的偶句，格式整齐，对仗工整，语意鲜明，耐人寻味。五字句与七字句大多是律句，许词中的这类句子，写得甚为工整，像"门墙此日少时雨，桃李他年多怨尤"。用的是"平平仄仄仄平平"和"仄仄平平平仄仄"的律句。七字以上的长句，按词的格律要求也是常见的。这样的句子，有的是上三下五的八字复合句，有的是上三下六的九字复合句。填词时，词人常以首字去声引领后面三字或四字，使之提顿，如许词《满庭芳·步韵报少华》中的"叹迩来、病酒销尽诗肠"一句中"叹"为去声，首字引领下文表提顿。再看另外几首《满江红》和《金缕曲》，词中这种类型的句子如"谢西风、吹得片帆归，故人至"；"请为渠、再唱大江东，铜琶碎"；"尽等闲、漫把毫端弄"；"笑东君、无力为渠主"；"试屈指、芳心愁绝"。这些句子的第一个字用去声以起提顿作用，第三个字后面都应标顿号"、"，这样才合词牌断句的要求。

　　词的用韵也很重要，因为它原本就要求配乐使之便于歌唱。许词用韵绝大多数都符合词牌的用韵要求，可见作者的古典诗词修养和韵律功底的精深。集子中的各首词押韵大多用得妥当，不过，我个人认为，还有一些字词可以更加考究。比如，《高阳台》一词，全词押的"麻"部韵脚，而最后一句"若明宵，真个相逢，定不由他"中的最末一个字"他"押的韵就不妥，因为"他"的韵部不是"麻"而是"歌"，"麻"部是独用的韵部，其他韵部的韵不能混用，我想诗人可能是把潮音混押了，假如让我为她订正，可以把"定不由他"改为"本利相加"就好了，因为"加"字属"麻"部，全首词在押韵上就没问题了。

　　上面论及种种，是我个人见解，恰当否？权作引玉之砖吧！

2013 年秋于汕头

许心影《蜡梅余芬别裁集》释读

刘文菊

据许心影之子许在镕回忆，许心影有诗集稿《听雨楼诗稿》，后与其词作合编为《蜡梅余芬集》二册，辑有诗词近三百首，可惜该诗词集于 1961 年由侨居新加坡的许家亲属带去新加坡谋求出版，事未成，集子竟散失无踪，今只幸存由她自己编定并手抄的《蜡梅余芬别裁集》一卷。这卷词稿后收入其父许伟余《庶筑秋轩文稿》文集中，于 1998 年 8 月刊行，许心影外甥女李坚诚老师说，这个文集是由亲友们捐助自刊的，校对印刷比较仓促，故而错漏也较多。

我收集到一册《蜡梅余芬别裁集》手抄本的复印本，是 2010 年汕头大学李魁庆老师赠送的。李魁庆是许心影第一任丈夫李春镐的女儿，她说自己是在父亲去世之后才开始整理相关文献史料的，关于许心影的一些细节现在都无从查对了，只有一些亲友的回忆片段，非常可惜。她将寻找许心影研究线索的一些经过写成文章《潮籍女诗人许心影》，发表在《鲁迅研究月刊》2008 年第 1 期上。

一、词稿内容梗概

《蜡梅余芬别裁集》45 首词的主题大致包括三个方面：

第一，抒发祖国沦陷敌手的悲愤。这些词写在抗日战争期间，诗人满怀愁绪，为国为民担忧，面对满目疮痍的祖国，悲愤异常，表达出坚决驱逐日寇侵略者的雄心壮志。词稿的主旋律是慷慨悲凉，豪迈悲壮，表现出高昂的抗日斗志。如第一首《忆旧游·次汪精卫韵以讥之》中的"看万箭歼仇，千戈戮敌，祭孙陵"，表达了对卖国求荣的汉奸的切齿之恨，以及誓将叛贼戮杀复仇的强烈愿望。第八首《浣溪沙·次太康韵，并报绿蕊》中的"纸上谈兵空自慰，可怜胡骑遍中州，何时拔剑报斯仇？""野草闲花犹斗娇，九州沦陷夜迢迢，金樽酒浅恨难销。剩水残山风月暗，那堪重听倭娘箫？浮生瞬息思如潮。"表达了自己空有满腔杀敌豪情却无法驰骋沙场的悲凉。九州沦陷，满腔仇恨，借酒浇愁，无以遣怀。第三十三首《庆春泽·元旦为民报作》中"仇雠未灭家何在？寄雄图、战马征鞍。莫长叹，此际亡胡，指日师还"，表达了抗战必胜的坚定信念。

第二，表达鸿鹄之志无法实现的慨叹。诗人是在青年时代就喜爱在惊涛骇浪中奋然翱翔的白鸥，取笔名为"白鸥"，寓意此生能像白鸥一样生活得自由自在、海阔天空、潇洒飘逸。心怀壮志的她早年在上海大学读书时就加入了共青团，立志报效祖国。1927 年在武汉革命政府妇女部任文书，积极投身革命的斗争洪流中。可是，回到家乡后，世事沧桑，局势动荡，满腔抱负，无法施展，空自嗟叹。如第二首《高阳台》中"奔龙伏虎纷驰骛，叹灵槎、不下江浔。只凭它，碎辇残车，匍匐荒林"。即慨叹当年的雄心壮志如今已破碎不堪，徒然敝弃在荒山野林。第五首《高阳台·西林有八桂之行，用其韵赠之》中"飘潇我自伤孤寄，任壮怀未老，悲总相侵。为问乡园，杜陵愁亦难禁。翩飞有翼凌霄去，唯寒鸦、才托疏林。骋雄心，顷刻扶摇，碧落谁寻"。表达了对壮志凌云、自由驰骋的友人

许心影研究

的钦佩之情，而唯有自己萧条失意，孤独凄寒。

第三，抒发了对凄凉身世的悲鸣。抗战时期，诗人在潮阳峡山、揭阳古沟、揭阳乔林、普宁洪阳等地辗转任教。时值抗战的艰苦时期，家乡沦陷，荒山凋敝，民不聊生。此时，诗人的丈夫黄正言远渡新加坡，战事隔绝，杳无音信，她独自带着两个幼小的女儿和刚出生的儿子隐居乡下。孤寂愁苦，艰难异常，国破家亡，丈夫无音信，身世和心境都颇似晚年的李清照，故在词中抒发了凄凉之感。如第三首《沁园春·用太康韵》中"醉墨题忧，狂笔吟愁，销尽秋魂。喜今宵客里，举杯邀雨。金徽飞调，酒浥罗裙。乱世哀多，劳生任重，转瞬芳年沉夕氛。低徊久，听轻风带叶，玉绢留痕"。抒发了芳华凋零、孤独漂泊的乱世哀愁，读来令人肝肠寸断。第十二首《醉花阴·用易安韵》："皎皎银光明如画，玉霭袭香兽。佳节又元宵，叠鼓喧阗，帘外箫声透。自从那日分襟后，啼痕满秋袖。强说不伤情，顾影无俦，魂共冰肌瘦。"这与李清照《醉花阴·薄雾浓云愁永昼》极其神似，抒发别离后对亲人的刻骨思念之情，真切感人。

这三方面的主题在多数篇章里是交融在一起的，诗人将国家遭到侵略后山河破碎的忧患、心怀壮志却无法施展的苦闷与个人身世飘零的凄凉熔为一炉，满腔的悲愤都化作清泪，借酒浇愁，赋诗遣怀，呕尽心血，成就这一首首流着血泪的篇章。

二、词稿扉页题词释读

这一词集手稿的扉页上有一首蔡起贤先生的题词：

临江仙

蔡起贤

白鸥词人蜡梅余芬词稿本，1942 年余曾为题词一首。十年动乱，稿本已佚。近其妹如雅于废簏中，捡得其自书定稿《蜡梅余芬别裁集》一册，存词仅四十余阕。然易安生平，苏辛风味，一脔之尝，盖亦足矣。为补题一阕。

曾是归来堂上客，不闻漱玉声声。磐沟片月尚分明，依稀环佩响，犹有暗香生。
卢橘上林开次第，漫赢记梦龙城。伤心无地觅鸥盟，同看新岁月，灼灼少微星。

在这里，蔡先生提到许心影已经丢失的《蜡梅余芬词稿》，讲明《蜡梅余芬别裁集》的由来，交代补题一词的缘由，并深情回顾了与诗人在揭阳古沟任教时的难忘岁月，表达了对挚友的深切悼念之情。蔡先生用"易安生平，苏辛风味"来评价这卷词稿，可谓精准独到。"易安生平"是概括许心影的身世，像晚年的李清照一样飘零凄凉；"苏辛风味"是概括许心影的词风，像苏轼和辛弃疾的豪放词一样慷慨悲凉。

李魁庆老师说，《蜡梅余芬别裁集》的复印本是郭马风的女儿郭平阳转赠的，故而，封面上有郭马风的藏书印章。在扉页上同时还有一段郭马风写的小记：

《蜡梅余芬别裁集》是先岳母许心影白鸥女士词稿之《蜡梅余芬词稿》的一册。昔岁尚有《白鸥词》刊行，惜与其他诗文、小说、潮剧本俱佚。起贤老再为题词影印以存。诸亲为收，若发现有其存稿者，望告。

汕头市地方志办公室郭马风
一九九三年十二月

郭马风系许心影大女儿许秋子的丈夫，他在 1993 年 12 月复印了《蜡梅余芬别裁集》送给诸亲收存，并敬告诸亲留心寻找许心影散失的诗词作品。他提及许心影散失的《白鸥词》《蜡梅余芬词稿》以及其他诗文、小说、潮剧本，言辞之间饱含着对许心影诗词作品的珍惜和惋惜之情。

三、词稿释读举例

我非常喜爱这册词稿，所以尝试着选择其中几首词做一个简单的释读，求教于方家。

忆旧游

次汪精卫韵以讥之

慷慨悲歌日，只影单刀，志在亡清。节侠空陈迹，叹冤禽老去，逐梗随萍。记否荆湘旧梦，沧海已曾经。甚塞马方嘶，胡尘犹剧，遽赋飘零。

翻云更覆雨，任蕊洞芝谢，荞自偷荣。玉轴成灰后，只豺牙密厉，魍魉无声。五国城中臣虏，青史果留馨？看万箭歼仇，千戈戮敌，祭孙陵。

《忆旧游·落叶》是汪精卫 1938 年 12 月从重庆逃亡到越南河内不久所作。"叹护林心事，付与东流，一往凄清。无限留连意，奈惊飙不管，催化青萍。已分去潮俱渺，回汐又重经。有出水根寒，擎空枝老，同诉飘零。 天心正摇落，算菊芳兰秀，不是春荣。慽慽萧萧里，要沧桑换了，秋始无声。伴得落红归去，流水有余馨。尽岁暮天寒，冰霜追逐千万程。"汪精卫叛国逆民，公开向日本谄媚，汉奸嘴脸昭然若揭，却在词中为自己可耻的叛国行径辩解，涂脂抹粉掩盖丑行，死心塌地做了汉奸，还要伪装成"叹护林心事，付与东流，一往凄清"。许心影这首《忆旧游·次汪精卫韵以讥之》，无情揭露和抨击了叛国贼的狼子野心，辛辣讽刺和鞭挞了汉奸的虚伪奸诈，大义凛然，慷慨发誓"看万箭歼仇，千戈戮敌，祭孙陵"，只有戮杀国贼，方能复仇，表达了千万民众杀敌报国的昂扬斗志，颇有女中豪杰的气概。1927 年，许心影在武汉国民政府参加革命，目睹了汪精卫"7·15"反革命政变，悲绝异常，回乡隐居。1938 年，汪精卫叛变，再次陷国家于水深火热之中，新仇旧恨，化为歼敌复仇的万丈烈焰，诗人借诗词抒发了强烈的爱国主义情感。这首词风格遒劲有力，慷慨激昂。这开卷第一首词就奏响了《蜡梅余芬别裁集》强劲有力的爱国主义主旋律，与抗战时期的时代最强音遥相呼应，展示出诗人非同凡响的艺术魅力。

高阳台

漫野黄沙，横山碧树，云岭更觉秋深。朝雨凄迷，为谁湿透罗襟？奔龙伏虎纷驰骛，叹灵槎①、不下江浔。只凭它，碎辇残车，匍匐荒林。

凄凄望断旗亭路，只斜阳古道，伏兽栖禽。旅舍孤灯，怎堪夜漏沉沉。渠侬②因甚无消息？教寒鸥、愁听疏砧。握纤毫，万绪千条，揉损芳心。

撼树西风，沉峰落照，征途万点归鸦。怪石嶙峋，平原一片荒沙。萦回栈道车初败，问孤村、底处堪家？念伊人，故不相期，无限咨嗟。

残灯欲烬难成梦，叹惊魂未定，月已西斜。鼙鼓频催，何方倩得灵槎？千山万水伤漂泊，拥寒衾、绮恨如麻。若明宵，真个相逢，定不由他。

这首词共四阕，抒写了深秋之时，诗人独自客居异乡的凄清与寒冷，表达了其与丈夫分离后的愁苦和渴望相聚的思念之情。词风纤细婉约，凄清哀婉，缠绵悱恻。

沁园春
用太康韵

醉墨题忧，狂笔吟愁，销尽秋魂。喜今宵客里，举杯邀雨。金徵③飞调，酒浥罗裙。乱世哀多，劳生任重，转瞬芳年沉夕氛。低徊久，听轻风带叶，玉绢留痕。

横空唯有浓云，倚珠簟仍希碧皎轮。任银烛光落，青窗人寐。炯炯星影，万里凝尘。绣枕轻凉，罗衾薄冷，应谢醇醪④为我分。挑灯起，尊罍⑤在案，重谱回文。

这首词与上一首《高阳台》主题和风格相同，描写诗人在漫长孤寂的秋夜，借酒浇愁，赋诗遣怀，把对丈夫刻骨铭心的思念之情书写在诗词中。

汉宫春

夐夐⑥河梁，有当年杨柳，绻绻依依。谁将星汉遥阻，桂棹轻移？烽烟万里，神州路、鹤唳鹃啼。只唱得、阳关半叠，渭城朝雨凄凄。

此去迢迢异域，愿惊涛骇浪，莫湿征衣。深情岂在旦夕？何限心期。胡尘未断，诉幽衷、且借灵犀。因谱就、新声数韵，今夜共讯芳卮⑦。

这首词与前文的《高阳台》《沁园春·用太康韵》主题和风格类似，诗人回忆与丈夫告别时的缱绻深情。原计划丈夫先去新加坡站稳脚跟，再接妻儿团聚，可如今抗战爆发，

---

① 灵槎：亦作"灵查"，指能乘往天河的船筏，也指船。

② 渠侬：方言词，指"他"或"她"。

③ 徵：zhǐ，古代五音之一，见"五音者，宫、商、角、徵、羽"。

④ 醇醪：chún láo，指味厚的美酒。

⑤ 罍：léi，指古代一种盛酒的容器。

⑥ 夐夐：xuàn xuàn，指长貌或孤单貌。

⑦ 卮：zhī，古同"卮"。指古代酒器；古代一种作染料用的野生植物，可制胭脂；支离。

音信阻隔，夫妻天各一方。诗人却没有因此而悲观绝望，祝愿丈夫在异国他乡一帆风顺。她坚信只要两心相通，自有灵犀，满怀憧憬，期待重逢的那一天。

高阳台
西林有八桂①之行，用其韵赠之

绿影横郊，香风匝地，偏思王粲登临。满眼河山，新亭此日忧深。铜驼荆棘②千古事，叹兴亡、何亡而今。试高吟，一曲江南，百转哀音。

飘潇我自伤孤寄，任壮怀未老，悲总相侵。为问乡园，杜陵愁亦难禁。翩飞有翼凌霄去，唯寒鸦、才托疏林。骋雄心，顷刻扶摇，碧落谁寻。

这首词表达了诗人对壮志凌云、自由驰骋的友人的钦佩之情，唯有自己萧条失意，孤独凄寒。

另外两首词《高阳台·步饶宗颐寄叶丈韵》与《满庭芳·次宗颐韵》是与饶宗颐相和之作。这两首词体现了《蜡梅余芬别裁集》的词风，有"易安"风味，抒发了诗人对山河破碎、民不聊生的忧患情怀以及个人漂泊无依、思乡思亲的凄凉感情。我在《饶宗颐与许伟余、许心影父女交游考略》一文中已经作了详细的解读，这里不再赘述。

总之，《蜡梅余芬别裁集》是一部值得仔细品赏的词集，是许心影词艺成熟时期的代表作。正如饶宗颐先生在《赠心影》一诗中所称赞的："白鸥居士性真挚，胸怀磊落无俗气。纵情豪饮醉赋诗，落笔修然有逸致。自标一帜傲词坛，才名久为人所企。"

---

① "八桂"是广西的代称。
② 铜驼荆棘："铜驼"指铜制的骆驼，古代置于宫门外。此词用以形容国土沦陷后残破的景象。

许心影与谷崎润一郎《富美子的脚》的译介

刘文菊　郑佩娟①

一、谷崎润一郎在中国的译介

二十世纪二十年代，由于新文化运动的影响和各种外来文艺思想的涌入，中国文坛呈现出一片繁荣活跃的景象。当时一大批留日学生回国，将日本唯美主义思潮带进来，掀起了一场文学热潮，其中，日本唯美主义文学流派的代表作家谷崎润一郎的影响力较大。谷崎润一郎在创作中极力体现"为艺术而艺术"的唯美主义思想，追求官能性欲的境界美，在日本文学史上颇有影响力。他对中国文学的影响不仅体现为他的文学成就，还有他的中国情结。他对中国的衣食住行、传统文化极为热衷，并且有所研究，他曾两次来中国旅行，写下《中国饮食》《昨今》等作品。谷崎润一郎的文学创作大致可分为三个时期，前期有小说《刺青》《麒麟》《恶魔》《饶太郎》《异端者的悲哀》《富美子的脚》等作品，表现了对人体的感官刺激以及病态享受的执着追求。中期主要有《细雪》《盲人物语》《刈芦》《春琴抄》等作品，主题仍然是表现肉欲性爱，但病态色彩大大减少，其作品展现的多是现代都市生活情形，并且逐渐显现出"古典回归"的倾向。后期主要创作有《钥匙》《疯癫老人日记》等，是"恶魔主义"的复萌与升华，与前期创作相似，这一时期的作品以"性变态"为题材，表现丑恶怪异的美，以更直白的方式描写老人力不从心的性行为和心理活动，以及在生死间寻找生命的价值与意义。谷崎润一郎虽是一个多产作家，创作风格也发生了几次变化，但小说主题却始终围绕着男女情爱所揭示的感官之美和以西方唯美主义思想进行审视的感官体验而展开，演绎扣人心弦的妖艳荒诞故事，从处女作《刺青》到晚年的《钥匙》《疯癫老人日记》等都表现出对世俗伦理的挑战。

1918 年，周作人在题为《日本近三十年小说之发达》的演讲中首次介绍了谷崎润一郎的文学创作。此后，谷崎的作品便相继被译介到中国。谷崎润一郎的作品在中国的译介经历了三个发展时期。第一个时期是 1928—1936 年，主要译介作品有：杨骚译《痴人之爱》，章克标译《谷崎润一郎集》[内收录《刺青》《麒麟》《恶魔》《二沙弥》《富美子的脚》(1931) 和《续恶魔》]，其中，《富美子的脚》为沈端先（夏衍）所译。查士元译《恶魔》，李漱泉译《神与人之间》，陆少懿译《春琴抄》，白鸥译《富美子的脚》(1931)。第二个时期是 1937—1948 年，三通书局在 1941 年和 1943 年分别出版了章克标翻译的《恶魔》《人面疮》等。第三个时期是从 1985 年至今，主要译介作品有：郭来舜、戴璨之译《痴人之爱》，郑民钦译《痴人之爱》，于雷、林青华、林少华译《恶魔》，吴树文译《春琴抄》，张进等译《春琴抄》，郑民钦译《春琴抄》，周逸之译《细雪》，储元熹译《细雪》，孙日明等译《乱世四姐妹》，竺家荣译《疯癫老人日记》，丘仕俊译《阴翳礼

① 郑佩娟（1990—　），女，汕头人。汕头潮阳河溪中学语文教师。2014 年韩山师范学院中文系毕业，主要从事中学语文教学与研究。

赞》，孟庆枢译《阴翳礼赞》等。其中，《富美子的脚》有沈端先译本和白鸥译本。

二、许心影与《富美子的脚》的译介

1928年3月，文学研究会在周作人创办的《小说月报》上刊登了由沈端先翻译的《富美子的脚》，1929年中国上海开明书店又出版了由章克标翻译的《谷崎润一郎集》，其中《富美子的脚》一篇仍选沈端先译本。1931年上海晓星书店再版了白鸥译的《富美子的脚》。这两个翻译版本，都可以在超星数字图书馆查阅到。

白鸥，原名许心影，曾与冯铿并誉为现代潮汕文学的两大才女。许心影的文学创作以典雅优美见长，文笔富有诗意和才情，这种文学风格也体现在她的翻译作品中。《富美子的脚》的许心影译本与沈端先译本的区别主要表现在语言风格方面，前者通俗，后者典雅。许心影译本不是依照原文直译过来，更讲究信、达、雅，遣词造句文白兼用，风格抒情诗意，行文流畅优美。两个译本做对比，可以发现许多细节上的差异。比如，小说中的男主人公家越先生与世隔绝，隐居郊外，将自己封闭起来，沈端先译本称之为"封翁"，许心影译本称之为"隐居"。小说中写到隐居和他的小妾相差几十岁，不可能产生爱情，沈端先译本为"只要不是疯子当然不会真的爱他"，许心影译本为"像这样的貌合神离，也是必然的事"。许心影译本用词也极为准确精练，如"素昧平生""骨鲠在喉，不得不吐""眠花宿柳，老入花丛""丰若有余，柔若无骨"等。同时，许心影在描述富美子的体态时，更侧重从神韵角度入手，写她的脚"仿佛是名手雕刻出来的"，各个指头上的指甲，是"几颗精元珍珠"，她倾倒的样子是"好比那被什么东西压迫将要飞起的小鸟"，无声的语言和细腻的内容相结合，显得十分灵动，深邃而又有无限的意境和想象空间。可以对比阅读两个译本的结尾：

在死前三十分钟，日本桥本家的女儿初子方才赶到。当然，这种奇怪、丑陋、滑稽、凄惨的光景，非使她目睹不可。她对于父亲的临终，与其说是悲伤，不如说是毛发悚然，差不多连坐着的勇气都没有而伏下了颜面。但是富美子却毫无异状，差不多都要说出"这是他叫我这样的"一般，仍然将脚放在老人脸上。在初子自身，不知道怎样的痛苦，但是富美子则因为对于本家的人的反感，所以为着轻蔑他们而故意装出得意的样子。不过，这种得意正好像对于病人给以无上的恩惠，因为富美子如此，老年人能够在无限的欢喜之内，断了他最后的呼吸。死去的封翁，大概将自己额上的美脚，看做从天上降下来欢迎他的灵魂的紫云吧。（沈端先译本）

在未咽气的三十分钟前，由日本桥本的家中赶来的他的女儿初子，当然看到了这种不可思议的、又浅薄、又滑稽、又凄怆的光景。她一面要悲哀她的父亲正在垂危，一面又有这种怪现象，使她毛骨悚然。然而在富美子一方面，倒是行所无事，仍然照着病人的吩咐，拿脚踏在他的眉心上。这在初子的心里，当然要增加一种悲痛，或者以为富美子，故意做出这种怪象使本家的人看见，表示瞧不起他们的样子。倒是富美子既然踏着，病人却是非常欢喜，他趁着她的美丽的脚踏在他的额头上的时候，恍惚天空降下紫云，迎接他的

灵魂似的，隐居便在这样的十分愉快之中，竟自溘然长逝了。（许心影译本）

三、《富美子的脚》的唯美主义思想

《富美子的脚》主要讲述一个名叫宇之君的年轻人要到举目无亲的东京读书，父亲便把他托付给远房亲戚隐居照料。在与他的接触中，他也渐渐成为最了解隐居的人之一，包括他的生活、他的爱好。离婚三次的隐居，在年过花甲之时娶了一个十六岁的妓女富美子做小妾，并对她的脚崇拜得几乎走火入魔。他每天的事情就是玩弄富美子的脚，即使到临终前，他都要富美子用脚踩着他的头才肯离世。而作为与隐居一样有"恋脚癖"的宇之君，在这过程中也同样得到了享受。小说虽没有跌宕起伏、惊心动魄的情节，但运用大量的笔墨配以各种动作、语言，尤其是心理等描写，将对女性的足过分膜拜的隐居和宇之君的奴性，如饥似渴、兽性大发的醉态都展现了出来，小说写得细致可感。其以独特的艺术视角、怪异的思想倾向，通过人物的日常生活、行为方式以及对事物的感受方式，从反面为读者阐释了作者理解中的"美"：美是人的本真追求，美是对社会的曲折反抗，美是极端病态的官能快感，美是颓废和沉沦，美是对女性的崇拜，美是对女性玩偶的虐恋，这部小说集中体现了谷崎润一郎独特的唯美主义思想。

在日本社会艺术极端功利化的当时，谷崎主张"艺术第一，生活第二"，表明艺术本身具有独立性和纯洁性，不应为任何目的尤其是功利性的目的服务。他在《金色之死》中写到："所谓思想，无论多么高尚也是看不见的，感受不到的，思想中理应不存在美的东西，所以其中最美的就是人的肉体。"[1] 在作者看来，美，尤其是女人的肉体美，能超越一切伦理道德、社会规范并达到极致。隐居一生追求梦想中的女人，"不满足平凡的美"，尤其要有一双"形式齐整"的脚，为此，他眠花宿柳，放荡成性，经历过三婚三离，遭受亲人的唾骂，而在最终如愿以偿，找到自己心中所想的女人富美子时，他一改常态，对她"自始至终，不曾冷过"，"却是特别"。在临终前，他无视女儿的存在与感受，让富美子用脚搁在自己铁青的额头上，"富美，你可怜可怜我罢！你可不可以把你的脚，踏在我的额头上？你肯答应，我是这样死了，也就甘心瞑目"。当富美子做出相应举动时，他的病容"仿佛像朝日照到要融的水上一样，感谢着无上的光荣静待死期到来"。这种病态的情爱、官能的狂热、虚幻的浪漫让整部作品脱离现实，充满怪异与反常。正如作者所说，"一切美的东西都是强者，丑的东西都是弱者"[2]，这种对美与艺术的独特见解和观念，颠覆了传统的审美观和对善的判断，构建了一个奇特的美的世界。

谷崎润一郎是一个彻底的美的服从者，他说自己是一个"对善不能真心，偏对精心的恶倾情"[3] 的人，他从不把美与善、道德、信念等所谓的崇高思想等同，他眼中的美能让人颓废、让人忘乎所以、超脱一切，让人更痛切地感受人生。在《富美子的脚》中，他以充满幻想和浪漫的笔调展示了一幅女性崇拜的人生图，表现了谷崎极端享乐的一面。他非

---

①　叶渭渠：《日本文学思潮史》，北京：经济日报出版社1997年版，第393页。
②　谷崎润一郎著，于雷等译：《恶魔》，北京：中国文联出版社2000年版，第3页。
③　奥斯卡·王尔德著，荣如德译：《道连·葛雷的画像》，北京：外国文学出版社1980年版，第82页。

常注重异常的、能刺激神经的东西，强调感官享受，追求感官刺激给人带来的快感。他说："女性的'足'是不可或缺的一部分，女性的'足'就是美的象征，是官能快感的唯美化、艺术化的集中体现。"① 隐居常常关着屋门，叫富美子坐在床上，他自己躺在地上，仿佛像狗一样，去嗅她的脚。在他弥留之际不能进食时，还要求她用脚指头夹着棉花，蘸米汤喂到他嘴里才肯吃。在临终前，他让女人用脚踩自己的脸才愉快地"溘然长逝"。谷崎润一郎在作品中习惯用一种非理性的、主观的、幻觉的视角去审视万物，恣情纵欲，刻意追求充满感官享受的"纯美"，利用怪异题材和变态情感创造具有浓郁、病态感的作品。如《刺青》《饶太郎》《异端者的悲哀》等都反映了作者对病态的官能美的热忱。

谷崎润一郎笔下绝大多数的女主人公，都是漂亮却没有灵魂，更是没有思想、没有道德的，她们的肉体越是漂亮，灵魂就越是丑恶，但这样的女人，却使作者笔下的男子为之沉沦，为之颓废。《富美子的脚》中妓女出身的富美子为人妻子却不守妇道，在丈夫病重的情况下还去跟其他男子私会，这样的女子本该受众人唾弃，但作者对她的行为丝毫没有批判，反而借着老人的心理传达他对女性美的绝对追崇。他对女性身体部位的过分痴迷、过分迷恋，表现出为"美"颓废、为"美"沉沦的态度，这实际上体现了作者的创作理念——"美即强者"，在美的面前，男人绝对服从。这样的作品很多，如《痴人之爱》的女主人公不仅背着抚养她成人的丈夫在外肆意偷情，回家还把他当成马又骑又打，而她丈夫却甘心做牛做马。还有《春琴抄》《刺青》等，这些作品中的女子性格不同，却都貌美如花，魅惑人心，她们有些甚至蛇蝎心肠，淫乱成性，不顾社会道德的约束，作品中的男性却为之顶礼膜拜，甘心服从。"谷崎润一郎的作风是以空想和幻想作为生命，意味着不涉及现实的正道。用一句话来说，就是罗曼蒂克。这意味着他通过不应有的世界、恶魔般的艺术，发挥了使读者陶醉的魔力。"② 吉田精一道出了其唯美、病态、颓废的恶魔主义特质。章克标曾说："他的世界是超越了现实和人生而存在的世界……不能用人生什么什么来批判的。在他没有革命不革命，思想不思想的，他的作品中只有感情情调。"③ 谷崎润一郎这种对美的极端崇拜正是对现实不满的表现，是对美好事物、美好人生的极度渴求，是在丑陋、令人厌恶的现实中对自我内心、自我情感的召唤。

四、《富美子的脚》的男权思想

谷崎的文学创作将现实所存在的道德观、价值观等几乎略过不谈，只是把女性作为唯一的精神追求，对女性进行讴歌、刻画和赞美。富美子虽不喜欢隐居，但为了得到他的财产而嫁给他，隐居一死她便跟一个唱旧戏的结婚了。这样的女人却使隐居和宇之君将思想、精力全盘倾注，为之断魂，甘心充当她的奴隶，将她捧到神的位置，对女性的感官进行膜拜。这种崇拜本身就是畸形的，隐居老人对富美子百般呵护，实际上是来源于一种恋物癖心理，即建立在满足自己欲望的前提下，把她摆在至高无上的位置，甘心像狗一样拜

① 齐珮：《日本唯美派文学研究》，北京：中国社会科学出版社2009年版，第133页。
② 吉田精一：《耽美派作家论》，东京：樱枫社1981年版。
③ 谷崎润一郎著，章克标译：《谷崎润一郎集》，上海：开明书店1929年版，第7页。

许心影研究

倒在她的脚下，但从不问也不在乎富美子是否乐意，这是一种男权思想的体现。他们对女子进行精神压迫与形体摧残，强迫女子满足男性变态的审美需要，是对女性的贬低与损害。可以说，富美子是男权社会中被"异化"的女性的代表。隐居和宇之君在美面前丑陋、颓丧的病态表现，实际上也揭露了男权社会对女性的奴役。

在谷崎润一郎的许多虐恋作品中，男人都甘心充当女性的奴隶，女人似乎高高在上，但其实他们并不把女人当作真正的人来看待，只是将之视为满足男人欲望的玩偶，女人全部的价值只在于她们的美貌。在谷崎润一郎的笔下，我们几乎找不到"爱情"这种情感，男人既不关心她们的生活状况，也不关心她们的心理情感，他们关心的只是她们独有的美貌，注重的是肉体所能带给他们的快感和美感。这也是在男权社会下，女性成为男性利用的工具的体现。这些女人总是那么美丽，让人仰望，但实际上她们不是独立存在的个体，她们依附男性而存在，是男性发泄肉欲的对象，是男性欲望的俘虏。她们表面上是让人仰望的女神，实际上是男性手里的玩偶。

许心影的一生特立独行，反抗世俗，反抗男权，她的创作自始至终关注女性的命运与发展，表现出新时代女性的觉醒与抗争，呼吁妇女解放。发表于 1931 年的长篇小说《脱了牢狱的新囚》塑造了一个脱了婚姻牢狱的旧徒，变成苦闷时代的新囚，再成为迷途的漂泊者——知识女性曼罗的形象，表现了新女性在自我解放之路上的生存困境和精神苦闷。《富美子的脚》中所体现出的男权社会下女性丧失独立尊严、将自身依附于男权而存在的社会现实引起了许心影的关注与思考，这也许是她翻译《富美子的脚》的初衷。

许心影作品选

古典诗词

蜡梅余芬别裁集

忆旧游
次汪精卫韵以讥之

慷慨悲歌日，只影单刀，志在亡清。节侠空陈迹，叹冤禽老去，逐梗随萍。记否荆湘旧梦，沧海已曾经。甚塞马方嘶，胡尘犹剧，遽赋飘零。

翻云更覆雨，任蕊凋芝谢，莠自偷荣。玉轴成灰后，只豺牙密厉，魑魅无声。五国城中臣虏，青史果留馨？看万箭歼仇，千戈戮敌，祭孙陵。

高阳台

漫野黄沙，横山碧树，云岭更觉秋深。朝雨凄迷，为谁湿透罗襟？奔龙伏虎纷驰骛，叹灵槎、不下江浔。只凭它，碎辇残车，匍匐荒林。

凄凄望断旗亭路，只斜阳古道，伏兽栖禽。旅舍孤灯，怎堪夜漏沉沉。渠侬因甚无消息？教寒鸥、愁听疏砧。握纤毫，万绪千条，揉损芳心。

撼树西风，沉峰落照，征途万点归鸦。怪石嶙峋，平原一片荒沙。萦回栈道车初败，问孤村、底处堪家？念伊人，故不相期，无限咨嗟。

残灯欲烬难成梦，叹惊魂未定，月已西斜。鼙鼓频催，何方倩得灵槎？千山万水伤漂泊，拥寒衾、绮恨如麻。若明宵，真个相逢，定不由他。

沁园春
用太康韵

醉墨题忧，狂笔吟愁，销尽秋魂。喜今宵客里，举杯邀雨。金徽飞调，酒浥罗裙。乱世哀多，劳生任重，转瞬芳年沉夕氛。低徊久，听轻风带叶，玉绢留痕。

横空唯有浓云，倚珠箪仍希碧皎轮。任银烛光落，青窗人寐。炯炯星影，万里凝尘。绣枕轻凉，罗衾薄冷，应谢醇醪为我分。挑灯起，尊罍在案，重谱回文。

汉宫春

叠叠河梁，有当年杨柳，绻绻依依。谁将星汉遥阻，桂棹轻移？烽烟万里，神州路、鹤唳鹃啼。只唱得、阳关半叠，渭城朝雨凄凄。

此去迢迢异域，愿惊涛骇浪，莫湿征衣。深情岂在旦夕？何限心期。胡尘未断，诉幽衷、且借灵犀。因谱就、新声数韵，今夜共讯芳卮。

高阳台

西林有八桂之行，用其韵赠之

绿影横郊，香风匝地，偏思王粲登临。满眼河山，新亭此日忧深。铜驼荆棘千古事，叹兴亡、何亡而今。试高吟，一曲江南，百转哀音。

飘潇我自伤孤寄，任壮怀未老，悲总相侵。为问乡园，杜陵愁亦难禁。翩飞有翼凌霄去，唯寒鸦、才托疏林。骋雄心，顷刻扶摇，碧落谁寻。

鹧鸪天

惠柏卒业，词以勖之

落拓天涯几度秋。漫将诗酒补貂裘。门墙此日少时雨，桃李他年多怨尤。

烽火里，一扁舟。从今江海任沉浮。翩然搏翼凌霄去，莫顾惊风与怒流。

满江红

赠六云，时将往桂

夜雨潇潇，山村里、荒禽凄泣。纱帐上，丝丝缕缕，牵愁如织。休道相逢已恨晚，应怜聚首只今夕。算输他、帘外两呢喃，无离隔。

银管动，骊歌急。金尊尽，繁弦息。问天涯何处，羁留双翼？猿鹤三春悲树圮，风云四海惊涛急。踪雄心、一步到青空，千波碧。

浣溪沙

次太康韵，并报绿蕊

惆怅光阴如急流，归来倏忽三番秋，河山满眼怕登楼。纸上谈兵空自慰，可怜胡骑遍中州，何时拔剑报斯仇？

浩劫沉沉压岭南，徒吟恨赋忆江淹，颓垣断井情何堪？旧迹千般悲未雪，新痕叠叠又重添，哀愁何止今朝兼。

兰有秀兮菊有芳，怀沙空剩恨千章。帝秦孰不心凄伤？读史唯哀逝易水，谁怜垓下泣红妆？鸿门底事不思量。

野草闲花犹斗娇，九州沦陷夜迢迢，金樽酒浅恨难销。剩水残山风月暗，那堪重听倭娘箫？浮生瞬息思如潮。

三岛樱花到翠屏，中原梅落似繁星，包胥枉自哭秦庭。一水之间若隔世，唾壶击缺犹伤情，敲愁斜雨复声声。

一叶扁舟如泛萍，恨无只手拯苍生，飞鹏息翼在南溟。极目乡园成劫烬，从今忍见月华明，江头落雁声凄泠。

冷落山村谱小词，胡笳处处哀文姬，当初历乱实凄其。风雨潇潇夜黯黯，残灯寂寂愁丝丝，奋飞碧落待何时。

歧路彷徨意自酸，寰球扰扰起争端，于今何处得夷安？遗老呼号因世乱，杜鹃泣血缘春残，苍天何日解危艰。

满江红

赠陈国梁先生

岭海潮生,看鲸鲵、崩山陷泽。有仙侣,苍崖高坐,点头叹息。诗酒舒怀猿鹤舞,琴书寄慨风云激。更炉锤、随意铸英豪,靡朝夕。

新亭泪,何须滴?尘世事,知胡极。只一汀芳草,乍惊沉碧。作赋难销今古恨,吟骚更惹身世戚。念故人、且喜此青山,今犹昔。

贺新凉

别矣愁千缕。念渠侬、乘风破浪,浩然南去。作客天涯吾亦惯,只道鹧鸪声苦。况兼是、烽烟钲鼓。异域风光徒旖旎,终怜他、此日成孤旅。家国泪,应如雨。

蛮笺写尽凄凉句。怕飞鸿、荒林息翼,不传新语。才薄词悭虽有恨,难续江郎别赋。又诉得、相思几许。莫向银天悲只影,把琴心、暂寄瑶筝柱。凭妙曲,止离绪。

满庭芳

步韵报少华

故国秋残,殊方人远,岁暮箫鼓喧扬。闲阶凝伫,叠嶂峭重岗。当日楼台在望,低徊处、绿遍修廊。西风里,重伸故约,鸥鹭隔汪洋。

寒宵眠未稳,搴帘抱月,玉露沾裳。叹迩来、病酒销尽诗肠。极目胡尘滚滚,那堪问、许史金张。萦思久,栖鸦影乱,梧叶正飞飏。

醉花阴

用易安韵

皎皎银光明如画,玉霭袭香兽。佳节又元宵,叠鼓喧阗,帘外箫声透。

自从那日分襟后,啼痕满秋袖。强说不伤情,顾影无俦,魂共冰肌瘦。

江城子

有　赠

江头烽火正凄迷。雁纷飞,燕纷飞,避地练江,仙间借栖迟。极目乡关何处是?哀故国,已支离。

感君高谊与云齐。困于稽,宅于稽。无限豪情,青眼到征儿。丝织平原应有待,先将意,托小诗。

江城子

赠林贻盛先生

乾坤偌大醉里休。倩金瓯,释年愁。五斗余醒,壮气欲吞牛。谁说蛟龙池里物,云起处,九天游。

炉锤冶炼群英收。挽狂流,辟荒丘。报国书生,今古慨同仇。藐矣扶桑胡足虑,歌一阕,送行舟。

满庭芳
步惠柏韵，寄六都诸子

孤雁横空，哀蛩叫野，古渡骤觉荒寒。征帆过处，残照罩秋山。夹岸萧萧落木，疏篱外、曲水回峦。烟波里，胡尘塞马，何日远人间？

秋光无限好，黄花紫蟹，绿酒华筵。只魂飞南浦，歌叠阳关。寂寞门墙桃李，盼时雨、此意堪怜。伤情久，引商击羽，余韵绕阑干。

满江红
寄怀子由曲江

秋色横空，雁声紧，催来佳节。榕江畔，征帆斜挂，几番伤别？棠棣挺芳香未减，胡尘不断忧难灭。叹姮娥、圆缺已三秋，犹弹铗。

冰轮辗，清光澈，琼杯举，壮怀烈。问妖氛，何日远离天阙？瞬息浮生胡足计，诗书世业休抛撒。运秋毫、写我气浩然，如明月。

满江红
寄怀仲廉昆明

秋漫平原，蒹葭怨，秋波凝绿。层台外，秋峰似黛，秋云如縠。秋雁声凄心缱绻，秋霜凛冽怀矜肃。叹滇池、烽火弥秋空，惊羌笛。

人万里，归难卜。家何在，泪盈掬。况登高望远，河山满目。尊酒漂零今已惯，毕生功业何时足？向中秋、人月应双清，遥遥祝。

满江红
示伯图勉以奋飞

少小宏才，春风里，英姿隽秀。渊源溯，诗书名族，陇西华胄。游刃有余书与画，焚膏无间诗与酒。挺惠思、戛玉复敲金，赢琼玖。

乡梦远，秋山瘦。珠方阻，秋波皱。喜秋虹呈彩，秋怀依旧。悔把芳龄填恨海，忍将壮岁沉红袖。看凌空、一步到天池，奇功就。

庆春泽

烽火横空，断鸿零雁，定高日夕以悲绪告，词以悟之，时壬午仲秋上浣也。

飒爽英风，凌霄壮志，少年头角峥嵘。越岭横峰，朝阳耀此初程。芳林艺苑钟奇秀，问天资、凤舞龙腾。纵豪情，飞步黄宫，搏翼青溟。

湄河旧事何堪记？恐金炉烟冷，瑶圃香零。烽火迷空，征鸿乍及芝庭。秋光矜肃怀宜远，到春来、月好花荣。待功成，一曲高歌，万顷波平。

满江红

秋居感怀，并赠溥霖

黛染秋山，烟波上、青毡重试。疏林外，关河冷落，万荆千刺。雾黯北溟燕雀笑，霜凝南浦魑魅喜。谢西风、吹得片帆归，故人至。

当年事，犹堪记。鹭江畔，黄宫里。只纤毫歌怨，秋怀如水。锦雁来时吟杜若，花骢去处联芳蕊。到而今、书剑两漂零，遭天忌。

满江红

秋日登层台闻歌感赋，即赠餐霞

烟敛琼楼，飞星动、悔来人世。挥艺腕，琳琅珠玉，一番新丽。歌遏行云尘虑绝，弦惊塞雁诗魂至。请为渠、再唱大江东，铜琶碎。

狡兔尽，良弓弃。荆璞获，卞和死。慨兴亡，千古熬煎如例。饮我半瓯醍醐酒，谢他无数狐狸视。对清秋、依旧祝芳华，凭谁淬？

满江红

题启贤君沙溪词集

彩笔凌云，叹才调、江郎重见。初赋罢，轻霞笼月，玉绳低转。豆蔻词工春色好，池塘语隽秋魂断。算城东、仲则最年青，豪华冠。

烽火起，尘氛漫。乡梦阻，愁难唤。喜簧宫仙侣，可群可怨。南浦情生丝万丈，新亭泪陨词成卷。笑飞鸥、醉墨谰俚言，何堪赞。

满江红

赠李木英女士

岭表春霞，乍凝就、鮀江佳丽。陇西上，泠然壁立，出尘潇洒。玉骨冰肌天赋予，凄凉坎坷为谁赐？叹云山、珠海雾纷纷，惊荆杞。

英姿美，豪情挚。慷慨处，鬼神避。纵琼觞醇酒，渠侬一醉。扁鹊由来称国手，慈帆此日仍应世。问夫人、醉后倩谁扶？子陈子。

金缕曲

桂魄何其丽。叹人寰，蛮蜗角力，痴绳争利。缺月凄凄风浩浩，慷慨悲歌以逝。念当日、豪情堪记。雨湿茜窗宵初静，展芳唇、腻露杯杯试。银烛动，光凝蕊。

几番落叶伤飘坠。况兼他，更残夜永，旧欢难继。挥笔无从愁未却，寸寸成灰往事。偶回首、兰心拼碎。今夕倚声讯天籁，愿渠侬、长健清秋里。杯中绿，且沉醉。

金缕曲

玉露凋枫叶。讯青霞，西风势紧，浓霜威烈。帝子魂归人已倦，那禁寒蛩泣血。试屈指、芳心愁绝。往昔豪华何足道，到而今、苦酒杯杯喝。无逸兴，屡弹铗。

高歌一曲音呜咽。忍频闻，惊天羯鼓，扑原磷骨。塞马胡尘何日已？谁念当年英杰。

问人世、几番秋月。东去浔阳犹有恨，怕琵琶、此际轻轻拨。思燕市，击高节。

点绛唇
赠玉霞

飒飒东风，吹来繁雨千枝震。落红成阵，骤觉春将尽。

何事低徊，轻把闲愁引？歌声紧。沈腰潘鬓，只怕芳心损。

高阳台
步饶宗颐寄叶丈韵

烽火迷空，哀鸿漫野，啼鹃叫碎春心。已过端阳，轻寒犹袭锦衾。客怀无奈欢难续，握芳厄、月掷墙阴。夜沉沉，敢学楼东，试作高吟。

金笺彩笔怜才尽，况乡关梦远，庾信愁深。濩落生涯，哪堪长托疏林？惊他奇句翩飞处，似游龙，轹古凌今。忧难任。鮀水韩山，何日登临。

满庭芳
次宗颐韵

薄醉愁深，浮生梦短，天涯客子何归？余醒一枕，银月早斜西。惆怅年时旧事，蓦回首、烟物都非。疏帘卷，炉香袅袅，谁与诉心期。

风尘漂泊际，春蚕濒死，犹结柔丝。正星河雁过，情对残棋。彩笔空题恨句，甚闲绪、絮逐花飞。凝望久，摇红烛影，酸泪湿缃衣。

满江红
赠孙德英女士

紫醉红酣，娇做就，纷绯香色。亭立处，嫣然一笑，众芳谁惜。玉骨瘦时缘病惹，冰肌销也因愁溢。喜檀郎、忙里总相怜，惊倾国。

挥纤指，调殷碧。纵银毫，染楮织。问名媛闺秀，有谁堪敌？咏絮才高何足道，璇玑织锦讵能匹。愿天君、岁岁留好春，欢无极。

金缕曲
赠王显诏先生

伟哉王夫子，立人寰，冰清玉洁，皎然尘外。神笔挥时风云动，何况青山碧水。早艺就、成行桃李。击节高歌渊鱼耸，更豪才，直溯僧虔字。看劈易，赵千里。

烽烟滚滚横空起，遍天涯，南翔北弋，蛰居无计。滥竽齐门逢诗侣，忘却寒乡寒意。濯闲愁、孤怀深致。墨海淋漓惊恣纵，似醍醐灌醒蓬心矣。歌一曲，致钦企。

高阳台
甲申双十，为民报复刊作

照野旌旗，横川金鼓，人间万户欣腾。四荒八极，此朝共庆升平。三江七泽策源地，算丰功，双十完成。最关情，新雁来时，海碧天青。

铦枪利剑输银管，挽惊风骇浪，掷地金声。冷落关河，依稀敌寇凭陵。燕然未勒难高枕，奋雄思，终斩长鲸。上初程，凡我同侪，截棘披荆。

金缕曲

中持久索倚声，稽迟未报。近以其少子病故来闻，乃谱金缕，以止其悲，并用以自旷。

惆怅浮生梦。叹瑶阶，兰芝挺秀，遽催夭风。齐物同归原可悟，难却当前怛痛。算仍有、灵麟堪宠。百载茫茫儿女事，尽等闲、漫把毫端弄。天奥妙，孰能懂？

金觞玉盏佳人共。正英年，翩翩六翮，乘风而动。钟鼎山林凭旨趣，扰扰尘寰庶众。任造化、铜蒸钢烘。听庭外秋声汹涌，松柏雄姿丰岁晚。那管他，霜雪相凝冻。些顿挫，不为重。

庆春泽

元旦为民报作

初绽梅花，新凝杏蕊，一声春到人寰。淡荡东风，依依恋我江山。仇雠未灭家何在？寄雄图、战马征鞍。莫长叹，此际亡胡，指日师还。

高歌吟也乾坤动，喜今朝元首，能挽狂澜。佳气氤氲，金瓯缺处重全。扶桑黯黯氛祲紧，料斯时、定薄虞渊。受降幡，勒石燕然，万庶同欢。

贺新凉

簌簌帘纤雨。漫轻寒、牵愁滞酒，依依无语。烛影摇红微薰动，钩起千端万绪。渐窗外、残英狂舞。何事等闲春已半，似游丝、栖止终无据。摘玉管，写金缕。

飘飘孤雁音谁诉。且低徊、伤心院落，断肠庭宇。彩笔遽远才华尽，悠悠长恨未赋。只此际、心期如许。惨绿骇红楼未倦，笑东君、无力为渠主。看燕燕，折双羽。

庆春泽

并 序

余友棉城王君名藩，持其精研详讨之著论，告余以其先大人之亡于庸医也，是以发愤学医，深探其术，远索其源，历有年所，始成此书。虽无以弭终天之痛，亦有以匡济斯民。余素药里关心，茫焉病理，至是乃慨然知君孝思善怀之足钦也。故细读终篇，而缀长短句于卷末以壮君之意。时旃蒙作噩之年，应钟之月，朔日，澄海白鸥序于洪阳旅次。

瞬息华年，青山拱木，劳生一指犹悲多。为善方至人应是良医。洞无症结心还细，断膏肓、毫不忧疑。寿可期，滚滚人寰，霭霭航慈。

伊梁世代多豪俊，叹飞鹏历乱，未及天池。握管悬壶，子陵聊隐严矶。炼丹叔夜终无补，怅北邙、芜草萋萋。动孝思，济众为怀，德胜匡时。

一剪梅

代　作

亶父英风历世昌，云翼初翔，抚我洪阳。奸仇逐寇靖畿疆，令誉皇皇，卓鲁王张。

浩浩鹏程耀丽光，穆穆甘棠，荫我乡邦。融融一县举琼觞，政美才长，侯健民康。

《海滨》杂志词作（1934—1936）

莺啼序

西窗又吹玉笛，听余音凄恻。卷湘帘，狂客悲生，岭南春去无迹！问流水，今朝底处，栖迟往昔花魂魄？对樽酒，涕泪空零，沉消绝息！

妍倩当年，翠阁绮户，曾幽姿一识；浓芬透，回荡池塘，从此纤影初忆。念缘悭，寻芳无计，苦相思，难赋并翼！妄追随，吴里笙箫，楚乡琴瑟！

前盟未证，旧梦何温？怨千树自碧！访落萼，荒林芜野。断梗残榛，吊月临风，杳冥香泽！胡笳遗恨，黄昏青冢，行宫永夜淋铃雨，滴江浔，司马秋襟湿。银笺织绪，纱巾暗寄高阳，闲愁岂能遽释？

红殇紫碎，醒魄还魂，笑东君无力！韶华逝，佳期误尽，十载扬州，舞凤飘龙，孤鸾此夕！茫茫太虚，悠悠终古，莺啼燕怨哀命薄，拭脂痕。迟暮伤岑寂！相期明岁春来；倚遍危阑，立尽夜色！

（原载《海滨》1934 年第 5 期）

莺啼序

白鸥落拓江湖，为客日久，鹭江虽属异地，然此来已三届矣。言念旧交，于今零落殆尽，欲似曩时之把盏成欢，纵笔挥泪，情随境迁，不可复得！今朝为廿五初度，旅况萧条，益难自遣，因于薄醉之余，作莺啼序一阕，聊以寄意云尔。壬申三月六日。

千山万浔绿遍，怅三春欲暮。鹭江畔，孤客原悲，怎堪无定风雨？似流水匆匆过却，年华廿五今初度。叹半生空剩虚名，壮怀湮去！

十载江湖，傍紫系翠，举觞唇腻露；泪珠滴，湿透罗衾，雨把心事偷诉！背银筝，灯昏酒冷，听新韵，愁织金缕！黯销魂，伤尽芳心，共盟鸥鹭！

飘零自试，落拓孤尝，异乡各寄旅，哀别乍，玉笙凄绝，梦醒花残，心碎盟消，暗闻啼宇！翩飞旅雁，红尘冤结，天涯羁迹辛酸惯，悔当年，漫把佳期误！息杳音沉，成灰往事徒存，故人此日何处？

三临鹭水，留得鸿泥，算今番警悟！自检点，新愁旧怨，镌入哀音，一曲风流，哪堪重谱？凭高遥望：长天茫渺，千情万绪纷如许？倩阿谁，为传此尺素？江南春浓意浑，载酒寻芳，应忘故侣？

（原载《海滨》1934 年第 5 期）

薄 幸

飘零黄浦，忽秋月，团圆五度，但惨笑，年年今夕，搔首自吟愁句！叹人间，原薄恩情，何堪浪蝶千辜负？纵蘖定缘悭，波翻恨海，应把前欢重数！

共促膝，池塘畔，垂柳岸，两心相许。任盟深誓重，绮罗魂散；伤心惨目旧游处，竟成千古？问天涯落絮飞花，此夜谁为主？啼痕暗拭，当日银蟾顾忍？

（原载《海滨》1934 年第 5 期）

洞仙歌
辛未之春夜过江湾草庐

骊歌凄切，自和伊别后，羁旅江南独沽酒。正侵天月冷，数尽寒街，春未半，仍是霜风拂袖。

念当年素手，同握金樽，怕到他生亦难有！视故迹依稀，新草环庐，风流梦，消沉未久！倘异日天涯再相逢，恐你我青春，一般衰朽！

（原载《海滨》1934 年第 5 期）

庆春泽

征骑遥驰，豪踪远转，乡园负尽三春，浩瀚天涯，空期尺素温存。归来千树虽犹昔，叹院庭万卉缤纷！拾残红，魄散香消，堪慰漂沦？

楼台寂寞非今夕，怅幽衷未诉，织影先分！夜雨凄凉，声声滴碎惊魂！情真恋假休理会，愿樽酒，共度黄昏！伤迟暮，哀托银管，恨寄纱巾。

（原载《海滨》1935 年第 6 期；《西北风》1936 年第 8 期）

金缕曲
用稼轩原韵

殆哉吾伤矣！问秋来，缠绵一病衰颜销儿？炉药杯酏朝夕伴，惨饮今生苦事；愈薄命，谁能为喜？劫后黄花惊凋落，况冰霜，阵阵浓如是？生与死，未相似。

寒衾倦拥东风里，听园林，啼莺凄怨，厌春滋味。休叹多情空余恨，千古以来定理。回首处；愁生悲起！强写微词聊自慰，任人间，窃笑吾痴耳。哀我者，惟蓉子。

（原载《海滨》1935 年第 6 期；《西北风》1936 年第 8 期）

声声慢
拟易安

萧萧瑟瑟郁郁沉沉，消消瘦瘦默默。冷雨凄风江浦，暗听长笛。莺声燕语撩乱，更哪堪暮春寒食？雨过也，正敲窗，扶醉倚阑无力！

遍野春声哀恻！飞絮乱，销魂更赢秋色。枕上肠回，雨点泪珠同滴！芭蕉又添败叶，共残更呜呜悒悒！怅惘里，有万缕愁绪欲织。

（原载《海滨》1935 年第 7 期）

满路花

碧海银钩坠，玉宇金星碎。西风吹落木，心如水。寒街冷巷，何处箫声厉。深带飘寒意，朱户严扃，万呼千唤难启。

悠悠梦里，点点相思泪。咫尺天涯远，红笺寄。苦无消息，怕又添憔悴。怎料如斯醉，醉也宜醒，恐他今夜诈死。

（原载《海滨》1935 年第 8 期）

琐窗寒

乙亥秋分

急雨敲窗，旋焱袭幕，素衾凉透，萦魂系魄，断续阑更时候，攒秋山，凝怨未消，两湖碧水愁波皱。总怜他才薄银笺绮语，本非织绣□依故！轻孤负！怅锦雁难来，玉骢离柳；柴扉密锁，五度三番空叩！料狂生，游与自豪，紫花绿蟹宜唤酒，怎知伊，日日回肠，夜夜添销瘦！

（原载《海滨》1935 年第 8 期）

满庭芳

乙亥中秋

云杳天高，冰清玉洁，皎皎今岁中秋。离多情淡，无语立危楼。共悼劳生碌碌，银光里，相对凝愁，阑干畔，纤纤瘦影，低首各燃忧！

经年晨与夕，冲波逆浪，孽海横舟。把伟怀壮志，付予惊涛！此际归来恨晚，前情事，何忍回头？从今后，飞歌酌酒，一调绝风流。

（原载《海滨》1935 年第 8 期）

离亭燕

玉手轻裁罗素，织就回文千句。病容无魂经再断，浊酒何妨长注。因甚苦相怜，满纸珍重分付。

十载樽前凝仁，半世醉乡虚度。乏计排忧应白劳，哪管春残秋暮。心血已东流，倦魄亦宜西去。

（原载《海滨》1936 年第 9 - 10 期）

摸鱼儿

九月十七夜思玲子

漏沉沉，露浓霜重。娟娟圆月初缺。梧桐叶坠兰香散，又是一番凄绝。星火灭，嗟倦魄归来，每值清秋节。愁离惨别。怅他世无凭，今生有恨，哀楚未休歇。

攀桃李，忍听临行呜咽。忧思摇落华发。征途辗转为谁去，惟痛此仇难雪。悲益烈，心如水，惊聆孤雁啼鹃血。肝悽胆切。问天帝，闲情何多，为我铸下此冤孽。

（原载《海滨》1936 年第 9－10 期）

赠别孟瑜时孟将返星洲

海角读书日，两小无猜时。	阿玉称大姊，友也而兼师。	惟吾与吾子，课余辄酬嬉。
斜阳落树杪，草地竞奔驰。	西窗剪短烛，雨后灌秋池。	千秋索共握，双影荡晨曦。
星宿倚曲槛，月夜攀疏篱。	我自意恋恋，子亦情依依。	何期歌薤露，阿玉遽生西。
我自束装归，在偶而之奇。	临行肠两断，汽笛声凄凄。	一别几十载，会面犹无期。
我生月坐斗，才口日张箕。	坐是长坎坷，有女赋化离。	一朝春申去，江湖卖新诗。
霜风与雪月，所御犹纷缔。	文章自古贱，例与卜祝齐。	一字千金值，此语徒虚辞。
韶华渐以远，更惊鬓欲丝。	子亦星洲去，消息两不知。	鲁酒难解忧，寤寐萦其思。
南归隐曲巷，独与世相远。	且喜得相逢，契阔未毕词。	行色复匆匆，嗟哉我心悲。
兰舟已待发，良晤暂止兹。	置酒叙别怀，相看泪在眦。	蒹葭声飒飒，大海水弥弥。
行矣我之瑜，珍重食与衣。	嘉会在他年，皎皎两不欺。	千里同明月，孰云竟天涯。

丙子冬初

（原载《海滨》1936 年第 11 期）

沁园春

煮酒论文，剪烛裁诗，试谱新声。忽珠盘溜玉，银瓶迸水，凄凄切切，何处哀筝？十载情场，万翻辜负，人世并无真誓盟！题幽愤，问天君何日，杀尽狂生？

尔来病骨峥嵘，惊离别，怕登长短亭！正林倾树圮。鹏飞鹤逝，江城五月，又哭湘灵，伏案挥毫，开窗执卷，赢得区区纸上名！叹此心，早已成憔悴，浑似残英！

（原载《海滨》1937 年第 12 期）

高阳台

醉墨题悲，狂毫挥恨，东风暗换年华，沧海烟波，平生落拓堪嗟！新浦泛绿春初去，忽端阳，叠鼓鸣笳，遍江头潮逐兰舟，尘送香车。

夜来满院槐花，正浓芬袭袖，影透窗纱。眉月难留，桐阴郁郁西斜！洞箫软语人初静，听凄音，暗问谁家，按瑶筝，心事无端，又被愁遮。

（原载《海滨》1937 年第 12 期）

《光华日报》"岭海诗流"作品（1946）

高阳台

有　赠

盈耳蝉轻，乍晴风软，日长犹掷花梢。积院藓苔，擎天古木萧萧。暗香疏影凝缃袂，映横塘、远水迢迢。烟波外，啼雁成行，意逸情娇。　三杯两盏黄昏里，似当年漱玉，黯黯魂销。酬得伤心，一庭暮雨芭蕉。残灯欲烬浑无语，教流光、逝去如飘。对良朋，往事追思，只觉愁敲。

（原载于 1946 年 9 月 8 日《光华日报》"岭海诗流"）

十月下浣夜月高寒不寐有作

一

西风摇林薄，浩浩夜未央。冷冷月铺雪，皓皓树漏光。极目星邃耀，俯视水满塘。始喜兵甲解，终觉归路长。看云思亲友，登楼忆故乡。悲秋思郁悒，顾影意凄凉。时艰怀益壮，露浓菊逊芳。凄凄日已落，滚滚云又张。凭高观时变，仰首问彼苍。生民已凋悴，何忍再降殃。

二

干戈今始罢，玉帛木交贻。无翼翔北海，有弟在滇池。风云昔初竞，分袂练江湄。弱秧赴万里，欲泪当临歧。长路忧亲虑，远别怜姊悲。半纪犹一瞬，八载丁乱时。关河既云阻，鸿雁久已稀。高秋百草零，中夜万籁吹。步片清宵健，看云白昼疲。举觞问游子，何日报归期。连床谈夜雨，达旦共裁诗。

三

芳华悲早逝，茂林幸不凋。清商自凛凛，白荻亦萧萧。河汉毕修阻，参辰各寂寥。蔽眼珺山峻，梗足蒺藜骄。邻笛凄凄诉，浊醪□浇浇。雍门岂能感，孟尝泪自飘。居世孤无恨，一枝成鹪鹩。回也终自乐，陋巷有箪瓢。

（原载于 1946 年 9 月 8 日《光华日报》"岭海诗流"）

罗君尧范哀辞并序

余以辛巳秋仲，旅食磐沟，得识罗君尧范，时同人有酬唱之举，君以化学专家与共间，为诗潇洒出尘，殊足令人敬佩。其明年，余居古乔，君值归家，必一访余，杯酒言欢，久而弥洽。癸未秋，余复过磐沟访君，匆匆别去。已而余客练江，君去龙山中学，南辕北辙，相去益遥，把晤遂阻。去冬敌窜罗家约，君以负责之故，不肯早离校，竟以殉职□。时余避寇普宁山村，而敌骑亦随至，既疲于奔命，复得斯耗，弥觉黯然。迫维昔游，每思为文申意，人事卒卒，久而未遂，兹幸敌寇崩颓，时局安定。屈指患难同人，而君乃

128

人琴俱杳，呜呼，哀哉，乃为辞以吊之曰：

嗟皇天之不吊兮，假狂寇以凭陵。叹空前之浩劫兮，染八载之膻腥。自极北而之南兮，信地裂而山崩。果生民之多咎兮，乃桀逆之翻腾。既引狼以入室兮，又导之以苍鹰，蒙虎皮以胁众兮，盼敌酋之眼青。当斯时也，妖氛所□，白日失明，山原黯黯，川泽冥冥，草枯木折，林地幽倾，鸿漂雁逝，狐骇猿惊，颓垣碎瓦，断井空庭，鸡伏犬窜，牛吼猪鸣，魂飞魄落，骨叠尸横，悲风怒啸，苦雨悽零，繁霜浓露，雪结冰凝，凛奇寒之刺骨，愤仇恨之填膺。号天地以高回，怨祖宗之无灵。遭惨痛而悯默，孰敢啜泣以嘤嘤，□受辱而无告，犹慄祸以兢兢。子难保母，弟安救兄。怅求生之乏策兮，何速死之遽能。修罗布地，水火橄螬。灭卷轴以灭祸兮，胡敢示之以刀兵。少壮隐遁，每难逃刑；稚弱匍匐，老耄拜营。避魑魅之搏攫，逃魍魉之狰狞。餐风饮露，忍泪吞声。伟哉罗君，卓尔不群。英姿秀发，令誉休闻。于学于艺，能精能勤。于人于事，无失无劳。铸英才以艺术，诲秀士以典坟。善言婉导，蔼蔼谆谆，教焉不倦，道重师尊，明德能化，骋诗游文。寇已入室，君始骏奔，责任心专，乃以身殉。松摧柏倒，玉碎芝焚，丧英年于一瞬，委七尺于荒村。高堂白发，姊妹弟昆，稚妻弱子，哭声忍闻。倚荆扉而绝望，抚□暮而神昏。悠悠羁梦，默默夕曛，苍穹悔祸，助于盟军。昔否今泰，佳气氤氲，君独无辜，罹彼艰迍，沉冤谁兴，孰叩九阍。嗟君永逝，谁与论文，良朋挚友，潜然吊君。灵兮不朽，名则长存，追维往谊，泪宁不陨。棱棱金秋，悠悠行云。素车白马，野未动轮。只鸡斗酒，难奠墓门，经故寓而踟蹰兮，忽邻笛之我闻。比子期之作赋兮，聊同宋玉之招魂。

（原载于 1946 年 9 月 22 日《光华日报·岭海诗流》）

秋兴赋

粤以乙酉之年，秋，婵娟，倾□既占。乔木聿迁，甫卸车尘，即展残蕴。怅毛毡之犹坐慨绛帐之经历，思艰□叹昔，难仰首以问天。缅积岁之寇患，复几番之病缠，值惊风之浩浩，逢骇浪之翻翻，伏幽谷犹闻警，入穷乡而未安。朝奔夕窜，水涘山巅，提儿挈女，狼狈不前，离离衰草，凄凄寒泉，登山峭厌，觅径裳塞。任秋声之飒飒，又浓露之涓涓，攀藤缘葛，擦足摩肩，如临兽犬，如逐鹰鹯。夜漫漫而黯黯兮，路悠悠以迍邅。当斯之时，惨痛万千，苦由劳发，恨因仇坚，聆弱妇之饮泣，视稚子之拘击。寒既陵迫，饥又熬煎，乱石踞虎，古木啼鹃，敌骑纷窜，□□绵延。越层岩兮力尽，趋叠嶂兮愁牵，班荆永夕，何陌何阡，归来未赋，华发堪怜，命将不保，事何足言。忽回山以倒海，亦地转而天旋，岛夷解甲，还我河山，物极必反，天道好还。胡既蹙国，我乃有乡，诗画漫卷，囊归洛阳。何五斗之犹恋，嗟三径之就荒，聊巢休于一枝兮，寄怀抱，慷慨樽罍犹在，浩歌胡妨，息北溟以期海运兮，将振翅而翱翔。横空翳散，爽籁□商。茫茫俪影，皎皎月光，共秋云以矜霜兮，与秋水而徜徉。

（原载于 1946 年 11 月 3 日《光华日报·岭海诗流》）

诗心影
研究及作品选

挽 歌

白 鸥

百灵鸟的歌声响彻云霄，
深林里有黄鹂欢唱；
这分明是春已回到了大地了——
然而哟，我的心却永是这般寂寥！

香艳的鲜花簪满在枯枝头，
荒原上早披起了翠绿的轻绡；
这分明是春已回到了大地了——
然而哟，我的心却永是这般灰焦！

山巅的积雪与海底的凝冰都已融解，
生之力在万橐之中澎湃；
这分明是春已回到了大地了——
然而哟，我的心却永不能苏活过来！

（原载《晨钟汇刊》1929 年第 215 期）

美妮与睡莲

白　鸥

美妮，你的曲唇像睡莲的卷叶一样的玲珑。

美妮，你的柔腰像睡莲的丽干一样的袅娜。

美妮，你的奶子像睡莲的蓓蕾一样的甜美。

美妮，你的腿儿像睡莲的广叶一样的壮实。

美妮，你的笑靥像睡莲的花朵一样的娇艳。

美妮，你的呼吸像睡莲的气息一样的芳醇。

美妮，你的眼睛像睡莲的□□一样的俏丽。

美妮，你的手臂像睡莲的粉藕一样的俊秀。

美妮，你的情态像睡莲的翠影一样的亲密。

美妮，你的精神像睡莲的风姿一样的圣洁。

（原载《晨钟汇刊》1929 年第 2 卷第 6 期）

无 题

白 鸥

这儿曾经织过我苦恋之网，
也曾埋葬过我苍绿之年华；
今朝重来只见莺燕巢空影逝，
剩着的是无限死叶无限荒沙。

我预期的是能从旧地拾起零落青春，
我等待的是奇迹发现重新织绣回文；
怎料雁去不来空把楼头凝霜温尽，
尽伫立不见一片你处飞来的恋云。

多少晨夕为你梦绕啼痕回肠千转，
多少霜风雪雨为你旅况动魄惊魂！
我悔不该抱了病怀万里关山迢遥漂浪，
而今啊，任强愁亦渡不尽凄苦的黄昏。

深知断鸢风前轮转难再握住，
哪敌此心如煎明知茫渺亦要追寻；
任茫渺无据亦要追寻追寻你的浅笑，
你的浅笑会如断鸢骤从风前陨坠我心！

几番浪迹此地曾经销残多少壮志，
几度萍踪此地曾经撕碎无数芳心；
今朝重来却让你把我千番的割宰，
今朝重来却让你把我万端的欺凌！

你料定旧游山川必能给我无限欢悦，
怎知此日暗云旋卷徒惹我无限伤情？
夜来梦昧既难辞却你残忍的冷诮，
漫漫的长日哟，何能绝耳杜宇悲鸣？

旧情衰谢理宜流水无踪，
谈笑余芬回荡弱衷为恸！
相隔既非往昔般云山千叠，
卅里途程哟还是危崖绝峰！

此行只为了你　你那凌人的双眉，

只要一见便能消去我万斛怨意；
谁料风雨飘摇困绝于此异地，
谁料你是残忍成性回首难期！

今宵风雪奇寒我又和苦酒相亲，
劫余残骸败醋的酸味怎能下咽？
只为这苦杯是你赠贻给我，
我何吝惜此身不肯一口饮尽？

长空寂寞夜是死沉堪惊，
既杳月影又泛半点星星；
那角落里一点点的残烛哟！
是否你从鹭水飞来的眼睛？

但愿今宵的薄醉能教我一睡安宁，
梦里我不密滴悲泪看你怨眼圆睁！
人间遗忘了这坠落风尘的浪子，
只要梦中你来把伊悲泪吻净！

梦中纷霏泪雨我难把你忘怀，
梦中谑唇诮笑使我永昼凄惶苦恼；
断鸿难倩我将有何方探取你的心事？
此心似焚此情惟有天际淡月疏星共哀！

"唾弃青春的残骸啊，你该！"
谁说我的青春不在你掌中葬埋？
只是你的壮志亦应在我手中销尽，
拾得一束支离病骨我何吝惜此生涯？
就请给我一支碎心的子弹，
莫让我独自流浪于人间，
生本就是那样凄迷惨寂，
况兼你这样对我摧残？

唉！唉！还是期望天际飞坠幸运的星辰；
死前一夕分投下你我两人的小心，
不美丽么？结果还有一夕得和幸运相亲：
唉，唉，幻想势必依例破灭无遗，
我愿此刻飞下来一颗炸弹，炸，炸，炸得支离，
炸得粉碎！

不论炸死了谁，
如是我们都不必伤悲，
我可停止为你滴泪，
还能，能，能异途同归，
同归于尽实胜看你和我结仇，
那时亦不稀罕你的："夫人，切莫烦忧"，
你说这话我的心弦已自纷纷碎断，
何堪啊，何堪你而今独乘爱之兰舟？

（原载《海滨》1934 年第 5 期）

牡丹姑娘

心　影

融和的春光普照得世界灿烂辉煌，
一切的母体都正在她们底生育期当：
竹笋萌芽；柳条伸放；
一切的一切都忙着教他们底小宝贝生长。

新做了母亲的牡丹花茎，
也在教她那刚出世的小蕊开放，
她教她怎样伸展；怎样含芳……
——的教导，几天后，小牡丹已成长成一个美丽的小姑娘。

她脸上擦着娇艳的香粉，
身上披着百叶重重的衣裳。
于是她底母亲教她跳舞，
并且还严肃地训示她："老气点！不要小儿娘！"

她说："你要永远保守着你底美丽，
千万不要辜负了你阿娘！
那些蜂儿，蝶儿会戕害你底美丽和生命，
绝不可牵惹他们在一场！"

小牡丹奉了阿娘底严命，
便把蜂，蝶，当作凶恶的敌郎。
然而，她总没有亲眼得视他们的真相，
这只不过是她理想中的想象。

一清早，一只金黄绿点的大花蝶，
由远飞来，双翅映着初出的太阳，
他向她百般的谄媚，引诱，
"呵！"她默想，"这花蝶任谁都没有他漂亮！"

小牡丹接触了异性的神秘，
一切都不自主了。她诅咒她底娘——
何故把这个充满着"爱"和"美"的花蝶，
哄骗她是个毒心郎。

于是她和他亲近；向他轻启醉眸；
向他微晕娇靥；向他输送芬芳；
向他低徊作态；向他翩翩飞翔，
触电似的花蝶，狂荡地扑到了她底乳房。

他狂烈地吻她，
她也尽量地贡献出那藏蓄了好久的秘密——蜜糖。
她向他求爱；他向她发狂，
结果他们俩都陶醉在"爱"的梦场。

黄蜂，飞虫，……一个个继续着大花蝶，
也都沉醉在她那甜蜜的胸膛。
可惜，娇贵的她，怎经得起这狂浪的蹂躏？
她终于消失了美丽和芬芳。

枯燥而晦滞的姿容，
擦不上腻人的粉香；
消瘦而干瘪的身体，
也流尽了醉人的蜜糖。

现在蜂儿，蝶儿，都不来了。
然而她总想拿出最后的本能去吸引他们降临。
但只是疲倦无力的腰肢，
已不再听她底指向。

啊！她！憔悴而无人怜悯的她！
终于失去了固有的美丽和芬芳。
现在漂泊在污蔓的泥草里，
永久地做了一个堕落者在世上。

可爱的春光已经迟暮了。
丝丝的风雨阵阵地吹打在她底身上。
失望的牡丹茎——她底母亲——俯着首向她底堕落者惋惜，心伤！
这时的她只得无力地叹悔："恨当时没有遵命了阿娘！"

（原载《晨风》1934 年第 6 期）

散　文

残秋夜话

白　鸥

因为喝了一些酒，酒精助长我的勇气，使我许久搁在心头的话，得到开口的机会：

"文子！你和璞生到底怎样了？"

"没有什么，只是那么那么罢了！"她消沉的答着。

"不要说得这样暧昧吧！"

"好好的喝酒为什么要提起这些？"她移动一下酒瓶。

"唉！我对你的关心是徒然了！"

她望着我惊愕一下，许是我的诚恳感动了她，停一会，她说："好好儿为什么生气了？"

"并不生气！只觉得你太不痛快！我明明知道你心中安放着许多苦痛的毒箭，希望你有拔去的机会，你呢……"

"拔得颇干净了，只是伤痕还隐痛着。"她涨红了脸截断我的话。

"那很好！希望你再燃出新的活力来治愈伤痕，为自己，为事业！"

她无言地蹙一下眉弯，倾了满满的一杯，气泡升上她的唇。

"你真的拔得干净吗？"我陪她饮一杯，还是迟疑的问。

"为什么不真？不是终于迫着他说出最后的话了吗？"她苦笑了。

"你虽极力表现你的刚强，随处不甘示弱，其实你是一个十足的女性！凡女性所具有的条件，你都充分的发展着！你比我还女性得厉害！要是真能做到这一步，那还好！"

"说起来多末凄怆，其实亦没有什么！"她老是不肯承认她的伤感，她说着低下头去，可是那些罗曼蒂克的哀艳之迹已从她苍白的嘴唇颤动出来了：

"我并没有怪他，当然更不怪自己，悔恨尤其不愿说了。友谊一踏进爱情之宫，破灭便开始了。第一个热而长的吻的实现，我便惊觉：持续到什么时候呢？……可怕的日子什么时候到来呢？终于延着许多时日了，我想还不至十分糟踏。

便像这样的时候，去年秋间，他来了，真不知怎样，听到这消息之后，立刻飘飘然，昏昏然，泪珠来到眼睫了！

还好，他不知道我也在这里，否则悲剧喜剧怕又要再演一遍吧！想着又苦笑了。结果买了一本簿子写着：

'为了他的名字再荡到我的耳际，我又开展我的日记了，是血丝？是流水？来吧，来溅洒我浮动的心！死灰复燃我固不愿奢望，那炉底的残烬哟，已足够使我惨然醉沉！'

你看我多无聊，既然因他的不知道我在这里以为慰，可是到夜半，忽又冒了秋夜的细雨，冒了秋夜的寒烟找他去，两三个地方都碰空之后，才心满意足地回来，躺上床静静想着，不知为什么爱轻举妄动，倘若冒出病来才笑话呢。

第二天下午，我刚伴着远道来访的友人到附近的饭馆吃酒去，玉君把我们找到了，她和我耳语着：

'璞生来了！我带他来，他说他进了军队把头发剪短，不好意思见你，我说他傻！'我愣愣了好一回。（我感谢玉君的好意，她大概是看出我的隐衷，许是昨夜有点忘形的焦躁，所以她悄悄地费尽心思地替我找到。）希望见他，现在他来了，倒不知如何是好！可是他已经进来站在我的面前了。彼此恋爱式地点了头。他和大家寒暄一回，怜惜般的话言发出了。（他最会运用他的聪明，显示他阔绰的果决。）

'文子！气色这样好！'声音带点惊愕的麻醉剂。

'哪里？正在病着。'

'当然不是就好到怎样，（他立刻阻止我的兴奋。）是比着今春好些，那时我生怕你活不到今秋。'

'全个憔悴透了。'他惯用的话句，我在心中替他补充。又想：

'你咒我死！'这才抬了头望他，（他一直站着的。）咦！他的眼睛怎样变了，变得迟钝，并且饱蓄泪水似的，其实也许是我神经过敏，寒风里谁的眼睛都不免浮肿了些，微雨中谁的眼睛都似盖上一重泪光。他变了，确实变了许多，说不出来，大概是'风尘中他亦苍老了！'我的心在呼唤着，凝睇得他低下头去。

大家出了饭馆，十字街头无聊无奈地站着。他突然说：

'我的行装还没安顿好，要走了。'结局非恋爱式地点头，各自背道驰去。"

"回家后十分悔恨，为什么不奚落他几句？不然亦该说着一些较耐人寻味的话给他去想想，我这人真蠢，没有急智。

他这种态度，老实模糊，爱呢？恨呢？（你知我最失观察力。）爱呢，让我同他爱，恨呢，让我和他恨，不爱不恨，便较决裂更讨厌了。

我的心浮动了，我的日记簿有猫样的诗歌着迹了！（他供给我许多诗歌的材料，不要说我刻薄，女儿们供给他的也不算少啊！）不过我极力地压制自己，希望不至太示弱于他。喂，并不是要和他勾心斗角，自然我斗输他，况且他是洞悉我的内心！他的残忍，他的仁爱？都叫我死了心！不过不好意思表示。唉！脆弱的人类哟！半个月了！秋深了！冬风嘘嘘叫着，他杳无踪迹了！

玉君又不知往哪里找到他的住址，于是去了一个短简。

'文子妹！不知你搬家，（其实好笑，故居他不是没有去过！我有许多侦探。）否则前天到上海时定去看你的。我现在住在这个古旧的乡村，荒凉得令人惊怕！气候比上海冷得多了，我又没有棉被，乡下租来的又是坚硬不暖，夜里冷得两脚不敢直伸呢。

我在写两篇东西，你要不要看？看了，于你很有益的。

你在做什么呢？

你好！妹妹！……'

固然妹长，妹短，我仍然觉得不满足，并且愤恨。我问他的话他一句不答，说了许多题外的闲文，什么意思呢？

自讨苦吃，一上床便幽幽的想着：

'他不来，莫非因为有玉君在这么？'

'玉君不是很了解，怕什么？'又自己答复。

'总之！……'

他没有棉被，我却有两张，如果好送他一张便趣味些。他不是有意表示？

'其实他哪里知你有两张棉被？岂不可笑！'自己又责骂了！

'写了什么东西呢？是不是把自己写到里面去？写成坏的还是好的？总是坏的成分多吧？彼此都全是坏的感觉了！……

或者是他一己心情的流露！——不，许久以前他不是说过：本来和你共同的情感，已变成一个秘密的悲哀了！我失却对你幽幽诉说的强力，天知道！我只能在日记上舒洩我的怆辛了！……

是咒骂我的碑文？——那更不好给我看了……

新的恋迹？对了！这许久包他又有恋人了！况且我很知道那位姑娘是他眼中圣主，他们又有过 kiss……

总之得看一看，看他的文章，便明白他的心情，再定取舍。

蠢东西！不要欺骗自己吧！你能舍得他么？舍得他时该平静了！你不是了然他对你的爱已冰消雪解？那些"妹妹""哥哥"还不是支持残局的饼饵？你希期什么？你舍得他便静静的瞌睡去？'唉！良心又苛责着。

苦恼萦住了浮动的心，工厂的号角响了。"

我的心也跟着她浮动了，她眼角凝着大个的眼泪珠。

"终于演着这样的戏剧了。"她纡缓的说着，紧蹙着双眉。

"风啐着窗子叫，雨泼着笔儿响，挨了十多天，不见他的影儿，这真活该！何苦来？这样的天气更是纳闷了。

'玉君！伴我到那乡村去，如何？'

'先看看袋里的资本够不够来往之用？'玉君总是讲究实际的。

'一元钱，还好！'

'如果碰不着，那要步行了回来？'

'除非他死了，这天气定不会出门的。'

雨越来越密，两人在车站厮挤着，上了车。

一站过了，还没达到，那真耐不住，我是急性儿。

古旧的村落贴着大张的标语显出时代之不均，我自己暗笑着似有介事般冒雨来下乡，而且生平还没有来过的地方。两个女人呢！唉！什么力量驱使我哟！

他们住着一个古旧的祠堂，通传之后，他站到第二进说：

'进来哟！'似乎意外地笑着，他穿军装还是这回才给我看见。那样瘦个儿实在不配武装，我看他两足会站不住的颤着呢。

军队的生活我是看惯的了，毫不为奇。他虽则嚷着冷，可是他的被很厚，还有毯子呢。他兴奋的给说现在这种生活，比着从前，不知好得几倍，虽然还住着这样潮湿的地方。他可说他不再干下去，原因在军队混久了，将来自己会变得野兽般残忍。

许心影作品选

'师长十分了解我，并且很需要我的帮忙，不过我定要走，预备到××大学当教授去。'他说着声音那样脆！

'自己高兴怎样便怎样好了。'我惝惝的答。

'我们到外边走走吧，吃饭去！'他觉得这里不好说话似的。

雨下得细些，于是走着那样泥泞崎岖的小路，榕树的瘦枝在路旁槎丫叫着，村狗向路人狂吠，小屋里媳妇们开了半扇门暗窥着，我们太惹人注目了。玉君沉痛似的静跑着，为了我叫她这样的受累，实在难过！我呢，心在跳跃着，自然不是欢喜，亦不怎样难过，只是辣辣的痛。他不知怎样十分兴奋，好似快乐已降临到他身上来了，总是指这指那的说着。唉！其实他的心是全个虚空了！

到了长桥，桥石本来就泥滑，加以太弯斜，简直踏不稳，他扶着我，伏到耳边：

'文子！唉！仍然是瘦得这样啊！'

我无言的打了一下寒噤。

转入市街，在人们的眼中，许是幸福的一对，可是天知道，那是比陌生还要落寞的偎依啊！

到了小馆子，坐定之后，玉君很懂事的走到较远的窗前去。

'你那位朋友怎样了？'

'死了。'

'真的？'

'等于死了！'

'你独个儿不很……'

'独个儿不好过活么？'我昧着良心强悍的回答。自然那位朋友和我坐一起没坐一起都没关系，只是他，当前的他啊！怎会残忍的问我这些话？还不是为了我的缘故么？

'你怎样打算呢，现在？'

'为自己向前干下去，无论成败，当不为谁的奴隶了！'我说后他似乎在哂笑我，我自己亦哂着自己了。难道来此不是当前的暗力在压迫吗？不是舍不得他的慈爱凌虐吗？唉！人总是脆弱的！

'文子！你好好修养吧！不好糟踏呢。'

'这些话我听腻了！'我忍着没说出来。

酒来了，玉君谈着一些时局的事，我对于此行又十分失悔，我真太盲动了，现在得到什么呢？

一直来到车站，玉君说：'你的病最好问他有没有法子可帮忙？''那糟糕！他想是特地来借钱的！''不很好么？与其没有什么好情意，莫若变为唯物论，我们还想不为几个臭钱不会上你的门啊！'玉君本来一腔热情，看到大家不爽不快的样子，对于彼此情爱的恢复，她全然失望啊！

他急的回去换了平装，说他亦要到上海来了。

火车上默无声响，大家有点肃然之象。和他坐着火车已经是四年前的事啊！初恋的烈火和这肃杀之象比较着令人心痛。

到了车站他洒然说：

'你们回家吧？我到××去，今晚有空再去看你。'

我不能回答了。玉君维持了严重的局面地点了头，他已坐上黄包车了。

我的眼又酸了。

'文姊！这些不知有没有考虑之必要？'晚上玉君严正的说着。

'哪些事？'

'关于璞生。'

'那用不着考虑，我对他并没有希望。'

'那要了然于自己的爱力的，既没有希望，我看你还是把心收拾起来吧！'

'……'，我黯然了。

'无论说到怎样，他对你，至少：第一不尽心；第二不尽力。'不是我的苛责。

'我还不忍想到这一步。'那简直完了的想象，可怕的想象。

'这只是我的观察！不过你不能太糟踏自己啊！……比方今天还不是我明知身上还有两块钱，否则车资，晚上的吃饭都不是悬之半空；而你在那样失意的情形之下，在车站，烟雨里步行了这么远回家来，你支持得住你的步伐么？'

夜静静的呼啸着，我无言了。亦不见他来……我羞见玉君的脸了！"

"残忍的苛责了自己，接受几天后他送来的二十块钱，玉君又给寻来三十块，我终于到医院去。

'璞生来了三次，第一次找不到你，问了我，我说不知道，于是竟又来了。他说怕你自杀去！我说没有这样傻！最后他还追问我简直给他不好受，真的，二十块钱不是大功大德，为什么非他知道不可！'玉君来到医院流水的说下去。

'让他来吧！'我实在脆弱，起初是招呼玉君说不许他来，现在一听说他似是在关心，心又软了。

'不要再惹出病来啊！'玉君有点严厉了。

'聪明人总不免爱做傻事！'她又自语了。

方当热烈时，谁去顾到许多事？而今既遭了破灭的惨伤，又遗留了残毒的病，我对人算宽容到极度了！我从来没有恨他的念头，真是傻！"

"病后他又来了一次，他已辞了职住在上海了。

又不知多少时日让我老听着叩门的声音。

'十一点了还不起来？'那一天不知什么时候他已站在床头。

'为什么久不见你来？'

'那全然没得空，并且怕你又搬走了！昨天碰着细红才知道。'

'那还是托细红问候你的收获？'

'细红现在和C怎样了？听说很不好。'

'人要脆弱，也不该到那样的地步！她和C简直没有账算！平时她待C怎样，现在C待她怎样，便是最没评断力也看得出了！还不是C走上红运，细红要靠仗她些，便要备受她近于虐待般的欺侮么？我对细红说和她碰一碰罢！你来！没有地方去时我收留你！我虽穷，有饭大家吃！真的！人总不好极度的凌虐人！便是要给凌虐，亦不好脆弱到极度！'我恨恨的说。

不知他起了什么感触，突地伏下来猛咬着我的唇。（玉君是泡开水去了）现在的接吻是冰冷冷的，我全然不觉得什么。

吃中饭时，他突然叹了一个长气，恨恨的拧我的手：

'到××旅馆找我，不要劳我久等啊！'

下了楼他对玉君说，我去找朋友，今晚有空请你们看影戏去。

我和玉君回家，才不知如何把玉君支撑开。唉！我们绝没有独自出门过，为了他，我要欺骗我的伴侣，我心中十分不好过。

玉君竟意外地要到图书馆去，我是怎样欢喜哟！

他已经躺在那儿了，我推开门，他说：'等到这时候才来。'

'不是很快吗？你这人真是……'我说后去洗澡了。

我重新来到房里时，他已换好了睡衣，斜躺在摇椅上。

'来！坐我膝上！吻我的眼睛！'他变得小孩似的说。

'把香烟吹进我口！''拿条毛巾给我！''哦，你怎样冷冷呢？……''我又要吃糖了！'他忽而这忽而那的呼叫我。

'为什么这样麻烦呢？'我觉得他太爱闹了。

'你以为要爱一个男子，是那么容易的事么？'

我从心底内层苦笑了一下，再也答不出话来。

想进出我最后的热情，把许久凝积在心头的残烟向他尽量的倾诉，可是总寻不到话机，他越热切的问，越觉得还是不说的好。

唉！他的唇已经冰冷，他的心被利禄盖上暗云，他的笑靥染上了风尘的俗气，他的眼睛也只闪着为生活而迟钝的光，他整个的社会化、物质化了。

想寻机会见见他，现在不是睡在他的怀里么？'唉！我们的灵魂在什么时候已经隔膜到这般田地哟！'我自己惊叹着，大有'到了黄河死了心'之慨！冰冷的心，再也温暖不过来，枯干的口唇，再也不能滑润，在一喘息之后，我们无言的互望着。

黄昏后，他送我回来，他突又问：'什么时候再来？''任凭你的意思吧？'我寂寞的答着。'你记得那一回吗？五年前，你到学校找我，楼梯把你高跟鞋的后跟扎断，你的脸子立刻涨红了，那时是怎样的漂亮和可爱哟！''你为什么尽记着这许多事呢？''一丝一毫我都记着！唉！我们的恋爱全是古典式的！从许多可歌可泣的往迹中，寻味那深情的余美，从无论悲欢甜苦的各个幻景中，细嚼着刺心的慰藉，这是我们的恋爱方式！你看！现实的，在我们反而觉得平淡无奇了！'

唉！爱情已到了强弩之末了！我回家后，睡在床上深深的叹息着。"

"文子！怎样了？"她似乎在流泪，我坐起来严重的拍她的肩，随着说："古典式的恋爱，未尝不是美满，你们已经很好了，为什么又勾翻呢？"

"拖泥带水，似是而非，我再也耐不住了！"她沉重的说着，用力的抽着烟，一口浓雾从她苍白的嘴唇，尖小的鼻孔旋出。"他爱呢，并非爱得真切；说他不爱呢，又似断丝残梗。唉！我的老天爷！我既然不能像他一样根本麻木过去，我受不住这半生不死的态度的锥心；于是，适逢其会，绿姊又把我的事，去和他谈判，倒使我不好意思起来。我逼迫他说了最后的话，也就到了'骑虎难下'的时候了。看哇！这是他的回信。"她说后从枕下拿出充实实的一封信丢到我脸上来。

"他说了些什么呢?"我十分惊怕，好似那封里头有许多神秘的毒箭似的。

"反正你看了明白，我说不出啊!"她慨然了。

"文子妹：

读完你的长信，我万感钻心，亦不知如何说好。

第一，我对于你的生活和行动始终未尝有过坏的批评，因为我自己也是一样。有时爱，有时不爱；有时爱着这一个，有时爱着那一个，有时更不只爱着一个。

所以我决不是因为对你的行动起了厌爱而对你冷淡。

第二，我对你没有爱，是因为我自己已经没有爱力，对任何女人都一样。要我再和旧日一样，用我的时间，聪明，全部的情绪，再去爱一个女人，是不可能的，诚如你所说，我是麻木了。麻木二字最能说明我现在的心境!

第三，我对你的态度，也正和你所说，是模棱的，不肯做鲜明的表示。这一方面因为我已经失掉了热情，不能向你夸说我的爱；他一方面，则因为我对你仍不能尽无系恋之所在，所以亦不能对你反面如不相识。

我记得以前和你说过：我们在可以欢爱的时候，仍然要欢爱，因为我以为我们的关系，是采取一种最自由的方式。在这种方式里，我们避免了环境上的种种的困难，并且避免了自己理想的幻灭，或许你以为这种方式于女方不利，但我推想的结果，则不能有更好的方式，拿开环境不论，我们各人内心的要求，就恐怕全和逐渐厌倦的情绪冲突。

现在，倘如因绿姑娘的好意，而使我们的关系陷于永绝之境，则也是无可如何的了。你既然厌倦于这种半死不活的关系，我亦没有法子唤回我的旧情。——事实上我不相信我有力量可使你幸福，你大概对我的印象还是太好，以为我的心还是纯洁，我的爱还是火热，所以你仍然有许多实际上已经不可能的寄望。你说我对你的情况隔膜，但你对我亦是一样的隔膜了。我眼前是一个掩住良心，为生活而盲动的无聊人，我白天做着那些莫名其妙的所谓工作，企图增高我的社会地位，并之而得生活的资料，（但我日来都是一贫如洗，因为我做的事件都没半文薪金可取，所以负债累累，有苦说不出来，外面却还装得好看。）夜里我又刻苦地做一点事情如写作之类，有时则纵恣伴狂，和最下流的娼妓鬼混。我说我爱她，她说她爱我，其实则两方都不爱。这样我便继续着生花柳病——一直到现在我的病还不尝治好，这亦是我不愿意和你相见的一个原由。

我自己觉得，我照这种样子，是只配和娼妓鬼混，大家敷衍，诈笑伴欢，省得牵肠挂肚。再认真地去谈爱，一则定使别人痛苦，亦痛苦了自己，所以我否定了爱情，只以浪嫖来满足我的性生活。

我将不知要再写些什么，大概我现在无论说什么话，都不免是冷淡和残酷的了。我看得真切，假如我们重新建立一种关系，其结果将使我们重兴一次风波，多一次痛苦而已。爱或不爱，你以为是截然的事，中间有极清楚的界限，要我抉择。两样我都不愿说出，你的问法，只有迫我说出后者，因为以我现在的样子，当然不能说是爱的。

文子! 我想说，你决不能做一个妻子，正和我之不能做一个丈夫一样。我虽然如你所

许心影作品选

说的'儿女成行'，但我实际上已绝情于家庭的生活，只看我回国至今近四年了，并未回家，便可证明。为你打算，你还是独个儿好，无论任何生活，都不能使你久过而不厌，亦没有一个人能使你永久恋住，没有一种恋情在你心头长存（我也是这样）。你应得这样：你欢喜恋谁便恋谁，欢喜和谁发生关系便和谁发生关系，没有什么拘束，没有什么顾忌，只要你做后不要忏悔。在事业上，你努力你的教育，我相信你定有很大的收获，用这点做你的目的和慰安。我劝你不要和任何男子有长期的盟约，那是只使你的苦痛增加。

我是一个彻底的悲观主义者，什么事我都从黑暗的角落着想，连所谓人世间的幸福在内。

文子！你不必再有所希望于我了。你所希望的，在我是不可能，我是麻木了！至于连清淡如水的关系，你也想把它割断时，那是只有你的主意了。绿姑娘的意思是要怎样呢？难道我们中间有什么不愉快的关系要她来调解么？或者她和李先生成功了人世间的幸福而感到美满，因而推己及人么？我感谢她的好意。她不知道我现在已全然绝灭了组织新家庭的愿望哟！文子！我亦绝对不相信你需要一个家庭这样的捞什子！

不多说也罢，反正大家心里明白；就算了！我使你伤心，假如你反省一下，就可以不必伤心了！……"

我一气的看完，我深深的嘘出心中的沉压。

"文子！唉！"我又不禁沉重的呼唤一声，她似乎在严肃的深味中失却了自己，等到我的叹息的呼声出来之后，她才举起头：

"你觉得怎样？"她问了我。

"不过说得十分圆滑！"我替文子慨然。

"不，我倒不看成圆滑，我倒认为正确的美满的答复。"她微笑着又说下去："固然当那夜里读到这信的时候，我的情感蠢动得十分厉害，我狂哭了两三个钟头，我几乎要吃绿姊的肉，并不是如他所说的，'因了绿姑娘的好意，而使我们的关系陷于永绝之境'的痛惜。是因了绿姑娘的好意，使我平地生了一次风波，凭空遭受了一阵侮辱和耻笑。其实绿姊希望我们的关系好好的结束，像人间任何一对般慢慢把自己葬到坟墓去。我自己的意思也是愿意我们的关系好好的结束，不过结束的方式和绿姊不同，我只要他简单的说一声：我们完了，我便死心塌地撒手，不但放下一条心，便连神经血管，都不至再为这个名字颤动了。"

"璞生是十分热情的人，他真地便能忘记得干干净净么？"

"咦！他还不知他的热情已埋葬在利禄的深窖，他的心亦为肉欲而停止神圣的跳动了。"

"文子！十分为你庆幸，能够这样泰然地生活着。更为你祝福，希望你放下心来努力你的事业。如烟的往事，让它跟看残秋的肃杀化成尘埃，璞生的影子也要随我们的酒气渐渐飘散。你不该悲哀，悲哀使他窃笑，你不要颓废，颓废给他欢喜的机会。你奋力地举起头，让他日他望了你的事业腼颜起来。"我真动情了。

"是的，我们这一场梦，悲欢离合，甜酸苦乐我都尝透了！我满足，没有抱憾。他摧毁我的心，同样我也摧毁过他的，要是我记恨他，我该回头为自己的事业向前，要是爱他，更需努力，我已寻得恋情以外的慰藉了。"

"姊姊，我寂寞地生，寂寞地为生活奔忙，寂寞地淡忘了一切的残灰，寂寞的死，寂寞地让我伟大的躯壳和泥土一同化尘，姊姊，你勉励我啊！……"她眼里闪着搏斗之光，她的苍颜也为决心而呈出异彩。

我也颤动的替她祝福，我无力的说：

"文子妹！姊姊是十分希望你不要糟踏天赋你的聪慧，不要摧残你自己的幽美的心！"我说着不自觉地吻她的眼睛。秋风寂寞地在窗外吁长叹短，微雨也疏密地飘来了。

天色已微明，几只空的酒瓶寂然地站着。啊！一切都随昨夜的黑暗沉下。今天，在风雨飘洒中，我要伴她到乡村去，我们虽整夜无眠，可是我们的疲怠已迷失到过去的悲欢里了。

一九三二，一一，五，于上海

（原载《新垒》1933 年第 1 卷第 4 期）

我的创作经验

白　鸥

　　一九二四年的暮春，因爱友逸君的病殁，使我幼稚的心，骤加一重创痛。因为我是一个从小就被母亲遗弃的人，母亲的死，给予我家庭的一个大变故，母亲的死，给予我生命以永伤。羁旅异地，每因些小的感触，而起了亡母的沉哀。所以我虽在未经世故的童年，却时时写着不堪其痛的短歌。那时我还是一个正在受着中等教育的学生，这些短歌，竟谬承师友之赞许，替我拿到当地几家报纸的副刊发表。直到逸君死了，在那种无可奈何的情况中，我开始写着追忆她的文章。那是一个五千字左右的散文，曾经因情绪的热烈，以及悼亡的悲痛而轰动过岭东一隅的文坛。就在这一年的秋天，学校里的刊物，一部分归我编辑，同时又在我师杨震指导之下，组织了文学社，创办了周刊。有了发展的园地，创作欲更随之增高；可是还没有写小说的手腕，亦没有尝试的决心。

　　年终时，我师因母病而回他安徽怀远的故乡，一切的事体都付我办理，那个年假我试写了一篇三万字左右的戏剧，方想悉心研究，以期有成。不料到了春天，一月十六日我才接到我师的大札，说母病渐愈，日内可以首途南来，同时为我寄来了许多创造社的杂志月刊，以及当时的郭沫若，郁达夫，张资平等所有的全部文字，易卜生，柴霍甫，莫泊桑等的译本亦一道附来。但在第二天，元月十七日，我即续接他友人的来电，说是杨师竟因遗产问题，为其尊大人之妾侍等所暗杀。噩耗传来，凄梗欲绝，因之竟不忍重进校门，凭感情之所之，漫游山水之间。虽然心境之悲凉，不堪一顾，然而创作的情绪益浓！不过把想研究戏剧的心情全部放弃，纵笔所之，又成悼亡之调。好像不那样狂歌当哭地发泄出来，即击不退苦痛之咀咬似的，无夜无日，都在堆砌着凄婉的文字。

　　不幸之事，纷至沓来，不一而止，到了秋天，好友寄尘自杀了！她是中毒甚深之人，以所谓"童贞女"的名义过门守节。在暨南师范卒业回来之后，到她的故乡担任县立女高小之职。斯时因党派之关系，异党者竟借此为口实，毁评她冒贞洁之名，而无贞洁之实。不用说以思想落后，行为检点，而且身受其痛的她，会受不住。风潮初起，她竟以学生游戏所跳之绳索，上吊于县小教室之讲台。遗书飞来，我即星夜奔吊，一榻横陈，血泪满面，狼狈之状，不忍遽见。从那时起，我更加落落寡欢，阴郁终日。只借文字舒我怀，凭长歌寄我痛。

　　一九二六我到上海××大学来，情绪为之一变，以写悲歌之思易而为作宣言，以写小说之时间，易而为书标语。直至越年暮春，革命势力分裂，仓猝他去，逃亡大江南北，仆仆风尘，颓废之情绪重新萦系我怀。汉水之边，不乏人生欢哀，黄鹤楼头，多少世间苦乐，于是又不自禁地作了不少悲歌。

　　五月初，挚友质芳以行年廿二而竟已守寡至四度春秋，离家教书后，与同事恋爱，因两人同姓，而受社会所迫，未能结下爱果，热情所之，竟饮火酒而毕命。寄尘与质芳之死因各异，其同为礼教所屈服则一也！脆弱而自杀，因属不足同情，然而致她们的死命的雠仇，则不能不叫人愤恨！我素负叛逆之名，在每与礼教相衡抗，对斯情境，愤恨之情绪益勃发！徒以孤单摇旗呐喊，收效绝微，合力而攻，则革命势力正告瓦解崩溃。四顾茫茫，了难酬愿。当时就有了欲以文字号召同性的企图。然因环境关系，南来之后，匿居芎江，只能依父抚女，教书度日。情绪之衰落与凝结，向来未有。在那寂寞似死的荒城，黑暗势力包围的鬼蜮，又未能畅所欲言，加以同志之惨亡者不知凡几，只能以愤恨的心思，化为长吁短叹。

一九二九，我又重新展开笔纸，试写数万字的短篇，成小说三部，诗词凡三百余首，这可算是我在南方最有收获的时期。每思欲弃去鸡筋似的粉笔生涯，专致力于创作，终因生活铁鞭所策励，未能竟志。

一九三一年春，十年知交的岭梅，因某种罪名，在沪为人公然暗杀，到了这个时候，悲凉的情怀，终变成搏斗的烈火，终竟奋然弃家，到万恶薮泽的上海滩头，正式地开展我文字的生涯。

回头一看，我已经过了三年凄苦不堪的生活；三年来我曾努力得什么伟大的收获么？没有？三年来我所创作的文字，能够唤醒恒河沙数似的同胞的一二么？定然亦没有！经验告诉我，应该怎样苦心经营，才有一篇有力量的作品的收获，我是知道的；应该从实际上体验了人生的内层，从各个不同的阅历中组织一篇小说的经纬轮廓，定个有效的中心意识之后，才来下笔发挥，方能构成一篇完整的作品。可是，我失败了：因我的人生历程是畸形的伤感主义的发展，我所遭遇的故事又多是悲剧化的罗漫斯，着述在我作品上的中心意识亦止能达到叛逆礼教，反抗现社会制度的一点小呼声而已！岂不薄弱殊甚？

我以为创作的经验，就是人生的经验，我们一面创作我们的人生，一面创作我们的文字，把人生所经验的，搬到文字上来，只要结构得完整，下一回功夫，虽没有绝代才华的杰作的成就，当然亦不至不堪一阅。倘然对于一个事物没有深邃的认识，冒昧动笔为文，定然是失败的。

总之，我很对读者抱歉，我既然不肯努力，又没有志趣前往理解实际社会的动荡，所以我的作品是浅薄，我的创作经验当然亦是寡陋。承编者的好意，要我亦来说说，只好作短文如上述，我甚愿今后能重新燃起生命之火，好好地再来体验人生，努力地继续我的创作，等到他年有文章再和读者相见的时候，能是一个较切实的体验人生横剖面的报告。

一九三四，二，十日

［原载《女青年月刊（妇女与文艺专号）》1934 年第 13 卷第 3 期］

许心影作品选

女儿经验谈

白 鸥

我是父亲的女儿，当然有些女儿的经验，可是我的经验怕有些和一般人不同，因为我是长女，接着生了几个弟弟，因此祖母和父亲都十分疼爱我，我的童年，过得十分的舒适。父亲又是一个被称为名士的人，我从小就常常跟在他的身旁，这在古僻的城市中，一个女儿老跟着父亲的事，是足令人惊异的。我七岁进了学校，亦因为常听了父亲在学校讲书的明晰，所以我很小就反对女学里的女先生们材学的单薄，不肯读下去。在高级小学时，我就独自破天荒地到舅父办的学校开始男女同学了，虽然同时有两位表妹跟我进去，但如果我不做了先锋，在黑暗气氛所浓罩下的岭东，她们绝无力量去冲破这重围。这样事情就来了，亲戚们都来说此说彼，社会上的顽童，当我们放学回家时，都来说些十分难听的话，甚至城门上贴字笑骂，或在背后丢石子。然而我那时只十三四岁故亦不在乎，家庭中亦不以此为忧，直至十五岁那年我又独自先剪了发，这可不得了了，不但我受人讥笑，甚至于祖母都被人抨击得很厉害；幸而有了一位十分明白的父亲在上顶住，还不至于怎样受人欺凌。

我进中学那一年，是由女师转来的，那年我刚十七岁。因为父亲在那儿兼课，兼着又羡慕那个学校在社会上的声誉，我又独自先到中学男女同学了！可是这回情形就不同了，第一因为我年纪已不小，依照向来处置女儿的成例，家庭应该把我嫁掉才算合理，现在家里不但让我读书，还男女同学，而且又剪了发，这样一来，我不免天天受咒诅，受人责詈！几乎全个都市都知道有了这么一个"不伦不类"的我，走过街头有人骂半男半女，购买东西，有人说我是娼妓，无所不至。然而我早出晚归，又怕成绩不佳，给男人耻笑。我是怎样的努力哟！可惜社会是魑魅魍魉的集合所，我处此中，哪有力量战胜？那位校长大概是被人传说得惊心，有一天就叫我去谈话，因为我的成绩既不差，又无犯规越轨的举动，他没有法子，劈头就说许多违心之论，结末是：

"你已轻易剪掉你的头发，人格已先被人看轻三分了！还说什么话呢！"

我当然不能平白地受他的侮辱，和他声辩之后第二学期不去了，父亲也生气地不在那儿了！但是现在怎样啦？这位母校的校长不是连他的老太婆都剪了发么？现在不是哪一个学校都男女同学了么？总之只要举了这一端，就知道旧礼教对于女儿们是怎样的压迫了！为什么"女儿"就不能到较好的学校去读书？为什么"女儿"就须永生系住那个不堪麻烦的发髻？这真是令人不平的事！然而社会处处对于"女儿"苛责！强迫，使之全没有一点自然发展的机会，万一真有了才华盈溢的女儿在，亦非埋没一世不可了！近数年来，表面上好像"女儿"真能够得点自由，但事实上仍然处处都是把"女儿"镣梏得紧紧，有许多事情，男儿可以做的，女儿们亦有力量可以做，但因为社会不许，万一有些女儿们不怕死地打了难关去做了，这些女儿就会被社会活活抗死的！"女儿"！"女儿"！这是多么不幸的名词哟！

这些亦不能算做什么大经验，但过往的事实如此，目前如此，诚恐将来又是如此，处此情形，我只希望凡是被称为"女儿"的人类，都宜急急起来，合力挣扎出一条足以自由行走的大道才好！

一九三五，三，十一日

（原载《女青年月刊》1935 年第 14 卷第 4 期）

故国清秋

白　鸥

蔚弟：

为担心你的旅途，别后就那样等待你的来书，你给白浪兄的信老早让我看过了，我和白池兄共同寄你的当也早经收着；而你，已一月了，竟没有只字来，我有些怅然；难道此番友谊又将付诸流水么？

昨天黄昏，终于看到你忧伤中的倦眼，聆到你流浪里的叹声，你简短的字句，凝作无限的凄怆，你重复的："我愿意漂流吗？唉！我真的愿意漂流吗"的疑问，迫得我快滴泪了。

唉！我还有许多热情，这样易受感动吗？我化石了的泪河，还有许多泪水可以流出吗？但我终于滴出几点苦泪来了；为的是我也曾经在旅途上颠簸许多时日，为的是漂泊的乱流也曾震撼过我的身心！而今你在旅途中的哀楚烫醒我往昔的噩梦，你在异乡里的寂感溅起我曩时的苦情！啊，这将怎说才好，我还有力量可以给你，使你在漂流里挣扎出新生么？

你走后，我几番和池兄喝酒去，为了少却你，能说能笑的一个，每每对着绿杯起了无限的感喟，但结论是：愿他能倾去那深沉的悲伤，迸出巨大的强力，像他外表般，有说有笑好好地生，好好的求到较满意的安定。

蔚弟！朋友们对你不能说是没有善意的祝望你哟！

而今你方才到达那里，怎么好呢？你厌恶星洲？无条件地厌恶星洲？唉！朋友们能够把良好的机会付予银笺寄给你么？我们又能够叫你回头来么？那末老远的去了，并且走得那样落漠孤凄，回来？别来一月的鉈江就能叫你满意么？事实是此地既成绝境，十分腐旧的都市，你厌恶它，痛恨它，无可奈何才走的哟！为此，你该在那儿好好地住下去，好好地在那儿找出相当的感情！是的，像我们这类矛盾透的人，人间任何境界，一到了，那儿的一切都来把我们欺凌，是的，我们就无条件地厌恶一切了！

怎样决定呢？你又要跑到更远的地方去，并且不知何时何地始驻踪？亦好吧！反正我们承天赋予以"非凡"的命运，务必流浪以终似的，料难辞去凄迷自苦的锁链，那末，怅惘些什么？你感慨些什么？你应该更有力量地去冲抗那逆流的浪花，你应坚强了心志，向"舛遇"哂笑！没有力量吗？唉！最后了，则由"非凡"而循至平凡，跟所有的生物蠢蠢然地活下去，否则由"非凡"而步至"超凡"，连人间所料想不到的奇境终自碰到了，不很好么？

我呢，依然一样，天天在苛责自己，时时高唤着从绝望中举起头！但是我每天都做着违心的事，每天都徘徊于死亡线间：我不能有个清静的时间来写点什么吗？

"你不能够！"一个声音窃笑着我，仿佛又有谁在敲门了！

我绝不晓得痛苦为何物，然而我没有痛苦吗？每天，每天，许多人，绝不相投的人来，故旧呢，亲友呢，特来拜访呢，烦劳写些什么呢。但，我有六亲可供共享荣华吗？我有知交予以援助吗？我穷，已经穷得这样狼狈了，我没有固定的职业也已四年了，你们每会美其名说是"什么作家"、自由职业者，或者是"穷而后工"，"豪爽潇洒之士"，势不为"铜臭忧"，但分明我是穷，我失业，然而许多人还为我这一套服装所轻昧，为我的虚名所惶惑，于是他们希望我能援助，我能拯救，来了，拜访了，徒劳的结果是我必以最简单的烟茶款客：下去，下去，一直的下去，再不好好地用点工，拨个清静的时间来坚强自己，我还有力量可以自活吗？更那里来的力量可以助人哟！这样看来，我似很苦痛了，那末，我徒自负是个能斩能截的人，为什么不好好地解除痛苦，决然地改变生活的内容和外观？为什么不坦然地说：我厌恶一切，这许多看似恶意的来访的人们？我脆弱，不彻底！我该死，碍于情面！于是我每日违心地挨过去，怅望着我的时光之飞逝，眼看自己每日在绝望中浮沉！像这样的生活，我还敢心领你们的过誉，承认是个"有希望"的人而不内疚吗？

依理，在漂浪中荡漾的你，原自凄惶，我实不该再说这些矛盾尽了的呓语来增加你的恺郁，但不再发泄出来，能保我的心不会一朝迸裂吗？说到"心"字，唉，难道我还有一只"心"？不是有人说过：

"你的心怎么不跳动？"

"你还以为你有一个完整的心？"

"唉你的心简直烂透了！"

这些碑文我已诵得烂熟了！我也每每自问，鹃子！你的心还跳动吗？还有迸裂的机会吗？我没有答案，是的，你们每每谬奖我是诗人，要是真敢夸大的话，我就承认起来，并且用着诗人的态度来写诗，那末我会写着：

我的心已跟绮梦破灭，
我的心早随青春凋零，
我的心是一炉烧后的残烬，
我的心是一园飘坠的落英，
怕的是残烬里还有红星飞迸，
怕的是碎萼间犹带清淡余馨！
可怜红星又燃不起生命的烈火，
可怜余芬也难教人一闻立倾情！
我宁肯教残烬都归熄灭，
我祈望余芬都一齐湮停！

这些可说是我的答案。然而，而今我既非一个无心的幽灵，又乏伟力从恶魔的手里，或从沮洳的泥泞中拾抢那碎尽的心，使之完整，可供运用，你说吧！做姊姊的还敢夸说能给你以势力，鼓励你挣出新生？

但是，切莫悲愁，切莫烦忧，你还年青，你没有姊姊般受尽人世的磔刑，你该有炽盛的强力，你有个伟丽的前程！为此，我要唤一句！

异地中新园林在待你垦植，艺苑的奇葩将行招展于你努力的园庭，你期待着幻想的实现吧？若然，你该在那儿好好地生，好好地生！

许心影作品选

你信里附来了钱说：附上的碎币，这里没有用处，寄给你，是可以换纸烟的！唉！我何忍，何忍看着你千里之外寄来的钱一朝化烟？我何忍，何忍忘去你临行谆谆劝诫的誓言？你说：姊姊身体羸弱，依理是该断了饮，戒了烟，但怕又不可能哟，可是希望你能少喝，少饮，莫再永日沉缅！……真的，鲁酒难以去悲，却能烫昏我思路，烟丝难以散恨，却能使我暂觉幽闲！于是我酒喝多得更多，烟抽得更捷，可是我，我，我虽然"烂了心"，忘了劝，但拿这迢迢遥遥涉万里关山，渡千浔湖海而来的钱换了纸烟，无论如何，我绝不如是的残忍！

秋是深了，烟霭自凄迷，叶辞枝，雁南飞，你又赋轻离，日来狂风卷雾，骤雨敲林，这夜阴，这凄厉欲绝的夜阴，这鬼哭灵哀的秋啸，唉！像天气一样，我的凄厉欲绝黑黝黝而狂卷的心！

我本来想横了心不给你回讯，但案头的绿灯惹来我的记忆，窗外的秋啸教我伤怀，于是我赶着此刻风雨共号的深夜，没有谁，没有谁来激起我的愤恨，扰乱我的心把我欺凌；固然一回思那卑下之群我会悚然起栗，一记忆那奸究之众我自立地凄惶，只为了这深宵的一刻我能握住，我有余闲，我那能不纵笔挥泪，泄一泄心中的愤懑？

但愿重来的消息会因姊姊的敦促而有努力为生的佳音，为了敦促你当不甘如前般自暴自弃对自己无情的毁灭，而终能给你一个破开凄迷绝境的回信！我们都宜遵守这样的条文，切莫，切莫各自先行撕毁了如是的约证！

是的，故国正当清秋，病怀不堪凄恸，而今把你那寄来的钱买了一张秋衾——唉！这薄薄的棉絮，这柔柔的细绢，盖紧我羸弱的病躯，裹住我劫余的残命！但，姊姊能于稍觉微温的刹那间感激那远在数万里外漂流的弟弟么？

你好！

鹃子
十月一日　故国清秋
（原载《海滨》1934 年第 5 期）

醒来吧

白 鸥

星，姊姊！

今天读到你的信，一连五遍，我的心是随你的字句沉重下去，终于不可支持地乏倦了，震颤了，我绕室彷徨，拼命抽烟，喝着浓厚的茶，用力敲那轻薄的琴，烟丝，茶香，琴音，零乱的，苦涩的，重浊的，我更深陷下去，轻飘起来，姊姊，我疯了！然而我是倔强的！我是薄弱的？我终须把一盆冷水来洗去我矛盾的兴奋。紧闭着眼睛，息了许久，喝了一碗药，我就起来写信给你，我愿你相信我是爱你，我所要对你说的话，并不是对你的苛责，我亦希望你不以我这些杂乱难分的情绪而惊异，是的，你相信我，如其肯听我的话，我能够救你，虽然我不能自救！

这些年，我在关山颠蹶，我在湖海漂浪，我用一颗强烈而火热的心，向前冲，用一双刚硬而粗暴的手向前攀，虽然我冲不出一个惊浪狂涛，越不过一个严峰峻岭，我亦攀不到一枝可靠的林木，攀不到一片足恃的墙垣，冲得更加跌落，攀得更加倾陷，然而姊姊哟，我还活在这里，活在这里，于是我抚摸着斑驳的伤痕，环顾淋漓的猩血，惨笑了一阵就站起来：

"你不能冲出一条生路是你的脆弱，

你不能攀得一线活机是你的荒唐！"

姊姊，我责骂你自己，我决心向人间作一次最后的宣战，于是我狂吼着，女性们，团结起来，我们都是羔羊，被宰割的弱小，为什么，到现在，还这样默默无言，让各个单位去忍受？联结吧，救救自己，然后再来谈谈人生，谈谈救国，谈谈那无聊的风情！

正在这样苦励的时候，淑忽然说：这数年来你不曾给任何女人作过长书，你亦不曾为任何女人而去披星戴月，你更不曾为任何女人狂流着绯红的泪波，这当儿，怎么就对女儿这么好感？希望她们会来和你联合，像你一样会去向什么人间作最后的战争？

淑的冷水不为无因，为了她看过我受够多少女人的摧残，那种同性相戕的惨痛不次异类的围攻。可是我说：妹妹你错了，在从前，我受她们的欺负，我会愤慨，受她们的凌虐，我会凄凉，我是一个小孩；我怕！于是赶着未被刺死的时候，我逃去她们的圈圜，离去她们的巨掌，所以有一个时期，我几乎和她们完全不生纠葛，杳无往来。

如今，我已经是个步上中年的旅客，旅路上我听到她们的哀泣，她们的凄啼，旅路上，我见到她们伸出待援的手，展着待苏的魂，凡是稍具慧根的女人会失悔相戕的错误，回头相爱来弥补毕生的余哀。你看，来救的人已那样多，待援的手是这么众。我不是生的巨灵能左右她们的命运，我不是福的使者，能渡拔她们超过苦难的鸿沟，可是我，我不该视她们永远如仇，我须振臂奋呼，使她们悔悟，我更须咽泪哀愁，求她们联合起来：不要把生命投给"虚荣"的野兽，碎在"妒嫉"的石头吧！女性们！

淑张大了眼睛，作个会心的投射。

星，姊姊，十二年前，在那大都市的一角，你带着潇洒的芳姿出现在那高誉的学堂，你流星似的双眸，动荡着那一角的人心，你翩翩的丽质，毁碎那一角的灵魂，你一颦一笑，令人爱慕，一喜一嗔，教人魂销，你的才名有如近来的收音机，时时流入人耳！你的成绩，像薄暮的云霞般，天天飘过人们的眼前！

"谁不认识，我们的寒星姑娘？"菱一天这么独自的高叫，我回答他道：

"我就不认识，还说谁？"

"她说要见你，因为你是伟大的女性！"

"不要撒谎，她那能知道我！"

"人们天天来这里说到她，人们亦会天天在她那里谈到你！"他兴奋着拿出你的照片，我深沉的凝视，爽然的叹息：

"无怪你们会这样倾倒，果然是丽质翩翩，哎呦，这双眼，这双藏着无限神秘而温纯的眼睛！"

那是一个大流血的时代，我们恰恰生活在那末的漩涡，于是我们不得不随着狂潮而波荡。战争爆发，你恰巧住在公共租界，那还危险，于是安奇每天都冒着戒严的钢网去看你，他爱你，他对朋友说决定把你包围！他因为你而去拼命读英文，他因为你而弃去他大学的课程，他因为你旦夕都在那相隔数十里的程途中奔跑，他教朋友们向你劝说，他更集中力量做着在你所认为有情的牺牲！

寒星，我的好姑娘，你终于投入爱人的怀里，有如那小鸟的依林！

你跟他到杭州去工作，你跟他奔回上海来，你跟他流落在那烟灰弹屑之中，你跟他过着时代青年男女疯狂的生活，末后你以绝大的决心，辞别你的母妹，跟他来到这陌生的南方，你生了小孩，做了母亲，只消一年，你便变得憔悴，你便变得沉郁，为什么？为什么你没有一年前的丽姿？为什么，为什么那欢悦的眼睛常凝着泪？

唉，他虽用过毕生的大力去挽住你那多人待扶的纤腰，他虽费去无限心血，包围紧你使你不曾落到另一个人的手中，他喜慰，他畅怀，然而他是男人，不以欺负女性为伤的男人中之一个，你已经在他的范围内，你已为他养了儿，他怕什么？他管什么？他崇拜什么？他小心什么？是的，他忽略你的感情，他不曾以一个女人的心为意，所以你将临盆那一月，他还出去远游，那一夜，你住屋的另一角起火，你无援地带了你那出生数日的婴孩跑到马路彷徨，幸而神灵护卫，你的屋不曾被燃烧，你母子无恙，那时，华跑去问我怎样办，说安奇还在乡下不曾来，你惊惶过度，有点伤心，除个小丫头外，没有人调护，你那三餐的饭菜要在外面买了来，华说得愤激，击着我的卧床，她也是热情的女性，她几乎要流泪。不幸我也正在病榻之上，我无力去顾你，我给华的地址，教她立地打电找回你的爱人！——寒星，姊，我可怜的女性，也许安奇不是故意让你难受，然而男人的劣根性原来是这样，享乐自己之外一切都不在乎！除了天地变，人类变，此外无可如何！因为上天不仁，教女人非负这个苦难的十字架不行，上天无能，似乎非女人的十字架，他就无方创造人类，这将怎样说？这是一个谜，我不懂！你不懂！问天？天又无言！呜呼！

你再度跟他北上，又跟他南来，这小岛，我第二次和你相逢，你已经是第三个儿子的母亲，而你，你那少妇的芳姿虽然未尝褪尽艳逸，但生活的担子压得你三日病了五遭！你成天吃药，你日日说你落伍，再也鼓励不起往昔的刚强！你动不动就落泪，你已开始把你那爱人怀疑！然而你是个温存的女性，你不肯给他以厉色疾声！你隐忍，你的心又时时反动！寒星，从那时，你就坠入无底的悲河！你不大向我诉苦，因你会包涵，不肯把夫妻间的阴霾飞流友人之前，可是他，他反而坦然地对我说："寒星姑娘只配做个良母贤妻！"

"良母贤妻是你的幸福，你不该辜负了她，你好好对她负责，她是个多思虑的女人，你不可任情豪放！"

我才转了一阵从闽海归来，哎哟，寒星，果然他有着第二个女性！

他说那是没有什么，值不得惊奇，只是高兴便交游交游，娱乐娱乐，你不可忍，你前终于用大量的忍，但他明明疏忽，高兴得几乎忘了你！

"男女之间，不可容发，我哪能让他！"寒星，这是你那时对我说的话，我只能教你看开：

"或者没有似你所忖度的那样糟，你劝劝他，念着你们的孩儿。"

"不！不！我要拆台！可恨我已无力，我完了！"

以不了自了，他们亦就分散，你也稍稍安心地出来教书，恢复你当年的绰约与天真！一接近了童心，你依然有了愉悦的欢笑，在一个寒灯下，我的旅舍中，几盅薄酒的温炙，我见到你数年前那神秘而温纯的眼睛！

"寒星，好好努力，不要为那无益的纠纷而痛苦，你是多么聪明，多么才干，你不该想你已经完！"

"你鼓励我，我感激，但是阿姊（不知什么缘故，你一向都称我阿姊），你又快要离我远去，我又会孤立，无援，凄惶！"

"不！你勇气比我大，在以前。你才力较我好，就是此刻。你不必需要我的陪伴，只要你提出往昔的刚毅，只要你不死心葬落情爱的坟墓！"

如是我在几天热狂的践行之下，我背着生活的重负，毅然他行。临开航，安奇和我们的好友，那个仁慈的医生死在勤奋过度的那个，带了一打啤酒，许多果子和杂食，登上轮船的舱面：残春的金阳有点热，酒的气力又使热度激增，朋友越来越多，大家对于这个漂泊的旅雁具了盛大的希望，敦促她务须努力向前，说重逢时将要看到她无限的成绩！我喜慰，我悲凉，我喜慰这只旅雁在朋友们眼中还不全然无用，我悲凉这百无一用的旅雁将会负尽朋友的深情！

我悄悄拉着安奇的手，倚着船舷：

"青春在你我辈早成过去的陈迹，我们已谈不到怨望春去春来，我们需要做点事业，发展各人的所能，夏天摆在面前了，那酷热我们无须惊怕，那长画，正可给我们用工，你，可以有为的青年，不必再演爱情的悲剧，寒星，是个绝对有希望的女子，你不能毁碎她的前途！"

"把孩子留在家里，不久我亦将带她远征，你放心，我懂得一切！"

然而，寒星，我的姊，事实怎么样？

百无一用的我果然百无一成的归来，可以有为的你们果然在多角的纠纷中消去盛壮的生命！

就在一个初冬的夜里，月圆的寒宵，奇、林，来找我去步月夜的寒郊，泛着扁舟立在月夜的寒流。林开始发言：

"你已接到寒星姑娘的警报么？她向所有的朋友们告急，要希望人家援助她！"

"安奇，你听见么？你何苦如此？要人家把她救援，莫若你自去解围，因为男女之间第三者原是不易为力！她来信说你们的家庭已将为一个浪荡的女子而粉碎，她的残命亦将为这女子而埋落无底的坟场，她说你还肯听我的话，我须向你警告，教你速速回头，如今赶着林在这里，你说吧，你将何以处置？"

"寒星太小气，她何曾痛苦？我不曾对不住她！若说男女的爱，那简直是骗人，一个男人怎能持续十年以上的爱意？寒星还年轻，她怎么不各行其是！"

"你简直迂阔，她忍得把你舍弃而去各行其是时，她何苦对你争持！她那频繁的酸泪，不止是醋意而已！"

"总之，我须对人家负责，人家不是随便给你睡了个多月就罢休！"

"你负责了'人家'，你就不负责寒星么？她已跟你睡了十年，果可任你叛变？"

"我已无可如何，那是绝难分解的谜，老友，你不必对我苛责，因为你是女人，你不懂男子的心理，我是男子，我明白，没有一个男子肯认真，没有一个男子会维持十年以上的爱情，哟，寒星何苦以此不满？她，她可以安居乐业，她有田亩，有宅第，有小孩！"

"这是什么话？总之，我告诉你，支持双重关系未必会有幸福，那'人家'我虽不识，想来未必能胜寒星，你偏偏要，要自寻苦恼。唉，朋友其奈你何？"

寒星，姊，我总算不负你的嘱托，替你争辩了许多，绝无助于实际的理论——因为他不听，什么理论都是废文——是的，朋友其奈他何？阿林亦默默，阿林亦只有漠然的太息！

接着你又是来了长信，大声疾呼，说你不可受那样的侮辱，说你宁为玉碎，毋为瓦全，说你受安奇的骗，他骗去你的青春，骗去你的血泪，儿女们又会把你的余生拖落黑暗的坟！你说十年前，杭州之役，安奇叫菱来上海对你说，说他：你将发狂，将自杀，将投到黑暗的牢囚，将……菱敦促你，你相信，于是去杭州，如今悔已太迟，如今悟之太晚，你已无力自救，你也无力可以冲出这悲苦的重围！可是你又不甘被杀，不甘受欺！……

星，姊姊，这是你的自白，你的哀音，亦是千万女性们的冤情，你这么说，我仿佛听到千万女性在怒号，在求救，然而谁来理此微弱的呼号？谁来把弱者垂救？

春间你来，踏进门，一声阿姊便那样涕泪珠垂，你哽咽，你悲泣，唉！我无力助你，我要助你的只有一只刀，然而，星，我是深知你，深知你太爱他，你不能接受我的刀去切断爱情的疑问，所以我亦只有无言！只有无言！

他临走时曾带那"人家"来见我，那"人家"料必知道我对你有深谊的浓情，所以不说什么，当然我亦难以置喙，我寂然地看看了安奇，又望望那"人家"。安奇苦笑，他说人生是不幸的联结，他无意解释无聊的遭际，一切让其糊涂地过去还好受。那下午，他们就上了旅程。

第二天，你哀哀的呼吁令我惨然，我怜你，我也怜那个"人家"，她何苦带桎带梏地来和你结仇？她不是有着一个按月寄钱给她的男子？她不是和那个男子没有"不满"的感情？

为此，你更怕你的安奇被那男子加害，你想制止这悲剧的演奏，你说，那是女性的败类，她把你欺凌，把你侮辱，你要杀你的敌人，以泄此不平之愤！

你果决的离家，虽然你绝无成功的计划，好似受不了那末的激刺般到这里来。这一次的相逢，使我惊愕，使我惆怅，星，你怎样就老了许多，你的柔发落到那里去？你闪烁的眼波怎样突为霜凝？你那纤纤的素手怎样变得这样粗糙？你那紧束的腰肢怎么如许宽弛？你那犀利的谈锋，只换得沉重的呜咽？你那薄软的红唇，只能频繁的颤动？若果不是到我家来，在路上我几乎不认得你！唉，这些话太伤了你的心了，你说：近来还好哟，要是两个月前看到我，那一把支离的病骨，那一条空虚的幽魂，……这样就咽住了。

到了夜里你才说，你为了照护那四个小巴戏，使你过度劳碌而抱病，病得凶！操持那个高门阀的家庭，把你的手粗糙了！你的头发脱落净尽，你的身体不支，然而你还悬心那爱情的毒箭，于是深夜的泪珠，使你的眼睛变坏，那千条万绪的怨抑教你只能颤动着双唇！……

你说你不能老死在那穷乡僻壤，而担忧那辽远的爱人，你又说非你自行出征，安奇的舞台不肯变换角色，于是这么归去之后，你勇敢地带你四个儿女到都会去追寻那风流的丈夫！你对我说，这回到那里安定之后，你要出来谋生，你不愿长远放弃你的才力，而唯一的目的，当然是驱逐那个"人家"！

男人是机警的！男人是贪恋的！

他们虽然有了新知而尽欢的优游，然而对于故识实亦恋恋不忍分解！他们虽然屡是悲剧的导演，却又不敢尽情地把血刃来结完终幕！所以安奇亦是这般的机警，这般的恋恋，在你未曾到达之前，那"人家"已悄悄地离去你所要到的都会了！

星，你已然占了上风，表面上你也已经胜利！你可以安然过活吧！你亦可遂志地谋了职业吧，抑或重新进了学校借以深造吧？怎么？怎么今天的来信，仍然满纸愤慨？满纸凄凉？

你又把十字架负担起来么？你说终生势必为儿女累尽了！你怎样能去寻职业？那有勇气重新入学，培植你那将成的艺业？——于是你不胜凄凉！

你说那女人已经走了，然而他们还是貌离神合，只不过避避你的眼睛！你问我可曾知道她？唉！寒星，你无限愤慨，你说她自己乱来还把其他的女人肆口乱骂，在上海，在南洋，她都有了许多败辱女人的举动，可是她，她以己度人，恣意毁谤！于是你又不肯罢休！

寒星，姊姊，如今我所要教你走的只有两条路，待你自己去择取适者而行，你不以为我是偏袒着人家来向你苛责吧？

人家已避你而走了，你何妨佯聋装痴？任他们怎样去神合貌离，此刻的实现，你是拥有四个儿子和安奇，你何苦老把那些无聊的纠葛来苦恼？用你有为的精力来作无益的斗争？决然舍弃吧，那"虚荣"，那"妒嫉"！——爱情到什么程度，妒嫉就长进的紧迫，是的，男女之谜原来就复杂！然而你怎么不把这些妒嫉运用在其他的地方？你不见迩来有许多成就的女儿们？文坛上、艺苑中、天空、地道，举凡男子所能的，已经有许多女子亦能！你缘何不把她们妒嫉而紧追？要是天生蠢策，那实无可如何，只好坐看她人的成就！然而你，我的好姑娘，天赋你是何等的聪慧？你已学得的智识又是何等的高深？你怎忍得把宏才孤负？

你眼前锱铢计较的不外一点"虚荣"的作祟，你说你不肯即休的原因，只为了打不破他们的好梦，是的无能，是你的耻辱！你终须做到他们貌离神离方可停战！好姑娘，你是聪明人，怎样一登了舞台就懵懂起来？这人间，无论纯粹的爱情，纯粹的肉欲，一到两个单位决心携手飞跃，携手陷落。任何阻挠都是不能挡住！你要打破？你有力？你要拆开？你有方？舍弃吧，何苦把巨大的力，纤巧的方，来换取这一点胜利的虚荣？

你果然决定非如此就不甘心么？那末，也好，寒星，——安奇亦是我的朋友，我当然不便怎样怂恿你去破坏他的好梦，但为了先"救救女人"，我只好且把他放在脑后。你有一条绝对平坦而易行的路，你怎样不走？只消几个字，一张呈文，去求那统治阶级的援助，他们的梦不是立刻粉碎在你的眼前？然而投鼠忌器，你顾恋着安奇——因为这会使安奇受现行法律所锁链。你不忍，你不愿，你又不肯佯聋装痴，好姊姊，你不是永远要被这凄凉的结所缠死么？

我再恳切的求你吧？你须速速回头！为了同是羔羊，被宰割的弱小，你宽一步让她吧！女性和女性之间。说不到什么了不得的仇恨，若非这些虚荣和妒嫉，女性和女性该是何等亲热啊！你还须再远想些，若果没有这些朝三暮四的男子，女性果能自演独白的悲剧？若果不是见异思迁，已是男子的惯性，女儿们当敢懵然而进攻，自讨没趣？安奇是男子，他决不会自造谣言，使他们男子的阵线先行崩溃，所以他说的话决然无虚！并且这十年来我们听到的，见到的，受到的，亦就有草样多的事实可供铁证！那末你悲凉什么？你的愤慨亦是徒然自伤！你不能让他们十年（？）看他们是否能长远的做那"好梦"！何况他们，他们自知理屈，不敢来和你对垒！何况她，她更自觉赧颜地逃避你的视线，向后转走？总然能够"神合"，亦已经不得不"貌离"？

弃去吧！不要这样自为矛盾，自为沉溺，努力自救，让一让，养成坚强的勇力，救救她们！用理智，去使一切人类觉醒！

看！狂暴的风雨已冲破浓云之黑层，马上会扫掷到我们的头上来！听！幽囚里的奴隶已在悲呼，求生的号角亦在哀鸣，我们还没有死，我们怎能不站起来？还思睡？还思做梦？姊姊，有为的女性！你说你要"以牙还牙""以血还血"，那是很好，你还有毅力与勇气，但你真个想把如许的巨力来对付一个浅薄的女人而已！你不曾觉出你是个时代的女性，你不曾记起你当年所抱的壮志与伟怀？你应有更重要的使命！要斗争最低的限度亦须把那数千年来笼罩着女性的锁链来做对象！你果然无力跳出那"爱情"的重围？你果然愿永远做着哥儿小姐的副角，长此合演那谜结着谜的悲剧？

醒来吧，寒星！

我这样的呼唤你，

我这样的呼唤我自己，

我亦这样的呼唤一切的女性！

最后我再严肃的唤一声：

醒来吧！女性们！！！

你好。

旅雁

一九三六，五，十七夜

（原载《海滨文艺》1936年第2期）

昨夜月

心　影

海上月

已经是九年前的往事了，我由江南东下，海轮走到第三个夜里，刚刚是月圆之时。

十月的寒风，本来有点厉肌，何况在那天海茫茫之中，深宵的奇冷更加刻骨。然而我爱大海，爱那深黛的海水，我爱长天，爱那碧蔚的天云。星消月散我还喜欢凭栏俯仰，有了这样皎皑的银光，我怎能在轮机的起落声中恬然自安？

我倚着船栏到了不能支持时，还去找了凳子来坐着看。我竟是那样的爱月，月亦不像有意归去，总是慢步着让我们的船儿追踪。而这时的月不像公园里的，森林下的，花阴中的，一刹那而西斜，转瞬而沉落；举头她正褰裳翠步于无际的银天，俯首她又拂袖细踏于无边的雪海。

这一夜的月我至今还记得，她像个妙龄的舞女般，是静穆之中带着活泼天真。

园里月

当我住在江湾别墅时，三春的和风已吹澈了我手栽的玫瑰，那红焰欲烧的桃花初作零落，园中悠扬的垂柳，篱畔严肃的紫藤，都在显出春的伟力。有一夜，不知什么缘故我老是睡不着，待来点起香烟时，床前亮得使我惊叫起来，我急急地破窗一望，哎呦，这伟大的园林竟是凝着素霜，堆着白雪，我迅速地披衣，就匆匆的走出了。

月深吻着香花色花，月紧拥着芳草柔草，月披着高林低林，月携着腻柳细柳。

这一夜的月至今还记得，她像个初嫁的少妇般是明艳而更醋浓！

林下月

有一年的夏天，因为我和秋君有了冲突，经了再三的考虑之后，还是低首下心前往道歉吧！于是匆匆地用了晚饭。渡海到了一个山头去叩他寄寓的门扉，等到两人面对面时，了无一语地绕林而走，走到月出，走到月已高悬中天，更走到月已西斜，我还开不出道歉的口来，然而森林下的月色，已把我胸臆间所有的忿恨驱散了。

月为阴林所遮，阴林看来似更黯黑，然而罅隙中漏出落在阶层，落在衣襟，落在面庞，落在发际，都是黑白分得鲜明，奇丽有致。

这一夜的月我亦常常记得，她宛若一个新丧佳偶的嫠人，阴郁的，倦怠的，美得凄清。

这都是十年前的陈迹了。嗣后一直至今，白天是在沉睡中虚度，灯上来时却是喝酒抽烟，身体不支时，就病它一年半载，待稍微健复时又是对着银灯，纵笔挥泪。我不知道白天的太阳，我亦罕见夜间的月亮，幼年的同伴不知沦散在何等天涯海角，长成的朋友亦已然星沉云飞，我独自，永远是独自迅来迅往，南奔北驰，我不懂寂寞，我不知热闹，我是否还会爱月，无从证明；我有没有与月密约的心思，更是无从摸捉；许多年来，我是这样活尸般生下去，在我醒着的时间，仿佛我从来不尝见过一次月色，像昨夜那样的动人。

昨夜，昨夜月

这是一个如何飘逸的题材，更兼那许多难以磨灭的印象，我怎能让它等闲休弃？不休弃时我又怎有力量来把她好好凝上了笔尖？我写着许多昨夜，昨夜月之后，就不知从何说起——

昨夜，家人沐着皓月的寒光，不觉同声惊叫：说是月亮得惊人哟，月是胜过中秋哟，我被提起注意，匆匆走到晒台去遥望，是的，皓月如霜，比霜更洁，比霜更亮，树影萧疏，花阴零落，这是月的好美饰，她会因这样朴素的淡妆更加妩媚，然而我要到什么地方去看月呢？独自不太寒怆么？

匆匆寻了妹，妹说有点病意，不能奉陪，爱月的缘故，我亦不能在灯下伴她，匆匆的再往寻弟，他正在喝药，房里的灯亦是那样亮，于是我说道：——坐在这里，不亦是和月无关么？

——就出去！他从来不曾对我所说的话肯立刻听从的，但是，昨夜，他爽然地伴我步月了！

走着如银的路道，迎面的风沙是横扫得不易开口，然而喜欢纵谈的人，虽然为风所阻塞，仍然说着：

——像这样的月光，亦该有这样的风来壮色吧，不过微嫌太厉了。

——为了月，谁还怕风？他说的话。

走过悠长的马路，越过嚣杂的人群，终于到了近郊的园林去了。踏进门，一阵狂啸震得胸头有些悸动，然而我紧牵着他的手只顾向前去，是的，为了月，谁还怕风？

走过遍植修篁的长堤，步着柳阴的纹道，那月色已较适才更为皎辉，站到岸边，万丈鲛绡在那银波上舞动，阵阵的东风吹起这十里冰潭的幽韵；风声涛声，柳影竹影，衣飘裳飘，桂摇松摇，萧萧然，悠悠然，岸上壮烈的悲鸣，莹莹晶晶水上娇柔的艳漪，这月色，这样凄厉的月色，怎能不教人动心？站在那儿，不知过了多少时候，我才举起凝视水月的眼睛，转一瞬，想看着弟的头发为风所舞动，不知什么缘故，心里有点悒然，原来他戴着帽子，并且他这数天，不知秉承了谁的意旨，已把从未整饰的乱发梳掠起来，就是不带帽子，不亦是难偿我意么？

他不转睛地望着天际，我却老是凝视闪动的江潭。我们都是有细腻的感情，可是我们的趋向每难一致，至此，我叹了一口长气，不知他又感到什么亦叹了一声，我立刻对月说：——声音虽尚谐和，心事却是全然差异啊！他转过身来，我步着那滩畔的草径，亦因为风太大了，总是站不稳，他说怕我跌落水里去，只好扶我向前，背着月光，看着两个瘦影，又那样行，我平时算得颇会畅谈，然而每每剩到只是两人在着时，我就说不出什么了。他赞美女性，他说因为月是女性，所以有许多人都爱羡她，我听后只轻轻地笑，原来他是一个"女性迷"！

绕了一周，又回原来的地方站着，我要他步过小桥，他总是用着婉辞来推却，我这人真蠢，不了解他的隐衷，还在陈说到那儿去是怎么好的话，难道他不懂么？不懂时，怎会成为不忍重临的伤心地呢？到最后我才这样地想出来了。

选坐了一条长凳，我察看他的心绪，总有点寥寥落落，虽然有这样的月色，有这样的涛声，彼此的心还是沉寂，他在对我说的话我不大高兴听，而我所想听的话，他却不大说出，大概他的随着这样凄清的月色而飘到那滢滢的眼睛之前，期望那双秋水会为他溶出连续的露珠吧！然而人的事真难说，女人的眼睛是波动性的，因此女人落泪的刹那定能增加无限的幽美，可是有着美丽的眼睛的人，当然吝啬她的眼泪，因此阿弟失望了。

他爱女人的头发和眼睛，于是局部地追求他的所爱，只为了头发和眼睛，他可是宽恕其他的一切了，于是我想他所爱的对象不难找到吧，是的，他曾告诉我，已经被了所爱的眼睛头发迷住了，怎么办呢？怎么办呢？迷住了，又悭吝她的泪波，所以他痛苦！

这月色似醉眼，这修篁如繁发，我呢会把这幻想假开去，他不知有没有这样想，若然，他就可以稍安了，真的，绝对没有一个女人的眼睛能胜今宵的月色，更没有一个女人的发丝会美于此际的修篁，这清脆的潮音难道不若女人的低泣？这壮烈的天籁，会输女人的尖啼？年青的弟弟哟，你缘何这样不能自拔？

这样的月色，就是独自一人，还会对之倾倒，人影两双时，怎肯把她孤负？然而怎样说才好呢？我只握着他的手，难握着他的心，他扶着我的弱腰，却未扶持我的倦魄，为此，他只好为那末下露珠的明眸而凄楚，我呢，亦只好让那有点不知什么缘故的悒然浸渍下去罢了。

——抛去心头一切的印象，好好地努力，

——忘去悲凉的往事，好些对待我吧！

这是他的话，我愕然问道：

——我曾怎样待你不好么？那末你告诉我，要我应该怎么做？

可是他又没有下文，啊，我猜着了，他所想听的应该是："我心头上的印象都模糊了。"然而他既难以聆到，亦只好缄默了。

风委实太大，没有热火在燃烧，月色何能把这狂风抵抗呢？于是走着归来之路。

我的心近一载来，从没有这样安宁过，有了这样美好的心思，所以我爱今夜的月色，亦爱今夜的弟弟，然而月哟！是不到黎明就会陨坠！弟弟呢？爱他彼此又有什么好处？这样想时，到了十字路头我们便只好惘然地分手了。

昨夜月，已成过去，弟弟又不知何往，今宵一觉醒来，立刻搴帘望月，月是较昨夜输，可是今夜没有那样狂的风，不是更好么？然而，弟弟呢？少不得又和谁步月去吧！

想到这里，我不如把对于月的关系写出来，以后就对她绝念吧！可笑得很，既不能把她写个尽致，又复不能将她描个细详，这些废文，有什么用呢？

我闭了门说：

——从今后，我亦不爱月了，等到什么时候，才有好好的心绪再来把她爱上呢？

点了一枝烟，我纵声狂笑出来：
昨夜月，怕亦会成为永远的记忆吧！
昨夜月，像个荡妇有着迷人的眼睛哟！

一九三五，十一，十三夜
（原载《海滨》1936 年第 9 – 10 期）

中短篇小说

香花前的偶像

白鸥女士

一

"就把这一张留给我吧！……一天没有见面，便觉不安，现在……"青年志鸿把沉重的头抬起来，手里拿着一张六寸的全身照片凝视着，轻微地，颤动地说出这句话之后，又低下头去。

他的黑瞳子凝结着一重闪烁的光，因为不愿使对方看出狼狈的情形，所以头低垂到不能再低的时候，相片便像和焦灼的嘴唇吻合在一起了。

"留着好了。为了求彻底的解决，我非南下不可，倘若此行得不到好的结果时，亦该是我们的命运……呵！我能说出什么呢？……"慧珊女士正襟危坐在志鸿对面的沙发，紧蹙着细长的双眉，恬静地答着。她的心中虽是阵阵的酸痛，可是她尽力地坚持着她的镇静，表示出她的悠闲；她忍着不愿流出泪来加增这个环境的销魂。

"希望你不久便能归来，纵使达不到目的，我们还得时常会晤，……我们虽没有力量推翻礼教，可是礼教的冷冰是浇不熄我的情热的；只要我有一分力量可尽时，我是毫不吝惜的……"志鸿的心似乎凝结着，想往下再说时，已经咽住了。

"总要回来的……"慧珊勉强浮现着笑窝，可是脸色却比刚才还要阴晦。

这样两人便沉默着，黄昏的烟霭缭绕在安静的屋顶，寒鸦成群地飞向屋后的槐树去，庭前的芭蕉正萧萧作响；屋后荒野的冬天的黄昏的声响，似在吟唱着婉转的而又狂暴的凄哀的颤动的别离歌曲。

室内一盏煤油灯在风前黯然地飘摇着。志鸿把照片很谨慎地让她站在案头花瓶的前面。花瓶中屹然立着的白菊，微晃着把白的长片一二瓣飘落在照片的前面。

他凝视着照片一会，又望望当前的慧珊。她正穿着黑色的缘着白边的旗袍，黑的瞳子闪出一种庄严而且皓洁的光耀，覆盖在前额的凌乱的头发，更增了许多似妩媚又似哀艳的美来。这张照片是决心南下以后才拍的，所以完全和此刻的人儿是一样的庄严而可敬爱，装束亦是一致。志鸿看来，人和照片是一样的幽美，美得悲凉，美得凄惋，恰像瓶中的有些凋零之象的白菊。

他动一下身体，抽出香烟，紧蹙着浓黑的眉端燃烧着，时计正无力地嘶嘎地"的答""的答"的摆动。

两人都寻不出什么要说的话，其实各人所想说的话正多着，而且都领会似地不想再开

许心影作品选

口了，可是沉默所包裹着的各人的心，都燃烧着希望的火；所以虽不表白一切，只是厮守着亦足够了解了。

黄昏消逝去了，夜幔惭惭地垂下来，慧珊站立起来，凄然的一笑，拿着披肩，默然地不再回顾地出了志鸿的房门。

踏着昏濛的市街——在冬天而且是狭小的城邑，店铺早已关了门，只剩着飒飒的风声吹在行人很少的市街。慧珊的心不是寂寞，不是凄凉，只似落叶般轻浮不稳起来。她不大敢去想到今后的命运怎样的转变……

"阿妈！我跟你去啊！"踏进家里的食堂，五岁的男孩立地拉着慧珊的黑的衣裾。

"你跟婆婆在家，阿妈去后寄饼干来给你。"慧珊牵着小孩的手，翩然地向卧室走去……

旧式的宽敞的平房的正座，大多是一厅两房的。正厅右边的房子，一门通着大厅，一门通到连接副室的过道。

房的中间，一只雕花的涂金的黑漆大木床，朝着过道面南地巍在着。靠大厅的灰墙，一架衣橱，接着书橱，靠外边些的便是写字台；这样才连接到通大厅的门，房子的深而且广便也可知了。衣橱的对面是梳妆台，接着是沙发，间以茶几，然后便是洗脸架子。许多家具都如临大敌般端肃，沉重而且庄严。

茶几上面的壁上，高挂着庞大的像架，里面是一个漂亮青年的半身画像。茶几上放着罐头，梳妆台上堆着一些雅霜之类。书桌上有着凌乱的纸笔和信封……床上摊着夏天的衣服，房的中间的地上，搁着大衣箱和一只网篮。

这个没有窗子的房间，永远是黑暗的。在白天里面的半间是看不清楚脸子的。夜里燃着煤油灯，灯虽不小，但总遮不了整个的深而且广的房间的阴暗。慧珊把灯移到梳妆台去，坐在床头，她的脑里的血液开始奔驰，头渐渐地沉重起来，又像被什么锥着般痛得发昏了。

"阿妈！我要上床。"孩子望着母亲阴晦的脸色莫明其妙地说着，慧珊很痛苦地费力地把孩子抱了起来，坐在膝头，替他脱下鞋子。一望见孩子的无邪的而且明媚的亲密地愣望着她的眼睛，她的心颤动着，眼泪像连珠般滴到孩子的柔发上。

"少奶奶，太太问你要不要带点年糕去。"老妈子进来了。"太太要我带什么便带什么好了。"她立刻忍了眼泪把头低下去。

她把在膝头的孩子放到床上，开了梳妆台的抽屉，把许多信折叠着。在一个信封中拣出一张四寸的照片，她的心便酸辣起来，下意识地望着高挂在墙上的青年，不住的呜咽着。

已经是十二点了，孩子无忧无虑地疲怠地安睡着。她看看一切东西，老妈子给整理清楚了，于是把房门轻轻地关好之后，把洋灯移到写字台来，翻阅着平时志鸿寄来的书信——他俩虽是常常见面，可是也常常写信，因为在每天相见的时间，像是给热病包围着般头昏心悸得不知怎样才好地说不出什么话来。所以有许多衷心的话都是靠书信来传达的。

她持起笔来，写给志鸿的留别的信，写了一段，却为自己的凄惋的字句所感动，反而写不下去，只是那连续不断的眼泪，纷纷落在纸上……

这次的南行，是她生死祸福的关头，倘若能够达到目的，那必至于舍弃了孩子，若达不到目的，则此行只是督促她早向坟墓的铁鞭。她是希望达到目的，还是失望的好呢？此刻想着倒有些茫然了！

近来的心理的急剧的变化，已经使她不能一刻安居。她务必南下，自然为了希望才决心的南行，自然是希望如愿达到目的；可是此刻真觉得一切都是凄楚，都是难堪……她不忍看她的孩子的睡态，突地把洋灯吹乌了……

风在门外敲动，广阔的房子是阴冷得令人震惊，她摸索到床上去，四寸的照片和了珠泪吻着它的嘴唇。

二

"祝慧珊先生一路快乐！"同事 C 举起杯来，慧珊微笑着，伸出纤手把酒盅接过来饮干了。

"祝慧珊女士前途万里，大家干一杯！"Y 又站起来。

"愿慧珊姊姊寻求到她的幸福，早些归来！"素芬又举起杯来。

"谢谢诸君殷勤的盛意，慧珊是要努力向前的！可是像慧珊这样不中用的人，怕负诸君所望……"慧珊恬静地，和蔼地，纤弱地说着，红的血液流进她苍白的嘴唇，红的云朵飞现在她的双腮。大家便依次的倾饮下去。

志鸿的脸色墨一般阴沉，他的心似乎窒息，他说不出话来，只是跟着大家把红液倾进他枯涩的咽喉之后，把嘴唇紧咬着。

由××的酒店出来，大家蹒蹒跚跚地踯躅着，向码头走去。一路志鸿和慧珊特别逡巡在后。

下午的太阳微弱地闪耀在碧色的海面，风却很凄厉的飞叫；卷起海岸的尘灰，卷起人们的衣服。别离已经是难堪了，在冬天别离更是黯然得令人心痛。

"你走后我不知要怎样地凄楚……"一步一步沉重地踏着细沙，志鸿缓吞吞地把这句话颤动出来。沉默一下之后又说下去，话句是断续得像要凝结一样："环境是由自己创造的，如果能使你得到幸福，我是不辞一切的毁伤……即使是失败了，亦不必永在南洋流浪，总之，希望你早些回来。……"

"照着希望向前挣扎，能否成功，只有上帝知道！决心流浪下去，亦说不定……不过我是不会忘记你的，……你亦不必万分为我悲伤，像我这样不幸的人，便是永远寻不到幸福亦是在意料之中……"慧珊低头把阳伞划着细沙，声音带点凄哽了。

汽笛呜呜的叫，送船的同事统统下到岸上；慧珊倚在栏杆，飘着手巾，目送了人们的背影。

志鸿还木立在海滨；船拔了锭，船摇了身，船移了步，慧珊凝望着那岸畔的人身的黑点直至看不清楚时，才懒懒地转到舱里去。

虽然好几年来都是在那个广阔的房子里度着寂寞凄哀的生活；然而自从爱恋了志鸿之后，枯干的心湖已激起热的血潮，凝结着的泪泉已波涌着酸的红泪；虽是苦恼，但这种现象无非是可喜的事。与其说是痛苦，莫若说是在绝望的情况中的残酷的安慰。况且他们得常常见面，所以一年来慧珊不曾感到十分悲哀。那么，这次的别离不用说是比孤守于空房时更为悲痛了。

在庞大的野兽般的船腹中蜷伏了七昼夜，慧珊又站到甲板上来。

巍峨的洋房，清澈的河流，蓊郁的森林，无数的船只，……第二故乡的景物映入慧珊的眼里。她的心不是快乐，不是烦忧，是郁结着一腔说不出的新的无名的酸楚；本来希望到了南洋，求彻底的解决，可是现在摆在眼中的南洋，能给她的死生祸福的南洋，反而使她惊惶而且畏缩。她真想不到今后的一切是要怎样转变的哟。

母亲已经在岸上出现了，跟来的校役上了船，搬取了行装，母女两个坐上马车到××女学去。——母亲是在校中当教长的。

和母亲别来已经五个年头了，相见之下，不免感到悲喜交集；互道近状时，母亲亦陪着慧珊吊着泪珠了。

由母亲的主意慧珊暂在××女学帮母亲的忙。

每个夜里，繁华都市的闹声，使她更加寂寞，母亲的庄严，使她更加悲伤，新的环境，不但不曾给她新的光明，反而使她觉得一切的黑暗。

金钱魔力发展到极端而礼教的势力也牢固到极端的南洋的新环境，并没有给她以新的力量，只是使她更加薄弱，甚至绝望了。

到这里已经一月了，心中的计划，应该和母亲商量的计划，总囫囵存在着未曾启口。她似乎明白了母亲的心理；觉得说了亦是徒然。不过这像人之将死一样，只要有一丝气息在残喘时，虽明知不行，还是要下药，试试看的。

慧珊差不多是到了这个境地了。她回肠百转，辗转反侧。她是到了必要作最后决定的时候了！能不能转还她的生命的危机，母亲是上帝般把握着她的运命；这在她是不能强求，她只是尽了她的力量向母亲哀诉而已！

于是她鼓着勇气，在一个晚上，凄凄惋惋地向母亲述说了和志鸿爱好的经过。

"我的儿，一切都是命中注定，到现在才来牺牲是不值得了！况且志鸿和我们是本家，这会给人们目为大逆不道……最糟糕的是志鸿的儿女盈前，要他舍弃了妻儿，似乎有些不道德；若没有相当的分划，那你的名誉是不堪收拾了……再则你的孩儿，唯一的孩儿，是不能跟你的……他们（指夫家）这一代的唯一的宗嗣，是不肯给你带走的……那末你舍得你的爱子吗！我的儿，你务必仔细的考虑……退一步说，万一他们肯舍弃了嫡孙，你的孩子会不会碍你的前途……"

"做母亲的只是希望女儿能得到幸福，但是，我的儿，你已经不幸地被陷落在痛苦的深渊，现在无论怎样做，都免不了拖泥带水……若果再不幸在痛上加痛，儿哟！母亲是怕你跳不出那个苦坑的哟！而前一回的梦寐的事，只好信其有，若不是为了那个梦，只要可行的，母亲决不阻止你哟……"

"儿子就要长大了，年光是过得多快哟！像烟云的人事一样易于变幻，你爱你的儿子的心是使你在稍微不如意时会懊悔一切的哟……"

"儿哟！忍受着吧！等到不得已时才……唉！看开一些吧！人生的久暂是不能自主的哟……"母亲的训斥像暴雨狂风摧残花朵般揉碎了慧珊的心，她亦像花朵般明知天空的阴暗是征兆着风雨的将临而无从闪避，以至接受了这个使自己破碎凋零的摧残……

慧珊是完全绝望了！母亲的话是句句有理！母亲亦是为了爱她才忍心看她目前的痛苦，还要叫她忍受下去；母亲是了然于以后的一切问题的不简单……她是不能和母亲声辩，她只是淌着眼泪的听着，她是必要遵从母命的。只是她不能支配她的心也安静下来遵从母命罢了。

母亲去后，她很悲恻地哼出她垂死的叹息：

兹时来的天容好似我的痛心，
——堆积着一缕离恨般惨淡，
——郁结着满腔绝望般阴沉！
天哟！你怎不流出泪来洗我的心！

休要说我的轻薄太伤了母子之情！
我是受尽了人间的酸楚和寂寞。
而今我活着时，是不能独自数着残更！
天哟！你给我的苦杯，我已饮够了，
而今，你说吧！我怎愿再把苦杯频倾！

我的心本已和我的青梦同在潭下深埋，
何处飘来温存的哭影，温存的笑影，
温存的笑影呵，已把我的墓门扇上敲开！
我虽是甘愿埋葬了彼此的情爱，
天哟！怎料时代的钟声叫我不必这般愚骏！

很凄酸地独自吟诵了一回，她听见自己的心在迸裂了！
她现在是麻木起来了。被敲开的墓门是一时不能关好的，但为了母亲，为了儿子，她又非把心再埋到地下去不行。她将怎样做呢。她自己是不知道了！

三

繁华的夏天快到了，一切富有生命力地生长着的南天的云树，惹起了少妇的未尽的春愁。尤其是情感丰富的慧珊，更耐不住一切的忧伤。她必至于和母亲告别，她突然的想回故乡，她是富有生命力地思念她的儿子，她要回去看着，并把儿子带了回来南洋依母抚子地度她今后悠长的年月。

母亲真是老成持重，她怕女儿许会不听她的劝告回来，而和志鸿成婚；为防范于未然起见，母亲命令父亲跟她同来。并且要伴着她带了孩子回去。

船一开行，慧珊的心便暴痛起来，对着这个渺茫无际的天海；作着她的摧心折肠的回忆：

十七岁时，由于两个"门风"的"相当"，由于"媒妁"之说合；那年的春天，像这样父亲送她回到故乡来完婚。踏上船板，她便开始组织她繁华的醉梦；当时对于未来的幸福的憧憬，以及半惊半喜的心情，对于丈夫的状貌、仪容的忧虑，处女时代的神秘而且奥妙的想像……对于父亲的嘱咐感到羞怯；还有自己的怀着无穷的希望，对于归来的欢悦……

现在是归来了，像前次般由父亲送她归来了。一样皓洁无瑕的天空，一样清幽无尽的碧水，可是她的心，她的故时的纯洁无愁的心，已经被刻下许多悲苦的烙印；而同样是她的苗条而活泼的身体，已经给苦痛侵袭得这样憔悴。呵！她已经憔悴透了！……把两次的情形比较着，在她的绝望的心绪中是要增加多少凄黯……

一次是向生的大道奔来，一次是向死的坟墓奔去。现在她如同被判决了。

她又再追忆下去：

丈夫的家族的豪富，以及丈夫的年青而且漂亮，给予她的快乐与幸福。一年中便养了孩子，这样人间所有的一切尊荣，富贵，快乐，高傲……天都不吝惜给予她了。然而儿子出生，丈夫便死了去！一切的幻梦完全破灭，一切的憧憬，完全飘散。

十七岁以后，便这样地在那个广阔而且阴暗的空房中伴着丈夫的画像——她手绘的——凄凄苦苦地度她的青春的年华。

自然，她亦没有什么奢求与欲望，天既给与她这样的凄凉，她只有顺受。

可是时代的洪亮的钟声，叫醒她在悲哀中的沉睡。时代的狂风吹起她的"求光"的知觉，她苦闷着，又再出来读书。

在学校她的聪明使她成就惊人的成绩，因为她的画图的象征着绝望与凄丽，诗句表现着哀楚与怨嗟，使到县督学志鸿受了感动。

勤勤苦苦地毕了业，幸而得在县小教书；就因为这样，心的墓门又被敲开了。于是神秘地，庄严地，伟大地，她和志鸿互相爱恋着。

生命已经像秋后的黄花，是慢慢地憔悴下去着，但就在将告枯萎的当儿，又有了一度阳光的拂照，心湖中的枯草渐渐在新萌，爱的甘露使她的心花重新开放……她被阳光照拂了便想永远地向着光前进，新萌的草亦渐渐地繁荣。花已经灌溉得活泼了，所以她必要奋力以达到最后的果子的结成。

这样她才去寻觅她的母亲，使母亲增加她的力量，助长她的勇气；谁料她的心情被母亲忽略了，母亲竟使她完全绝望下去……

不，不能说是母亲使她绝望，其实是环境使她绝望。母亲对于环境的分析是很不错的，若果为了幼儿她是不能陷落的！可是她将怎样的生存呢？她能像往昔的麻木的态度来过她无望的生活吗！这在现在已经苏醒过来的她已经办不到了。"放弃了儿子，叛逆了礼教，和志鸿逃奔吧？但是我不能那样没有道德地叫志鸿的妻儿作了孤孀！况且我若是这样做，故乡的名誉是不堪收拾，万一中途有了什么不幸的变故，则我将用何话向社会解释……就说是没有什么不幸能和志鸿相守以终吧，我这半生会全个忘却我的儿子么？若是我忘不了时，这将成为彼此间的唯一的障碍！退一百步说，我绝对不会再念到儿子了；但是儿子长大了，他明了了一切，他知道他的母亲那样无情地在他小时舍弃了他，他不会悲恨么？而社会会给他一个永远撒不去的阴影，使他时常为阴影所中伤而感到痛苦。这个我不应负责的吗？

但是不这样做时人又将怎样生活下去呢？……

越想越觉得纷乱，越思考越觉得没有一条路好给她走行……

真的要跟父亲带了孩子再回到南洋去么？从此后便永不能和志鸿再见面么？……

想到这里，背着父亲站在栏边垂泪了！

在船里的几天她都是矛盾地想象着无可解答的一切！

她无力地踏上码头，转了火车到C城。

"阿妈！阿妈！"孩子在人声嘈杂中扑到她的裙边去，她哭笑不得地抱了孩子，并且向他述说特地来带他南下的原因。

孩子听说能和母亲永远在一起，高兴了起来，晶莹的眼睛，望着母亲的脸，柔嫩的小手便绕到母亲的项颈上去。

亲戚朋友群聚来谈，慧珊又似乎活跃起来，她忘记了疲倦，她兴奋了一个黄昏；但是到了更深，痛苦又来咀嚼她的心窝。她不知明朝要用什么话去回答志鸿——在使他不会感到悲哀的程度中……

孩子结果是亲在母亲的怀里了。为了孩子，母亲是该庄严地为孩子生存着。慧珊是决意摈弃一切的柔情了！

四

庭前苍绿的芭蕉的阴影，摇晃在慧珊的头上，热闹而又是寂寞的蝉声刺着慧珊的耳膜，红色的荷花映到慧珊的双腮，绿萍中双双的水鸭映入慧珊的眼睛，她默然把头低下，他凝视着池面。

傍晚的太阳正斜照在池塘之西角，她坐着，立在她的身旁的是紧锁着眉峰的志鸿。

"母亲的意思怎样了？"志鸿很亲切的问着，手里牵着垂拂在池畔的柳丝。

"母亲不答应，她的意思是无可异议的，不过我今生是再寻不到幸福了！……"慧珊寂然地微笑着。

她穿着白纱衣，乌纱裙，白色的鞋袜。容貌虽然憔悴了下来，几天来受了海船的颠簸，看着不免有些消瘦。但到底她还是一个二十二岁的少妇，还没有完全失她青春的芬芳。在志鸿的眼中，慧珊是比临行时更加凄艳了。

她有着适度的身材，适度的腰肢，她有着一个恬静的心，幽美的心！她有了她的伟大的热情，人间所少有的热情……她又有她所特长的温重而且和蔼的态度。她平常每次坐在志鸿的面前，自早上或自下午，到了黄昏，她的熨烫的衣衫，不为折皱。

志鸿听了回答，突然红了脸继而变为阴晦了。

"那你自己怎样打算？我以为必须一方面解决，不是牺牲了我便是牺牲了你，不然便毅然舍弃一切牺牲了他人……"志鸿沉毅的说着，睁圆了双睛，征求慧珊的答复。

"你不能牺牲你的妻子！我亦不愿意牺牲了儿子和母亲！……本来我就不曾得到幸福的，让我沉殁下去，亦没多大可惜……"慧珊似乎凄然了。

"只要你觉得愿意做的，我什么都可牺牲。"

"我不愿意因为我而使你负了不义之名。"

"我是顾不到许多的，我只希望你得到幸福。"

"我又不能舍弃我的儿子和母亲。"

许心影作品选

"带了儿子出奔，母亲缓缓会了解你。"

"我太对不住了尊夫人……"

"我，那只有叫我自杀便了却一切了！"志鸿渐渐地愤激起来。然而他忍一下气又较和蔼了。"尽我的力量帮忙你，介绍K君和你爱好，K君既无妻室，又不同宗，K君又是万分同情你而且景慕你的……"

"恋爱不是货品……"慧珊有些惆怅了。

"那末决心永远下去？"

"大概是这样！"

"既然……亦好，那末这学期暂在学校帮忙？"——志鸿已调任了县校的校长了。

"哦！一星期便得回去，父亲跟了来。"慧珊有点不忍说出，语声亦带着震动了。

志鸿踏进房里，躺到床上去，他是昏了。

"牺牲了我是算不得什么，你不必为我悲伤……"慧珊跟了进去。

"若果要顾到四面八方，自己休想得到幸福的。南洋的喧嚣的环境于你实不相宜……"

"一星期的事不知怎样变幻……"慧珊想到伤心处瞳子已闪着泪光，但她强忍着，她也不愿再给志鸿万分的绝望。"再商量吧！"说完这话，寂然地拿了阳伞回家去了。

孩子有亲母带来的新的玩具，是特别感到快乐，有了母亲的怀抱，又使他幼稚的心，觉得是比跟着乳母温存好得多。他快乐的跳着，环绕在母亲的左右。

慧珊心中像包着利刀般一动弹便痛起来。孩子的天性的亲密以及可爱的颜容，使她觉得不忍。而另外志鸿的抱了对于她的牺牲的决心以及愤激的言语，又句句飞跃起来……

她对于旧礼教旧道德并不曾示弱，对于妨害她的生命的恶魔也不愿退败，她也不忍自己永远地在这惨毒的宇宙中独自踯躅，她是提起精神，振起勇气，她愿从这满布荆棘的环境中，努力辟开一条上乘的路，——她不愿永远被幽囚于那个无光的房间，长没于烦恼之波，苦闷之河。

她愿牺牲她的荣华富贵与名誉节操，可是现在使她难以自处地是她绝对不能牺牲了她唯一的爱儿……而另一方面，她亦不愿在担负着十字架之后再背上了沉重的石头"寡人妻，孤人子"！

未亡人的生活的凄凉自己是深深的尝透了，使到人家去受比这种生活还要十倍悲凉的"生孀"，这在她是死都不忍为的事。

便听从志鸿的劝告，再寻求了对象吧！

"爱并不是可交易的货品！我绝不是急于要追寻肉的对象……"

慧珊真是无以言喻的苦痛了！她将怎样做呢？怎样做才好呢？

她希望中的光明的灯光已被狂风吹熄了，她只能在黑暗中感到空虚！一切的矛盾，使她懔栗。

母亲最爱她，母亲是第一个推她入陷阱的人：不给她继续读书，"迫令"她出嫁……

她爱儿子，但儿子还是她奋斗程途中唯一的障碍物……

新潮流的警钟，把她从夜半的浓梦中敲醒，她便从黑暗中摸索出来，然而至今她仍摸不着边际，像一只孤舟，像一只孤雁！

她崇拜新文学，文学的利刀刺醒她沉睡的心。她是醒过来了，她的梦不再继续下去，可是现在她要像从前一样麻木地虚度她的青春都不能够了。

她爱志鸿，志鸿亦爱她，但相互之间只有交换了痛苦！志鸿要助她，但是志鸿没有力量阻止人类对于她的宰割。……

那末，她将怎样做呢？

我便带了儿子南下，依了母亲了结一生的幸福，做个"可有可无"的人么？不呢？我的生命的火还在燃烧，我生命的血还在沸跃，我不能！不能！不能永远沉溺下去……

我忍得舍弃母亲和儿子，向前挣扎下去么？但是，倘若到了半途，缺乏力量，不但不能向上，反而更加陷落，那时我要用什么话去对儿子和母亲？

我便忍心看爱的花这样凋零下去么，一年来冒了许多恶名，用心血灌溉的花，这样看它无声无响地凋零下去，以后我又那要来热力拾起新种子栽植新的蓓蕾？

我是该再把它扶植，除去四周的荆棘，使得栽植的花结到了果。……我没有力量呵！我没有力量呵！

那末，我应该怎样做呢？怎样做呢？怎样做才好呢？我将怎样来度过这个险恶的波澜的狂涌哟？……

五

慧珊在故乡住了一星期，这一星期的时日像是特别悠长到难以度过，而又似乎快得使她震惊。

最近的两三天，她觉到一切都空虚和无聊起来，因为南返的日子渐渐急迫，而所想做的事没有一件使她觉得是可走行的康庄大道。

她忽又迷信起来，两三天和志鸿所谈的无非是关于灵魂的事，她相信幽冥之间可互通消息。她过去曾经有过一段经验，使它发生这样确信——

在她的丈夫初死的时候，她悲哀垂绝，誓不愿生，正在狂哭的当儿，母亲闻耗亦由南洋归来。

母亲劝慰着她，叫她不必万分悲伤。母亲的言语是给她的暗示：说现在时代是向前的，一切都不像昔时一样，她亦不必永远守媚。

但是母亲说过这话以后，不久便病了，而且梦见她的丈夫向她责问：说是慧珊要替我守节，你做母亲的为什么要指示她这些话……嗣后母亲曾命令她自己在丈夫灵台之前立了誓，这样母亲的病才告安痊。

即使不有这些离奇的事情的追忆，而摆在面前的问题已够使慧珊凄苦了；一回忆到这些事的上头，她更不知怎样的感到绝望了。

明天便将启程了，她的生命的程途亦该决定在这个时候。她能不能跟父亲南下呢！

午后她去找志鸿，志鸿对于她的无可挽回的南下的决心，又以惊心动魄的生离的日期的无可延缓，正在伤悲，而慧珊的悠闲的对于灵魂的谈说，只使他更加暴躁起来："什么灵魂，谁会想到死后的灵魂？"的狂嚷着，他不能懂得这是慧珊的死心已决的暗示，这个在慧珊是更觉得悲楚与难堪。

和志鸿话别后，便去找素芬，因为素芬要和她一同道下，但碰不着；在素芬家中案头留下字条约她明早九点钟到车站相候之后，便买了一瓶火酒回家去。

黄昏时候还在和几个亲戚在话别，到了晚餐后，才回到房里去；拥了坐在膝头的儿子，幽幽地在领略这人间最后的酸楚。越把一切追忆，越使她想立刻解脱这些苦恼。

"一切无可解决的问题，从根本解决吧！"自在南洋便决心死了，但惦念着儿子和爱人，只好归来了，——并且为要少去死后的纠纷，她觉得还是死在丈夫的家里妥当，所以她那样出人意外的归来，便亦像出人意外的自杀一样计划得周密。

呵！明天便将启程，明天亦是自己作永远的归宿的时候了！

她并不会十分悽怆，想到将了却一切苦恼时只是更欢快了。把儿子交给乳母之后，独自到庭院中徘徊去。

五月中旬的圆月正摆开白色的衣裙飘飞在蓝色的天宇。一望见青天那样幽闲的情调，觉得自己的烦扰，亦未免伤心。在庭院中踱来踱去，忽又踱回房里。在房里踱来踱去，打算着写遗书还是不写好呢？

"亦没有什么必要了。孩子自有人扶持他长大成人，至于志鸿，还有什么话可说的呢？……"

"没有人注意我的生存，亦没有人管我死去，我无声无臭地活了二十二年，现在便无声无臭地死去，这值了什么惋惜呢？……"

"死有什么可悲呢？难道会比那种干枯无味的悠长的日子更惨酷的吗？哦！我热爱人间的一切，人间的一切却鞭策我上死之道，我又何必悲伤呢？……"她想着只寂然的苦笑了一下。

"倘若真是灵魂有知，那末我的死比生还要幸福。我得见了丈夫，我得时时来照护儿子，……并且，并且得时时来看志鸿……"她的神志似觉清楚了一些，但有点飘飘然。

乳母和儿子正酣睡在院前的石阶，她不忍再望见儿子的笑容了。她转身到房里去，把志鸿给她的信件、影片和她的诗稿都燃起火来，火光缓缓的上升，灰烟缓缓飞腾，她斜靠在沙发看这火光缓缓熄下去。

她拿出火酒来了，张开喉咙倾了下去，紧蹙着双眉，涨红了双颊！她躺在沙发上，心上的火烧起来，嘴唇由红变白，眼窝中淌下水来，她辗转反侧，跌到地上来。

实在的，没有人注意她的生存，亦没有人注意她的死去，她是怎样悲惨地独自睡在火坑中。

天亮了，乳母第一个起来，还以为她是不好过。等到呼唤不醒时，才哄动了大众，等到书屋里的小叔子来才发见了火酒。等到请医生来时，已经完全不可救药了。

慧珊是死了。她是要解除无名的痛苦才自杀的。但若使她所说的灵魂有可知时，那她对于她的勇于戕生一定会失悔起来。

她死了，社会是给她比"大逆不道""失节"……还要更坏的罪名。社会侮蔑她，是比她活着时更为厉害。

她死了！虽是做了香花前的偶像，志鸿虽每天在她的围着缃纱和供着鲜花的像前行了礼，一念到她时，许会流泪。可是她的灵魂若使真的有知，能够来这里享受志鸿的供奉时，她会看见志鸿的房里，她的像前，却有着另一个羽衣翩翩的女郎在代替志鸿拂拭着她镜上的尘灰。

（原载《妇女杂志》1930 年第 17 卷第 12 号）

狂舞后

白　鸥

一

她从跳舞厅的大门里出来，眼前已经有些朦胧了，高高的鞋后跟，使她险些在那光溜溜的洋砖上滑倒，可是跟在后面的他，早就有准备似地扶住了她，顺着那姿势直扶她越过步道，进到车夫开好了门的汽车里面去。

五月的夜风吹去了阵阵的香槟的气息，柔软的座位耸动着酥醉的身躯，街上的灯光，在她眼里像是晕昏的月亮之群一般，尽在两旁向后边流去。

"凌，醉了没有？"耳边是宗光的轻轻的私语般的声音。

"还没有呵；要是有亦只有一点儿，比那天晚上喝的少得多了。"她无力地倚在他的胸前望上去，似乎望到他的微酡的双颊，和那对带水的，深媚的眼睛。

他那对深媚的眼睛又神秘地闪动着，她望见他的露着白齿巧笑的脸渐渐地伏到自己的上面来。

她更加无力地，无力地斜躺着了。

车夫前面挂着的镜子，渐渐地照不清后面的坐客时，两旁的路灯虽然是更加稀少，但是却更急速地流过去了，黑暗里，她的兴奋松懈了下去，汽车亦驶到一处园门口了。

时间跑的多快，一过去便是三个星期了，这迅速地逝去的时间中，她的高兴都是达于极点，那要怎样的形容才好呢，假使天堂是人的理想或是希望，那么可以简直地说她的天堂是降临到人间了，虽然事实上世界仍然是那个世界，可是全世界早就像变了颜色似的。虽然为了天国的来临有了不少的麻烦，可是正像对付魔鬼的试探一般终于使之失败，就是关于那些事的回忆，亦像噩梦一般淡薄远去了。

她虽是个小家碧玉，可是她的聪明和姿色，在青春期中早使她成为一个自命非凡的女子了——她虽是粗衫淡裙，但路上的人们的眼光总是射向她这边来，有的竟是羞得她低头的眼光；从高小到初中，每次的试验她都是名列前茅，男同学不用说是为她颠倒，男教员们对她亦很加青睐；就是那些为了她的富贵和她的才貌而互相妒羡着的女同学们，亦不能不甘拜下风。

这一切尽够她高傲了，除了天不曾把她生在一个富足的家庭里，让她好好地装饰，保守，增添她的美丽外，在其他的各点上，她都是受到了特惠的——康健，聪明，美貌和青春；读着"天生丽质难自弃"的句子，每会使她的芳心颤颤地震动，使她露着笑靥地沉思。她好像是碌碌群芳里的白百合花。

她的确是个非凡的女子，所差的只是她所妒羡的姐儿们那另一种的高贵和幸运。因为家道清寒，她在学校里向那些姐儿们表示优异的竞争生活亦和初中毕业会同时结束了。母亲为她解决终身大事，在停学的时候便把她许给一个她所折服的表哥。

二

他们结婚已经三年了。她的聪慧，使她的丈夫很爱她，新婚后的他们亦和别的少年夫妇们一般过着和平幸福的生活；那时丈夫还在大学里通学，他虽是很恋念新妻，可是勤勉的他总是很有规序地上学去，亦很有规序地回来，只要下课，放假，或是有空的时候，他便尽和她厮守着，不论是念书，说故事和闲话，散步以至看电影等等。丈夫时常讲给她听一些国际时事，政治经济的话，他亦几次地吐露出他的抱负和希望。丈夫的志气使她不由地欣慰，丈夫的希望中，她亦附寄了不少的希望。有所期待的人生是有生气的，她很活泼地爱着她的丈夫，——这是他要求她对于他的努力的代价——而更高兴的，是当她描想到丈夫很快地毕了业，从俭学的外洋归来，而对于国家有所匡逮的时候。这些时候，就使她愿意守着素朴，在和旧同学们相形之下，感到自己的穷窘时，她亦用这张预约的支票来填补自己的空虚。

可是，一切究竟是她的隔绝底瞑想。小康的她丈夫的家境，亦突然因为商业的失败而破产了，丈夫虽然感到了失望而郁抑，可是他不能不和那维持残局的哥哥共同支撑着家门了。他现在是辍了学在一家私立中学里当国文教员，因为用非所学，他很感不到兴味，生活的单调，都使他拂不去那突变时的失望的抑郁，而且更变而为纠缠不清的无聊。

她呢，她亦和丈夫的失望同时感到象征黑暗底幻灭，她再没有什么可以描想了，她的预约支票是丢了，丈夫的时常郁结的眉头虽然亦还带着挣扎的决意，可是只有使她得到沉重之感。他们想了许多别的奋斗的方法，可是和铁栅般的社会相对，他们并不是狐狸或油滑的山狗，而只是两个学校里出来的学生呀。她们想，尝试，做许多青年人所想到，喜欢做的事，结果便是她寻到一家小学里去教书，而他则在学校的钟点之外，向那些无名的杂志或报纸卖文，希图可以像以前一般，比较地宽裕他们的生活。

可是，些微的物质对于青年们所取的代价毕竟是太大了。虽是努力，所得的收获，亦没有给予他们些小的余裕，他们的生活只是快车不停的小站似的——右手拿来的东西，瞬息便由左手送出去了——正像快车从东边开来，倏忽便经过站上西去了；期待么，像是到大山下担了些土倒到海里去，几时才有填满的希望呵？可是，他们又不得不还是担着，倒着，担了来，又倒下去，望望那巍巍的大山，望望那滚滚的海流……单调，过劳，无聊，失了期待的内心的空虚……他们不再是从前般活泼，他们的生活亦再不像从前般幸福了。

丈夫还没有抛了他的抱负，在难避的现实之前，同时亦在必须努力奋斗的希望之前，他义无容辞似地拼命，他现在在校里已是独当一面了，回家来还要帮哥哥料理琐务，教训侄儿，夜里的灯下，他还是兀兀地写读着，可是，有着抱负的人的高傲是他的短处吧，丈夫的努力除了校长和一两个教员引为知己之外，并没有什么别的成就。

望着夜灯下丈夫的凄寂的影子，总使她感到悲凉，丈夫是因为事实总未能有什么成绩之故吧，始终是惨淡地劳作着；他不再像从前般诉说他的梦想，亦不欢颜嬉笑地和她谈天了，伴她看电影，做衣服去的事，亦像全部忘记了，她想丈夫是对她厌倦了，有时亦埋怨过了他，可是丈夫总是那样地认真，当她说着要去玩或是买东西的时候，他不是说没有工夫陪她去，便是对她噜苏了一场勤俭的教训，她真听得腻了，天下没有一类言语比格言更宝贵，可是听起来却是天下没有一类言语比这一类的训话式更反复得讨厌。"俭"，这像是不"好"的字义一般，有时在她耳朵里响着"俭"字，会变成了似乎"贫"一类伤她的虚荣心的声音。

"怎么样俭都不会富的……"她差不多会和丈夫吵起嘴来，可是每次的失望真使她扫兴。两个月前的一个晚上，竟说丈夫不会爱她了，他听了这话只是有鲠在喉似地呆了一会：

"爱么？唉！"

丈夫确是不能够有什么回答，他心里就纵使是万分地爱着她，可是他亦不能怎样地向她表白，他没有什么事实可以给她证明，人的关系确是讨厌而少趣的，做事的人心里并不那样想，可是事实却那样的呈现出来，谁会有什么法子？有了某种事实的必然性，则虽是至亲者之间亦不免起了误会，间隔，而且，使他们不能够说明，除了等待相当时间的到来；他们亦不愿意作无谓的说明，当在那说亦无效的时候。

凌霄和她丈夫之间，亦是这样的，以为丈夫厌倦了自己的凌霄，尤其是在屡次的失望之下，感到她的光明远了的凌霄，自亦不会善用她的聪明，去温柔地体贴她那惨淡地劳力的丈夫。于是，在丈夫方面——他是在迫人的现实之下，在拼命忍耐之间，他的感情正是忍过了久雨天，又望见满天阴霾时的感情。只不过比着薄弱的她，他是较刚性的男子，他亦晓得过着久雨的不耐烦是没有法子，以及那晴天的必然到来，他更还持续着忍耐。可是，亦和她同样地，感到她像是早厌倦了他了。不仅如此，丈夫方面更有别的想法，他以为凌霄只是一个爱好虚荣的女子，她会为了物质的虚荣疏淡了她亲爱的夫子，他便感到那具有姿色和聪慧的女性的浅薄。可是同时，他感到他不能使所爱的她满足，亦有点羞愧和悲哀，综结这些感情，使他生了像要找寻发泄的对象般的愤怒，他有时想，这是谁的罪过？为什么他尽力奋斗着还只能维持那拮据的生活？他该找谁去发泄这满腹的愤恨才对？他想那是"命运"是"社会的罪恶"，所以当凌霄说他不爱她时，他只"唉"地叹了一口气。

凌霄呢，她并不是故意地，反激地，或是有什么作用地说了丈夫不爱她的话，而是辛酸地，不意地漏出了那样的话，说出来之后她自己亦觉得像说错了话般心里悸动，她希望着丈夫会说出忍耐或是嗟怨命运等的话。可是，丈夫竟像为她们的爱敲一下葬钟般哼出那句话。凌霄哭了——丈夫并不反辩，他只颓怠地叹了气，无异说是承认了凌霄所说的话，一定的，那态度就足够表示他是厌倦了。

凌霄是不会明了丈夫的心理的，他们底爱的挽歌，她是必须哀唱的，可是，她亦未尝不希望那泪会成了危殆的它——他们的爱——的救命药，她希望着丈夫会来抚抱她，安慰她，拭去她的不平的心气和悲哀的感情，可是，愤怒着的丈夫只是不动，他像是叹出了心里最后的气一般，那样的谧默着。

有什么可以哭的呢？那不是只有值得叹气般无聊么？哭，泪做成的东西，你只羡慕着虚荣！那会使我破灭，使我失节坠落的虚荣！唉！哭你的吧……丈夫只这样地想着。

丈夫的无情，使凌霄更加凄楚了，她差不多要高声地哭了出来，可是，突然地一股愤恨底火升了上来，她不想向丈夫乞怜似地哀哀地哭了，吞下了哭声，她开了门一直出去了。

许心影作品选

三

那一次便是她跑入豪奢生活的开始，虽然她回家去再没有和丈夫提起爱或不爱的问题，亦或许是因为刘小姐带她去的那舞场里的美丽底一切，和她那些男朋友们的温柔和亲密，尽在她脑海中浮现着的缘故；亦或许是因为有了刘小姐的帮助，她此后便不再到学校里上课了。丈夫责问了她，她说她用不着那几个呕血钱，丈夫又默然了。他们的感情，因为她的频频深夜方归，更次地破裂，荒乱了下去——丈夫看着她的兴高采烈，便气得脸色苍白。她呢，看着他气得口讷，竟厌起他的笨拙来，简直讨厌了丈夫，视家庭如地狱了。最后的一次，回去时丈夫说她有了情人，她竟冷笑着说了"是咧!"不介意地一望苍白底丈夫的脸，便那般地又跑了出来了。

那一次之后，她便再没有回家，丈夫写信给她，不用说，那是责问她的信——可是，因为凌霄不承认她的错，而且，她已经沉醉在宗光的温存，和繁华的春梦里，便全不关心她丈夫，只胡乱地写了几句寻相骂的一个短笺；丈夫接了信气不过，寻到刘公馆来骂她，她自然回了口，他便什么话都骂出来了，他叫她不要再踏进家门一步去，去当野鸡……直骂得刘小姐脸色发紫，停了打牌叫他滚，他还要抓牌掷她，被宗光扶出去了。他们那时差不多气得直到终局还是打不痛快!

可是，宗光就把她的不快洗刷得干干净净了。他漂亮，透澈而温柔，有钱，有绅士的态度，总之，他是差不多具备有摩登女子所爱羡的各种资格。他对凌霄，是尽力地献着殷勤，那时他便请她们到舞场喝酒去，在那幽暗的五彩电光之下，那花花底兴奋的群众之中，凌霄怒气未消地一边听着尖锐神经的热腻的曲调（Jazz），尽情地乱饮狂舞了。后来她朦胧地晓得她醉，可是她醉透了……直到她醒过来，已经没有了刘小姐和舞场，而正在一间薄暗的旅馆式的房子的床上，被宗光紧紧地抱在手中。

宗光是多么可爱的男子呵，在凌霄看来，他对于女性的体护，又是多么周到呵。他虽亦和凌霄同样地，陪着她喝酒跳舞，尽情地兴奋过了，可是他像不曾感到疲劳似地，当凌霄醒过来时，他正用怜惜的眼光望着她，看见她张开了眼望着房里，他便不让思想爬上她的脑根，抱住了她吻了又吻说着亲密的话，凌霄全身还是酥软地无力，亦就那般无力地接受了他的吻了，她有点记忆着自己醉中朦胧时的兴奋，亦便不说他夜来欺她的话了。宗光晓得她口渴，为她备下了清凉的饮料，她喝着，只感到了舒适。

自从经过了这样的一夜之后，凌霄想她是宗光的妻子了，虽则他们没有一个家——一个正式同居的处所。可是，她们到处都同起同居着，而且，宗光说他爱她，疼她，这就够了，凡她所要的——以及她所想要而还没有说出的东西，他便都为她备办，他承迎着她的意思，他更有许多充足的有闲的时间和金钱来窥伺她的意旨，满足她的欲望，于是，她狂醉在这一切里面，丈夫的事，早已不在她的念头之中了。虽然有时，偶然间会有些穷苦生活的，和丈夫呕气的，那些惨淡苦闷的回忆，可是，她已弃置，不去想它了。因为想起来会使她害怕，而嗤笑自己的；像自己这样的女子——非凡的女子——只有这样尽量摩登起来才好，为什么要那样地自弃呢。想到这样时，她是更决心地摩登下去了。

她是享尽了近代物质的娱乐了——那些一切兴奋尖锐，麻醉人类的神经，使人们过着梦般的生活的娱乐，在那些场会里，让人们暂时地忘记他们过去的辛酸，和未来的烦恼的。——凌霄亦是这样的，两三星期来，她和宗光就在这样的环境里过着，他们住的是那不分昼夜只有电灯亮着的旅馆，晚上便是她们的清晨，华烛方燃正是她们的朝阳初升的时分，由菜馆而戏院而舞场在烟气迷离和酒香四溢中，她们度着豪奢的生活。在各种场合中，因为她的聪慧，她总是秀出的，正像从前在学校里一样，刘小姐等决不是她的对手，她们的男朋友，都倾向她，围绕到她的身边来了，她很巧妙地敷衍着他们，她又发现了自己的能干，这些时候，她总是满充着喜悦。

四

宗光扶着她下车走进园里去，园里清新的空气，吹去她一些残余的醉意了。望着音乐台那一边，五色的灯笼像圣诞树的果实一般挂着，衬着那些的，是暗黑色的树，和满布着繁星的碧空，音乐就悠扬地从那边播送过来；这里又是另一种情景了——没有急躁，轻浮，一切，躺在布椅里的人们，亦正像音节一般的悠闲。

凌霄是喜欢音乐的，学校时代她总爱好唱歌，憧憬着钢琴或是风琴，梵亚琳流行起来，那新鲜和时髦更使她羡慕，可是，因为她没有做音乐家的志向，亦没有玩弄乐器的余力和闲暇，她的对音乐的智识亦只有一知半解地完结了。

可是，诉于人们的听感底官能的音乐，真是神秘底灵妙，那高低幽缓的音调，会勉强人们同情，使人们感动，就是无智识的工人，听到凄切底音调，他们亦会无端地觉得哀楚，欢乐的调子，便会使人们开怀，音乐和花，是世界的彩饰，在这机械而厌烦的社会，这使人麻醉而忘怀的药剂，尤其是必要的而且更频繁地使用着——凌霄他们从跳舞场到公园亦是从音乐到音乐去。

不过公园里的音乐，和舞场里的热狂确是两样的，那适合于夏夜的情调的悠缓底音节，像是月光曲一类的东西——月光般柔淡如水，轻风般难以捉摸，茉莉香般熏人入睡。凌霄一心地领略着那微妙的韵律，她的疲倦的心便跟着它飘飘，终于朦胧地躺着，像是正做着舒适的梦一般了。

急促的音乐在她身边响着，她才晓得自己是小睡了一会了。望着四周，听音乐的人们少了许多，她亦晓得自己是睡过了相当的时间了。可是，她左边的宗光睡着的椅子空了，这使她吃惊地坐了起来，疑惑地望望左边的椅子，可是左边的椅上是摆着个猴脸的洋人；那里去呢？他是没一次不是在候着她醒过来的。不晓得什么缘故她觉得有些奇怪，便慌张地起来跑开了。

到便所去了吧？这推想突然地浮上她的脑海，于是她便在交叉路口的柳下徘徊着，望望对过的小屋子那边，那小门口的灯下不时地闪出一两个人影，有的向园门出去，亦有的打她身边经过，回音乐台那边去，可是并没有一个像是宗光。

她知道她的第一个推想是错了，可是，她再亦想不出什么别的原故来，碰见了朋友，跟他们一起跑了吧？可是怎么能够不同她说？而且是这样地久久没有回来，还不一定是她才睡他便跑掉的，她想。

经过柳下的灯光中的人们都望了望她，她觉得那些眼光都像是在说"徘徊着等谁？这样晚了!"回去的人渐渐多,她给望得讨厌了,便向傍着小流的假山那边走去。

山石上满缠着蔓藤,后面有衬着绿叶的白花;在朦胧底月光下玉立着,那香味像是棠棣的香,这是多美丽迷人的景致,可是,这时的凌霄只是因为要避开人们的讨厌底眼光跑到这里,她并无心去领略这清景,只是满腹疑惑地走着。

"不要这样说吧,没有那么一回事的。"

低低的男性的解慰的声音,突然地飞到她耳朵里来,她心里骤然地悸动起来,本能似地伏到山石旁边去。

"哼!没有那一回事!你以为我不晓得么?你以为刚才把我灌醉了么?哈哈!"是坚而高的女人的声音说了这话,加上了两声带歇斯底里底讥笑。凌霄听清了那是她初次在刘公馆同打过牌的苏小姐的声音,她的心胸悸动得更厉害了。

"……"宗光还没有答应出来。

"不错,没有那么一回事",女人转换语词,又抢着说出来了:"你近来有得好的公干!你叫你那好同伴送了那几个钱和金条来,就算你已经离开了咧!我,可不是就死在家里等你啦……你同那贱妇,躲着鬼似地一个旅馆搬过一个旅馆,我多次抓你不到了!你几时回来了的?今晚刚回来便和那贱妇一排睡倒听音乐吗?作算你会弄鬼!把信寄到南京转回来,骗了我两个礼拜。"

"真的没有骗你,是到这里才碰到她的。"宗光的矫作声,在凌霄听来,分明是可恨底骗人的声,她的心针针地刺痛了。"谁说我同她住旅馆?"宗光竟敢狡强地说了。

"鬼跟我说的!好得是你养狗自咬!——你住了利查搬到大中华,又搬到法界去,没有的么?"

"……"宗光显然有些狼狈了。"学成同你说的吗?"他嗫嚅地说。

"管谁说的!不要管有没有,去问那贱货便晓得,去吧!把那贱货拉起来,看她还做梦不!"女人更凶。

宗光和苏小姐的关系,已是不问可知的了,她要拉着宗光去找凌霄吵,宗光只是卑鄙地央求她,抱住着不放她去;伏在假山隔着花叶窥看的凌霄,差不多不忍——不堪看着那情景了,她并不气愤着像苏小姐般要和情敌拼命,可是她深深地嫌恶,痛恨着宗光,但是她亦怕苏小姐的凶横,她更因悲伤而颤颤地抖着,她无依的倚在石上,忍住低声的饮泣,只是身体像给寒风侵袭着般战栗颤震着。

"不要生气吧,很多人在那边,呵,闹了大家都不好呢。……好好地吧,是我的不好,可是我总爱着你的……"宗光是卑下地承认了。

听到苏小姐突然地哭,凌霄像受了猛不防底打击一般,几乎亦高声地哭出来。可是,宗光的慰安的声,又像在安慰着凌霄一般地使她听下去。

"不要哭呵!好好的!请您不要哭吧!"他又低声献媚似地说:"我再不同她来往好了……我就同你一道到你那儿去,好吧?明天给你买一圈好的颈珠,再做衣衫给你,不,拿五百块钱让你自己做去,好吧?……"

对方似乎是答应了,因为哭声已经变成啜泣了。宗光知道他的哄骗收了效,便扶着苏小姐去了。

给遗留在那里的凌霄,正受着一切女性所难堪的感情袭迫——她的欢喜和得意,不用说是一败涂地，就是她的自尊的庄严，亦是给侵犯无余了；她是显然地，无力地失败了。她的新欢，她的一切的满足的对象，是靠不住地离她而去了。同时，明白地，她自己是失坠了……起初是耻辱，悔恨，悲凉；当宗光他们远离时，她便哀切地哭了出来，那是一种不愿的，含恨的，切齿的哭，在自己的哭声中她觉到一种模糊的思想盘旋在她脑际——为什么不扑向宗光去，去跟苏小姐拼个明白？……为什么……为什么自己要受人的侮辱和遗弃？——她不明白，她泪眼望朦胧月下的花，又望了空中半掩着云的那个朦胧月，可是，这一切都肃静——冷酷而无情，谁亦不来同情她的苦恼的命运，这整个的夜的世界，在她眼里早变成了可憎的颜色。于是，当她再望望周围，凝视到杉树末梢的白云时，她的嘴唇和牙齿渐渐地咬出了一种决意——那是一切，那一切耻辱，悔恨，悲凉所造成的愤怒。她起来用衣袖拭了眼睛，向园门口急速地跑去了。

五

第二天凌霄又在旅馆的床上醒过来时，和她同房的不是宗光，而变成了学成，她着惊了。但是不一会她清楚地忆起了昨晚她出园遇到了学成，是他伴她上车，劝她喝酒，一边跟她骂了很久宗光，他骂宗光夺了他的苏小姐，又占了他仰慕的凌霄，后来还和她决定了对付宗光的办法等事。她只苦笑了。昨晚自己为什么会那样无谓地自暴自弃像要对宗光示威？为什么对那诱惑自己失陷的男子的离去会有那样不自爱的举动？醒来的头脑中这一切只值得苦笑。可是，她觉到这一切都有点滑稽的趣味。

时间总是很晏了，因为阳光已经直照在栏外的楼下，强烈的光，映到床上的学成的脸上来了。凌霄想一切都是学成，这家伙很古怪，便有点恨着他而宽恕起宗光来，可是，根据昨晚的一幕，宗光是没有可以宽恕的余地的，她望望学成，学成脸上像得够了什么似地，安详地，好像含着微笑地睡着。

学成并没有宗光那样漂亮，可是亦不是丑陋，或可厌的男子，在其他各点上——财富和巧媚……他亦不逊于宗光，凌霄好奇似地玩弄着另一个差不多而又完全不相同的男子，似乎觉得有点新的趣味，可是，她总未免觉得有点什么不安和不快，而这些奇味的不快和不安，却都像是学成给她带来的，于是，她又有点恨起学成来了。

而学成还是微笑地睡着，睡着的他的脸，好像有点滑稽，凌霄以为他这样尽睡着真是太可恶了。于是，她按住他的鼻子，挺开他的眼皮，又用力的扯了他的耳朵，直弄到他醒过来。

学成摇了摇头张开眼睛，他马上晓得是凌霄——而不是别一个的她——弄醒了他；他望到她的不大高兴的脸色，他以为是事体严重了，便连忙地先陪了笑脸。

"你醒得真早呢，我刚才还在做梦。"

"呸，睡得死般地，梦见你死掉了没有?!"

好了——学成想——她没有生气。他便若有其事似地说了下去。

"我做了梦，梦见好像在无人岛一样，只有你——你和……"他稍一踌躇又接着说："像只有你和宗光——"

"啐！——"她遮断了他的话。

"真的，我看见你和宗光好好儿地玩着……"

凌霄皱紧了双眉禁止他说，可是学成还嬉皮笑脸地赶紧续完他的话：

"……可是后来不晓得怎么样，只有我和你同坐帆船离开那岛。……因为风大，你险些跌倒，所以扯了我的耳朵。"

"胡说！"凌霄笑着，却用力地打了他一下脸颊。

"不但扯了耳朵，还扑到我的脸上来……"学成还胡闹地嬉笑着。

"不要闹了，人家肚子饿哟！"

"呀，可没有想起。"学成赶紧爬起来，按铃叫了茶房。

他们吃过了饭，凌霄吩咐学成去给她租房子，还要找个使女，学成起初不愿去，踌躇了一会问她说有没有要到那里去，凌霄说她要休息，等着玩弄宗光；叫他快去，学成亦只好怏怏地负着他的新使命去了。

凌霄独自地喝着酒，望着酒瓶上的 Wine 字，这四个字母像蔓藤一般奇怪地排列着。Wine！酒！——醉！是酒呵，引她入迷朦底彩色的世界，是酒呵，使她躺在宗光的怀中，亦是酒呵，把她流入另一个男人的臂弯里；酒是多危险的毒物呵！可是，凌霄便厌恶酒吗？不的，她是醒了还想再醉，——她难堪醒时的清明，喜爱醉时的缥缈——她是竭力吞着酒，而再向酒中去寻生活的了。

她正独自喝得凶的时候，宗光进来：看见凌霄拼命地喝，他呆住了。一会才酒醒似地唤着：

"凌——！"

凌霄只不怀好意地瞪了他一眼，还是她以前不尝有过的态度，宗光有点慌了，可是。他以为凌霄不过是因为他一夜没有回来动了气，便想把她哄骗过去。

"凌！真对不住，昨晚因为碰到了几位朋友……"

"那里有几位，只有一位吧？"凌霄当头地抢白了。宗光吃了一惊，醉然地变了脸色。但他绝没有预料到凌霄目击了他和苏小姐的交涉，还喃呐地想说些什么解辩，可是凌霄又抢着问了。

"苏小姐怎肯放你过来？"

宗光是全然手足无措了，他涨上了一脸红紫。他想凌霄为什么会知道这事，刘小姐么？不，凌霄是刘小姐替他拉的，她决没有说。那末，他疑到学成来了。

"学成跟你说的吧？他带肯定地问：他今早来过？"

"他昨晚在这里的，刚才我才叫他去给我做些事。"凌霄顺着他的话，索性说了。她看着宗光的因妒恨和愤怒而生的丑态，感到了痛快。

"我早料到的"，宗光转活泼了愤愤地说。"一定是学成那东西捣的鬼，凌霄！你不要受他的骗，那东西真是坏蛋，他自己交过了多少女人，苏小姐亦是他的一个姘头，他现在还想……现在反说到我身上来，我是和她全没有关系的。凌，你不要受他的骗！你不信这些可以问问刘小姐。"

凌霄差不多没发出笑来地，听着宗光把满身的秽土都拨向学成身上去，但她忍着听完，却忆起刘小姐曾在她面前说过宗光的好话的事，便在怀疑着刘小姐，沉吟地思考起来。宗光以为她快释然了，便忙转了话头问：

"你住这里觉得怎样？我们再搬好吧？"

"够了！我不再住旅馆啦！我叫学成去给我自己找房子了，再不劳你费心……不过你该还有钱吧，你就去给我定一房家私，苏小姐一圈颈链和五百块钱一起总要最少一千块，就多给了我些亦不要紧！"凌霄说了瞪着醉眼望着宗光。

宗光再不能狡辩了，他知道凌霄听了他和苏小姐的对话了。于是，他只好低声下气央求地说：

"凌，请恕我吧！那是过往的事，昨晚总算是我的不好，我再不同她来往便是，凌霄……"

"够了！宗光！不要那么笨，只会说这一套的话！——叫你去办家私便去好了，别的话别再提！……你看好的便可以，定好回来跟我说！"凌霄尽发着命令："还有，不准你和学成争吵。否则休想再见我。"

"……"宗光还无力地想说什么，可是凌霄的决意底眼色使他噤口了。他只稍微点了头，便萎顿地出去了。

哭望着宗光的背影消去后短暂的动摇，凌霄又伸手把酒樽拿上来。

"哈哈"，她又和早上一样地苦笑了。用不着宗光多说，发见了宗光的虚假的凌霄，总不会相信和他一丘之貉的学成会是个好人，可是，算了，她能够再回忆，多考虑，去增加自己的痛苦吗？不的，她自负自己的美丽，她相信自己的聪明，她自不愿意让已往的陈迹成为苦痛蛆咬着她。她要坚强地生活下去——现在，她觉得"爱"只不过是一个口头的术语了，它的本身正是无所凭借——她现在觉得那是这样的——缥缈，她便不再想靠住这无所凭借的东西了。可是，一种像不舒服似的——悔恨似的感情，时时会在她的胸中浮现，给她不快，于是，借一杯酒力的援助，她又强把这感情压下去了。——不要来吧！我跑我的路。她是准备这样地"坚强"生活下去的。她将再不为人们的附属，她将捉弄着宗光，学成，不，一切走上前来的男子亦都可以！她将蠢然地在繁华杂乱的道中前进。

那不快的感情呢？——坚强！

她再喝了一杯酒，无力地躺到床上去，惨蹙的眉端表现她的神经极度的混乱，可是，酒力使她昏迷地醉过去了。醉梦里，她的脸色由通红而褪成蜡黄，紧张亦松弛了下去，可是那双眉，还不时地颦蹙着。

六

凌霄伸了个懒腰醒过来，转身看见饭菜已放在门边了，便起来胡乱的洗漱了口，厌怠地吃着冷了的饭菜，——那是机械式地，循例似地——放下了筷子便又斜躺到床上去望着那给窗棂区划成一个大方形和许多小方形的天空，天空是黯淡失色，房里便只有朦胧的光，秒针跑着是房里唯一的声，时钟的短针早跑到二与三两字之间了。

这是多凄寂底景况呵！一间冷清清的房子只有一个人独自无聊地躺着！过去的生活——过去一年中，那她尽避着想起而老是盘踞在她脑际的生活——的回忆——那真是不堪回首的回忆又像雀斑生在美女脸颊上一般地爬上她的空虚的脑里了。

去吧！去吧！来干什么的！主人是厌恶地用力驱逐，拒绝这恼人的魔鬼，可是，自己的心早就空虚着，惊怕着了，这拒绝只不过是惊怕着的薄弱的表示罢了，于是，那魔鬼便堂皇地跨进来了，在那空虚的殿堂中乱舞。

起初是美丽的幕开时，盛装的女主人公以浪漫的步调登场，在色彩的夸耀，人们的环绕中，她辉煌地露出得意的微笑，那微笑里更含有些自夸的矜持，那虽是现实底人间的舞台，可是总似乎有些飘飘然像梦里一般轻浮而纤快。那是她开始跑入豪奢底世界里的一幕，虽然觉得奇异，但回忆起来总还有点甜味的，她和宗光一起时的生活。

可是这一幕喜剧在电灯一闪之下便仓皇地闭了。舞台转换，人物变成学成，她还是极尽流行的尖端，享受那刺激神经末梢的摩登生活，虽是没有什么不同似地继续下去，可是一切未免都带了点惨淡底严肃，因为那不再是飘浮的梦里一般，而是经过她的眼睛证实，和聪明的她剖白出来了的兽性的，浅薄的，现实底的人间了。在她眼里，一切是变了形象了——那是因为她看的是黑幕的内面，男子们——本来只是宗光、学成一类的男子们，可是她眼中的男子们是"天下老鸦一般黑"了——都像色魔一般，凭借着金钱，任意地糟踏着女子，虚假和无耻便是他们的手段。可是，因为那眩目的五光十色，那使人狂乱兴奋的音乐，那使人暂时忘记机械的惨苦的生活，仍然，不断地有许多女子陷落在他们的巧言令色之中，终于不能够自拔；她自己亦正是那样的一个人，她由憧憬，而迷梦，而幻灭……她只看见金和肉的乱舞和交错，于是，她像欠缺了什么东西——因为一切的奢侈对她已是具备，那该是物质以外的什么东西了；她的心像飘飘然无所维系一般的空虚，于是她只好跟别的人一样，像是要填补它一样，尽把强烈的酒灌入，亦跟别的人一样，在金与肉交错之流间辗转着流了下去。

可是，像梦的一定会消失，同样，酒亦没有不散的，在酒消人散的时候，她的心会空虚得像要倒塌下去，无聊得差不多想要自杀的样子。不仅是这样，有时在热闹的当中，在那狂欢的，醉生的大众，正因为兴奋抵住了疲倦，做着梦的进行曲当中，她亦会突然地觉得像给丢在无人岛上一样的寂寞——她眼前的一群的回转，于她是滚滚底波涛似的，一起一伏地无聊而又滑稽。——唔，这就是人类，人类的真正底生活么？她会想的。——只在这预约了衰颓的兴奋中过着么？她会这样地发了疑问。——这是"命运"么？是"社会的罪恶"么？凌霄忆起丈夫常说的话来了。可是，凌霄又有了一种更模糊的疑问了。她问题的意思大概是——为什么人类该在"命运"的支配之下，生活于"社会的罪恶"之中？但是，凌霄怎能够解答？在她，她只有寂寞，空虚无聊等的苦痛，和深深的厌倦。她耐不住这些的苦恼！"坚强！"那桀骜的东西又闪了出来，使她强弃了那些烦恼的思想。可是，她只好从较强烈的激刺，又向更强烈的激刺去，从厌倦了的旧，向奇异的新去——去寻求那生活底中心的兴奋，可是，一切都是暂时的。这进步是非到极底不可的。——啤酒，葡萄，香槟，威士忌，白兰地……宗光，学成，××，××，……这向着深渊的沉落，这投进漩涡的辗转，呀，呀，那结果，那结果是使她长期受着放纵享乐的肉体上的报应，使她受尽梦醒心情，和苦痛的回忆所蛆咬——那一场使她落胆的大病。而那病的结果，更使她失去了自负和自信。可是，为了对于生的执着是一丝尚存，她仍不得不在那使她伤心的旧环境里讨生活。再在那里感到些更深而痛的悲哀；那是一种多难堪的感情啊！她不敢想，不敢再想下去。

"天啊，怎地老是使人伤神般阴沉！钟啊，怎地尽是蹙蹙地急跑着！——已经六点钟了啊？"

凌霄从失神纷乱的冥想里醒来时，这才又望着窗棂和时钟，这样悄悄地叹了。

四下已经昏暗，她起来扯亮了电灯，对镜怠倦地整着头发。夜快到来，她的一天的生活亦快开始了。

七

步道上的公孙树的叶，多数早已干枯凋落，只剩几叶黄叶，还死贴住枝头，在瑟索的西风中作最后底挣扎，可是晚来风猛，两点更疏索地打下，眼看这挣扎亦是徒然的了，它们的命运，只有随着狂妄的风，漂泊，消磨，直到尽极。

多萧条的晚景啊！空漠底涂柏油的暗色的马路上，电车没有到来，只有车轨空在照来的电灯光下发亮，两部空黄包车，迟缓地拉向十字街头去，车夫的身体，露然映在那黑色的车身的背景里，看不分明，可是那畏缩的步调，正在表示那吹进他的褴褛破衣里的冷风的威力。

凌霄从寓里出来，雨点打在她的头发上，寒风吹进她的领襟里，她突然地——像不尝预料到的感到冷，打了个寒噤。这萧条的晚景——机械的闪光，自然的衰落，人生的颤震——给她一个凄凉的印象，把她适才的极度底无聊，变成悲怆；她悲感底的，只茫然地向十字街头踱去。

她踱过一段繁华的街道，光色灿烂刺眼的电灯，喧闹杂沓的来往叫卖，人们熙攘地像江萍般流着，汽车迎着风奔驰着过去，可是，在人群中的凌霄，这些繁华刚好是她心里的反映，她并不尝忆起坐在汽车里的往昔自己的心情——那只顾速度的快乐而不管行人的忘我的心情；现在，她只感受到深深底生的闷脱的孤独，那人类所难以感受的感情，那些熙攘的人们，有的正昏醉在她以为极度浅薄的物质的光里，她以梦醒般的眼光看来，几乎觉得可笑的浅薄；有的或许亦正怀着欲求倾诉的对象的满腹心事；亦许有的亦和她同样的蕴藏着难以抚慰的落寞的胸怀。但啊，这些人们是"陌生人"，谁都想跟一个陌生人是不能够有什么话说的，况且在这只要穿件较好底外衣的街上，是里面穿着什么，袋里有没有钱都可以不管地，尽可把白眼往旁边溜，谁都不愿示弱的，何况那包在更内层的心！这心啊，是凄怆，是寂寞，自亦只好让它去了。可是，悲哀和寂寞对于欢乐和热闹，常时会因妒忌而生出了愤怒，在这塔尖和平地的高下，罗马建筑式的洋楼和木篷小屋的堂皇与穷窭。在都是云泥之差的都会，更随处都满溢着这样的愤怒之光，可是，这愤怒是无处去发泄的，凌霄除了把充满了这样感情的眼光，向那浅薄忘形得可厌的大众投射之外，她老是手插在衣袋里，用力地撞着人家，茫然地向前跑去……

这是几时的事啊，她已经跑到这里——这她久经忘记了的小路来了，像久经迷路的船，竟在狂风中给打回自己的海港边来了。凌霄突然地注意到时，她心里像吃了一惊般，过去的平静底，像是甜蜜生活的回忆，都走马灯般在她脑里闪过——尝经，新婚期里，她在这里等待着丈夫，看见他回来便远远地相视而笑的事呀，他到她学校里等她，双双地同回到此地来的事呀，清早出门时，在这里挥手示别的事呀……这些，都像可恋似地苏醒过来，可是同时，又给她以多么心痛的打击啊，她忆着这些事情，心里感到阵阵的针痛。

临街的小窗里，忧郁底电灯的黄光映在玻璃上，这晓得窗里那在"命运"和"社会的罪恶"之下挣扎的人，正在矻矻做着他的工作；似乎"命运"注定他不得不孤独，"社会的罪恶"使他一定要失去美丽的妻子，他还非持续努力不可一般。这小窗的灯火，每夜都到中夜为止，在这偏僻早睡的街上，布着它那微细而静穆的光明。

望到这小窗的灯光，凌霄更忆起尝经在那房里的一切——她尝经在那里的一切场面，一切姿势来，——那房里的一切都还像从前一般么？在她混乱的头脑中，忽地起了这样的念头来。于是，她漫然，痉挛似地叩了那许久前叩熟了的门。

像给那在寂静中太过响了的声音惊了一样，她的心猛然她跳起来：——这是行的么！这想念倏然闪过她的心头；这样一来，她猛醒似地明了地意识到了自己——已经坠入了无底的泥坑里似的自己来。

啊，不行！我不是昏了吗？

她的聪明运用它的能力，给了她这样一个回答，她可还愣立着，但，冲破寂静的楼梯上的步声，使她吃惊地跑起来了，她像怕给罪恶追及一般地，急逃到街角上去，奔走，或许加上寒气和一些什么缘故——像有一个庞大的黑影向着她叱：

非凡的女子！于是，她怔怔地伏在墙上战颤起来。

门开的声音使她下意识地屏了息，听见了鞋声跑出街心来，大约那人听见有人叩门，到街心张望了一会，但只是这一会，回去了，接着，关门的声音。

凌霄像减轻了那惊怕的屏息，可是那庞大的黑影给予她的是怎样一个厉害的打击！越过黑黝黝的小河上流来的舞场里的音乐，正在奏着最狂乱的曲调，凌霄的口里，已经尝到辛辛底咸味了。

一九三一，十月

（原载《微音》1931 年第 1 卷第 7 期）

绢子姑娘

白　鸥

一　　寂寞的生

　　三八的年华犹能闪耀它少女的芳辉，像月下的幽花，像春朝的白雪，同学之中绢子姑娘要算是最美好的了。

　　她爱洁净，她会修整，适度的素色衣裙，紧裹着那样苗条的身裁，衬上那样隽逸标致的面影，远望去，像一枝不和泥土厮混的荷花。

　　她有孤高刚强的个性，她握住了自己的心，不易为外来的尘污所漂染，在最易感到空虚寂寞的女性集团中，她竟能独自往返的生活着，这简直令一般轻薄浮浅的女儿们惊讶了。

　　自然地，缀在惊诧之后的便是漫意的批评，狠毒的疏远。然而人们越和她疏远，她越像蜡梅般任凄霜冷露之欺凌，任和风暖日之遗弃地，泰然幽芬于寂寞的园林中。

　　到邻省的女子师范去，也过了一秋了。为烦厌人间世的苦恼，家庭亦不愿多所接触，于是在许多女儿们狂欢地呼唱着归家的歌唱时，她竟漠然地跟大众之群，漫到海边，却独自回到校里来，在那时有鬼哭般的风中，度了三十余天阴寒凄冷的年假。

　　学校是位置于 B 省南部的一个荒凉的大村落间，三面临水，一面拥山，说不到什么佳丽。若是有要与社会隔绝的心思，跑到那边去独当一面的豪杰，倒是绝好的景地。什么时候春已偷偷地到来哟!?

　　踏出女子师范部的后门，成平行的视线，直到朦胧于眼睑以外的芜野，已经青青地，不似秋后般荒凉，而灰褐了。仰望着蓝天下的××山，尤觉面天的绿柏苍梧的受尽春的佳惠。俯瞰碧水，象征着少女的心潮般，动荡得比平时更为艳冶了。

　　学校开课亦就悄悄地过了半月啊!

　　老大的村落没有娱乐的地方，学校方面——虽然是暴富的侨商所创办——运动的用具都大不周全的今况，休说到有其他供给学生们消遣的场所的陈设了。于是娟娟的女儿们的课外青春，大部分消磨于那望不尽的海水，取不竭的贝壳，玩不厌的鱼虾之间了。

　　虽然早操时还是受着砭人肌肤的寒风的宰割，可是到午后便恢恢地使人起了凌乱的春困;便亦在这样的时候，海滩上的金沙最受多数芳踪的蹦踏。

　　黄昏以前，绢子姑娘依例地抱了寂寞的心思——虽然杂在人群里，却是孤独地，到海滨去抚摸她的小鱼虾。

　　"喂! 今天的船期，新旧的同学怕来得不少吧!"这是绮人的声音——同乡的同学到这里来:由故乡乘了一夜的洋轮，到了 A 埠，再渡了成天的帆船，便到 C 村了。——绮人是她们班次的级长，也微带了娟傲的个性，绢子唯一交谈的朋友便是她了。

　　"一定的! 经过许久的罢工，这回定是堆做一起来的。"绢子漫然的答应着，斜转着朝东的曲径走去。

许心影作品选

"不到那边看一看么？我的小姑子怕会来的。"绮人阻止她的斜转——因为游玩的海滨，并非来往的轮渡码头的那个海滨。

"一起去吧！"绢子说着，无言地跟了绮人朝西走去。她没有等望的旧交，也没预期的新交，充作无聊的角色，她实在不大高兴。

走了好一回，已遥见两三桅帆颤颤地绕到岸边来了！虽然怕和认识的诸君点头，但既然来了，便亦不忍制止了观望地，把锐光射到纷纷上岸的人群中来。在第二只靠岸的人群中，一个十四五岁的女孩儿出现了。出她意料，她竟要为这女孩儿而运用了神经的记忆，圆睁了惊眼凝眈着！

并不曾错！她是和这女孩儿不止面善了。

"玉晖！玉晖！"似电驰般她呼叫起来，亦同样的快，立地走往携其细手紧握着。

"哦，绢子姑娘！"虽然没有像绢子一样出于意料之外的惊愕，然亦想不到在海滨便能晤见了，玉晖亦惊呼着。

"行装在那里？"老于行旅的绢子，在人群与箱箧充斥中，立地问了玉晖，指点之后，随又用了玉晖不懂得的邻省的不大艺术的方言，雇了挑夫，随又紧牵了犹带着轮船的余晕的玉晖，弃去还未转动的大众，寻着学校的归路。

"你怎么亦会来呢？意外啊！意外啊！"小伴侣实在给予绢子姑娘的止水的心情一个大大的波动，她真是高兴极了！步行着亦不似去时的懒怠了。

"说起来还是为尔呢。"玉晖疲倦的应她。

"为我？……"这可使绢子更为骇异地张大了眼睛。

"那天写了许多信给朋友，忽把尔的校址名字亦写了一个信封，D先生看见了惊异着：'你也有朋友在邻省读书了？！''不，私人没有什么友谊，绢子姑娘大我三分之一的年纪呢。因为祖母和她的母亲，信奉同样的教宗，稍微有来往，我见过她一二次罢了。''那末尔何不去找她呢？''我能够有念师范的程度么？''试读看吧！在城里是寻不到好学校的，S埠唯一的女学，你又不满意的回来。''真的？我往问爸爸去。''我可以帮你说辞。'——D先生是父亲的学生呢。于是急速地征求了父亲的同意，匆忙地到S埠赶上这次的船期……"

听了这诉说，绢子更是乐不可支，宿舍亦在眼前了。

绢子把玉晖位置在东舍第二号的寝室，是二丈见方的楼房，每号住廿二人，靠近了门口将第二号床是绢子住的，玉晖便在门前的第一号。住定以后，带她吃了晚饭，饭后的光阴就全消费在秋千板上的谈话中。

"你亦到过S埠的那个贾明女校读书吗！那个鬼学校谈起来我才恨死了！你知道我是为什么出来的？我说给你听：那个洋鬼校医一天来查病，我刚在织花边，才迟去了，她便到洋校长那里说我违抗她的命令，立地记了一次大过，嗣后查病，说我生眼瘀，天天去磨擦，才不知受她多少气。后来不幸我真病了，发了两天热，因为不敢劳她的台驾，颤危危地跑到医院去，一等了半天之后，她才出来；'你不是倚仗你的身体强壮，不欢喜我替你查病吗？怎么又要来看病呢，现今……'？我实在忍不住了，愤然地答她，'算吧，不看亦不至于死掉的'！这样又带了比适才更为昏热的身躯回到校里去，昏昏地睡着，病好以后，品行的分数竟被扣了三分之二了！这样我怎样住得下去呢？纵使学业得到最优，亦抵不住最劣的品行的平均了；况且由顶至踵都没有一点奴隶性质的成分，迟早总要被滚出的，那又何必呢？于是我搬出来了，回家优游着，那正是十六岁的事，一直到现在八年了，若不是这里创办了女师，我不知伊与胡底？……诚如 D 先生说的 S 埠唯一的女学尔不满意！城里没有好的学校啊……"绢子口若悬河述说了这样的经过，唏嘘了一回，又紧接着问！

"你亦为了同样的气愤跑掉的吧？"

"不，那倒不是，我进了二星期，教授的敷衍，科目的不周，管教的独裁，洋奴同学的欺凌，一切都使我对于她鄙视了！并且母亲开吊的日子到了，回乡以后就决心不去了。始终不过受那校五十余天大美国化的教育而已。"玉晖悒然的答她。

"你的母亲竟亡过了吗？"绢子同情地红了眼眶的惊呼起来，这才注意到玉晖那条长辫的末梢是紧着一段素纱的。

夜渐渐深了，大家都寂然想不出有较为爽畅的话来谈说，于是无言地上了东舍的三楼。

由是绢子对于个亡母的女孩益加怜惜了！站在手足的地位，像对亲妹妹般指导她，教告了她，替她修整，替她设想。以一个未成年而遭受了母亲遗弃的创伤的女孩，远离了乡井，到人地两疏，风物各异的客旅来，而得蒙了似亲姊姊的豪情的垂顾，在玉晖方面，休说是对于绢子的厚爱到万分的喜慰，而每以涕零替代了感激的言语的。

绢子姑娘已不像从前一样独自地来往！她俩已是形影绝不相离了。

二 仁爱的结果

星期日午后，太空像春苔一样的幽默，像春松一样的郁闷，密满了浓云，呼啸着彻遍人寰的雷响。

急雨就来了。

"玉晖！玉晖！往晒场收衣裳啊！雨快来了！"绢子停下碗筷招呼了隔桌吃饭的玉晖。

两人到晒场时，乱叶如断鸢般撩过发际，雨点亦疏疏密密地紧霰下来了。

到了寝室，在玉晖的铺盖上把衣裳折叠着，刹那间，同室的人们，亦已纷纷地回到房里了。

"哎哟！我的东西那里去了？"十八号床的黄鹂青白了脸呼叫出来，同时慌慌忙忙地把箱箧里的东西翻在床上。

"什么东西？什么东西？"胡娇的声音。

"十三块钱，一对金耳钩，一只镶玉戒指。"为痛惜失去的东西，手足颤颤地，黄鹂说着，呼吸已经迫促了。

本能地各个同学亦呈了惊愕的神色，走往围观了一会黄鹂的箱箧以后，各自慌乱地检阅了自己的箱箧，为怕自己的遗失，亦怕被藏了赃物地无所不开查了。

谁都慌乱起来。窃窃的私语，疯狂的哀叫，床被的翻乱，锁头的互碰，嚣杂的而又寂静的空气涨满一室了。

斋务陈老密斯上来了，教务主任老涂亦跟着来了，空气比适才更为紧张！各人的脸孔比适才更为严肃了！谁都有着嫌疑的成分，谁都提防这不幸的罪名的到自己的身上来。

"绢子！"老处女用沉动的声音微似叱骂的叫着，全室的视线亦集中到绢子的脸上来。

"什么？"不用说，意外的呼叱使绢子的脸色变青了。

"检查！"老密斯更重地咬紧牙关。

"自然的，谁都要受检查，何独不于我！"绢子亦庄严起来。

"不！特异于他人，你衣服脱掉！"狼样的眼睛翻白了。

搜阅各人的用具床盖，箱囊，只稍微看看而已，到了绢子的，连帐缝，连席下，都特别仔细，这个已使其余的人都宽下来一半心，何况经了这样的强迫？

贼的皇冠无言地戴到绢子的头上来！！

几乎连裤子都要被撕去地老密斯的威严的强迫，得不到什么好结果，便连绢子的发丝以至于脚爪都寻不出一点证据的痕迹……

糟糕了！许久不会发生的贼案，一经发生，便是两起，这边才在检查；隔壁第三寝室，绮人的小姑子来报说亦失遗了在学生时代认为巨大的数目的五十块钱了！

更糟糕了！绢子唯一有了来往的是绮人，同样她与绮人的小姑子亦有谈说，小姑子的失钱，把大家的视线更加刻薄地照到绢子的面上，而更狠毒的叨叨"贼是她！贼是她！"的私评亦印上绢子的背脊了！

"玉晖！"史地教员老董牵了玉晖的小手，到他的房间以后，坐在床沿这么的开口。玉晖只睁睁疑问的眼光凝视着他。绢子的不幸她早已预知自己是不能避免分担的，于是绝不惊悸。

"玉晖，你是最聪明的孩子，学校亦十分欢喜你，你能明明白白的告诉我所问的话么？"他温慈的说。

"我所晓得的当能明明白白的告诉你。"玉晖并不示弱。

"今午不是你俩最先上寝室去？大家都说绢子在偷窃时你在外面替她巡风？"

"是先到房里去的。至于巡风的大任，我是不敢担当的！而说绢子姑娘偷窃的事，亦过于枉冤了！"

"绢子的家庭状况你能报告一些么？"他又问。

"关于她整个的家庭？不是已在学校备了案？"

"另外还希望你详细的说一说。"

"胡娇不是已经说的详尽了？！你们不是已问过胡娇！？若对胡娇的报告已无信任，则无须再问我了。"

"虽然。但还想知了些。"

"那末，胡娇既胡诌于前，我没有替绢子姑娘置辩的余地了，胡娇不是品学兼优的好学生么？"

"唉！你这孩子！不要轻易动火吧！事情原该缓缓的侦查的。"

"不要动火？你以为被判了和贼同等罪名的赏赐还不隆重的么？好得本人一向以坦率为怀，而且挥金如土！但我忍看绢子姑娘的灵魂活活地给你们枪毙了么？她发晕两次了，你知道不知道？"玉晖至此全个愤慨了！

"不，玉晖！不要你们，你们，我并不曾受当局任何方面的嘱托，只想明白了一些，在今晚的教职员会议时，我可替绢子的冤情加以辩护。"

虽然明知老董是在说谎，但既然如此，玉晖只好较平气的诉说了：

"绢子自在母亲的腹里便永别了她的父亲，虽然是个无父的孤儿，但父亲既然遗留下来了产业，绢子正像父母双全的孩子一样不会对任何钱物随便加以垂涎的！母亲虽不豪阔，但以每学期四十块钱的费用，给绢子来念这个学膳宿全个免费的女师是多余之又多余！虽然她骄傲，她孤僻，她用钱会搏节，但平时不曾轻易受人家一根油条（油炸桧）的馈赠，你们侦探学生品行的人员该明白了吧！她原是那么洁身自好的人，不用我这时的诉说了！"

"以这么少数的费用，够用当然够用，不过绢子近来太过奢华了。有了眼镜，有了新制的衣裙，有了钢笔，有了……这非每季四十块钱所够开销的。"

"告诉你吧！眼镜是绮人的。衣裙是前星期和我一同到村里购买的。不看我亦有同样的一套么？不是说过我挥金如土么？这是你们学校对于学生经济状况调查表上面加以批骂而向我家里报告的话。绢子姑娘那末的怜爱我，替我作了许多我所不能作的事，难道我不能以她较为缺少的金钱赠她购买一些用品么？我们和黄鹏隔了那么多的床位，平时是连她那一拐都不曾走过的，况且黄鹏说她的钱是今早她哥才拿来的，今天是星期你知道吧？谁都在室里的。黄鹏说要吃饭去时才把箱子锁好的，而吃过饭起来立地重新开锁，预备把戒指拿来把玩时，绢子仍然安全地让她开出。就说先上室这一刹那，绢子偷开了锁，偷了钱物，仍锁好了锁子，或能如此迅速，可是就能使金钱变为眼镜，变为衣裙，变为钢笔，怕没有这样的神技吧！？退百步说，许是先从村里定购了衣裙，决定此刻来盗窃再送去还布店，但你们已知道这刹那顷，我们进了寝室还没有踏出寝室的门口事情已经发生了，怎样飞到村里呢？而况眼镜衣裙一类的东西非经整天的来往的到 A 埠去，是买不到的！你们全个在说孩子话，简直是不通，适才检查时，我还有三张五元的钞票，学校储蓄部的簿子亦记了两百块钱，绢子合拢在我里面的亦有三十元呢。"

玉晖自幼便娇养惯的，而且在较优美的家庭环境中，任性惯了，她不管面前坐着的是师长，全然用着愤疾而批驳的口气，老董亦是过于老诚慈善，平时又对于一般学业良好的玉晖十分仁爱，于是虽是替代当局受玉晖强硬的指摘，都不尝生气，仍用非师长的私人的慈婉再问着：

"那末你说是谁偷的？"

"可不滑稽么？你们都不晓得，我那会知道？我不像你们一般不看天的诬人！说绢子姑娘性情不好，轻易得罪人，喜欢替人抱不平，得失于彼此之间，易惹失者之怨恨则有之，说她做贼！我敢以人格担保，不，以我的钱格便够吧！……"

"玉晖，你完全不是像在对师长说话呢！"老董只好笑着。

"和你一样，我不是负解答当局的责任，否则岂止如此，我将对这些无理的漫问轻易的罢休么？为绢子姑娘抱不平而至于被开除，原是不足惜的，况且这个妈的学校！……"

"唉！玉晖，你将来可做一个女律师出庭去呢！"

"痛心的是我站在犯人的地位，此刻不能替绢子姑娘出庭。将来的事是此刻管不到的啊！"

"好罢！再见！"老董没有办法地开了门，拍着她的肩头送她出去。

许心影作品选

同一个时间玉晖在老董房里，绢子亦在老密斯的房里受审判了。

既然寻不到赃物，又搜不到证据，这饭桶当局会理性地作较有意义的侦查么？她只会对于这个受伤无罪的羔羊尽量的作践，她只会曲用其蠢，对于绢子无所不有的强迫，好得那时的社会还不至十分文明，否则怕已协警协兵的把绢子刑讯起来了！看她把在床铺上哀哭的绢子拉出来，到她的房里，老董只关了门，她并关了窗，房里阴黑似鬼洞，让绢子静坐一回，再凶狠地出其不备地扎紧了她双手，随着纤手疼痛，绢子的珠泪更急促地连续地滴下来了！

"绢子，你有没有悔意？到上帝面前来认罪吧！我们的一举一动是骗瞒不了上帝的！"原来老密斯亦是上帝的子民，她出力的说着。

愤恨，激怒，哀伤，凄凉，羞愧，耻辱，各个人间不幸都集拢来抨击了绢子的心，她能说出什么呢？她除惨哭之外，简直没有开口的余暇了。

"那末你决心连忏悔都不？"看绢子没有表示，她又再紧一句。

"此刻的上帝于我全个没有用！他不能显示我的清白！"绢子一哭一顿的才颤出这句话来。

"你敢连上帝都侮辱？"绢子的手再被扎紧了！

"侮辱上帝等他开除我出了天堂之门，这时我只求能解救我的冤枉的！你请催眠术的来吧！"

"绢子！绢子！亏你是这样能干的人，天上，人间，你的罪全个不蒙赦免了！"她咒诅着，咆哮着，出尽吃乳之力地摇撼了绢子的两肩，接着又嘶叫道："你，你这样强顽，催眠术亦催你不眠，催眠术你那有真心的信托！……"

天上，人间都不蒙赦免的负了重罪的绢子只能颓败地，晕眩地滑倒于老密斯的地板上嘘叫了。

三　蠢透了的当局

天盖罩满浓墨，紧织着银丝，似亦了解人间之不幸的事件的发生般，密布了愁容，黯沉沉地惨流着紧张郁抑的空气。

距离案件发生的时间，已经三个悠长的钟头了，然而情形并不尝和缓，甚之更为紧张了！各人的肺管都激动得像要爆裂一样。

近黄昏了，天色又加灰黑下去，已经到了吃饭的时间了，可是这么隆重的事件，影响到餐室的杯盘寂寞地互相顾盼而已，绝无一双纤手去把它们扶将。

一阵震撼灵魂的铃声狂响之后，全校的人都带着奇异的心思，拖着落寞的身子拥挤到公会厅去，虽哭得泪人似的，晕得眼际银星乱舞的绢子，亦只好勉强挣起精神混在人堆里走着。

"盗案的发生是各人的人格的低落，而不幸的是学校名誉的涂地。"猴狲主任——他有着一个长椭形的脸孔，眼圈时常红肿，眼窝深陷，一双小眼，没有注意时，简直看不见了。鼻子倒是很高大，惟鼻孔稍微向上了些，嘴巴阔大，一口牙黄的黄牙日夜露在外面，身子又那末硕长地，倘然不是看惯了，在夜里碰着，一定会惊疑是何方飘来的夜游魂或者活无常之类。可是少女们虽是看惯了，还一样的怕他，他的脸似猩猩，又微似劣马，于是少女们给他起了这样的一个绰号——站在公会厅的讲台像被什么狙击一样地说出这句话来，同时，那两片永远合不上的嘴唇便溅出许多口沫来，停一息又说：

"为要使案件大白，我已想了一个绝好的方法来。"

学生们屏息的听着。

"选举!!! 用单记名的选举。"

沉重的击着桌台，嘶声嘎语的吼着之后又接着说：

"你们看吧！那个有做贼之可能。那个品行不端的便举出来了！以票数之多寡为标准。辨别真伪……"

玉晖咬着嘴唇气得发丝直竖了！倘若她不是站在嫌疑的地位，定会起来置辩的！

少女们最猜疑，最嫉妒！惯会寻隙，惯会蓄恨！并且她们有什么理智来观察事物之必然？她们有什么理智来克服情感的奔放？她们不会把平日厌恨的人记上来么？她们不会为了不能分析客观环境而妄加应和的么？真是滑地球之大稽！想不到负责一部——女师部——的教育而且会做一省行政官——B省的民政厅长——的狲猴先生亦竟会铸下这样荒天之谬的大错！

少女们的私语，老密斯的发票，笔的索借，名的询问，秩序全个纷乱了。

"看她脸色已发青……看她怕羞的突着……做贼心虚……无颜举头了……写她吧！"胡娇到每列桌向同学们这么零碎的耳语着。

除了一些洁身自好，或莫名其妙的人呈着空白之外，平时看绢子的骄傲而加厌恨的，看绢子的美丽而嫉妒的，当事人及其好友之主观，胡娇的出死力的运动——绢子不能幸免了！

"一百一十七票"——全数一百五十左右——老处女胜利的唱着，随又大叫道：

"一十二票"

猴狲主任用力地写着。

一百一十七票底下的俊位，绢子的名字的坐上是义不容辞的了！

一十二票的佳冕，玉晖亦跟绢子一样荣幸地戴上了！

其余有两三张缀着几个不同的名字的，那是渺小的，谁都不注意的事。

像耶稣基督一样被钉在十字架的绢子，更是泣不可仰了！和耶稣不同罪名的贼而同时被钉的贼①样的玉晖还是那末的清醒。她只是畸形的愤激，强硬的张大了反抗的眼睛，对着卑劣的群众加以怒睨。在群众哄然散去之后，只好扶着中了重伤的绢子的身体回到寝室来。

四　贼冠之由戴

胡娇，绢子和玉晖都是T县人，胡娇和玉晖又有了世交的关系——自然比着因崇奉同样的宗教而认识了的绢子，浓厚得多——玉晖自急速地征求了父亲同意之后，也同样急速

---

① 耶稣当年临刑有二贼与之同钉。

往问胡娇——他们还是毗邻，家和家的后面几乎联接着的——入学的手续，登程的路径。胡娇不消说亦长玉晖许多岁数的，胡娇的母亲教书的时候，胡娇是在高级小学，而玉晖却还梳着双辫，才进去念"人手足……"的初级小学第一年。自然这小鬼头之突然的关于出省的询问，不免使胡娇骇异，而素来自负"美且贤"，在故乡无论什么风头都要比人先出一步的胡娇，对于玉晖之立地跟踪了她，要分负些声誉，在她，更是感到妒恨了！无论问她什么话，她都是冷冷地维持她老前辈似的尊严。

"那末明天的船期，胡姊姊要不要走!?"在谈论结束之后，玉晖才把此来重要的主因虚心下气地提出。

胡娇听了这话之后，溜一溜不高尚的瞳子，掀一掀嘴唇——她右边镶着一颗金牙，说话时务必把右角的唇儿掀上，镶金牙在外面炫耀着。

"船才开行了两次，人还太热闹，我不走！"——那是经了长久的海员罢工之后轮船复工不久的时候。

"那末再等下两次的船期，我跟胡姊姊一同走?!"

"哼！开学许久了！我们老学生迟早不要紧！你不是新生么？"话虽转了弯子，然而玉晖并不会比她蠢，听不出奚落的语气的。

"还是先走妥当吧！"胡母亦代加一句还好受些的话，自然不要再发了无用的愚问了。于是第二天玉晖伶丁丁地到 S 埠招考处，——其实只是报名处——跟不认识的新旧同学一齐下船。

玉晖到后的一星期，胡娇亦来了。——带了同宗的新生胡绢同来。

学校是社会的集团，亦像社会般有许多等级不齐的人类。要是老学生，有权有势，"横征暴敛"——新生是务必孝敬她们的，一根油条亦好，否则她们要设计陷害以许多不义的罪名，当局有时伴聋装哑——因为她们仍然要学生趋奉的——否则亦没奈之何地，便把许多不是都推到新生上来。宿舍一共十间，东面第二室最好，因第一室靠了上下的楼梯太响杂。太末尾去要多走路，又怕鬼，于是什么人都把东二室觊觎着。

胡娇和黄鹂是同级，年假中她托黄鹂替她定了床位，所以她是"老生迟早不要紧"的，东舍原来只存一个没有人要靠门的空床，玉晖住着了！胡娇来后便要玉晖搬到地下西舍来，把这床位让给胡绢，无理胡闹之后，和胡娇没有什么恩怨的绢子愤然了！

"若说这个房间只限于老学生才住得，那末胡绢女士，你不是新生么？若说新生亦可插足其间，那末除了预定的铺位，剩的当以先入为主？先入为主，则玉晖比胡绢先来！要滚亦滚不到她的身上！亦好！玉晖住不得，那怕胡绢女士住得！要下去，一齐下去！……胡娇老姊也已太甚了！既然和玉晖有了交谊，她这么小的年纪，是必要长大的扶持的！既不能持携亦不便欺侮吧?! 可以够了！"

绢子的词严理顺的驳斥，自然使胡娇无可申辩，然而也就在大庭广众之中胡娇立地顿了足咬紧牙关的，带了鼻音哼着"可恨哟"的声啸了。本来手短，足亦未尝长，跳指着，更显出全身的肉虾的横胖了。

从此以后，绢子，胡娇已经结下了不共戴天之仇！自然是随时随地胡娇都要向绢子寻衅的！而自己卑躬屈节地拍教职员的马屁以获得"品学兼优"的基本以后，缓缓设计陷害绢子。而自以为绢子和玉晖无所计较的爱好，利益既滋润不到自身来，更为欲念之燃点，实恨不能不早些爆发以烧毁绢子的灵魂为快。

便有这样的机会，在处心积虑的陷阱中，绢子被陷落了。……

绢子躺在床上像产褥的妊妇般头发成缕地散在枕边，明媚的眼睛盖着灰色的液体，方圆的脸已经瘦削了，丰红的两颊像秋后雨过的黄花般斑驳了泪痕，口唇苍白，全身发烫，她已经绝食两天了。

绢子美好的灵魂，被胡娇，猴狲，老密斯们伙着枪杀了。

绢子的少女时期的艳丽亦被"盗贼"两字摧残尽了！

她失了她平时的芳辉，失去往昔的绰约，只此两天，她像丧失配偶的征妇一样憔悴了……

"姊姊！你这么自弃实在不行哟！多少要吃一点，身体是要紧的！你呢，这样受苦，而那些陷害我们的反而在法外逍遥！姊姊你务必宽心些，缓缓设法对付！"玉晖拿了热牛乳劝告了绢子，随又说着："唉！唉！都是我的不好！为了我才使绢子姑娘蒙着不白之冤，要减轻我的罪过，务请保重啊！保重啊！"

实在没有法了，徒然作了无用的伤哀是不济事的！况且玉晖的挚诚的恳请，绢子只好暂抑哀楚地渐渐进食了，数天后，绢子才能强起床来。

便亦同个时辰，身体稍好支撑，绢子遂独自搬到西舍最末尾渺无人烟的一间去。——为了怕第二次的贼冠的佳惠，她不得不坚定了志，受尽惊恐，碎尽其心地孤单单地守着容廿余人住的大房间去了！

绢子以为她这样做，便可显示她的清白，可以避去意外的毁伤?！其实错了！我们的意志刚强，坦直，率真的绢子完全错了！一切的计虑完全徒劳了！

人们的天性许是善的吧?！然而一到了人间世来了，是无所不显出其恶的。只会趋炎附势，最喜助强凌弱，谁能像绢子姑娘一样锄强扶弱的呢？谁不对于已上了断头台的羔羊尽量的加以宰割呢？陷在深渊中不能转身的动物，谁不喜欢试投下各样的石头，使到在不能翻转的情况中，受到痛苦而加重凄凉的嘶叫？惨毒的狙击的回响是十分给人们好奇心的冲动的满足的！

绢子姑娘现在陷在不能自救的深渊中，照例地，人们纷纷地再投下石头了！

"哼！不怕鬼，贼婆胆敢住鬼气沉沉的房间，敢独自住来。"踏上敏得拿洋行的楼上，玉晖不停留地把经过的一切说给他们听。

"同乡会在干什么勾当，不能援助么？发宣言向当局质问！"经理是南洋出生的，带点悍气，并且渗杂了广东民族的特有的刚强血质，听了玉晖的报告之后愤慨地敲着茶几说着。

"他们既不把罪状宣布，亦无从质问，况且人们都是这样，祸既不尝飞到自己的头上来，谁会去管闲事？况且女师部不亦有许多同乡么？胡娇不是同乡之较深切的么？还要说什么呢？……"玉晖黯然了！

绢子只坐在一边浥泪，了无声响。

"他妈的，几个臭钱，我们不好阔些给她们看么？我们就故意装饰起来，我们的钱都比她们多得万倍，她们还有话说么？……绢子姑娘亦不必太过伤心了！迟早总有水清的时候。"经理先生是一个体魄健康的人，虽到了三十左右的年纪，然而特具了南国美男子的风度，那双棱棱有光的眼睛，说话时更显出深沉果敢！

"消极的抵抗，我想亦只此一途了。"玉晖回应他。

午后经理伴玉晖们往购东西，除必要的添买之外，经理又特地购赠绢子一把洋伞，玉晖亦剪了许多衣料送绢子。绢子不免意外地惊愕，暗拉玉晖衣裙表示不愿无端受馈。

"暂时只好如此，算我的账亦好，你自己负责亦好，只要对她们的报复能够紧些，便稍受其惠亦不至怎样吧！否则将来写信问他多少钱，并归账里，此时推却着更不好意思呢。"虽然平时多智多决的绢子，一到自己失却其主裁时，亦只好让全凭情感作用的玉晖为主了。

除了购买东西之外，又先在经理那里拿了两百块钱，临行经理又谆谆地嘱咐绢子，请她不必客气，要用时，便来支取。

玉晖回到校时，已经是灯昏月明的时候了。

绢子豪阔了，亦不像平时一样寂寞了！除了玉晖绮人之外，已经有不少的人来和她谈说了：为贪她的炒米粉，为要借她的钱，为要借用她的东西……绢子那个独自的房间，已常有女儿们芳踪的出进了。

经理又来了，送来了大宗高贵的香口糖，替绢子买了比黄鹂所报失的戒指的价值高得四倍的镶玉戒指，又送她一只白璇的，可和青玉配对，一只白金手表，一圈颈珠。

为要拔去心中"窃贼"的毒箭，绢子实在已到了不得不借助于有力的臂膊的时候了！送来的东西，只好赧然的收受着。

在学生时代认为穷奢极侈的装饰的绢子，在表面上或较可消去郁闷。而实际上还是一样的凄凉，并且"窃贼"的毒箭还未显明拔出之前，绢子的饱经凄楚的心，又被另一支毒箭射穿了！

"哼！谁没有金钱？有肉自有肉的代价！姨太太！"这种刻毒的语调，已由胡娇的露出金牙的嘴唇飞溅到胡娇类的同学口中，随处可以听到了！

"姨太太！"黄鹂自己的戒指无踪，绢子指上的青玉实在太过激刺；瞥见那青玉便不免含恨，每当绢子隽丽的倩影漫过她的眼际时，在背后，她总是咬紧牙关地颤出这句话来。

"姨太太？姨之上加个三字吧！"胡娇又下流地露出金牙来，她是知道经理先生有过如夫人的。

凄凉尽致的绢子姑娘对这许多纷纷飞下的毒箭更加木然了，她全个不知她将如何结束她不幸的运命……（未完）

（原载《微音》1932 年第 2 卷第 7 - 8 期合刊）

绢子姑娘（续）

白鸥女士

五　再度的陷落

绢子已经在神经错乱的吼叫中渐渐昏愦过去，经了二夜日的安静之后，才在安脑药的注射之下渐渐醒来了，张住着！还有什么事不敢做的呢？……

每当绢子来往于人群之间，细细碎碎地都可受到新的加重罪负的大石的飞击。

当局若干用尽了高明，闹得天翻地覆之后，宣判她的罪状，把她开除，那末可以把心怀剖白，为自己的冤抑而申辩，女儿们若唾骂她，咒诅她，她也可以气壮情直地和她们理论。莫若当局只是像狂狗般，吼叫一回之后，便垂下头来静躺着了。女儿们更小气不过了：只能在她背脊上指手画脚，不堂不皇地私诉着。

这样更令她难堪了！绢子姑娘既不能用其情，也不能用其理！只有在"窃贼"二字之下埋葬她的青春！"窃贼"之印上她的灵魂有如刺死犯人的肉刑般永远洗刷不净了。

"贼婆胆"的新箭又驰射着她够痛的心窠，她实在卷伏于陷阱之中，大石之下不能展头了。

六　暴弃之牙滋长了

葡商敏得拿（译音）洋行的经理凌津先生，是玉晖的毗邻，在 A 埠创业已经有年了。为便利于汇运及紧急时要用的起见，玉晖的费用是先到经理那边支取的，嗣后再由各个的家中从容算清。

绢子已较康健之后的一个星期日，又伴玉晖到 A 一张眼皮，母亲正眼泪垂滴着牵紧了她的手，她似梦初醒般莫名其妙的望了四周：

经理先生站在窗前，窗外正飘飞着凌乱的木叶。玉晖也神色慌忙地愣望着她，还有一个不认识的医生。她还不曾十分清醒，忽然嬉嬉的笑着。

母亲向来不会说话的，只万分仁慈地摩挲着她的头发。玉晖，经理却在向医生示意。室内昏黯，周遭冷静如死，只有那凄厉的西风在窗外旋卷。

绢子忽把沉重的眼皮合上，微笑的嘴唇亦苍白的紧闭着了！刹那以前，刹那以后的事，仍然飘渺于云雾之中，她还没有运用神经的力量……

第二年的秋季，学校因为在暑期时被驻了军，已经把女子部搬到 A 埠对面的 K 屿来了。

租赁的地方并不像故时的宽广，学生们要在地板上披满了席子，丘八式地安插得一梭不漏的横直睡着。绢子仍故要坚持其独居的主义，已经没有余闲的地方了！可是她，宁愿十分自弃地随便睡倒于课室之旁，她实不忍与那些"品学兼优"的美女儿为偶！她走去在临时栉沐室的地下披着席子了。——那是十分苦恼，白天要收好铺盖，让人家进出的。

"喂！绢子！地下那样潮湿，怕于身体不宜吧！况且那样阴沉沉孤冷冷——栉沐室是离课室宿舍都较远的另一间，面着荒乱的园林背负了阴黑的巉岩的——你真不怕鬼？"绮人收洗完毕之后叫住了绢子说着。

"与其被人的冤枉，莫若被鬼拖去！"绢子说着眼眶涨红了，她心中的余哀仍在簸荡。

"不要那样强顽吧！那有许多不幸的事？我的地方空着，"——绮人和国文教员方女士爱好，每晚都到教员室和方女士睡觉——"你何不每夜到我那地方睡去？况且小姑子亦在那里，不很热闹么？"绮人又热烈地怂恿她。

"实在的，一之为甚，其可再乎，真有那样不凑巧的事，再来一个的么。"绢子想着，便亦坦然答应了。

由是绢子每夜到绮人的地方睡觉去。

绢子到那里睡觉的第四天，同室的费卿——和黄鹂胡娇们同级——又丢了七块钱。风起云涌，雷动波鸣，大家都十分奇怪起来，可是在人们的喧嚣中，绢子十分坦然。她除了夜里往睡眠之外，白天连进去都没有，亦为了自己，"挥金如土"了，此七块钱无论如何是不上算，怎样都谈不到自己身上来的。

"喂！又是贵同乡啊！"仍是胡娇一级的同学玩英拉了玉晖的手说。

"什么？是胡娇！"玉晖明知福无双至，祸不单行，便亦只好装佯地反问。

"是绢子啊！费卿说她开笑笥的时候，绢子眼不转睛地活溜着。"玩英说后露了一阵巧笑。

"他妈的！绢子除了自杀之外，简直没有生路了！"玉晖十分愤懑，立地往找绢子，绮人已先将消息向绢子报告，绢子哑然说不出话来。她脸色苍白，眼睛出火，咬紧嘴唇，双鬓的青筋，亦棱棱出现了，两手震颤着，肺叶已经不能形容的速度跳动了，绮人正扶住她倾斜下去的身体，一面说着。

"我早知真是这样的不幸，宁愿让你给鬼抓去倒好些！"……"玉晖快去拿些冷水，她头已发烫了！"

预料绢子一定狂哭着，咒骂着，可是她已失去常态了，一语不发，只睁大着眼睛，眼睛渐渐反白了，呼叫着，都茫然似的，她真个不省人事了，于是玉晖绮人，和大概触目伤心的同学们，一同扶抬着她的完全瘫软了的身子由课室到寝室去。

昏昏地睡着，动都不动，吃亦不晓得吃，除了人们给灌下一些开水之外。假若不是胸部作着急剧的跳跃时，那全像僵尸一样足以骇人了！

请了校医，因为天太晚了，校医回到医太太的被窝里，再也请不出来了。一夜，她忽而现出笑容，忽而露着狰狞的脸孔，眼角吊下珠泪，点点滴滴地垂到耳畔去，口唇颤动着，但始终不作声，等到黎明以前，她才用力地呼了一声"我的娘哟"！又安静了……

像牢狱对于囚犯一样，学校既然不对于这个异省的临死学生加以怜恤，以挚爱战胜一切的恶力的朋友们只好想法子了！于是玉晖绮人指点了校役帮忙把绢子抬到海滨的益生医院去。

登记清楚之后，看护妇来了：

"入院的规矩，把衣服脱去，要换穿院里的。"看护妇还没说完，只聆见"脱衣服"

三个字，绢子狂吼起来了。

"你们这些人，怎样这么狠毒哟！又要脱衣服了！一次还不够么？我犯了什么罪呢？要给你们这样凌迟哟！好罢！好罢！你们说我是强盗，你们拿我枪毙好了！我没有话说！我不脱！我不脱！……"

"姊姊！要查病呢，安静着罢，那些强迫你的人不在这里啊！这是看护姑娘呢，安静吧！……"玉晖浥泪了。

"她受了过度的激刺，请原谅着，谢谢小心把她看护啊！"绮人亦在向看护泣告了。

"还要洗澡呢！平时入院便要换干净，午后才洗澡的，现在只好快些替她洗，趁你们朋友在时，好慰安她。"看护也十分动情地说着。

绢子凄凉地狂吼着，已给抬到浴间去了，她虽然如醉如梦的昏迷，可是人们偶然说到触她伤心的话语，她偏偏听见，在看护劝她洗澡时，她又尖厉地呼叫着了：

"我不哟！我洗过一次礼了！我是上帝的子民哟！我洗过礼了！我不要再洗哟！上帝给我的已经够受了！上帝命猢狲胡娇来杀戮我，我要感谢哟！母亲因为了我才拜上帝，我才得念书的机会，我才遇到上帝的洋民，我才转了学！胡娇来了，老密斯是上帝的选民，她不能替我伸冤，她还判我不赦之罪，我还要洗礼么，让胡娇上天堂吧！让猢狲来洗罢了！……"她狂卷着，不知那里来的大力，大家都挣她不过，她忽而坐将起来，拿着洋铁的皂碟向窗外掉去，"砰"的一声：

对过祈祷室门口的一帧基督圣像，和镜框里的粉碎的玻璃一同坠到地下来了。

看护妇惊慌着往请医生，玉晖们亦莫措了！与其说是犯了医院的庄严的恐惧，莫若说是对于这个受尽人类的凌虐的鞭策而狂疯的女友的怜惜……

"对不住，毁坏的东西，照例赔偿，同时，侮辱圣主的病患者，我们不受医！出！立地把东西搬去！"医生洋气十足沉重地说着，似还要对病人再申斥一样，挺了眼睛，经了绮人们的解说，亦就悻悻然出去。

什么时候被抬到日本医院去，绢子又完全茫然地沉陷在昏愦之中。

医生说热度这样高，是脑充血，怕没有希望了，因为若是透进了神经中枢，那简直没有救药……安置停当之后，玉晖又不得不往寻经理先生帮忙了。

先打了电报给母亲，因为是独生子！况且，在母腹的时候，父亲便亡过了，母亲溺爱她，全身心的寄托，所以给她取名绢子的原因是：绢子可以随手拿着，可以挂在纽扣上，可以藏在袋里！时时抚摸着，牵携着，不至于遗失的，母亲的爱惜绢子的心情是可以想见了。

母亲第三天上午八时到 A 埠了。同经理到医院去时，绢子的热虽曾退了些，可是眼前的东西全看不见了……她睁了瞳子，望着天花板，两手在空间舞动着，然而俯下去等待她抚摸的母亲脸庞，她却没有摸到——呼叫着亦不答应，耳经全失去知觉了，单剩能够说话，可是那全是一些梦寐的不出"窃贼哟""姨太哟""胡娇哟""上帝哟"……的呓语。

询问医生，医生全然没有把握痊可的断定，母亲全个失望了！

"与其这样，莫若抬到 A 埠去吧！医院没有把握，难道忍看其等着死亡么？到那边去，就近亦可照护，我们亦可多请几位医生来磋商……"还是经理出了主意。母亲全没有权衡的力量，自然同意了。

这样绢子才辗转地由 K 屿被抬到 A 埠来，在同乡会养病室住着，又照经理的意思，绢子的病，精神重于身体，外表重于内心，还是请中医较为纤细。不过适才因上下山，以及渡海过于动荡，又有一点神经作用，于是只好先请西医打了安脑的药针⋯⋯

七　凄凉的尖端

"这样实在令人难堪！"经理沉重说着，把躺在地下哀哭着的六岁左右的儿子牵起，一面另拿了饭碗盛了稀饭把儿子喂着。停一息又说："试问我有什么对不住你？用着这么难堪的对付？"

"够了！不用什么对不住我！你以为可以任意欺凌么？即使把我从死里救了出来，这就给了支配我全部自由的权利么？我的牺牲亦够大了！"绢子在内室嘘叫着。

"不要说着这么惨毒的话吧！不晓得谁的自由全部被支配！？"经理迟缓的说着，空气肃静，只听见筷子敲动饭碗的声音。

"说了便怎样？要打吗？就请打吧！"绢子全不让步，在内室抢出来，把经理手中的碗筷摔在地下，同时叫打，却把经理先打了。碗的碎声一响，地下职员便起来劝告，经理愤愤地被拉下楼，儿子奇异地望了父亲的景影，跟着下去了，绢子呼吸急促的回到房里，泪流着，又沉陷于记忆之中：

自从进了洋办学校，受了冤枉，以致停学，转学又碰了致命的中伤！又两次陷落，使到她在病苦之中，全个不能转身！自然经理对于她的身世的同情，未始不是好意，但是自己那么大的牺牲，得了这样没味的结局，亦未始不是可痛的事⋯⋯对于目前这个全无生趣的局面，她惨然了！⋯⋯

绢子在养病室中度过了一个悠长的秋天，不知得了经理多少小心的照护，而在经济方面，亦难以清算了！单单补品一项，便有那样惊人的数目，其余可不必说了，冬天，病已痊愈，惟病后的体质瘦弱不堪，像繁夏的幽莲的姿色，至此，亦全个憔悴了！已能自由支撑着身体之后，便同母亲回家去，将养了半年，已渐渐地康强起来。然而疾病虽已离身，可是心中的毒箭全然没有拔去！为要对于人类惨毒的侮蔑的解答，她不得不重新抖擞精神，提起勇气，和一切恶力搏斗去。

债务是那样繁多，经理虽没有催讨的意思——并且希望不至有偿还的时候。——可是自己时时挂怀着！将如何清算呢？一时之内！只好以债贷债，再继续借下去，把高等教育完结之后才有办法偿还的，绢子已决然再往京沪升学了，恰巧，同学办了乡村小学，来聘绢子充当女子部主任。

"那是一个机会啊！虽然薪金低微，可是节省些，堆积起来，亦可补救于万一。"绢子想着，十分高兴了。

她久被沉压的心已经解放，许久郁结着的眉尖亦伸展了！像久雨后的朝阳般，她带了温霭的微笑，迢迢到离家乡百余里的山村去。

料不到的，那样的病，竟使绢子的神经整个崩溃着！休说对于新的探求有进境，便连旧的运用，已经不能支配自如了！而更不幸的，身体方面，仍是不容易支撑，只要劳心些，头晕了，眼际银星飞舞了！接着病也跟踪地寻到了！

"啊！我已全然不中用了么？"绢子闪着泪的惊呼着，伤心着的盘算着一切。

"我真个全然不中用了么？我不能站在自己的立场做人么？我将长此沉沦下去，不能向人间举头么？……"

"我要舍弃学生的黄金时代，结束我少女生涯么？不哟！倘若我尚有一丝活力时，我还要向上求学，我要清理我债务的！我要保持我的光辉，我要给社会的解答……"

绢子自持起勇气之后，强的毅力虽使病魔不能锐进，可是身体精神仍然一样不行……

维持至学期终了，她又只好回到家乡来，并且不能再往担任了。

时势的逼迫，亦就到了不得不和经理同居的时候，经理求婚的信件摊在眼际时，她亦尝费力地考虑过：

"自然，没有他，我的生命亦没有留存至今日，可是为了这些小惠，我便至于毁弃一切跟他了么？"

"当人们骂我是姨太太的时候所说，'妈的，姨太太干你的事'，这些话竟真成谶语了么？这一点若不能得解答，那么前时的冤枉亦无从昭雪了！我要给胡娇们叫快的么？而不幸的，便将长此，成为一无所有的高等奴隶么？……"这样的事，绢子亦尝想到。

可是她将怎样呢？第一，她的身体精力不能作主，她未能如望地向前！第二，她不是有闲阶级，有许多闲钱可还债及优养自己！——有之，也便没有债，更不会被诬为贼，以致厉病，而弄成这样坏的现象的。

绢子终是弱者，在社会的鞭策筸笞下，失却活力地跳入社会所设的陷坑了！

和经理同居已经过了七个悠长的年月，第一个儿子已经六岁了。

绢子十分了然于自己的环境的，明知爱情的根基未建得稳，万一发生摇动时，必至全不可收拾！况且开始系以商品之意义出之，终亦必以意完结。——不，其实她目前，青春之花尚未全个凋零，生命之火亦不至于全个熄灭，况且经了这次的"坠落"——她自己常十分赧然地说了这句话——以后纵使能够作人时，谁肯和你帮忙你向上呢？……而在生的厌倦之后，又不能物化！活着，便需要最堪咒诅的钱了！念到自己多病，万一早夭，这小生物又将伊于胡底？……

一想到这里，为自己，为儿子，绢子必至于攫取无厌地储蓄着金钱了！

为怜惜着受尽凄凉的妻子起见，对于些小的钱物，经理岂尝搁之于怀？可是，不幸得很，单方的迁就，是促成双方的支离！经理越怜惜，绢子的永失温暖的心，越不能轻易感到满足！

"全然是用着钱物来贻骗我啊！"她竟轻薄地想到了！

况且，动不动便伤心，动不动便悲哭着！总之，物质的生活虽十分优丽，然而绢子并不能因此而稍愈其久痛之心！金钱亦储蓄得相当的程度了，她亦不尝因此，而稍抑遏其悲伤过往的酸泪……

夫妻的名义，是爱情的墓碑，咒骂儿子的叨絮，是爱情的碑文。一般的情爱，一至同居了相当的时日，都会不幸底结成了坏透的尾局！何况绢子姑娘，老早便抱了自暴自弃的心思？何况绢子姑娘在渺无边际的人间世所捞取的爱情，是受到金钱的阴影的咀咬？……

近二年来，她常说他变了初衷，他亦怪她学得冷酷，为了绢子姑娘的不易对付的深陷于喜怒无常的性情，两个更是常常吵闹了！

绢子每以自身所受的一切冤枉的苦痛都溅洒到丈夫身上来，实在有点失却理智的主裁，可是她亦有她的苦衷，丈夫若不能稍为让步给她发泄惨酷的过往的余哀时，那末，她只好把全身的愤恨带回墓地去了！——然而无论事情之如何用着各个现象不同的爆发，她都是立地神感地忆到最凄凉的尖端，胡娇们的芳名便亦在尖端的焦点出现了！

固然胡娇自绢子离校后，靡所不为，便连一根铅绣，一把剪刀，一缕绣绒都喜偷去，——那是她将毕业那年，因某种不可告人之隐独自熬煎着。那么不卫生的举动的结果害了一场大病，像绢子般失去自己的活力，玩英用着伤逝的态度送她归家，临行时，替她收拾箱子，而意外地发见了无数的赃物。

当同学们像发掘宝藏般，奇异地，兴奋地，互述说着这位"品学兼优"的新女性的惊人的成绩时，曾经几多岁月而竟已被淡忘于脑后的绢子的沉冤，也曾再度地浮现于同学们记忆之中，同学们也似乎了然地往观了胡娇的箱箧而咯咯地苦笑一下。

可是学校当局既没明显地把前事重提而讯明了结论惩罚了胡娇，绢子亦无许多闲情，返校声请，希翼奇冤之消雪！天网恢恢，疏而终漏地胡娇依故泰然。

已然残病了的人生，枪伤了的灵魂，名誉的华离，冤雪之日，便是重新弥缝之时，但对于整个的生的颓靡便全然不济了，为此，绢子仍免不了当胡娇的名字浮现时，念念不忘她所贻赠自己的厚惠。

猞猁主任已弃去教育生涯，而从事政治运动；不久以前，曾以一省的行政长官之衔头被敌人绑去，而病亡于深山之中。

老密斯的命运，竟和资本主义的潮汐一同浮沉地，在二十分不景气的南洋归来，而落魄于繁华的 A 埠之中，常和绢子狭路相逢，她的破旧的衣裙，当不住绢子的锐眼，绢子的凌人的气色，使她召集投票时的威严消失无余，于是，每次地，她总是低头跑开去。

绢子嘲笑了这些尝经迫害她的人的现状，并不尝比自己更好，而稍发泄了多少多年的愤恨，作为被蹂躏的取价，的确可以聊感快慰，然而，一转念起来，自己的幸灾乐祸的态度，又未免觉得小器起来，猞猁的惨死与老密斯的落魄，都是因了快影响到自己头上的国家的衰微和混乱的原故，虽说中间亦含着她们不能自却其咎的糊涂，但在自己，自己并不能有所作为，把糊涂的猞猁之流滚于社会的角落，尽是以蟪蛄而笑朝菌的生命，确是五十步而笑的浅薄，何况，那味同嚼蜡的家庭生活，全无兴趣！实在想到这里，她感到猞猁的死是无聊，对于老密斯的睨视亦是无聊，而仇视了他们以至末日仍然无聊，归根结底便是自己自身的无聊！这坚结了的凝滞了的现状，是使绢子的心完全地萎掉了。

生命既然感到全个无用，在剩余的残生里，绢子是无所不用其极的自暴自弃，便亦无所不用其极地糟踏丈夫和儿子。

这一天，绢子到二楼和职员谈天，儿子哭着要饭吃，而她却未把谈锋抑住，所以不曾立地上来，儿子大声的淘哭着，经理对于绢子姑娘不疼爱儿子的态度，——不，疼爱是疼爱，不过时时为了外扰而把儿子的事情忽略过去——感到不满，还是除此之外，另有其他的不满，一闻到儿子的哭声，便舍去自己的工作，上来喂儿子，休说是一面发些牢骚。

绢子却又聆见了，于是狠狠地上来闹了这出悲剧。

钩起许多如烟如云如刺如针的往事，绢子更歇斯德里地尖哭着，那种声音似是人生闭幕哀笛的吹响一样。

八　拉等了前奏曲序幕

"绢子姑娘！怎么拉！缓缓说啊！看转不过气来了！"玉晖拍着绢子的俯下着哀哭呕吐而颤动的双肩一面紧说着。

玉晖已完结了她的学业，曾到 A 埠××中学带过课。晤到了绢子，朝夕过从，旧情沸郁，而看其萎靡于寂寞的沉渊中，新愁燃煎！曾屡尽其所能以慰藉和督促婉告她：无如绢子的久经沧海之心全个不能动荡……

玉晖沉陷在失望之中了！

帝国主义的炮火竟也震撼了绢子久幽囚的黑暗的坚垒中的灵魂，从沉浓醋醉着的噩梦中突然转醒过来了！兴奋着，打探了阵战的消息，痛惜着伤亡的众生，因为一注意到报章，时代的大轮是怎样走动的阴影亦瞥见了。

却在这个时候，玉晖因负了某方的使命，从可歌可泣的战地重到 A 埠来，出于意料的会晤，是怎样奇烈地使绢子感到莫可言喻的舒畅——其间友谊的部分，更是占领了欢悦的中心；缘在息杳音沉之下，绢子曾十分酸楚地疑虑这个唯一的小妹妹，许是在枪弹之下，玉轴成灰，而咽过泪的。

用了近似于游说的话言，试敲着绢子的心扉，绢子姑娘的脆弱的心扉，已轻轻地摇动，并不似前回一般紧闭着了！玉晖似觉得这种现象之足以弥缝最初因她而使绢子姑娘骤遭陷落的过失的欢喜！可是实际上还差得远呢，绢子姑娘的稍微动摇的心扉，并未完全开着，不用说到久经沉沦的勇气还没有浮现出来。

"唉！鼓励着！鼓励着！这是我的责任啊！务必！务必！"玉晖常独自望了帐顶，吹出烟圈，这么沉重的叹息着。

先天后天的忧郁，纵情躏踏的结果，绢子姑娘显然地浮现着"Tabetic"的象征。

第三次的胎，绢子又不胜预防的怀上了！这个更使她悸弱的身体吃不住。大孩子的吵人，次子的断乳，隐约主胸腹之间的病态又日见日底滋长萌芽，这些不容易解却的羁绊，使绢子觉到与死为邻的苦恼了。

早上因为丫鬟跌伤了次子，同时又把他的金手镯丢掉，大孩子被邻孩打伤，拼做一起，绢子又气又疼，又恨又惜，急起来，神经呕吐亦作了！跟着酸苦的唾液，腥红的血丝亦出现了。

"我还是死了更痛快哟，人间应有的刑罚都受够了！你们还要把我一线残光都熄灭了么？这样隆重的十字架我再亦担当不住哟！你们让我去吧！我就死了什么事情都没有哟！我为什么会有许多罪孽哟！胡娇……"

"姊姊！切莫这样悲伤啊！那全不是你的罪过，你是太过情热，容易被社会枪杀！你太过悲抑，容易被社会陷落！不过，时至今日，哭是徒然！你该好好地保重身体啊！儿辈的吵闹，正是人生难以避免的事！好好的休息着吧！"玉晖扶她躺到床上了。

"不要说这些话啊！我听得腻了！我有什么福气可将养呢？便是得活长久了些，又有什么用呢？我已像一架活尸，我能干什么呢？还不是让这群妖孽纠缠到末日么？……"

"姊姊，不要这末说了自弃的话！倘若你提出勇气，不还是可以有为，你回头来吧！回头来重理你的旧业吧！固然是不容易谈到的事，可是如果勇气刚烈的话，什么事情都办得到的哟！"

"我已蹉跎了许多岁月了，我青春的热力完全竭尽，我求生的志趣亦飘散了，剩下这些日子，不中用啊！不中用啊！况且我这末坠落，有什么颜脸再见人呢？……"玉晖的尖利的话句，似乎刺痛着绢子脆弱的心，沉陷于自弃中的灵魂，又格外苏醒了，她已渐抑悲叫，现出情热的火星紧看住玉晖说着。

"姊姊！你不要太过看轻自己啊！你全个不曾坠落！退百步说，纵然是这样，你亦明白，是人间的十字架把你压沉的啊！虽然你自以为青春已经凋谢，热力竭尽，事实上你还是年轻，你未能冷静得非事不管的时候，你的热力还存在着哟！……

"便是蹉跎许多岁月吧，是的！'思往事，惜流光'，不免感到失悔；但是非你头自蹉跎，人间惨毒所遗留的疾病把你纠缠着！我们的生命虽不长，亦不是怎样短！要是不忍自埋没的话，开展正是时候了！姊姊！不用我说，你亦明白的，原来你是天才，天赋予你的聪慧，是何等的深浓哟！

"说到求生的志趣吧！面表看来，你的易自惹怒，是自戕其生，其实适适相反，你是追求到无可追求的时候，作着对于生的报复的愤恨呢！

"啊！社会是什么东西？人类又是什么东西？你脆弱了，他人加重了压迫，你悲伤了，他会加重了凌虐！要是一朝你站紧了脚跟，向前走去，魑魅魍魉都同样的会同俯首的！

"这是时候啊！姊姊！你试向人类举起头来吧！举着吧！朝前去，举起来啊！……"玉晖亦兴奋了，忘情地说着，扶着绢子的下颚抬起她的面部了。绢子亦忘却了痛楚般：

"真的，我还中用么？"

"要是提起勇气，来日方长，姊姊，还大可作为呢。"

"可是我还弱，我耐不住蹒踏……"

"我给你勇气！为你杀开血路，跟我来吧！再也蹒踏不到你的身上了！"

"跟你跑么？"奇异的光彩涌现到绢子的颜脸上，加以血液的紧涨，青春的绮丽，许久不曾见的全个显照出来了！她又像小孩子般那末天真得令人疼爱！玉晖亦觉得胜利地笑着：

"不必跟着我跑，把你灵魂交给我，同着找寻着应该走的路径便好了！"

"那将怎样做呢？"

"剩着的只是现实的问题！"

"那方面是不成什么，只是这些小冤孽呢！"

"儿子便让儿子的父亲带领着，宽怀些，儿子自有儿子的命运，反正儿子的父亲是那末疼爱他们的。"

"让母亲帮着管理吧！？"

"当然的，这样可不是更放心了么？"

"身体还是太过弱了呢！"

"疾病的调养，到西湖去住多少时候，定会痊可的！那还没有什么深呢……"

"我先请母亲来！"

"好的，年光易逝，越快越好，血钟已在狂敲了，无数生物都在时代的鸿沟中挣扎着向前，听！前奏曲的音韵响了，听，万众的步踏，亦杂乱地器动了！赶紧些！追上前去，跟上前线的队伍！……"玉晖不停地说着，绢子似是灵感地，立地站起来，步到窗前窥视去，没有什么显现之后，她又急剧地举起头来凝望着伟大的青天。

　　太阳的强光射映着她苍白的脸孔，一阵银亮的彩照荡出来。

一九三二，九，三十，于上海

（原载《微音》1933 年第 2 卷第 10 期）

蔷薇之夜

白　鸥

一

　　溪边的碧色的草地，间杂着许多无名的野花，映着晚霞的辉光，似乎更显出哀艳来。正当这个时候，在碧紫如毡的地面，突现出一双发亮的黑色皮鞋，一步一步轻飘地步踏着。由踵至顶望去，可以见到在漆皮鞋上面的是蔷薇色的长裤，再上接着的是蔷薇色的上衣。白的硬领和黑的领结的上面，托着一只瘦小的脸庞。乌黑而绻曲的头发下面，有着一双浓黑的，时常郁结的眉梢，和一双像含着泪水般，使人一见便生怜的眼睛。

　　"来了！石子来了！"

　　说这话的是一个比较高大而苍老些的青年高云，他正杂在许多衣裙翩翩的女郎中间。

　　便是在面溪的一座大厦的走廊上，高云走了下来，迎接着才踏进园门的石子。

　　石子缓缓地绕着那细小的斜径走着，无意地在篱笆上扯下了一个淡红色的蔷薇，嗅了一下，又放在另一丛的密叶上面。似乎不能使这个孱弱的花，在紧缀着繁枝像起初那样自然时，感到懊丧般，顿把眉峰紧蹙着。

　　石子正踏上台阶，女郎们便都站立起来，嬉笑着，很自然地，环围在他的四周了。女性的肉香，蔷薇的花香，和晚风荡进他的心窝时，他不知什么缘故，只感到一阵阵的心痛。

　　"石子先生为什么这样迟才来？"女孩儿们是那末可爱地，拥着他，进了大厅，一面问着。

　　"因为有点事啊！"勉强浮出的笑窝，虽是十分的幽媚，只是一刹那间，便照旧阴沉下去……

　　厅上有许多商人式的客人，东西的斜躺着，步行着，有的嗑着瓜子，有的抽着香烟，华丽的筵席的四周，都罩浓了幸福的烟霭！

　　女孩儿们，高云，石子，之群越过了客堂，转到西面的厢房去。厢房的陈设，比客堂更为清幽了！主人为了这一班年轻的读书的朋友，特地预备了两席在这较幽的地方，使朋友们不至于和许多俗不可耐的亲戚们一道厮混；同时厢房的隔壁，面南的一间，便是新娘的卧室；年轻的男女朋友，来把出进口的厢房镇住，使许多亲戚们不敢进来胡闹；是可省去许多麻烦的！怜惜着弱小的妻子，希望在应酬方面，使她不至十分疲劳，主人对于这厢房的陈设的苦心，是可想见的了。

　　灯亮了！蔷薇色的红光放射出来，各人的脸便像喝醉了酒一般微红了！蔷薇色的墙壁上，镜框里的绘画着的蔷薇，花瓶上的活着的蔷薇，都更现出活气来。一阵音乐的声响，娓娓的带着风丝，带着园里的晚香进来时，各人似乎要沉醉一般；软软地，轻轻地，不由己地，动着双足踏着地板，数起音乐的节拍……

　　女孩儿们有的更随着哼起曲子来了！

石子低着头，坐在红套的沙发上，俯视着自己的微动的足尖，左手向旁边扣下烟灰时，突然地举起头来，随着手指颤动的地方看去，原来是自己在扣下烟灰时，用力过猛，不提防触到沙发旁边一盆正盛开着的蔷薇的花刺。再拿手指到眼前看时，一点微微的血珠，正圆圆满满地叠在自己皙白的指尖上，凝视了一回，似乎很决心般，把手指伸进唇里吮吸了去……

二

婚礼是早晨九时行的，午餐时新娘便喝醉了酒；昏昏沉沉地一直到这时候才转醒过来。不知是从梦中遇到什么不好过的事，使她伤心，以致流泪；还是喝了多量的酒，一睡了，便变成难堪的酸液充溢起来，总之那双深陷的黑亮的瞳子的上面，是盖着一重波光的了。

从薄绸的被盖中翻起身来，凝望着衣橱中的自己的瘦小玲珑的身体，在这辉煌的光亮中，实在美得凄凉！

“口渴得很啊！”说着伸了一下懒腰，打着呵欠，白皙柔软的小手，摩挲了一头曲折有致的头发，揉了眼睛，无可奈何地又叹了一口气！似乎十二分地怜惜自己般，不忍向镜中凝望着低下头来。

“萤萤！起来啊！席快开了，妈妈说亲戚方面还是要敷衍一下。”丈夫楚生踏进来坐在床沿环绕着她的纤腰，轻声的说着。

“多麻烦啊！……”萤萤还是不曾举起头来。

“石子来了许多时候，王先生几乎来两个钟头了！”丈夫又幽幽地说着！

“呵！他们都来了吗？”兴奋着，立地把膝盖上的被窝翻到床里去，伸下那硕长的裹着红丝袜的双足，踏着珠的拖鞋，走到梳妆台前面去！

“喂！擦一点胭脂吧！那样白素素地……”丈夫跟在后面细语着！

“石子不是不喜欢人家装束得太艳冶吗？”萤萤尽是那样天真地答应着，举起细长的双眉，睥睨一下镜中的丈夫的清癯的脸孔。

“啊！不害羞！还在……”丈夫照理是要现出酸辣来，可是一念到这样俊美十分的萤萤，像自己那样庸庸俗俗，终竟得到萤萤的垂顾；愿倾于自己的怀里的苦心，实在不愿拂逆萤萤的志趣地表示他的让步，于是把话说了一半，便停了下来，作了一回滑稽的笑脸，来解释这话的近于玩耍，而没有半点酸辣的气味！

“唉！唉！害羞去罢！让我再梦幻一回吧！今夜花残梦醒之后，一切便听你的主意吧！这回，这最后的黄昏哟！……我怎忍那样坠落地去伤一切人的心？！……”虽然丈夫是很不愿引起多血质的萤萤的伤感，所以不愿多说；可是她还是十分认真的伤感起来！那样大粒的泪珠，在说完了颤动的话句之后，便垂滴下来！流过苍白的两腮，流过温软的纤颈，到了胸前蔷薇色的坎肩，坎肩上便起了滋湿的伤痕！那些阑干的粉丝却在瘦小的膝上凝聚着了！

动都不动，远望去像是受难的女神的大理石的雕像一样美得凄凉，美得哀艳，美得高超！

丈夫无言地拿了白丝的手绢，擦去她的斑驳的泪痕，失悔自己的多言；这回除了静静的动作之外，更没有半点声响了！

外面的音乐第三次的奏动了！已经到不能不出去敷衍的时候，萤萤才十分难堪地，再扑了粉，换上一件坎肩，披上蔷薇色的薄纱的外套，凝立着，丈夫按一回铃，引导的人便踏进来了。

丈夫的家既是当地的望族，所以为维持那旧家风的庄严，一切都还是照旧。虽然十分新的萤萤觉得被屈服在旧的礼节之中，是感到十分的不快，但是在家族方面，对于改革维新的地方太多，也觉得十分为难！

客人除了厢房的男女朋友，是新的人物外，其余的都是当地的官僚、绅缙之类；家族方面绝不愿为了要得新式的媳妇，而得罪一切的亲谊。这样萤萤便不得不勉强着，跟在丈夫的后面，随那引导的礼生踏出了房门！

"多美丽啊！萤萤！"……

"这样久才出来啊"……

同学嚣杂的喧嚷着，萤萤只笑了一笑，便垂下头来，随着音乐的节拍步行着……

这是当地的风俗，新的一对，在夜宴的时候，要到每个筵席前面，由引导的礼生高唱着"叩谢"，像春秋的祭礼般，新郎新妇便随着那高叫的声音：

"一！二！三！"的鞠了三次躬。

循序地，一席一席地，被带着的萤萤，像梦游病者般，无力地，机械地，动作着！心中十分不宁静，生怕这样的丑态，会被同学们瞅见，老是不敢举头，便连眼角斜向这一方，都没有勇气了。

为了好奇心的冲动，青年的男女朋友们，老早便拥挤在厢房的门口，滑稽的观望着。

当萤萤行近这一方，觉出旁边有许多眼睛的寒光的射击，并且这许多眼光中，有了那么一个锐利的石子的眼波在她身旁溜转时，她怅然地像昏乱一样，茫茫然地，当那喝礼的人呼唤着鞠躬的时候，竟忘记把头儿移动……

三

从小便以美丽，聪慧的声誉，显耀在亲戚朋友之间的萤萤，到了十四岁的时候，更长得动人了！那样苗条的，玲珑的身体，大黑的眼睛，修长的眉毛，合度的鼻子，菱角般的小嘴！贝壳般的牙齿！任何方面，就是手指，足跟，头发，都是十分温存地现出东方美人的丰度来！

由小学升上中学来，却已一年了！从幼稚园便学会了歌舞，亦就自幼稚园时代，到小学，只要当地有了什么盛会，一请到桐川中学去参加时，那末不用说，萤萤必是担负了歌舞主角的重担！她有天赋的聪慧，特别在她的那个尖锐的声音，披霞娜的高音部，才配得上的声音。每当她歌唱完毕后，音乐教师王女士便抚摸了她的头发，十分怜惜的感慨着：

"萤萤！努力呀！真是一代的材华！"

"能像王先生一样就好了！"萤萤却很羞涩的逊让着，涨红了脸的低着头。

"只要萤萤不放弃，努力下去，是会比先生高出百倍的，努力吧！我的小萤萤！"王女士对于这个得意的门生是十二分的怜爱。

萤萤真是有惊人的天才，她的舞姿的隽秀，是同学所摸攀不上的，而那个颤动的，凄锐的声音，更非人间所易有的！当她在台上表演歌唱的时候，若把眼睛闭着，便会疑心置身于大自然的母怀中，听花底的莺语一样使人们陶醉！可是当她唱得悲切的时候，亦曾感动了许多观众滴下眼泪。

只要集会节目上，有了萤萤女士的名字，那亦可以看见会堂的面前，离开幕的时间还有很长的时候，便有许多如狂的青年拥挤着！

同时不用说，萤萤的声名，更是响彻云霄的震动了南国的城市了！

十六岁读完了高中的第一年，年纪虽然不大，但因长得很苗条，看来完全是个成熟的处女了，所以一年来，萤萤便已接过许多男人的追求的信件了。自己虽不大懂得人间的韵事的黑幕，但由于读过的小说，看过的戏剧，以及师友的言谈，她亦知道了处在美人的地位的女性，务必要孤高，务必要冷酷；才能显出自己的价值！加以自己的恬静的个性，萤萤是孤高得使人震惊！可是她愈孤高，她愈冷淡，崇拜她的人亦就愈多了！

升入高中第二年，随着时光，萤萤的年华亦增进了！这时除了歌舞之外，在音乐方面，披霞娜，凡亚林的成功，亦使师友赞叹惊佩了！同时她的性情更为冷淡，在那样天真烂漫的背面，时常蕴藏了沉默的悲哀，自然她已经完全成熟了！于是在同学的游散，或则上课，只要没有多人烦扰的时候，她常常跑到音乐室去，对着披霞娜，发出处女的深愁，望着那白键，弹出青春的叹息！

萤萤既是这样的承天之惠，赋予她的美丽与聪明！同时更生长在当地的富裕的门阀中，这个除了对于她自身的向慕外，妆奁方面，亦使许多卑劣的人类垂涎着。

这更使她苦恼了！为求避免无谓的纠缠，她十分决绝地宣示出她的独身主义！

以十七岁的女子，说出这样的话，未免滑稽；亦令人不能相信！便是她自己亦明知这是一时的希图避免无谓的烦扰的扯谎；她的心仍然在发出寻求同情的呼唤。可是她是女王，许多环拥着的异性，她曾试试观察这俗众之群，都是碌碌不足道的动物，于是她亦希望自己所说的话，能成了事实，亦是可喜的事。她宁愿永远孤独着！

图画教员高云年青，又颇不俗，亦像许多人一样十分爱着她，自然师生的关系，比同学更为亲切了，而年纪较大的高云，对于她的看顾，亦比同学们更为温存，体贴；难拂先生的雅意，萤萤亦渐渐的爱上他了！

随时光的进发，两个的爱情，便也日见加增，只是萤萤总觉得不十分如意，心绪时常烦乱着。

在这年的年梢，石子由海上的著名大学毕了业回来，才抵故乡，便被母校桐川中学聘定为男女学校的英文国文教师了！

著名学校出来的高材生，年青的，美好的；这个除了庆幸来年将得到良师的训诲外，在少女们的心中，还加上了一种无名的欢喜！当校长带石子来参加放假的话别会时，望着石子那样漂亮的雕像，少女们都互相耳语着，同时各人的脸上都无缘无故地泛出一阵红晕，尤其是萤萤更红得惊人。

许心影作品选

四

像少女们的惊愕般，石子对于在座之间的一对眼睛，似水晶，似碧玉，似含情，似含怨，光辉的，眩耀的，有着长长的睫毛的眼睛的瞥见，亦涨红了脸了！

"啊！密司王，这是石先生！你们对于文学都有同好，我特地为你们介绍！"校长不知是有意还是无意地介绍着。王女士突然凝视了石子，很不自然地说：

"惭愧啊！我怎样懂得文学呢？"

"不要客气啊！同样我亦不懂的哟！"石子对于那眼睛的飞射，纷乱了好一会，才转过自己的知觉答应着，说完仍是默默无语地抽着香烟。

几天后，校长又在家中宴客；不用说，王女士和石子都是上宾。席间，两个不知是什么缘故，都是紧蹙着眉端，除了拼命的喝着酒，抽着烟之外，一句话都不曾说，只是主人尽量的怂恿着：

"多喝一些呵！多吃一些呵！闷了吧？请到晒台坐一回吧？"

差不多很迟了，席将闭时，王女士突然地站起来高举了斟满红酒的绿杯，向石子示意着：

"再干一杯吧？请啊！"

"啊！你已喝了这么多了，怕不能再喝吧?!"石子自己是喝了不少的酒，亦到了相当的程度了；于是在半醉的朦胧中竟流露出一句这样亲贴的话来。

"不啊！还想再喝几杯啊！请陪陪吧！"王女士这样沉重地望着石子的嘴唇。

"敬陪！"石子便举起杯来了！

这样两个人又同干了数杯，石子的脸是越喝越青，王女士却是越喝越红，色彩染在各人的面上都是十分的适合。

夜深了，席散了，从怠惰的情况中两人才从沙发上站立起来，王女士还茫然地沉思着。

"石先生送王先生回去吧！"校长问着。

"好哟！我们一路呢！"石子答应着又望一下王女士说："回去吧？坐车么？走走不要紧吧？"

"还好呢！走走不要紧的。"说着她又立起来了。

告别了主人踏出了大门。

午夜的寒街似死，只有朔风怒号着，天上有着零零落落的星点和远远地各段电杆柱上的街灯同样幻着凄淡的白光，两人的皮鞋在寂寞的街上数着很响的节拍。

王女士有点薄醉，为怕她跌倒，石子很小心地靠近她的身旁步行着。

"唉！唉！多薄弱啊！酒喝得多了，便容易伤心起来呢！唉！唉！人类总是不幸的哟！"王女士幽幽的似是向自己告诉着。

"有什么难过的事吗？"石子茫然的问着。

"啊！啊！"给问着，提醒了她的知觉，王女士突然地说不出答案来……

因为自己的心事不愿给对方知道，并且这样太过亲密的态度有点使自己伤心，于是越过了寒街之颠时她突然地向石子说：

"你先回去吧！我想到朋友家中转一转呢！"

"啊，那样吧！我便送你到朋友那里。"

"谢谢啊！"……

这样再走了二三百步，石子先叩了朋友的大门，朋友出来接见，他才道了别。

似乎是十分凄凉地伤心起来，这突然的高涨的情绪，自己亦不知所以了！因怕惹起了情爱，才决然地离开他，可是离开了他，心中便这么不好过，空洞洞地寂寞寞地似堆着许多酸楚！

"我竟爱上了他吗？唉！人生总是不幸的！"自问着，自叹着，王女士一夜辗转无眠……

"夜来醉否？今午舍下偶具薄觞，务盼拨冗前来！"第二天的清晨她接到石子的字条。

"去好，还是不去好呢？"打算了一回，终于去了！似乎那样可怜爱的态度不去看他便不好过似的。

石子的家是在城北，背山临河，是资产阶级的子弟；于是在临河的花园旁边，他有了他的书房。

书案前挂着一张画，那是一个大的丰盈的眼睛，眼睛末梢附带了一根长箭，箭的尖端正刺进一个红红的小心，心的下面垂滴着许多血点。一端的墙上亦有许多大小不同的眼睛，这房间的陈设的奇怪，那是除了主人自己之外，谁都不了解的。

"画得多好啊！是象征着悲剧的泪痕吗？"王女士凝视着，似乎了解的问。

"多没意思啊！乱画一场呢！"石子低头红了脸，生怕给她窥出了秘密，立地说，席开了，请到前面去吧！

差不多同事们都被请了来，所以很喧嚣的呼唤着。

在上了大条的铜盆鱼来时，石子毫不迟缓地扪了那鱼的二只眼睛，在酒杯中震荡着，梦幻一般地连酒饮了下去！

五

是谁投下了石头落我小小的心河？
使我的平静的河面皱起阵阵微波！？
那是你啊！你啊！你啊！

是谁这样轻可地摘去了我的小心？
使我似失了魄的幽魂般日夜泪涟！？
那是你啊！你啊！你啊！

每朝你步过我的窗前的足步轻轻，
每一拍都像毒箭般刺进我的小心！
我只是低头无语暗自哀怜……

许心影作品选

每朝你的素影在我眼际飘漫时，
我的脸便似喝醉了酒般染上胭脂！
我是爱你的啊爱你的啊……

而今我已决心举起爱情的苦觞，
我不愿独自地永远地日夜泪涟！
来吧！让爱神在我俩的身上加鞭！

唉！唉！你是谁你是谁？
我认识你哟！……
我认识你哟！……

自从石子教了国文以后，萤萤对于歌舞便觉得没有兴趣了！她比从前更恬谧！除了幽幽地弹着披霞娜之外，便在课室中埋头！现在各方对于她的歌舞，请求她的登场，她全个辞却！便是高云对她的热爱，她却只觉得太过纠缠，已经到了只剩敷衍的地步了！

"萤萤你怎样这末阴郁？近来你简直不喜欢歌唱啊！不要自弃呀！还该向前的哟！"王女士对于这个得意门生的渐次离开她的怀里觉得十分伤心！为艺术的庄严，她不得不婉劝她了。

"觉得没兴趣啊！静坐着看书还好些！我在学写小说呢！"萤萤恹恹的说着，眼睛只向手中拿着的武者小路实笃的小说集《母与子》的译本望着。

王女士是十分爱萤萤的，除了爱她的天材，爱她的学艺之外，便是萤萤本身的美丽与玲珑也使她十分的怜爱！王女士已经廿四五岁的年纪了，和石子相仿佛，在她自己觉得似乎是过了青春期的人了，并且自己亦有了丈夫，所以她虽然觉得十分爱石子，为了环境，她是无可如何地，总是宝藏着自己的心事，她绝不愿对方的人知道自己对于他的怀恋！于是她的一腔情热都寄托在萤萤的身上！她希望萤萤在艺术上的成功，对于她，永远像儿女对于母亲的偎依不要离开母亲的怀抱！现在萤萤这样失却了歌舞的兴趣，自然对于她也不期然而然的淡漠起来，这在她不免有点伤心了！

而在这二点之外，萤萤的日见消瘦的颜容亦很可惊，现在她有什么法子呢？她只能和蔼的说着：

"学写小说亦好，只是不能太过梦幻，便是看书，伤感主义的一类，于你亦不适合啊！"她是饱经风霜，她了然人间的悲剧的惨酷，她怕这可怜爱的萤萤，在幼稚的心灵受了悲哀的冲动，而至于自暴自弃的颓废下去。

因为学校举行了国文竞赛，教师们怕自己有所偏袒，所以都把自己课授的学生的卷子拿给同事们交换评判，打好分数之后，才开校务会议做个总评判。

石子课授这一班，交给王女士替他阅看。

对于萤萤的忧郁本来已有点疑心，而石子的常称赞着萤萤的文字的进步得惊人的话，更觉可虑！王女士似乎十分了然萤萤的离开了自己的原因了。今夜在阅读学生的课卷时发见了上面的那首诗的深刻，她惊呼出来了：

"这一定是萤萤的了！萤萤的梦幻的追求已经到这末不能自遏的地步呀！啊！啊！"她唤着，飞红了脸，不用说萤萤所说的："你是谁你是谁？我认识你哟！……我认识你哟！……"的谁，她也认识了。

现在萤萤不但要离开自己的怀里，并且还要把她心的内层的幻影亦撷取了去！她觉得人间纵然十分的不幸！为什么会有这末的不幸存在着哟！

怅然地望着萤萤的站在她的案头的舞姿说："萤萤努力吧！一切都成功起来吧！先生不至于那末不宽大的啊！"虽然是万分难过，亦只好忍痛的说着，她实在不忍萤萤会有什么不幸的了。

六

因为爱石子，怀恋石子，便爱及石子所爱的文学；萤萤半年来的自自然然转移了艺术的方针，并且那样努力的成绩实在惊人了！

这回，为了竞赛，她不得不十分用心的写作；希望在成绩上得到相当的名誉！而自己的心血所将养的梦幻，全生涯的开展，应该试为打算一下，这个在她亦认为已经到了时候了！

所以半年来她秘密爱着石子的苦心，不得不借此机会表达！同样地她将全生涯的幸福，预向石子身上卜定；所以她的用血，用泪，用灵，所织成的诗句是怎样的动人！有了这惊人的成绩，简直是出人意料之外啊！……

王女士把卷子打好了分数之后，独自怅然地亲送到石子的家里去！

"石先生！请看萤萤的诗，怕是该取第一吧！"

石子由她的手接过来，飞阅了一遍，脸都热了，心亦不禁跳荡着；像王女士般，只要一阅，"你是谁你是谁？……"萤萤所追求的谁，石子亦认识了！可是为了不愿一切的事情太过变得惨淡——自然王女士的爱着石子，石子的爱着她，双方都稍微觉到的了，——石子镇静了一回，申辩着：

"未必就是萤萤的吧！怕是薇薇的吧！固然不能说是登峰造极，可是像萤萤这样的年纪是作不出这样深练的诗句哟？"因为卷上都不签名，避免说教员的舞弊，等评判定了之后，才到教务处对了号数发表出名姓来；所以石子还可昧心的申辩着。

"亦不一定呢，可是真的是萤萤的作品时，那可糟糕了，本来便受了许多人的纠缠，现在更又成就了文学，一定更被烦扰哟！唉！能寻到她满意的爱怀就好了！生怕埋没下去真是一代的材华哟！"王女士寂然的笑着，说完望了望石子。

她那对阵阵，那对令人销魂的眼睛，在这时候，更明亮得惊人！迸出那阵阵的幽光，阵阵射向石子身上。石子的头有点昏昏然，对于这样阵阵的眼睛宣告屈服，同时萤萤的诗句的紧击着他的心扉，也使他的心阵阵作痛！他除了出死力的把卷烟抽了进去，把烟圈吹了出来之外，简直不愿说出什么话来。

便是这个样子，含愁含怨的沉郁的脸色，更使对方凄楚也珍重地爱着！这样王女士的心更加惘然了！

只是怜惜莹莹对于自己所爱好的艺术的放弃的伤哀，还是对于自己的放弃的伤哀！莹莹倾倒于石子所爱好的文学的嫉妒还是倾倒于石子本身的嫉妒？这个简直也辨别不清楚了！

发表了姓名以后，不错，这诗是莹莹的！亦不错，评判的结果，莹莹获得第一名的奖金了！

莹莹的声名，更脍炙人口的盛极一时了！

天赋予她的聪明，天赋予她的美丽，天也不吝惜地赋予她的富贵！可是天就不肯赋予她的幸福了！声誉虽高起于九霄之上，而莹莹的心仍然沉陷在黑暗的九渊之下！石子对于她的泣告毫不动情！她仍然在渺茫无际的爱河中摸索！高云的被弃之后之颓废，使她不免伤心！而石子的冷酷也使她悲恨！全生涯的预定的升沉，已显然的呈现了！她深深地陷落在退化的深渊中，也不愿自救了！

投掷下去的心化作烟霭；艺术方面不用说也化作烟霭了！

"你后悔吧，轻把花心抛向我这愚人，

我的冥顽竟忍伤了你的深心！

我们原没有恩爱和怨艾，

要分开亦让心湖如镜面般平！"

石子自然有他的苦衷，他觉得人生都是梦，恋爱尤其是梦！他因自己有了过人的聪明，有了过人的俊美，以致随处都有女人爱他！这个在他实是十二分感到苦恼！虽然一个这样美好的莹莹的心，他也到了不得不残忍地摒弃了！像他只爱了王女士的眼睛，还不是始终秘密着？他写了这诗句赠了莹莹，原想可以开解莹莹的心，使她不必十分惋惜；谁料适得其反，像一切的男人对于自己一样，越孤高越得人们的爱慕！石子孤高了，莹莹更是爱得晨昏颠倒了！

"先生！劝劝他吧！没有他我是不能生存的！他还肯听你的话啊！"莹莹满脸的泪光，伏在王女士的胸前，颤动着的哀求了王女士。这是她读到石子的诗句之后的秋天的黄昏。

"唉！你想先生不爱你么？莹莹！你这样的苦痛，我难道不怜惜么？不了解么？只是我怎有力量劝得转他呢？唉！为艺术，莹莹！你还是回头整理旧业吧！"

"啊！都是先生不肯为力啊！没有他我没有艺术啊！只有他才是我的生涯，我的艺术！只是先生不肯为力啊！……"莹莹凄切的哀叫着，更大声的痛哭出来了，那样修长的身体，整个都软瘫在王女士的怀中颤动着……

王女士并不是不肯为力，真个是无能为力啊！莹莹的言语，对她现出怨恨，她都不曾生气；只有深深地被感动着！无言地，师生两人都卷荡在泪涛之中了！

本来对于莹莹有了无名的嫉妒，现在全然"撤消"了！只深深地怜悯她的被爱神的欺侮，为了爱的冲动，决心用她的全力来劝莹莹，转回她自己的心！

七

莹莹已变了艺术的倾向，同时亦是变了她追求的对象了！

石子喜欢穿淡红的蔷薇色——几乎淡得近白的衣服，莹莹现在亦穿上这个颜色的衣服了！由于这个色彩的推想，萤萤更爱上了一切的蔷薇了！转移其工作于花木之间，寄情于花朝月夕，萤萤现在只要一得空，便徘徊于花园中，怅然地对着蔷薇花发出她的叹息！

自然，她并不是怨恨石子，她仍是那样爱他！只是她心中终是很难过，一追忆到糟踏时的心弦的迸裂的悲痛，她亦不能自遏的流下泪来！

对石子，她决心舍弃了！她决意为爱而牺牲。

"我是爱你的啊！我是爱你的啊！我便不该使你苦恼的啊！我便不该使你苦恼的啊！……"反复的想着，萤萤不忍再去强求；心一静下来，倒使石子感动了！

固然萤萤一看见他的时候，心中便被无名的悲哀侵袭着，辣辣地似针刺痛起来；为使自己的小心不至十分被蹂躏，近来萤萤是避免和石子的素影相遇，甚之，只要是石子的功课，她便请假了。同样石子亦十分伤心，他的不能爱萤萤的苦心，是萤萤所不了解，要解却一切的烦恼，石子乃竟决然地辞去女子部的教席了！

然而自萤萤的态度变得冷静之后，石子反而热烈起来，自然热烈的程度止于友谊罢了。

晚秋的黄昏，萤萤又照例在回家的时候，打转到石子的家里去。平时除了问问一些学校的情况和拿一些书本做题材淡淡的谈着之外，便没有其他的话说。

今天，萤萤踏进来之后，窗外便下着潇潇的细雨，室内的薰炉正熏着麝香，烟篆缭绕在青色的帘幕上，萤萤站在窗边一手拉开了帘幕之角默然地望着园里的芭蕉和河畔的垂柳，那籁籁的细雨，溅向她的脸上来，一种凉快的感觉，似乎使她对于那恋爱之梦觉醒一样，她打了一下寒噤地想着：

"好个凉快的秋啊！"想着那郁热的气闷便似消散一样；然而，觉醒了，便对自己过去的太过热烈是不应该，伤了石子的心，对自己尤太甚啊！……

这样那不由自己的眼泪，便伴雨丝扑簌下来了。

石子正坐在沙发上，由侧面看见那珠大的泪滴下来，他便悄悄的站到她的背后：

"萤萤又感伤了，为什么尽是这样呢？"

正感到异性的肉体的迫逼的萤萤心中已忐忑的跳着，这突然的问话，益使她感到凄凉；然终于抑下了高涨的情绪答着：

"没有什么啊，只觉得年华的易逝，秋又深了哟！"

"用不着伤感呀，萤萤的青春正在开展呢！"

"啊！先生！"萤萤的眼泪落得更密了！

"过去的，都不必追忆啊，那是太伤了萤萤的心呢！唉！想来都是先生的不好吧！要请萤萤原谅的啊！"

"惭愧啊！都是萤萤的不知趣啊！还请先生原恕才是啊！"说着，有点自暴自弃的伤感，更像小孩般嘤嘤的啜泣着。

"啊！萤萤！"石子亦伤感起来了。

此后两人很常来往着，石子的认真的态度，不但使萤萤觉出真个绝望，连石子自己对于能克服自己的感情的毅力亦觉得惊异了。

由于自身的觉醒以及石子的暗示，萤萤才微展出笑颜来，勉强读完了这一季的功课，同时萤萤高中的学业亦结束了。

许心影作品选

恋爱之梦既经破灭，艺术之思亦跟之淡薄下来，年假后萤萤除了玩着蔷薇之外，对于镇静的披霞娜，热腻的凡亚林，简直是不喜欢弄了。

幻灭了一切，毁弃了一切的萤萤，突然的结婚的请帖披露于同学之前，这真使一切人惊愕了！而最奇怪的，对方的人既不是石子，不是高云，而是一个庸俗无用的有闲阶级的少爷楚生！楚生虽曾读书，但中学结束后，便没有志趣到外处再升学了。

由双方父母的主意是"门当户对"地成了婚；萤萤是十分愿意结束，为了却一段孽障，听从了母亲的命令，未始不是好事啊！自暴自弃地想着：

我爱他，我永爱的爱他；以自己的身作了爱的牺牲来制止他的对于我的迷恋的纠缠的烦恼，可是我的心将永远属他的哟！属他的哟……

第二年的暮春，那是萤萤十九岁初度的日晨，南国桐川城的西面的楚生的家中，举行了人间的幸福的大典。萤萤亦将抛弃她少女的花，爱的梦幻，美的艺术去受接人间的幸福了！

八

萤萤由大厅退到厢房来时，许多男女朋友便把她蜂拥着，自然这里是十分自由了，然而朋友们却故意和她玩笑着："鞠躬哟萤萤！叩谢哟萤萤！"

萤萤寂然地坐着，寂然地举了酒杯，寂然地饮了酒，寂然地凝视着四周正开展着的蔷薇！

"来吧！请喝完此浓烈的一觞！祝萤萤的幸福无疆！"王女士举起杯来高叫着；大家便如狂的欢呼起来！只有石子无言的低了头。

"来吧！请喝完此浓烈的一瓶，愿蔷薇的花朵永开在萤萤的小心！"石子突然地，出人不意地站起来竟举起蔷薇酒的整瓶凝望着！第一个应和着的高云已如倾的注下去！王女士，薇薇，一切的朋友们都尽量的欢饮着。

请萤萤报告速成式的恋爱经过！最顽皮的同学齐声呼唤着！

"惭愧得很啊！简直是没有'恋爱'呢！"萤萤还是寂然地！似乎又伤感般睁着怨眼望着丈夫。

"不行！这话太近于滑稽！"高云抢出来，虽然自己是被弃者然而这句话亦就聊慰自己的心于万一了！

"人世何事不滑稽呢？高先生还这样的开心，想来亦可以够了！"萤萤把怨眼睁向高云，高云亦低了头了！

"萤萤唱一回歌吧！我将再听一回萤萤的少女时代的歌吟！"王女士说着亦就恮然起来！

"还请先生原谅啊！萤萤的什么都早完结了！"眼泪竟浴荡在眼眶之中！同时这话使丈夫发生了莫大的误会以至惊愕的放下了酒杯愕望了石子！

"萤萤唱吧！不可多得的时辰啊！"石子锐利的眼光已了解楚生的疑虑，只好怂恿着。

"要是先生还喜欢听啊！……"萤萤又展起眉来，说着走近披霞娜，那柔软的小手在键盘上走着了！一刻后，那音声，铿锵地，震颤地，如怨的，如泣的荡遍了屋峰，荡遍了园地，一切都灵动地，活泼起来，便连那些花亦起舞般生色起来！

这声音惊动了一切的朋友，惊动了大厅上的客人，许多客人都围拥在厢房旁边观望，秩序全个乱了。便连萤萤自己亦惊动了！于是由高入云霄的声响，突转为低低的细语般的诉说了！

酒已喝得不少，各人都有相当的醉意，歌已听得太惰了，各人都有相当的伤心；于是出于一切的意外的骚动发生了：

我的蔷薇哟！我的心哟！第一个，失恋的高云哮哭起来！

"在新婚的盛筵，我举起了红觞！我望着杯中的红酒，和你晖艳的脸娇羞！……

"只此一宵呵，我的姑娘，你蔷薇的花凋谢了！是堪欢欣还是堪惆怅?！是堪庆幸还是堪哀怜?！

"筵席散后黎明以前，你的花朵飘落片片！蔷薇衣衫，蔷薇的一切，配着刚褪色的残片！

"红杯中是庆贺之酒？还是予奠之觞？胜利之歌美满悠扬？还是伤悼哀怜之唱?！

"只此一宵啊！我的小姑娘！明晚此时你会沉思默默，对着楼头的暮烟！怜惜你花谢！花残！凋零永远！"

王女士拥了萤萤在自己的膝头，一面弹唱着，那哀音使萤萤寂然的流泪！使高云更哭得出声！使石子无言地紧咬着自己的嘴唇，使楚生无聊无奈的踯躅着！尤其是使那许多客人，莫名其妙的赞叹！王女士亦被自己的歌声所感动！同时对于这个就将失去的萤萤，觉得十分恋恋了！于是她又继续地弹着：

"我拥着你的腰肢纤弱，我抚摸着你细小的心窝震颤！怎不开口啊，我的萤萤哭诉吧！你缠绵悱恻的心音！……"萤萤只愿滴着泪！

"你悱恻缠绵的心音，如狂絮般落满我心！别再含羞默默，沉沉！啊！我的萤萤！只有今宵，我们才能偶然的相亲！……"

突然间王女士的嗓子嘶哑了！萤萤伏在她的胸前昏过去了！

家人的救急，外面音乐的紊乱，筵席的凌乱，因为醉了许多人，许多盆的蔷薇亦就被翻倒了！

萤萤被扶进内室去了。

"谁曾看见这样疯狂的男女啊?！"

"这样好时辰怎堪……"客人甲乙互语着！

石子再燃上一枝香烟，扶着王女士先转出了大门，高云一切的人亦跟出来了；主人楚生莫名其妙的木立在大门之边规规矩矩地向客人鞠躬。

暮春的郊外的近夜的晚景，是怎样的动人哟！

沉重的，蓝的，黄的，绿的，赤的，白的，紫的，染遍了南天之一角，一轮圆月，已渐渐地在远地的水平浮现出来。

"嗓子还痛吗?"石子沉重的问着。

"唉！没有什么！人总是不幸的啊！"王女士嘶嗄的答着。

"幸福啊！只有我的心才永远破碎着呢！"高云还在擦眼泪！

"便是萤萤亦未见得不碎了吧！"王女士十分怨恨的望着石子。

石子悒然地说不出什么来，暂时之间，只有许多人的皮鞋踏着草地，和衣衫擦过蔷薇花丛的窸窣的声响！

石子举头望一回天际，漫然的说着：

"唉！唉！你看天边的晚霞是何等悠闲啊！"

转过了角落，靠近房子的后面，还听见那不知哀乐的被僵着的音乐队，烦乱的颤动着十分疲倦的声音。

石子之群亦没入马路的丛树之中了。

一九三二，一，廿六
（原载《微音》1932 年第 2 卷第 3 期）

十 三
白鸥女士

一

"怎样了，你那里不很危险吗？"踏进××会的招待所，他第一句话便这么问她，那个表情是热烈到沸点一样。

"你呢？"她只好反问他。

"这里不是十分安全吗？"一个得意的微笑，等看到对方怠慢的脸色觉得没有意思地转了话锋："你从那里来？"

"对过。"她的话老是那末简单。

"稿费拿了吧？总要搬搬才好。"他有了话机。

"她说大家都等望几个钱去过年，偏偏账房病了，连她自己都感到棘手。……其实搬亦徒然啊，有什么值得搬的？"

"唉，真为难，我却常给朋友纠缠着，同样，我的经济状况亦给朋友弄得一塌糊涂。……"

似乎不曾立意来和他借钱，只为稍微露了贫困的语气，便引起对方的牢骚，于是她失悔适才是说多话了。

"讨厌是稿纸亦告竭了！"由衷的话仍不受她的掣肘。

"哦！我刚买了许多开明的，分一半给你吧！"似乎热情荡到眼睫了。

"那很不好写。"斜倚着栏杆，淡然的回答。

"哎哟！你要我买日本稿纸么？那是宁死不为的事！"语声沉重了。

回答又是一个漠然的微笑。

"要给我看的小说，何不拿来？"是她解救彼此的寂寞。

"真的？"一脸阴云又转明亮了，迅速地已踏上寄宿舍的楼梯。

"这共五万字，刚写到出发时便停下来，请为我打算要不要续下去。那是一部反对任何阶级的作品，太过幻灭了！其实谁看到那种情形，谁都会丧心！他们捉到妇女，拿来作赌博的目的；谁胜了，今晚谁就拿去了。他们时常领不到薪水，可是只要有钱便赌起来；你赢也好，我输也好，只要凑成可花的数目。还有的，他们很好笑，小孩子亦要枪毙，说是敌人的小侦探。其实那方面亦一样的，他们不是用妇人、孩子又来作他们渡过彼岸的桥梁？……有一次，那个小家伙，看来不上十三岁，他却到团部门前探望军情！看他的举动十分可嫌疑，不过尽查不出什么痕迹！末了，才在他那只小腿上寻出'同志之证'的印纹。……唉！未成年的孩子懂得什么呢？这些若从人道主义方面着想，那才是残忍的行为！"谈锋稍顿。

"你有没有跟着人家赌？"好奇心来了。

"那是士兵们干的勾当！"他立刻庄严。

"军官不至如此下流吧!"想替补上,可是没说出。

"那种环境,我真是愤慨极了!好得我们现在比较麻木了,那种拍案而起的感情只是刹那的事情。这种旅况实亦不很易有,我决意留着痕迹,于是我一面混,一面写。他们要是知道写这样的文字,那怕老早给干掉了!真的!写得很不错我是用绝对冷静和客观的态度动笔的!你看看吧!喂!不要遗失啊!"奇异的高兴浴着眉梢。

接过手,站直了身子,疲倦的足步开始了。

固然家中还有粮食,可是单为自己的肚子而去忙碌,在这时,确是厌倦,于是跑到同乡 G 教授的地方去。

"你要不要搬家?"教授张大了眼睛,由外面和两个朋友进来。

"房子廿五到期,今天廿七了,没打招呼,怕搬不成吧!"

"不!外面风声很坏,今晚定会干起来的,各国的水兵已纷纷地登陆了。我刚从吴淞回来,迟一步便戒严了,车站搜查得很厉害!同里卅号×博士已搬走了。一〇三号的×硕士劝我预备些,他的家眷老早安置到霞飞路去!"本来没有胆量,低语着似乎听见心悸:"你想有什么办法?我以为紧急时只能跑到旅馆去,我们有什么地方可跑?你那里更靠近车站,危险危险!你怎样打算?"全部的惊悸呈现了。

"我想亦只有暂到旅馆去。"她赞同他的意见。

"哦!赶快打电话请老林来!"忽然记忆起来了。

"他早在楼下了。"

"他来了?你下去,叫他上来,对他说,我有话和他磋商!"严重的盼咐。

"哈!哈!哈!"给复述了惊慌的理由,老林劈头便是强硬的大笑。

大笑的音浪震醒了教授的惊魂,疑问地凝望着他。

"死北狗!中国要是等待他们来救,老早完了!有什么值得大惊小怪!如果真的干了,听听炮声不是快事么?哈!哈!哈!"深谋果决的神情,从那密密的胡须中显露出来。

"那不要紧了?"教授心较宽了。

"哈!哈!哈!"老林又是一阵怪笑回答他。

教授又转身和那两位话拉着,看人数太多了,他说他只好伴这两位到外面吃,并且打探消息。原来这两位便是"死北狗"。

"哈!……各国水兵登陆的结果,只使教授老爷今晚失去一餐好酒菜!哈!……"老林下午便买办了十分丰盛的酒菜,并且亲自动手作成家乡的风味!他说后又接着呵呵大笑;笑着教授的没主意,和庆贺自己言语的重量……

"喂!我在××的手袋中偷来五块钱,今晚的房租有着了!"又有地方洗澡了。刚下到二楼,迎面来了 B 笑着对她细语着,"我找你两次不着,想定在这里的。"说着已到电车站了。

不知是自己的主观,还是已经开始骚动,车马虽稍为纷纭,可是人影的混乱,确是比平时匆忙许多。小铺店只关剩一个小洞,洋行之类,却剩着许多耀眼的电流闪烁着,跳舞场的音乐又异样急促,时报号外叫卖的声响,直至此时还杂呼着。

两个坐上电车无语地互顾一下，想自己亦陷在惊怕的漩涡中，不觉好笑起来。

"今晚还想到樱汤洗澡么?"过了阿瑞里，她望了纸灯飘摇，成群的似花猫的女子站在弄堂门口的东洋区域问他。

"不是到旅馆去?"B太忠厚了。

"退一步说，假如。"

"那太不好意思了。"

"怕?"

"并不是怕，只要丢下一角钱，他们还要做生意的，只是那些狞狰的脸孔，和那怠慢的窃笑，简直叫你受不过去，昨晚同陈君还去的，怕是心理作用吧! 总觉得背后许多眼睛是在笑骂你。并且在那里碰到同胞时，好似自己侮辱自己一样。我们固然不在乎，国之于我又何有，反正都是受宰割的小民! 不过今晚的情形，确乎近于严重!"B还是热血，说着脸子涨红了。

"再到虹口旅社去吧!"一方表示首肯，于是同在海宁路下了车。

虹口旅社人满了，只剩一间邻着发电机和厕所的小房; 于是又到附近的几家旅社去，不是人满便是坏透的地方。

"便把虹口那间定下来吧! 回头我找你去。"她说后迳自往北河南路去。

找了好几个朋友，都碰不着，"怕是都逃了吧!"她不禁无聊起来。

"今晚风声这样严紧你还敢出来? 你们大概没有搬吧! 不用搬吧，要是真的开仗了，到我这儿来好了!"最后找到王女士，她一气说下去。

"我今晚来在虹口旅社，街上好似有点特异了。"

"你们常来开房间，今晚定给人家误会是怕得跑了!"

"是的!"她简单的答复。于是便联想到人类的巧伪的可笑，自己固然很常到旅馆来，但在今晚，难免带了些半准备的成分的。求生是人的本能，要在风声鹤唳中溜之大吉，固然未尝做到，可是到那千钧一发的刹那，还不是死命的逃遁了么? 像这样的情况，她不知经过几多次数! 最凄惋而且难忘的记忆，便是学生时代革命军将到上海时那孙传芳的大刀队的劫掠，在一个夜里，冒了寒风，装为工女出走的情形。而那次××党和××党分裂的时候，自己亦是漩涡中的一条可怜虫，危急的当儿是扮成野鸡式的资产阶级的夫妇，和D逃到H埠去的事件亦浮现了。可是这回确是不愿跟那些人一样"庸人自扰"，去把租界骤贵了的房金分担，就说到今晚吧! 固然有几分的想跑开，可是B没有"偷"来五块钱的时候，还不是要在那两方沙包翼护着的寓里开展那惨然对着孤灯提笔的夜生活么? 一想到这里，于是又自慰的释然。

人越来越多了，她又烦躁地出了王女士的门。

一天蓝云，显示着夜的庄严和伟大，由神秘之街向右转去，路旁的榆树喙喙的怪叫着半轮浑晕的红月，像血淋淋的人头一样混杂在丛树和灯光中，那远天之一角，又烘红地朦胧着，好似不幸的烟幕弹开展了! 下意识地望了行人的脸孔，那是各形各色的表现: 同胞们的是充满了乞怜和怨望地现出恐惧，那一排排的全没有表情的木刻般的万国商团的士兵，却似一尊尊的小炮，——他们有时举起了沉重的双足，向前拖着，厚钉的战鞋碰着水门汀的音韵，若不是齐整和均衡，那简直似机关枪的连击了。荡浴在东洋女人的桃腮上是骄傲得意的兵士勇士的神气。那些背负了长枪，枪梢还插着尖利亮雪的刺刀的"大日本海军陆战队"反而和那商团兵士一样成为活动的偶像。

到虹口旅社去，已经十一点了，B已经召集了许多朋友躺在那儿高谈其各人之救国观。

异样的景象又映射到眼脸来了：

许多枯瘦的过了青春期的妇女，许多未谙人事的小孩，嚣杂地呼叫着，喧嚣着，一个房间住满了一家，地板是铺遍被褥。……

麻木了自己，不管国家兴亡智识阶级的他们，大家凑好了钱沽了酒，作着竹林之游了。

她却在电机的狂响，人声的嘈杂中把他那包子打开，这才看到小说的命名："××河之水"，是记着他们军队在江西剿匪的事件，她迅速地翻阅下去：

飞跃在纸上有许多苍白的骷髅，许多臃肿的尸体，刺刀之下溅着血花，枪弹之中飘着肉块，××河的水流荡着无数的"被称为人的动物"！森林中挂着血淋淋的头颅，青草里映着磷磷的白骨！朝云吹来喊杀的角声，暮雾飘动着腥臭的气味。兵士们狂赌，军官们狂醉！凝睇着日夜不停的水流，睥睨了无穷尽的躯壳，而互相庆幸着剿匪的成绩的……

夜是平静地度过了。

二

早晨的情形没有异状，镇静的人们在窃笑着惊生怕死的，徒劳往返是多余；焦急的亦暗惜搬运和旅馆租金的虚费。

因为没有钱可持续，他们只好睁了一夜没睡的倦眼，各自回到几乎搬空的寓所去。

近午了，情形又加紧了！里门充斥着汽车，黄包车，货车，独轮车。各家的门口，堆叠着箱箧。低头细语，高声狂喊，那种形出恐怖的尖端的音响遍彻人寰了。

"三小姐！你要不要搬？我们要到别地方去住个把月再说，东洋人打起来，此地很危险的。"房东太太叩了房门问她。

"大概不搬吧，不过今晚或者仍要出去的，没有事再来。"

"你比方要走，门的钥匙可交把门口那位先生，他是自家人。"

她不禁暗笑起来，老怕没有先通知不好意思走，现在房东亦没有先通知地把她丢下了，可是钱又在那里呢？还不是没有钱的理由倒充分些……

跑到晒台收衣服，这才发见了，三楼，亭子间所有的人物都空了，房东的马桶亦不见了。于是一腔寂寞的情绪不由高涨起来，万一不至成事实时，这些人可不是自寻麻烦？倘若真的爆发了，自己便独自厮守着这幢房子，跟了左右的沙包同化灰烬么？为避免寂寞和无端的烦躁，今晚实在非出去不可，单单那许多老鼠便令人讨厌了！可是跑那里去呢？在上海独自流浪着，干着这最不出息的文字生涯，除了自己"豪阔"往开房间之外，简直没有地方去了。在平时，还是自己这里可供流浪之士的胡闹，因为一层楼房是和租界的亭子间差不多价钱而广阔得许多的。现在，地方一陷入危险的状态中，便不见有谁到来，这几天，除了 B 之外，简直没有了。便连那个说"不要焦急，回头我来看你"的他亦不见踪影了。人世炎凉的情况，固早谙尽，可是一碰着，仍然感到不好过的。

为解救暂时的苦闷，她抽出稿纸续着那没有脱稿的短篇。

"嘎！我想你定出去了！"老黄从风里颤红了鼻子推开门。

"是刚回来的，昨晚又在虹口闹了一夜。"

"咦！我不亦在那么了？怎样看不到你们？我今早才从南京回来，坐了一夜火车，头都晕了，回到家里，床铺又给朋友睡着；我只好找旅馆困觉去，因想你们常在虹口开房，所以到那里来，我睡几个钟头便没事了，好让你们玩去。"

"那你是今早才来的了，我们仍挂 B 的名，怕你一时的疏忽。"

"人是满满地，倒料不到你们亦一份子，喂！在七楼五百〇七号，我已经招呼了伙计，你们要拿什么，吃什么叫他们开来，钱是放多了。我要走了，那本书今天可以见市，可是后假又勾不清，要往校对去，后天可以出版了，你通知 B，他们亦去，我今晚得空再找你们去。"老黄老是匆忙忙地走了。

带什么东西走好呢？要紧的吧！书籍稿件都同样成为"命脉"，摸索着袋子，触着那唯一的财产两只香港小角子，有什么力量带走东西呢？万念俱灰了！老黄不来时，今晚还不知如何飘摇，而今又痛惜东西了，人总是那样不干脆！平时临行时多是带了图章名片，自来水笔，结局这些成为劫后的残余，这回决心连这些都不愿带了，看看可否幸免，于是迅然地拿了一套今晚要换洗的衬衫和那本《××河之水》出了门。

天上透着浓云，黑沉沉地惨淡淡地，霏霏的微雨似浓雾般轻霰着。尖厉的风刮着肌孔，似预知大"灾殃"的降临般布满怒容。

地上更形紧张了！充塞着箱囊，蓬头的老妇，黄肌的幼孩，慌张的男子，拥挤着，倾轧着，争先恐后的从闸北的各个过道，潮到北四川路来。电车上亦装密了乘客，电车不容易通过了。汽车涨价了，各种车马都同时腾贵得十分骇异。

绑着白布绑腿的陆战队，短脚密麖在人群中，那刺刀又格外明亮。

她已步到虹口旅社门前，旅社只开一扇小门，还请巡捕看守着。各国的水兵，商团的士卒庄严地走着步伐。

"中国人是在转徙流离中生活起来的，只要稍微骚动，便那末自相惊扰，提挈老幼的奔逃！这种情形，要是发生于安定的国土，那末这手足失措的刹那，不是只能等着命运的裁判么"，她不禁感慨。

打了电话，住××会的他来了。

一同凭窗成直线向东遥望去，海宁路乍浦路角威利大戏院门前正贴着"痴梦"两个大字。地上的人全变成蠕动的物类。

"今晚定有意外，他们——十九路——已有相当的准备！"为其自己是个中人，他不禁高兴的说着。

"有了这种胆子？"

"你以为他们不敢干么？那是可能做到的啊！"

"许是可能的。"回答仍含了讥笑。

"固然东洋兵厉害，单单器械便足以亡我，况且又有了新战术！可是他们的勇气亦厚！用了对剿匪的办法对付着，那怕没有胆量。"申诉着脸都飞红了。

"那末今晚决有炮声了！"那全然带着侮蔑的口气。

他只好默然了。

B 进来了。他立刻向 B："你也没有搬吧？"

"要搬干吗？"B 向来是不会装腔作样的。

"其实这种情形亦不能持久，两三天总要解决的！各国定不让这种情形的持久！"

"管他持久不持久，横竖我们今晚遇了救星，得过再过。"

"我那里还有事，务必走了。"他感到不好停留地告别。

B 往找朋友去，她亦下了楼。

租界戒严的布告，纷纷贴上了，围观的人们更是密接着。人心的怆惶是一分钟一分钟的紧张，车马是一刻一刻的纷纭。电车比适才更难以走动，人是塞满了街道。上海戏院关上了铁门，剩着"银汉双星"的大广告和招待员站在门口，张开惊讶的眼睛观望，这是黄昏的时候。

"时报号外，要看时报号外！"呼声震破了嚣杂的市街，人们争先恐后的购买，把全身心的恐惧与希望都向这纸张作最后一掷的卜定。

"条件答应了！条件被认为满意了！今晚可保无虞了！"街头路尾都布满笑靥，大家放下一条心地感谢那张号外地互语着。

虹口旅社本来连大菜间都改为临时客房，住满了。现在，这刹那又空出许多来。闸北的居民，得了和平之神的消息，早早负箱背篓提挈老幼地搬回去。同时公共租界亦解了严。

万家灯火格外灿烂地放出幸运之光……

B 来了，老黄亦招致了几个朋友来。

"开席喝酒再说！我作东。"老黄老是豪爽。

"国难当前，我们胡忍醉酒？"爱唱高调的方嗫嚅着。

"国家兴亡，匹夫固然有责，我辈匹夫，在无责可负之前，当涨起热血为他日之预备！酒也者，激动热血之物也。"胡调的小陈的声音。

酒杯的翻乱，羹肴的狼藉，在歌声嘹亮，丝竹高奏的四围中，他们醉醺醺地踱到房里去。

老黄凝神地在校看他那本后天便将行问世的俄国小说的译本之外，有的醉倒了，哭泣着，其余的又打了麻雀预备把这漫漫的长夜消磨过去。

"茶房！叫六客炒饭！"主人老黄记起大家肚饿了。

"没有炒饭。"

"炒面？鸡粥？馄饨？"

"都没有！"

"哼！你们开什么鸟旅馆，现在才一点，便什么都没有！混帐！"

"厨房老早关了！东洋人打起来，虹江路着火了。"

神经作用，一听说立地聆着炮声了！大家立地丢了雀牌火速跑到过道的窗口去：

夜张开黑色的巨口，黑烟似长蛇的旋卷的，风呼呼地惨叫，击着那尖锐的枪声。飞鹰的黑翅在太空中翻展，流星般的缀着长尾的流弹，青青地飘游着，逐着目的爆发。巨炮震耳的狂响，撼山沸海地连接着！

闸北的火光冲天，仿佛间闻到万众的哀哭！看到万众的血肉迎着炮口横飞，万家的瓦楞随着枪弹震碎！

伟大的建筑物倾倒了！弱小的民族化灰了！热闹！却是镇静，混乱，却又严肃的人间地狱呀！

夜的黑暗的巨口，被弹破了。

黑烟漫成连续的大山，白烟继着黑烟冲起，接着成了红火了！青了！黄了！"伟大的光明啊！"她不禁喊着。

"是天通庵！""是宝山路！""是商务印书馆！"观众的各说。

他们跑回房里叫醒还在醉梦的朋友们又往观看，大家全充满了畸形的兴奋。

电杆一根根可以数出，商务的屋尖又看见了！一个狂响的炸弹飞下，许多油烟又起了！但商务并未燃着！为眼睛之饱餐他们又跑上天台去。

楼高了，观望着，似乎自己站的地方快被燃着了！

"那一幢里是什么？已经燃着了！"B指着朝虹口公园那里。

"不是我的地方么？啊！文武之道今夜尽矣，我可怜的十年的心血已经玉轴成灰啊！"她兴奋极了。

"痛心啊，老早听我的话搬到我那里去，不是不至于么？"老黄曾在风声鹤唳时劝她搬到法界去。

"啊！河山已经破碎了！万众已经伤亡了！我未能出过一点力，或跟大众厮杀去，这一点牺牲，真值得惋惜么？不过人类是可怜的动物，终不免介于怀！脆弱啊！脆弱啊！你看，如沸的哀声！啊！这巨响，又不知死了多少可怜的生命！"她兴奋的眼泪几乎流出来了。天气奇冷，夜露深重，她颤抖着！

"啊雨来了！雨来了！许是天不忍亡！我天不忍亡我！"她又喊了！

"这点点的小雨是足助长火焰的蔓延哟！这细雨是叫我们南方的士兵们加重寒冷哟！那火光又连烧到另一座高楼了！看！那不是北站么？北河南路亦陷落了！老靶子路承在火边抖颤啊！"老黄，握住拳头向窗牖紧敲着。玻璃碎了，他的手出血了。

朝向东面：北四川路零零落落地站着寂寞的街灯，除了文明的机械的狂叫之外，人间似乎全个死沉一样！许多伟大的建筑物在黑暗的巨口之中正像许多不齐的牙齿！啊！无尽期的黑暗把可怜的东方古国的精华吞噬了！

"歌罢舞繁华歇！你金迷纸醉的黄浦哟！今宵亦竟荡流了争光的碧血！巨炮连声亘天来，你罪恶充盈的申江哟！此夕的痴梦该醒了吧！被压迫的奴隶的足步啊，已向帝国主义者的炮火迈开！我们不管国家兴亡固然太过虚无，你幸灾乐祸的统治者啊，看你卑躬屈节所接受的侮辱得到成就么？还不是令你的小民变成无辜？东北沦亡已足令人怆伤，江南的血泊又开始沦涟！万颗头颅将伴绿草蔓遍江南的春天！千家的居室啊，亦将尽成碎瓦颓墙！我孱弱的躯壳啊，为甚不跟万众弃于炮火之边！为甚只作着不出息的泪涟……"她狂歌了，大家随和着高唱！炮声越来越密，火焰越烧越广，畸形的兴奋中天已渐渐地发白了。

细雨还下着，火光似较微弱了些，炮声亦稍为停止，只是那尖厉的流弹，还断续地爆裂着。

三

一夜兴奋，一夜的疲倦，大家渐渐地东歪西斜下去。老黄那本稿子，竟被隔绝于靶子路的铁门之外，望了这仅有的一章，他亦颓然的倒下了。只有她为记罣着他——许是想侦察秘密，看他夜来有没有到前方去和他至死还痛恨的东洋人抗争；于是她悄悄的出门。

街上的情形又和昨天迥异了！

电车静躺着，公共汽车只开到篷路；铺店悉数关了门，靶子路的铁门亦紧闭了！没有表情的陆战队的刺刀横截的拿着。逃难的居民，提箱絜篓的已比较少了，塞满街道的是那些无目的，好奇的，而又怕死的群众互相厮挤着。她朝南走去，未到昆明路，一个流弹的响声从耳边掠过，她还想向前，巡捕却极力阻止由桥北来的人类，于是她不好再走了，怕去了，等下不得回来看"同是天涯逃难人"的虹口旅社的朋友。于是她又跟着群众潮涌到海宁路来！一架飞机低下的叫声，群众便争先恐后的窜到有走廊的步道；飞机高了些，大家又蜂拥到路心去！刺刀近身截来了，人们又纷纷的逃到汽车行的空地，刺刀仍找了对象恐吓去，于是又好奇地往围观他人的恐惧！

她在人群中又拥挤到北河南路，想寻小路往看被隔绝于铁门之外的朋友们。雨后泥泞的小路全然站不住足，加以互相推挤，她一转了脚已跌进泥涡里了。挣扎起来，再往前走，浩喊的人声冲回来了，一位广州老妇，拉紧她的手：

"快的跑哇！快的跑哇！前头烧着，炸弹下来了！"

既然没有路线可以通过，到较近战地的地方深味去，在人海潮中涌实亦无聊，于是她又回到旅社来，这是晨起八九点的时候！公共汽车开到邮政总局而止了。

一只炸弹飞下，一阵黑烟浓起，接着又是一只，那黑烟已变成白蛇的旋卷，穿云蔽雾，呼啸长空，最后的一只，滔天的大焰烽起了，黑烟又漫开各处，炙焦的臭味散遍空气中，似乎各人的脸孔都烘热了。

"商务编译所燃着了！印刷所亦着了！"人声狂响起来。

昨夜被投掷了两只炸弹，因建筑的伟大，未易燃点，可是今朝终不免于祸地渐在巨火之下化成焦土了！

她回到房里，房里的脚色已添了许多；干着××周刊的卢，备述了他在老靶子路一夜的惊慌，说是枪声一响他立地把他的印刷品烧去。在附近北站我河南路底的××医生复述他佣雇了日本女人当看护，于是在东洋兵往敲门时，跟着看护冒充了大日本帝国的籍民走了，还有许多各尽所能地用尽惊慌的字句，抽尽凄凉的情绪述说一夜的惊悸。

"喂！事情不妙了！公共租界亦陷落了。那边已冲过来了！他们决将虹口旅社作为临时的司令部了。大家已经纷纷搬走，我是和账房先生稍为认识，他密告我的！你们最好还是再跑好些！"爱唱高调的方踏进来便危言耸听的报告着。

大家只张大眼睛互顾。

"听说今早在北四川路尾一带，逢人便刺！渺无存留！这里迟跑些亦会作了刀下之鬼！快啊！赶快啊！"方又用力催促着。

"那末就暂到我那里再说，好得老杨夫妇回故乡去，三楼剩了一个大房间！"老黄睡眼惺忪地坐起来了。

他们一行七人，孑然一身地离开了神秘而繁华，凄哀而嚣乱的北四川路且永远不能再回地到仍是帝国主义庇荫的法租界来。

五路公共汽车全停了。

午餐后她到南京路来，罢市了！传单标语触目皆是，骚动又变了方式了；漫天飞扬着劫役的火灰，遍地匍匐着逃亡的人类……

汽车的奔驰，异种的人类的怪视，同胞们争拾了传单，围观着生活周刊的号外，看到：

"击落敌人飞机两架"而叫快的鼓掌欢呼。

"全国的精华东方图书馆被焚！"而寂然把眉弯紧蹙。民族的血似乎不曾凝结一样。

各个大旅社的骑楼，披满女人的衬衣，孩子的尿布！公司门口亦守卫得十分严密！女太太们擦着红粉带着伤感的颜色辽望由闸北飘来的纸灰……

舞场戏院一经关门，她们的国难便真的临头了。

戒严的缘故，四马路的野鸡两点钟便出差了！为等望新的消息，两点时，时报——时报三点左右便出晚报了——的门口便堆了比常骤增几倍的报贩，我想直接买着的读者虽然是在料峭的春寒之下，可是人体所发出的腥秽的热气已透过寒冷的感觉了！

黄浦滩前密布了大国的战舰；各个码头异响地起运了隆重的机械！替敌人作着，哼哼呼呼喘着气搬运了伤杀同胞的工具仍是自己的同胞！如狗如豚的指挥者却泰然坐在坦克车上。

擦白粉的东洋女人纷纷在上船回国，那些送行者具了必胜的仪容和她们深深的磕头……

电网似蛛丝般密，沙包随处都小山似的隆起。

无线电台门前亦堆了人！巡捕却极力阻止闲人的观望，为怕无端死于非命的流弹！

工人式的青年正中弹倒下了！血泊吸引了观望的群众，忽又记起什么似的一哄跑开了。

黄昏了，街灯黯然地现出惨淡之光，铁甲车纷纷的巡逻了。

她们只好无聊地回去数着炮声！恨没有机会到战区去！

睡上床，便觉得异样的寂寞！虽然老杨的那只大床横插了六人。炮声虽则替代了工厂的汽笛，流弹亦替代了火车铁轨的喧嚣，可是那特有的神秘的伟大的幸运的广东腔小贩呼声：

"叉烧包！豆沙包！猪油包！虾饺！烧卖！"永没听见的希望了！

四

"我军大胜，占敌司令部，毙敌无数！"……老黄一早起来便拿了朝报嚷着上楼来！

"你们还没有起来么！昨夜又打胜仗哟……"

他们才从床上起身，老黄又嚷着：

"自然这不是善后的办法哟！他们将竭全国之力以对付哟！看！××师团又抵沪了！这是一个怎样的时代哟！血和肉飞溅的时代哟！我真个不知道要怎样死才好！这时代只有两条路可走：预备杀人和预备给人杀！可是我既不能杀人，又不忍被杀，这将怎样了局哟，我虽肥肉累累，却是如许文弱！我兴奋得发狂！我耐不住这样畸形的刺激……唉！唉！……"他几乎淌出泪来。

"嘎！教授来了。"大家说着G教授已郑郑重重地坐在床沿。老林跟在后面。

"你亦走官兵么？"教授自从老林哈哈的大笑，壮起他的胆以后，他不思搬家，并且哂笑着到旅馆去的她是"走官兵"，所以她今早很尖刻地给他一个报复。

"现在，又不同了！这个时候，是怕没有法子，要是有，那就非跑不可了！为什么要拿生命去作无谓的牺牲？"教授只寂然的微笑着，老林却为自己辩护了前晚的强顽的主张，接着教授又备述出走的经过：

"那样的接近，已经嗅到烧焦的气味了！孩子们怕的快哭出来，我说：你们逃吧！我和姨娘厮守着，姨娘要跑时，我还可独自煽着炉子！可是一个流弹炸破隔壁的窗门，玻璃，飞到我们院里了！的屋瓦都全掷穿了！大陆战队用枪头随处敲门！我们才凝神的听着，糟了！后门被撞开了！把我们赶了出来！我立地向他们申说！好得有了那张美国护照，和懂得几句英文，他们虚荣心很大，以为懂得英文最伟大了，所以和他们说的时候，他们也装得十分了解地唯唯地点头！否则……那些浪人最没有客气了，依然唾骂着，结局，我在他的刀尖前走了！他的刺刀指着我的背呢！"

"你何不快跑些；那样不吓死人么？"她问着。

"咦！你跑快，他的子弹不会跑得更快么？好得缓缓跑！"老林替回答。

"怕不怕？"她问教授。

"怕什么？不过现在是难民了，单衣独裤住在朋友那里，只能打两块钱的小麻雀了！"他似有点悒然，可是大家却哄然大笑起来。

　

她终于到××会找那个他去。

靠四川路那个正门紧闭了，从旁门进去！哎哟！会客室坐满贫苦的女人，在为士兵缝衣，高跟鞋，长旗袍，皮外套的女太太旋转着跳舞式的步踏正在那里监督指挥。

大礼堂，过道，休息室正堆满了成千成万的难民，一家几个人披了一张席子，在那里起居饮食。刚刚是午餐的时候，像养猪的稀饭一桶桶地围满了人，那些咸鲷鱼发出腥秽的臭味！蓬头散发，肌黄脸瘦……令人立地想到海轮的流抢的形象来。

那个他，据说已经忙得要命，在和各方要人接洽，联络便衣队，兼之昨午和×××长到吴淞去，一个巨大的炸弹飞下了，于是弃了汽车往伏在森林里的棺木底下，可是回头来，汽车已在一丈多广的深潭中炸得粉尸碎骨了，于是他不得不步行着回到上海来，两足起了不知多少的泡子，胆子亦怕被惊破了！况且当晚吃了法国大菜，肚皮又弄坏了！现在是泻得不能起床……

她彳亍地向北踱去，预备到逃亡的地方，把一旦化烟的故地凭予；可是只跑到苏州河的沙包，便被巡捕阻止了。她只能远远地望着北四川路的大日本士兵蹒跚地漫游着。那路旁的高楼悬着五光十色的广告，寂然的飘动着。

晚上大家又喝了酒，酒后又搬出麻雀牌来。

四人中一个老黄的同乡从前的小学教员。瘦弱的躯壳，苍黄的脸庞垂死了！说着话都喘气，可是他是热烈得发狂了。

"我的名已报好了！明早要验体格，明晚便和大家别了！也许多是永别！"他打出红中一面说。

"不要想入非非吧！明早同乡会送难民回籍，赶快拿张船票回去吧！"老黄责教的口气。

"我那个家庭真不愿回去啊……糟了！糟了！忘记碰'白板'……"他的手发颤了。

"家中有饭吃，看你还是解决了肚子再说吧！义勇军！"老黄仍不满于他的解说。

"真的要回去？那不是白花了两块钱报名费么？当今是穷的时候啊！"他凄然地又很滑稽。

"揩油了船票还不算么？"又是老黄的回答。

五

国民政府迁都洛阳了！前方又时告失败，江湾各个大学亦被炸毁了！大帝国又调了重兵，新换了大将，形势虽是严重，可是已叫不起大家的兴奋了！

老黄负了同乡会的使命预备到南洋为士卒募捐去。唱高调的方却和卢把那SS周刊刊下去，说是在炮声中绞脑汁。

小陈因为读了医科，被编为救护队到真茹去，却被炸弹吓得魂销魄解，今天因负使命到租界来，一想到那种情形的可怖，他连快毕业的文凭都不愿希望地决乘今晚的皇后号回香港。

各大学既经成灰，教授感到久打两块钱的小麻雀亦不是了局，亦快到南洋去，他却不是负什么使命，只是侨商的儿子。

大家近于星散了。只有B和她仍无着落地在这难民收容所维持了残局。冒了霏霏的雪雨，时往喝酒，间或痛惜那在东京的朋友送给她的一只小鹤在炮火中湮没去。

炮声听得麻木了，"时报号外"的呼声亦倦了，这里又没足消遣的了。老杨唯一的书籍一本张资平氏的《长途》虽十分腐烂亦只好看看，已看过了。现在只剩着《红楼梦》，于是和B争看着。虽然看过好几遍的《红楼梦》，可是一到了薛蟠大哥和人家行酒令时吟着"一个蚊子哼，哼哼！一只苍蝇嗡，嗡嗡！"的句子，仍是不禁大笑的。

"星散是必然的结果！数目一至十三便不吉！二十七夜在教授那里吃饭，恰恰十三人！文子数着怕得不敢说出来，终于从此零落了！××里已经粉碎了！大家留着身子星散去，还算不幸中之大幸……"这是今晚老林送教授南归后对她说的话。

（原载《新垒》1933年第1卷第1期）

绿的午后

白　鸥

一　绿的午后

树是无声，草亦无声。杨柳碧绿，青苔苍郁。是新霁后的鲜阳，是寂寞尽的长空。

她由热闹喧嚣的会场跑出来，越过许多饮冰的人丛，窜过风扇的旋转，踏着茉莉碎片铺就的曲径，向上弯去，到了假山上面，荫满丁香的小亭。

疲怠的坐在石上。

闭住眼睛，额际的汗珠滴着修长的双眉。仰天长叹一声，渍泪沾着红唇了。随又支了右腮，觉醒般向四周展望：

"啊，春阑了，夏亦苏了！"想着不自禁的苦笑一下。

"篁笙！怎样独在这里出神？"意外地左肩被暄热的手按住，同样迅速，她回过头来：

"啊！先生。"说着急把手巾遮住眼睫。

"怎么样？不好过吗？"

"里面郁热得很。"

"那还是回去好，这里可不见得凉快。"

"唉！怎堪这样的狼狈?!"

"横竖事情已是到了这样的地步了，伤心亦是徒然！我劝你还是及早觉悟，努力自己！篁笙，不忍看你糟踏你的天才！年纪是这样青呵！"

劝告一诚恳，迫得凄切的哭起来。

"你是怎样打算呢？要忍住过着非人的一生么？"为师的实在不忍看她没落下去，加紧的再问一句。

"……"回答又是几声急促的呜咽。

"为你打算，还是好好地休养自己的身心，灌溉自己的学艺，重新找条出路。你愿意这样埋没了么？回头来吧，回头还是不迟……在此复杂的社会，谁没有做错的时候呢？伤心并不是办法，环境是由人去创造的！……篁笙，你举起头来吧！先生援助你！……"

"啊！先生！……"声音是低到听不清楚了。

"唉！神灵知道！"是先生的叹气了。

音乐断肠地密奏起来，看看时间到了，先生只好辞了她重挤进会场，遗留在苍郁的环抱中，只有自己一人了。

心头是悒结着沉哀，愤怒的火迫到脸际发红。可是手足无力，瘫软般，麻痹般让记忆的毒蛇去咀咬。

是去年的春晚，一阵热风扫起杨柳的腻腰，站在寄宿舍的窗前，遥听隔室同学梵亚林的急奏，一阵热情煽起她的爱火，不由己地跑下这么苍绿的园林，缓踏着轻步，随了梵亚林的节拍，沉郁的兜着圈子，心情是那样莫明其妙的难堪，竟至无端地让泪珠挂在眼睫。

"篁笙，怎样独在这里？"不用回头就辨出是班友絮青的声音。扭转一下，面对面的凝着：

"你亦独到这里来？"不置答，反把他问。

"啊，远远地我在假山上，无意地眺望着，柳下绿衣的修影，尽徘徊，尽步踱，一眼便猜定是这个孩子气的篁笙。急急跑来，果然猜中，还说我独来！不是为了有你在着么？来吧，一道到那儿坐坐，那儿清朗得多。眺望着落日的余晖，是多么诗意呵！……"

于是偎依的步行着，便坐到这个摧肝折肠的地方来。

"你不能让我的心永远无主，更不能让寂寞长住你心！我们既然这样互相了解，我们所学的又是一致；共同携手向前以期成就，你想这样的人生还会缺憾么？及早把定吧！不要辜负苍天所给予我们底这么美好的青春！篁笙，你还在等待什么呢？你看，春阑了，夏快熟了！"

许是对方的老于爱河的潮汐的浮荡，一眼便了然于自己这时的心思郁结底所以然，知是到时候了，于是动情地幽诉，一针见血刺入自己的内心。

"……"是含羞地低了头。

"真是小孩子么？竟怕羞起来了！毕竟是你终身哀乐的关头，我亦希望你好好地考虑一番。不过我对你是十分坦白，我爱你，便直截了当地征求你的意见，取舍去留是你的打算，我虽希望你不要使我绝望，但我并不曲折矫揉，来撷取你的心！你亦要爽爽快快地答应我！篁笙，凭良心说，你也在爱我呢。"

彻底追求者是有经验，明是用尽心思，用尽手腕，而事实的外表又是恳挚坦率。箭一射进心之底层，对方便喜悦地笑出来。

"笑固然是好现象，但是，篁笙！不答复还行？"

吱吱地笑得更娇艳了！

"圣母！门徒诚恳地跪你脚前，请赐给毕生的幸福！"

意外地舞台转变了方式，幼稚的圣母不得不吃惊地止住笑窝的动荡。事实亦迫得没有考虑言词的余地了：

"要我怎样说呢？我想最好等到毕业以后……"

"哈哈哈！"是他笑了：

"孩子终归是孩子，并不是马上就要那么那么的……你答应我，我好放下心，什么时候，听凭你的主裁！"

"是等到同到国外去的毕业。"

"我敢反对么？"

是谁都会宣告屈伏于命运之前的景地了，笑窝又开始动荡。

"圣母，不许门徒共同坐着么？"这才提醒她牵他起来。

是销镕魂魄的尝试，吻是如许甜蜜啊。

"好吧！愿神灵在上，不要再遭狂波。"忘情地他说了出来，接着又说：

"篁笙，为了爱情的纪念，明天我开始和你绘画。明天星期，大家定跑光了，我们再到这里，定情的所在来，你仍坐在这个地方，依这个'斜托香腮春笋嫩'的方式，我用心地卖力地好好地描起来吧，你高兴么?"

自动地吻了他……

太阳沉没了，景致一黯，绿的更加绿了。

春轻佻地归去，半月的努力还未尽善尽美，竭其心思运尽手腕，再加两旬的修改，她才给了一句："还好。"事实是尽其作品中最完善的一帧了。

夏是熟了！梅雨也依例地来临了。这一天午后，絮青又在这里展开画布，最后的端详，最后的完稿地用神地再校看一遍，称心地笑了。

"妹妹，写什么题好?'篁笙姑娘'好么?"

"无聊得很!"

"那末'香凝春暮'我是想了许久的。"

"太佳人化了!"展望了一番:

"啊!'夏绿'!你看多么有致?!环境是这样苍翠碧绿，荫在我头上的是绿，缀在足下的是绿。我的绿衣，我的绿伞。又是夏天成稿，绿好吧?"她兴奋极了。

"好的，不过'夏绿'有点不诗意，就是有点俗了。既然绿成荫，自然是夏了。我们都是午后来动笔，而今也在午后完稿，就名'绿的午后'吧!妹，你看好不好?"

"绿的午后!新鲜极了!真是神化的题材。"

"妹是神，自然会有神化的题材。"

"高兴极了，绿的午后!"不约而同的想着，沉醉在绿的午后的是两个鲜唇的归并。

二　突变

"老友，连这一点都不肯帮忙么?枉你有许多女友，有了恋爱能手之名!你不肯介绍一个么?唉!我连年来放纵的生涯已是觉得厌倦了，野肉的流连亦已淡得没味了，我非把这些行动结束，寻求恋情来变变生活不可了!"说这话的是个三十零岁的中年，南洋生长的人，充满着野性的形态，又带着浓厚的"羽毛主义"，外表看去还不惹厌。

絮青沉着地听他说完，不禁哈哈地笑起来:

"这有什么难做呢?只要你真想要。并且具了诚意!?"

"还说假么?要是我不诚意，要玩弄的随处可有，金钱一丢，那怕没有女人?唯其想真个求寻伴侣，才愿你严重地为我介绍相当的人。我的条件不苛，第一:漂亮，第二:时髦!至于学问之如何倒不在乎，越懵懂越适合。"

"咦，这成什么话?"

"你以为聪明的女人才值得爱么?真是傻瓜!反正是要'太太'，并不是要外交官，你非但不能驾驭她，反被她俘虏去了!依我的主观见解，聪明女人是一钱不值。"

"也好，随你的主见，我给你介绍就完了，好坏我不负责。明天来我家吃夜晚，过后看一趟电影，十一点散场，再转到跳舞厅去，漫漫长夜，只看你的才能。"

不约而同地欢笑起来，幸福是临到追求者的头上了。

暮秋的寒烟卷尽人间的欣娱，萧索尽的黄昏，悲凉透的落叶。街灯昏瞑，阴云四布。篁笙带着两位女友进来，主人的絮青迅地站起，对各方的脸孔扫射一周：

　　"介绍！这一位是方浑先生，法国留学生，生平足迹踏遍神州，三岛，驰驱大江南北，往还岭北岭南，生长南洋，不用说南洋群岛都游历过。新近又横渡了太平洋，历西北欧而印度，跨喜马拉雅山而□□。总之，倦游归来，在办××周刊。方君是佛门弟子，尝剃发为僧，然平系研究哲学，刻正兼基督××学院之讲师。为人豪爽好客……"

　　"说得这样多，怎能刻记？反正是个不得了的人物！"女人的嫩音截断絮青的瀑布言词。

　　"不等人家说完！这位是多嘴的篁笙姑娘，××艺院的皇后，高材生！"

　　"啐！"但他不理再说下去：

　　"这一位是玉波小姐，披霞娜专家。这是小琏女士，中西画师。"

　　"喳！"女儿们同声的反对，一齐坐下来。

　　"那一位是尊爱人？"方浑耳语的问。

　　"那里？未必我该有爱人！"絮青是紧密不宣。

　　"OK！"方浑快乐的点头。

　　酒绿灯红，舞悠歌媚，一阵热腻的音乐过后，接着是奇香身段的圆滚，任是心硬如铁的也不免神往，何况方浑呢？

　　方浑丧失心魂地由跳舞场归来，急急促促地往找他的好友方达，立把今晚的经过告诉他。

　　"你的意思是怎样，爱上那一个？"

　　"就是那最年轻，最漂亮的篁笙。在舞场她每次都不尝拒绝我和她对舞，看来是有几分意思了。何况无论有意思与否，都非马上成功不可，要命了，我从未看见这样的女人！"

　　"吓，发痴！不是和絮青订了密约吗？"

　　"咦？我问他那位是他的爱人，他都否认了，那有什么对不住他？"

　　"也罢，一不做二不休，就放胆的进行吧！"

　　"就是要向老哥请示，如何是捷径，她是马上要回家乡去了，她说已经快毕业了，要去征求她爸的同意就出国去。"

　　"那是好机会，这两三天你好好地殷勤的款待她，唉！女人何物！包她立地飘摇起来，你便进一步要求她走后写信给你，如蒙答应那好办了。"

　　第二天的午夜，方浑独自往访篁笙，却不去盛情，两人又踏进舞厅的扶梯。

　　"甜橙水，威士忌！"方浑神气的唤着。

　　"篁笙姑娘，絮青君和你很要好，是吧？"劈头试探她。

　　"絮青是很聪明，画也绘得好，他给我画张肖像，不错，还写着一个万分清爽的题名。"不置答报告式的说。

　　"什么题名？"愤恨自己的不会绘画，愤慨这样美好的人儿先被絮青赏鉴去，于是暴发着兽性的问。对方分明是个小孩，怎能洞悉男人的内心，怎能觉察男女的神色？毫不迟疑天真地笑着说：

"绿的午后！"

"吓，你以为是他的聪明么？还不是抄袭得来？这个题名是从日文有名哀情小说久远的肖像中描出的。要是像那个主人翁般的悲凉就要命！亏他把这样不良的题来题你！"

女的阴沉地放下脸。

"不相信么？我把那个故事述给你听。"

"要真是悲剧，听着不更凄凉么？"

一方是暗喜心已被敲动，一方是怜惜错被欺蒙。步踏一不均，女的突的说，"回去吧！"难拂雅意，男的急说："这样夜深还是我送你去吧！"迟疑了一回，也就说声"谢谢"下了楼。

坐上汽车，篁笙的心开始被毒蛇的咀咬，焦灼地紧蹙着眉端，方浑本着"一不做，二不休"的信念再紧一步的放箭。

"絮青是个翩翩少年，艺学又好，想有许多女人爱他吧？"

"当然他不能叫人不爱他，但他能拒绝人把他爱，也就算了。"

"有这样的事？你那晓得男人的心是狠毒曲折扭转？"

"有这样的事？他背我爱了谁么？"急起来了。

"那不晓得，我才到不上几天，可是他对我说他没有爱人，那他还尝把你放在心头么？唉！天晓得！"

陷落陷坑中呜呜地起来了。

"篁笙姑娘，不要这样伤心吧！像你这样轻的年纪，又漂亮，又能干，那怕没有出路，一朵好好的花啊！"

汽车鸣的停在门口了，他扶她进了大门。

三　受难者

篁笙归家已经一星期了，絮青对于她的不告而行已起了相当疑虑，但他想事情不会这样不合情理，变得这样突兀，可是摆在面前的事情明明是这样不合情理，这样突兀，那又怎说才好呢？但他算也刚强，一面急去了快邮，一面还会静下去来展开画布。因为他计划将在出国以前开一次个人的画展，在国内显示了相当的艺术之后再去加深研究。又想许是为了近来太过忙碌，没有充分的时间去服侍她，所以她发起孩子脾气走了。

"凡事该从好的方面着想，不宜马上幻灭的呵！"想着也就安心许多。

但在期待了许久以后，得到催命符般的回音。一盆冷水，一张咒文，末了是郑重地说着："各自走各的路！"而这位多材多艺走尽世界的老友方浑又未见来谈，疑虑既变事实，他再也静不下心了。

考虑了许久，还是到方浑那里去看一回吧！迅速地出门，心头悬着巨石，足步也沉重起来。终于疲怠地按了门铃：

"方先生在家吗？"

"方先生乘飞机入川了！"茶房好奇而兴奋的报告。

"什么事？"不得不镇静矜持了。

"结婚去，马上回来的。有什么事吗？留个片子好了。"

"不要紧，不要紧！没有事，没有事！"跌倒般颠踬着。

这委实是受不住的激刺，马上折到方达那里问个仔细。

"唉！老弟，何必这样伤心？天下的女人多着呢！患不着没有伴侣，自家努力你的画展吧！至于这回的事情，虽有点出人意表之外，但以三朝而会变节的女人，还留恋她什么呢？"方达不得不昧住良心，接着又说：

"原因很简单，方浑看中她死不放手，而篁笙呢，则未免幼稚而易入彀，而任她回家以后，把这恋情宣扬于父母之前，两亲都极力反对，原因是不明了方浑的为人与身世。但篁笙态度坚硬，说万不会错的，如果意外不幸，她自己负全责，绝不至于丢了脸孔到父母兄弟左右乞怜！同时马上来个电报，要方浑入川去。看意思也知道篁笙的苦心，所以'此其时矣'，方浑沉叹着，显一下颜色给岳家承望。而事又宜速不宜迟，筹措了相当的钱以后，便乘了飞机入川去成其好事。事情是很简单。婚礼行后，大概是马上回上海来，此地的亲友另行款待，请帖是'拜托'我代为办理，老弟亦嘱为代致意。做个有为的男儿，看看人生舞台的幻戏，老兄劝告你，放下一条心，好好地来做位来宾吧！就是替篁笙捧一捧场，亦未尝不是快事，老弟以为如何？"方达昧住良心地噜苏下去，得意之色现于眉睫。

"我没有这么不知趣！"愤恨是不能再过了，方达还鼓着嘴唇，可是絮青已溜出门口了。

　　家乡既是太僻，未能畅所豪奢，上海又太豪奢，难尽付与，于是结婚地点则在适到好处的首都。

在首都拉开人生幸福的序幕，举完了大典，饮完了幸福之觞后，篁笙疲怠地到上海来。

初抵沪滨是个微雨的晨曦，江南的春色，如醉如梦地激起她沸郁的情绪，如烟如雾的往事，也随着扭绞起来。

别来上海也已经数月了！去时是寒风砭肌，而今来了却是微雨凉颊！具了满腔幸福的期望，实现了也不外如是的无聊！少女无邪的心已染上污浊的尘垢，就是如花似柳的体质也竟被病魔侵袭无余！心中一阵无名的酸楚，眼眶便不难抑的发了红晕，猛可里，絮青的修影又似蛇般突绕着她的腰围，她真有点痛心的哭了。

一星期，不行了，简直受不住，不得不找医生去。

似晴天的雷动，是平地的火焚，她小小的心窝不得不粉碎于命运之前了！

于是序幕刚刚完结，接着是医院楼头的开展，原因是速成的丈夫不惜以一切礼物赠给她，连这个耐她忍受的淋病也无惋惜的赠予了！年轻而无识，天材有什么用处？聪明也不能把疾病克服，"要尤人？未免太滑稽！要忏悔？似属太迟！篁笙啊！你竟会傻到这个地步么？"痛切的说了这末一句，沉落风前地让命运去主裁，任苦难去宰割。

　　另一方面，被打落爱河而沉殁了的絮青，是咬紧牙关地努力起来了。

由残秋突变以后，数个月来他埋头写作，而又苦心经营，以博得最后的收获。那幅可纪念的，可伤心的，而又美好绝致的"绿的午后"，他想把它显露人间而定能成名的画像，不知是心情的骤变呢，还是"好风光，已随伊归去"，看来总不活跃，总不称心！眼睛光泽既然无彩的放散，寒风里，绿叶似也萧疏！而时往前时定情成画的小亭去，又只见满目荒凉，遍周残梗。青苔难绿，丁香惟剩残桠，休说到了隆冬有着霜积雪封，使此枯藤干枝更加纤弱，只此刻摇曳风前，绿去人空，已够教他落泪了。

秋是这么和他为难的了。

到了冬浓，也想心已沉静许多，可否叫起往昔的浓情把这圣像捧得活跃些！但是肃杀死灭的冬呀，生的已到非死亡不可的地步！死的那能期他的复苏？不是长天白雪，就是苦雨惨风的交流！神经作用，画像亦渐行褪色了。

"什么才是我的新生？什么才是我的伟业？是的，我不能看自己灭亡去，我要唾弃旧梦的残骸！但是画一些人物，都不能把生命精力放进里头，那么要以之成名的作品，有什么能感人？有什么好的收获？"沉痛的思着，矛盾和窒息的情绪又充满了心中。

正是初春的深夜，疲惫地停了画笔独步到那尝经布满绿意花香的小亭，回忆不尝教他安静，愤恨又沁进幽怀，痛楚地坐到圣母轻衣披过的座位。天气仍是奇寒，但自己却是火般焰烈，头沉沉地剧痛，泪悄悄地急流，不自觉地洒落当时跪着的圣迹，不自觉地伏在冰冷的石头！沉迷了一刻，觉醒般举起头，寒月正明亮地当空，露珠已湿透他的乌发。"爱的浓杯于今饮尽，酸的败醋将随生命而难干！绿荫的偎依已成过往，被逐者的悲哀永压心头！"低吟着，情绪万分紧张地作起冷倦的脚步，急急回到房里来。

于是连夜展开画具，开始描摹：

"被逐者的悲哀！"然而无效，一到天亮，又不快意地撕成粉碎。

"失却她我不能作画，没有她为中心我画不成！唉！篁笙！篁笙！你缘何这样幼稚？你想他有钱么？这一点我相信你马上就会失败的！你爱他柔情多学么？也教你花三个月内就会垂泪地觉醒过来！被逐者的悲哀许能有一日，得荫上天好生之德而终止，只有你，你可怜的受难者哟，苦痛便是尽期！"日记是这么写着，但到了这里便突然中断了。

由是闭住眼睛，沉思着受难者的苦脸，被逐者的悲哀，一阵紧涨的情绪激上心头，篁笙的玉骨冰肌，又炯然在目了！

然而爱人已属他人的了，要把她做着对象再画一个，非但自己要时感痛楚难以画得尽善尽美，就是能够这样做的时候，怕也要惹起环境的纠纷！那末就放弃了吧！但无论如何是容忍不下的事，只要闭住眼睛，那皓体的纤腻，那腰肢的婀娜，立地呈现到眼前来了，那是不但认识而且万分熟识女人的心，女人的身啊！

变换了一副意想中受难者的面目，身体则仍以那个难忘的对象下笔。经了一月不辍的努力，全生涯寄托的代表作"受难者"的裸体像开展于万生复活的春宵了！

这才使这失败于恋情的絮青向着受难者的眼泪微笑起来。

四　碎尽的心

当絮青出国之前个人画展开幕之日，正是篁笙由病院楼头悄悄地带着劫后孱弱的余生回到寓所的时候。在前两日自己在病院里从报上看到这个消息以后，那一缕寂寞的小心是纷纷碎断了！"春难凭托，杨花飘落"，自己那样幼稚无知，把他无端的遗弃，而自己不是离开他便能幸福快乐！反之更加苦痛！非人的生活已难忍耐，还加以致起这不治的，那永生不能再好的病症！要是自己还能对于生命稍加惋惜，岂不是非痛哭一遭不可吗？然而，时至今日，痛哭又有甚用处？追维往昔也难唤起已经逝去的青春，伤怀也难补偿自己的过失；这已够凄凉的了！而况在自己这样伤怀的时候，这样不幸的辰光，那个被她无端遗弃的人却是意外地获到了人间幸福的胜利！画展已经开幕了！

"要去看看呢，还是索性不再露面，借此机会去看一看他也好吧！看看能否唤起旧情。不然也好知道他决绝的态度是坚决到什么程度！"篁笙深沉的被矛盾的情绪所袭击，那不由己的眼泪又只好滴落命运之前了。

现在她非但心已破碎，就连些小的事也不能得到自由，方浑原是一个万分自私自利，浅薄无聊，不爽不快的癫狂客，她那样无知地陷入他计算的深坑，除了她及早觉悟逃出他的羁绊之外，简直就是死路。她既为了虚荣的诱惑生怕没有颜脸去看她的双亲，要顺受着，那难怪她要身心俱碎，行动受制了。为了这样的缘故，等到画展开幕的第五日，她才扯个谎独自悄悄地踏进××学院之门。

春是无声地走了，看！绿的成阴！青梅如豆，柳丝翠尽。

会场是位置在××学院的藏书楼。篁笙一踏进尝经埋葬她天真嬉笑的旧址，心中已不好过了，何况这旧址，又尝磨折她的青春，销熔处女的心！这半旧的楼头她在此间度过了五个寒暑，这半旧的楼头，她尝暗诉心曲，暗试心爱者的腻唇。今旦人是依故招展了艺腕，只有她自己重踏着这旧地，已是惨遭了无边的宰割，受过了爱河里的磔刑！……

缓步着如茵的草地，往事凄迷地叫她不得不唤起记忆的残痕，凝睇着园里的新绿又不免寸心似割。可是事情已是到了这么一个万难挽回地步，伤心又将何为？于是勉强抑下悲郁难堪的情绪，穿进拥挤不堪的会场的门首，在来宾签名簿写着自己的名字时，手已开始抖颤，旧时的师友一见到这个罗曼蒂克的哀艳的圣母不禁热烈的招呼。师友对她原是具了满腔恳挚底怜爱她的好意，殊料她，受着自己良心的苛责，觉得十分愧赧，不敢举起头。

陈设幽丽的四壁，面南正中的位置，便是那幅"绿的午后"朝了园里的绿阴。絮青一见她闪进来，急剧地避开她的视线霭向人群里去，偷偷地在凝望着水汪汪底她的特别圆亮的双眼。站到"绿的午后"时她的心又似蛇的扭绞，一阵昏黑几乎跌倒下去，可是谁会把她扶起，惊叹艺腕的凝练，赞颂画笔的精强的人，怎知她就是当年画中的圣主？她不得不自勉持了镇静，向四壁环视一遭。那里有许多人环集，那里有许多赞颂的题词，是个庞大的镜架，四围装上白素的软绸。百无装饰，淡墨为底，浓墨为纹的受难者的圣像。

"哎哟！"她不自觉地叫起来了。她能看出那是自己的躯干，那莹莹的珠泪正覆盖在自己的眼睛。固然口角寂寞的阴影是那样浓厚，那近紫的蓬发也有些稀疏，整个的面部看去是暗淡浓黑西洋的中年妇女，但无论如何，蕴藏在外表的里层的正是自己的隽影婆娑！今晨阅报已知被赞为现代画坛杰作的伟画是名受难者，她正在惋惜那绿的午后的见摈！她怎知受难者仍是自己在受难，他仍是把她放在心头!？阵阵的难堪，阵阵的悲抑，她再也站不住了，她不得不急急地从人群挤了出来。

外面突地风起云涌，骤雨吼起狂声，她又只能转进休息室去站了一会儿。

雨又急住，一轮异亮的鲜阳比适才更炙热地闪出来，她冒着鲜阳的权威，踏着湿透的草地，登上了那个叫她走着便是断肠底伤感的小亭。

回忆的甜蜜使她苍颜随骄阳幻出红晕，回忆的悲楚使她苦泪与流水共同瀑奔。

是不是愿意糟踏天赋予她的聪慧，是不是愿度此非人的一生，是最爱她的先生的问话，如何决定今后或做人是此刻应该裁答的，不能再事徘徊的了。

重走回父母的怀抱她没有这样的脆弱，向絮青乞怜了吧？更非她所忍为！再持续那样不愉快的关系更是侮辱自己的事，那末何处适合她的求生？回头纵然不迟，也该有回头以后应补的以往失计的办法，那要怎样做呢？她简直有点茫然。

"还是为了一己的学问努力吧，篁笙！"什么时候，絮青已站在她的背后，这温霭的说话使她急汗浃背直流！她没有颜脸向他凝视，她急急地又走下小亭！她要登程向前去求自己的出路，她决定应了××军的招募到前方去作绘画的宣传，不再迟疑，不再受着各方的胁迫，她是愿意受难着，只要最后拼出了新女性的新生！

一九三三，六，三，上海之夏
（原载《新垒》1933 年第 2 卷第 6 期）

玛利亚

白鸥女士

一

将近夜午了，虽然是初夏的天气，却还是有点料峭的春寒，一阵轻倩的夜风袭来，薄薄的衬衣便在淡褐色的呢绒的外衣里面飘动一下；心头亦似乎太凉了一些！于是把一脸高涨的红热从凉意中消失下去。

转入广阔的马路，步着静躺着的电车轨，心房又跳荡起来；因为四周的静寂，除了自己的皮鞋触着铁轨的声音外，心的跳荡的声音都听得见了！

"似乎是一个梦吧！梦一般的虚渺吧！"反复的想着对于这回的事件，自己也不觉好笑起来。

自己虽然在外面流浪了几年，但彻底还是小孩子；女性的追求，不要说没有这样的奢望，实也没有这样的胆量！便是偶然间在朋友的地方，遇到朋友们的姊妹，都有点羞怯得赧颜起来一样，其余的更不必说了。

"为什么会有这些罗曼司的陈迹呢？"自己的心在向自己追问，实在觉得浪漫得解答不出了。

便有这样的胆子：每夜背着朋友们，跑了多远的路，悄悄地来叩着医院的紧闭着的大门！来巡望着正为了自己而在楼头翻侧着的情妇！而每次的偷偷地，似窃贼般的心情，似窃贼般的行动，能在朋友面前撒了那样大谎，把这样的事情骗瞒得干干净净的本领的伟大，亦不得不佩服自己进步得快了……于是第一晚的冒险的经过，好像影片般断断续续地现到眼前来：

那是黄昏后快近夜的时候，一钩上弦月已经淡淡的挂在东方的树梢了。自己用过了晚餐，照例无聊无奈的独自踯躅在校里的花园，瞭望着远天迷离的烟霭。

"章少爷：有人找你，送来一封信，说要面交，我带他在房里等你。"茶房气喘吁吁的说着回身跑了。

随着这报告，心便起了许多的疑虑！然而总料不到是这最梦幻的事的再度的实现！回到房里，从来人手中，接过来了信件，猛拆开时，很迅速的阅了一遍，随着纸上的孱弱的字样的颤动，有点昏乱得快要跌倒的样子。然而不便使失了常态的举动，给对方失笑，于是勉强镇静一下：

"等一等……"对来人说后，便抽了信笺，匆匆的写着：

"纹姊：信悉，悲喜交集……准如约，勿念。别后我仍很好！余面罄，匆此，不尽，谨祝幸福！俊弟即晚。"写完又检了信封写着："林碧纹小姐亲展"，匆匆地把字条塞进，封妥交给来人，来人似等得讨厌般，一溜去了。

呆站了一回，才释重负般躺到床上。脑子是怪铅重的震荡着！心的方面，休说是忐忑得更厉害了！闭一回眼睛，才又把信笺再展开来，反复的凝视：

"俊弟！已经再流荡到上海来，把灾难的孩儿出生了！近况佳否？十分耽念！希冒险前来；可怜的娘儿都在等候你哟！甚疲怠不多说！你好！（要在晚间十时以后方可来。×
×路××医院三楼十号病室）纹姊伏席。"

虽然信是写得这样简单，但是字里行间包涵多少愤恨和痛苦酸楚的悲泪哟。便是自己的罪恶，和蔓草似地，在这简单的字句中，一根根的蔓延。亦都显示着了！想流一回忏悔的泪，亦就到了流不出的时候了！

因怕同室的 B 君看出自己的焦躁，于是便再披了外衣蹀到校园去。

记挂着产褥的情妇，记挂着受难的婴孩，更又怕碰到破绽，打算怎样骗 B 君说今晚不能回来的理由，又将怎样设法度此一夜，想着真够忙碌了！

平时用过晚餐，刹那间便是黑夜，今晚的时间却特别走得慢，看一回手表，方七点半钟。望一回上弦月，亦莫名其妙的起了愤恨一样：

"尽是挂在树梢"……

"老 B！我要到××路去，怕不能回来！"回到房里对同住的 B 君说着，头也不愿抬起来了。

"干吗?" B 是多年的朋友，不得不问明理由。

"想去老陈那里打针，还想跳跳舞！"细语着险些撒不出谎来！

"不舒服还跳舞!?" B 君有意无意的说着，便像受了侦查般不禁吃了一惊地辩护着：

"说是这样说，总之不必等我回来了！"不敢再回顾 B 君的颜色地步出房门……

二

跳上公共汽车，挤在人丛里，不知是快乐还是凄凉，只觉得异样的兴奋！在每个停车站，对于各个上下的乘客，都表示愤懑一样地斜睨下了两眼。

五十分钟左右，车才在目的地停止，跳下车，跑到医院的门前，按着电铃的手亦有点颤动了！院役开了半扇小窗，呈出一个滑稽的面部来：

"要找谁?"

"林碧纹小姐！"

"已经过会客的时间了。"

"我从远方来，明早便要离开这里，请你开一开吧！……"不知是自己的话太过悲凉，还是院役对于深更来访的客人，加以臆测，而加以怜悯，一听了这诉说，便动了仁心的：

"既是这样，那末我领你进去吧！"说着大门亦跟着开了！走进了广场，越进过道，才登上楼梯，心亦跳得更紧密了。

在十号的病室叩门。一位十六七岁的女郎刚刚走过，忽然转身问着：

"你要找谁!?"

"姓林的！"

"我们姓李！"女郎似乎要阻止他的敲打。

"啊！对不住！我错了！"向前步行着，等到女郎下了楼，才重新把门叩着。

"进来！"微似喘息的声音叫着，自己已经把门旋开了。

"纹姊!"这声音才出口,双方的泪珠已在眉睫交流了!……女的全说不出话来,只抚摸着她的伏在床沿的绻曲的头发,停一会才说:

"你这样不小心!你们在门口说的话,我都听到了!真是捏一把汗!"

"起初以为是看护,等到她说姓李才恍然了。"

"真是侥天之幸,她一时竟忘记我姓林……"

两个都勉强笑了一下。

"真想不到还有会晤的机缘啊!"

"本来是预备不出来的,可是既怕发生危险,况且非此没有法子见你了!"

"什么时候到的?"

"四天了!孩子是昨晚出生的!没有安全以前,不愿给你知道,想想难产死了倒好!"女的迂缓的说着,现出十分疲倦的叹息。

"那末孩子呢?"坐在床沿凝视了躺着的女人,才看见一头蓬松的毛发凌乱着,那样圆满的脸孔,可太削瘦了!深陷的眼睛,闪动着一重晶光,那弧形的红唇亦苍白了!意想到为了自己而把对方的美伤害得这样剧烈。实在有些伤心了!于是发问的语声便亦带了一点凄梗。

"在那边!"跟着女的指着的视线看去,在床尾的一只木架上的一个椭圆形的篾筐,上面挂着小帐子,步去把帐子揭起,从盖着白色的小薄被中,抱出一个婴孩来,女的立地斜坐起来,把他手中的婴孩接过来,俯视着无知的婴孩的嫩红的脸孔,眼泪便连珠般滴落婴孩的脸上了。

"姊姊是明达的人,何必这样伤悲呢?人生本来就是这样的虚幻啊!"自己虽则十分悲凉,亦就到了不得不抑着凄哀把对方劝慰的时候了。

"孩子真像你呢!"女的止了泪望了他。

"不很好吗?能像我!"说着细看了孩子,真有点像了!不说别的,只两泼紧愁的眉湾,便和自己的一样无二了。

"以后怕一看孩子便凄凉起来!"女的又转凄切了。

"愿把我的灵魂,寄托在孩子的身上!使你得到一丝的慰安……唉!还是死了倒干净,你亦省得再受羁绊……"

"啊!……"照计划是不该有了孩子的,然而孩子既然出生了,母爱是占住了整个的人生,便是再受了痛苦,为了孩子,亦愿顺受了!于突然间听到这话,便不禁惊愕的张大眼睛说不出话来!

"不必伤心啊!全是为了爱你的缘故呀!"知道适才的话,太伤了对方的心,只好辩护着;同时环揽了对方的颈项,深深的吻着那苍白的嘴唇!

在悲凄的酸液中,尝到特种的肉香时,这心才清醒了一些,便也感到人生只有无边的空漠。

"足足八个月没有见面了!"女的向来是多说话的。

"唉!是的,真快啊!"

"还想住在这里吧!"

"总要把这里结束呢。"

"我大概是留两星期。过后又须回去呢！"

"不能多留一回吗？"

"谁给我自由呢？天哟？"女的又嘘嘘哭起来。

"姊姊，我原来是不会说话的，我实想不出怎样慰安你！除了紧抱长吻之外，真不晓得怎样做啊！可是，姊姊，除了你之外，我的眼泪是从来不为女人流过的！姊！请信托我吧！不必误解我吧！你这样伤心，我真难堪！只要姊姊自己有勇气，我是什么都愿意牺牲的！"擦着对方的眼泪，忘记自己的泪珠亦连续的挂在眼际地劝慰着。……

三

因为时局十分严重，学校是在中国地界，况且在这回的事件上，学校又站在领导的地位，情形既无好的转机！并且更坏下去；怕死的江浙人，已经老早跑空了！学校只剩了湖南，四川和广东籍的同学而已。自从到京都请愿，发出"政府若不出兵抗日，誓不复课！"的宣言以后，便是住校便亦没有上课。老大的东方民族，虽然是缺少热血，大人心死，甘愿对于宰割无厌的异国的屈辱，宽怀的忍受，然而一般的青年，实不忍这么的受尽耻辱，无论如何，是非坚持到底不可的！而请愿的结果，同学的失踪，教授的囚禁，更使多血的青年们期期以为不易罢休！

因为抵制的结果，日本是受了重创，同时国货亦特别的畅销了。在无可奈何之中，只好出其凶辣的手段，阴阳两举的来对付中国了。自从永安纱厂被暴徒炸毁以后，当局已有些惧怕了！况且领事又来了通牒："当局若不制止学生的救国运动，并取消抗日会，便要出兵了！"取消抗日会或者较易，制止学生的救国运动的组织，当局亦明知不易办到！召集了各界的要人会议之后，消极的政策已经议出很好的结果了。

"今晚三时便要开仗！各国的水兵已纷纷的登陆了！龙华方面，五点已经戒严！火车路的各个要站已经驻了重兵！你们大家还是走了好些！到朋友亲戚处去避一避再说！君子适时而求安，不必负气，以致因小失大！实在学校的准备不足，万一真成事实时，便太糟糕了……"黄昏时，校长召集了全体同学，在礼堂上喘吁吁地说着，表示十分惊愕，而且愤慨的说了这些话。

学生彻底还是幼稚，虽然热情，誓愿为国而牺牲，然而现社会的滑稽的黑幕的底蕴谁能看穿呢？况且大部分是小资产阶级的子弟，一闻到这话，马上觉得生命的危险，是必须避免的！于是大家都仓惶地逃命去了。

当局的解散学生救国运动的政策，便这样地两全其美的成功。

和其余的同学一样，俊卿也带了一只小提箱，在人群中，窜到较安全的地点来。

第二天，便在公共租界×××路××里租到一间很小的后楼，独自在那儿开始孤独的生活了。

自己素来是患了失眠症，近来因感到山河之破裂之伤哀，在畸形的兴奋中，又添加许多惆怅了！

从跳舞场出来——因为近来常觉得无端的寂寞起来，有时竟烦躁得难以言喻，于是每愿独自一人到跳舞场听音乐去，便是在那热腻的一刹那间，能飘飘然地忘记一切的寂寞与烦躁。这时已经一点钟了，踏入那窄得只容一人的旋转的后楼，适才刹那的快乐，便消逝得净尽了；于是又恢恢怠怠地躺到床上，朝着天花板抽起香烟来。

接连几个夜里，都会听见隔一扇板壁的前楼的女人暗泣的声音，起初因为这幽愁的叹息而唤起自己的烦躁，觉得深夜的哭声，实在太扰乱了别人的安静了。

"叩一回公共的板壁，制止这凄凉的哭泣吧?!"当对方哭得最凄厉的时候，亦曾这样的想过。然而终于没有做到，只寂然地沉压着心情把这哭声听下去。

似乎是惯了，现在不但不觉得凄切的哭声的厌恶，反而在听不到哭声的今夜觉得像失了一件重宝似的，心的一角无端的空虚起来。

女人的脸是一个较方圆的轮廓，眼睛很大，嘴巴似乎是稍大一些，一头垂颈的黑发，披缀在特别白皙的江浙女人的粉颈中，益显出油腻可爱了！这是前天黄昏的时候从外面回来，女人却装束整齐，要出去，在自己的门口，迎个对面。不高不矮，瘦小合度的身裁。这一刹那间，整个的倩影完全印入脑里了，于是上楼去看那安在门上的名片：林碧纹的名字亦渗进脑中了。

默想着那可爱的脸庞，记起那双纤细的眉端，从那心的深处沉浸着悲哀，而流出的酸楚的眼泪，和那凄婉的啜泣之音，都完全了解了。

今晚意外地，听不到这像音乐般的震颤的幽音，实在十分寂寞了！为了好奇心的驱使，离床站到公共板壁旁边，向裂缝中窥视过去；女人披着一套蛋青色的睡衣，伏在纸上在写什么。像神感一样，觉得后面的眼睛的强光的投射，女人突然的回过头来！虽然不至被看见，但内心像受疚责地，匆忙忙离开那里，立地又躺下床去，太过匆促的缘故，"碰！"的一声，前楼靠近板壁的圆桌上的茶具，粉碎碎地躺在地上了。

四

"十五岁离开了家乡，伴着哥哥到南洋去，在那里只进了英文专修学校。那位先生刚在那学校教书，不幸他看中我！说我聪明！自然，那时的年纪，是不懂得什么，也许是着了魔，我也觉得他比人特别温柔，于是……"

"于是和他甜蜜起来!?"由于茶具的粉碎，女人开始对于这个少年的邻居起了责问！由于对于责问的接受，使得凶猛的口气，变成温柔！由于深浓的谢罪，使到圆睁的怨眼，变为恋恋的回眸之后，俊卿已把住了碧纹的心常在深宵中互诉着衷曲了。

这一夜，一阵秋雨过后，明净的太空，悬出一个将圆的月亮来，旋黑了电灯，俊卿又过来碧纹的前楼谈天了。

碧纹斜倚着在床柱上，俊卿正坐在她的面前的藤椅，听碧纹述说儿时的经过。谈到成年之后的事情，渐渐地感到如听悲剧的戏文般有点辛酸了。碧纹亦觉得身世的凄梗，说到这里，有点说不下去的停顿着。于是俊卿带点滑稽地，半问，半述的替她续下去，说后勉强微笑一下。

"呀！尽是挖苦人！"碧纹斜睨了微笑的俊卿，抚摩着自己的柔发又继续说下去："不能说是甜蜜吧！只是较亲切的来往，十七年华的开始，便也是厄运的开始了！哥哥并没有反对，反而说年岁大些，是靠得住——你知道，他的儿子只少我五岁。南洋的鬼风俗，都不曾因嫁了大一二十岁的丈夫为憾！于是婚约成议了：这样我便丧失了我的青春，荒嬉了我的学业！莫明其妙的变为私人的'御用品'了！……"

"恋爱的成功！美满的结合！"俊卿寂然的笑着！

"要是这个样子，我可不说了！"碧纹娇嗔地朝里翻过身去。

淡淡的月亮，斜照到房间的空间，将近凋零的秋藤的阴影，斑驳的饰装着一切的静物，夜景是十分幽丽！像荡着春的气息般，碧纹的心，完全回复到少女时代的浪漫的情绪，态度亦变得十分娇媚可爱了！然而一忆起少女时代的哀艳的环境，想到悲凉的目前，忽又嘤嘤的啜泣起来！

"纹姊！何必这样？好好的谈着！又要悲伤起来，真是不谈还好！"俊卿说着，坐到床沿，把正在抽咽的碧纹的肩头轻打着。——不知什么时候，他们已经以姊弟相呼叫了。

不要劝慰，还只是啜泣而已，一经劝慰，更放声的哭出来，甚至像呼吸快要停止的样子，哭得那样转不过气来！幼稚的俊卿，真不知所措了！

这些时来对于哭声的颤动，真听得惯了！同情的心思亦说得太多了！但今夜的哭声，以及翻侧在痛苦河中的情影比平时来得凄厉！来得娇婉！于是心的深处也突然的紧张起来。实在的，除了同情之外，还有爱火在燃烧！除了怜惜之外，还有爱的绿芽在滋长！没有爱的经验的俊卿，亦明明白白的觉出了！

"我简直在欺骗自己啊！许多时辰以来的无端的烦恼，难道不是为她而织的吗！？我能说我除了同情一个不幸的女人而外没有其他的念头吗！？何必欺骗自己呢？！何必让美丽的时光虚度呢！？难道当她说着：'你真是一个纯洁的孩子，无聊的时候过来谈谈吧……'时没有相当的表示吗！？天哪！我不愿让她独自痛苦了！我愿意同她沉入不幸的深渊！我愿意同她踏进地狱之门！"

随着尖锐的哭声，俊卿的爱焰烧得炽盛了！反覆的想着，猛烈的紧握了她在月光下的纤细的小手，疯狂的伏下去吻着她的晶莹的泪珠！凄艳的哀影却在板壁间的白纸印上了……

碧纹并不惊悸，似乎预知这个时间的到来般，哽咽的说出话来：

"谢谢你的深情！吻我的眼泪！可是这不幸的人，眼泪是不曾竭尽的啊！"还是哀哭着！

"请你止住哭泣吧！实在我也不能遏抑我的凄苦了！但请相信我！我不至于像那位先生的薄幸！……"

"其实亦非我之罪过！最初他带我到上海之后，每夜渐渐迟来了；——他在邮局办公的时间我都知道，然而却会说谎，每夜都忙碌，久之，整夜都不来了！我等望到天亮，又只得颓然地到邮局探望他去！他对于我的热爱不曾感动，还格外冷淡的丢开我，说常到那里去，是很不好看的！去年秋间，说独自在外面太寂寞了，并且用费也很大，不若搬到亲戚处去住！我也怕寂寞，当然答应了！到那里，那位'醋大娘'出来时，要我呼着她姊姊，坦白的我真莫明其妙了，还真算是她的姊姊！但当她的女儿来唤我姨娘时就破绽了！我问说'这位是姊姊的令媛？'时，她怎样说：

'大小姐！好听！令媛！今晚跟大小姐睡觉去！'一给她这样抢白，又看那东西垂头丧气的不开口，我非傻非呆，我一切都明白啊！我陷入不幸的深坑，已没有翻身的日子了！

你想，我还能说什么？唯一的求救只有向我哥哥哭诉而已！但是信件休想出门，我被软禁了！我不必说她怎样虐待我，说着真是自己的耻辱！只是那位大小姐的监视便够凄凉了！我尝到爱的赏赐了！连给我流泪的机会都没有啊！住了几个月，我病了好几次；人间地狱的刑罚是耐不住了！那东西那样不中用真是想不透的事啊！春间，母亲流着泪来看我，我回家之后，便死都不愿再和那'醋大娘'相见了！起初是住在母亲家里。直到秋瑾姊姊替我找到了职业之后，我方再出来上海，搬到这里来。……唉！许是上帝的主意吧！这后房最初两个月空着，我又寂寞；又怕！——那东西真可恶！整整的半年，来不上四次！他妈的！有什么办法呢。后来有一个公司的职员住着，不久也走了，接着便是你来住了！"已经较安静些，像述说故事般忘却了自身的痛楚地忽然微笑着，微笑着，是笑得太可爱了！

"那是日本的成全啊！不抗日，我没有和你认识的机会啊！"两个都笑了！寂寞的时钟，阴沉沉地敲了三下……

<h1 style="text-align:center">五</h1>

"姊姊，为什么不敢离婚跟我到南方去呢？"

滩畔的公园，临滩的坐凳，已经荒冷了，并不像夏天那样坐满了人；两个望着器叫的江水，静静地蹙着眉！一会俊卿才说了这句话。树叶飘飞下来，掷着两人的头发，秋渐渐地深了……

"母亲太固执了！说是我的命运，离婚她认为是最大的耻辱！说等那'醋大娘'死了不是很好吗？那东西不至十分坏，只是被醋灌醉了！苦既苦了，拂逆了母亲是不忍啊！母亲只有这一个女儿而已，哥哥并不是母亲养的！我叛逆了母亲她会寻短见的！"

"所以你终是薄弱啊！母亲愿你终生陷落，你还要听母亲的话！"

"讨厌的是自己愿意，没有话说啊！母亲常说：都是自由才这样！若等妈妈替你择配，敢说不会这样不称心，要自己去劳苦的！我看是难过，没有解答的余地了！"

"那末姊姊的命运已成了僵局？……"

"还不是么?!"

"不能死中求生，踏进永生之门!?"

"我没有勇气！为了挚爱的母亲。"

"相信我吧！相信我吧！我不敢欺骗你，我虽然有妻，但是姊姊愿意接受我的帮助时，我立地可以舍弃，把备了案的离婚手据给你！"紧握了她的手，俊卿庄重的说着。

"我不愿再害人呵！"……"年纪轻轻地亦有了……"后半截似乎对自己说的一样，几乎听不见了。

"我是受父母的逼迫，我有话说，姊姊，你考虑吧！"

"提不起勇气啊，弟弟的热爱只有流泪的感谢。"

"那末，姊姊既不愿我负责，我只有悲抑！我只有独自受罪！姊姊到没有方法时，我愿等着听法律的裁判！"

"不至那样吧！最大的罪也不过至于离婚而已。"

"迟早都要这样！何不自己解决，赶此刻有机会。"

"流产？我又希望孩子呢？"

"姊姊真是顽固极了！鬼都没有你的办法！"

"真的，没有危险，又没有罪！那家伙既然欺骗了我，亦值得我来欺骗他……"

"自然没有问题的，但为了姊姊的人格计，还是不必出此下策吧！我的母亲十分爱我，我十六岁讨老婆至今六年，没有儿子，她真烦忧，能养孙儿的媳妇她是怎样的欢喜啊！……"

"哼！什么时候竟学得这样会说话！"

"姊姊的爱的力量……"

"唉！真是薄弱的力量啊！"

"要是肯向恶力低头还有话说么？"

"不必再说了，我已经决心，有缘来生再会吧！"

"真好笑，放着今生不理，理到来生！简直说是：够了吧！天将亮了！晨鸡啼了！你的梦快醒吧！"——他惨然了。

"为什么要这样悲伤呢？近来我已不大会哭了！不要又要招我流泪啊！"

"好！随你的便！万事都是为你着想！"

"……"

"那末明天决行？永别了！！"

"那东西来时便行了！永别与否只有天知道！"

"把自己的罪恶的重负挂在别人的身上，我十分不愿意啊！"

"罪与罪的凝合，并不见谁多谁少！"

"没有挽留的余地了！"站起来，江海关的时钟正吟着乐谱的短句，余音缭绕着夜间的云雾，他牵她起来之后，迈开了沉重的足步独自吟着：

"惘怅故欢如梦，觉来无处追寻！"……

两个的阴影，越过森林，跨上白渡桥了。

六

被她丈夫李君逢带去之后的碧纹，曾寄来了两封信，以后便没消息了！

战争开始，俊卿在公共租界又逃到法界来！学校既然被烧毁了，自己的东西亦在××里成为灰烬了，本该回到南方去，然而总觉得在上海，离杭州还近些，虽然不能见面。若回到南方去时，心的隔阂实在太远了！固然这样比梦还要梦的恋爱，真是飘渺到极端。在那样短的时间，便成事实！那一次的接触，便种下爱果！经了强顽的环境，梦便这么这么的醒了。真是无处追寻啊！

近来常常听了炮声，亦常常去洒雪，好似格外清醒。梦境的追忆，真是美丽到极，凄凉到极，坐在楼头独自沽酒时常对着酒杯说：

"我做了一个美丽的梦！美丽的恋爱之梦啊！现在苏醒了，我的梦亦醒了，花亦残了！……但春天来了，会不会再开一回花；再梦一梦迷离的春梦呢？蔷薇的香梦亦好，毒鸩的噩梦亦好！纹姊啊！你是否还活在人间！来在我梦中的天使呢！啊！要是死了，不是更易入梦么！纹姊哟！俊卿弟在念你哟！你最聪明，你最灵敏，你会不会感到俊弟在你身旁在翼护你呢？……唉！我愿永远的沉醉着，在酒香里，痴痴迷迷地醉梦着……"

学校已经在租界租了临时的住址，重新开办。俊卿又只好无精打采地，拖着劫后的余生，搬到学校来。

每次更易地址都曾试投一信到碧纹的母亲的家里收转给她，然而"水叶沉红"，终得不到回息！这次学校迁徙又照例地投了一信。音沉息杳已惯，像想撷取天边的星颗般。只有永远的瞭望着！

意外地，凄美的星颗，从天之高处落了下来，拾到了意中的恋念的受难的丽星，休说诚实坦率多情的俊卿，感到万分的欢快，便是一般的人们亦要十分的喜欢啊！

于是每夜不辞劳苦地，去参拜受难的女神，一同追怀那蜃楼般的哀艳的过往！

俊弟：

连夜来都得你万分诚恳的指示我应走的路径，我虽薄弱万分，然而时至今日，我已经不能再执迷不悟，自陷落于不可救药的深渊！我要自振，我要奋力向前，开辟自己的出路了！

在未受到重创以前，虽明知那种生活是死的，没有希望，没有光明的死的生活！可是我那样的薄弱，我失却寻求光明的勇气！我只能在黑暗的巨窖中独自痛哭流泪！

我爱你，不能说我的不道德！假若真个有罪时，那家伙是要负担了罪的全部分的！只是我抢夺了弟弟的纯洁，把人世的沉哀，震撼了弟弟的灵魂！这点无论如何觉得十分可慨的！

母亲爱我，想为母亲的伟大的深邃的爱牺牲我的幸福！弟弟爱我，我不愿把爱的枷锁套上你身！为了这可歌可泣的婴孩，我又不愿他在人间受罪，我只好和那家伙再维持下去！啊！真的，我的生命完全成了僵局了！

现在我决意，独自向前去，再度接受人世的咒恨，如玛丽亚般翼护我的唯一的爱儿！

我午后便要回去；孩儿断乳之后，寄托我的母亲。然后我再来奋斗！要是上帝见怜的话，天涯随处总相逢的啊！

大小姐是随时随地都监视着我，自然你不便再来了！你可于六点到新关码头去，——我将乘新宁绍到宁波他的家里——让我最后望一望你沉怨的眼睛！唉！实在的；梦亦罢，醒亦罢！在孩子的身上我已淹留了你的灵魂了！

愿你努力，忘记了我，如梦的人生，实在不必苦恼了！我全个的觉悟了，我也不用悲伤了！请你免念！

上帝祝福你！

纹姊

六月八午

俊卿接到信时，已经三点了，转乘了车到十六铺时快四点了！雨忽如倾的注下来，躲在码头望着迷离的江水时，如醉如梦般全不觉得痛楚了。

刹那后，一辆汽车停下，汽车门的开处，一位少女下来之后，碧纹穿着秋天的外套，头上披着围巾，怀抱了婴孩，亦从车中跨出来。深沉的，凄婉的遥望一下俊卿之后，轻盈盈地踏上码头上的跳板。

"如玛丽亚啊！真的如玛丽亚啊！"俊卿暗想着，碧纹已经上船进舱去了。

雨还是如絮地荡洒着寂寞了的黄昏！

（原载《新垒》1933 年第 2 卷第 4 期）

两代的命运

白　鸥

太空像罩盖着一层灰色的烟尘般那末黯淡，渐渐地到了黄昏，那种黯淡的凄凉，是比午后更加浓厚起来。雨雪那末霏霏地下着，像扯着不断的哀愁一样漫盖了整个的村落。

寒鸦成群地蜷伏在屋后老树上的破巢，被寒冷侵袭着时，便继续地喘叫。

初冬的寒风原是不十分凶恶，可是一落到这个荒凉的，破碎的村庄来时，便也那末猛厉得令人震惊，阵阵狂啸着，如飞着尖利的小刀，连接地向人刮来……

老树已经残败了，颤动在风前，似在哀求它的怜悯，不要连最后一丝活力都把捻断一样的哀叫。

成群的死叶卷飞在墨黑的太空，和那些暮烟萦绕。

村落是这末荒凉了，黄昏的古道，除了衰草的萧瑟而外，便没有其他的有生命的活物了。

她遮了一条黑色的头巾，背了一个小包袱，腰下一条蓝老布的围裙，已经被雨丝所潮湿了，越冷了下去，两足越沉重地举不起来……

两手是皲裂了，然而还要运用它，流得那末长的鼻涕，是要它来撤去了的，它一举起时，才觉得那是像两足一样沉重，并且僵硬的侵袭，已经到了臂膊了……

她的眼睛闪出一重泪光，可是已经流不出来了！凝结在腥红的眼眶中，正和面部的两点相陪衬。

她只是极力的挣扎，向前举起双足，可是她终于没有力了，当她再鼓起最后的勇气，再举起了时，因为寒冷的迫逼，以及出的力的不平均的缘故反而连人带物地滑倒下去，在泥泞的长堤上，石桥之下，她再亦翻不过身来。

从小便离开了母亲的怀抱；为了金钱的压迫，那末从小便到了主人家中来；除了当主人在她的做工不勤谨上面，发了气愤，痛骂她，或者鞭策她时说："我光用钱买你来吃闲饭吗？在你父母家里才能像小姐般闲着不动，到这里来，还想偷惰吗？……"这样她知道了她是有了父母，并且在父母那里便得像小姐般闲着不动；除了为钱而离开了父母之外，其余她姓甚名谁，父母的生死存亡，她是绝对的不知道了！

主人给她取名双燕，那是她的身材不高大，有点像燕鸟的玲珑的缘故。

她在主人的家中，度过了十八个寒暑，操作着，便亦到了二十三岁了。

因为长得不美丽，不能使主人像安置别个漂亮的姊妹一样，卖去给人家做小姨，食闲，住阔，只是把她配嫁到离城很远的乡村中来……

丈夫是主人的雇农，有了老母，和亡兄遗下的两个侄儿，一家五口，在丰年时，还过得去，只是到年冬不好时便很艰难了。

自她嫁后，丈夫得了她的许多帮助，便也很好过日，尤其是得她奉养着年老的母亲，这在稍为有孝心的丈夫看来，这点便是绝大的快慰。

在主人家中，过着那末悠长的日子，除了操作着，无日无夜的忙碌着之外，还时时受小姐少爷的糟踏；虽然不致受了饥饿，有白饭吃，亦是使她时时感到不满足——寻觅不到自由的缺憾。

现在她成了家，有她自己的意志，有她自己的人的生活；所以，虽然伴着丈夫吃着掺杂了山芋的稀粥，在她亦是觉得乐以忘忧了。

她的家是在村的南面，那便是靠近海滨，最低伍的地方。房子是木片和稻草所构成，因为经了许多的年月，经了丈夫的苦心积虑，便亦稍稍可观，已经有一层低矮的楼房，可以藏东西，勉强时，人还可以往得的。

她家门口有了婆娑的柳树，有便媚的紫藤，有大株的龙眼树和多年的老槐；面前有一条小沟，从沟的那面远望过来，这蛰伏在丛树荫中的茅屋，倒像仙洞一样幽致了。

自然双燕不懂得风景的幽美的可爱，她只晓得这样阴凉的地方，是比城里的主人的大厦更为凉快，便是在冬天，这草门一掩上时，里面的暖和的空气，亦不减于主人的灶披间里她的睡床；她是这样很容易满足的。

每天一早起来，便跟丈夫上田去，中午回来烧饭，午后便在家中收洒东西，缝补衣服，料理家务；到了黄昏，吃过了晚餐，便伴着婆婆坐到门口的土阶，和邻右的妇女们谈天，一更时分，便入梦去。

她是这样安闲地生存着了。

农民的生活，是凄苦的，而且简单，只要年成好时，他们便有了希望；若碰到水旱时，他们简直是生存不下去，然而他们仍然要挣扎着生存！

雇农是最穷的，有时耕作了一年，所得来的工钱还维持不够一家的生活；因此，农民对于娶妻的一层是很难蓄得一笔相当的钱可以应用的；大概都要三十多年才蓄得这一笔钱。

双燕的丈夫是个雇农，自然也不能例外；他讨了双燕时已经将近四十岁了。

双燕到这里，已经几年了，却还没有养过儿子，在传统观念很深的丈夫脑筋中，常常感到没有子嗣的缺憾，而年纪渐渐到了中年的她自己，更会因为没有子女而感到寂寞的！她常常对了邻家的成阵地在村田中打滚的儿童感到了爱慕……

十余年了，他们的家境还未见充裕，虽然是那末勤苦的积蓄下来。

然而，却在这个时候，她养下了一个小女孩了！

穷苦的家庭，因为有了小生命，而有了生气起来，便是到了年纪的婆婆，亦会因为小孩儿使她喜喜乐乐地帮忙了家务！双燕自己和丈夫更是不可言喻的快乐了，连两个小兄弟们都欢欣起来。

小女儿已经五岁了，能行跪，能说话，能拿零碎的东西，能坐在门口看晒太阳的粟，赶走了小鸟，这是怎样的幸福的哟；两夫妇真不知对于这小女儿怎样珍护疼爱的。

八月初旬，下过了廿余天的大雨，断断续续的没有一天见晴；田里已经淹满白茫茫的水；眼看那新下的绿秧，只剩一点青的尾巴在水面浮沉时，丈夫几乎流出眼泪来，天天到田陌间去观望，水际不但不见退，反而更加涨满起来，长堤上最高的石桥亦几乎淹没了。

雨还是不断的下着，初秋的天气，却变成隆冬一样阴冷，丈夫到外面去时，都要披上那件破棉衣了！家中亦已上了水，于是他们搬上了小楼；丈夫每每还要出去帮忙换防填那要崩溃下来的长堤。

小园上的菜蔬被淹死了，米瓮上的米亦将告罄了！虽还有一些山芋，可是柴薪都没有了，整个的乡村都沉浸在惨淡的银虹色的水里，便是要出去拾取一些柴薪到来，已经是不可能的了！

小侄儿和丈夫每天出去，双燕和婆婆，小女儿便居在这个十分不坚固的小楼。平时有了小女儿是莫上的快乐，可是现在的小女儿，便最令她苦痛的了！

小女儿总是呀呀的哭着，喊着肚饿，可是吃了生山芋以后，加以寒冷的沉浸，又害肚子痛了！

双燕拥了小女儿，望着蜷曲在草堆上的年老的婆婆，心中便难过起来；婆婆不也是两天没有米谷进口了么？

由旁面的小窗望出去，只见村人都划着自制的木筏，撑到堤边去，水面浮动着的是远处流来的家具，椅桌，小鸡犬，甚至有猪，在水声的荡激中，冲来冲去。塞得木筏都很难撑进前去。

平常这里每年都要一次上水的，因为乡村是在城南外面，最低的地方，又靠近海滨，海潮一高涨时，乡村便很易上水了，因此每家都以土建着小楼，以避水的来到。

往年是下了雨，雨晴时便涨水，水涨几天便一定慢慢退的，所以在秋春二季多雨时，都会预备柴薪，食物，在小楼上度过了涨水的几天。

今年，雨是特别的下着，将近一月了，田园缓缓的淹没，家中蓄贮的食物，在水未上屋时，已经快吃光了；等到搬上了小楼，只有山芋了。

现在，水是上了十天，还是不见退去。山芋亦渐渐的完了。而最不堪收拾的便是长堤行将崩颓下来，男人们每天要沉浸在水里去运载沙包，杉木来堵堤岸，因为堤岸倾崩下来时，那便连屋顶都要为之淹没了。

白昼，虽然惨淡，然而还可观看外面的骚动；期望着水势的迁缓，以及从细小的草窗间和邻右的妇女们交谈，虽是谈话的感慨，很易伤了彼此的心，然而亦可聊慰彼此心中辽阔的寂寞。

一到了夜里，那便是人间的地狱了！

风像野兽般狂叫着；水似是猛虎般疯呼着，在激荡着的漩涡中的动物的哮叫！堤边的人声，撕裂的锣声，儿童的哀哭声，犬的吠声，妇女的怨声，男人的骂声，漫村遍野都液在黑暗的无望的，惨淡的，哀叫的激荡么，各人只拥着儿童，当那不坚固的茅屋一震颤时，便预料着看不到第二天的黎明了。

水势已经渐渐退了，堤下的竹茎亦露出头角来，各人都充满着欢欣，预备答谢上天了！

三日间，水完全退尽了，各人都由小楼上搬了下来，整理着被水淹着的用具，收洒着，都预备把快要腐烂的家重新建设起来。

一望到那完全衰黄了的稻叶，是全个不可收拾了时，丈夫便很凄楚的感叹着！去要求主人的减租是一个问题，而最大的问题还在乎目前的生活的救济。

母亲在寒冷的空气中病倒了，小女儿亦在挨饿之下，那末的枯黄下去，小侄儿们和双燕，虽则生活力较强，支持着不会病倒，可是也是那样萎靡，要出去工作已经没有什么力量了。

便说到丈夫自己吧！已经上了五十岁的人，经了许多日夜的劳作，不也是十分疲惫的么。

家中什么东西都没有，不用说到钱了！目前摊在面前的五六口的吃，将从什么地方去取？况且母亲的病，小女儿的病，都要吃一点药的；药费在什么地方呢？丈夫是十二分的想不出办法来了！

"到城里和主人再借一些来吧！"晚上在冻饿的恶魔的翅膀下双燕终于想出最后的出路来了。

"你想主人肯不肯借给我们呢？好多次都没有还过，今年又必须要求他们的减租！"丈夫望着那一点飘摇的颤动的豆油灯凄然的说着。

"自然不敢说定，但除这样之外，小女儿便等着死了！没有总要去走一遭，看老太太可肯再怜悯我们……"双燕的大粒的泪珠，已经滴在那个萎黄的睡在她的膝头的小女儿的脸孔上了。

"那末你天亮进城去吧！"丈夫很无力地说出这一句之后，接着便连连的叹气。

由于这一点希望的曙光，全家的人都向"生"的方面举起头来，于是日来的饥饿，夜来的寒冷都不足使他们惊怕般，很镇静地等望着黎明。

第二天，一早，双燕便背负了女儿，还带了一小篮山芋进城去。

呼！呼！风又像野兽般哮叫起来，树木的碎拆，篾篷——主人中庭盖着避暑的篷整个被风卷去了！雨如倾的注了下来，斜扫着，穿进了瓦楞，这样坚固的屋瓦还有雨滴进房里来！

闪电的飞跃，霹雳的雷声，驰过时，主人的大厦整座震颤着，那桌上的台灯亦要断了！

"家里一定糟了！这里都这个样子！"狂风呼叫一阵雨一扫进时，双燕的心便像被刀刮般创痛起来，摇了摇小女儿的身体，哽咽地向小主人的乳妈说着，头都沉重得举不起来了！

"你们那地方太低，其实城里这样坚固的地方都受不住！我看你们的茅屋一定坍倒了！"乳妈很同情她接着又说："你婆婆年纪又老了，怎挨得过几天的壮饿？"

"就是的！"双燕再亦答不出别的话来了；停一会便决然的说："明早风若止时我便要回去看看！"

"主人不是留你暂住吗？"

"不知他们的死活，我实在住不下去了！"

门扉大声的震动，后园的荔枝树倾倒了，那种咆哮的声音，直叫人听着胆颤！

夜已经深了，风还是旋卷着，远处的潮水冲击的声音，亦一阵接一阵的紧起来！

主人全家都骚动着，固然他们石灰的大厦不足虑其倾倒，可是连房里都流着水时，便亦感到麻烦了！老太太更是一心地独自念着：

"明天一定又有屋子坍塌，不知又压死多少人的？城外沙渡村一带一定更糟了！潮声都从那方激响过来！不被水淹死，亦要疼死了！天气竟变得这末冷！"

老太太穿上绒衣，还握着热水袋；实在的夜竟冷得像冬天一般。

夜的轻衣掠起，天渐渐的亮了，风转绥些，雨亦只剩着霏霏的细丝了！

一打开厅门，便看见庭中的花木完全倾倒，花盆花缸，都成了瓦砾了……

双燕把小女儿放下去睡以后，便卷起了裤脚出门去。才出了巷口，便有大堆的人喧嚣着：

沙渡村整个都淹没了，河沟里堆塞着许多尸身，市前便有水。铁路——往×市的——亦摔断了！码头上的轮渡都架到岸上来，城脚的住屋亦完全坍塌了！上流的杉排亦流了下来、水已满过南关了！什么路都不通行，今早各乡都没有一人上来，除了许多尸身之外，实在不知各乡的情形怎样了。

听着，双燕两足软软地儿乎倒下去了……

过了两天，才稍稍的通行——还是水面的交通，各乡仍为踏不到陆地——双燕的大侄儿来了。

飓风突起时，他们合家都在草棚里，风是那样凶，由里面堵塞都堵不住了！门外的树又倒了下来，压倒了茅屋的前座，丈夫正想把后座的门堵好，一个大的海潮，便由门上倒冲下去，堵的杉板一松，门便开了，水像恶龙般旋卷着，呼啸着进来，小楼亦淹没于水中了！丈夫一手支住了杉板，背负了年老的母亲，便游泳了出去，母亲的杉板，刚刚挂住在断烟之上，他又回头再游泳着去把抱在水面旋转的小侄儿，没有杉板可依靠了，再来一个浪花，丈夫连小侄儿便给泳着到不知什么地方去了！

大侄儿自己便背了年老的祖母，到小沙头上挂住，大概村中不死的人们都到那里去，因为那里最高，水还不能上去。

年老而多病的婆婆却不会死，还睁着眼活着！只是死了还在壮年而且有为的丈夫，苍天实在是太残酷了！

听完了侄儿的报告，双燕嘘叫着，昏了过去！她哭着，遍身都颤动起来了！

"现在什么都没有了，我要跟人家当兵去，祖母要你回去，她快要死了！"侄儿申述了来意，促催着她，又说："我出亦死，入亦死；当兵容易死，回去更难死了！祖母还不肯叫我去，其实现在什么都没了，活活饿死了不成？"侄儿终于辞别了，上他的征途。

水稍退，得通行了时，双燕便带同她的唯一的孤苦的女孩儿回去看她的奄奄一息的婆婆。

婆婆被赈灾会收容起来，还没有立刻完结她的老命，活着，半生不死的睁着眼！

两人相见之下，除了哀哭之外，实在再没有话说了！看还是一望无际的白茫茫的世界，真想是淹没了自己倒为完事！

"你该再设法做人去，我这死不去的老命，真是肇孽！现在就等着死罢！"老人牵着小孙子的手，那凄酸的眼泪便滴出来了。

双燕更是泣不可仰了！丈夫死了。便连尸身都不知去向，小侄儿已十多岁了，交那样死着，邻近的人大都亦是死了男人；这个不是苍天偏偏和贫苦的妇孺作对吗？

平时虽然穷，那个茅屋还可住得，现在住在赈灾所建筑的临时的草棚里，那简直是粪坑一样了！

草棚既松懈，风一吹着，里面的冷气全然和外面一样；那末多人，大大小小，都躺在稻草上，厮挤着，蠕动着好像一群畜生！

幼小的儿童的哭叫，妇人的哀喘，男子的叹气，厮混着在冷的空气里面，这是不能使人们鼓起勇气向前，只是朝着没有光，没有希望的方面走去，等着死神的来到……

因为饥饿的侵袭，平时很驯服的农民们，现在竟像野兽一样狞狞了！一到了餐时，便互相抢夺，互相争进，而发来的一天一餐的稀粥是永远不够分配的，所以在争进之下口角的有，打架的也有，混乱的，凄怜的，悲哀的，绝望的，那完全是人间的地狱了。

母亲们为怜惜儿子们起见，都把争进得来的东西给了儿童，母亲们大多是挨饿着！所有的衣衫亦拿来包盖着颤动的孩儿们，母亲有的竟成半裸体的了！

在草棚的一角，双燕披好了稻草，遮盖着婆婆的天天震颤着的身躯，又把衣衫褪出包紧了六岁的小女儿，放在婆婆的身旁之后，又去争取稀饭。

已经半月了，水还是迟缓的激荡着，并不肯完全退去，怅望着那所有的生活的工具以及住处都腐烂得成一堆朽木，流塞在树梢头，在海滩上时，谁对于谁的面前都完全绝望了！

双燕到了黄昏后，常常跑到草棚外去，凝望着那滚滚的溪流，想从许多流荡的物体中，望见丈夫的尸首；可是她的怅望只是枉然，除了潮声的浩瀚，风声的凄厉，和杂乱着零碎的小动物而外，浮肿的尸体，已经没有了，那丈夫的身尸的踪迹，更为渺茫！

于是在秋风的萧飒，秋水的漂浮中，她无力地撤了鼻涕，打了寒噤之后，又回到那杂乱的，黯淡的，凄凉的，无光的，草棚中来，坐在年老的婆婆，年幼的女儿的身旁垂着泪，凭吊着那死去的永远不能再有的家庭的和睦，人间的幸福的命运。

小女儿一哭着肚饿，嚷着寒冷时，她的肠是一寸一寸的断了！她恨不得化作食物给年老的婆婆，年幼的女儿充饥去！在支持着，为要使老的，幼的，不至于十分绝望时，她竟极力地忍住自己的伤哀，忘记了自己的饥饿，便是要流泪时，亦背了婆婆的昏花的眼睛，暗自悲切着。

秋已经深了，大水后的秋更是凶狠地，发出了残酷肃杀的声音！

荒凉的村落，更是荒得不像样了！为了老的，幼的，比较在壮年的双燕是扎挣着向生的方面进行，和死的恶魔相搏斗。

秋一深，现在不但那半饿的生活换不下去，摆在面前的寒风，已经非一二件单薄的，破烂的衣衫所能抵挡的了！

"婆婆，我想把小宝宝卖掉！"在一个下雨的夜里，双燕颤抖着，哽咽的说出这句令她自己听着都心碎的话来！

"怎忍得这样做呢？我们只有一条命保了！"老人开着牙床，不禁惊异起来。

"自然是不甘这样做的，可是让她这样在我们身旁饿死，不如给她到有钱人家活着，有吃，有穿！……"双燕一听婆婆的惊问，她是更悲凄起来，她忍了一回心酸，便答应了老人，随着再悒了泪的翻覆着："天生成，一切都是命，孩子亦有她自己的命，是好是歹，都是天生成……"又嘘嘘的哭了！

"卖得多少钱呢？女孩儿平时都不值钱，这样的年头，我们卖的更不值钱了！"老人是十分忍不下心，她宁愿小孩儿在身旁枯黄下去。

"卖得好便多些，少亦算了，放在身旁，一定活不下去！……孩子卖得出去，我可到了人家去做工，跟一个孩子便难了！谁会要缀着孩子的老妈?"她虽然十二分不愿意，但是为了要使女儿过着较是"人"的生活，她不得不十二分的决心了！

实在的，留在身旁非饿死，便得冻死！想着，明知女儿一离开了母怀，便会受尽了凄楚，为求目前的死的避免，亦要这样做了。

"那末卖给人家做媳妇吧?——童养媳——"老人觉得非这样不可时，亦想卖出去倒好的，于是讨论到事实上来。

"年岁这样坏，穷人家都像我们一样了，还养得起媳妇? 现在有钱人肯要时，一定是富人家买丫头了！……"提起丫头两个字，她自己的心便给刀割一样的刺痛起来，似乎小时受主人的鞭打的伤痕亦进雨起来，想起主人那样像响点的落下的鞭条，她便打了寒噤，牙关一颤动，冷到心窝的内层了！于是说过这话之后，是冷冷地举不起头来，只把那个沉重的头低着，凝视那个不知死活的已经在母亲的怀抱中渐觉温暖了，而熟睡去的小女儿的枯黄的面颊；那样不能自过的眼泪，便不断地弹了出来；再说不出什么话来。

老人亦在拭眼泪，沉默中，只有风吹着草篷的音响和晚源荡激岸畔的嘶声很有节拍的器动。

第二天她背负了孩儿到介绍所去，由媒婆三婶带她进城到各个富户去问卖……

"只五岁，这样小，还要人照顾她，哪来许多钱?"一家太太看过之后，便这样的对于卖主所说的六十元的价目加以驳斥，同时把那小孩像一件货物般，由项至踵，做个详细的考察；拉了小辫子，看会不会烂过头，看全身没有什么暗疾……看好了一回便命令双燕道："你去叫她走走看!"

小孩子因为穿得单薄冷了，并且吃不饱的缘故，走起来便那末不稳的东倒西斜……

"咦! 不是跛脚吗?"买主高叫起来了！又接着说:

"脸色那样苍黄，怕有病吧!"

"太太! 实不相瞒，因水后吃不饱，病是没有的!"母亲便只有咽泪的泣告了。

"总之价钱没有这样高! 这一点小家伙……"由媒婆的帮忙劝告，并且一半是"救苦救难"的做善事，买主动了慈心，终于给了四十块钱，那便是最高的价目了！

已经跑了一天，累得要命，大概没有更好的机会了！由媒婆的导说，双燕只好答应了！

当她用了那双粗糙的大拇指，颤动地在那大个的黑海中，染了浓黄的墨汁，向那张写着各个不同的字样的纸上印着押据的指纹时，她的眼一阵润湿，心都凝结着一样，身体亦不住的抖颤！

在孩子的哭声中，她拿了三十五块——媒婆扣去四块介绍费，一块红钱给媒婆"点心"——跨出富户的大门，门大声的关着，她亦那样毫不自禁地竟像孩子一样在门外嚎哭着……

冬神伸开了浓睡的至眼，狞狞地步下了人间，大地更为惨淡萧条了！

许多蜷伏在草灾中的半生不死的灾民，在冬风的狂刮中大多是完结了他们或她们的残败的生命，成了僵尸了！

双燕自从卖了女儿之后，把得来的钱买了一些旧衣给婆婆，留一点给老人费用之后，自己便进城找工作去了。

因为没有许多人家要雇佣工人；最后，她只好到主人的家中来了！

主人家中的老妈子和丫头，都不会缺欠，可是怜悯着她的无可依栖，亦只好给她住下了！

自然这说不到什么工雇的价值的，只帮忙着给吃饭罢了！

现在她是被分配了烧饭的工作。

主人给了她的旧衣，她亦不至十分受冻了；可是在得温饱之下，反而使她更起了亡命的悲哀！

每餐她坐到那个蒸汽郁热的厨屋中的灶前，把柴把向灶中烧着，柴把一燃得焰烈，对那熊熊的火光，她便滴下泪来……

她想起婆婆还是那样得不到温饱，在那样不坚固的草棚中颤抖，几乎像她自己身受一样的创痛；同时便亦联想到许多邻右的居民的冻饿，要卖孩子还卖不掉的让着冻死的情形，她是疯狂的痛哭起来！

主人家中有许多丫头，主人是一代一代的——大的卖出，小的买进的教养着，当主人在叫骂，或者在鞭打着丫头时，她是不管主人的高兴不高兴的一定要去解救的！

在她凄楚的心觉来，主人的鞭完全箠笞在她的小女儿的身上，在自己的心中，更进一层；便落到她自己的不知生死存亡，以及何方人民的父母的身上了！所以她下意识地总会去翼护了小丫头，使细小的肉身不致被鞭策着……便为了这样而使自己受主人的责骂，她亦没有后悔的。

天气是更加寒冷了，念着小女儿的心总不会因时间的驰过而稍减少，在寒冷的雨雪中，她是想设法去探望她的女儿。

一想到见了女儿时，会更悲哀，甚至使到稍稍离惯了自己的胸怀的女儿，因为见了她，而嗬哭着要跟她，不愿住下去，以致受了家主的鞭打，她的心便冷了半截了！她宁愿自己受苦痛的咀咬，她不能再给女儿一丝的不幸了！

午后的天气是黯淡阴沉，雨尽是下着，风亦不停的吹着，冷气的侵袭，使住在屋内的人们都觉得肌肤鳗木的冷起来。

双燕正替小丫头梳辫子，——她近来爱着主人家中的丫头，真像对于自己的女儿一样珍护了。——乡人来，报说她婆婆快死了，要见她。得了这报告之后，她手足颤动着，立刻告别了主人，收了包袱回乡去。

自然婆婆的死，早在意料之中，用不到怎样悲切的，那末上了年纪的人！可是她，一得到这消息她便这样悲痛起来！婆婆的死，使她立地联想起死了的丈夫以及生离了的女儿！婆婆若在时，恍惚她还有了亲人，虽然都在苦痛的轨道中辗转，然而亦可以聊慰了伤亡后的心酸！现在完了，一切的厄运都向她追击过来！此后她独自活着，那是怎样无味的事哟！并且她什么时候才能再有一个完好的家庭，有女儿的哟。

她已经四十多岁，那末今生休想了！

她跨出主人的家，她只有冒了雨地向前，今后，不，就在眼前开展的饥饿驶向她袭来，她将怎样办呢？因为死了婆婆，在挂孝的期间，主人再不容许她的住宿！

她缓缓地向前行，越想走快，越走得缓！因为冷以及伤心，她是没有力量了。

走出了城门，踏上向乡村去的官道时，她正像走向断头台一样！丈夫的浮肿的尸体，和婆婆将死的凄惨的情形，都浮现出来！

最难堪的便是小女儿被家主鞭打的伤痕，亦一条条地显在她的眼际。

被许多苦痛的想象萦绕着，她便那末没有力气地瘫软在石桥之旁，再也转不过身来。

雨尽是下着，雨尽是啸着，便是在这荒道上有了什么冻死的僵尸，地球还是向前旋转着，并不会因不幸的生物而停止下来……

（原载《女青年月刊》1932 年第 11 卷第 2 期）

凤仪亭畔

白 鸥

过惯了清笳晓角的军营生涯，一旦被李肃的甜言蜜语、名驹厚赆诱惑了心的吕布，自从割了丁建阳的首级算为贺见礼而认董太师作义父以后，一向是过着锦衣玉食养尊处优的王孙公子般的生活了。

本来，这种优美的待遇，在他的浅直的心中，是如何的感激涕零了。但是奇怪的，一月来的心灵，自从应了王司徒的请宴以后，直到现在太师得病，老是不安的跳跃。一种追求不到的寂寞苦闷之感慨，使他的精神深深地受到了无限的刺激和痛苦！这滋味，比两军交锋后的战败自己落荒而走的情景还来得难受，不由得他心中起一种生特闷脱烈斯脱的幻灭之感了。貂蝉的情影，老是盘据在他的心头，而无从摆脱。同时，他感到一月来的人事变换之莫测。

"记得，深深地记得：那天王司徒的宴会席上，那初次邂逅的妩媚的貂蝉，她掺提着酒壶，给自己把盏的时候，那一对小小的迷人的星眸，射到了自己的眸子的一刹那，是多么的孕着深情而富于魅力的哟！自己更饱赏了她面部的全部轮廓：是黑而且亮的蓬松的云鬓，簪着耀人眼的璀璨的璎珞，那红润而美秀的香颊，更潜着两颗小小的酒窝儿。长而且细的柳眉，小而且红的樱唇，就高烧的烛光的普照中看来，真是美极了！这时自己的心灵自己的眸子，同样感到无限的愉快和沉醉。几乎忘记了旁边陪坐着的主人公王司徒，再也不会想到太师的优渥之待遇。更不会想到戎马倥偬金铁交鸣的战场的豪迈悲壮的情景了。自己只是迷恋沉醉，永远这样的沉醉而至于死去。……何况，司徒竟那么慷慨的把她当面赐给我呢？自己终于带着酒意和愉快的心灵，而告别了！……"

这样的默默的回想着的时候，温侯的阴沉而英武的脸上显出了一丝笑痕。但立刻他的愁眉又深锁起来。

"幻灭，幻灭，这是一个梦，啊啊，曾几何时，美人已非我有！但我为什么这样的怯弱呢？太师夺了我的意中人，我难道没有办法去把她夺回来么？这不但是我的不幸，就是现在拥在太师的怀抱里的貂蝉也要笑我呢！笑我没有抵抗太师的暗中的无形侵略，笑我的为人卑鄙而没有胆略！我对不起她，尤其对不起自家以往的英武的气概，更辜负了司徒的一番美意。虽然事之爆发是出于我的意料，不过，司徒到底是好的。而太师则不啻夺人之爱，等于强迫的野蛮的举动是不合理的！我真不懂，平素是那么的盛德巍巍精明强悍，现在，现在为什么不顾父子之情而出这样的卑鄙手段呢？或许他也有我一样的心情，不顾一切的把子媳当做姬妾啊！糊涂！糊涂！但是我要再从他的手里把她夺回来，这事情倒非常困难。那道貌岸然的太师，自己根本惧他三分，如果把貂蝉重行归到自家的怀里，那除非太师立刻暴死！不然，貂蝉永远供太师之玩赏，我还有何趣呢？我自杀了吧！"

温侯这样错综不定的想着。他的为爱的烦恼所激起的热血在他的周身狂沸着，左想也不好，右想也不是，灰色的念头立刻浮上他的烦恼的心头。他预备再谋貂蝉之一面而痛痛快快地自杀，因为这类乎三角恋爱的角度的旋转，于他的方向是绝望了，他终于想出了自杀一办法。他逡巡而犹豫地向着内堂走去。

他瞥见了绣帘内有苗条的倩影。他不顾一切的撩开了绣帘；这正是自己的意中人啊！在这里，曾有二度见了颜色。现在该是第三次了。他拥住了她，像疯狂一般的拥住了她。

貂蝉见这突如其来的温侯不禁愕然！

本来预备见了貂蝉痛痛快快诉说一番的温侯，不知怎的，见了她以后万般凄清，要说的话不知飞向何处去了。他兀是望着容光焕发像夭桃成熟的红喷喷娇滴滴的貂蝉的媚靥出神。

"你怎么哟？"惊魂甫定的貂蝉，推开了温侯的怀抱，嗫嚅着说。

"我想死！我想在你的跟前死！"温侯终于简单地说了："假如你不允许我的要求！"

"我很爱你的，同时我极恨太师。但是你为什么不救我呢？我被太师蹂躏，我痛苦极了！我两次为此而自杀，但统被侍婢发觉解救。现在事已至此，还是从长计议。今天趁太师在朝伴驾的时候，你可先往凤仪亭等着，回头我就来！"

这样说着的貂蝉，一双水汪汪的秋波真的盈不住泪水了。声音说得娇滴而清脆，送到了温侯的耳中，好似天国的纶音一般！他疾忙迈步从内堂而至后园的途径。

他倚着亭畔的曲栏，细想到刚才貂蝉的约词。园中的景色他也无心浏览。他的一颗赤热的心只是系念着可爱的貂蝉。

但是貂蝉还没有来！

"莫不是她失约吗？"温侯的心焦惶了。

他来回的在亭畔走，不时的瞭望四周的人影，但是寂然！

微风吹着花枝，摇撼着。几回使温侯疑心是貂蝉的倩影。

但是貂蝉还没有来！

"糟了，糟了，太师一定回家了。貂蝉不能够分身到这里来！"再等待了一回，温侯疑心这一层。

还好，他的揣想幸亏没有命中！貂蝉是出现在一丛枝叶丰茂的花下！莲步姗姗的向亭中走来。

他的血沸腾了，本来很焦惶而忧虑的心中，这时，全被急性的快乐影子蒙住了。他雀跃似地迎上来，把貂蝉拥住了。

"呵呵，你真是一个可爱的女人。"温侯这样的说了一声。

"有什么可爱呀！将军，自己的身子被太师践踏了，实在的，我羞见将军！"

"这并不是你的不是，那是太师的粗暴！我原谅你，我为此而更深爱你。"

"将军的心我是知道的，将军之错爱于我，我也很想以报答。但是爱莫能助，我的身体已是不纯洁的了。以这样不纯洁的身体事英武的将军，哪里还可以啊！？……呵呵，我不怨别的，我只怨我自己的命运！"

这样的说着的貂蝉，妩媚的脸上现出了难以描摹的似怨似嗔的神情。她说到末一字，呜咽带上了喉际，珠泪挂下了粉脸。她哽咽得非常悲切；接着她继续说：

"现在，现在我完了。这是最后的一面见将军，也是我的一点愿望达到了。以前的忍辱偷生，那是因为没有见将军，无从表白的心迹，现在我心安了，我敬在将军的跟前一死！……"

她说到最后一句，她摆脱了温侯的怀抱，她向着荷花池一跃，把这个不纯洁的身体，永远要享受池水的洗礼了。

但是事实并不容她这般做，温侯早已扯住了她的衣角，敏捷地伸出了强有力的手腕，围抱住了她整个的纤体，注视她的苍白的脸，急促地说：

"你怎么呀？你这样的举动，不是太消极了么？为了那贞洁。只要你爱我，贞洁的那一种礼教观念，在我的心中根本没有它的存在。而且，你的情影之在我心中，也是那宴会席上把盏送情时的貂蝉，决不是被太师的蹂躏而会变幻的！我爱你，我深深地爱你！"

"将军的一番深情挚意，我敬当接受！但是其间有太师的存在，那怎么办呢？岂不是我们依旧在隔膜着么？"

"……"

太师，提起了太师，不由得他不愕然！

"那么，为了将军的前程，为了将军和太师之间的情感，还是任我死了吧！"貂蝉看出了温侯的怔忡的心，她坚决着说。

"……"

没有回答，他的心中正起着极大的心潮，觉得这点非常为难。任貂蝉去死了吧，那实在对不住她而太残酷了！如果保全了貂蝉和太师，自己以后的很长的日子如何过得了。这使他堕入了彷徨的境域，不能决定，把两只围抱着貂蝉的肢体的铁腕，也松了下来，而呆呆的不发一言。

"是了，将军默许了，那只有保持我的条件再威胁下去吧！"貂蝉的心里不禁这样想，但没有说出来。

"对了，就这样办，我的可爱的貂蝉，我与你还是私奔到别处去吧！"陷于苦思中的温侯，忽然触动了灵机想到了这一层，除此以外是再没有办法的了，他很得意的下了最后的决心。

"这样，我的前功是尽弃了。但是我愿意的，为了你！"温侯补充上一句。

貂蝉颔着首，表示许可。但是她的芳心中，正像刚才温侯那样的彷徨着。但是私奔终究合于她的基本条件，她竟毫无犹豫地许可了。

温侯再度拥住了她，在她的香颊上印上无数的蜜吻！

（原载《黄钟》1932 年第 1 卷第 4 期）

碧玉笙与赤玉箫

白 鸥

一

蔚蓝的天空没有一丝的云翳的存在，皓月的光辉掩住了星星的薄弱的微光，拂拂的金风吹在人的身上感到凉爽，秋虫的悱恻的哀鸣断续地在调洽这秋夜的寂寞。

这时候，倚在凤楼的栏杆上香浴始罢的秦国的弄玉公主，看看月光浴着整扇的篾编的帘子而从帘子隙处漏进来的光线，一条一条像才从匠人手里铸出来的那么新新的金丝。同时，金风过处帘子也就摇晃着，而这金丝也跟着不断地跳跃。在那光滑赛玉的地面的石板上，好像铺了一幅古代华贵乔丽闪光活美的地毯。她看到这美丽的不可多得的景象，她的嗜好又引起了。照例的，她吩咐侍儿拿出她的一枝碧玉笙来。又吩咐侍儿索性卷起了帘子，以免这惊奇的图画搅乱了她高妙的天才的技艺。她再吩咐侍儿燃起了一炉檀香，檀香的氤氲的芬芳凝结在空中而不散。她于是抢着纤纤的玉指把碧玉笙提向像樱桃一颗似的小嘴边，豪放地吹了。这声音，像春天的花坞里的黄莺结群齐鸣那么的清脆而有韵，像凤凰出谷带着留恋的神情而清越地发音那么的婉转。在这万籁俱寂的凄凉的秋夜，分外的高爽而清澈，她自己也觉得今夜的笙声比往常来得响彻。在这响声中，好像有两枝玉笙在应和，她起初以为自己格外用力之故。但是奇怪的，那清越的和声尽是忽远忽近若隐若现那么的像跟踪她的笙声一样，这使她非常惊异！有谁人在这秋夜像自己那么的豪兴和自己那么的天才口技居然知音似的远远的应和着呢？好奇心支配了她的理智，于是她放下了按在口边的碧玉笙，想静听对方的声韵，更想静听出这声韵发自何方。谁知她的笙一停吹，而对方的和音也就随之而止了，只有余音尚袅袅在这静寂的秋夜的太空，围绕着凤楼的镂花的栋梁。像失去了一件宝贵的物品似的，她不禁愕然！

她像着魔似的静待着笙声的重临，但是寂然。

皓月的光辉渐渐的照过了她倚着的栏杆，让黑暗接替着它余下的防线。炉中的檀香已变了漆黑的炭质，它的本能的香早就被金风吹散。秋虫的哀鸣更分外地提高了它的喉音。寒露像细雨似的已洒着她美丽细腻的姿容。同时，疲乏的精神已战胜了着魔的性情，她于是倚着同她一样的疲惫的侍儿走进了卧房，把碧玉笙放在床头，带着没有释然的心灵走入了飘渺的梦国。

二

每天像有定例似的走下山来到附近的酒店里沽酒自酌，晚上奏箫一曲使前后居民忘卧的萧史，自从七月十五日搬迁到太华山上明星岩下结庐独居以来，到今天中秋佳节刚巧齐头齐尾有一个月了。

平日，他像隐士似的枯坐在自结的茅庐内。茅庐内的陈设异常简单：一个蒲团，一枝晶莹温润的赤玉箫，此外，一些也没有。他每天在夕阳将晚的时候下山喝点酒，上山来以后就吹他的箫。因为声音的清越和响亮，附近山下的居民往往听他的箫声而忘卧。并且更奇的，当他吹箫的时候，好像有彩凤舞蹈在空中，唱着清脆而润熟的歌音，在配和他清越的箫声。但是，除此以外，他只自寂寞着。

今天，他像期待一个友人似的比平时有些两样，他踯躅在茅庐的扉前。

他在追忆着昨夜的从远远传来的笙声，自己偶然的遥遥相和着的嘹亮的笙声来，以及自己弄的玄虚。一丝的微笑存上他处士的光洁的脸，青春的心灵的紧张的期待，使他起坐不安。

他远远望见山的右边有一个官样装束的人在走近他所立的方向。他故意背着来人，闲情逸致似的在眺望山峰嵯峨的怪石。

这来人就是官拜右庶长的百里视孟明，他奉了秦穆公的王命照弄玉公主梦中的美丈夫的丰度来专诚相访。奉命像小女儿一样的没有见识。但是君令一下，谁也不能违背的，他于是无可奈何的怀着焦苦的心情走上了太华山。幸喜野夫指示了这怪人的线索，更喜这怪人出现在他的目前。

"请教先生贵姓？"

孟明走到了萧史的前面，看见他穿着鹤氅，带着羽冠，脸孔像白玉似的圣洁和光润，口唇像丹朱一样的殷红。丰度的飘逸倜傥，真像临风的玉树一般，飘飘然有出尘拔俗之概，所以右庶长孟明老先生很恭敬的对他一揖，询问他的名姓来。

"某名萧史，足下是什么人？到这里荒山深泽有什么事？"

他见这突如其来的客人的询问，连忙还礼。在这局促的答复中，但他却很从容的回答，一点没有形色慌张的样子。

"我是秦国的右庶长百里视。吾主因为他的爱女善为吹笙，心想有精于音乐的人以匹配之，听见先生于此道极精，吾主非常渴望，所以叫我来迎逅的。"

一问姓名，果真是萧史，孟明老先生不禁奇极了，弄玉公主的梦境确非假幻，他于是直言出穆公相邀的盛意。

"呵呵，原来这样。但是我虽然粗解宫商，其他的才学，一点也没有，请你好好地给我向穆公回复，像我这样的荒山野夫，实在不能办到。"

"不，不，我是奉了主公的命令的。如果你不去，岂非要我受罪么？你纵然没有其他的才学，或许你是客气，但不妨去见见我的主公再说吧。"

孟明见他决绝的样子，觉得自己的职责有关，连忙进一步用要求的口吻说着。

"也罢，我真去走一遭。"

见了孟明那末的惶恐的神情，萧史不能再固执下去。他点点头，带了一枝晶莹润泽赤光耀目的赤玉箫，同着孟明来谒秦穆公。

三

在凤台之上傍着秦穆公吹着赤玉箫的萧史，没有吹完他第一曲时，不知何时召来了习习的清风，清风里夹送着像丹桂一样的馥郁的浓香。把坐在面对着曲栏杆眼瞳注视着萧史的可爱的脸的秦穆公，好像失去了知觉似的，浑浑然起来了。

一曲已罢，萧史开始奏第二曲：那呜呜盈耳奔放腾挪的箫声，触醒了浑浑然的穆公。他抬起头来看看天空，秋天特有清高的天空现在忽然低压，五色缤纷的云霞在自己的头上凝结着像一块稀世罕有的天花板。他更惊异起来，看看静吹着赤玉箫的萧史，他垂下眼皮很从容的全不会意这些。想不到这枝玉箫有这样的魔力。一时神奇的思想钦佩的颂赞主宰了心头，他再凝视萧史的美艳如处女的面上想找出一丝线索来。

萧史开始奏第三曲了。玉箫的声音比前二曲更来得尖锐和清越。穆公再看看空中，彩云已经冉冉的散去而隐没了，有一对浑身润白的白鹤在空中翱翔盘旋，明显地做出了美丽的舞姿。更有几只长尾巴彩羽翼的孔雀，唱和着清脆的歌喉栖息在庭前的高大的丹桂上。啁啾不绝的百鸟的鸣声，阑珊有韵的按着拍子。这时穆公的心田的花朵破着将开的蓓蕾而朵朵怒放了，他忘记自身是在凤台之上，他觉得自家的身子在高山峻岭中，有一位仙人在和他谈话，仙家的奇异的珍禽在他的跟前舞蹈，白云在他的头上飞跃，他快乐极了，他不禁拍起手掌来。

在这时，萧史的箫声戛然而止了，穆公才回复先前的清明的神情，他连连赞美萧史的绝技。

已奏完了曲的萧史，他徐徐把玉箫塞在袖口里，他的面刚对着竹篾的帘子，他瞥见帘子里有一双水盈盈的秋波注视他的面部。

四

由这一枝赤玉箫的介绍，萧史被穆公所赏识以后，做了秦国的中大夫。秦国的弄玉公主做了他的妻。就在那中秋节的晚上，他俩实行了同居。

碧玉笙与赤玉箫从此每天也像萧史夫妇般的配合在一起。

（原载《黄钟》1932 年第 1 卷第 7 期）

雪　耻

白　鸥

一

在周敬王二十六年的初夏，把国事委诸诸大夫，自己同着夫人和大夫范蠡一行三人的越王勾践，怀着创痛抑郁的心，以堂堂的南面之尊现在为了夫椒一败，遂至国亡家破。自己兵困于会稽山粮尽援绝之时，徇文种大夫的意，乘间以金玉美色齐献吴国的太宰伯嚭，说动了他，遣使乞和，不至地方糜烂，自己情愿北面为臣事吴，实际等于亡国奴的那一种奇耻大辱，现在是别了或许是永别了乡国终身不得见乡国而去作吴国的穷虏了！想到了这伤心的事迹，越王勾践的平素不易下的眼泪现在是簌簌的流下来了。看看祖国的锦绣山河，看看自己的昂藏的躯体，看看诸大夫的凄然的脸色，看看同去的夫人玉容失色惊悸万状的种种使他怵目痛心的浓烈的色彩，一齐的在他的眼帘内，脑海内，乃至于五脏四肢，都现着极混乱不安的怪象了。他的周身仿佛有许多条小蛇在吮吸他的血液和脂肤一样的难言之痛。

但是，周身的难受虽然至于无可复加的境地，而理智终于触醒了他的迷惘的神情。他于无可奈何中极勉强的终于发出了像安慰自己一般的豪语。

"死者人之所畏，若孤之闻死，胸中绝无怵惕！"

这样的强自解颐的说着，他别了在江头送别的诸大夫，同着夫人和范蠡，登上了预备着的船。虽然哭拜在江岸的送行者的哀声，惊动着江中的波涛的飞跃，但他总不回头一顾。

一叶扁舟，载着这亡国的君臣夫妇三人望吴国水道进发。

海鸥的刚劲迅疾的影子飞入于白茫茫的浪花里啄着鱼虾，觅到了以后它就飞向江岸，吃完了仍复寻觅。自食其力，不受他人之掣肘，是多么的逍遥自在呵。看到了这景象的越夫人，不由得她想起了尊为万物之灵的自身，反不如这鸟类的闲适快乐，不觉悲从中来了。她于是扣着船舷，对着海鸥和江涛，唱出了一首悲哀的歌曲。

"仰飞鸟兮鸟鸢，凌玄虚兮翩翩。集洲渚兮优游，奋健翮兮云间。啄素虾兮饮水，任厥性兮往还。妾无罪兮负地，有何辜兮谴天！风飘飘兮何往？知再返兮何年！？心辍辍兮若割，泪泫泫兮双悬！"

这缠绵悱恻的音调，这句句带泪的哀声，惊醒了正在沉思中的越王勾践。他想着大夫文种刚才劝慰自己的那种论调，说是从艰苦中磨难出来才能成霸业。像从前纣把文王因于羑里，汤帝因于夏台，以后都成霸业的。假使天佑越国，那不是与汤周鼎足而三吗？自己又觉得诸大夫同秉国政，个个怀德抱才，各显所长；自己略觉安慰。但是夫人怎么勾起新愁来呢？

"夫人不要再那样忧郁吧，其实，事到如今，忧郁有什么用？况且我自己觉得六翮已备，高飞有日，一时坎坷，算不得一回事啊！"

对着夫人那么哀泣着把珠泪暗弹着江水，越王勾践是勉力的劝慰了。平日有宫女优侍，锦衣玉食，深宫娇养；现在是出头露面栉风沐雨千里作穷虏，怪不得她这样的触景伤情。但是仅哀愁有什么用呢。

他又想到未来的事境。

假使此去吴王夫差记起了三年前他的祖父阖闾为五台山一役自己用的诡计把他损兵折将大败而遁，并且砍下了他的足趾，因此损命的这深仇：这一去，岂不是羊落虎口吗？即使吴王若不杀自己，那末以后终老异国，终其身不得见自己的锦绣的河山，自投樊笼，这还有什么趣味呢？况且自己是一国之主啊！

想到了这渺茫的前途，越王勾践不禁叹了长长的一口气，亡国奴异常难闻的名字，强烈的刺着他的心！

他再看看夫人的憔悴的脸，涕泪纵横抑郁满呈的憔悴的脸，是失去了旧时的娇艳和丰韵了。他再看看大夫范蠡的广颡肥颊洁白润柔的脸，在他的剑一般的眉宇，现在微微的蹙拢着。但态度是异常的潇洒和闲适的。好像亡国奴这三字，在他的心头并不觉得痛苦似的。

"喂！范相国，此去全仗你折冲樽俎，与吴国的人士相周旋。假使有一字一句得罪他们，那末我们三人的性命是难逃一死！枉说以后兴国复仇，因为我们已成釜底的游魂呵！"

"不劳主公重嘱，微臣有一分力，即尽一分力！不使主公难受。但是我们预先得去见一见利欲熏心的太宰伯嚭，并且再赠他些金帛和美色，使他在吴王的面前，多多给我们开恩。他说一句，比微臣说一百句还灵啊！"

"是的，是的。假使没有他怂恿吴王，那我们的国土早已灭亡了。这种人，我说，也是优人，也是败类啊！"

说起了有太宰伯嚭的内中帮忙，越王的紧张的心稍微宽了一点。

他们一行三人到了吴界以后，越王先遣大夫范蠡赍了金帛去见太宰伯嚭，自己在后亲来重谢太宰的成全的盛情高谊，并嘱托此后的援助。

二

见过了吴王夫差。说了许多谢罪的话，和太宰嚭的竭力说项，越王勾践终算免了一死，贬入吴王命王孙雄督造的石室中。

脱下了王者的衣冠，像罪犯一样的蓬首垢衣执着养马的职务。每当吴王驾车行猎或出游的时候，越王勾践老是执着马鞭步行在吴王的车前。

街上吴人看见他执着这样的贱役，像要故意侮辱他似的，往往说着那种话："这个马夫就是越王勾践啊！"

他老是低下了头。

石室里的生活真和牢狱没有两样。而吴王又没有粮薪的供给。他们所赖者是太宰伯嚭的私下馈遗。但是馈遗总是有限，仅仅不至于饥饿；假如饱食而作的话，这确乎难了。

但是工作又不得不做！

戴着柊鼻阔边的帽，穿着和樵夫一样的青衫白罩袖的衣服的越王勾践，他每天专做刭草养马，把马喂得异常的肥硕和壮健。

越夫人穿着没有边缘的鹑衣，她汲着水，扫除马粪和垢尘。大夫范蠡斫柴炊爨。他们三人的面貌都显着憔悴无神，黄槁鸠形了。但他们不息的勤作着，一点也没有怨恨和愁叹的神情。

这样的生活着忽忽有二年了。

正当他们各自力作着的时候，忽然吴王夫差召勾践和范蠡入见，勾践的心里禁不住一阵微颤。

他们君臣二人到了吴王的宫殿里，勾践跪伏着，范蠡立在勾践的后面，预备听吴王的吩咐。

坐在虎皮椅里的吴王夫差，威仪很盛的以目视着范蠡，在他的两道眼光里，现着鄙夷的冷笑，并不注意到伏在他脚边的越王。

"你是越国的大夫吗？"

"正是役臣。"

范蠡很恭敬的答着。

"那么，你错了。你为什么还要同这个无道的勾践，将要亡国的勾践，羁囚于一室呢？你要晓得哲妇不嫁破亡之家，名贤不官灭绝之国。这两句千古不灭的箴言，你晓得吗？所以我为你打算，还是弃越投吴，寡人一定重用，只要你悔过自新。喂！怎么？"

听到了这晴天之霹雳一般的话，把伏在地上的勾践惊骇得瑟瑟地抖。眼泪也满面了。如果范大夫应允了吴王，自己不是缺少了一支臂膊，并且要陷于万劫不复之境了。要待施暗号给范蠡，但是自己跪着怎么办呢？

可是范蠡的回答，使他的心头下了一块千钧的重石。

"大王的这一番美意，臣很感激！但是亡国之臣不敢语政；败军之将，不敢奋勇。臣在越国的时候，不忠不信，不能辅助越王善政，以至得罪大王。蒙大王不诛君臣，我们得能供驱策使驱，臣愿已足，难道还要望富贵吗？不敢不敢！"

"哼！"吴王冷笑着："既然你要陪伴，随你便吧！"

吴王显然有点气愤。于是君臣二人依旧回到石室里。

三

这样的石室生活忽忽又过了三月了。

在这三个月中，吴王夫差几次三番要诛戮这君臣夫妇二人。风声所播，吓得勾践心胆俱碎，愁丝益增，但幸亏太宰伯嚭竭力斡旋，多方佑庇，才没有意外事情发生，不然，他们早已饮泣黄泉了。这多么使勾践感激涕零呵！

所以他常常遣大夫范蠡去谢太宰嚭，顺便探听吴王因政务纷繁而病的寒热症。

"主公，吴王的病依旧缠绵不断，时重时减的发着。"

范蠡回来报告说。

"那么，范大夫，你卜他一卦，是凶？抑是吉？"

"是，是。"

这样的回答着，范大夫于是布好了卦；把两爿仪切开的葫芦一样的竹制的卦，手法异常娴熟的卜着。

　　"怎么样？范大夫！"

　　急切的期待的勾践，注视着落在地面上的卦。

　　"吴王不会死的。他的病症，到己巳这一天必定减轻，到壬申这一天完全好了。依臣的意思，主公诚意去问疾，先看看吴王的气色如何，再尝尝吴王所泄的粪，然后你对吴王说病起之期。如果他的病果然依了臣卜的卦的所示，吴王一定心感主公，并且会引起他的怜惜，那么我们可望他的特赦啊！"

　　"什么？尝人之粪？"

　　这显然是侮辱最污秽的名字，越王不禁异常愤恨了。

　　"是，你不妨少试一点，为了国事，为了前程！"

　　范蠡大夫冷然的说着。

　　"啊！这太不值了！孤虽然不肖一点，但也做了君主。现在为人穷虏而贱役，已忍辱之极，难道禽兽不为的尝人之粪吗？"

　　勾践的语声是异常的悲切，英雄之热泪洒满了枯竭之脸颊，他的脸颊更苍白起来了。

　　"主公呵，这虽然是污秽的尝试，但是要谋取吴王的信任，不得不这样做！像从前纣王把周文王因在羑里的地方，周文王的爱子百邑考为了不受妲姬的妖媚的诱惑，因此由爱生恨的妲姬把百邑考杀了；纣王烹了百邑考的肌肉，去给文王吃。固然，周文王那时的心境是多么的悲痛啊！但是他当着来使终于忍痛吃了，为的是取纣王的怜悯。也就是不矜细行而成大事的基础。臣看吴王的为人，貌凶残而心软，懦弱矛盾，遇事不决，他高兴起来了，就对万事都随便。主公这样的尝粪来判断他的病愈，他的心里一定怜惜你；就可释放回国了。主公，臣希望你受暂时的奇辱，将来主公的勋名和国运同样的共垂于不朽！"

　　范蠡的句句为国的话，惊醒了陷于悲切中的勾践。他抬起泪珠满面的头颅，看了一看范蠡的冷然中带着劝励的鼓励的面孔，他不禁又叹了一口气。同时他仿佛看见一大堆黄色的排泄物出现着，一阵阵的本能的奇味向他鼻管送来。他不禁作呕起来了。

　　一时的自己心理作用，使他真的引起胃部的激刺。但想到食子的肉的文王，雪耻复国争霸诸侯的文王，他的胃部的戟刺消灭了。他憧憬着自己衣着王者的衣冠，威仪辉煌的大国的王者的衣冠，受百官朝贺四方进贡的那一幕伟大的未来的霸业来。

　　"决意去看看吴王的病。但是，范大夫，直接去看吴王呢？抑是先去见太宰伯嚭？"

　　他心里充满了理想的王业，言语也比较温和了。

　　"以臣看来，还是先到太宰府中吧！"

　　"好的，喂，养马的事务交给你！"别了范蠡和夫人，勾践一径到太宰府中来。

　　"嚭太宰，听说吴王龙体失调，勾践非常悬念和不安，我要求你，能不能带我进去问问疾吗？"

　　"可以的，我给你转达，你坐一会吧。"

　　嚭太宰毫不犹豫的答应了他，并且很赞美他的诚意。

　　勾践等太宰出了府门，他就随便的看着四壁的出自名手的书画。

　　"怎么样？嚭太宰。"

他瞥见太宰回来。急迫地问。

"我说你挚诚地要来问疾，吴王很感激你。"

"实在有劳太宰的玉驾了！"

"客气，客气！"

太宰领导着勾践到了吴王的卧室。一张镶着象牙的雕琢精致瑰丽的床内，吴王静静地睡着。听到了轻微的足音，他张开了惺忪的眼皮了。

"是勾践来问疾吗？"

他的口吻好像并不对勾践说话，但勾践就回答了。

"是！是囚臣勾践。听到了大王龙体失调，心中十分不安，所以来问候的！"

"呵，这样……"

吴王似乎感谢他，但没有说完话，他的肚子里咕咕的叫了一声，打断了他的语音。侍疾的宫女连忙把便桶掇近了床沿，好让吴王畅快地排泄。

吴王泄好了，依旧睡着。侍者就掇着便桶走向门外来。

"请你放一放，我有事呢。"

勾践拦住了宫女。

"什么？"

她不懂他的要求。

但他已揭开了便桶的盖，他伸手去拿出吴王的粪来。

"你疯了吗？……"

大众的惊异的目光注射着他。各人的手掩住了各人的鼻子。

他拿进了口里细嚼着。面上虽呈着像寻味那样深思的神情，但终究掩盖不了心的难受呵！

他咀嚼完了，他对着吴王再度的叩首。他说着范蠡所授的卦言。

"恭喜！恭喜！大王的病，不久将好了。在己巳这天当灭；在壬申这一天完全好了。"

"何以见得呢？"

说起病的好，吴王不禁一喜。他直起了上身；他持着怀疑的态度询问勾践。

"在大王的粪中能够辨别出来。"

吴王益加怀疑了。自古以来名医如云，但这种的医术，确是未见过。他睁着一双无神的眼睛。

"大王，你不要怀疑，臣幼时习医过，能够尝病人的粪味，断定病人的吉凶，现在大王的粪味是异常酸苦的，正应在这春夏发生之气。所以臣能断定大王的病到壬申这一天一定全愈了！"

这肯定的言语，对于这位病中的吴王异常信服和喜悦。他的苍白的脸上浮出了得意的微笑。

"你真是一个仁慈的人啊！"

他对着这位穷虏的勾践不禁赞叹起来。从这天起，吴王的心里对于勾践怀着怜惜了。

"啊！尝粪！假如亲生的儿子也不能吧！"他又朝向立在旁边的太宰。"喂！范太宰！你能吗？"

"不能！不能！"太宰摇着头："虽然臣非常爱惜大王，别种事情赴汤蹈火也不敢辞；但是，这事，令人作呕的这一件事，臣倒不能了！"

这天起，吴王的心里对于勾践，怀着怜惜了。

四

吴王的病果真应验了勾践的所期而霍然了。他心里异常的感激他的忠诚，他心里怀着释放他还国的念头。

把酒席摆在文台之上，吴王要纪念他病起之日。他召勾践来赴他的宴会，更召百官来陪伴。

菲薄自甘的勾践，他依旧很褴褛的穿囚服来赴会。但没有到达宴会的文台，已给吴王所差的侍者强迫的沐浴更衣去见吴王。

坐在上席的吴王，他看见勾践的来到，慌忙立了起来。显然的他待越王勾践是青眼了。

勾践装作不知的，他在吴王的面前跪了下去。但给吴王扶着了。同时吴王像在演说台上似的，把越王介绍给诸大夫听。

"越王是一位仁德兼备的人，是不能久辱他的。现在寡人要放他归国了。寡人的病，经他的慰藉，经他的预先于粪的尝试指示而痊愈了。所以特地设这宴，以宴请他。诸位大夫不可当他是囚臣，应该以客礼待他才好！"

吴王这样的说了之后，诸大夫就揖让请勾践上坐，以后都依职位的大小列坐着。

杯盘的交错声，酒卮的相击声，霎时的起了磁质的触音。各人的心里都荡漾着一种新的欣喜，尤其是吴王和幽王。

酒的力使各人的脸庞都染上红脂，各人的理智统被这酒力所征服！在酒醉饭饱中，吴王遣人送勾践回去。并且说出了在三天后送勾践回国的日期。

正当勾践的心感到异常自由，和范蠡大夫及夫人同样的感觉此后生活之愉快美满的时候，言犹在耳的吴王竟推翻他允许的日期，又要诛戮这满腔喜悦准备回国的君臣夫妇了。这真是使他们莫名的惶骇和战栗啊！

那天宴会散后，在席上含忿而出的吴国上大夫伍子胥，先朝旧臣，一手提汲夫差为吴王劳苦功高的伍子胥，忽然在吴王的面前郑重地谏奏了。

"主公：你昨天宴请这亡命之徒的勾践，以商皇的礼筵宴请这仇敌的勾践，并且你要释放他回国了；这不是纵虎归山吗？他纵然尝主公的病中之粪，但是这就是他的狡计啊！你为什么聪明一世而懵懂一时呢？勾践是一个精明干练的外恭而内悍的人，你竟受了他这谀辞，而不思后患吗？"

"相国的话虽含至理；但是我问你，我在病中你怎么不来一问啊！"

一大篇的劝谏经不起这吴王一句的驳复。但是这忠心耿耿的伍子胥还继续谏着。

"我早说过了。勾践为人极阴险，而不若主公之磊落。假如他真忠心事吴，岂一尝粪能起主公的沉疴吗？他不过以一种狡计，骗主公之怜矜而已！譬如把鸡卵投在岩石下，还想它不碎吗？把毛羽塞在熊熊的烈火中，还想它不至焚毁吗？这真是梦想。但是主公确被勾践的谗言瞒住了。……主公以为勾践食粪是他的善行吗？其实，他在食主公的心脏啊！"

"什么话？相国之见识太狭小了。那末依相国的意思！把这种仁善的人而付诸刀刑吗？"

"臣意正这样想。"

"那末只要相国的意志为意志，我显然没有一点权力！我把这吴王的空禄位倒不如让相国来代行的好!?"

"……"

吴王的心中只存着一个食粪的勾践。伍相国的话不能打动他的心。而且用一种极严酷的压制的言语了！这使伍老先生不易答复和极度的失望的，他默默的退了出来。

他禁不住对吴国的未来的命运，叹了一口幽长而深沉的气！

由极度的失望和反驳中，勾践明白了这剧烈的一幕，千钧一发转危为安的这剧烈的一幕，给予勾践是何等狂喜啊！

同时，他对这位伍老先生怀了非常的畏惧！

第三天，吴王再设宴在蛇门，饯行这君臣的回国。

五

重见到来时夫人泣歌的江河，重见到隔江的秀丽的山川，重见到跪在江岸在三年前送行现在迎迓的诸大夫，越王勾践禁不住万感攒心了。

看看自己的伸展夷如的才离桎梏生活的昂藏的躯体，看看夫人憔悴欣喜的脸色，看看范大夫的依旧冷然神色的面庞；追忆着石室生活的艰辛的劳役，惊涛骇浪中的挣着。也不知是欣喜若狂呢？抑是痛定思痛？越王勾践是对着夫人痛哭起来了。

这给岸上的欢声动地迎迓者蒙上一层奇异的莫名之色。有几个居然也哭泣起来了。

但是毕竟范蠡大夫的涵养功夫比较深，而所受的患难也比较多，他看着这情景，一言二语，把越王的泪水止住。连带性似的，岸上的迎迓者也各各收泪了。

在热烈的欢迎声中，越王被诸大夫簇拥着到了国都。

为了纪念会稽一役的奇耻大辱，经过了范蠡大夫的卜占；而更奇怪的，是一夕飞至的怪山，涌出在新筑的城中。于是越王勾践迁都在会稽了。

从此他对范蠡大夫异常的敬爱，范蠡大夫确是开国的元勋。越王是由衷的感谢这位共患难时宏筹硕画的范大夫了。

"范相国！寡人之有今日，是全仗相国的折冲周旋，临机指导；使已亡的国家复兴，使千里穷厉身为奴隶的寡人……"（未完，缺页。）

（原载《黄钟》1933 年第 1 卷第 14 – 15 期）

淡淡的春色

白　鸥

一

联络船上，船长扬着高大的嗓门，对机关室喊道：

"开足马力前进！"

舵轮于是开始急促的回转，码头上漂起轧轧的音响，一艘不很大的汽船，就在泛着浪花的水上，匆忙的开去。燃着明灯的火光，从排列得极匀整的窗子射出来，浮在水面上，恰像一行炬火奔驰在河心。船身向着汹涌的涛水漂过去了，只望到浓重的黑烟，猛烈的由烟囱里吐出来。渐渐连这烟缕的尾巴也融汇在昏暗的云天了。它的背后只留下静静的一座小岛，老年的码头守护人，也溜进小酒馆里，去寻他沉醉的人生了。

码头上失了光亮，送客的人们，来消磨时间的人们，都消散在昏暗里去远了，小岛沉静的宿在夜的怀里，只有老远的地方，不断传来口琴的韵律，撞破了无言的寂静。这时候谁也不肯急促的奔波了，从码头归来的人们，都用缓慢的步伐，在绿油油的树底下，往各自的家里行去，在这醉人的春夜，人们的精神多有些松懈了。

"美丽的蔷薇，昨儿已经微笑的开放了！"

从阴暗的黑影里，忽然传出一声婉妙的细语。

同时又随着微风，掠过来回答的语声。

"是呀，那金黄色的花朵，怪爱人的！"

微风自河边拂来，运来阵阵的人语声。这时正有两位年青的少女，在河边闲散的走着，她俩吸着夜的吐息，听着海水有韵律的起落声，望着黑洞洞的太空，于是两颗心毫无隔膜的融合了，无言的沉默着，两人的手热切的互握着，只听到海风不断送来汽船的笛音，河里又好似发出一种低微的神秘的激荡，遥遥和两颗少女的心跳声，相互应答着，她俩相对凝立，在这一刹那的时间里，几乎停止了一切动态，除去血搏的荡流和心的悸动，一切都陷进寂静里。隔了些时，年纪青的姑娘，对着河水低微的自语道：

"河水哟，你也嗅到鲜花的馥郁了吗？"

两人嗅着微风运来的花香，眼睛张得很大，蔷薇的气息充溢在空气里，那气息由鼻子和耳朵都可以传进人们的神经，能够使人沉醉。她俩的身旁，河水好像在私语，高高的上空又闪耀着许多星光，年纪小些的少女把脸靠近她同伴的肩上，声带有些发抖的说道：

"这小岛多美呀！"

她的伙伴没有回答，只仰首望着天空，像木头人似的，呆立着不动，她这时的胸怀，是深深的陷进夜的崇敬里了，可是神秘的宇宙为什么如是的美妙？又为什么在这样美的深底，埋着深沉的哀愁？这些事她两人都是不甚明了的。只茫然的望着暗夜的残月，心里又好像有什么缺陷似的，熏风阵阵掠过身旁，两颗少女的灵感也染上些许的不安了，像遭了迷惑的一般，谁知道这是什么原故呢？两颗柔嫩的少女之心，就神秘的投降在春天的深夜了。

"这岛上的事物够多美呀，婉华你懂得吗？"

"是的，美丽呀，太美啦！"

婉华说话的声调，好像圣母在读着经典，两只大眼睛里，也灿着燃烧似的光芒。又像是有无限的希冀。

婉华到这岛上来，还是最近的事，因为她学校里放了春假，所以就到这岛上来看望她的同学丽英，不过自从她踏进岛上，起初并没有发现什么特殊的趣味，尤其和些生疏的人们，谈着无味的寒暄，几乎使她头痛，只有这夜里的熏风，蔷薇的吐息，夜的深沉，才让她心惊了。这岛上的夜境，像有一只伟大的巨臂，展开在春夜里，轻轻的拥着两个少女，和许多人，到它发烧的怀里。

"婉华，我们回去吧，夜已经深沉了！"

"再会吧，海风哟！"两个少女消逝在夜风里了。

光阴跑得真比人们的思维还要快，不知不觉间，婉华已经住在岛上许少日子了，她和岛上的人们，也渐由疏远而熟识起来，虽说这是一个荒僻的孤岛，可是有无限大自然的风光，有纯朴的居民，这些都足以打破她少女之心里的隔膜，她和岛上的人，又渐由相识而亲近了。每天当那鲜红的太阳落到地平线下的时候，夜将要来了的时候，她总会嗅到从废墟里吹来的吐息，又可以听到要凋谢了的花朵的微吁。只等太阳一沉下去，于是这岛就开始活动在她的生活里了，一切一切，都整个的动荡了。发烧的红霞一退了颜色，西天边上马上就浮起灰色的云霏，这时她又张开美丽的大眼睛，向阴暗的去处，闪着光辉。她的柔嫩的心脏里，是充溢着神秘的憧憬呢。这儿所听到的音响，和都市里的动静完全异样的，河水在不停的，用他的微波洗着岸旁的小石块，有时也像狂人似的，尽量的吼起来，那声音会让婉华吃惊的。有时树林子里发出骚扰的气息，树的枝叶全像低低的耳语着，河水也急促的呼吸了，这情景又很可以引她到惶惑的道上。但是当着那老大的树干一动也不动的时候，她也就随着像木头似的发着呆，然而她的心脏近来究竟是异样的悸动了啊！

"啊，回去吧，我已经困啦！"

她的朋友又在催她回去了。

婉华仍是沉默着，一声也不响。她的朋友走到正前来拖，她只好迷茫的随着往回走，然而总是拖着慵懒的步伐。她们通过蔷薇的花丛时，花总是故意的放出它的芳香，好像有意的向她们夸示的一般。花丛中吐出的气味，流荡往深沉的天空，又渗进每个人的脑髓里。

"喂，只是沉默着，怪厌人的，婉华，你说说话呀！"

丽在她的肩上，轻轻敲了一下。

婉华把头扬起来，露出一张好看的少女的脸，她微微的吁了一下，只淡淡的答道："你叫我说什么呢？"

"那么，你静默的在想些什么呢？"

婉华没有回答，只在丽的背脊上，恨恨的打了一下，然而这并非是恶意的。

其实婉华的身段比丽要低了一二寸，她有一付秋水似的明眸，虽说够不上十全的美丽，可是她的身上，好像有一股引人爱怜的力量。她实际的年龄刚刚十五岁，可是大家都猜想她至少有十八九岁了，因为她的气度和姿态，满像一位少奶奶呢。甚至她的言谈，也都很留心，并不随便说出来，就是在人们的面前，也只限于说些平凡的话，她的少女的自尊心似乎十分强烈，人们都在想："她实在是个好姑娘呢！"不仅是态度，至于衣裳，言谈，走路的步伐，她也是时时的留意呢。

她的脸上溢着毅然的气度，眼睛也很富于表情，有着辉煌的光泽。牙是洁白的，唇是鲜红的。两颊闪着可爱的蔷薇色，这便是聪明的姑娘婉华小姐的面庞，也可以说这就是一张美丽的少奶奶的俊脸，因为她很像一位少奶奶呢，所以她的同学们，常常取笑的称呼她为小伯爵夫人！

她也读过许多书，也很喜欢同诚实的男人谈话。不过她觉得年轻的男人们，多半是喜欢吹牛的，谈得不着边际，所以总是选择年纪大些的男人作谈话的对象。她知道女人的话是无定见的，正说着东呢，也许又转到西边去，女人是糊涂虫的占多数。不过她爱接近年轻的女子，因为女人一上了年纪，谈起话来，总也免不掉拉杂的习气，她觉得只有年纪大些的男人和年纪轻的姑娘，才能理解各种复杂的问题，她尊敬知道世故多些的人，尤其对于夜，贪恋的人们，以至剧场，影院，她是怀着神秘的感觉的。此外对于画家，文学家，她更是羡慕着。

她的态度非常典雅，她的言语和礼节，简直像音乐似的，有节奏，有韵律，这些，几乎把她的天真全遮盖了。然而她的心仍旧是纯洁的。

二

丽和婉华对于岛上的生活，都很觉着愉快。

婉华对于岛上越发熟识了，岛上每天总像有珍奇的事体，在引诱她的心绪。她发现了温的废墟的一边，还有曲斜的细径，孤独的休息在低垂的树杖下，她感觉这是写意的事。河边的垂柳渐成了她的好友，柳枝浸进河水里，无心的沐浴着。有时她同丽驾起小船，划在水面上，从早晨就许一直玩到正午，橹声人影，又是一种趣味。

她两个现在又跑到废墟的旁边，坐在河岸的柳树下，手里拿着钓鱼竿，正热心的钓着鱼。两个人虽然不是渔师，可是自信已经得了钓鱼的秘诀，四只眼睛只凝神的注视河水，互相沉默着，有时丽要说些什么，可是婉华又马上摇着脑袋制止她。

"注意呀，你仅说话，看吓跑了鱼！"

钓了许久，然而鱼一个也没有来，于是婉华坚决的说："我不回去了，要再钓不着，我打算钓到明天的这当儿！"

"我可要回去啦，鱼不来，就随着它们逍遥去吧！"

丽一面说着，又慵懒的躺到绵软的沙土地上了，把手放在乌黑的头发底下，仰望着蔷薇色的云天，享受着暖和的日光，她青春的胸怀里，充溢着骄傲的感觉。

婉华仍不断向水中投她的钓针。

"婉华，我们走吧！"丽柔声的说。

"讨厌！"她低声回答着。

"好啦，停下钓针，我们歌唱吧。"

于是丽开始唱起歌来，婉华只好把钓竿放在自己身旁的草上，也和着唱起来。

两个人在正午阳光的辉照下，眺望河水闪着金光，近处的农人都休息了，耕地的铁犁，在阳光下灿着火花。

"你看陆先生那个人怎样？"丽停下歌声，忽然又想到一件心事似的，对婉华突然这样的问。

"昨儿才刚刚见着面，我不知道他是怎样的人呢。"

"在吃饭的时候，他没有同你谈话吗？我母亲说他和你谈了很久呢，是不是？"

"那么你说，都谈些什么啦？"

"那我就不知道了。阿，可是的，婉华，你好好告诉我，直到现在，你有没有同别人恋爱过？"

"没有过！"婉华有些害羞似的回答了。

丽对婉华的回答，似乎并不是十分相信，她把脸转过来，一面眺望一群群到田里工作的农人，又得意的说起来："我已经恋爱过啦，不过只有一次！"

稍停了一下，她又接着说："我真的迷恋过呀，虽说只是那一次！"

她的脸上这时泛起一片红霞，可是又接下去说：

"阿，这已经是过去的事啦！在一年的夏天，我和家人到海滨去避暑，虽是偶然的，可是也时常的，在海边遇到了他，他是个念法律的学生，他父亲是作官的，不过我说不清是什么官，日子常了，我俩就互相的爱起来啦，当一个月色半明半昏的夜景，我俩坐在海滨的白沙上，谈着甜蜜的话，现在想起来，真像一个美丽的梦似的。他当时很兴奋的说道：'我亲爱的妹妹呀！我爱你！请你给我一个热烈的吻吧！'我心里愿意，可是起初拒绝了，他又跪到我的面前哀求，我当时害羞的说：'你吻吧！可是不要吻我的嘴唇！'他用燃烧的唇，亲吻我的双颊。过了一会，因为海里已吹起冰人的风，所以他送我回去，在路上我俩又不知吻了多少次呢！婉华，这个你明白吗？"

婉华在十分注意的倾听，她的眼里好像有火花燃烧起来的一般，用发颤的声带，问道：

"以后的事呢？"

"以后我俩仍时常在一起密话，亲吻，并且预约了等五年后，他二十四岁，我二十岁的时候结婚呢！当时我是十五岁呀！"

"现在你几岁啦？"婉华急切的问。

"十六哇！"

"那么，那个小伙子能等着吗？"

"不，不，去年秋天我又解消那个婚约啦！因为他太年青，完全是个小孩子，见了面就要接吻，不懂得谈谈情话，真是怪讨厌的，男人多半是这样的吧，他们只知道占有女人的嘴和颊，他们哪懂得真的爱女人呢！"

"以后就没有遇见他吗？"

"见过，在街上又见着一次，他已生了胡子，弄得怪秽的，我才不喜欢那么样的男人呢！"

婉华对这个故事，好像感到浓厚的兴味。她静静的等待着，可是丽的话，说到这儿就没有接下去。于是她又急躁的问道：

"从那以后直到现在，就再没有什么事情啦吗？"

"是阿，除了那小子，我再没有遇见别的男人，昨儿来的那个陆先生，已经三十二岁啦，他早有爱人啦！"

"他有爱人了！"

"你不知道吗？那个女人就住在离这不远的小旅馆里，是个舞女，陆先生时常去看她呢！他总是从那小旅馆里出来，再到我家来，真讨厌！"

"那舞女漂亮吗？"

"哼！难看极啦，头发让火烧得打卷了，脸上一点血色也没有，可是她有许多好看的衣服呢！我妈妈的娘家不是开过大店铺吗，那小旅馆的女东家不是有很多衣裳吗，可是谁也没见过那个舞女那样漂亮的衣裳，那娘们真有些好东西呢！"

丽停下她的话匣子，把眼光移到河里，眺望那掣着金丝的水波。接着她又补上存在脑子里的没有说完的话：

"我愿意作舞女，你呢？"

"我顶讨厌当舞女，连那些女戏子，我也顶讨厌她们。我愿意作个文学家或是律师，因为文学家全是好人啊！"

"现在你想结婚？"

"不！"

关于这个问题，从前她俩在学校上数学和英语的课时，已时常谈过的，所以现在反没有兴趣再讨论了。婉华的话头忽然又转了方向，她突然的说：

"我想陆先生不会是那样下贱吧！"

"哼，别提啦，文学家，新闻记者才爱干那下流的事情呢，像苍蝇似的，追在女人的屁股后嗡嗡着，够泄气的啦！好样的女人，他们偏不爱，真叫人莫名其妙。那个女戏子，陆先生已经追她许久了，可是总也到不了手。"

"啊，陆先生还没有弄到手吗？"

"那些下流的女人，还不全是一样吗？男人越追得紧，她却越跑得快，这也正是她们的技巧呀！这种手段可真比我们高明多了。再说那个陆先生，每天晚上跑舞场，喝得醉醺醺的，不到黎明不回去睡觉，这算是有伟大的人格吗！只生活在家庭以外的世界里，度着鬼混的岁月，这也算是好人吗！你看这和舞女又有什么两样呢！文学家和卖肉的神女，还不是一样的在一片一片撕碎他的灵魂吗？"

婉华又陷进沉默中了，暗自思索着："这个世界的事情，自己是一点不懂得了，可是又觉着很有滋味似的。"昨天她同陆先生谈了许多话，除了觉得他的谈话很滑稽以外，别的并没有不同的地方，她是很高兴和这样人谈话的。在谈话的时候，又大有在学校受试验的情形，他好像懂得的很多很多，他很有文学家的派头呢，当然像他这样的文人，又怎么忍耐得了那平凡的生活呢，这不是一个真实的男子吗？

"他只是为了快乐而毁灭自己的身体！"她又接着说。

这时从远方传来一阵钟鸣，她两人才肩起钓竿往回走。

许心影作品选

三

陆琪已经很满意了。他早晨到岛上来，在蔷薇地里和那个舞女见了面，一直谈到晌午。午后又陪伴她去参加音乐会，音乐会完了，他又得意的说："阿！这很使我满足了，现在我们到朋友家里去吃饭吧！"

他们出现在丽的家里了，和平常一样，坐在她家人的一起吃晚饭，他的旁边是婉华和丽。旁边的桌上是丽的母亲和那个女人——舞女，陆琪很有礼节的样子，对他的恋人是不敢慢待的。可是那个女人却不断把她的眼光扫到他的桌子上，把嫉妒的眼光很恨的注视着婉华和丽。

"喂，你看！"丽低声的唤着婉华："阿，那骚娘们还吃醋啦！"她们偷偷的看那个女人，她的衣裳很华丽，手指动作的时候，指环在灯光的下面闪着光。这灿烂的光条，像金丝似的，引得丽的心一阵阵的惶惑。

"你看过海涅的作品吗？婉华小姐！"陆先生虽已三十多了，可是仍旧孩子似的，说起话来是很有趣味的。

"阿，看是看过些，不过不能十分的理解，我很喜欢读他的作品，以后请陆先生多指示些途径。"她的脸上又不由得飞起一片害羞的红晕。

"海涅是作什么呢？"丽在旁边接着问。

"海涅，他是位文学家。"婉华说。

其实陆琪是最崇拜海涅的文人之一，他写诗的时候，是很带着海涅的色彩的。海涅对于恋爱神圣论是十分轻蔑的，他并且玩弄人群，否定鬼神，凡是人类所敬崇的事物，都成了他嘲笑的资材，不过他并非毫无热情，在他十七岁的时候，也曾以纯洁的心为了所爱的女人而哭泣呢！陆琪的生活就很像他，在文学家里，过这样生活的，大概是很多吧！这无非是受了海涅的思想洗礼罢了。

海涅曾以甚深的思索来选择他的生活方法，他是惨酷的，而且是违反人情的，是个快乐的追求者，可是他自己却觉得对于道德是没有能力的，他并不过于相信自己的才能，只是依了别人的相信而继续写着诗，他的行为是不太谨慎的，对于必须敬爱的人们，时常取笑着，他从不尊敬任何的妇女，可是最敬服自己的母亲，无论怎样的人，在他的眼目中，也曾是个坏蛋，不过只崇拜自己的妹妹，天大的事，在他的心里有如一种细沙，甚至不如细沙。偶然的一件小事也许能引起他极大的关心，他不喜欢宗教，同时又赏扬孝道，他是个怪物，也是个矛盾的大师。

陆琪说："我是不愿意叫我的妻读海涅的作品，至少应该等她四十岁以后，再开始读这类的东西。"

"那是什么原因呢？"婉华微笑着说。

"因为我恐怕妻受了海涅的迷惑！我想，我的妻是不能读真实的诗的，因为女人一读了诗，她会明白好些危险的事情，怀着罗曼司思想的女性，对于丈夫不是最大的敌人吗！我在写小说或诗文的时候，常是作如此的想法的。小说一类的东西，真是男人的大对头呢！"

婉华沉默了一会，又问陆琪说："你说的这都是什么话，我实在不能明白，请你解说一下！"婉华虽仍柔和的说，可是她的脸上已失去了微笑，好像有点气恼了，这很使陆琪感到难堪。

"喂，小姐，你有气啦吗！真使我痛快，在这许多人里，我最喜欢和你谈，因为你最温雅，最天真！"

"哼，也许是吧。"她仍然傻着恼怒的情绪。

陆琪把身子又稍微靠近她，和蔼的说："啊，你看，丽的母亲在看我们呢！同你谈话，她老人家很奇怪呢！你还不高兴吗！"

婉华没有回声。她沉默着，脸色很忧郁，心里好像塞着满满的杂乱的物品，她简直的要哭出声音啦！

"呀！你怎么没有精神了，怎不说话呢，小姑娘！"陆琪仍是微笑着说。

激怒突然袭击在婉华的心头了，她恨不得要打死这面前的男人。陆琪以为她还是个孩子，对于这年青姑娘的肉体内，所藏着的一颗早熟的心灵，他更是不能明白的，所以他的谈话，很容易惹起婉华的怒恼。他又以温情的声调说："你不要难过吧，我今夜同你玩到天明，我两人作好朋友吧，一齐谈论文学的事情不好吗！好孩子，快乐起来吧！"她对这些话更不堪忍受了，她的激怒如涛水似的爆发了，以很高的声音说："我不是小孩子呀！我什么都知道，我也读过许多书呢！……"

吃完晚饭以后，陆琪为了安慰婉华的恼怒，所以也没有离去。只陪了她谈笑着，这倒也有些成功，她的气也渐次消下去了，他同她一道去散步，和她讲着文学上的问题，也谈了些男女的恋爱故事，婉华说她并不想结婚。

于是陆琪惊奇的问道："什么！你不愿意结婚吗？是真的吗？"

"真的！"

"为什么呢？"

"我自己也不知道为什么，虽然我也曾想过那个原因，可是总也想不好，真实的理由我是找不出来的呀！我只是不大愿意结婚罢了。"

"那么关于恋爱的事情，你是作如何的看法呢？"

关于这件事，从前很少有人问过她，嘴里也不常谈这些事，所以她的身子有点打寒战了似的。她在沉默的思索着。在这样平静的夜里，醉人的风拂过来强烈的花香，流荡在醺醺的气息里，对于这好像不可思议的问题，在她的耳朵里神秘的响着，她似乎有些恐惧，然而自己也不明白这是为了什么！

"直到现在，你还没有恋爱过吗，婉华小姐？"

她不假思索的回答道："是的，我从没有恋过爱，而且我也不曾想过呢！"

"那很好，你实实的记住吧！"他略顿了一下又接着说："要是你对这个理想觉着有不能把持了的情形时，希望你赶快的去告诉我，当你在夜里睡不着觉的时候，或是你吃不下饭去的时候，或是把书读了几遍，而对于书里的意味仍旧茫然的时候，甚至在你的耳朵里只响着'我爱你呀'一类的音响时，那就请你快到我这里，来对我说吧！你可以对我说：'陆琪先生，帮帮我吧，我应该怎样去作才好呢？'婉华小姐，我告诉你吧，你选择的爱人，不可去选那眼里灿着光的，语声像音乐似的漂亮的青年呀……因为这样的男人，是缺乏怜悯的深情的，我敢断言，你是比那种男人要崇高得几百倍的，所以……"

婉华虽是受过许多教育的人，可是因为年岁的关系，对于这类事仍是不能深切的明白的。她想："陆琪不是个反驳因袭的人物吗！他的眼目中没有神圣的事物，他不是憎恶秩序与规律吗？可是现在为什么对自己却以父亲的态度似的，来说这些有教诲意味的话呢？他这不是仍旧卑劣的顺服在因袭的习惯之下了吗，他也不过是世间的一个庸者罢了……"可是婉华始终沉默着不言语。

因为陆琪是要趁夜里船离开这小岛的，所以许多人都来送他，在路上他仍是不断的向婉华述说着，可是她正耽于自己的沉思中，并没有注意他的话。不一会他们到了码头，正有一只汽船停在那里，汽船的烟囱不停的喷着黑烟，陆琪说着话，又忽然对她问了一句什么似的，她没有听清楚，于是反问道："你说什么？"

"我的话你一点也没听着吗，那么你竟想些什么来着？"

"对不起，陆琪先生，请你再说一回吧！"她的脸红了。

"不必再说啦，反正一个简单的题目，要想得到你的回答，也像是很复杂的！"这当儿丽忽然从旁边插嘴说："看！你两个的话还说得完吗？"这话落在婉华的耳朵里，好似生着刺的一般，觉着很不受用，想用话来反击一下，可是急切里又找不着适当的话。

丽的母亲接着又无心的说："是呀，婉华小姐的人缘是太好啦，谁能够不亲近她呢！"

婉华虽是笑着，可是她心里很不好受，她觉得自己好像站在敌人的群里，丽和丽的母亲，陆琪，那个女戏子，以及码头上的许多人，她觉得那都是她的敌人，都好像张着嘲笑的脸望着她，她恨不得马上跑回去，钻进自己的被窝里哭一场。

"诸位请回去休息吧，我要上船了！"他微笑的说着，同时又对来人们握手道别，来送别来送行的人，也都对他微笑着。

"陆先生也能和我握手吗？和男人握手是什么滋味呢？"婉华在一旁寂寞的思索着。可是他却没有走近自己的身前，这很使她怨恼，她离开人群，她往回里走，走了两三步，又返回来，像泥人似的呆立在人群的后边。

舵轮已响起轧轧的响声了，陆琪站在船舱上，微笑的向人们招手，码头上的人声很吵杂，乱作了一团，然而这声音打不进婉华的心，她只孤独的躲在人们的后边，嗅着空气里的花香，她微吁的自语道："这庸碌的人们哟，太没有意思啦！"

四

时光飞快的跑过去，夏天渐渐来了。是一个沉闷的夜里，丽从床上爬起来轻声说："婉华，睡了吗？"

从另外一张床上，发出来忧郁的回答声："嗯，不知怎的，只是睡不着？"

她们这房子的窗户正对着河流，越是夜深，才越显得河水清澈，那银色的月光洒在河水，洒在岸上的竹林和草丛，映得一片银耀耀的。一切都寂静，寂静得会使人吃惊。从河的左岸又不时的飘来微风，好像谁在低语，又好似睡的人们的鼾声，河的右边还可以听到幽扬的音乐声，和尚未入梦的人们的语声，虽然分不清那语声里都是些什么字句。遥远的地方也时常有一两声汽车的笛鸣，好像一个迷途人，对着黑着凄凄的夜境，在失望的号叫。河水照例在奏着夜曲，水波很有节律的击打岸沿，冲洗滨边的白沙，岸边的小石块，不断被卷进水里，那声音虽很低微，然而在静悄悄的深夜，一样可以听得清楚。隔了一会，丽又问道："还不能睡吗？"

"简直睡不着，可怎么好呢？"婉华从床上坐起来，用手支着下颌，烦恼的说。

丽似乎很懂得失眠症的疗法，她说：

"那么，到我的床上来吧！"

深夜的秘语，对于少年女性是最值得珍贵的，婉华到丽的床上，把头拥进丽的怀里，两人的眼神互视着，夜的沉默和幽静在开放了神秘的门户了。丽温柔的说：

"你怎么啦，婉华？"

"没有什么。"她掩饰的回答着。

"婉华，"丽说，"昨儿夜里你不是就失眠来着吗？"

远处忽然鸣起一阵汽车的笛音，暂时切断了两个人的低语。

"我打算回去了！"婉华以低小的音声说，声音里却带了辛酸的味道。

丽对这话装作没听见的样子，她的话又转了方向："你晓得吗？叶青很喜欢你呢！"

"我一点也不明白！"

叶青是婉华的远门亲戚，他是个学生，并且是个会作几首不通的诗的年青诗人，昨儿下午才到岛上来，他很活泼，充溢着孩子气，他因为要像诗人，所以头发挺长的散乱着，领带也时常飘荡在他的背后去。

"你昨儿不是和他玩了半天吗？他虽是尚未明白的表示，可是我由他的表情上，很能够看得出，他是在爱着你！男人每在发生恋情的时候，他们的眼色是会变样的！"婉华虽在沉默着，但是她听了这个消息也很感到愉快。

"怎么！你以为我是说谎吗？"

"啊！可是……"

"告诉你吧，还有别的珍闻呢，可是这话不许你当外人说！昨天分手的时候，他偷偷对我说，他说他很爱你，还说每天要来这儿，你明白这意思吗？"丽微笑着望着婉华。

"丽，是真的吗？你可不许说假话！"婉华低声而不大自然的问。

"真的，谁骗你干什么！"丽的脸浮起一层造作的笑意。

婉华满足而骄傲的微笑着，把头回到枕头上。

"他不过是个孩子！"叶青和陆琪在婉华的思索里经了一番比较，于是她如此不经心的说。

两人暂时又都沉默了，对于方才说过的话，都好像不是她们谈的正题似的。其实在这沉默的过程中，谁的脑子也没有停下活动，甚至更紧张的寻思着，隔了一会，丽又似有意而无意的说："像陆先生那样博学的人，在世界上要算是难得的人物呢！"

丽说完后，似乎等待回答，可是婉华一声也没有响，说也奇怪自从上次她在码头上送走陆琪之后，她便总也没提起过陆琪的事情，甚至连他的名字也从未道及。从那时候起，她的态度就颇有些失常，她的天真在不知不觉中溜走了，总不肯把内心的秘密泄露出来，她在用她的感情培植了一座高大的坟墓，她在暗自储蓄着内心的苦痛，这时她的脸虽已开始在燃烧了，可是还守着沉默，甘美而神秘的悲继续着，她以最大的努力忍捺着，支撑着，她避免任何人的窥视，不愿别人明白她内心捣的鬼，不过当这苦热的夏夜，她是再也不能忍了，一颗激动的心好似要爆发的火山，血流有如澎湃的山洪，她用紧抱着丽，热狂狂而颤抖的拥抱着。

"阿，婉华！你有什么事？还不能告诉我吗？"丽像位有经验的医生，柔和的慰问着。

"嗯，没有什么……"

丽温和的抚弄她的头发，虽然婉华还没有真实的告白，但是丽就懂得这是怎么一回事了，丽很知道一个姑娘为着恋所苦恼时是什么情形。

"你是不是很爱陆琪？"

这话好像一根尖锐的针，又像一个轰响的巨雷，使得婉华的颊马上发起烧来，呼吸也异样的急迫了，她失措似的回答道："嗯，实在是……"

婉华虽还是很年青的姑娘，可是她有享乐的环境，她读过许多诗文和小说之类的著作，她的思维很发达，有着成年女性那样的嫉妒心。现在她只简单的回答了以后，就没多说一句话，可是仅由这简单的句子而思索到种种事实的丽，她却是在热心的研究着呢。从这时起她就暗自下了一个决心，她想她必得以指导者的立场，时常给婉华一些注意，教训和指导……可是当她想起陆的一切，女戏子，陆的太太，……马上又感到很难安心，因为她知道陆是个极顽劣的男人，同这样男人谈爱情是不太容易的。不像叶青那样的孩子又好操纵，又好摆布，这类人是点火就着，而且能够汹汹的烧起来。丽似乎很懂得恋的技巧，她知道怎样使对方焦急，如何让对方疑嫉，其次她能用手段鼓起对方的热情。不过只有这一次，几乎使她不能保持住自信了。主要的是因为她所有的伎俩，全是基于双方互恋的场合的，而现在的情形却完全不同，现在所需要的是以什么方法才能唤起男方的爱情。这件事丽还是最初的尝试，她从来没有思索过。她虽然已感到烧手，可是尚不肯自认无能，总还想去试试看。

"放心吧，婉妹，我随时随地可以帮助你！"她的语气虽说很有力量，不过这件事究竟如何处置，她似乎还没有想得妥当。至于她这种空洞的慰藉，在平时未必发生效力，现在钻进婉华耳朵里，偏偏有很大的作用，她把几句空洞话，竟当作了极可以满足的保证。

本来在人类的生活中，肯对友人的话用心思和脑力加以分析，那除非是在失恋的过程和害病的时候，人常能对恋人和医生的话，很用心的去换讨，在这种场合，每能由语调的抑扬中，或眼神的表情里，体味出更深的意思来。甚至他们敏感的鼻子，能嗅出话语的气息，……所以丽的一番敷衍话，在婉华听来，却觉着格外愉快，其实她并非像那般没有感觉的人们似的，只是傻高兴，她的愉快却正如同人们在病时或将死的时候，其内心仍不丧失和平的情境是一个道理。又如同决斗者在决斗的时候，他们持有深切的痛苦种子，然而在想不出避免痛苦的法子时，也就只得认为这是唯一的法则了。

婉华用徐徐的而低微的声音在述说些什么，丽却一字也没有听到，她告白的述说她自从遇见陆琪后，就留下个不能磨灭的印象。他的性格，生活，一切，她都是由内心生出敬爱的，她无遗的倾泻了堆积许久的内心的秘密。只有那天晚上，在码头送陆琪登船时，自己由于疑疾而退进人丛里的那件事没有说，也许这是为了害羞的关系吧。可是在那次告别时，陆对她是很冷淡的，在她的心之深处，这也是个她远不能离去的悲哀事迹。婉华并未留心她的友人是否在听，只一味的说个不休，由普通事项一直述到秘密的情节。以及她的疑惑，内心的迷惘，悲痛的苦恼，都宣泄无遗。她揭去平日的假面目，撕碎了平时伪善的少女之夸，她在坦率的述说着。

天渐渐发亮了，窗外已掠过来灰色的微光爽快的晓风并运来清晨的芳香气息。从遥远的两方摇过来两只船，逐渐靠近小岛，船里有许多男人和女人，他们的脸色映在晨光里，完全呈着褐色。几个人摇橹，船尾上两个高大的汉子撑舵，他们是夜半由远方村庄里动身到这小岛来的。船上载着许多青菜，那都是用他们的汗水培植起来的。船越来越靠近了，渐渐能听到他们的歌声，那歌声在朝风里显得格外雄壮。船浮在静静的水面上，荡起柔和的歌声，真如一个梦境。婉华受了引诱，急忙到窗前向鱼白色的云天贪婪的探望。可是丽早已睡熟了，这颇使婉华感到孤寂，她无助的倒在床上，开始静静的低泣。

五

正在河边散步的婉华，她突然的停住了。

陆琪正领着那瘦瘦的女戏子从对面走过来，这让婉华很吃惊，很嫉妒，她为了躲开他们，所以马上缩进路旁的树荫里，陆琪他们前进着，婉华向后退缩着，不一会已到了河边。这时前边有横着的河水，后边有她不愿碰上的人们，她是进退不得的窘住了。她的心脏鼓动得很激烈，呼吸很急促，坐在河岸的石块上，无助的望着滚滚的流水，她的心是寂苦到万分了，很想痛快的哭出声来。

幸喜他们并没有向河边来，他们转进树木深处去了。陆的臂挂在那女人腰际，无力的平淡的挂着，没有言语，沉默的徐行着，良久，那女人忽然以嘲弄的口吻说：

"你不好再给我来一次接吻吗！"

陆琪为了反应这笑脸的诱惑，他马上拥抱了女人，用力的吻起来，已经不像先前那样的淡然，很有点兴奋了，女人也举起两条玉臂，抱住他，两人经了很长的时间没有移动姿势。

婉华从树缝窥探着两人的动作，她觉得非常愤慨，她拿出所有的力气，拼命折着树上的细枝，树皮被剥落了一大块，里边渗出许多浆来，她在发抖，树也随着颤动，树的叶子全发出来响声。陆琪和那女人的亲吻，时间很长，又很热烈，然而婉华的心也就越发的痛楚，在这样绝望的寂苦中，眼泪已充满了她的眶子，她想这是世界上最大的事件了。她觉得在世界上最值得哭泣的，也就只有她一个人了。

她是过度的倦惰了，把那被虐待了的细枝，从手里解放开，可是枝头的嫩叶完全凋零了，这正如同她自己的心脏，已失去天真的灵感了。她失望的往回走，当要到丽的家门时，又突然停下，她想这样眼睛红红的，头发乱七八糟的走回去，给别人碰见，倒怪不好意思的，她正在犹疑不定，忽然有招呼她的声音传过来："婉华小姐！"

婉华非常吃惊，赶忙揉揉眼睛，顺着那声音掠过眼光去看，原来是叶青，是爱着自己的那个年青的小伙子。

他的态度很殷勤，他的样子有点像位诗人，头发披散到睫毛上边。从来在女人面前总以文科学生自夸的他，今天不知为了什么，却失去了一向的勇气和大方。婉华更想不起该说些什么话应付他，只仰首望着青空，木头似的呆在那儿。她一面把叶青的话往她杂乱的耳朵里投，一面又把她全部精神去摇曳那柔弱的细枝。不知为了什么，她突然截断了叶青的话说道："呵，叶青先生，如果你的爱人正爱着别人时候，你将怎样办的？"

"那我将自杀！"叶青的回答，像钢铁的冷酷。

"是真的吗！叶青先生？人一自杀不就完了吗！那不大好吧！"她并不认为死是一切苦恼的结局与完全的绝灭是满足的，于是她又接着说："可是你死了以后，剩下的两个人还永远的在爱恋着，在这样场合你也去死吗？"

叶青对于这问题里所包含的生死问题，从未曾深思过，他只认为死是毫不足惧的事。

婉华又深沉的说："如果我已进坟墓，而剩下的人仍在互爱，亲吻，这也是必得顾虑的，我想真实的爱是不应和死共尽的。"

关于死前的事，叶青以为是很有见解的，他以富于经验的艺术家的资格，很自得的说："呀，不是那样说法，本来一切和死是同归于尽的，如果你死了就被放进棺材里，再被投进掘好的坟穴里，再经些时日，生了蛆虫，吃了你腐臭的肉，于是什么都完了。"他吹着口笛，摇着身体，他表示这是最后的结局。于是他自以为满足的浮着微笑，可是他看到吃惊了的婉华的脸色，倒使他很受了不小的一吓。

"不对，不对！"婉华说："那样的死我是讨厌的。我讨厌死了之后毫无所感。死了仍不丧失苦乐的感觉，我认为是最写意的。"

两个人开始往回走了，虽然步伐很迟缓。

晚上，丽招待叶青吃晚饭，他们三个年青人坐在一起进餐，叶青爽快的说："此后我要时常到这岛上来，因为这岛是很美的，关于这小岛我还想写一首诗。"

"阿，真的吗？你会写诗吗？"

"嗯，我已经写过许多了！"叶青得意的回答。

"是吗！那么可不可以给我看看？"这时婉华的眼里闪着奇疑的光。

"那当然可以"，叶青一面很得意的回答着，一面伸手到他皮夹里去摸索，摸了好一会才找出几张很污秽的稿纸来，那纸上有黑黑的字迹，大概那就是他写的诗了。

婉华接过稿纸来看，然而字迹模糊，不大好认，她受了好奇心的驱使，暂时忘了自己内心的苦恼，她又不经心的说："你看，你这字写得太秽啦！"

"我想有工夫时把它再清楚的抄一回"，他一方在傲然的回答着，同时把稿纸拿回去要往他的皮夹里放。

"呀，我还没有看清楚呢，对不起，请你给读一次可以吗？"

"好吧，你看不清，我就念给你听吧！"他用手拂起眼角披散着的头发，便徐缓的而充满着感情的开始读起来：

"我美丽的姑娘哟，

是谁在你的眼里燃起火花？

你吃醉了酒吗，

不，大概是真情的溅洒吧！"

他稍微停顿一下，有意的而又似不经心的把眼光向婉华掠了一下，他想那"是谁在你的眼里燃起火花"的一句，一定会使她大为感动的，可是她的脸色却更加阴沉了，他只得微微的吁了一口气，又继续下去：

"长跪在你的脚下也是难得的，

只要你不厌弃，我可以撕碎理智，

在你玉腕底下，我情愿永久昏迷，

因为你是善美的结晶，无限的神秘!"

"好吧，请你不要再念下去啦，因为我不想再听这种肉麻的句子!"叶青听了这几句话，非常扫兴，他更深深的叹一口气，就把那秽秽的诗稿撕碎了，他复自言自语的说："算了吧，诗这东西是不大容易找到知音的!"

可是婉华并没有理会他，她的忧郁的双瞳正凝视着窗外的云天。

六

几天来，岛上在不断的起着变动。

那静静的河水，往常白天总是在太阳下灿着金波，夜里映着可爱的月色，岸边的松林也总是秘密的耳语着，然而现在却变成阴郁的无言的河流了。暴风雨不断向岛上袭来，岛下河里的水势一天天的高涨着，从近处，远处，漂来许多零乱的什物，以及被水淹死的小动物，所以那清澄的河水就一天比一天的污浊了。水流也再不像以前那样的安详了，只汹涌的向大海流过去，而且还日夜的狂吼着，好像一个过度忧郁的人，又骤然受了刺激而疯狂的发作起来，这使岛上每个人都很担心。夜里河水是惨黑的，昔日的光辉已不见了踪影。

水势依旧在继涨着，岛与对岸的距离无形中增宽了许多，岸边的草丛和树林，全沉进深沉的水底了，散漫在岛上的别墅的甬道下面的石块。那是平时人们在闲着时候常常坐在那上面休息的，但是现在有的已被不洁净的水给淹没了。美丽的河边的白沙，都叫污泥给埋上了。还有些高大的树的尖梢，摇晃在水面上，好像期待着救助似的，然而无情的浪一阵一阵掠过来，汹涌着，澎湃着，对于岛上的草，木，小石，柔软的枝条，都失去了以前那样的友情。河有如一个残忍的凶汉，铁青着面孔没有一点温情。河水尽情的急流，流，它不顾一切的流着。许多工人也搭了船来到岛上，他们都是强壮的汉子，下了船就不停的工作，挥着铁锹和镐头，在炎阳下拼命工作着，流出满身臭汗，他们在和怒吼的涛水抗衡，用他们的力量堆起一条堤防。夜里点起火把，工作仍不间断。因此岛上洋房里的人们，照旧可以在夜里吃酒，狂歌，追寻甘美的梦境。

婉华仍和往常似的过着日子，她并没有对丽说起近日的事情，她的日子是在沉静里打发的。可是她的恋之烦恼却越发的成熟了。她的内心恰如汹涌的河水，在燃烧着不可耐的火花。她时常一个人跑到还没有灌进水的蔷薇地里，长时间的独坐着，不知在思索些什么。看情形她是十分悲哀的。

一天的过午，婉华又如每天似的，一个人跑到蔷薇地里。她正耽于寂苦的思索时，忽然叶青拿着封信走来，那信带来一件消息，说婉华的母亲不久会来这小岛看她，因为母亲很惦记着她。听了这消息的婉华，不但没有高兴，反而悲切的痛哭起来，她想从前和母亲在一起的时候，是没有现在这样苦恼的。天下的母亲是最会疼爱儿女的。

"婉华，为什么要如此的悲哀呢，过几天你母亲不就要来啦吗!"

叶青虽是在安慰着她，而自己的声音却也有点发着颤，两个人是同样的陷于恋之绝望中，他俩是患着同样的毛病。各怀心事的一对年青人，于是相对无言的沉默着。太阳在静静的，默然的，溜下地平线去，只在天空还留下少许的斑痕。一切都逐渐陷进昏暗，已经分不清哪儿是草原，哪儿是森林了。只不断从怒吼的河边送过来阵阵凉风，吹落了无数蔷薇的残瓣，然而那凋残了的枯花瓣，早已没有陶醉人的芳香了。

叶青注视着沉默的婉华的面孔，他不耐烦的说：

"你总是愿意悲哀吗！"

"是的，现在我是喜欢悲哀的，因为一个人只是在乐观的生活着，过久了他会失却了人的灵感。"

叶青对这话的含义还不大能弄得清楚，关于这类细微事，男人常常不如女人，所以他反问道：

"婉华小姐，你的话究竟是什么意思？我还不大明白！"

她没有回答，仍旧在沉思。正在这当儿，突然叶青的手紧紧的握住了她，这使婉华非常吃惊，她马上从石上跳起来，呼吸很急而且发着喘。她正要说什么话还没有说出来，叶青却早热狂的跪在她的前边了。

"妹妹，我爱你！我永远的爱你！"

她觉得十分不安，有力的把自己的手从叶青手里缩回来，她忧郁的低声的说：

"呵，真是个可怜的孩子呢！"

叶青更迫近她的跟前，想吻她的手，然而她慌张的跑去了，她的影子渐渐消失在黑暗中。回到丽的家里时，正好没有人看见，这使她很安心。她倒在床上，刚才所遭遇的情景仍是活跃在脑海里，她由于拒绝了叶青而推想到失恋的苦楚，于是又痛哭起来。

"呵！怎么你又难过起来啦？婉华，到底是怎么回事呀！"丽一进屋来就望到婉华在哭泣了，所以她赶紧走到床前，一面抚着婉华的头发，一面用温言劝慰她。这时婉华却哭得更痛切了，她像个小孩子似的痛哭。

"够啦，够啦，不要再哭啦，快点起来洗洗脸，等吃过晚饭，我会告诉你一件让你吃惊的消息！"

婉华果然停了哭泣，她从床上起来，用手巾擦擦脸，为了忍藏了她少女的害羞，所以乘着这个机会，就极力要求丽告诉她究竟是什么消息：

"好姐姐，现在你就告诉我吧！到底是什么事！"

"现在不能说，一定得吃过晚饭再告诉你！"

"你现在不说，我今天就不吃饭，我要绝食！"婉华装出很坚决的态度，非迫着丽说出是什么事。

"好，好，我这就说，不过……"

"不过怎么？快说，快说！"

"可是，我说出之后，你可不许再哭！"

"我一定不哭，快说吧！"

"这件事真有趣，可是也很神秘。原来是陆琪喝多了酒，醉醺醺的跳下河去，当时并没有人看见，等到他被筑防堤的工人捞上来，他已是喝得一肚子污秽的河水了，他在不知不觉中竟作了河里的怨魂啦！你说一个三十左右的青年，就这样死了，还抛下个年青的媳妇，你说可怜不怜呢！"

"这是真的吗？你又是在说瞎话吧！"现在她对这真实的述说而疑惑是梦幻了。

"的确，不信你可以到河边去看他的胖胖的尸首！"

"天哪，我真怕，人生到底是怎么回事呢！"她经过了短时的迷惘，忽然把头投进丽的怀里，大声的哭起来。丽知道这是不大容易劝解的，所以只把手抚着她的黑发，任着她哭。

婉华痛快的哭了一场之后，心里反倒松快许多，深深的吁了口气，她不再哭了，然而也没有说什么话。这种态度倒出了丽的意料，所以她疑虑的说：

"婉华，怎样？你心里不感到什么不快吗？"

"没有什么，现在我觉得很痛快！"她的回答是低微而无力。

"人早晚是要死的，死了倒也好，免得活着吃烦恼！"丽说这话的意思，无非是借以劝慰婉华的凄苦。然而婉华却牢牢不放的回味这话的滋味，她的脑海里激荡着不平的波涛，她想：

"人早晚要死的，死了倒好，免得活着吃烦恼！"

"亨育，亨育，亨……育……"忽然从远处，其实并不算远，顺着夜风飘来了这一串不常听到的声音，可是在苦人们听来却已是烂熟的了，然而婉华偏奇疑的问：

"你听，这是什么声音！"

"这是苦力们在筑堤防呢！这几天水涨得很凶，难道你成天竟作梦来着！"她虽是无心，而婉华听来倒颇有些刺耳，她带着几分愤意的说：

"筑防堤作什么！索兴让那洪水冲过来，把一切都淹了才痛快呢！"

"得啦吧，小姐！你不怕，我可怕死，因为我没有跳河的爱人！"

"算了吧，我的姐姐，我们还是好好的活着吧！哼，你听，这又是什么声音！"这时两个人谁也不言语了，只惊惧的倚着窗子静听那骚嚷的声音，那声响在夜里是很可怕的。

涛水在加劲的怒鸣！人们在绝望的号叫！

七

她下了决心，从丽的家里逃出来。

到那儿去呢，她不大明白。一切她都不知道只是为了逃出这苦痛的渊薮，她想逃到碰不着任何人的地方去。有时也想起过她的父亲，不过她一想到这些，更会增加不安的程度，父亲成天像个商人似的，只死心眼的在钱堆里钻营，于是由父亲的钱做成了母亲的华贵的衣饰，和自己的过度享乐的生活。这一切现在她都感到厌倦，乏味，她于是不想再回到家里去。

她走进小图书馆去，那儿没有人。坐到钢琴前边，打开盖，没有心绪弹，便又关上了。在架子上拿起报纸读，然而刚读了一两行，又照样的丢开。不得已她只得坐在角上的沙发椅子上，呆望着天空，好像想些什么，她自语着：

"阿，天哪！我是不想活下去了！"

她从这小室走出来的时候，夜已深沉了，没有声音，人们都已熟睡了。花草都沉浸在水底下，在日光的映照下，还可以窥到它们可怜的姿态。只有对岸村落里的雄鸡在清醒，偶尔喔喔的啼着，此外还有河水，似在暴躁的急喘。

她在岸边弄来一只小舟，不顾一切的向着洪涛冲远去。出了河口，她越觉得茫然了，虽没有太阳，可是天空还不算过于黑，低下的云全染成茜色。在月光下涛水不断溅起白沫，近处被水淹了的村庄，还有一座不完整的烟囱孤独的郁郁的立在水里。

她在小舟上，任着水势急流。冷风吹得很利害，使她的身子发抖。渐渐晨光出现了，新鲜的光射到婉华的脸上，越显得她的美丽了。她对于这样的旅程将怎么完结，是毫不知道的，不过她不想再回到岛上来。水势来得更紧了，小舟激荡得很利害，她眼眶红红的，回过头来对着小岛，发抖的说：

"永别了，小岛！"

流呵流，渐渐她已望不到小岛的踪影，这使她的情绪更不安起来，她已在哭泣了，周围没有人声，只是涛水的澎湃，和水鸟的鸣叫。

太阳升起了，河水映成金红色。然而婉华的神经完全丧失了，她已倒在小舟里，经着涛水的势击，任凭小舟的颠荡，她没有了苦恼与悲哀，她顺着水急流。

一切似很平凡，没有变动，水势似很汹涌。

卖青菜的乡下人，在朝风里依旧唱着歌，摇着橹，他们赤裸着褐色的膀子。

八

花圃，人行的细径一切低下的地方，都泛滥着一片水光。岛上的人们在低洼的沼边搭了木板，作为临时的木桥，所有的人都在设法谋求自己的安全。工人们更加紧了"抗育"的音，连出气的工夫都没有，拼命工作着。岛现在真像一座陈列尸骨的博物馆，沉静得鸦雀无声。大家都在祈祷水势不要再涨，在期盼早日恢复原状。

可是婉华的母亲，偏又向这岛上来，一座被洪水袭击的小岛，她为了看望自己的女孩子，她不顾一切的来了。没有一点忧郁感，她大概是位生活享乐的半老的贵夫人。她的衣服很华贵，傍晚的时候，她常携着婉华跑向各处，很有兴致似的，渡着一条一条的临时木桥。

（原载《中国公论》1939年第1卷第3期/第6期）

桃花源的破碎

白　鸥

一

璇从飘渺的梦国逃了出来。睡眼惺忪的看了看闭着的玻璃窗，玻璃窗被初度来临的春光照耀得一片璀璨。她匆匆的起来。

胡乱地吃了一些饼干和牛奶，她思想着今天要做的事情。突然，她的眼光像被什么东西吸引了去似的，呆呆的注视着。那钉在壁间的日历印着的红字在她的眼睛里渐渐的显大了起来。一二八，这三个使她触目惊心的红字，在她看来仿佛是一堆一堆的鲜红的血花！真的，一二八所流的烈士的血，完全奔注在这个红字上了。这三个大大的红字，对她似乎有特殊的深情在她的眼前一闪一闪现着璀璨的光芒，也好像故意警惕她不要忘记这创痛的炫现！其实，璇对这一幕的痛影早已镌上她的心了，也就是这痛影镌得她的芳心破碎！

她的注视着的眼睛被莹莹的泪所遮掩，好像罩了一层透明的玻璃镜，望到壁间的红字，更分外地璀璨。

万支利箭，开始攻射着她的心。压制不住的凄怆和创痛在她的脸上流露出来；同时，在她的长睫毛底下的泪也像断了线的珍珠般的堕下来了。

一二八，是淞滨抵抗倭寇的进攻烈士流血的一周年，是弱小民族反抗强暴者的第一声，是震动国际观听的中华的民族英雄伟大的显身，是璇的爱人朱剑英为国牺牲的周年祭。

她掏出了一方白白的手帕，拭了拭满面的泪水，一颗迷惘的芳心突然憬悟过来。她想到老是这样的发愁叹息是得不到丝毫的裨补的，并且对于自己现在养病其中的身体会增剧烈的重化。终究她的天赋的坚强沉毅的性格克服了现实，她和平时一样的静静地期待着病体的霍愈。

一九三三年的初度的春光晒满了 C 医院的走廊，坐在藤躺椅子里的她的身子浴在温和的春光里。她暂时的抑制了内心的悲哀，眼看到庭前的黄残的柳丝，在春光下显着复活的颜色，枝间微笀着黄黄的嫩芽，有一只翠色的小鸟栖在柳树上试她的新喉。

璇觉得无聊，她随手翻开了当日的新闻纸。像有奇异的魔术似的，新闻纸上排着的铅字个个在跳跃，不停的跳跃，尤其是这几个"纪念一二八"的大字的标题。

拿着报纸一端的手也颤动起来了，她感到无力的眩晕。刺激！强烈的刺激！按捺不定的悲感又重新引起来了。一霎时的变化使她的心头像轳辘似的转动着：愤怒，迷惘，忿恨，旗鼓相当的决斗着。

由这许多灰色的情感在璇的心里激战中，她的胸幕上闪出了悲壮的死的情人朱剑英的笑影，闪出了她的未劫前的故乡江湾的美丽的轮廓。

二

江湾，在一二八淞沪之战成了两军冲锋陷阵的重镇的江湾，被炮弹的轰击成了一片瓦砾的江湾，在这以前如同世外桃源的乡村，产生了璇这位像安琪儿般的少女，她充满着青春的热情，如同含苞欲放的玫瑰花一样，具有美丽的姿容，健美的体态。她的性情是柔和而亢爽，生命力是异常的蓬勃。

她在附近的某一个著名学校读书，学校给予她不少的新的思想的启迪，同时也给予她不少的新的憧憬，她的生活也越向新时代的憧憬中了。

由她的一个女友的介绍，她认识了一位专攻文学的朱剑英，是负笈百里的一个同省而不同县的英俊有为的青年。渐渐地，渐渐地，由学问的探讨，继之以耳鬓的厮磨，各人从心田里长出了爱芽，在那富有诗意的江湾的风光之下，曾有着他俩的喁喁的情话的余音。

一天，是一个风和日暖的星期日，是九一八国难发生后的一个月，许多的青年学生挟着他们的情侣都去陶醉在大自然的怀抱中了，整个学舍是异常的寂静。璇也被自然界所诱惑，往邀朱剑英同游。

踏进了剑英的宿舍的门，璇不禁吃了一惊：剑英正在低着头飞笔写字，一串的眼泪悬空挂着。

"也许在写家信吧？"

璇这样的想！预备退了出来；但被剑英看见了。他局促地拭了拭眼泪。

"璇！什么？你就去吗？"

"不，我深恐打扰你的写作哟！"

"没有什么！你可以来看！"

"那么，我告罪了！"

璇走了过去，扶在剑英的肩上。但她的心中还滞留着不能消逝的疑团。

眼帘一接触，她立时恍然。原来剑英在创作一篇东北的哀史，他下着爱国之泪啊！

她把这一篇创作读下去。

南方的秋色清丽的时候，我们的被侏儒的铁骑蹂躏的东北，在愁云的笼罩不是走入了死气沉沉的景象了。田野间没有耕作，在衰草寒烟的弥漫中殷殷的透出鲜红的没有多时的血迹，枪弹爆裂后的铜壳散布着，生了微微的黄锈的步枪也有好几枝遗弃在这荒寂得如同沙漠的原野，在午后的淡淡的阳光的映射中微微反映了一片二片的白光。

这是素描着曾经一度激战的旷野。

抱着和平的旨趣的正式军队退入了关内以后，为了气愤不过这狼子野心的倭寇贪得无厌，在这白山黑水之间是产生了无数的中华的英豪，绿林的杰士，反抗，积极的反抗！奋斗，不断的奋斗！虽然双方是一样受了沉痛的创伤，然而，一方是应取之咎，一方是光荣的牺牲呵！

看！穿着单薄的军装的义勇军，在料峭的西风里精神饱满的用着明晃晃的刺刀向侵略者进攻！白的利刃刺入穿得矮胖胖的东洋鬼兵的腹内，红的鲜血冒了出来，像喷水池似的急射了出来，这是钢铁和血潮的接吻！悲壮的接吻！一颗有三四磅重的炮弹像生了眼似的从敌方飞了过来，碰到中华健儿的胸口，仰后而倒的尸身喷出了最后的一口气，完成了"痛快的死"！

看！被炮弹炸得血肉横飞的中华的人民，流离失所走投无路的凄惨的景象，布满被兽军践踏的区域随处可以看到无辜的民众作哀哀的怨告，甚至叩头下跪的这凄惨的景象，展开来之后，被兽军打死，枪毙，一弹毙数人以至数十人的残暴的行为，奸淫焚掠比部落时代的野蛮人还野蛮还凶悍的东洋兵，虽然碰见了我们的手执利刃气宇轩昂的义军也被宰杀着的；然而，我们的国土，我们的宝藏，经过这侵略者的搜刮，大中华的国土，向来像桃花源一般安谧平静的国土是破碎了。

在破碎的桃花源里产生了与敌军作殊死战的可歌可泣的人，中华的民族英雄！

……

大粒的眼泪从璇的眼睛里滴了出来，这是替自己的同胞垂怜的同情之泪。但璇的血管里立时涨泛着复仇的血潮，她恨不得亲到东北去手刃几个敌军，以快心中的郁结着的块垒。她看了一看在呆呆的出神着的朱剑英，对这一位爱国的青年增加上无限的钦佩！

像剑一般的眉宇屏和在一起的朱剑英，用敏锐的目光看了看像带雨的海棠花一般的璇的媚靥，青青的火焰和忧国的血潮同时汹涌着他的胸头，他以异常的诚意的态度对璇这样说：

"璇，我的爱，我今天这样冒昧的喊你了。在不久的将来，或许我不能喊你了。我准备北上杀敌去，发泄发泄那久蕴在心头的悲愤。这样，我预备牺牲，为了祖国的垂亡！我不愿眼睁睁看自己的同胞被倭寇屠杀，我更不愿看自己的国土供别人蹂躏！璇，我的爱！我敢这样告诉你：我有的是燃烧着的忧国之怒火，澎湃着复仇的血潮，我有的是钢铁一样的决心，我的躯壳，情愿毁灭在沙场上，但我的精神或许永久的凝结着，永久的爱祖国，永久的爱祖国的爱人呀！……"

璇被感动到就是幽泣，很想再用鼓励和安慰的柔语来回答，可是说不出一句话来。

剑英把她拥抱在自己的怀里，璇的玉体压上了他的大腿的时候，一股电流走入了剑英的心灵，像一轮红日被云翳罩住一样，剑英的忧郁感怆的胸头，暂时被灵肉的快感所掩住，而得了短暂的舒适。

三

一个多月的病魔的缠绕使剑英不能实行他的素旨，这多么使他感到懊丧啊！

事情真有那样奇巧的符合，他的血似乎注定流在故乡似的，待他的病完全好了的时候，残暴的日本军阀在一二八的晚上命令兽军突然进击闸北的中国驻军了。

这时候，东北的枪炮声加倍的响彻云霄，驻在闸北的勇敢善战的著名的十九路军迫于自卫行动起了竭力的抵抗。目空一切的日军受到了异常的创伤，受到了严重的教训。

猛烈的枪炮声刺激得中华的民众个个怒发冲冠，各人都澎湃着热血的狂潮。

事情是严重，整个的繁荣的上海都市浸在太平洋的前锋战的怒潮。

剑英的热血差不多要奔出咽喉来了，每个血管都像鸡皮似的隆起，当时他毫不犹豫的加入了义勇军，准备开到前线去杀倭寇。料理了一点自己的私事以后，下决心的也就是自己身后的遗事料理好了之后，赶忙跑到璇的家里去找璇诀别。

江湾，已划为战时区域了，璇的家人正忙着打点细软逃难到安全的地方去。璇也忙乱着。

"璇，我们要永别了！我已加入了义勇军，我准备流我的血在敌人践踏过的中华的国土！但你不要悲伤，你应该奋发，为着你的爱人杀掉而奋发！我们的形式上的爱情就此结束了。但我们的精神上的恋爱永久的保存着，永久的不朽的呀！"

剑英的态度是异常的严肃，敏活俊利的眼睛里射出了坚决的光芒！

"剑哥，伟大的剑哥！你为了国家的破碎而牺牲你的生命！你的光芒万丈神采俊逸的生命！我决计要跟随你去啊！"

"不能！不能！你去不得！你这柔弱的身体！"

"我不能手刃敌人，但我一定当看护去！"

"也好！珍重吧！我没有时间哪！我去了！"

璇带着悲戚的幽泣送别了长征的情人，泪眼承睫的望着剑英的俊伟的背影消失在黄黄的平原中。

……

一星期后，璇在后方军事医院中服务了。眼中所接触的都是为国家为民族而受伤的断臂缺腿的英豪。

有一个尚在昏厥中的面色灰白约莫二十岁的少年战士，被两个兵士抬入了军事医院。

璇禁不住失声叫了出来，这少年的战士的灰白的脸上是和平时的剑英俊利的面容一样，但所异样的是脸上的红晕已经遗失在战地上了。

璇的心头立时掠上了一股惨痛的感觉，她对着这一位受伤的从战地夺回的情人涌上凄切的痛泪。然而，从极度的凄楚中终于寻找出了一线的希望之幽光。

她检视剑英的创口是在左肋的居中，瘀血一滴一滴的流出来，溅得那灰色的军衣一片鲜红，一股腥膻。

她连忙把创口用温水洗刷着，用卫生布绷裹着。

隔了一刻，剑英悠悠的醒了过来。他的眉头紧蹙着，似有万分的痛苦。他把无神的眼睛张大开来之后，看了看立在他的跟前的璇，立时从他的苍白的脸上浮上了笑容。

"剑哥，我们在这悲壮的战地后方邂逅了。你把这一杯开水润一润干燥的喉咙吧。"

璇端着一杯开水，是殷殷勤勤的送到了剑英的口边。

"谢谢你！啊！我知道今世是不能重见你了。怎么，难道做梦吗？"

微微地把身躯斜倚了一点，一口饮尽了开水，看到白白的茶杯，和轻提着茶杯的璇的白白的柔荑，和圆胖胖的玉一般洁白的手臂，剑英的思潮不禁移到往日的绮事上去。无意中自己的左手提起来想捉住对方的这一只撩人的手，谁知恰巧碰着了左肋下的创口，一阵熬不住的阵痛钻入了心脾，两颗泪珠从他的眼中挤出。

但是他是竭力的忍住着，不让璇看了难过，他继续着说："我恐怕不会好的了，那激烈的江湾一役呵，我完全忘记了自身的存在；战场的生活真是有趣，真是伟大，我记不清杀死了几个倭兵！然而我们平素认为桃花源的江湾，是破碎了！"

"你当静养，你不应该多说，慢慢地好了以后，我们再讲吧！"

剑英点点头，他的创口加紧了一阵一阵的痛，这样使他的一颗活跃着的心感到异常的沉闷。他几次想振作起来再上前线杀敌去，但统被璇用温和的语言宽慰着。

事情变幻得真是出了他们的始料之外，射入在剑英的左肋的从东京带来的帝国枪弹，滑到肚肠里去了。

不是像古烈士杀身成仁以后用马革裹尸的那样悲壮的情景，而由一块木板抬回来尚想医好以后再杀敌的朱剑英，终于在他的泪眼凄楚哽咽忧怨的情人的送别下，就含着微笑的面容去上了黄泉的路。

"璇！我的爱人呀！我带着光荣的花冠离开人间了！这是悲壮的死，有代价的死，虽然我的躯体是毁灭了，是永久的不能相见了，但是我相信，我俩的精神是不灭的呀！祝你珍重，祝你努力！"

这是从剑英的紧咬着的牙缝里喷出的最后一口气。璇呆呆的望着他的苍白的含笑的面容，战栗起来了。万支利箭刺破了她的心，眼泪是扑簌簌的洒了下来。

剑英的尸首被装入了薄薄的木盒里，趁没有钉住时璇用着十分留恋的泪眼贪婪地看了又看之后，一路哭泣着跟着抬棺材的人到了荒野。

四

时间的轮子不住的疾驶着，离开九一八的侵略东北有一年半了。一二八淞沪的血战又到周年祭了。

坐在 C 医院的走廊上浴着春光的璇，姿容憔悴的显得异常悲戚。她那往日的活泼健美的体态，是跟着一二八的战争消失了，是跟着逝世的情人而逝去了！只有一年的过程，现在的璇是一个饱经风霜的未婚的孀妇了。

我们的国土，爱好和平的大中华的国土，尽是消失了去。在消失了的国土里挣扎着的义军，浴在血潮里的义军，只听见他们悲壮的战死，弹尽援绝，挥泪而退！在那破碎的桃花源里树立了千古不朽光荣的牺牲的丰碑。

璇下了决心，制住了万感攒心的悲哀的流动，突然从藤椅里立了起来，把随身带来的一只手提箱整理了一下，打算离开了 C 医院，继续她的为国牺牲的情人的伟大的意志北上杀敌去！

准备在破碎的桃花源里开放她的绚烂的血花！

（原载《黄钟》1933 年第 1 卷第 20 期）

脱了牢狱的新囚

白鸥女士

柳 序

　　时代底大轮，把小资产阶级的少爷小姐们滚到地球以外，——悬在半天空，好像钟摆一样地在那里摇摆。在这种情境之下，于是乎少爷小姐们连恋爱的追求，都受到幻灭的悲伤。他们和她们热烈地在渴求着光明的来临，可是他们和她们却自己深藏在四面碰壁，空气不流通，阳光射不进的自己建筑的殿堂里头，光明是永与他们和她们隔绝的。在他们和她们的殿堂里头，虽然是有许多房子有许多大厅，可是任你从这间房子跑到那间大厅，切莫希望光明会来临的，——那都是一样的与光明的世界隔绝的哟！你如果根本不彻悟：你所挣扎着奋斗着的生活，还是在你那隔绝光明底世界的殿堂里头在圈圈打转，那你无论如何是希望不到光明之来临。

　　书中的女主人翁曼罗，热爱人生，渴求光明，可是脱了牢狱又成了新囚，既成了新囚又是在渴求光明，光明会有一天光临到她的地方来吗？不会的，绝不会的！她是在圈圈打转，冲不破那四面碰壁的殿堂！可是，她还是："去，去，去寻求未来的光明与新生。"——这便是时代底大轮滚过下的少爷小姐们底人生！

　　读完了本书，觉得少爷小姐们真是可怜，可怜他们和她们竟是失了路途的迷羊！迷羊哟，我还是不哀怜你们，我希望你们切莫给歧路的两旁那堂哉皇哉的广告牌所迷惑，快点回头，走上你们渴求光明的正途。

　　在"迷羊"们的文学作品当中，白鸥女士此篇颇能令人爱读：辞藻底美丽，热情底奔放，描写底大胆，是新进女作家的不可多得的作品。那是一首散文诗。因此白鸥女士只是一个诗人，并非小说家。

　　以上的介绍，似乎有点主观底见解的嫌疑。或者就因为白鸥女士是我的老友的缘故吧！然而，少爷小姐们与其花钱买那些千篇一律的照恋爱公式写的糜烂到有如嚼蜡的"大作品"，何不读一读这篇生命力活跃的新著？

　　为了以上两种缘故，作了这序。并非捧场，只是介绍。

柳　丝

一九三一，七月七日

自　序

“文学是时代的产物”，但“文学要抓住时代指导时代”。

前者是文学的本身的理论，而后者却是对于文学的一种责望。但是我们的时代呢？

像狂风暴雨过后般沉静而郁闷，花是残了，叶是落了，一切的景象是荒凉，枯涩而又荒凉！这环境里偶然存在于篱笆旁边的，还有凋零的玫瑰，迷离紫色的烟霭，像还朦胧的笼罩着，——那是恋爱，像这样的时候，它许能给我们多少慰藉吧！

我们的主人公曼罗，她有一个纯洁，勇敢，缱绻而钟情的心。她只希望，“希望睡在他的怀抱之中……是再不去求什么为名为利的事了！”但是谁答应她的要求呢？三年来她试隐忍地过着“非人的生活”，但那不是办法，她只好打出那牢狱来。像一只自由翱翔的小鸟，她飞，飞，又飞，可是她的枝栖何处呢？

她愿意尽量的爱，她愿意努力地寻求理想的生活，她是怎样温柔地去爱一个男性呀！可是，“男性只是残酷的，自私的！”她所热爱的S从前说着：“使你失望是无可如何的事哟！”现在却又舍了她自向外国求他的名利去了，使她不得不“无可如何”地使她的S失望；但是，她得到什么呢？

“我还热爱人生！我爱人生，我尤其热爱S。我热爱S，更不能因爱他而使自己殒丧，我应该生存！况且，几多年前当S送我一个梦——他别后说要赠我一个梦，我便说我愿意在梦里得到一个鲜红的花朵，他不是直截了当便说：‘使你失望是无可如何的事哟！我只能赠你一支霜白的剑刀’么？……到现在哟，我是受了千辛万苦，S也虚掷了他的美好的青春，……才来回头，回头还是要担负这个十字架。我不敢哟！我没有大的力量哟！我若果会对于我的已经糟踏得无余的生命加以怜惜时，我更不愿意把这可咒诅的重担担负起呀！S哟！S哟！你怎样在那时要使我失望呢，虽然是无可如何？现在，唉，S，你的曼罗也是到了‘使你失望是无可如何的事’的时候了呀！S哟！S哟！为了这一切我真是只好要使我的S失望了！”

S的爱在她心中渐渐地凋零时，她被惠龄迷惑了！她的心迷失在惠龄的“含愁怨的眉梢”，而惠龄的庄严冷静，反使她“死心塌地的向他膜拜”！她对惠龄的热恋的情绪“比对S还强烈”的结果是：“他说他‘是个呕尽心血的夜莺，不该飘来这几滴晨露晶莹’！他说他‘长夜绵绵的噩梦已做尽，此心已是梦醒的五更！’他说他‘既不能把我一口吞尽，怎忍我再亲着幻灭的毒鸩！’他说他‘这活尸不能贪恋非分的深情，他该安分地走他孤独的途程’！……他又要说我已是一个不能爱人的人哟！我的……”

终于到了，“惠呀！……我们不能再下去了，再不能沉湎下去，沉溺了我和你！我不会怪你那样无情，却是世间的情原来薄啊”！

“半生的温情与血泪”“只落得身心支离破碎”！

故里于她是不堪留恋的了，故迹于她是不堪凭予的了，祖国的地平，只好让它沉在水平后面了！除了她，“去到一个没有烦扰没有朋亲”的地方，她更不能有所挣扎了！一切的“迫夹”于她是无可如何的了，她只好去了！她是在孤舟之中，她面前是茫茫的大海，这茫茫的那边大概该不会再有“迫夹”与“烦扰”吧！

1931，7，6，上海

许心影作品选

我们相逢已是太迟

七月十日

不记日记已整整三年了。与其说是"快乐"得把日常的生活忘掉，莫若说是这非人的生活不愿它在生命史上留个黑痕！最大的原因，便是：在威吓，叱骂，殴打之下，越记起了远处的朋友们，这感情在纸上着迹，给看见，不更糟么？

而今，我像一只久关在笼里的小鸟，已经展开两翅，在自然的母怀中，像平昔一样翱翔着；为要作个恢复自由的纪念，于是我又把日记开展了。至于今后着迹在纸上的生活，是不是和以前一样的可怜，那我在此刻不敢去想象。

七月十一日

奇怪得很，在归来的那一晚，突然向K问起S的消息。

"他已经回家了，但也许已再到上海来了，你去找他总该在的！"K是在崇拜S作偶像的人，说后又夸说许多S的过人的聪明。

本来是无意地一问，给他说了，倒有些惘然。自从去年的冬天，给他一个信以后，就不曾看到他的信息，大概他是忘记我了。

回家两天，忽然写了这信给他：

"S，船抵沪滨时，因时间亟促，不能有片刻的勾留，没有去看你，是很抱歉的事；近况想S当可知道，当年不听你的话，以致身心俱伤，三年来，真个憔悴得厉害哟！S大概是把我忘记的，不忘记时，请来看我，我正病着。"

我不知为什么有这么大的勇气呢！就平时，对于S，我是很怕他的，与其说是怕他，莫若说做敬而畏了。在他的面前时，很难应付，现在，想见他，更有点为难了，可是，我的信已经付邮。

我不想他竟有回信来，并且这信感动得使我流泪！因为三年来，几乎是很少看见他像从前一样有真情流露的字句，这回，我要把它严肃的抄在这里，作我生命中页开始的慰劳：

"曼妹：

你抵沪时，竟至没有时间来晤我，我倒不相信！朋友从鹭江来，第一句话，便是询问你的消息，为你愤然，为你叹息。

我也想立刻就去找你，但怕认不得路。你病稍好时，来沪找我不更好么？我每一想起一个无意志，多情感的可怜的你，又不知憔悴到怎样了！你来吧，其余的话，等我们面对面时再说。

你好哟！

S 九日"

七月十三

早上我还没有起来，弟说：有朋友找你。我才从梦里翻身醒来，睁起朦胧的双眼，S已经站在面前了。

"曼！"他热烈的唤着我的名字。

久不听见他的声音，被唤着，眼泪无端地又在眼眶转动了。

久别之后，三年来的怨恼，都想向他倾诉，但这一刻，千条万绪都在这一滴眼泪中飞进出来，此外我找不出一句要说的话。

我想说什么呢？我将把我的哀愁与悔恨都告诉他么？……我将把我的屈辱与悔恨的眼泪都向他尽量的掬出么？……不呢！只要看一看他那森严的脸孔，我只能把嘴唇囫囵着；我还想得他的同情与怜悯么？

虽然，这回的S，却比平时天真得多，大概他也不必再在我面前矜持着沉默了。

"我不明白，你们相互间的关系这样恶劣，怎样还能维持得这么长久，总是中间还有一点好的感情吧！"S说着只望着我。

可怜哟，连我自己也不知道为什么能维持得这样长久呢！大概是自己对于生已经厌倦了，幸福的希求也早幻灭了，只好让人蹂躏，虽然有时也想勉力来跳出这个死亡的深渊，但另一个漩涡也未必会好。唉，世上哪有一个能真的爱护女性的男人？要糟踏就糟踏下去吧！……

唉，现在想来，觉得过去那种生活，真不值得哪！S这一问，真使我觉得太对自己不住了；但是，要知道，强者的牢囚也并不是那样容易让你走脱的！

下午我们斗牌，S突然把香烟烫我的手背，我睁着眼看他时，哦，他的眼睛也像香烟般，迸出点点的火星！

在中庭的花荫下，是黄昏的时候，天上一抹斜阳正在迸出将死的残光，大地是幽静得听见各人心中的脉搏。S的闪闪有光的眼睛，满含着浓情的望着我："你要读书哪，不读书你的前途总会危险的！"是一句很平淡的话，但在S口中说来，是变得如何亲贴的哟！

晚餐后和S到车站去，一钩的上弦月，倒映在幽静的池水里，在这样凄清的夜色里，哟，我们若果永远爱好着，今宵哟……我几乎叫了出来。

我们站在长堤上，一句话都没有说。各人的心中，都像有什么东西重压着，压得快要爆裂的样子。我们茫然地走进车厢。月光正斜照着车窗的玻璃，树影参差的落在我们的膝头，我愣望着蓝色的太空，觉得这景象太可爱了。

S默默的低着头，他在想着什么呢？……我想握他的手，然而没有，让沉默占领着空间。唉，他的已经消瘦了许多的脸庞，还像三年前一样的迷人哟！

"你曾忆及孩子的父亲么？"这话突然地砰击着我的心，我的心脉脉地跳动。

过去如烟的往事，悲欢离合的情绪都涌上心来，孩子被虐待的情形也映现了；我真想哭。

"你总是不敢告诉我，说，想到他么？"

"有时想到。"我不瞒S。

许心影作品选

"当被虐待时想到吧?"S又追问了。

"……"

"那末,这感情是属于好的了!"S毫不迟疑的代我答复。

"那末,由于这感情的发酵,而至于有重新结合的可能!?……"

"绝对不会的!"我的心凄然了,悲哀袭击着我。

"我们相识太迟了哟!"踏着薄薄的月痕,归途中S竟说出这句话来。

在中庭的月光下,他的脸色似乎亦正在告诉我说:"我们相识太迟了哟!"

四处起了许多鸣虫的声音,而我们却一声不响的坐着。"你可以停止么?这个时辰看你要抽多少烟!"S结果忍不住了,命令着我。

"在我们的朋友间哪个最刚强?"停了一会,他问。

"你——"我立地说出来。

"我哪里就会刚强?不过我要锻炼得和铁般强才罢,但,实在的,我是比以前强得多了。"

"哪一个最薄弱呢?"我问。

"你——"他也毫不迟疑的说。"你糟了,你不知道你的薄弱!"

"不可锻炼么?"

"啊,许多痛苦的经验,都不能使你觉悟,越痛苦,越使你索性坠落,你知你现在是颓废到什么地步么?等你锻炼得来时,生命都先结束了!你想你一生有几次可给你这样遭受失败的?总之,唉,曼,现在你如果不读书,看你失败到彻底!"S像在训斥儿子般,他简直有点生气了。

他的话,沉重的,有力的,敲着我的心扉。我悔恨过失的已往,我忧惶渺茫的未来,我惋惜青春之年华已随痛苦的暗影而俱尽,我哀悼美丽的忧梦已同浪漫的狂絮而齐飘!"是的,我该努力了,哥哥……"这话咽在喉头而未说出,只让那浓厚的残烟在我们眼前飞舞,只让悠扬的虫吟代替彼此的应和。

在月色中,S的睡态,更娇憨可爱了。

整夜都不曾合眼,天知道,这是什么念头!

七月十四

S要回去,想送他到车站去,他却先拦阻着我,因为孩子正哭着。但我终于送他去,真是奇怪,我真有点恋恋了。

忽然,S要我同他去,我本来是可以答应他,但孩子没带出来,留在家里,总有些不便;他的急切的要求,我只有摇头。

"去吧?……"

"容我考虑。"已经到车站,被他紧问,我的心飘摇了。

"还有什么考虑呢?"S再说了这句。

"踌躇什么呢?管他吵闹!"妹忍不住了,因为她去,是为了她自己的玩散,她竟催促着我。呀,S竟把车票买好了!

坐上车，心跳得利害，一种莫名的情绪又涌上心来，笑又不好，哭又不是，不由己地把S的手拉起便打。不是怪么？十年来，在S面前，都不尝有过这样的举动的。他的几年来所竭力矜持的庄严，在这一刹被侵犯得完全消失了。他总是笑着。

"我对于你个性的观察，真是越久越确定。你一生的作为都是这样，由彷徨无主而至于被环境陷落，拿这事来试验，更是千真万确的。你由于不去，而至飘摇不决，车票的迫夹，你就陷落了。你就有更大的事，也忘记了。孩子在家哭了呢！唉，曼，你一生的过失就在这一点上，什么事都是被动的哟！"S截钉斩铁地说了，叹声连连的发出。

可怜我半生的痛苦，都在这上头得来的，我何尝不知道哟！只是我，只是我终久是薄弱，是薄弱而缺意志的人。我受环境的支配，我受人类的迫夹，我因为薄弱的意志，丧失去我美好的青春，因为薄弱的意志，沉沦了我伟大的事业；天哪，我的意志哪儿去了哟！

"我们相逢太迟了，不，不是相逢太迟，是提起勇气太迟呢。记得那年秋天，在法园，在江湾，在苏州，在无锡……各个地方游玩时，不是很爱好么？但都不敢越过环境来和礼教奋斗，我结果的结论又是一句：算了吧，让我们的友谊永远保存着！唉，曼，现在，我完全变更以前那种态度了，在我心中压得快要死灭的爱，已经爆裂了，我再不能不明白的告诉你。我提出勇气了。"S幽幽的说着，轻轻的吻着我的指尖，一种无名的酸楚由他的红唇透过我的指，流入我的心；我的已经熄灭了的残烬，被这酸楚煽出点点的火星，我的心完全为爱而颤动了。

在法园，柳下坐着，婆娑的柳枝拂盖着我们的头发，疏密的柳影披缀在我们的足下，听着夏蝉的鸣声，我们的心都同样的感到凄楚。

"曼，那年要你同我到广州去，你为什么在临行时又反悔了呢？去了，不是好么？"

"谁知呢？……"

"呵，难道你那样不聪明?！你不知你那时的环境怎样恶劣，环绕你左右的奴隶个个都是伤害你的人？"

"谁叫你不明白的告诉我！告诉我，也许这几年不至于受到这许多痛苦的。"

S深深地被感动了。他握着我的手，吻着，用轻微而颤动的语声说："不要烦恼，从今后，我是不会对不住你的了。"他反复的说着，强有力的手腕抱住我的腰。我的泪，点点地滴落在他的胸前。在迷惘的，惆怅的，酸苦的，甜蜜的各个憧憬中，望着他焦灼的红唇，听了这句话之后，我知道，……知道我是被爱着了。我深深的嘘出一口气，我们互相望着，会心的笑了。

我不知道要说什么话，等到妹买汽水回来，我都没有一声响出。我的心是被什么把持着，为什么这样不宁静呢？

时计是最无情的东西，吃了一餐饭，便又是该回去的时间了。

车站快到，我才说出："今晚写信给我呵！"——我要再看S的心。雨下的渐渐大起来，S全身都湿透了，他把西装脱下来盖在我的头上，更是潮湿了。

和他握别，车开行后，我望见他的瘦影在微雨的湾角中消失以后，心中还是不平静。

因为晒日洒雨的结果，我病倒了。——发热，发冷，齿痛，头晕，真受不住。

七月廿三

幸得上帝的怜悯，今夜，在病中我终于如愿的读到 S 的来书。

耳朵痛得利害，右颊都被牵的红肿了，牙齿也痛了，真是辗转反侧，终不成寐。拿了洋烛睡在床上，写了一张很长的信给 S。信写好了，病越发利害了，有什么办法呢？

昏昏睡着已是八天了。这样每夜都睡着，在床头写着信，也照例的每夜在床头读到 S 的来书。有时流泪，有时便狂笑起来，迷惘的，惆怅了，喜悦了，完全恢复数年前初恋的情绪。

每夜对着苍白的灯光茫想——有时想等一刻 S 来入梦，有时想突然听着叩门的声音，有时在追怀过去朦胧的幻影，有时对于过去的自弃加以伤怀。

白天就和妹赌赛：今天有信的，或今天一定来的；但很常赌输呢。实在是 S 太残忍了，让我在想他想到无可奈何中还输给了妹。唉，人的事，天知道！好像有人家在我面前谈到他便轻松得多一样。

下午，A 来，说他回国以后，听知这事便特地来找我。是的，我很坚决的拒绝了。休说我是十二分决心，就是永做了寡妇也更好的。像他一样的残暴，是人类的耻辱！为尊重我自己，并且念着童年的友谊，保持他的人格，我不能十分明显的对他，说我不能下去的理由的深处，我只好说是性情的乖戾已经无法纠正了。A 替他诉说再容许他忏悔的话，并说他已经在忏悔了。"不，我不能把我的青春放在暴君的手里枯萎下去，不能让我的身心时时给他去侮辱；让他忏悔的时间太长了，三年还不够么？"我叫起来了，这谈判算是终止。无可奈何地说：

"暂时分开也好。"A 算是失败了。

唉！暂时？唔，为了 S，那更无可迟疑的了。

七月廿五日

今天，心中好像受了什么暗示一样，觉得 S 今天一定会来看我的。

在石阶上斜倚在墙上，老是注意叩门的声音。一位说教士正在和我谈些牛头对不着马嘴的话。

哟，S 真的来了，这是多么可喜的事呀！他的外衣挂在肘上，踏进门，他望着我笑了。

欢喜得太过，倒觉无话可说。他挨近我一同坐在石阶上，讨厌得很，跟他来的陈也坐下，我好些呕气。

他们到爸的房里去谈话，我站在门槛上，S 无言地向我笑着。我丢去一个吻，暗地里都领会了。

他们又到庭前豆荫下坐着，我站在他的背后，靠着椅背看着他手中的书，我闻着他的发香，听见他心中的脉搏在跳，替他燃着香烟时，在大众之前，他竟会客客气气地说出"谢谢！"

S真是一个不好惹的东西，他时时要表示他的刚强，用他的灵敏使我折服，于是他常常故意说许多话。我呢，故意打他，陈也就故意向高说我们是好得不能再好的。——这些言动是再不能瞒人的了。

饮二杯酒，有点酒意了，倒在床上；S坐在床头的沙发看书。陈进去拿东西，忽又出去了，好像有意闯入一样。

弟要S下棋，我说："你叫陈和你下。"陈不知怎样听错了，他突然跑进来问："什么事？""没什么事。"我说。"弟说你叫我。""没有。"他才跑去了。……哟！S正坐在床头，握着我的手，一手放在我的胸怀，这样亲密的态度，让陈看见，那还了得，S以后不知要怎样受他的戏谑哩！

晚间在院里纳凉，陈回去，我俩便自由地谈话了。

S很忧郁的说："你和桐很好么？"

"没有这事。"

"陈已经告诉我了！"

呵，我怎能够辩护呢？我和桐不过相识而已，我哪有爱他的念头？

"其实我并不是要你对我负有责任的，不过你觉得我的爱尚有存在的一天，你便该听我的话了。"

S的话是含着伤感的成分的。唉，我们相爱才不上几天，为什么便有这样不幸的预觉呢？天哪！

我的心很不好过，觉得我如果不能永远爱着S，用我全副的爱情来爱S，这简直就是笑话了。许多年来怀恋着的人儿，而今才得到相爱的机缘，难道忍得放弃了么？自然我申明着，请求S信托我，其实，这申明在受过创伤的S看来，是不能十分相信的。我也不强求了，这横竖是该看今后的命运的。不过像自己这样易于轻移而又易于被软化的人，若果遭着恶环境，我也不能相信自己。但是，天哪，只有信托你，信托你才能使我们永恒地朝上去，得到美满的结局。

晚上是很沉郁的，S满眼都是泪光，他在惊怕他未来会再不幸。唉，上帝哟，我们还未尝爱得成熟，便有夭殇的哀感，是什么缘故呢？

十一点钟时睡了，我怕S受了凉，他的酒后的沉默的哀念使我感到难以言语的心痛。

七月廿六

起来便一同躺在沙发上看书，他吻着我的手心。我们只是无言的笑着，但心中都不是十足的快乐，我们还是在颠蹶途中。

午后同去县校寻个朋友，一路，S替我拿着洋伞，这心地的幽清，倒是几年来都不尝有过的。

陈和他的妻站得很紧贴，S也故意偎在我的身旁，那是比他们更亲爱的呀！

在荷池之畔，有轻凉的风丝，有薄虹的夕照，我们在心中各拍下一个影了，在人们的眼中也拍下一个影了。

我们是幸福的人儿吧！我们的关系你也能了解么？看你们这个笨相，你们懂得什么呢？我们在生之园里战败归来，各个的身心都是淋血红红，刀痕箭瘢；而今站在死之篱畔，我们才蓦然的觉悟过来，勇敢起来，我们一同拥抱着跳进这死的篱笆。我们很快乐，我们愿把死亡尝试。我们若果想再背城一战，我们便换着臂膊再整旗鼓。看哟，过多少时间，我们便战胜归来，我们躺在伊甸园里的无花果下，正像原始的祖先一样优游于大自然的母怀中。你们，唉，你们，你们懂得什么呢？怕你们在生不能亲切地携手，就是死时，死时也各自寻找墓地哟！你们，你们向社会"挂号"了就算堂皇冠冕么？——平日对陈的妻是厌恶，这时对她的媚态更使我起了怒火。

回来，是六点了。

繁星在天，迷濛中还可看见对面的动作。我深深的吸着卷烟，这一点香烟末梢的火星，竟使我看见Ｓ的紧蹙的眉端。

呵，他在烦恼，他在疑虑，他在惊恐！

"我总怕你把我忘记的，即不说是忘记了，别后，你总不像我一样寂寞的，因为爱你的人尽是那样多，……唉，现在我也不愿去想到什么了，不过总希望你能永远爱我，好让我安心地去做别的工作，而且，我庄严的告诉你，这是我最末次的追求了；你也该这样呵！……"

"我绝对不会忘记你的，不是说过吗？"

"哦，那是你一时的冲动。你的情感一冷熄下去，这话也将随着消逝的。"

我哭了，凄然的哭了。Ｓ在这时还不能相信我，我有什么意味呢？

我跑到房里，背着灯光，又在垂泪，生怕给母亲看见。我拿好了酒，又跑到Ｓ的面前，我又吸起烟来。

酒气有点发作了，许多悲凉的往事又涌上心头，眼前的不幸又咬着怯弱的灵魂，忽然又惊惶起来。自己的学问这样空虚，心灵又这样破碎，颜色又这样憔悴；我有什么火热的爱力可以永远挽住Ｓ哟！我不禁凄惶起来，全身都颤动了。我无力地伏在Ｓ的胸膛，轻轻的拍着他的心窝：

"哥哥，我怕你把我摈弃呢！实在没有谁配得我去爱他的，别后，别后哟，巴黎桥畔的女人，许多美丽妖冶的女人。……"

"不要流泪了，妹妹，你放心，我是永远不会把你忘记的！……"

我们悠长的接吻开始了。

Ｓ突然伏在我的膝头。

我惊喜得难以自措，我用力地把他拥在膝上，在繁星的幽光之下，又都微笑起来。

因为抱不动的缘故，坐在Ｓ的怀里的是我了。我们心灵和肉体都颤动着，我们迷失在悲欢里。

……

早晨Ｓ一手掩着我的眼睛，一手由我的胸前掠过两腮，一溜烟便跑出去。等到听见他在外面和家人告别的声音，我才惊觉他是不忍我看他的凄楚颜色的跑了。

我全身酸得不可耐，怎样别离是这样有力的抨击着我哟！

天哪，什么时候才得再晤着他呢？

我才知道那种欢爱是怎样销魂

七月廿九

三天来都是下着缠绵不绝的阴雨。

我已经似一个失了魄的幽魂，白天起床就去淋雨，在长堤上深味着孤独者的悲哀。有时便又迷迷离离地瞌睡了一天，让狞恶的梦魔凌迟着我！到夜里哟，这可怕的长夜，这寂寞的深宵，这悠悠的阴雨，这忽变晴空的现出的繁星，这骤由黑云漫漫中拥出来的残缺的月！啊啊，我整夜无眠，我的心弦正寸寸在断！床头一瓶酒，一罐烟，一壶茶伴着我在伤那不堪回首的往事。

闷住在心头的无名的火，只能向自己发泄，郁在胸怀的无名的愁苦，又只尽痛咬着自己的心窝。想起两天来的憧憬，又仿佛似与幸福尚有未尽之缘，于是又不禁狂笑起来。看着S的纤影，便想吻他的笑窝。实在两天来的S是比平时隽俏得多，漂亮得多，我该欢喜吧；呵，一想到这摆在面前就将降临的离别，我又哀哀的哭起来。实在这分离是使我惊心动魄。读了S的信，更叫我哭得失声。一想到这别离许是更好的试练，我们未来的光明的长途，正在开展，便希望将来我们一同去流浪，我们以绝顶聪明的两个心，开起花来，我们要有一个绝顶聪明的孩子才好呢！想着又不禁好笑。唉，人的事，天知道！月亮正在送出非常的光明，我想跪下祷祝呢！虽然上帝时常愚弄我，时常叫我咒诅他，为了他把握着我的命运的缘故——唉，到了不能自遣的时候，还不是要去哀求他么？蠢东西，算了吧！晨鸡啼，人起，我醉矣！

八月二日

我简直发疯了，无论阴晴，我一定要到上海去哟！我的心已经颤动了，我的火亦在爆发了，难道我能够遏住自己的心潮的狂奔么？我拨开了孩子，拨开一切亲爱的人们，投奔到情人的怀里去。

在车站先拍了电话给S，我几乎要飞腾起来，这样迅速的车轮，我还嫌其迟顿。

十一点到了南站，我看见S的身影了。他看见我便赶快的躲藏起来，假装没有来，但是我的孩子哟，难道我的眼睛的锐利会看差你的么？我也看见你了哟！我亦装着不见他的样子，坐上车便想走，他却出来握着我的手了。

我们默默的笑了。

到X酒店面前了。

这会的心才真正的狂跳起来。我，哦，我真的要来尝试这销魂荡魄的生活么？

为什么一句话都说不出呢？总是相对的笑着。S很高兴，我站在镜前掠发，他从后面把我抱住了，吻着我的带醉的面颊，两手正按着我悸动的心窝。

在镜里两个憔悴而犹带着青春的气息的颜容看得格外清楚。

我无言的跑到床前，手足是悸动得无力了。第一次感到被爱者的幸福，强有力的热火压着奔驰的胸膛。——我们吻着，比着前次是那样自然得多了。

"情妇！""私奔！"好些念头在心中浮荡，有一点小小的惊惶；但是，一看S那样天真无邪的神气，和那可掬的笑容，他的特别有媚力的声音，火一般燃烧着的眼睛，铁一般的手腕，我是死心塌地的完全被征服了。

下着微雨，我脱去外衣，站在窗前望着蠕动着的动物，那幽郁的树林哟，有我们行过的足迹，那静谧的石洞哟，有我们坐过的遗痕。

"我有一次在虹口公园和青们谈到你。青说你并不是怎样漂亮，但忧郁的态度，潇洒的风韵，总叫人一见就想殉情的样子。我说曼这人太过任性了，如果有一个铁腕把她挽着向善就会好的，倘使没有时，也竟不知要沦落到什么地步。他们都说我观察得对。其次我们便谈到现在了，说M有铁腕么？没有，那不过是木头！说到O吧，那竟连木头都比不上，那不过是泥土……所以曼的沦落是罪有应当！她明白这些是不足使她前进而使她更加陷落的东西，但她竟想和这些东西为偶！……"

"谁就算得有铁腕呢？"我吹出一口烟，望着S的娇哂。

"……"

"你吧！"我再深刻的看他的光泽的眼睛，他禁不住笑的把我捉住了。

久病的胸膛，久痛的心窝，第一次伏蜷在S的怀里了。

我怎样这么不平静？唉，难道这算是突如其来的么？这可说是出乎意料的么？不呢，如果说是突如其来时，那末昨夜彻宵的失眠又是为了什么呢？如果是出乎意料时，为什么又要冒雨凌日的来了呢？但是既然来了，为什么又不放胆的欢狂起来呢？实在人这东西，总是无处不矛盾的！

我俩的泪同在眉睫交流，在一个枕上，在一条毡中，两个心是互印着，热血交相沸腾，微笑里，两个弱躯完全颤动了。……………

我要S去拿诗稿，这是前天和他约的，他说这回若是晤面时，便要替他抄写，好让他时时记念着。这该是写的时候了，他总不肯回学校去，大概他是迷茫了；等到我发气时他才出门。

S去后，便不禁怕了起来。这里静得怕人，楼太高了，地下纷纭的车马的声音是听不见的。怕什么呢？我倒不知道，大概是心理作用吧。头也有点昏了，跑到窗前望着江边的黄昏，思构一首诗，想写点什么，笔又搁在S的口袋里被带出去了。

只好睡觉。

我尽是这样惶惶恐恐，我才知道秘密的事情是干不得的，幽会哟……是怎样惊心的呀！

门叩着，我不去开，等我开了，S又藏起来。

"闷不闷呢？"

"废话不要说。"我答着他接着他的诗稿，他在剥食芒果，我不高兴这一类东西。

我躺着，枕在S的膀子上，静聆他的颂诗的声音。哟，S的诗，感情的深邃，诗句的美丽，真是令我折服到彻底的。他有惊人的天才，他的天才是谁都模攀不上的……

"我含泪听你说我们相逢太迟，

爱潮翻不起命运的巨石，

但爱潮是更加汹涌奔流，

而今怎样使它一朝停汐？……"

S 读到这里，紧紧的拥住我，他的强有力的手正揉着我的心窝。我也不忍再听去了，我把诗本放在枕上，我想滴着凄迷的酸泪了。

"本来就觉得苦闷了，而今再经过这甜蜜的记忆，这回别后的凄凉，定是更难以排遣的！……" S 说着把脸伏在枕上。

再看着，觉得 S 是太悲哀了，他的悲哀比我更深沉，他的诗歌是充满泪和血！S 是受过爱的苦辛的人，他曾受过许多女人的糟踏，女人，女人，无可赦免的女人，实在太残忍了！突然又想起自己的血迹，自己的生命不也一味让人家糟踏的么？像 S 说的：

"许多男子使你失望，正和许多女人使我失望一样！"

是的，我们现在应该深深的互相慰藉哟！我们两人都同是受伤的战士，我们今后正该对各方的伤痕互相摸抚！我们现在正是相依为命的时候！我们都是被人类遗弃的可怜虫！

我流着泪吻了 S 的眼睛。我太悲伤了。

S 又去了，他要带妹去看戏。

我独坐着，读悱恻缠绵的诗句。

S 回来时，已经是七点钟了。他总是那样高兴着，他是一个怎样可爱的孩子哟！

"曼，你猜不出我要茶房拿什么进来！" S 说着活泼的笑了。

谁能猜得到呢，他灵动的心灵？

呵，一个筝，他信手地弹起来。

"咽泪调筝啊，将来别后总有时候的！"我不忍听着这迸出哀音的声调，我只有劝他停止，我们的时光就将飞逝呀！

晚餐时共饮一瓶啤酒，他要我多吃饭，我怎样吃得下呢？

"我这人真个到了墓门之前了，连食欲都锐退得这样厉害，现在是一点东西都不想吃。"

"你糟了，这是表示你的青春的热力已经完全竭尽了哟！" S 像很悲哀，蹙着眉。

"我们要怎样享乐呢？这时光是一秒钟都不忍放弃的呀，——我们谈着吧！"

"到这时我的心还不平静，你把门关好，呵，谁来了……"

"有鬼呢！"

我开始抄诗了，想到外头的书桌去，因为我的眼睛不好，这房里的桌子太低，光线不合。

S 反对，他不让我去，说抛下他独自一人的卧着是太残忍的。于是我拿了茶几放在床前，在床边写着。

S 的头枕在我的腿上。他说："这样看书。"我不禁笑着；莫说没书在手，即使有，怕也看不下罢？他是怎样兴奋哟！

第一行，我写错了一个字，很不停留地便把这一页撕去。S 很不欢喜，这样少页数的簿子，怎够撕呢？他要我搁下，我又矢志要抄得成。不肯歇。

第四行又漏下整整的一句了。

撕去这一张以后，自己发誓，倘如再错，便要受罚的。——我们议好了规程。

第二次被罚了一个吻。

S兴奋得叫起来，他笑我不宁静的态度。

我终于把笔摔下了，不是又漏下一段的么，把诗稿完全收起了。

寂静的深宵，我们听不见虫叫，也听不到蛙鸣，一切是沉静得像死一般。我们所有的世界都是自由的，放荡的，欢狂的，悦乐的哟！我们半生来的苦恼都完全埋葬在一个长吻之中……！我们过去多恋的生活，都已经结束了。我们过去在死的墓地翻转着的萎靡的生活，也要告一段落。我们开始创设我们的新生，我们撇开一切的烦扰，我们携手向光明的大道进行，我们隐约可看见我们未来幸福的园地。我们由于各个受伤的灵魂从生命的深处相怜惜，我们是永恒地得够互相谅解与慰安。我们是秋后的黄叶，在命运之厄道中紧紧相依，我们是坠落风尘中的孩子，在颠蹶的旅路上永恒地携手。我们的灵魂将长此永远拥抱在一起哟！

我们建立了第一步振作的密约，我们的信条是用我们伟大的情爱来奠基。

在这夜间，悠长的夜间，我们尽量互诉着几年来相爱的苦哀，互谈环境之迫夹，我们的爱焰是早被压熄的了。唉！

回忆的甜蜜，我们的身心都狂醉。

回忆的凄酸，我们的意绪都纷纭。

一切，什么青年的男子哟，妙龄的女郎哟，你们去做着青春之佳梦吧！你们各自去采撷你们青春的花朵！我们是秋后的芙蓉，我们的青春早成过去，我们的佳梦也早幻灭，而今，啊，而今，你们莫再来向我们招手诱惑了！我们怕哟，怕哟，怕青春之热力与血滴的刺激剂会使生命更加陷落！去吧，一切的诱惑都去吧！我们自己衰谢的残英，已够鉴赏了！……

八月三日

早晨出门已是十点了，夏天是像我们的心一样炎热着。

在X酒楼吃早点。S回校去换衣衫，等他老是不来，真气煞人。妹急的要哭的样子，我是更不用说了。

S来了，因为和朋友解决一件事，出校门时给朋友揪着。大雨又来了。

在车站候车，火车没有来。我燃着香烟，看着五光十色，妖冶的女人，奇怪的男子，有的是衣衫褴褛的勤务兵。我忽然惶恐起来，不知给人家目为什么，不至成为什么姨太之类吧！看我的衣着还朴素；但是，天哪……

突然看见大肚皮的女人，不禁吃了一惊，想起S的妻来，她不是就要临盆吗？这女人最多是十八岁吧。我很可怜她。唉，女性为什么要负着这么重的十字架呢？……造物这东西，真是该杀！

S尽紧蹙着双眉，不知在报上看到什么，我放一粒香口糖在他嘴里，他很勉强的笑了一下。

火车来了，雨是那样的不停。

我和妹坐着，S便在对面。

我告诉S，宁愿永远的旅行着。"你看，不论是火车道中，或是海浪狂波里，总有一种特别的风味，是都市的繁华都赶不上的风味呢！"本来我是很怕出门的，但这时正从心的罅隙中流露出这句万分真挚的话来，真是奇怪。其实S所给予我的厚爱，都使我的身心充满着健康的快乐，这纯洁恬静的心绪是不知被摘去几年了的。我的童心又归来哟，一切都不敢来烦扰我，我真想感谢S了。

S说他有一次在京奉路，夜里车经山海关，经过许多美丽的野景，还有一轮皓月，照进车中，那种愉快，才难寻找呢。

我们又谈着X草芦。他说他们都在那里看见鬼的怪事。S用英语说着，他的声音是怎样清脆悦耳呀！

不知从什么时候谈起N小姐了。谈到她的狭隘的心肠，谈到她厉害的手腕，更谈到她的欺凌压迫K的本事。K真怕她，差不多被禁锢的，一句话都不敢多说，一动也不敢多动。

"K为什么会这样甘心屈服呢？N是怎样的人？"

"也不过是一个最平凡的女性！"S说着又续下去："K会给他女人管得这样紧是想不到的，那真是痛苦哪！"

"爱根本就是痛苦的。"

"与其说是怕她，毋宁说是爱她。"

"与其说是被迫，毋宁说是被爱着。"

凉风吹着我的乱发，细雨洒着我的衣裙，S听我说完这一句微笑了。

汽笛正在响着，我俩都站起来。

"所以你是要晓得，以后不要这样！"

"我？不可再受人家压迫？"

"咦，还要请你不可压迫我呀！"

"啐！我从未做过压迫谁的事。"唉，这将怎办呢？在大众之前，他说着，不是被我爱上了么？……

到B的家，B夫人竟变得这样，三个年头不曾晤面竟认不出她了。她虽变得更加美好，肥皙些，但可是完全成为一个幽暗多愁的少妇了。从前天真的笑容也不会从她含愁的脸上看出了，从前漫淡阔论的语声也听不见了。虽她的姿容出落得更漂亮，但可怜她轻快的体质，完全呆板了。B这个已经破产了而还极力支撑着门面的家庭环境，使她变成这样沉忧的一个妇人。B近来又失业。唉，人总是不幸的哟！

我疲怠得很，躺在他们的床上就睡着了。S躺在对面。

本是不去看K，但所谓"人情"亦就去了，B夫妇同行。N小姐，算这回是正式的看着她的骄傲和阔气了。唉，爱情！幸福！大厦！高楼！我几乎窒息了。我不高兴到这种无聊的场合去。

车站上的风丝片片和着飞驰的白云，青的田野，绿的蛙池，都异常清幽好看。暮色苍茫了。S和K在很远的地方，B夫人和我，B和妹都在谈着。

我抽着香烟，心里突然悸动起来。

我们在社会上差不多要负起沉重的十字架了！我颤栗了，我的心痛得很哟，就不要看得太远吧，而目前，目前我们不就要别离的么？别离后，S是向前的进步着，到物质文明的国都去寻新智识，而我，我却还是那样枯涩的寂寂寞寞的生活着。若果S真是爱怜着我时，何不就共同努力，摈弃一切地携手努力着？唉，别后要怎样变幻，谁晓得呢！我独自和环境奋斗，我有这样的力量么；梦吧！一切都像梦一样的茫渺哟！

这几个钟头，心情是变化得奇怪，我总想我们的前途是埋伏着暗礁；在车上我阴暗暗地一语不发。

"我去学校一回，十点便找你去，不要暴躁。"S拿这字样给我，下车便分头而去。

妹去找文姊，她送来许多芒果，S最喜欢。我晚餐都吃不下，芒果更讨厌。我不是暴躁，我在替我们的前途惊恐，危惧。天哟，为什么只我一人这样不幸哟！

妹和文姊去看戏，我一个人躺着，凄苦，悲哀，气愤都集拢来了。我郁郁地击着自己的胸膛，是的，我宁愿死的好，免使S的妻以我为的鹄地来攻击我！D姑娘啊，要叫我对不住你了么？哼，你自己一个丈夫，不能好好地给他慰藉，使他绝望，使他外奔，这还叫谁负责呢？唉，……但是，唉，她不是一个无知的女人么？在她是尽了妻的责任哟，所以不能把丈夫挽住那是这时代的罪恶，是这世纪末的必有的现象呀！是的，我应该救她，救她，不应再去把她在深渊底投着石头的呀！但是，但是我不愿意哟，你幸福的少奶奶！为什么这样可爱的丈夫，你会给他以绝望呢？他真的不爱你么？唉，你们的孩子已经成群了呢！……不行哟，我要回头，自己沦落好了，何必去增加罪恶呢！我的可爱的S呀，恕我吧！曼罗是薄弱得很，她替社会负的十字架，已经够重了，她再也顶不起这重罪了！

想到这里，眼前是比先更加昏黑了，疲乏袭击着我的四周，心中胀满着郁闷；突然地，我便嘘嘘的哭了起来。

S来了，外衣和帽子拿在手里，我怕他看见了泪眼，我背着灯光朝里睡着，我说头痛得很呢。唉，见了他，我的心便更加悸动，我的勇气突然增加起来，唉，你想，我怎能把他放弃呢！

外面透进一重蛋青色的薄光，窗前正下着潇潇的细雨，望着太空，只见一片迷濛的黑暗。

"倘若几年以后，我们有了孩子，曼，你想是怎样快乐啊！那一定很聪明的，并且也一定很美丽。把二人的聪明都集中在孩子身上，那是多么好呀，我们是应该怎样喜悦？把二人的美都来赠给孩子吧！曼，像你好，还是像我好呢？"S跳着，几乎狂了一般。

"几年以后的事，天知道！"我是那样的寂寞起来了。

"哦，你想变了吧？"S很奇怪的咬着我的臂膊，但忽又使我笑将起来。

一切的创伤，一切的秘密，我们都互相交换，我们深深的谅解，我们紧握着手了。

我们又都兴奋着。我们是不幸，是苦恼，都不能顾到，就是错误吧，便也让他错误好了，这是造物主的主意。我们这样短促的聚会里，只要有一刻的快乐，便享乐一刻好了，这光阴在我们，该是如何宝贵哟！

S说他疲倦了，独自躺在沙发上。

像原始的世界一样自由的身体陈列着，欢狂的兴奋会把疲乏逐去。

S重新卧在我的怀里，重新谈起情爱来。

我对 S 说：N 是那样的人，倘使将来我们结成爱侣时，她们一定不遗余力的攻击。

"蠢孩子！我们要靠她吃饭么？怕她攻击！……"S 说："D 一定难产死的！"

"哟，你……她替你养着孩子……"我实在难过得很。

"不，我看她那样子……难道我居心要她死么？我不会这样残忍！"S 分辩。

可怜的少奶奶啊！倘如你听到这话时是要怎样的痛心？你知道了这情形时更要如何的哀伤？你在替你丈夫受苦，而他，而他竟疯狂地爱着别人呀！……而且希望你死！

唉，浅薄的人道主义，一面替她怨嗟，然而却想死了就好。像这样地活着又有什么兴味呢？不死，给人家丢在黑暗中辗转。唉，……总之，矛盾的社会，万恶的社会，害了一切的女性！难道自己就找到了光明么？自己不也在黑暗中辗转么？眼看两个就将别离，别后的悠长的年月不也可怕？我会对 S 说把故乡摈弃，一切名誉，虚荣都不要了，就去找寻乡村的生活，共同努力着，找寻我们的光明。但 S 却要去国了啦！几年以后，谁能预料呢？也许我更先死的吧……

S 默无一语，惨然地伏在我的胸怀。

"我想到倘使以后别人在你的面前……像这样，唉，是怎样难过……"

"谁要你想……"我立地就难过起来。

S 已经睡着了，我是如何地寂寞啊！幸福也不外如此罢了！……

雨籁籁地下着，敲着窗门。

S 在梦寐中说着呓语，正在呼唤我的名字，我听着，独自睁着眼。

八月四日

天就将黎明了，我才合上了眼，约莫二小时，醒来，晨风吹着窗门，有点冷意，S 还尽睡得那样畅适。

他被我唤醒，如醉如梦的互相凝视着。

"我把朋友们都约来吧，我们在今天开个宴会，立刻宣布。……"

"何必呢！不是就要别离么？"无论如何，我总觉得前面还是埋伏着暗礁。实在 S 为了他的荣名，就不愿伴我。唉，就不出国，也不至于饿死呀！唉，人总是自私的，残忍的哟！

想到这里，一切不也都成了幻影么?！我要做什么呢？……

八月七日

妹妹！我们像仇人一样别离后，我大踏步往找朋友。他不在，便在案头写起给你的信。信笺一页页地撕碎了，却终不曾写成，并且越写越暴躁起来。投了笔，愤然的想，她不是还在上海么？写什么信，真蠢哟！走出了友人的寓所，便惘然向法界跑去，我仿佛的看到了陈留在案头的地址，并且仿佛是裕升里，但第几号就糊涂了。我自己代决定是 22 号吧，但是，妹妹哟，我连所谓裕升里（是不是?）都没有找到。细雨忽然霏霏地飘洒着，我立刻惊觉似的欢喜起来，只要雨肯认真的下起来，妹妹就不会回去了。可不是么，妹妹便会去找我的。但当我打算得周密时，雨却早就停了！我无聊地，又满足，又抱憾，一步步地在街上走着，觉得双脚异常沉重，二点钟时，天空还是清朗得很，我无意识地坐了黄包车到车站去，忽然天空聚拢了淡黑色的云块，雨点疏落地下起来了，一会儿下得很是浓密。妹妹，我不知是欢喜还是什么，立地转身回来了。一直坐到这时，时时都在听楼梯高跟鞋的声音；但是恐怕妹是在雨前回去的了？今晚真正落漠和无聊奈的！妹妹若真个回去时，此刻该是在院子里纳晚凉，吸着卷烟，（并且想，那是五天后就得戒除的东西了！）别离后想到欢聚时的可贵，真使人悔恨交集寂寞难堪呀！现在不是和妹妹未来以前一样么？虽然是在欢爱里沉醉了三天。但是，妹妹，直至此时，我也还在盼望你的急剧的足音，我听见了，立刻把这讨厌的信笺扯碎，立刻投在妹妹的怀里，我的突然高涨起来的情绪将使我在人家的面前，和妹妹狂吻至无数次。我将像迷失了的小羊重回到它的主人身旁一样依在妹妹的脚边，将像被遗弃了的恋人重又蒙到赦免一般的拥住妹妹失而复得的腰肢，唉，三天来，我沉醉在欢喜里的神经的感觉，差不多是快麻木了。现在从这麻木里醒觉过来，我才知道那种欢爱是怎样的销魂呀！

现在只要给我一点钟，不，就是一刻一分都是可感的。现在只要再亲一亲妹妹的唇吻，再握一握妹妹的素手，再看一看妹妹的双睛，凄然的含着泪光的眼睛，引起人心深处的伤感的眼睛，含着哀怨和求恕的眼睛，便抵得这三天的欢爱了！妹妹，你知道你征服我的就是那双眼睛么？只要你一向我凝视，就仿佛把我藏在心头的秘密的悲哀都给你照透了！一看你的眼睛，就立刻，无疑地，知道你正在爱着我，和知我的心！妹妹，你这眼睛的神秘，是在这两三天内才觉到的哟！

妹妹，两三天来，妹妹的不肯告人的秘密和创伤都坦白地告诉我了。我的秘密和创伤，也都无饰地告诉妹妹了。我们过去的错误和不幸只增添我们相互的爱怜。我们互相谅解，互相宽恕，互相慰藉，以至互相爱上了过失的已往。我们灵的和肉的都交换了，谁说妹妹不是我的，我不是妹妹的呢?！我们请庄严地珍重对方的爱吧！回头过去，我们的爱，唯有庄严才能建筑得巩固！唯有庄严才能发生伟大的力量！妹妹，你请庄严地爱你的哥哥吧！他正需要一个女人的庄严的爱来指引他，感化他，使他对于一切的态度都庄严起来，使他庄严地向上努力，庄严地活着和死亡。妹妹，请你做我灵魂的检阅者吧！哥哥所希望于妹妹的，这要算是最急切的一条了。啊！信笺完了，妹妹，你好哟！你的哥哥祝福你！

S　八月六日

妹妹：

上午我一直睡到九点钟才起床，今晚是不容易睡的。啊，说到睡字，我又记起那两三天内的一件对不起妹妹的事情了！妹妹，我是多愚蠢，多不中用哟！妹妹屡屡要我醒来，但我却常常不一会就死一般的睡去。我平时是极不会熬夜的，但无论如何，在妹妹的面前，颓靡地睡去，教妹妹独自一个张着眼睛，即使不能说是残忍，也可说是不知趣之至！况且，我们欢聚的时间那样短，细雨的良宵，我竟会在睡眠中虚度了过去，想起来，真是悔恨无极哟！但是，我那时是让另一种情绪吸引了去。我兴奋到了极端了，浑身疲乏地，身心都无忧地，甜蜜地寄托在妹妹的胸怀里，那是多么愉快，多么销魂的一个死亡的试验?！妹妹，你想，时间是那样短，我差不多样样都想享乐到呀！妹妹，当我们在第三个晚上十二点钟后，挽着臂在街上行走，和对坐在树荫下的那半个钟头，我们的心里是愉快到怎样崇高的境界！那是一种新鲜的快乐，新鲜的变换，到现在，这一刻的快乐的幻影还时时闪电一般的浮现在我的心头！我们那天没有到法园去，亦是因为觉得天气太热和太疲倦，不然，我们再到那石洞去立它一会，那多么好哟！我们 kiss 的地方，kiss 的地位，kiss 的姿势，kiss 后妹妹的眼泪，我这时都还记得清清楚楚呢！

妹妹，我明后天将到香港去，在那里大概是勾留一星期，这一星期里，我也还是要写信给妹妹的。我要买一件小小的赠品给妹妹。但是，我恐怕要有几天不能看见妹妹的信。妹妹是不是开始在写日记了？妹妹没有信给我时，就请把那些话写在日记里，将来我总有机会读一个爽快的。妹妹要把无论什么话都记了进去才好呢！爱我的，恨我的都写进去，使哥哥将来看见了，好知道应该怎样做才能得到妹妹的爱。那两三天的事件，亦烦劳妹妹详细的记一下，可以么？留一个美丽的痕迹吧！凄苦的，艳丽的……你所说的话，你的笑语，你的最销魂荡魄的陈列……腕上的泪，枕上的血，头发的蓬松，酒的气息，微红的脸，薄醉的风情，病的苍白，死的疲乏……一切一切，都记下哟！

妹，你好啊！

你的哥哥 S　八月七日

许心影作品选

好梦总是那般残短哟

八月十四夜在海轮中

姊姊，我的亲切的朋友！

多么闷煞人哟，这漫漫的长夜！

这凄清的客舍，凄淡的夜阴，死沉的气息，死沉的我的寸心，一切的感象，都如在坟茔之中！

耳的周遭，是吱吱的虫鸣，沉沉的夜漏，这样的情景，一切都是催人落泪的材料，一切也都聚拢来打碎我空荡的心灵。

姊姊哟！在这样的时候，我除了尽情地洒泪，尽情地让情感沸腾而外，我还有什么事可做，什么事可想呢？唉，我真没有想到，没有想到我还有 sentimental 的时候。

人的心境，还有什么比自己的理智要杀死自己的情感更痛楚的呢？唉，有谁能料想到在我这恬静的心，如今会生出这样的苦情！

那一夜我在珏的家里想写信给你的时候，我细细地凝想，细细地检阅自己的思想，当我意识到我的思想中含有爱你的成分时，我是感到多么可怕啊！我的心如飞瀑的狂跳，我的手也在颤抖了！啊，可怜的你，可怜的 S 哥，尤其可怜的是我自己，如果下去，唉，只有悲惨的结果啊！可怜我们三个，都非闹到狂死不可呀！唉，我觉得，我觉得，我可以想象得到。

我终于下了决心，终于决意只可苦我自己，我不愿做闯入的第三者，我愿我的情感自生自灭，我愿抑制我的情怀，使它灰冷，死沉，以至于绝灭！

姊姊啊！事情为什么常要发生得这么出乎人之意表啊！这次的事，要是 S 哥知道，是要使他多么难堪呀！——刚刚是他离开你的那一天，我便远道跑来访你，他是到香港去，而我却是才从香港回来。而且我们四人，虽则心机中不相投地默然对坐，而事实已是对坐了一个通宵呀！甚且我这两天来竟生出了这样的情绪。姊姊哟，我对你说：我愿意我的心情渐渐地冷息，终至成冰块，我不愿它给成了刺果；可是，我今晚的心灵，为什么还会这样的嚣动呢！……

……

啊！我的 Hysteria（歇斯秩里）症又在发作了，我有时昏寐，乱梦，甚至失眠。总之，我的脑经是这么铅重，我的思潮不断地起伏，从昨夜写了上面那些话以后，直到此刻黎明。

外面是这么静肃，我几乎听见露滴空阶的声音……什么在萧萧作响呀？那是芭蕉，芭蕉也在呻吟，唉，难道芭蕉也会失眠么？

我走出阶前来吟味这死寂的黎明，呀，天上为什么没有半点星星?!

姊姊，我又在想着你了。你呢，或许也是整夜的失眠，但你却是在想 S 哥。S 哥呢，大概是徘徊着，徘徊在那近代文明的闹市的街头；他或许是在痛恨我，疑虑我跑回来了。

姊姊哟，姊姊！你明天就要走了，走了，好罢，走了！

你今天要来看我么？唉！……为了你，为了S哥，我不想和你再回到鹭江了！……

你好哟，姊姊！

桐　十二日于晨光熹微中

这惊心动魄的日子已经临头了！我已经迢迢地离开家园踏上异乡之路了！

昨夜在醉眼朦胧中读到S的在熄灯之后到路灯底下写给我的信，使我非常之感动。我想哭哟！S在那儿想我想到无可奈何，刚到香港几个钟头便写了二信给我，而且，而且在人们的妒忌羞笑的毒焰之中写着，唉，S，我的哥哥，你的热爱只有把妹妹的眼泪来报答。但是，你不是不许妹妹哭的么，哥哥？请你宽容一遭，让她哭吧，她想你也是想到无可如何呀！

昨夜彻宵不曾合眼，那是因为心中的情绪高涨得很厉害，总睡不着，想起要写信给S，又因酒后头怪痛的，怕写不下去；于是在沉沉的夜漏中，细数着天上的繁星。在星光之下，恍惚看见S正微笑着在向我招手呢。

天亮了，桐来；他说要送我到上海，便转回去，他不忍看我上船，因为在他觉得这情景太难堪了。

坐上车，心潮狂涌起来。S哟！你呢远在他方，而在身旁的却是桐弟，倘如你看到这情形时，不知要怎样的难过呢？而且，而且我们又哪知在什么时候才能同过着这样地情景呢？让我们同看新栽下的绿秧，让我们同望着蓝天的白霞，让我们同看着树梢的野鸟，让我们同听池畔的水声……唉，几年以后的事谁敢去想象呢？谁又敢去希求？而现在虽然桐弟在这里伴我，但他不是在思念他的素华么？是的，我不愿一个年青的桐弟在我身旁，在为女人流泪，更不愿意的就是，怕这样的情景，给S看见，使他哀感……唉，你可怜的人哟！

到×酒店去找爸，爸还没有起床。许多朋友们都在座，我写信给S，那是一张最简单的报告。B兄一定要看，前天的日记不是被他偷了一节么，虽然他未得着我的允许？我问他说："情书写得漂亮么，B兄？……""总是那样缠绵悱恻，虽在这短简里，怕你永远这样下去时，会短命的！"B兄说着，便把信给我。"为了情爱，为了S，短命不也是幸福么？"桐已经气得脸色发青。唉，他为什么会这样呢？我不是告诉他，我留给他的只是姊弟的情谊么？

用过了午餐，心便跳得厉害，好似大祸临头的样子，自己又忽然地惊哀起来，觉得几天前，S下船时，在他已经没有希望的时候，我的信刚好在那时到了，让他欢笑。但是现在呢，自己只能在街头凭吊往昔行过的足迹，觉得这是最后的时光，我已经没有再看见我的S的希望了。

桐弟勉强我到法园去，我总不答应，"唉！以我这时的心情，你还想叫我再去哀悼那伤心的故迹，叫我再去多洒一点生离死别的酸泪么？你不知道那儿是我们初恋的圣迹，是我们定情的地方？我在这时哪忍再去见法园的一草一木哟！唉，那迷离的柳丝，那迷离的池水！……"

许心影作品选

"姊姊，姊姊哟！只有一刹那的时间，你难道不愿意给我一个可宝贵的纪念的印迹么？到那儿去一回，还来得及呢！"

"唉，去了不是一样么？"

"倘若S哥叫你去时，你去了，晒出病也好的！"他哭了。我跑到窗前，我讨厌男人的眼泪。他见我没有回答，又说："姊姊，我告诉你，我爱你，死也爱你，就是你的肺病真的成功了，我也是爱你！你应该记住，至少留个亲切的友谊，无论你的哥答应与否！"他把头蒙在手中。

"动员了！"爸下了命令。我叫他们都不必去送船，春弟偏要去，楚妹也要去，桐却不愉快地下楼了，留B兄一人看门，他不愿意，于是大家只好出发了。

在船栏上，我正在追忆数年前舟中和S初见的情形；我在那个机器的旁边，寻觅他站过的足迹。桐弟突然贴近我身旁轻声说：

"姊姊，我才明白，你走了，你真的走了，我还在做梦，唉，我陪你到半途跳下吧，姊姊，你答应么？"

"那末S哥呢？"我冷冷的问他。

他跑了，叫了送船的人们都跑了，我的心却觉得舒适起来。

今晚的月色和涛声，该是很有诗意的吧。可怜的，船就开了，一秒钟一秒钟使我行到那不容易看见S的地方。呵，堤上的月色，菱池的水声，那不是两人一同享受的么？唉，而今，而今……

几天都是整夜的失眠，白天也像幽灵般憧憬终日；终于为疲倦所征服地睡着了。

大声的机器的声音，全身淋着海水，梦中惊觉，方知那是下锭的声音和浪花的涌上。在窗口望着薄光下的淡绿色的海水正在沧涟，因为船是立定了，海水很平静，没有一个浪花。

"夜色织着相思之幕，冷风吹着初爱之火。"我念着君山的诗句，我正热切地想念S。

五点多钟时到甲板去看日出，等了许久，只看见一团紫色的红云，天上是暗淡的，想来太阳是不肯出来的了。

鼓浪屿的灯光和岸边的渔舟互相闪烁着，我回头再望红霞旁边朦胧的云山，那时的心境完全被S牵挂着，我不知他这时候是不是回到沪上来，怕是看见我的信了，在悲苦着，也许在今晚便下船来呢？上帝呵，我真不敢想，万一当真回来了，那不知是怎样难过的事呢！……

八月十八日

自从三点时船入港后，一直至今，才得上岸，这样又踏上厦门的闹市徘徊了。

到美多利吃西餐，从那东窗，就望见广东卫生所的后园，心中又起了许多幻影，数年前的故迹，又涌上心来；莹姊的死尸，群的笑脸在同个时间内呈现得清清楚楚；暮春，初夏，茅亭的月夜，露江的晚潮，现在听说群也死了，唉，人生是无边的空漠哟！

S在什么时候会晤见我呢？倘若我能永远安睡在他怀抱中，我曼罗是不愿再去求什么为名为利的事了。但是，唉，现在不但青春已死，颜色已衰，足够使我们感叹咨嗟，而上帝还那样的妒忌，连这仅有的时间，还支配着东西分散，南北离飞！

唉，我又伤感起来，觉得要哭！

好梦总是那般残短哟！

我想喝酒，本来是不该先破坏我们的信条，但是S哟！你也得原谅我，没有酒我怎能消去这凄迷的记忆，怎能忘却我痛楚的怀思？你来吧，要我不喝酒，你来抢去我的酒杯吧！唉，好梦总是那般残短哟！什么时候才能再听你柔和的声音："妹，妹，停止不好么"呢?！

在小艇，偶然瞥见那个恶魔了。他仍是张着那双三角的充着血光的眼向我望着。我心头跳着，但没有告诉爸。不一回也就平静下去，觉得等下到了那里时，总可少去许多麻烦的，但又怕他回去要死命的争吵。唉，人到了只剩怨恨的存在，要想再挽回彼此的关系，不是傻瓜么？

汽船上碰到那个同船来的小连长，他突然说：

"咦，太太，你不曾碰到营长么？他不是接你去吗？我对他说你来了，他会赶来的吧！"

我能说什么？我装做若无其事般答他：

"哦，碰不着，我们不是就要开轮么？"

在汽车中，对着雨中的青山绿水，古塔禾田，使我觉得这风景太可爱了，想起那回和L到晋江去时，唉，只有惭愧与忏悔！

到家，T和他的新逃出的爱人住在前房，自己的房间正被L占着，已给乱得像一个废园。这拆台后的凄凉的环境，真是有点伤心。L立地搬走了，于是我把这废园略加整理。雨是如注的下着，听着更加寂寞起来。偶然看见L的日记，好奇心顿生，静静地看着，天哪，他去上海，原是有他的目的！唉，男人的心，总是难测！幸而本人的心是比较麻木了，不然，又是……男人，虚伪奸究的男人哟，为什么尽在我的面前出现?！

洗了澡，想着S要教我游泳的话，脸都热了。

因为B夫妇和L都还没有来，只好等他们来才开饭。我买了些小菜回来，刚刚听见L在门口和爸说他"吃过了，你们还没有吃吗"的话，怒火大盛，手都抖颤着，连拿铜元给车夫都数不好。我真的麻木了，失了知觉！……

"我昏了，你数吧。"我把钱交给T的妻。

"昏什么呢？"听见爸的声音，才叫我回复知觉。

唉，爸，你不知你女儿时时在受人欺侮，时时把自己的生命残踏，时时给人们任意的诈骗！我只好诉说天晚，饭未弄好等烦恼的话来掩饰刚才昏愤的失口。L还装得若无其事般要我替他改诗，唉，我站都站不住了。

夜里，爸去了，L也去了，前房夫妇正有力的骚动，四周的可怕，过去生涯之可悲，刚才的气愤……真的，倘若不想到天涯中还有S在时，我真想……

淡淡的月光，照着床头，枇杷树的疏影印在面上，静静悄悄的深宵，望着淡月和疏影，心中更加凄楚了。甜蜜的往事，不是在月光下吗？但是，唉，而今只能对月怀思，临风洒泪，纵使S肯来看我时，那时恐怕月也残缺了吧！

雨又下着，正所谓天有不测的风云呵！

十九日

　　一早便起身到学校去，叫学生把昨夜写给 S 的信付邮。他惊奇的问我："等门房拿去不好么？""不，这里有要事，要赶今天的船回上海的。"他见我匆忙，不敢置辩，立地坐上自由车飞也似的去了。

　　回来倒在床上，暗笑自己昨晚的狂冏。唉，既和他没有什么可维系的关系，管他妈的，气什么？实在自己未免过于浅薄了。不过，我觉得一个人，总要坦白才好，难道他告诉了我，我便会去破坏他吗？

　　扫除了一切的垃圾，正像扫除心中的苦般，但总扫不干净。唉，人的心被创伤着，纵弥缝也是有痕迹的哟！

　　疲倦了，觉得这世界根本就不平的，女人总比男人苦！像我，有了干净的习惯，一个房间零乱不堪时，坐都坐不稳，又有谁能帮忙呢？不是自己又要拼命地去整理？想这时倘若 S 在这里，他一定会给我慰安。但是，奴隶哟！为什么要人们的慰安呢？自己为自己忙不好么？人家给慰安你也是忙，不也是忙。你又何求于一二句甜言蜜语呢？人家是……

　　雨老是下着，下着，这心越觉寂寞起来。雨里去买了信纸，等今晚失眠时，便好听着雨声写信给 S。买了几本书，又去找芝如。回来已是暮色苍茫，阴暗迷离的黄昏了。

　　L 在家中，很不客气地拿我的"石炭王"，我简直发气了。

　　人和人之间所有的只不过是一张薄纸，薄纸便能掩饰一切的丑恶，也能使各人骗人骗己地尽量地放纵——这其间便是所谓原谅的。现在，这纸仍然盖在表面，但已经是各人俯下去，从纸的破洞窥见对方的心，对方的心是包着羞惭与忏悔了。那末 L 这样仍欲以豪爽熟悉自居了，我简直气坏了。

　　偶然修理着那恶魔的衣箱，看见他们的照片，一种不可名状的抑郁便涌上心头来了！唉，我并不是对他们还有什么留恋，所可怜者便是他们的母亲。这可怜的妇人，十余年来过着孀妇的生活，一方自己工作着来养活她的无父的孤儿，而今，千辛万苦，才养得儿女们长大，又遭了这在她认为最耻辱与痛苦的事。前几天她不是还寄了许多小衣服给小孩吗？她又哪能料到这却是别人家的孩子？想到这里，不禁伤心起来。我固然不会向她负责，但她待我是怎样好呀！而今我可独自工作着，来养活我的无父的孤儿，但是将来的事，我怎敢意料呢！愿上帝不要把这个同样的十字架放在我的肩上来吧！

八月十九

　　今天在这清幽的房里很安静地看完"爱的坟墓"，心中又暴痛起来。跑到门口去等望邮差，又觉自己太糊涂，自己不是刚来两天么？怎样 S 便会有信来呢！已经是八点了，雨尽下着，写着信心中更加凄楚，想 S 这时一定回到上海了，他不是说一星期内便可转回了么？那末这时他正是在船里欢欣的祝望早些上岸，好让他见着他的凄凉的妹妹；但可怜他在上岸之后一切的幻想都给破灭了，他的欣喜悦乐换来悲哀惆怅，而自己却又无端来这里寂寞。唉！那时若是迟来一些不是好么？在平时说迟几天就也没有什么，但心中有事反觉不敢开言。唉，为什么到现在我还尽是那样地无胆呢？S肯来看我么？S真肯为了爱情拨开他的荣利来看凄楚的妹妹么？这个是只有天知道！

写信给S，不知要怎说才好。只希望他能来，不来时怕会病了，两天来头昏得很。

门铃急剧的响着，知道L来，开了门，立刻转来把案上的信笺诗稿收藏，另摆着一本书。他明天就要走了，也好，省得我提心吊胆地怕他来窥我的秘密，也省得一见他便生气。

这样黑的夜，好些惊恐，可恨电灯又断了，在飘摇的烛光中，很觉凄楚；再想着S时，更是愈加烦躁起来！看着他那家人的照片，一缕凄凉惨酷的情绪又飘上心头来。唉，我终于流着泪写起信来了。

"妹妹，这时已是午夜的时分了，月色已由窗前飞斜到墙的另一个角落了，这悠扬的虫鸣，这婆娑的花影，呵，幽静的夜间，我在做什么呢？我在看你们家庭的照片，而洒着生离死别的悲泪哟！妹妹，今晚助长我的勇气，使我许多天来做不成功的事，都勇敢地做了，那是什么人的力量呢？呵，那是你母亲的庄严的而又和悦的神气！妹妹，要知道我写这信是想过许久了，但一提笔，便不禁心酸手软！可是，今夜却决心请妹妹站在第三者的地位听我唱这一曲悲歌吧！

那天从你家门口经过，几番想跑进去，望望别来一年的你们的母亲，但是我的心潮狂涨起来，我想到我一年来憔悴得怕人的脸色，近来又病了好几次，已经成为一个失了魄的幽魂，突然地进去，会使你们惊诧，而邻居的奇异的注目与询问，更会使我心伤。来时不到你家去，而今要怎样说呢？我将用什么话去告诉你的母亲？说是刚来的吧，那末已是秋天了；不然，又将怎样分辩？而且，而且，你们是已经知道一月来躲在故乡中的另一个角落里，在病榻中过着悠长的痛苦交加的生涯时，我又将怎样对母亲申说这中间的苦哀？怕第一句话，我便脆弱地连泪带血的昏倒了吧！母亲的谴责，庄严的谴责，母亲的慰安，或是庄严的慰安，都同样的使我羞愧交加，悲愤咸集的。我怕哟！我怕一进门便躺在那儿累你们的！于是我负着伤，抱着痛，拔着冷倦的足跟，掩着红肿的泪眼，越过你家的里门迢迢地上我的征途。——在风雨飘洒之下，又到我的景物依故而人事全非的鹭江来。

前天船到岸时，在江上不是瞥见他的么？是的，到这里也就证明我的眼力尚不至于坏，但也仅止于一瞥而已呀！

这里，房子已给乱得像一个荒园，把它整理时，便看见这照片了。妹妹，我的心在狂跳，我的热血在奔腾，我的手在颤动，我的眼泪在狂奔……唉，你母亲对我的怜爱，你的哥哥对我的友善的幻影，都一幕幕地由我眼前飞进过去。但是，我的家人，难道有一次对他不好么？现在，为了他终于使我必至和可敬爱的你们离异了么？那我哪里能受这样剧烈的创伤？为了你们，我便再忍痛耐苦过我非人的生涯么？这怕活不下去吧！我彷徨无主，凄楚难堪！经过好久的思虑，觉得前者尚可保留，是的，时代的血钟在铮鏘的响，我们痛快点吧，何必因他而至于我们连友谊的关系都没有存在的余地呢？！是的，我坦白地告诉你，而今便站在友谊的观点上给你写这信啊。

他去了，也许有一日能在异国觉悟过来，把行动思想性情都改善了。那是你家的幸运。而痛苦，无论是过去现在或将来，全世界的痛苦都给我顺受好了。几年来不是全在痛河里辗转的么？我不能保定说我以后就没有痛苦的，以后的事我是不敢意料，怕会更痛苦也未可知。——一个弱女子，要独自去和黑暗的暴力挣扎着而生存，大部分看来是更加痛苦的。不过目前我是忍受不了这已然的苦痛，所以我宁愿这样的负起十字架，冒了叛逆之名！……妹，倘若他永没悔悟之一日，恐怕世界上不会再有女人去尝试他那痛苦的滋味吧，而你们的创伤也会再来一个的——希望不要这样才好。但是我这样说了，你不要误会这是有挽回的希望，妹妹，不呢，我回首我过去的残碎的生活，我惊哀哟！现在，他即使改正了他的一切，此中的痛苦与幸福都让别个女人去试尝！我已抱着漂流天涯的决心，我要创造永远叛逆的旗帜！

呵，过去的生活，那是一个虎狼的巨口，一个幽暗的牢囚！我不敢回顾了！不敢回顾了！

唉，这三年，这三年的生活如何报告得清楚呢？自己带了功课，还乳哺着小儿，家中的客人尽是山阴道上应接不暇，——你住过这里，你会知道，家中是没有可帮忙的人。有时从外面来，因为屠弱的身体耐不得风日之故，昏眩时，他便大声叫骂："这是猪！要做猪吗？不要摆太太的架子！……"

学校时时欠薪，问他要钱，他又狠狠的骂："要钱吗！我介绍你去×师长做姨太吧！……"把这话分析给你听：一个人肉体上受苦了，就苦到万分，也可熬得住，倘若精神得到相当的慰安也会劳作下去，反正我不是猪的价格，要做猪时便不会跟他来做着牛马的。我有钱之一刻，总是极力的支撑（我现在是高垒着债台），等到不得已时，才向他开口，家里又不止我一人，我养着他，他不是猪了么？他的猪便做得如许有猪威！可不笑话？我要做姨太太，我又何用他来介绍？凡此种种，在在都在侮辱我的人格，使我难堪，我虽甘心坠落，也不愿长此在他身上葬丧我的一生！呵，止此，我的生活，怕呈现得很清楚吧，他的行动与思想也可见一斑了。他的残忍与横暴也差不多了，至矣，尽矣，无以加矣！

朋友问我，相互间关系既然如此，你又不靠他的什么，就靠他时，也没有这种办法，……试问旧式的女人通通要在人家侮辱之下过活的么？未必罢！……唉，你平时孤芳自负的气概呢？你平时的果敢不屈的精神呢？都哪里去啦！就甘心情愿被糟踏着过一生么?!……

是的，回首一望自己的过去，那真不值得呵：自己用那样辛勤劳苦换来的威吓，怒骂，殴打的代价，来摧残着自己的颜色，毁灭着自己的青春，消磨了意志力，建立了悲观思想，简直把自己的生命的火和活力都扑灭尽了！现在为要把自己从颓唐的，萎靡的，失望的，凄凉的各种困惑中跳出来，管他妈的，我是这样毅然的了！

虽然，强者的牢囚，不幸走进了也并非容易走脱的事！……

妹妹，你和你的母亲，哥哥，谅解我也罢，不也罢，为要寻找自我的立场，社会上的冷嘲热讽就该预备尝试了。不过你们待我的好处，我是时时镌刻于心中，将成为永远洗刷不消的陈迹，而今在这里我谨以十分的诚恳向你们致谢哟！

呵，过去的生活已经摇过葬铃了！未来的，我怎样敢去意料呢?!

妹，雨又霏霏的下着，这迷离阴黑的深宵哟，今后我将飘着一叶孤舟，向像这样的人海中挣扎着，妹，我怎敢料定不触着暗礁的呢？……虽然，我时时加坚自己的勇气，我恢复我四年前幽静的生活了；所可怜的便是现在的青春已随秋风而俱尽，而爱之花也淹埋于秋雨之潭！……你纯洁的小姑娘哟！天真无邪的少女哟！曼罗告诉你。

爱之花开得鲜艳了，她的刺便那样锋利，当你想去采撷她时，谨防利刺的刺伤。创伤了的血痕，并非鲜艳之颜色所能弥补的哟！并且，这社会上的男人是很难找到一个好东西的！

小姑娘，细心点，你好哟！"

写完了，照着镜，眼角还吊着泪珠，站到窗前对细雨嘘出心中的空漠，静静地望着 S 的照像说："唉！S，你是不是就是好东西呢？你能不能做着黑夜的海灯，使我不至于触着暗礁呢？"想着，是更加茫泛了！倘若我至于触着暗礁时又将怎样呢？不是就沉沦的么？是沉着一半等人们来救，还是完全沉没了呢？唉，倘若触着暗礁时还是完全沉下的好哟！我怎耐人世间许多痛苦的刑罚？唉，想着，便是 S 这样的爱情，也使我疑惑了！

我难过得很哟！我只好偷偷地到厅上拿来了酒瓶。我将怎样的沉沦法呢？上帝哟，你可能告诉我?！

一样月亮两地相思

八月廿日

昨夜到什么时候才睡着，我都忘记；幻想的轻烟，却缕缕缭绕着脑际。我很深刻的记忆着：倘若S肯来看我时，便勉强他在这里过活。我们只要在最低的生活程度内生存，以后我们不就像任何一对的情人一样么？在月白风清之夜，我们携手到溪畔听溪流潺潺，在花香鸟唱之晨，我们挽臂上山巅，和清风而高歌，我们要常常有小旅行，来使我们的精神得尝新的乐趣；我们疲倦了，让爱神盖着我们安眠，我们寂寞了，便拥抱着 kiss……但一转念又万事都灰了！——"你不要做着梦吧！S不是就要到法国去的么？风雨飘洒的夜里，让你去洒泪，在心坎上追忆那洗刷不净的残痕，几年以后的事，又怎能说定呢！S是一个翩翩浊世之佳公子，物质文明的巴黎桥畔有许多鲜艳的女人……"想着，便听见晨鸡唱了。八点起身，便接着电报，翻电报时的心情才好笑呢！由欢欣而至惶恐，由惶恐而至寂寞，刹那间，什么事都想透了；但接着便什么都没有，只剩下寂寞来。电报只说S有信来，寄错了门牌叫我去领取。也好，一星期没有听见S的声音了，要在纸上看见那替代声音的话句了。冒雨到邮局去，却逢着关门的时间，唉，S的信里说什么话呢？是不是知道我不等他便走了的气话呢？还是他有了充裕的时间来看我呢？要是这样那就好了！若果是说着忘记我了的话，那将怎办呢？我又将怎样结局呢？……想着还是不如不想的好。

行遍所有的铺店，买不到一个合度的镜框，只好买一个四寸的回来，S的照片差不多在我手袋中弄坏了，我应该把他装着，好好的保存。

写信给S，预备明早寄快邮，或者他不久能来呢！来了，让我在他亲吻之下微笑或是流泪，让我抚摸他的乱发，让我听着他的狂跳的胸膛。上帝哟，既然要使我时时组织梦幻，便请不要使我的梦幻破灭吧！

八月廿一日

早上从梦中惊觉，船是下午开行的，于是不迟疑的起床，雨尽是这样如倾的，叫老妈子把信送去，在门口等着，她只拿着回单来，昨天电报说的二信还没有消息，好些郁闷，看书也看不下，睡在床上听雨声。我想，至迟晚上，S的信总可陈列在他的像前了吧。

午餐时邮差便在叫门，心中就啪啪的动着，脸也热起来，赶快跑到房里镇静一回，出来刚刚他拿一大束信在雨中下车，他说："没有时间叫我从那里拿来，现在有了，看哪，这许多！"我实在不好意思，昨天一天不知问了他多少次呢！

饭是吃不下了，爸又要我多吃一只蟹。

先检出S的三张，一张是直接寄来的，二张便是那转错。呵，晴天的闷雷，忽然的霹雳！我全身都战栗起来，头也昏了，眼泪便随着锋利的字句滴下。呵，S真的不谅我了！他对于我的不等他归来而行，以为是我们彼此之间"一切完了"的征兆！他竟那样的苦痛，说他将永远的不回来了！唉，我为什么要对他说桐弟来找我呢？天哪！不说时，是比说了更难堪呀！我怎样肯骗他呢！我怎忍得当一个恋人不在跟前的时候，做下许多不该做的事情呢！我想我不该完全被 S 占有，我应该可怜了桐弟，我该留着相当的热情；S 不是也说不该想把我占有么？但是为什么他知道了这些时又要气愤？唉，我的可怜的情人哟，你该聪明一点；曼罗十年来所怀恋的你，难道会因为这些小事而使她薄了对你的深情！？她得你的怜爱是感到十分的满足呀！倘若有了不幸时，是愿与爱情而俱尽；她是不会像你所预料的便"一切完了"哟！完了时，便是到了坟墓才会完的！但是曼罗是一个意气纵横，情感奔放的女性，她想征服你，使你常常在她的身旁，使她的气焰在你的情爱底下缓缓磨拆下去；她的流放无踪的情感，也要等你的热力把她挽住呀！然而，现在这长别就将开始了，她虽惊哀，痛苦，但不愿叫你留下，以至碍及你的前途。她正在极力遏住她的情感之流奔，她也在极力忍受别离的苦痛，时时对自己说："不这样做，曼罗的前途是没有光明的！"她又做着许多不能实现的梦幻，她希望自己能够向上的做人，不再颓废。她怎忍听她的 S 说着"一切完了"的话呀！好，一切完了时便连生命都完了吧！但是 S 哟！你能叫我不来么？不来又将怎办呢！上帝既然不肯让我们从苦坑中翻身起来后便相依的过活，他要支配我们长别，你有什么话说呢？你能转回这样的命运，你偏又要到外国去！难道 S 这样去了，让曼罗独自流浪于一个这样寂寞的荒城，她不会哀感么？她也怕一切将从此完了哟！她想这样实在不如早些完了的好呀！唉！不如央求上帝举起残忍的双臂，把这可怜虫一齐滚入海心吧！别要让一人再受鞭笞……（午后）

今夜的月，光得怕人，虽下午还在下雨，我不敢站到园里去，这样静止的夜，静止的树，静止的草！——S 不在身旁时，独自去享受，会有什么兴趣呢?！我只在案头凝视着 S 的相片，我说："哥哥哟，你不会赦免妹妹么？你来吧，她会跪在你的脚前求你的宽恕的，要不是隔着一个这么汪洋的大海，她今天看到这些字句时也会跑去擦干你的眼泪的！"唉，云山千里，一只无靠的心，什么时候才得宁静呢？我的先走，也是不得已的呀！S 若肯来这里时不是一样？难道曼罗会拒绝你所有的要求？……

月光斜照着烛影，参差的摇动着，夜是更凄清了。静寂围着破碎的心，心是更寥落了。……（午夜）

八月廿二日

昨夜上床以后，月光照在床头，S 的笑容也看得清清楚楚呢！老是睡不着，起来到马路徘徊了一回。蓝色的天宇，挂着这个圆得如盘，亮得如银的月。几朵白云在飞驰之外，远远地还有几点疏星。我问爸爸说："天河在那里？"爸说："关于星星的事，我不懂的呵！"我忽然念着："试问夜如何，夜已三更，金波淡，玉绳低转！……"心中总是想着 S。这时他在哪里呢？可怜我连他的行踪都不知道，还想他来不来的事；本想使他安心，谁料反使他加重烦恼呢！难过得很，爸到戏台前买荔枝给我喝酒，酒杯举起，便说"酒入愁肠，化作相思泪"，又只好笑了起来。爸问我笑什么？只得说有一回琳和克，在饮酒，剑来说了这句话，克便大气，两人吵闹以至用武。想着不禁好笑。爸说："剑怎打得过他？琳小姐怎样调解？""琳以一哭了事，明天大家又好了，其实大家都醉了！"——其实我怎会去想到许多呢？只是自己在害相思，到无可如何了，自自然然的流露出来；怕被窥破，便只好把他们的事掩饰着。唉，S不是说他不管我有没有想他，有没有在摧残自己？唉，不管也罢！一日之中，有几个时候使我放下心去做别事呢？至于摧残自己，生命是我所有，我已摧残得尽够了，而今你不管，我才要再加重的摧残。像这样的生活，要怎样才能使我安心的保重呢？为谁而保重呢？我的肺病成功了，再喝酒，不是更容易了结么？自己摧残会比给人摧残更坏么？

喝了酒，倒无睡意，笑又不好，哭又不好；在月下抱着相片吻他的那个迷人的脸，唉，管他爱不爱我呢！

月已过了中天向西斜去了，无奈，上床。

七点时，林叩门来修理电火。起来后，便去把挂号信寄了。回来看一回报纸，觉得这心有万缕愁丝，总是坐卧不安。……

检出桐弟昨天寄来的二信，烧掉了，教他明白，他的爱，我可不能接受。在我的心炉中，也已成为灰烬了。我不希望他再有信来，只希望他立刻到东京去。让他们成群的在那里踯躅，看那腾腾的焰火缓缓地熄灭，这心便宽得多。像桐这人，我怎能去爱他呢？庸俗得很！那天临行他说了许多话，我真不好意思对他说："弟，我不狞笑你，但像你说的那些话，哪怕已在各个不同的青年的口中，听过一百遍了！"他的照片，是前年无意的送我，现在便无意的保存着，此外，在心中是不会再留着什么东西了。虽然，使他悲苦，但是我有几多心血去管到许多人的悲苦呢？人家都不管我的悲苦呀！……（早晨）

去芝姊那里，路上遇到邮差，"哪，香港来的"。我太不好意思了，我不敢看那邮差的面孔，揭开便看，谢谢上帝，S总算明白的人，他知不该因一时的刺激而怀疑及我们的爱情而说到"一切完了"的话呢！想着自己也因了刺激气愤起来，背约饮酒，才是难过的事呢！现在后悔起来，对他的坐着不动的照像说："哥哥，你来吧，来拍着妹妹的手心，捏着妹妹的双颊吧！她已经在昨夜犯戒了！"

今夜没有月亮，而是斜风细雨打着芭蕉，飒然有声。（黄昏后）

雨后的天空，多么明净，令人感到欢乐；想是月亮肯出来的吧！我的心正像这不可多得的太空一样清幽！想着下午芝姊的泪眼了；我把那信给她——前天写给那人的妹妹的信，她一字一字的读着，忽然狂哭起来，哭得是怎样凄哽呀！给她一哭，我倒不知凄楚一样，只劝慰她；但我颤动的语声，反增加她哭的速度，越哭的悲切。她丈夫病着，睡在床上，立刻起来："你给她什么看呢？给我？"说着从地下把她摔下的稿纸拾起了，他好似怪我一样的望了一望。

"唉，芝姊！芝姊！我自己现在是麻木了，我已经不大会哭了，但你倒替我哀感起来！你替我伤心，我要谢你的情爱，但是，姊姊，你不是也在哀悼自己么？你的生命不是也和我一丝一毫没有差异地被人家糟踏无余么？是的，我的生活是替你先一步的表演，你从这舞台上照见你自己，所以那样悲切。唉，我们都是可怜虫，现社会的牺牲！我们有过人的聪明，但聪明都用来做踩躏自己的工具。我们有潇洒不俗的风度，但都是惹人宰割的礼品。这有什么办法呢？姊姊，你说吧！我们不能受到完好的教育，我们生活的学力不足，我们的教育得下来的只能够写着一些病态的伤感主义的生活的陈迹，我们够做什么呢？这社会是这样险恶，这人心又是那样的奸宄，芝姊，我们是一个遭受过尽有的苦痛的女人，对于一切都看得透切，但太透切更难于处置哟！想来不如当初不懂世故，憧憧然的好呢！但是，芝姊，你还不比我哟！你看你还是红润，肥胖，不像我一样肌黄颜瘦……"我望着她的袒胸露臂正在抽动的身体说着，我扶着她的头在我的腿上枕着，她全身的肌肉正在颤动，白皙的充实的美哟！……她像小孩一样哭的更利害。我抱着她，替她拭眼泪，正像那天和那人决绝时她的抱我一样。"实在的，芝姊，你有你这样知足的丈夫，他会爱你，弥补你过去的伤痕，应该欢喜呢！"

"但是，哥哥不是那样的爱你么，曼罗？你也该结束了！像我们，'恋'也'恋'过了，阔也阔过，穷也穷过，命也算过，儿子也养过，举凡人生所有的一切悲欢离合都尝过了；曼罗，你想我们还要做什么呢？在之一日便且安息一日吧，而今该是安息的时候了！曼罗，哥哥的那样真情的，坦率的想着你呢！临行时还留了这封信，因那时你的心情不好，我不给你；但现在你该过细的考虑，你该找着爱怀去安息一下啊！"听了这话不禁打了寒噤。"S正在爱我啊！"我突然的说出了。"那末，曼罗，妹妹，我希望你小心，不要一误再误，男人是不行的！"……"那末芝姊的哥哥就行的?!" "那末曼妹的S也行的?!"……大家又笑了。唉，芝姊真孩子气呢，她真可爱。可惜她哥哥不会像她一样可爱呢！

读着芝姊的哥的信我竟也流了眼泪。（下午不会流泪是因路上看了S的慰安我的信，不然那个场合才叫人凄凉，怕我流泪会比芝姊更多！）这男人好奇怪，我才会见他二次呢！一回在芝姊儿子满月的筵席上，第二回便是那夜，那决绝的一夜芝姊来看我，夜里他来伴他妹回去。但……为什么就会写着这样哀切的情书给我呢？我真不忍卒读啊！但第一句便写着"我的曼罗"，真使我不高兴！还有那条诗，才是狂妄呢！难道这是真率么？……实在，男人实是"不行"！还是看做"不行"好！把这信放到字纸篓去，我不希望有许多诱惑来使我薄弱对S的爱，有怎样大的试诱都想拒绝呀！但这诗却也有味，因为不能睡眠了，便也不惜费力地把它抄在这里。

> 我不慕羞羞怯怯的少女，
> 我颠倒于青春将逝底少妇的流霞！
> 我所爱的曼罗呀，
> 我并不因汝底洁白的肉体，
> 给你丈夫蹂躏而怨嗟！
>
> 好一个苗条活泼的身裁，
> 好一个玲珑浩迈的心灵，
> 双峰半露流波一盼的神情！
> 虽然是一个生命泉源枯竭，
> 是一个情海风波遍尝，
> 怎禁得爱河里野草横萌！
> 我所爱的曼罗呀，
> 听一听黄莺的哀鸣！

虽然爱情是悲哀苦恼的深渊，
然而却是灌溉生命底源泉。
虽然残缺孤影不堪顾视，
我所爱的曼罗呀，
让我拜倒裙下，
让我沉醉妆前！

鼓浪岛上风潇潇，
鹭江波里水悠悠，
尽管是一个落花，一个流水；
虽然是会少离多，
不知何时重睹青眸——
我所爱的曼罗呀，
你把我底灵魂淹留！

芝姊终要问个究竟，临出门时还说："曼妹小心才好呢！"我坦然答她："芝姊，这回是吃药的时候了，难道药可乱喝的么？是的，未必令兄便靠得住！"她笑了。

"葡萄瓶里酒皆空，滴滴芳醇洒墓中。恋爱而今如药汁，纵然乱喝亦心恫！"写着，自己又好笑起来。命名曰"爱的苦杯"最好了。

八月廿三日

好梦总是残短的，好梦总是惊哀的！

我分明地和Ｓ站在我家的门首，他正抱着我瘦弱的腰肢。他好似在生气。我说："哥哥！别发怒了，一切都是妹妹的不是。"这样便俯下去吻着他。呀！发见Ｓ的脸色完全和黄纸一样，我吻着，吻着，从舌尖吸取了甘液，从甘液里尝着浓烈的肉香！我醉了般，合上了双眼。我无力的双手正按在Ｓ的胸膛，偶然启了眼，呀，忽见对面的门栏中有许多正在宴会的客人，他们正在对我们笑。我们很羞愤地回过头来，呀，这边又有人在窥视！我对Ｓ说："哥，你先跑，我缓点免被见疑！"我跑到院子里，Ｓ又跟在后面狂吻我的乱发。糟了！又有许多人在对我们惊讶了！我到房里去，Ｓ也进来，我们紧紧的抱着，吻着，压着，好像就要断气的样子，我们的心都在悸动。"哥哥，不管呵，横竖总有给人知道的一天，不过迟早罢了，我们的生命多长呢！哥哥，吻罢！曼罗是怎样亲切的爱你哟！……"在欢狂中一个穿羽衣的素影向我们冲了过来，这样便惊醒了。醒来心头还在跳动，竟不知是真是幻，张开眼，太阳的白光正照着相片上Ｓ的脸。

把这梦境分析着，心中十分的难过，为什么Ｓ的面色会那样变青呢？青得正像将死一样。难道他在我的心中已经死了么？不呢，他将永远的活跃着。难道他还在忧瞿我的变心，才那样的难看么？但最后为什么会有白色的影子冲过来呢？唉，这白色的影子，想来

就是别离吧！总之，心是这样的不宁。唉，我又何必那样去想梦幻的事呢？梦幻便是梦幻罢了！……（晨起）

午夜时分虫未睡，人已醒，相伴到天明。风停雨也停。月儿又照上芭蕉窗，蜡烛光比她薄不如吹熄。

得惠书撤下了负罪的大石，又填上了相思，想前宵此时节，离别恨尽够愁，更那堪伊人一怒？没奈何举红杯，想借此消愁，破密约，不管究不究。可怜酒入愁肠愁更愁，负约罪倒添上几分烦忧！希望甚聚首？珠江流域，秦淮河畔，邮书无从投！怨谁？怨爱神不管人憔悴！怕他句来读不到我的一字！……

同一嫦娥照，两地相思，两处流浪，今宵不忍醉！

我不想睡，我不想睡，我哀哀地向月亮自语，"你知否伊人何处？怎样老是似理不理？……"

几时方寻得一个被爱怜宽恕而平静的心境？几时方寻到一个纯洁无瑕的月光？从镜中看到苍白的脸，正和月光一样；再看 S 的，也是苍白凄凉。我哪忍舍弃这凄清寂静的夜阑，我哪忍舍弃夜阑斑驳的花影？我要伴着鸣虫到天亮！我跑去看芭蕉被露湿了么？啊，正不知露珠滴着自己的衣裳！冷了，拥着 S 的照片在胸膛，哟，总不像在他怀里时来的温暖，来的缠绵！

我高颂了诗句，虽然我的声音是凄哽而残破，但我心头的爱火哟，却烧得这样猛烈。

S 过去的多愁多恨的生活，我将替他收藏，我愿我能送他一朵花，颜色殷红。

什么在敲着我的心扉呢？那是 S 的血泪哀痛织成的诗句！S 是为谁织成的呢？唉，到现在才转送我！我没有苔姊蜡梅的色香，更没有苔姊海棠的鲜艳！

唉，就是憔悴了些不更可爱怜！就是没有色香不好把心旌当落英之残瓣？！苔姊把这些织成的细丝放在脚下蹂躏，而今曼妹却是呈在胸前。S，你该欢欣了啊，不该还装那个青白的脸呀！

月哟，你不归去，你也有恋人么？哪怕是被蹂躏的芳草和芜草上的落英！不然你为什么把它们拥得紧紧呢，正像我之于他一样？

唉，我将怎样替 S 拾起那蜡梅的残英？我将怎样去拾起苔姊所踏破的心灵？我将怎样收拾我们两个残弱的身体？又将怎样收拾我俩呕尽了血的爱情？……晨鸡在报黎明将到，但是太阳我不喜欢，我恋慕这银色的清净的宇宙。月哟，你尽是不走，还流连于中天的树梢。你不忍拉回你的银幕时，我是不忍睡着被你窥见的。要知道近来常是阴雨的凉宵，S 一定梦着了，他不像曼罗一样常常失眠哟。

芭蕉的银光太可爱了，有了恋人而剩着一个时，哪里愿睡！唉，S，除非你的照片也合眼！唉，芝姊尽吩咐我小心，但像 S 这样的孩子，还会骗我么？他正像我一样无二的可怜的小孩呀！

爱的花竟是这样难于采撷，虽是花已憔悴，而刺还是这样锐厉。实在的，苦杯既然接到手了，可怜的曼罗哟，你便该把你的青春放在杯中饮尽！

八月廿四日

午餐，老妈子送饭来，又是一盘小蟹，看着便笑起来。但愿上帝祝福，像那天般 S 的信来了。那天不也是吃蟹的么？若然，那才是一个奇迹呢？哪怕希望天天吃蟹了！

呵，邮差果真在叫门了！唉！……只是一束报纸。

黄昏一次的信期又过了，看着邮差的背影，更伤心起来，不看他时还希望着，现在一天又过去了哪，我又将怎样挨过这寂寞的黄昏?！

八月廿五日

已经是几天看不到S的只字了。下午接弟信，说电报是他拍的。天哟，电报由沪发，我便疑S已回到沪滨，信一张张地寄到上海去；但是，唉，现在不但我不能看到他的，他不是也不能看到我的么？

唉，现在才寄快邮去香港，但今天又是星期，这信不要挨到明天了！

桐弟来，他堆着满面的笑容。我一看见便厌恶起来。看他的眼泪，不但不能引起我的可怜，反而加重了憎恨，而他的尽量的表示热情，反见笨拙。其实这心境也奇怪，很觉难过，为什么要征服他而想踢他出去呢？我对自己说："唉，你也太残忍了，你又无端糟踏了一个青年，曼罗，你这样下去，要受上帝的遣责的！"

现在，我该忏悔了，我要分析自己的心境，我想怎样会脆弱到这个地步呢?！……

那天S去后，我刚读着他临行的悲切的来书。正在悲切着，我举起酒瓶狂饮起来，想着，这东西已经到了舍弃的时候了，我们约定戒酒戒烟的时候正是今宵哟！但是S去了，和烟酒握别不更寂寞么？但此一刻后的寂寞又要更加难堪，来吧，赶此一刻，再喝完这苦涩的一杯！我想着，对酒杯恋恋难舍的时候，桐带跳的进来了。咦！我不禁好奇起来："你来看你的情人么？""不要开玩笑，已经是过去的时候了！"我借着酒气兴奋着，我抓住他的死涩的眼睛，看这飞蛾可能在我光下逃脱？"S哥今天走了，我碰到陈，他对我说。""是的，你对陈诉说你在爱我，把S哥气走了！""怎样敢这样的大胆呢？""但只望姊姊留着一个亲切的情谊！""姊姊是没有这个力量呵，姊姊是死了心的人了，她没有情谊好给你呀！""自然，我也不想什么，但姊姊想给S哥占有了吧？""这个我可不能做主，要天才知道！"……谈话终于停止了，我描摹着他在思念我的情形，不觉好笑起来。我是一夜无眠，妹伴着我，他也不去睡，弟也坐着，不知不觉，夜便在乱谈中飞逝了。第二天他去他的旧恋家里时，我又觉得空漠起来。我对自己说："曼罗会爱一个这样不活泼的人吗？曼罗敢在这个时候刚离开S的爱怀便要做了对不住S的事吗？……不哟！不哟！我的空漠是S留着来的，我的正在燃烧着的情焰也正是为S而燃着。我的抓住他，使他屈服也不过为了好奇的心境，我要看看飞蛾投火时是怎样可哀怜！我要使他痛苦，作对于一切的报复！S抚弄着许多女人；我想抚弄了男人也不见有罪吧！曼罗是给男人抚弄得够了！……"第二天我便去看他，他从枕上拿了那张信，我是在他面前读着，在他面前滴泪了。这个怎不使他高兴，使他骄傲，使他敢于想到要留下S爱情的一部分呢？唉，我为什么会那样脆弱的易受冲动？我哪里会爱他呢？哪里肯起了堕落的念头？想抚弄他，还不是侮辱了自己么？这晚上在慨然的说了"只要姊姊有生之一日，留给弟弟的情谊是行的，但请弟弟不要把青春来抛掷在姊姊之前！姊姊已经在想糟踏人了！……"之后，我便犯了戒的饮酒了！"姊姊是不忍糟踏我的，姊姊到高兴时，便任意好了！"……天哪，他着了迷，他在向死的步道走去！唉，那夜里，我是怎样的毁弃他的青春！那夜里，那夜里，我是怎样伤害他的灵魂的哟！唉，想来，真是不该的哟！纵使是要满足好奇的心境，也该在奇特的东西上满足呀！唉，曼罗是奇特的小鸟，为什么会常常遇到平凡不过的飞虫？那时还有一点好奇的心理试着去征服他，但是，现在，便连这些也没有了。留着什么呢？草堆上的残灰吧！垃圾堆上的粪屑吧！唉，曼罗那时为什么还会有勇气的喝酒哟！……

实在，看到他的眼泪，便想起竹来了。竹不是喜欢哭的么？我最恨男人流泪，男人而至于流泪那真是丑到万端的呀！但是，不把男人迫至流泪，那才不痛快的事呢！

晚上他说："我碰到陈，他说'曼罗写给 S 的信，是比无论写什么都好。S 说不许曼罗再爱别人的信给我也看了，他们已经预备挽着臂殉情了。但是 S 是抚弄过多少女人的哟！S 的肺病，还有其他的病也都还未愈，曼罗是不晓得的呀！……'我听到这话时是异常痛苦，因为觉得陈故意说这话叫我难堪；而他方面，我怕姊姊又遭逢危险的啦！"

他说这些是预料我听到了一定昏倒，只看他说时那样庄严的神气就知道了。可是我却冷冷地说：

"啐！我爱 S 是连他的过失病苦都爱上了！我宽恕他，他也宽恕我。"他的面色发青，牙齿在上下摩擦着。"那末，我希望姊姊慎重，三年以后才可以决定对 S 终身的情爱；也就是请姊姊不要忘记我。"

"啐！姊姊就堕落也不关他人的事呀！"

唉！他的希望也是枉然，我是越看越讨厌他的了！他虽有一颗心，但他的谈笑真是呆板到不如不动的好。我爱他吗？我看这架风琴还比他玲珑得多啦！倘使 S 辜负我，正像我之负他一样，那是上帝的刑罚，但我愿意宁可受着刑罚。

唉，一切卑劣的奴隶哟，你们都去吧！

但是，我的心地这样坦白，S 便能够相信么？他怎会释然呢？天地间称雄的动物是浅狭的太使人惊心？曼罗便从不曾碰到一个宽阔的男性。但我想我的 S 该不是这样的人吧？！不然，我……唉！

"哼！你要用什么来要挟我吗？你想强奸我的爱情？你哪一点敢比我的 S？说吧！便是 S 的一根头发都比你好呀！"我看他哭得老是不休，我大声嚷着。

今夜的月，已经完全残缺了，中天无瑕，我独在这荒园的篱畔，在嘘出我心中的空漠。露珠正滴着我的瘦脸。

八月廿六日

谢谢上帝，总算读到我的情人的来书了。

几天来简直是迷了路的小羊，是丧失了匹偶的孤雁。现在，现在好了，这迷路的小羊已经回到主人的身边，那丧失的恋人已经归来。我回复我的意识，我已经看见了负罪的塔尖！我怕哟，我的头已昏，我周身战栗，我起了痉挛，我脸色变青，我欲哭无泪，欲笑无声；我的心正被刀割着，我的血液凝结了！我能做什么呢？我希望死，死便可了去一切的纠缠！但是，死怎能赎去我的过失？死也对不住我的哥哥呀……我哭了，终于哭了，眼泪汪洋的流下。但这里有什么人呢？什么人肯来做我的忏悔的祭司呢？这里有什么人呢？有什么人可替我站在十字架上？我无言地向四周一望，四周只是黑暗横空。我看见的只是丑恶的幻影！我看见的只是那些卑劣的眼泪！呵，为什么曼罗会这样不幸哟！到现在才来遭受这致命的杀戮哟！……良心正在鞭策着我；"曼罗！曼罗！你把生命蹂躏得够了，为什么还要不经意的糟踏着呢？"呵！我的心冷了，痛得很哟！我成了僵尸呀！你可怜的 S 哟！你料想到妹妹的心便这样地染着污痕的吗？

唉，昨宵，昨宵，可咒诅的昨宵，那个强盗，他竟敢强抢我的接吻！他竟敢强拥我的腰肢！他竟敢……那个今晨走了的他，卑劣的他！

唉！我将怎样辞却这些苦恼哟！我该咒诅自己了，当初我怎样会动了仁心去可怜他呀！

唉！在我脑中回旋的是什么呢？是什么呢？是狞恶的幻影？在我心中浮动的是什么呢，是什么呢？！是我悸弱的心灵？……

我咒诅一切的奴隶，我要一切都死灭！

唉，黑暗罩着我的四周！

S 哟！你怎忍为了小小的名利使你的小羊受了人家的宰割？S 哟！要是你肯时时在你的小羊的身旁，她怎样会至于遭逢不幸呢？S 哟！S 哟！……

天海茫茫何处问津

八月廿七日

昨天午后 W 家中宴客，他自己来邀，我刚午睡。

哦，我遇到许多人，我又看见双眉低压，双眼含愁，黑发卷曲的惠龄。他正在门槛上坐着，低头凝视园里的彩蝶，他穿着一件褐色的羽衣，结着黑长的领结，白色的衬衫托着无力的素手，黑色的皮鞋，像踏着幽魂般，一拍一拍的按着地板。

一见他便好似针刺一样！一见他便像喝醉了酒般！许久不曾看见他了，倘若我知道他在那里时，我一定不去哟！

一见他，每次便感到万分凄凉，无端的就要滴泪。但是，在这许多人的面前，我尽是忍着。想着上午的悲伤是更加凄楚了。人们那样欢笑的声音，只增加我的空漠。人们的喜乐只增加我的怆辛。我望着，只见他仍是低头无语。

想不喝酒，但想到一天来的凄楚，我希望酒气来戮破我的心！

筵席中我刚和他对面，我是不忍对他举头。我已经喝过多量的酒，眼泪和酒同时洒过我破碎的心。我举起绿杯想再把红液向口中倾倒，他突的拿开了我的酒杯递过一根香烟来。"请不要伤怀过往呀，让风吹散你残梦之烟！"他细弱的声音像春莺一样叫醒我的醉意。他的好意和爱怜，我已会心地感激。只是我堕落于风尘中的女子，对着这样的纯洁的灵魂，只使我惭愧深深！我不希望再有什么好梦使我纷乱，我只愿忘记一切的苦情！

我是那般泥醉了，那般泥醉了。他们的劝慰是像大石般加重我的忧伤！他们的同情像浓雾般使我自己哀怜！我这堕落风尘的旅客哟，为什么要使人来劝慰，使人来同情?！我忧伤自己的放荡，我哀怜自己的薄命！

他送我归来，我正斜倚在他的臂膊里，呵，他尽是默默无语，无语的凄凉洒荡着这寂寞的黄昏。

夜里我做着噩梦，一闭眼便见这个影子的来临。

醒来使我的心不禁跳动，唉，何方的灵魂呀，请你不要来扰乱我心！我又咀嚼着昨宵的情景，唉，昨宵，昨宵醉后我无端向他叙出我的心音！

我希望，从今天起来做一个新人。我愿意正像他所说的：让风吹散我残梦之烟！（早晨）

雨下了，郁闷的天气已经清晰了，但是我郁结着的愁怀哟，何时才能够明净?！

雨又晴了，我不能辞却了今晚的宴会吗？唉，我脆弱而且无主的心！

踏进那条绿荫下，我便听见了凡亚林的颤动的声音。我的心是跟着颤动了，我的血亦有点沸腾。唉，这绿荫的翁郁，这琴音的抑扬！

琴音停止了，他穿着白色的衬衫，微笑着向我点首。我的脸微热了，唉，我记起昨宵醉后的爆着火焰的眼睛！昨宵无端在他面前垂泪，昨宵无端的向他流露了衷情！

他仍是默默无语，默默无语。唉，他大概也是在追忆昨宵的残梦吧，不然他又为什么对 R 低语："今宵的酒不能再疯狂地让她自斟了?!"

唉！秋风清淡的黄昏，是眉眼含愁的影子，在死亡的深坑，这样他又把我迷住！

要是我真个是刚强的人，我将怎样避开这个影子？但是，一看不见他便这样空漠得惊人，一见他便痛苦得难以自处！天哪，我是这样深切地爱他吗？那我将置我的 S 于何地?!

今夜有信来，但我只是郁郁不乐。

八月廿八日

今天看了几本应时代而产生的书，读完只是嘘出一口闷气，不禁咨嗟。时代潮流中的女子，她自然负有时代的使命，无论向上或堕落，都是在急流中自己不能主裁的。她们的以至于支离破碎的都是时代的赐与。她们是先一步替人们站在十字架上，她们的流离颠沛以至于死的，全是无罪的羔羊。她们在各个无可如何的环境中次第沦落，是现社会的罪恶。她们沦落而至于死的更是这个血的时代的牺牲！总之，她们的死之日也便是使命的完竣之时。

但是，我呢，我什么时候才能改善我的命运，或则了结我的残生？唉！我将怎样舍弃一切的试诱来完成我的使命哟！

S 的信是越写越淡漠了。看今天的信吧，就连妹的一个字都不给我，从字里行间，我又窥见他还有怨恨和气愤的颜色。唉，S，你若真的怜爱我，就不该写着这教人伤心的话："假如你觉得非写不可时，便请记在日记⋯⋯"谁叫你把行踪东飘西荡；叫我天涯地角无从问津？我把信都寄到上海去，你看不着，却要生气。你每次的信都说要走，始终又是不照话说。你该怪残酷的别离，你怎能怪到我呢?!

来吧！来吧！一切的一切哟，都来欺侮我吧！上帝既然这样决定了，那末曼罗的堕落又有什么方法呢？她怎耐风一阵阵的刮呢？⋯⋯来吧！来吧！难道不能甘心让这些奴隶糟踏一个痛快么？所谓爱情，也无非是利剑，一射来便流着泪！我不是每次都是被嗟怨着流泪么？唉，S，你给曼罗的爱情止是泪水么?!

今宵午后还有个半圆的残月，一定要等到那时凭吊她，她正像自己的命运与青春。

今晚完全秋意了，风丝丝地打着窗帘，吹着洋烛；洋烛便垂下泪珠。呀，这景象不是明明白白的告诉我说：沉醉在爱的芳醇里的夏天已经过了，而今正是你饮着爱的苦杯的秋了！秋哟，还有更严酷的冬跟在背后！唉，长此下去，我的苦杯什么时候才能饮尽呢?!

残月是残缺了，却还是明亮。这广大的荒园，只有自己和残缺的影子。对月问一问：你知我的苦杯几时饮尽呢？她冷冷地，只是冷冷地！斑驳的竹影却在向我诉说：秋风在狂舞啦！

有几粒疏星远远地，今夜的天河，更无处觅着了。

唉，一切的奴隶哟，休来扰乱你的主人！

八月廿九日

夜里三点睡觉，今晨十点才起床。实在的，昨夜的神经是凌乱得不堪，总得不着好睡的。

醒来便看着S的故信，觉得我们都可怜。相识虽多年，相爱固迟迟，只欢聚了三朝，便遭逢无穷期的别离。别离虽一月，相思苦味度日如年！这心理的急剧的变化哟，此后命运谁又敢预期?! ……

S彻底在做什么呢；鬼知道，大概是不会来的了，我将悠长地被痛苦咀咬着了！

八月卅日

今晚听说学校驻军了，唉，早知如此，我又何必急急地来呢？不来时，不是一切都不至如此糟糕么？S亦不至于那样颓丧呀！

但命运这样注定了，你有什么办法呢！

午后往李家，又遇见他了。李说："现在该清闲些，身体当可缓缓的恢复健康。"惠龄接着说："应当修养心灵，调养身体，其余的事大可不必去管它！"

唉，他的话一字字的击着我的心，我只觉得羞愤！唉！我现在当真清闲了？但，我为什么要自寻烦扰呢？我怎样不好好地修养心灵调养身体呢？其余的事，为什么倒要去管？唉，他的温柔与严正，使我一见他便不好意思起来。

拿了两本书便走，我不忍再看他那双媚人的双眼。

今晚心绪又是这样不安，我的脑海被那个影子摇晃着，好些难受。

呵，我当真应养有刚毅的力量，我要不管一切了。

八月卅一日

看完了"罗亭"，心中微微作痛。

我实在应该警告自己了！

"你不幸得很，你的聪明流于轻薄，你的热情，入于放荡，你要像歌德一样放荡，在中国社会中，你只是自残其生！"当年群写这信骂我时，不是气愤吗？立刻就和他决裂。我想他是不该那样误会我。但是，真是不幸得很，现在我正是轻薄和放荡了呀！唉，我不是和S赌过咒么？难道当我向他说出"哥哥哟，我是再不忘记你的深情去爱别个男人了"的话时是骗他吗？不啊！不啊！我是怎样热切地希望我将永远地实践我自己所发出的颤动的声音凝结着的话句！但是为什么我还要陷入深渊呢？为什么不把握着自己的心，让它刚强，让它安静？唉！我要救自己，我是要先锻炼我的心，使它不易飘移呀！

是的，我要极力使自己不至于"流于轻薄或放荡"就好了。S哟！你该助我的热力吧！

九月一日

今天是星期，芝姊得空，一早便去找她。听她谈一些过去的事，无非是悲凉罢了，更不痛快。午餐她勉强我，要我立地成一诗给她。无法，她是那样天真可爱，我只好照办了。

午后出来，又遇见他了。他和 R 几人在饮冰。沉默，沉默，我总想极力掩住自己的心。

他们要我一同去喝酒，唉，我怎样有力量辞却呢？

黄昏的斜阳正要发出醉人的红光，秋风轻轻地吹着沟畔的垂柳，沟里的绿水随着风丝闪出五彩的细纹。在那株柳树下，青草衰弱的地上，我坐下了，在那里望着这媚人的晚霞。大概我的酒也喝够了，我偷偷地出来让秋风荡去我心中无名的哀楚。

"呵，你又醉了吗？"他悄悄的出来了，在风中，他正像弱柳一样轻盈，他的双眼老是含着深愁一样。

我站了起来，我深视他的不语而愁的眉峰。

"啊，你们在这里，来哟，酒又来了！"R 狂嚷着，只好再回喧嚣的席上。

醉了好几个，有的狂哭着，哀哀地叙述着各个的伤心事。

他送我，幽光中我看不见他的脸色，可是我能想象出他的纤怨的双睛。他的足踏着泥土沙沙作响，一下一下叩着我纷乱的心。这无名的哀楚哟，我愿化作他脚下的灰尘！唉，他怎样要这么冷淡地踩碎我的心！？

他的瘦影向前转动，吹过他的夜风正落在我身，我的酒意立地清醒了。唉，黑暗罩住了他的身体，寒风却无端地带着他的芬芳落在我心！

唉，我是怎样忍着无名的苦恼咀咬！在床上又翻覆无眠地呼唤着 S 和惠龄的名字。

九月二日

一月以来如一梦，重回首，往事堪惊，唉，前月的今宵哟……

早晨一早起身便续写着 X 的一生，十二点完稿，心中有点不好过。凡写东西，一写得太迫真时，恍惚自己也沦入那个漩涡般地悲哀起来。

晚间心中格外寂寞，他仍是了无音耗。唉，S 少爷在哪里？真是鬼知道！他大概将像他对付苔痕的手段来对我吗？照理他不至于如此呀！倘若他想到那一夜时，他更不该如此呵！但是，茫茫天涯，何处是他驻足的地方？我的命运正像一张薄纸，只要他轻轻一揉便破了！

我实在不该这样了无羁绊，我更不该怀疑了哥哥，不该想做哥哥爱情的叛逆！我希望他的铁腕能拉紧我永远在他的爱怀里，我该记住那夜的密约！……

曼罗，你的前途已是歧路纷披。

看你向着光明的大道去，还是陷入忧郁之泥！

曼罗，你忍你这样一丝生命之力完全死灭去么？你放荡的心情该结束了，这正是你调养你身体修养心灵的时期呀！你为什么要在惠龄面前便不能自持？你已明白你们是再不能下去了，你对他为什么还要如醉似痴！？

曼罗，你该知道你的罪犯还未蒙主人的恩赦，你怎忍再次轻薄地害人害己在重负上加添？

曼罗，你该奋力把脆弱的感情炼成钢铁，毅然说：一切青春的人们哟，我不敢爱你！

所以，你更要坚强着心，抓住自己！倘若再俟游移，哪怕你不陷入忧郁之泥?！……

现在，我要安静的生活和死亡，我不愿陷落。今后，那个影子，总要极力避免和他相遇。今宵的宴会是决心不去了。

外面又下雨了，凉风袭衾，好个凄清的秋哟！

九月三日

看完了《贵族之家》，深味着斯基夫人堕落的血迹。女主人里莎是怎样纯洁的天使！但瓦尔瓦斯姑娘是完全为她的姿色和聪明方至堕落，多么可感慨呀！费底亚的果决固然是对，但也就因他的果决方促成他妻子之更加沦落；假如能好好的谅解她，她一定会流泪的回头了。不过长是貌合神离也未免可悲，况且男人生来就是残忍的，他怎肯好好地爱护一个女人?

……

生活比较安静便可爱。我要渐渐养成能过寂寞的习惯。

没有男人爱护便不能生存么？啊！

到学校去，美丽的树木晒着灰色的军衣，整个校园在阳光下发出腥秽的气味。唉，武装同志将永在腥秽中生存是不足痛惜的，他们本身便不喜欢清洁呀！想起那人的要规劝还不肯常换衣服和洗澡时，齿都酸了。

C 先生一见面便说："好了，今天不是寡妇了，我真怕你穿那件玄色白边的衣服！"我微微笑着，我想：S 却最爱那一件，他怕这件血红的。因为 C 和我约定说不愿看我穿那样凄凉的衣服到办公室去，所以特地换了这红的，回家又换上的。谁知到教育会去又碰到他，他又说"糟了"！

那个素影又在闪动，我想急急地跑出来。他不知我的心事，他总是那样坦然冷静地……他拿了几本书给我，他正在赞美王尔德的作品的美。

他突然对我说："我已辞去教席了，你总可明白吧，可以不用我说了。"听着全身都起了毛慄，头更像铁锥锥着一般，连问他"为什么"都说不出口了。但是，天哪，难道我不知"为什么"吗？不然，他为什么要说"你总可明白?"但是，他为什么就这样果决呢？他已经窥破了我的心吗？或则他是……唉！我不得不忏悔了，我那天不该喝醉了酒，更不该那样毫无主意地露出心音！我不是伤悲他的离去，我悔我不该在他心上种下了罪恶之根！他是怕我陷落才这样做呀！唉，曼罗，曼罗！你为什么要这样地又伤了自己的心?！

我数着沙土，一步步拖着灰尘，我的心是这样的沉重了。唉，曼罗哟！你造孽是要到什么时候才消止呀！……

九月四日

爸病了，并且很惊人。

听着呻吟的声音便觉心痛。

我将怎样办呢？S 又那样音信渺冥。

茫茫天涯，真不知伊人芳踪何处！

午后昏昏沉沉地睡着，昨夜又在失眠的状态中。近来每睡必有梦，梦时总是令我震惊。唉，怎样不会梦见 S 呢？倘若是睡在 S 怀中的梦。但是，但是梦着的正是那个我怕见他的那个含愁含怨的影子呀！唉，我怎样会这样自寻烦扰，连梦里都被烦扰着?!今午这个梦尤令我凄楚难堪！

不知什么时候，我便踏进一间狭小的书房，仿佛中学时代的那个地方。书房的狭小，几乎容不了两个身躯，如是，我们的距离只有几寸。

我满腔忧郁地不敢举首，我只低头望着飘动的他的衣裾。

"就把这张给你吧，把我自己剪出。不，连他们都给你吧！我想你不至于不要。"

"唉！你庄严的神哟，你的心真不可测呵！"他望着案头的照片说时是冷静得铮铮有声！

"好的，连他们吧！"其实我正恨一切的人们，一切的人们都不配和他同在！

他转身斜站，看着他半面的瘦影就刚刚和片里一样。

"唉！这场合又是最后的别离，这别离又将无穷期！"……似乎风在窗外唤着这二句话。

"好的，希望别后有个忆念的时候，温情，我是没有，……但热望还在燃烧。当忆念时便该振作着向上……无论何时何地！"他的语声有点悸震，他的甘言悸动了我的心。

"好吧，我们去拍个照了。不要吗……"他推开房门时，让秋风和音语一同吹进。

"你是看我低头没有动弹，便以为我不满意么？你想想吧，我怎敢不满意……"

秋的寒街，又好似还有夕阳的残照，路上又是雨后的泥泞……

心头郁着万绪，总不忍说出。

万石泪涛也不忍向他倾一滴！

我们的衣衫都在寒风中战栗，我的手那样冰冷不知是喜还是惊。

"等会你是坐在我怀中照吗？"我的心在问他，突然间他的手，火热的，柔滑地把我冰冷的手握着，我全身在粉碎般，感谢的泪便滴下他的手心。

如是，我的梦醒了。醒时还迷茫地叫着他的名字……

心中更加寂寞起来，想打电话叫他来，好让我试看是不是单单止是梦境……

但为了他，我只好把痛楚止住，我极力遏住感情的奔放；我不该再去冒犯他的尊严。

我要感谢上帝，彻底他还不至十分残忍，对于小羊还有相当的怜恤。

今晚的信十点多才来，真是喜出望外，大概车辆船只都被标封着载武装同志，所以邮局也"反常"了。信上手，手便颤动。仍是香港 S 的字样，我真莫名其妙！每次的信都说着离港的时期，信到我手时便刚刚是这时候！回好呢？还是不好呢？

S 的信又写得这样愤愤然罢了，对于自己的前途都已绝望了，又何必去自苦呢!?他又要去南京。

巫山有鬼哟，休再提起这些字样！

前月的今夜，在幽清的树下促膝谈心；今宵不单泣涕泪零，还是绝望填满心境！

唉！好梦难成易醒，我将让失望常叩着我的心门！

九月五日

"击梧桐"

时序飞如箭，分手际，繁夏月华如练，忽又征鸿至。垂杨岸，寂寂秋风拂面。秦淮月白，西湖水碧，黄浦滩头歌怨！拟把红笺寄，奈青鸟对对栖林飞倦。

离筵愁添，征帆日远，莫昧前情深浅！月白花阴，潮生岸畔，浥泪赠伊丝绢。忆起当日豪放，泪珠飞溅。但月明小院，数秋声，曲阑倚遍庭阶行遍。

前月这时正徘徊在黄浦滩头，无端地，轻易地便分手了。

昨晚读着S的信，觉得万分凄楚，一缕酸泪飘下。他信最末的一句，分明含着怨恨，我是怎样小心翼翼地代他保存，他却偏说："本来就没有意思的！"他的影片的叙述，是不是有相当的暗示呢？是的，我的命运也看得很明白；不过，我单薄的力量，抵抗不过坚强的命运。S说他自别后，对于异性半眼都不看她。真对不住得很，我却受那个影子的摇晃，几乎倒下去，不止倒下去，是死一般地了！不过我极力支撑，我要忘记，忘记那个影子。

九月六日

爸已经好得很多，这才安心。

我在床上辗转，天又黎明，仍未合眼，细看S的样子好像在流泪，他是在干什么呢？……学校的课本，应在今天找好，我亦不管了，什么事都幻灭好了！这种社会状态，这种病态心境，我什么都破灭了！

天气热得要命，看书也看不下去，要去芝姊那里，又去不成。

晚间替王找工作，去和一个大人接洽，讨厌得很。在路上想：回来或可看见S的信，立地坐上车便转来，但空空如也，七点钟便戒严了。

呀！蓝色的天空，又出现了一钩银痕了，惊觉时光的飞驰哟！

白昼我昏昏地让噩梦咀咬，
黑夜我茫茫地等苦闷来临，
我像风前一枝飘摇的白烛，
那样流泪是把不住自己的心！

黄昏到来正是我最难堪的时候，
惊怕今夜又将照样地难以安眠。
门外有了动静我便要倚栏窥视，
唉，有多少心血等邮差叩门的声音?!

黄昏到来正是我最难堪的时候，
我悔我不该又睡掉了一个白天！

我要寻出热力来和命运相决斗，
唉，怎耐热力单薄命运尽那样强坚！

白昼我是昏昏地让噩梦咀咬，
黑夜我是茫茫地和酒精相亲。
弦月似是笑我无端自寻烦扰，
像她能圆能缺是把住了自己的心。

九月八日

两天来精神恍惚，身体疲倦，睡在床上在穷究这离奇而矛盾的人生。

人的生存，彻底是为着什么呢？是不是为着幸福而去向前？是的，应该时时挣扎着向前，尤其是我，了透一切，尝遍一切，我应该不被悲哀烦扰着。我热爱人生，但我的热爱只换来了血泪，我应该冷静地咀嚼我的苦痛，求自己的光明。但是，但是，我的天哟！我时时刻刻还被痛苦包围着，我是踏着故辙底向人们迸出我的热情！这不是跑向死的方面吗？不是自寻黑暗吗？好像我明明白白地知道我不能那样地迷恋那个，可是我一合眼便看见他，一静坐亦看见他，日甚一日，无时无刻地不萦系着他！唉，这是什么缘故呢？我将怎样了结呢？我应该立地离开这里，我要去，去到一个了无人烟的地方！我要忘却一切，尤其是这个影儿！

唉。我又在想念他哟！

九月九日

爸的病好了，自己不大好，自己好些，老妈子又病了。很久不尝疲劳，今天稍为劳动一下，便累得很。人的身体正像时钟一样，不用他会生锈的，时时工作着，反刚强起来。

芝姊来，带了她哥哥的信。我只能张大着眼睛向她望着，唉，我能够说出什么呢？

夜间，爸爸突然说："你为何凡事都不给我知道呢？自己再次的失败了，难道还想再错误的么？看你想一生有几次可给你这样遭受失败呢！看你好像有点昏乱的样子，事实又不然，有什么昏乱的呢？再不考虑是不行的了！"

爸大概看出我日来的变态的心绪，我是一句都没有回答，唉，我能回答什么呢？

"譬如芝的哥哥吧，最要紧的是对方之有没有妻室，这是绝大的问题。此外，此人之学识性情都还不错。……"爸又说。

"可以不必吧，似乎已叫芝回绝了。"我回答着，我的心已经在跳动。

"我真不明白，你现在是在做什么事呀？你对付人家总要庄严，看出不能跳出友谊的关系，那就该在这上面停止，不要使人家误会。以前以为太坦率了受到痛苦，现在就该酌量没有痛苦再做，总之现在你凡事都得给我磋商，共同负责！"

天哪！这些话简直使我的灵魂战栗了！我很想找一句直截了当的话，向爸陈述我和S的关系，以后也可免去许多痛苦；但是，我的天！我可怎样说出呢？我怎敢说出口呢？爸的绝大问题是对方之有没有妻室，但是我的S已是儿女盈前；并且在我们那种礼教高压的故乡，S怎能去解决这个社会咒诅的事呢？S不是说他不能依照手续去离婚，他只是不负责，不归家吗？单单不归家就行吗？况且他的妻是一个颇俊逸的女性，现在又有儿子，行将出生，自从S告诉我这些以后，一直至今，我的心总有非常深重的苦痛。我不要讲究什么人道主义，或是道德观念，只是觉得：自己痛苦，而想去寻求快乐，因自己的快乐而滚别人到绝无可辗转的痛苦的深坑，这怎样行呢？我不忍，不愿，不愿把一个女性陷入墓中！况且，这女人已替S养了两个儿子了，而今我要S把她摈弃，这我怎样对得住她？而我又有何话可以对住世人？我要分析他俩的环境了：倘若他俩不会好时，为什么维持到现在，而孩子又接踵着来？就说是不好的吧，但他们已然地维持到现在了，而我这个闯入者才来把他们分散！S虽是爱过许多人，但许多人都不愿来担这个重负，而我却自告奋勇地来把这许多人都不敢担负的十字架挂在身上，我真有这样大的力量么？呵！不啊！我担不尽社会的咒诅，我受不了社会的冷眼呀！社会对于我，早就下了许多罪状了。社会看我是一个放荡，轻薄，危险，甚至堕落的女性，倘若我再这样做时，他们不会活活把我噬死吗？不啊！不啊！我还希望活着，我还热爱人生！我爱人生，我尤其热爱S。我热爱S，更不能因爱他而使自己殒丧，我应该生存！况且，几多年前当S送我一个梦——他别后说要赠我一个梦，我便说我愿意在梦里得到一个鲜红的花朵。他不是直截了当便说："使你失望是无可如何的事哟！我只能赠你一支霜白的剑刀"么？那时，我心热力强，还不是因为这个女人的缘故，便怕我担不尽了罪负的把S放弃，到现在哟，我是受了千辛万苦，S也虚掷了他的美好的青春，身心俱伤，活力全竭，才来回头，回头还是要担负这个十字架。我不敢哟！我没有大的力量哟！我若果会对于我的已经糟踏得无余的生命加以怜惜时，我更不愿意把这可咒诅的重担负起呀！S哟！S哟！你怎样在那时要使我失望呢，虽然是无可如何？现在，唉，S，你的曼罗也是到了'使你失望是无可如何的事'的时候了呀！S哟！S哟！为了这一切我真是只好要使我的S失望了！

唉。我的灵魂完全战栗了，我像个罪囚般不敢向S举头了！……

正是午后晴朗的天气，
忽变风雨潇洒的黄昏。
车站上等望着你的隽影，
只好让失望轻叩着我的心门！

你钟情的青年男子哟，
我已经不是妙龄的女郎！
你一定让别愁使你意绪纷纭，
让这匆促的离恨狂吻你的灵魂！
让这骤雨狂风洒凉你心房微温！

我虽也想再留在这三朝痴恋的故地，
可恨呀你这去国之心似箭，
你时时表现出行色匆匆又匆匆；
如今此地已是人去楼空，

就留住了不也只有落漠与凄恫?!

谁能相信此行便是悠长久远的离别?
这别离哟，五年，七年，……
或许就是十年，谁也不敢问，
只好让别离践踏我剩余的青春！

倘使再有一朝的欢聚啊，
就是坟墓呀我也愿安然走进！
可是，可是，这时光哟，
正像晨朝的浮云！

虽夏犹春的夜里，
雪白杯中你可看到我的腥红的泪痕！
这憔悴的颜色还留着——
留着为你而泛出的红润，
这蓬乱的发丝还留着——
留着你香吻的芳芬！

本思同你流浪异国去，
可怜你年纪轻轻便有了妻儿哟，
怕的是你那无辜的妻儿，
便将作了不幸的孤孀。

让我独自沦落了吧，
你又不忍看我在十字街头，
残碎了的心窝
像秋梧桐的枝干上
再加一个洗刷不净的伤痕！

唉，空诉相思，空望欢聚，
惟有哀告与凄酸！
只好让失望轻叩着我的心门，
让无情的风雨淹我入死之坟！

——八，五夜。

翻阅临别写给 S 的诗，我的心更清醒了，离开 S 便缺乏热力来把十字架担负呀！想来还是不向爸说什么倒好。
唉，十年七年以后的事，惟天知道！

我将毁弃一切的深情

九月十日

今晨到校里去考新生。踏着尘灰飞扬的马路，是每天早晨一定的生涯。天天走惯的路线，谁会给它叫起注意的情绪呢？但是，今天的早上，却突然地凝视绿竹的疏影，回荡在路旁的茅草中，寂静可爱。

哟，这初秋的幽美的清晨，如果加上一个他，那个幽美的素影，是要增加了多少妩媚的呀！

频频的回头，更茫然的愣思。

牛车走后的尘灰飘扬着蓬乱的头发。没有什么，初秋清晨幽美的马路，依故走着不像样的自己一人。

在课室里，心中便难过起来。我是一个庄严的教师，但自己在暗地里这样堕落。对学生们讲着人应该向上的，求学的时代尤应该拒绝一切外扰地向上寻求学问。学生是天真无邪地听着。我心里暗暗责备自己说：

"不是学生时代，便不该拒绝一切外扰向上寻求学问么？你对学生们说这话，曼罗，你不觉得赧颜么？……"

唉，我实在赧颜哟！

九月十一日

今天预备写完"他们三个"的短篇，是纪念楚姊的。但至晚还写不成，却无端又写了首自寻烦扰的诗。

邮差从门口经过，不消说是失望的。但愈失望，情绪便愈高涨。

电灯断了好几次，此刻午夜才光亮起来，虽然日来的病态疲倦得很，但一想念 S，便想在纸上诉说写什么了。"新时代"至今尚未看完，几天来都有些事，但什么事哟，我自己却不知道。

我不知我的命运是怎样了局，但我希望能看到 S，好让我告诉他说我的心情剧变的原因。我不愿 S 完全把我占有，我只能给他一只心。但倘使因不能被他占有因而使他气愤甚至决绝又将怎办呢？凭良心说，我是一个十足情感的女人，我不能使我的心无所凭借。一天失却了爱力，便一天不能过活，所以我失却了一个，我又必须再寻一个，这是我的弱点，我所深知。但这有什么办法呢？世界上最奇不过的东西便是：两个人相爱着，不曾到社会上去挂号，人们便要给你以捏造毁讦，使两个的力量渐渐地冷下去。但在社会上挂过号了，夫妻的名义便成了附骨之疽，爱情也就照例的完结了！完结了时，不也只有像从墓里出来的活尸般过着比前更为无聊的日子么？唉！人生为什么尽有这些矛盾呢？……我将怎样来了结我的命运哟，我是一个十足情感的女人呀！

九月十四日

　　两天来是做着什么呢？唉，我的心还在十字街头颤动呀！那条自寻烦恼的诗真个是自寻烦恼，而今怎样叫我把秘密收回呢！我迷恋着那个素影，我是应该秘密着，为什么要给他知道了？现在又使他苦恼起来！他怕秋风煽起我的爱潮，他怕我因为他而被悲凉烦扰。他说他"是个呕尽心血的夜莺，不该飘来这几滴晨露晶莹"！他说他"长夜绵绵的噩梦已做尽，此心已是梦醒的五更"！他说他"既不能把我一口吞尽，怎忍我再亲着幻灭的毒鸩"！他说他"这活尸不能贪恋非分的深情，他该安静地走他孤独的途程"！……呵！呵！我也不该贪恋非分的深情！我也该安心走我孤独的途程呀！……

　　孤鸿昨天说，他要到福州去。他说：在破灭的一切之后，好姑娘，希求你能安静的休养，我和桂生都有同样的愿望。至于秋桐，他这回的行动，简直是自寻死路。那样死缠不休，连我都觉得讨厌！说到爱的上头，他敢和 S 相比，也是太笑话！他说他觉得你是高兴时抓他来，不高兴时，便踏他开去，他说因你这样残忍，他只好那样强暴了。

　　"哦，他要以 S 之疾病，放荡，来要胁我！他的只要求得姊姊的爱的一部分是不是可以这样呢？总之，我被教训了，我知道举凡所有的男人的心都是奸宄百出的，都是充满了自私；我对于一切都想悔恨哟！"

　　"好姑娘，你不能太容易受人家的蛊惑了呵！我从上海来，晤到马女士，我以为她是你的好友，我便向她询问你的消息。她一听见你的名字便狂笑起来，接着便用她那不能自遏的谈锋毁谤你许多话。她说：曼罗是一个淫荡的女人，曼罗和所有的男人都发生过关系。曼罗被人虐待正是我乐意的事！她和他决裂，是会晤到一个更坏的人！她想 S 能爱她么？S 不过是想把她玩玩而已！鬼知道她的消息！……唉！我不禁诧异，你不是认她为最好的女友吗？毁谤你最强烈的话句，向来我所听见的，便算你这位好友是第一了！好姑娘，你为什么那样的信托人呢？"

　　听着孤鸿的话，我立刻头痛了。我并不是不知全个世界的人都在攻击我，但马之随风而靡者，则未免太出意外了！我镇静一回心情说：

　　"不是奇怪吗？我怎能料到她会攻击我！看哪，这不是昨天的来信和诗吗？"

　　"和曼罗说的"
　　黄叶儿早将落尽，
　　枯草在足印里呻吟，
　　路旁的疏柳……
　　园里的芙蓉……
　　曼，你漂泊的曼呀，
　　你数千里外的故乡，
　　在这萧条的秋的黄昏里。

　　记得——楼头上你给我的那一瞬回眸，

背影便在迷茫里消失……
现在——心湖上只有个模糊的影儿。

是去年寒风凛冽的冬夜，
昏黯的街灯下只有你我的瘦影一双，
呆站在岸滨，在颤动……
黑暗里一条波光在闪烁，
江涛和我俩一同怒吼，长啸。

曼，不能见面的曼呀！
我开口时只有停止，
我出到街口只有转回，
曼，不能见面的曼呀……

孤鸿看后不禁摇首。"这都是你太坦白的缘故！"他说。

"是的，我坦白，一个人觉得不合时，背地里，我谈都不谈他。我怎晓得一个可写诗句的人也是可骂的呢？鸿，我想人的心和我一样的，不合时，便各自奔驰，为什么要戴上假面？人既戴上假面，我是不能看清楚的哟！"

"总之，好姑娘，交友要仔细点！"

"咦，这不是十年故交吗？亏得我一受到痛苦便到她面前去痛哭！"

"此其所以给以毁谤之材料！"

"哦！我一向便不信托女人，我深知女人的狭隘，小气，多疑，……我自被 M 女士的欺骗之后，我就害怕女人了，所以我除了马之外，我便无一个女友！"

"唯其你太宽大，坦白，率真，所以你不适应于生存，尤其在女人之中不适应于生存。马是一个自高自大，不可一世的夸大的女人，她觉得她的学力，聪明，受男人的膜拜不能胜你，为要满足她的自私，你，自然牺牲了！"鸿说。

"那她何不坦白地宣告友谊破灭？"

"唯其奸究的保持着友谊，你才有完全破灭的日子！"

"人之对人是不是可以这样呢？"

"那你只有去问上帝！若不这样，社会便不成其为光怪陆离的社会了！"

"哦，我又被教训了！"

"单单教训就行吗？你该去模仿！"

"叫我学着虚伪吗？"

"你怎学得来，第一先隐藏你的坦白！"

孤鸿带着学者的态度笑起来，他又说：

"好姑娘，今后海上只有一只孤飞的鸿影了，我去了，希望再来时，不会再有什么人欺负你的事！我要带桐一同去，使他不至再来烦扰你！"

九月十六日

去至公园，未进门远远便看见那个素影了。在秋风飘洒的黄昏，薄光下褐色的衣裳，凉风里飘着黑色的领带。

园里的景色更新鲜起来，所谓往事堪哀，对景难排的情绪便是这样吧！

我要求他站住又不能，要让他去又不忍，但他却自自然然的说："我回去了！"

踏着斜径，拾起一枝踏破的芳草，香是飘尽，汁却很新。一条低垂的杨枝，正像曾给他攀过的，还在摇动。我的心是随着他飘去了，忽然想哭起来。是不是一切人都在欺凌我呢？不啊，他是怎样的爱护我哟。

九月十七日

L好久没有来，原来是在替Y营着新巢。哦，金钱，女人，现在他们的"革命"便也成功了！只几百块钱，便有了女人，只要做了××长便有了钱！只要"革命"便有了××长！

惠来约我去，去了，他坐着，只是冷静笑着。他要我去，我去了，他说他有事便跑，只剩下R、C他们叫我打牌。唉，他不在那里，我怎坐得下呢？

C说今天中秋，是团圆之日，你不该穿黑衣。我对C说，我没有团圆的时候，便该穿黑衣。是的，不但S的行踪无定，便连这一刻，这个素影都不肯同我久站一会儿，唉，我不穿黑衣还穿什么呢？！

夜深了，月更亮了，芝姊说她肚子痛，我送她回去，回来又经过他家的门口，我能够有勇气去叩门么？再看看他那双纤怨的眉眼么？唉，十字路头我彷徨无主！

回来写了一信给S，还不是预备石沉大海么？

九月廿一日

又几天不曾记着，但是，我还能够记出什么呢？笔纸，文字，于我又有什么用呢？我徒徒写着这些矛盾的心理的字句又于我有什么警悟呢？

孤鸿今天来信说：好姑娘，所谓青春的热情，不过是止渴一时的鸩酒呵！倘若你必至于去饮它时，也请不要引吭直注呀！

将到十月了，才来开课，我想真太把学生的光阴糟踏了！为什么军队就可随便住着人家的房子呢？这便叫做维持治安？唉，我们学校的治安，已经不堪其烦扰了！想来，上课了，也许总该好些吧。

九月廿二日

芝姊很仓惶的来，说是当局在注意我的行动，她丈夫从司令部回来要她立地告诉我今后言动都小心好。说当局在某一本日记搜出和我关系的×事，我摸不清头脑，想一回才明白了。

当局若必要逮捕就逮捕我好了，我有什么呢！武器在武人的手里，地方在有地方势力的人手里，要怎样做就任凭怎样做好了。……

原来是那天，中秋日，L来，叫我去看Y的新巢，到那里什么人都出去了，在Y的装潢富丽的房里，L突然伤感起来。他说革命也无非如是，一切他都觉得无聊烦恼。什么是我们的出路呢？我想不如做土匪去，他觉得怎样呢？其实土匪还不是没有出路么？他说到这里突然说："我想还是抛弃一切到×××里面去！你那方面有朋友吗？从前我有很多朋友在这附近，现在被残杀完了，我想你该还有朋友的？"

"不，现在不知流落在什么地方了！你要走那条路是走不了的，你太薄弱！"我答他。

L那晚的日记便记着，中午往访曼罗，和她谈着关于×团的事。便为了这句话，使到"大人们"忙碌起来了。

其实也奇怪，L不是在Y那里吗？Y不是他的好友吗？Y竟好意思去告发L吗？而这句话也值得忙碌吗？L是认为好友才把日记也没有秘密着。是的，应该这样才成其为光怪陆离的社会了。孤鸿的话又实验了。

我很沉不住气，立地到Y那里去。他很聪明，一见面便说："L的日记搁置在这里我都不知道。"我只是看着他的眼睛，我想，朋友，无须说谎吧！认识了一个人，便少了一个人的纠葛。L来，我这样对他说了。L实在太老诚了。

九月廿四日

午间有上海来信，竟是马的。我立刻作复，文中颇具牢骚。我学到死还是不会虚伪，我既知她之攻击我不遗余力，我还敢如前般信为知交吗？固然我之坦白，即全生失败之点，但我愿为坦白而死，不愿虚伪以生。背良心去和她敷衍是做不出手的事，假如命该如此时，S也负我来，也无奇的！

病着，有点不好过。

十月一日

半月来都不曾写什么，半月来我更甚地悲哀起来。

我要竭力避开那个素影，但不见他时，心中便被什么咀咬着似的隐隐作痛。我常常在十字路头彷徨无主。我想：去呢，还是不去？百步以外，便望见他家的门。最后我又茫然地踏进幽深庭院，但忽又跑了出来。又再去到他的房里了，他不在那里时又再出来。等到他的妹妹看见时，我已走不了了。

唉，昨宵的短梦，又有一个这样的情况。

我望见他站在高栏之旁，我迅速地转走，又疑心他看见了，以为我夜静更阑到那里去。于是又转了回来。这样我又在十字路头彷徨无主。

唉，我有什么地方好去呢？除非我的心应允我提着勇气去见他！

十月二日

昨夜又听见鸡叫了，很为学生的事操心，不是有人在注意他们么？

早上十点便去图书馆，因为要避免和惠直晤。他是每天下午去的，十一点往上课在填些什么，忽然听见他的声音，他什么时候在打电话呀！我立刻跑到教务课去，他也终于来了。"C先生告诉你吗？徐校长请你，去吧，他请你去的！"他说时是很匆忙，他也不敢在我面前久站了。他的急促颤动的声音，表现出他的心也和我一样不宁静，自昨天C对我说时我便辞却了。我很怕惠来要我，他来了我就没有办法了。而今正如所料。但我还试用我的决心，我对他说："不去了。""没有空吗？""觉得很累。"校长便说："没有车吗？""是的，一个人时便不高兴跑，也不高兴坐车。"惠说着比刚才安闲得多。他又说女中近来装潢得多好看，漂亮得多。校长却无理无由的中伤我说："曼先生亦漂亮，因为女中有女学，所以女，你是女，便漂亮，是三假说法！"我气了，他为什么这样不客气？惠见我脸孔变青，他对校长说："她说她老了，她不喜欢听漂亮的字样！"唉，这蠢材，真叫我讨厌，他时时对我现出嬉笑的态度！唉，我真想立刻离开这里。

和惠同行，他拿了诗篇给我。唉，一声声的"别说我是朵春风中的玫瑰，是玫瑰时也已散尽了醉人的芳馨！"的哀音，像晨箫般刺着我的心头，第一声我的眼泪流，再一声我的心滴血。感谢你，送我一枝洁白的剑刀，可给我斩断一切的妖魔！借它我可渡过苦恼之河，我可等我心儿归来而高歌！

惠呀，我不是不明白，我是无可如何！我明白我们不能再下去，再不能沉湎下去，沉溺了我和你！我不会怪你那样无情，却是世间的情原来薄啊！

惠呀，我非故意赠给你烦恼，更非故意把烦恼来拥抱，只是你在我的灵魂中威权太大了！

惠呀，你轻轻地弹出一篇断肠的诗句，是叫我在泻出如开放铁栅时的狂浪，是叫我在泪浪中淹没！

十月三日

下课后往教务处，惠还在对面上课，我装佯，拿起雨伞便走。他突然回头说："我也要回去了。"他正在填教室日记，我心中忐忑，继而决然独行。到门口，偶然回头，他已经到丛树荫中了。我仍无停步，他才转到别的路线去，于是心才稍稍安定。然又觉异常凄梗，盖爱我者漂沦天涯无从聚首，而漫澜于面前者，又力避其嫌。唉，回首半生流离坎坷，幸当此衰谢之时，犹有S之爱，聊慰残年。可是茫茫天涯无处可寻，而此翩翩素影，又时萦我怀，使我难以自处，虽誓不相晤，克力自制，奈世间路狭，终常相逢，有何法子呢！

唉！为S，为自己，我决心不再看他了。

十月七日

他说"他不悲愁我为何悲愁来！"他说"摈弃青的残骸呵你该！"他说"纵默默地也该念着无知的婴孩！"他说"诱人的夕照已和春梦的残影一同深埋！"他说……他说他"随处都种下了怨恨"，他说他"愿担尽一切的怨恨"，他说他"终须沉默地步开，把爱寄在暗暗深深"，他说他"不是春风中的玫瑰"，他不愿把死的枷锁葬送我的活的新生！他说……

我希望我也能立地离开这冷落的荒城，避开这媚人的素影！

听说孤鸿被捕了，春弟也死了。两天来学校又被搜查了几次，唉，可怜的朋友，可怜的现代青年人！

今天有一件使我永远咒恨的事将使我想杀尽一切的青年人！

些时来，校长总常常对我浮现嬉笑的态度，好像突然说："你快乐吗？""不悲哀吗？""哟，C 先生请你喝茶！""惠先生等你来上课"……真真岂有此理！我是神经过敏的人，我哪能容忍他这双关两意的说话！为什么 C 先生请我喝茶要他来通报！而惠先生等我上课他竟知道？！这些都是他胡诌出来的。

下午在教课处，我对他说：两天两个钟头，何不给我编做一天，可省去跑路？惠在训育课案前站着。他表出一种滑稽而且下流的神气，望一望我，又望一望惠，便狂笑起来。惠是最讨厌他的，他到前面休息室看学生的文章，便在那里修改。我再对他说：何不试排编，这个钟头可和惠先生对调。我正指着挂在壁上的功课表。他简直太放肆了！站在我的背后，两手便绕到前面来指着功课，几乎把我全身拥着！我立刻想变脸骂他。但因前面学生正多，我只好忍受着。说完，他竟然突然握我的手说："你的手呵……"他毫不为意地又跑去看惠的改文。唉，可怜只隔着一张木板的惠毫不知道！我本来想等他一同出去看 R 的，看到那家伙仍然嬉皮笑脸的在那儿，我几乎要喷出火来了。我用了几乎听不出的声音对惠说："我先走。"他悄悄地点了头。那家伙不知道又在预备说什么不客气的话了！我看惠翻了书本把作文夹到里面，他大概也耐不住了那鬼脸的嬉笑想走了。我真觉得做人的无趣！在学校，想来我是很严肃的，并不曾对他有一丝毫放逸的态度，他为什么要这样渺视我呢？哦，女人是不是生来给人家随便侮辱的，我的天哟！

十月九日

惠这样冷得比冰还冷的态度，真个叫我死了心。但是我念他，总和念 S 一样的情绪，几乎更加强烈。呵，我的心哟！你怎样这么无主哟！他近来总暗示着我，叫我务必孤独的向前！他痛骂人家的结婚是自进坟墓。他说爱的虚幻是比无爱还要创辛。他叫我要咀嚼自家过去的苦辛，不该再轻易让人家糟踏我的心。……

昨晚邮差来，拿着欠资的单，我以为 S 的，好让我看他到国外后的消息，天知道，却是桂生的！呵，真奇怪，桂生也来说着爱我的话！唉，曼罗是不是真值得爱恋的人？你们所希望曼罗来安静的修养，是为你们而修养吗？你们说破灭一切之后，不该去接受爱的烈酒，是要我拒绝了一切而给你们独个占有吗？同情！同情！你们的同情都在背后带着小刀！哦，你们的心是怎样惨毒呀！你们都想把曼罗拉到墓地去！呵，这样一来，我更要膜拜我的惠龄了哟！他是怎样值得我去膜拜的神圣呀！他的庄严将使我向上，他的冷静将使我更热爱人生！我的可爱的素影哟，你做我的明灯，使曼罗不至在黑暗的大海里触着暗礁！

十月十日

今天我错认了几次羽衣，今天一天。

那绿云深处，千树寒碧，我看见惠的瘦影在那里站住。那寂寞的街灯下，又有他的瘦影凝伫。长堤幽静，暮霭沉沉，又有他的衣衫飘舞。西风无情，园庭冷落，不也是他在踏着落叶与晚蘗?!

"笙歌散后酒微醒，深院月明人静!"尽思量，方知错认了羽衣，今天一天!

今天是所谓国庆，国庆不能影响我心中快乐或悲凉，我只觉得无聊而已。我只在那寂静的地方，在凝思我的素影。

回家便接着许多信，一张本埠从未看过的字样，立刻拆开，"啊，是 B 中的校长!"我狂叫起来了!

曼罗不是一块肉，才惹得这许多狗想把我吞噬！昨天桂生的信才发去，又来了这个！此人更不知趣了。我和他只不过在开会时认识而已，他怎样这么大胆！唉，曼罗，曼罗，你不离开这纠缠的牢狱，你必终至薄弱地被囚禁哟！

十月十四日

惠今午约我去喝酒，我早晨发见了唾痰都是血，我只好不去了。但是芝姊来，却硬拉我去赴她的宴会，她说我不去是不行的，她说有个才从德国回来的医生，也在客人之列，好让我承便给他看病。我只得跟她出去。

因为畸形的热烈过度，反而鼓起内心深沉的悲哀。刻板式的生涯感到枯燥，久经化石的心便蠕动起来。于是常常想葬身到浓烈的酒香里。芝姊要我来，只是想敷衍而已，但一闻着酒香，我便要醉了。

酒后像不是自己一样的狂呼疯叫，忘却了自己是一个沉浸在悲哀中的女人。

踏出酒家的门限，这心便寂寞，寂寞得快要爆裂的样子。

夜已深了，人已静了，公园的坐凳，爆着凉光，树木房屋也都在寒光之下沉默，沉默得怕人。

这心却落漠，跳跃，正在忏悔适才的热烈是太伤了自家悲哀的尊严。

不敢去烦扰他，才不敢同他狂饮，来和这些无聊人敷衍可不更沦落了么？

凉光照透孱弱的悸动的病心，在伊家的门口呆站着，因为畸形的热烈过度，反而鼓起内心深沉的悲哀。在月光下归来，经过他家的门口，接连五个晚上了。

十月十八日

好几天请病假在家，却每天都跑出去，但我不想和他相见，怕相见时那忧郁又爬上两个眉梢。每夜的凉光透骨，我经过他的门口时，我的心刺痛了！我想他是低头无语，或是在蹙眉着吸烟。唉，我怎有勇气去敲他家的大门？

今午他来看我。唉！他真的恨我吗？他说："我们请你喝酒时，你辞却，呵，我们的酒不像大人们的香烈！你说你喉痛，但人家请你去时，你的歌声还在颤动！……"

"我不曾喝酒。……"

"一杯杯直倾还要掩饰！"

"那是汽水。……"

"哦！我们今后要预备汽水了！"他说着冷笑。

唉，为什么我的行动他知得这样确切哟！甚至每夜的喝酒的地点都调查得来，他不是侦探吗？

他又要说我已是一个不能爱人的人了！我的……唉！我想我已经不敢迷恋下去，才不敢和你亲近。这诗句倘若是对我而言，我也这样想哦！若说是只在灵魂给她一个止渴的露珠，那末，惠呀，你该看破，不敢去增你的麻烦才不结着眉梢见你的尊颜。至于闭上眼睛便浮上了一个素影，你能叫她停止么？会时，她也这样想，哦，我的惠龄！

那个医生每天都来看我，他是那样像母亲一样的仁慈。

当我对惠说："不再吸烟了，喉痛。""好呀！不吸便不吸！"他这句像尖刀般的回响倒使我痛心的吸着！唉，要是他肯说：天晚了，你穿得这样单薄，对着暮秋的寒烟！那我一定会跪下去说：只要你肯施一滴红泪，在破碎的心窝，那虽天高气寒游子无衣也会立地燃烧起来的！

却是在这医生的口中，他无意地把这话说出了。

"酒是慢性自杀，所以我狂饮。"

"这大可不必，在这里一日，帮忙你身体的健康我能够。"医生仍是很恳切。他又说："你大概常做梦吧，所以你是神经衰弱，这里第一你要戒烟！"

"哦，烟！我在烟圈中能够看见素影的眼睛呀！"我想着，"唉！因为你，梦你，不是美丽的事么，我的惠龄？"过了好一回我才茫然说：

"是不是怕我病了，医生！"

"哦，你的病已是重而且深！"

十月廿七日

芝的哥哥去出家，惹起报纸的材料，却无端地又要拉我入漩涡。唉！我怎堪受这许多烦扰哟！今天已经六天了，报上还用我的名字在胡闹。我气得很。我不堪一切的纠缠！我愿咒诅一切，摈弃一切！我不得不声明一下：

世事本来就是这么不平呵，何止游魂一个和尚!? 但他自己说他去求彻悟，你们何必硬说他为爱呢? 又硬拉曼罗入漩涡? 曼罗是再不能安于缄默!

世事本来就是这么不平呵，倘使游魂真个为了寻不着爱而能把一切热情化作烟霭，缭绕于佛殿之前，这正是他的幸福呀! 因为，他如果把热情献给爱神，那他所受的罪是比做和尚苦得多!

曼罗是千刀万剑下的一个死尸，这缠绵的情丝她戴不起! 伊冰冷的小心贮不进这浓情温热与血滴!

曼罗如果尚有活着的一天，伊的力量只能把谁赠她的热情付与朝露暮云收起。

曼罗如果还有力量来担负重戴时，那末至多伊只能把自己抛在十字街头的心拾起。

曼罗的心还在路头颤动呀，伊决意连自己的心都永远抛弃，永不拾起，让她化成尘埃。

曼罗是不能把谁救呵，她没有力量分裂波涛，她自己也将永远沉溺波中，咒诅谁都不要来把她救!

一切，一切，一切她已够受!

切莫，切莫，切莫把她纠缠!

她已厌恶一切了，厌恶缠绵的一切!

算是幸福的人呵，得跪三宝殿边安心乐意听钟声梵语，清静幽扬。看她吧，只能，只能，只能跪在嚣杂腥臭的十字街头抖颤!

她毫不惋惜地抛却了许多有血的心窝在高山之巅，她也很慷慨地把有血的心窝让人家把它摔在九渊之下!

而今，曼罗只剩下一架残骸了! 假如这残骸还有她能做的事的话，那她也是只能把一点点的血滴，洒在事业上去!

让曼罗把自己咒诅吧，因为受纠缠的自己是太可怜!

最后她要说一声：

曼罗是不能被爱恋的人呵!

如果谁还想爱她，就请谁都去入禅!

十月廿八日

昨天写了这段文字，今天已登载出来了。惠龄午间和几个朋友来，他说，大家来赞美你的文章的。唉! 他大概也看出这篇的背后的意义了。他望着我昨夜贴在床头的字：

"一切，一切，都在今宵死，

切莫，切莫踌躇到明朝!

不许你再把他纠缠了呵，

可怜的奴隶哟你牢记!"

他说：曼先生今后不再被悲哀咀咬了。我只是忍痛的笑了一笑。

他们去后，我心便凄然起来，我对S的影片流了泪，大概像风前的白烛被吹熄般，这泪是最后的了! 我将忘却一切的深情! 我将埋葬过去的一切!

"曼罗，你终于触着暗礁了！在黑暗的大海中，你沉溺下去吧！不要薄弱的希望谁来施救！唉，曼罗，你曾想到你沉溺得这样快么？而当你闭着眼睛在回首过去的一切时，你曾明了这些都是薄弱易受冲动的缘故么？现在你既明白了，你应该怎样做呢？再捣碎你的心，还是把她拾起，都是你的主意哟！""唉！人世惟留名薄幸，万事皆空！"

十一月廿日

今晚写了请假单，向学校请了假，我明天就走，一切都筹备清楚了。

各教授的钟点虽多，但当局若得不到替代的人时，还请爸勉力把我的钟头和惠分担下去，已经得爸的同意了。

一想起要离开了亲爱的父亲，和更远离了孩子时，有点难过。不过，我要竭力克制自己，我不愿再受感情的冲动了。

S的信午间来，很好，我更安心了。他十八号已经动身了。虽然他很凄楚，不过以后便知道和曼罗勾在一起是更凄楚的哟！他的信开始了我一秋的命运，现在也是他的信来结束着：

妹妹：

我拆了你的信，看不到一页，眼泪便涌出了。我想不到这样快便听到你说出这样的话来！当我还没出国时，便听到这种话，那我还用希望以后的幸福么？……在这短短的别离的时间，你却有勇气这样说话，曼妹曼妹，你的心是这样容易停止了跳动么？你的血是这样容易冷息么？你的眼泪的痕迹是这样容易消灭么？你对我的爱支持不到一刹那，我还希望什么呢？……未尝有一个女人，像你一般的爱过我，亦未尝有一个女人，像你这样容易断爱！曼妹，你是一时心乱，还是真的这样果决的对我宣告呢？你太容易地把一个良好的遇合看轻了罢！曼妹，倘若这是你的宣告，我哀求你收回成命啊！我知我还须要你的爱呀……

我竟不知我这样快便来向你流泪恳求！唉，我还说什么呢？我到欧洲去，譬如说是三年，我们在这个期间各自立定志向，努力向上，使我们的学问和爱情都成熟，不是很好么！我有妻子，这算得什么呢？若是你早就顾虑到这个，那个，那我们又何必当初？……

曼妹，我彻夜的思维，我的脑已由昏热变成清冷了！我知道你这回因为游魂出家的事，使你受了一度强烈的刺激，休说那些话，定是你受强烈的刺激后所生的疲乏和高亢的心绪中，偶然吐露出来的。你一边觉得自己可怜，一边又觉得自己的高傲，同时又感到摸不着边际的落漠和空虚。因此你觉得无论什么人你都不愿爱，无论什么人都不配你爱。在生的欲求最高时，反而感到一切都没有生趣。你这时觉得是一个遗世独立的孤人，而在这像蜃楼海市的一现的孤高里，觉得你傲视一切，鄙厌一切。这是我们在受了巨大的刺激后在疲倦的情绪中所常有的感觉——我宁愿你是这样！

不然，就只好说你对我的爱，自别后便像暮春的紫藤一样，早已纷纷地枯萎凋零了！

妹又说要到南洋去，要在没有一个认识你的人的地方挣扎你的新生！但妹不知南洋一带是金钱的魔力发展到极端的地方，妹妹到那里去，意志力薄弱点则不免于堕落，意志力刚强点，则一定住不下去。妹又不是一个能怎样耐劳耐苦拆节求人的人，到那里去是比广州、香港、上海、厦门，使你更无生趣，更不愉快的哟……

总之，我将定下一个原则：如其我的爱能使你觉得幸福，我将继续诚恳地爱下去，如其我的爱使你觉得痛苦，我无论何时均可自量地脱开，完全由你的主宰！

我过几天便要动身了，又不能去看你，我还有什么话说，还不是只有让你自由的设想！你究竟要我怎样呢？你说给我听！最伤心的便是我不能等到看见你的来信！不过，也好，怕看了还是更加使我颓丧的！

寄来的照片，这怕是最后给你的东西了！

你好，我的妹妹，哥哥是不能使你痛苦的！

十一月十日。

"半生来的血泪与温情，
仍换得满腔伤痕创辛！
死哟，你愚蠢的孩儿哟，
把青梦的残烟和土埋葬！

而今要和一切的恶魔隔绝，
在悠静中培植自己的聪明！
起来哟，可怜的孩儿哟，
今后休把自家糟踏！

提起你的精神，
振刷你的勇气，
把心血去灌溉自己的花朵，
把热情去培养自己的生命！"

曼罗自爱吧你还该热烈的生！

十一月廿日夜在金马轮中

我乘着病的翅膀，
度过血红的黄昏。
我漂着一叶扁舟，
登上南去的轮船。
我躺在嘈杂的统舱，
别愁的游丝在四周逡巡。
我还未望见空阔中的彼岸，
我只听见怒涛大声的在奔。
天上没有星星没有月亮，

浪高舱窗哀漫心胸。

舱中有抽着鸦片的客商，
有躺着哀喘受伤的兵丁，
有蓬头散发抱着孤儿的工女，
也有哭泣着呕吐着的女人。
我躺在他们中间，
他们惊愕的向我凝视，
不知我是何方流荡的浪人！
半夜里我受不过哀愁的侵袭，
我嘘出心中的空漠和创辛。

我离去家园来这岛屿，
是为了生活长鞭的鞭笞。
今宵我这样带病的南下，
却为了无名的蛇咬伤了残尸！
故园有爱我的母亲和弟妹，
有了孤苦的孩儿，
我却不能永在那里栖迟！
异乡有爱我的父亲，
有深情爱着的恋人！
但，有的是偏造成了伯劳飞燕，
有的是说"不该贪恋了非分的深情"！
而今，我是"该走我孤独的途程"，
我要去，要去，要去到新的角落，
那里没有烦扰没有朋亲！

我旅居在鹭江五载，
要别它仿佛不忍。
但我是个无踪的浮萍，
在流水里去奔流有什不忍？
但是啊——
那儿有庄严的旅舍，
我们曾住其间相爱相亲，
有华丽的山川我们同游同止。
曾把童心葬此波里，
曾把毒鸩频频倾饮，
也曾望江涛高歌，

也曾把爱神抚摸。

抛却我青春的年华在鼓屿之麓，
掩埋我秋花之败絮在鹭江之波，
曾领略夜莺清红之血与凄楚之歌，
曾遭受恶魔毒液所染的沉疴！
到而今，烟消云散，独自南来漂泊，
对它哀乐的故地我洒出泪涛滂沱！
恨天涯茫茫无际，我将何可适从？
怨飘渺如梦，人生终是会少离多！
我积恼如丝，时时春蚕自缚，
而今丝尽泪干方才出了囚牢！

我是一个受尽凄楚的浪人，
朋友们休要惊愕！
若是愿意你们都是我的朋亲，
我们都是受生活鞭策的旅客，
来吧，我们一同携手向前去：
去，去，去寻未来的光明与新生！

（源自湖风书局 1931 年版）

后　记

　　《许心影研究及作品选》这本书的出版对我而言是完成一个项目，了却一桩心愿，心情是非常明朗和喜悦的。对于李坚诚老师及许心影的亲人而言，这本书的出版实现了他们近半个世纪的期盼与夙愿，可以告慰先人的在天之灵，更是倍感欣慰。

　　我也说不清究竟是一种什么样的强大力量让我与许心影研究结下如此执着的因缘，从2009年开始，整整八年，不离不弃，坚守阵地，一点一滴，从无到有，慢慢积累，涓涓细流，终成江河。也许是冥冥之中的天意吧，出生于1908年的许心影与出生于1968年的我之间恰好是相隔一个甲子的守望，注定让我从三千里之外的鄂西上津来到粤东潮汕承担起这份义务与责任，即便是现在到了澳门大学攻读博士，还是锲而不舍。

　　还记得几年前的那个深夜，当我读完许心影长篇小说《脱了牢狱的新囚》之后，突然坚定地认为她一定还有大量的作品雪藏在历史深处，那里一定是一个文学史料的宝库，有着极大的探寻和挖掘的价值，我兴奋不已、迫不及待地找到李坚诚商议如何启动这项研究工作，当时我只有一个简单的理由："这篇小说有着如此娴熟的技巧、优美的文笔和不凡的格调，说明这个作家有着丰富的创作经历和深厚的文学底蕴，在这之前和在这之后，她一定还有持续不断的文学创作，绝不是偶尔为之的孤篇独作。"现在回想起来真是不可思议，李坚诚是一个人文地理学者，她不仅完全相信我的猜想，还全力支持我的工作，甚至此后反复阅读了许心影全部的文学作品，还写出了高水平的文学研究文章。我想，这其中除了对我这个人的高度信任，除了有着许心影外甥女这个文学亲缘关系之外，她更多的是出于对潮汕历史文化的热爱和担当。这些年来，我们在潮州歌册、潮汕钩花、潮汕挽面、潮汕女性文化等多个领域开展了多项深入的合作研究，并且都取得了骄人的成绩，产生了广泛的影响，显现了她深厚的人文底蕴，我特别感激有她这样默契的合作伙伴和学术知己。

　　还记得这些年来我们每取得一点研究进展的喜悦，从大成老旧刊全文数据库每搜索到一条有效史料的惊喜和雀跃，专程到中国国家图书馆、上海图书馆、中山大学图书馆、中山图书馆的文献资料库查得与购得文献的疲惫与兴奋，我们像寻宝一样遍访粤东地区的图书馆、博物馆、研究中心、地方史志办等。为了找到更多的研究线索，我们走访了许心影曾经工作过的单位以及亲朋好友，发动了海内外的朋友一起回忆和追寻许心影留下的历史印痕。许心影的亲人许荧子、许在镕、郭平阳、李魁庆等，故交郑餐霞（已故）、陈华武，以及许荧子的同学林猷垂、翁佳猷、杨世录（已故）等参与到我们的研究工作中，他们都热情无私地为我们提供了支持和帮助。特别令人感动的是著名画家郑餐霞先生，他收到我们的信件和电话后，专门题诗作画，热切希望我们的书稿能尽快出版，深感遗憾的是还没等到书稿出版他就去世了。谨在此，对他们表示诚挚的感谢和敬意。

　　本书的出版得到韩山师范学院教务处教材出版基金资助，也得到韩山师范学院文学院省市共建本科高校工作专项"岭东人文研究"项目经费的资助。感谢参与、支持和关心这本书编写工作的所有领导、同事和学界同仁，感谢我的学生陈佩珊、郑玉娥、郑佩娟、蔡舒婷等，她们把许心影研究作为自己的本科毕业论文，付出了很大的心血，完成了论文研究、文献整理和校对工作。同时，感谢暨南大学出版社编辑的辛勤工作。

尽管我们竭尽全力完成了本书的编著工作，不过，由于研究条件和研究水平有限，难免存在疏漏和不足，还请专家和同行批评指正。

刘文菊
2017 年 9 月 8 日于韩山师范学院东丽水岚园